X4

Immortel

LA DENTELLE DU CYGNE
COLLECTION CODIRIGÉE PAR ALAIN KATTNIG

Traci L. Slatton

Immortel

TRADUIT DE L'ANGLAIS
PAR LIONEL DAVOUST

L'ATALANTE
Nantes

Illustration de couverture : Frédéric Perrin

© Traci L. Slatton, 2008
© Librairie L'Atalante, 2009, pour la traduction française

ISBN 978-2-84172-489-5

Librairie L'Atalante, 11 & 15, rue des Vieilles-Douves, 44000 Nantes
www.l-atalante.com

Pour
Jessica
Naomi
Madeleine
Julia
et
Sabin

Jésus a dit :
Quand vous engendrerez cela en vous,
ceci qui est vôtre vous sauvera ;
si vous n'avez pas cela en vous,
ceci qui n'est pas vôtre en vous vous tuera.

Logion 70, *Évangile selon Thomas.*

Votre Grâce,

Je prie pour que vous me pardonniez de porter à votre attention une affaire qui peut sembler sans importance. Mais ma conscience, l'ordre de mon confesseur et une promesse faite dans ma lointaine jeunesse au Saint-Père lui-même me poussent à vous relater une expérience vécue en plein marché de Florence. Alors que j'achetais certain fruit de saison, je fus accosté par une femme en pleurs. Elle était d'une beauté céleste, avec une chevelure de la couleur des abricots mûrs, rouge et or, et m'implora de lui dire si j'avais aperçu son fils. Il venait à peine de quitter le berceau et avait disparu, m'expliqua-t-elle, en larmes. Sa prononciation de la langue était curieuse ; elle était mise avec fortune et goût, ce qui m'indiqua quelque noblesse étrangère. Je lui répliquai que je n'avais vu nul enfant de ce genre et une foule protectrice vint bientôt l'isoler. Ces gens parlaient avec un accent que j'avais entendu dans ma jeunesse, quand j'avais voyagé avec l'archevêque Pierre Amiel parti diriger en personne la juste croisade de Sa Sainteté le pape Innocent contre les hérétiques du Languedoc afin d'abattre la synagogue de Satan à Montségur.

Cela me poussa à affecter un air cordial avec un jeune homme de l'entourage et, par le truchement d'une plaisante conversation, je me renseignai sur la dame et son époux. Il m'avoua que ses compagnons et lui nourrissaient la croyance qu'on peut connaître directement la nature de Dieu en commençant par soi-même, car se connaître en tant qu'étincelle de lumière piégée dans la matière, c'est connaître la nature et la destinée de l'homme. Je savais que j'écoutais là des idées profanes et dangereuses auxquelles nulle âme chrétienne aux justes pensées ne saurait adhérer sans compromission ; une hérésie diabolique conçue pour séduire les braves gens bien intentionnés et dénoncée voilà bien longtemps par les Pères de l'Église pour nous protéger. Mais je ne montrai aucune surprise car je souhaitais connaître l'étendue de la vilenie dont il était question. Le jeune homme me souffla que le noble couple était particulier, élu, descendant d'un sang incorruptible.

J'ai atteint l'âge avancé de quatre-vingt-dix ans en portant un secret qu'on me confia dans ma jeunesse à Montségur. J'ai depuis longtemps l'âge où l'on s'attend à tout moment à être rappelé aux pieds de Notre-Seigneur et je ne souhaite pas conserver ce fardeau plus longtemps. Je vous implore : ce garçonnet perdu doit être retrouvé et séquestré jusqu'à l'âge adulte, quel que soit le temps que cela prenne, quand son corps le trahira en révélant des signes à la fois subtils et démoniaques. Son torse portera la marque même de l'hérésie du sang, ce qui l'accusera. Ma plus terrible crainte est qu'il appartienne à ces êtres dont l'existence charnelle remet notre Sainte Mère l'Église en question, en menace l'existence même en tant que seule messagère sur terre de la volonté du Fils unique engendré par le Père. Cette créature sèmera dans l'esprit de l'homme des croyances qui damneront les âmes pour des générations. En effet, les quatre piliers du monde s'écrouleront et se briseront si l'on laisse cette abomination errer sans entraves, engendrant fléaux et plaies qui anéantiront la majeure partie de l'humanité. Il faut l'arrêter.

Mes plus humbles et courtois respects, comme toujours,

Fr. Jean.

Première partie

Chapitre premier

*J*e m'appelle Luca et je suis en train de mourir. Il est vrai que tous les hommes meurent, que les villes déclinent, que les principautés s'éteignent et que des civilisations entières, même brillantes, se trouvent soufflées, réduites à de minces filaments de fumée grise. Mais, par la bénédiction et la malédiction d'un Dieu rieur, je suis différent. Au cours des cent quatre-vingts dernières années, je fus Luca *Bastardo*, Luca le Bâtard, et, si j'ignorais presque tout de mes origines, je savais que j'étais dispensé d'écouter l'appel du trépas. Ce n'est pas de mon fait ; ma vie s'écoula seulement à travers la ville étincelante de Florence, semblable à son fleuve inconstant, l'Arno. Le grand Leonardo da Vinci me confia un jour que la nature capricieuse s'était plue à créer un homme à la jeunesse aussi longue que la mienne pour observer les luttes de l'esprit emprisonné dans un corps alors même qu'il désirait ardemment retourner à sa source. Je n'ai pas l'intelligence du *Maestro* mais, à mon humble avis, mon existence a diverti le Seigneur. Et, sans la main de l'inquisiteur prétendant accomplir son œuvre, la vie m'animerait encore.

Mais à présent les brûlures et les fractures, la gangrène qui me putréfie la jambe et dont l'odeur me donne la nausée écourtent mes jours. C'est aussi bien. Je n'ai aucun désir de divaguer comme un fanfaron, me vantant des grands hommes avec lesquels je me suis lié d'amitié, des femmes magnifiques que j'ai caressées, des batailles que j'ai livrées, des merveilles dont je fus le témoin, ni de mon unique et incomparable amour. Tout cela est vrai et a marqué mon parcours au même titre que la richesse et la faim, la maladie et la guerre, la victoire et la honte, la magie et la prophétie. Mais ce n'est pas dans ce but que je relate cette histoire. Je dois le faire pour une autre raison. Je l'offre à ceux dont l'âme désire ardemment connaître celle du monde. Presque deux siècles d'existence vous apprennent ce qui compte dans la vie, ce qui a vraiment de la valeur ici-bas, au son de quelle musique la voix du Dieu rieur abandonne l'ironie pour devenir un chant immortel.

Je n'ai jamais su d'où je venais. Il semble que je me suis éveillé en 1330 dans les rues de Florence, jeune garçon déjà âgé de neuf ans. J'étais plus petit que la plupart, peut-être parce que je n'avais jamais mangé assez, mais j'étais alerte, poussé par les cruautés de la nécessité. À cette époque, je dormais dans des renfoncements, sous des ponts, et je furetais la journée en quête de *soldi* que les passants laissaient tomber. Je demandais l'aumône aux dames fortunées et je glissais mes doigts dans les poches des messires bien vêtus. Les jours de pluie, j'étalais un haillon sous les pieds des vieillards qui descendaient de leur carrosse. Je vidais les pots de chambre dans l'Arno et je nettoyais les brosses des palefreniers et des ramoneurs. Je grimpais sur les toits élevés pour réparer les tuiles en terre cuite. J'effectuais des courses pour un colporteur qui me savait rapide et fiable. Parfois, je suivais un prêtre en récitant des *Je vous salue Marie* et de longues sections de la messe en latin; j'étais un imitateur né, capable de restituer tout ce que j'entendais, et cela amusait l'ecclésiastique, le poussant à une rare charité chrétienne. Je laissais même certains hommes plus âgés m'entraîner sous un pont pour me caresser, retenant mon souffle tandis que leurs mains avides rôdaient sur mon dos et mes fesses. N'importe quoi pour une pièce qui me paierait à manger. J'avais toujours faim.

Une de mes activités favorites consistait à ratisser le sol du marché en quête de fruits qui avaient roulé des chariots et des étals. On les abandonnait généralement au prétexte qu'ils étaient abîmés, sales et invendables, mais je ne me montrais pas aussi tatillon ; j'avais toujours trouvé qu'une ou deux taches noires donnaient de l'intérêt aux choses. Je dénichais parfois des pièces qu'on avait laissées choir et, une fois, je tombai sur un bracelet émaillé de perles dont la vente me nourrit de pain et de viande salée pendant un mois. Je ne pouvais pas revenir fréquemment sur le même marché parce que les *ufficiali della guardia*, toujours à l'affût des va-nu-pieds tels que moi, me battaient – ou pire – s'ils m'attrapaient. Mais, à peu près chaque semaine, je me rendais tôt le matin sur l'un des marchés que Florence comptait par dizaines pour alimenter ses cent mille habitants et je me laissais étourdir par les marchandises. Les fragrances et les couleurs rendaient les étals voluptueux : pommes rouges à l'odeur sucrée et abricots piquants et mouchetés, rangées de pains dorés à la croûte épaisse et au parfum de levure chaude, cuisses de porc marinées aux herbes et côtes de bœuf roses, parts moelleuses et pâles d'agneau sentant la lavande des champs, épaisses tranches aromatiques de fromage et mottes de beurre blanc-jaune. Je m'en gorgeais l'œil et le nez, me promettant qu'un jour je festoierais jusqu'à me rassasier. J'échafaudais aussi des plans pour m'arroger sur l'instant de précieux morceaux. Même une poignée de miettes m'épargnait une nuit agitée par les grognements de mon ventre. Chaque bouchée comptait.

À cette époque, j'avais pour famille deux autres gamins des rues que j'adorais, Massimo et Paolo. Massimo avait un pied bot, les oreilles tombantes et un œil laiteux qui tournoyait dans toutes les directions, tandis que Paolo avait le teint mat d'un bohémien – des raisons suffisantes pour les jeter à la rue. Florence ne tolérait aucune imperfection. Quant à moi, je n'avais jamais compris pourquoi on m'avait abandonné. Massimo, qui était rusé, prétendait que je devais être le fils d'une épouse noble et du moine attaché à la famille, une mésaventure qui n'était pas rare. Ce fut lui qui me surnomma en riant « Luca Bastardo ».

« Au moins, on ne t'a pas étouffé ! » me taquinait-il, et nous voyions assez de nouveau-nés morts dans les caniveaux pour mesurer la véracité de ses paroles. J'ignorais tout de mon passé mais j'avais de la chance d'être en vie. Physiquement, je n'avais pas de défauts hormis ma petitesse et ma maigreur. J'étais parfaitement formé à tous les égards. Mon apparence était même plaisante. On m'avait souvent dit que mes cheveux blond-roux et ma peau de pêche étaient beaux, qu'ils formaient un contraste envoûtant avec mes yeux noirs. Je n'écoutais pas ce genre de compliment quand les vieillards me caressaient. Je m'occupais l'esprit en rêvant de nourriture, puis je prenais leurs *soldi* et m'achetais des petits pains chauds et de gros morceaux de poisson mariné pour calmer ma faim et mon malaise.

Ces premières années furent gouvernées par des intentions simples : manger, rester au chaud et au sec, rire et jouer dès que l'occasion se présentait. Il y avait dans ma vie une pureté que je ne connaîtrais qu'à une seule autre époque, plus d'un siècle plus tard, période que je chérirais alors férocement, sachant combien la vie peut vous déposséder.

Je me divertissais la plupart du temps en jouant avec Massimo le rusé et en luttant contre Paolo le costaud, dont le tempérament de feu cadrait avec l'héritage bohémien. Je perdais toujours contre mes frères adoptifs, jusqu'à ce jour où nous nous amusions sur l'herbe de la Piazza Santa Maria Novella, à l'extrémité occidentale de la ville. C'était la veille de la fête de l'Annonciation, un bel après-midi de printemps avec une brise légère qui soufflait sous un ciel d'azur sans limites et folâtrait en ondulations bleu-argent sur l'Arno. Les dominicains, puissants et zélés, aimaient prêcher sur cette place, mais, ce jour-là, une foule variée s'en était emparée : garçonnets qui couraient et jouaient ; mercenaires – les *condottieri* – qui misaient leur argent, lâchant des sifflements ; groupes de femmes bavardant avec leurs filles accrochées à leurs jupes de brocart ; fileurs de laine et commerçants partant déjeuner d'un pas tranquille ; notaires et banquiers s'inventant des courses afin de pouvoir, eux aussi, profiter de cette rare journée chaude et ensoleillée du mois de *Marzo pazzo* – mars fou. Un groupe de fils de nobles faisaient la course et s'entraînaient à l'escrime avec l'assurance qui était la prérogative de leur rang. Je ne pouvais m'empêcher de les envier car ils possédaient ce que tout Florentin désirait : ils mangeaient bien, s'habillaient bien, avaient du talent à l'épée comme à cheval et étaient certains de conclure un bon mariage renforçant leur position sociale.

Les garçons, vêtus de délicats *mantelli* de laine, se fendaient et feintaient munis d'épées de bois émoussées, sous l'œil attentif de leur maître, célèbre à Florence pour son approche stratégique de l'escrime. Je me faufilai pour mieux écouter ses instructions – j'avais soif d'apprendre et je me rappelais tout ce que j'entendais. Paolo eut une autre idée. Il ramassa un bâton dans l'herbe et me chargea, imitant le groupe, riant comme un fou.

« Défends-toi, Bastardo ! » lança Massimo non loin de là en me jetant un autre bâton. Je l'attrapai et fis volte-face juste à temps pour dévier l'assaut de Paolo. J'avais eu de la chance ; il n'avait pas voulu me blesser, mais il avait l'esprit lent et m'infligeait souvent des bleus. Il me sourit et je compris qu'il comptait s'amuser aux dépens des jeunes fortunés, aussi m'inclinai-je, et il s'inclina en retour. Nous brandîmes nos épées factices et dansâmes l'un autour de l'autre, nous prenant pour des fils de nobles, nous moquant d'eux avec de grands gestes exagérés et des gambades maniérées. À proximité, un groupe de *condottieri* éclata d'un rire rugueux empli de dérision, et les garçons se hérissèrent.

« Donnons une leçon à ces bâtards de rue ! » s'écria le plus grand d'entre eux avant de charger. Paolo et moi nous retrouvâmes aussitôt cernés par cinq épées de bois qui visaient nos bâtons. Les *condottieri* poussèrent des acclamations. Paolo avait la force d'un taureau et il envoya deux de nos adversaires à terre. Je n'avais pas ses muscles, aussi esquivai-je les attaques, bondissant hors d'atteinte. Mon ami tomba, du sang giclant du nez, et ma colère s'embrasa. J'agitai mon bâton vers les enfants qui me faisaient face, portant des coups futiles, et mon arme se cassa en deux. Une hilarité moqueuse s'éleva. C'était de moi que les *condottieri* riaient à présent. Cela attisa ma fureur et je fouettai frénétiquement l'air avec ce qui restait de mon bâton. Ce fut un geste stupide. Deux nobles me frappèrent de biais au même moment. Je fus projeté sur le dos, les côtes endolories des deux côtés, le souffle bloqué dans les poumons. Les *condottieri* s'esclaffèrent à nouveau bruyamment.

« Mon garçon, tu vas te faire tuer », dit un vieil homme venu se pencher au-dessus de moi. Une foule assez importante s'était rassemblée. Les Florentins n'aiment rien mieux qu'une bagarre inégale.

« Ces garçons ont fait du mal à mon ami ! m'écriai-je. Et ils se moquent de moi ! » Je pointai les *condottieri* du doigt.

Le vieillard était petit, corpulent et assez laid, mais il avait des yeux vifs qui semblaient tout saisir en un instant et comprendre aussitôt. « Les hommes rient parce que Dieu rit, et, en ce moment, Dieu rit de toi », répondit-il avec un regard limpide plein d'empathie. Nul ne m'avait jamais regardé de la sorte ; cela me donnait l'impression d'être une vraie personne et ses mots se gravèrent dans mon cœur. *Dieu rit,* pensai-je avec émerveillement. *Oui, cela correspond à ce que j'ai vu dans la rue.* Pour tout dire, ces paroles entendues il y a si longtemps conservèrent leur sens durant toute ma vie.

« Je n'aime pas quand on rit, rétorquai-je en reniflant, et je veux qu'ils arrêtent de nous frapper, mon ami et moi !

— Ton bâton cassé est pitoyable. » Le vieil homme haussa les épaules.

« C'est tout ce que j'ai ! »

Il secoua la tête et s'accroupit à côté de moi. « Mon garçon, tu ne te résumes pas à ce que tu tiens entre les mains. Ce que tu détiens va bien au-delà. Les qualités qui t'habitent : voilà tes véritables armes pour te défendre.

— Tout ce que j'ai en moi, c'est la rue !

— Si c'est vrai, c'est une rue florentine ! Nous Florentins, nous avons de grandes âmes. Nous sommes imaginatifs, créatifs, fougueux ; nous donnons les meilleurs artistes, les meilleurs marchands. C'est pourquoi nous sommes réputés pour notre esprit acéré et notre intelligence, notre *ingegno.* Tu ne fais pas exception, ou bien tu ne survivrais pas dehors ! » Ses yeux pétillèrent, remarquant sans les juger mes loques et ma crasse. « Quand tu affrontes une force et un nombre supérieurs, quand tu fais face à un défi, il te faut puiser en toi-même, trouver cet *ingegno* et t'en servir.

— Comment? demandai-je avec méfiance, les bras serrés autour de ma cage thoracique douloureuse.

— Je t'ai vu écouter le maître d'escrime avant le début de cette bagarre. On est intelligent si on sait écouter ceux qui en savent plus que soi. Tu dois être capable d'inventer une tactique originale, inattendue, pour te défendre. Surprise, stratégie, subterfuge, voilà tes armes!» Il me saisit l'épaule en un encouragement chaleureux.

« Viens donc, *bastarda* la fillette, ricana un des garçons nobles qui m'avaient envoyé à terre. Montre-nous comment tu manies ton bâton cassé!

— Contre tous les trois?» glissai-je *sotto voce* au vieil homme. La peur me remuait les entrailles et je luttais pour réprimer le tremblement de mon menton. «Ils sont grands et bien nourris!

— *Ingegno.*» Il haussa les épaules. J'acquiesçai et me relevai en titubant. Il me tapota l'épaule.

« Eh bien voilà, gamine!» Un des enfants m'envoya le bâton cassé d'un coup de pied. Je mesurai le morceau de bois du regard et, au lieu de le ramasser, je feignis la panique. Je n'eus guère à me forcer : j'étais terrifié. S'ils m'attrapaient, les trois garçons me roueraient de coups jusqu'au sang. Une foule de badauds nous entourait, la ligne irrégulière de *condottieri* debout sur le côté. Avec des hurlements de fille, je contournai mes adversaires en courant et passai derrière les mercenaires comme pour m'enfuir. La foule hurla de rire en me voyant détaler ainsi et je profitai de l'occasion pour délester un soldat inattentif de sa dague. Je l'escamotai rapidement, avec un art consommé, de sa ceinture. Puis je chargeai hors de leurs rangs en brandissant l'arme bien haut.

« Regardez, le petit bâtard s'est trouvé une petite épée bâtarde », lança l'un des *condottieri* avec esprit. La dague que je tenais à la main s'apparentait à la puissante *spada da una mano e mezzo*, l'épée longue également connue sous le nom d'épée bâtarde. Les autres mercenaires rugirent de rire devant ce trait d'humour.

Les trois jeunes nobles se contentèrent de fixer la lame tandis que je revenais me placer à côté de Paolo qui gémissait, toujours étendu par terre et couvert de sang. « Venez ! les défiai-je, agitant la pointe acérée de l'arme. Qui veut tâter de mon bâton cassé, maintenant ? » Ils restèrent figés et muets, sur leurs gardes, leur assurance brusquement envolée. Aucun ne voulait goûter à la piqûre de la dague. Nous étions à égalité.

« Allez, les enfants, vous vous êtes assez amusés ; votre maître va vous réprimander », lança sèchement le vieil homme, permettant aux garçons de se retirer dignement. Ils marmonnèrent d'un ton maussade mais laissèrent tomber leurs épées de bois et s'agenouillèrent pour aider leurs camarades. Le maître d'escrime, un barbu imposant aux bras et aux cuisses massifs, s'approcha et me martela la poitrine avec une telle force que j'en vacillai.

« Bien vu. » Il sourit. « Tu peux venir nous regarder chaque fois que j'entraînerai ces ânes. De loin, toutefois. » Il inclina la tête à l'adresse du vieillard et murmura : « Maître. » L'intéressé lui rendit le même salut puis se tourna vers moi.

« Ce qu'on a en soi est une porte vers tout. Ne l'oublie pas.

— Dieu rira peut-être moins de moi si j'utilise mon *ingegno*, répliquai-je timidement, impressionné d'avoir l'attention de cet étranger qui inspirait même le respect à un célèbre maître d'escrime.

— Dieu rit, c'est tout ; il ne s'agit pas de toi. Il s'agit seulement de la vie, qui est une comédie divine. » Il se caressa la barbe. « Maintenant, rends cette dague au soldat ou ton *ingegno* va t'attirer de jolis coups sur la tête. » Je ris et courus vers l'infortuné *condottiero*, qui n'avait même pas senti que je lui avais dérobé son arme. Je la lui tendis, garde en avant, et il l'accepta en m'adressant une révérence élaborée, la main sur le cœur et la tête baissée. Je l'imitai, m'inclinant en retour, et le *condottiero* gloussa à nouveau, d'un ton approbateur cette fois. Étourdi de fierté, je courus aider Paolo qui luttait pour s'asseoir. Je lui tendis la main et il se releva en souriant.

« L'épée bâtarde, c'est drôle », dit-il, venant tout juste de comprendre la plaisanterie. J'échangeai un regard avec Massimo, qui, jusqu'à présent, s'était tenu à l'écart, bien à distance de la mêlée.

« Allons jouer aux dés au bord du fleuve, proposa-t-il. J'en ai fauché à un soldat qui vous regardait. Il ne s'en apercevra pas avant un moment !

— Oh non, gémit Paolo. Je déteste jouer contre toi, Massimo, je ne gagne jamais ! » Il avança la lèvre inférieure, faisant la moue, et son front sombre se plissa.

« Oui, mais tu gagnes toujours à la lutte », répliqua Massimo avec un petit air suffisant. C'était la vérité, mais je songeai que Paolo l'emporterait plus difficilement à présent que j'avais à l'esprit le conseil du vieillard sur l'*ingegno*. Puis je m'aperçus que je pouvais également m'en servir contre Massimo ; c'était un outil adapté à bien des circonstances. Je regardai alentour pour le remercier, mais il s'était éloigné, longeant les belles arches en marqueterie blanc et vert de l'église inachevée de Santa Maria Novella. Il dut sentir mon regard car il jeta un coup d'œil par-dessus son épaule et leva la main pour me dire adieu. Je lui rendis son geste et il s'engouffra dans le bâtiment.

Massimo se pencha, les oreilles frétillantes. « J'ai aussi piqué quelques *soldi* pour acheter de quoi manger pendant qu'on jouera !

— Parfait, si c'est toi qui invites », répliquai-je avec espièglerie, et Paolo rit à nouveau.

« Bien sûr, aujourd'hui c'est moi qui paie ! » convint Massimo. Il se montrait généreux quand l'envie le prenait ; sinon, il conservait jalousement ses prises. Ce jour-là, il était prêt à partager tant que nous l'accompagnerions dans ces jeux qu'il adorait. Il avait déniché son échiquier ainsi que diverses pièces d'alquerque et d'échecs dans les tas d'ordures jetés derrière les *palazzi* et il nous en avait enseigné les principes, bien que Paolo n'ait pas l'esprit assez vif et que je préfère travailler pour gagner de quoi me nourrir. Massimo, lui, tenait les règles de bohémiens qui avaient été amusés par la combinaison entre sa physionomie tordue et son esprit agile. Il les avait fascinés pendant une saison entière puis ils avaient poursuivi leur route comme ils en ont l'usage, le laissant derrière eux. Massimo aimait raconter des histoires sur son séjour avec eux et il persistait à observer leurs habitudes. Quand le temps était clément, lui et moi nous accroupissions devant une échoppe de soieries et nous installions pour jouer quelques heures. Après avoir assimilé le conseil du vieil homme, ce jour-là sur la place, je devins un adversaire de valeur, dissimulant mes stratégies. Je jouais d'abord des coups d'attente, suivis de retournements audacieux qui déstabilisaient Massimo, lequel grommelait sur sa défaite. Aussi intelligent qu'il soit, il ne saisit jamais vraiment l'importance de la surprise. Il en était de même pour Paolo et son goût pour la lutte. Il m'immobilisait avec une prise serrée et je criais : « *Ecco, ufficiale!* » Quand il tournait la tête, relâchant son étreinte, je me libérais en me tortillant et le faisais tomber. Puis je courais tel un chien fuyant un maître grincheux chaussé de bottes lourdes. Comme Massimo, Paolo voulait gagner mais, contrairement à lui, Paolo me rouait de coups quand il perdait.

À l'approche de l'hiver, nous partagions nos repas, nos loques et nous blottissions les uns contre les autres pour conserver un peu de chaleur. Quand la faim se faisait sévère, nous poussant à prendre des risques, nous mettions nos efforts en commun pour trouver de quoi manger. J'engageais la conversation avec une femme âgée et bien vêtue, inventant quelque histoire pour l'occuper, tandis que Massimo, avec ses doigts délicats et rapides, délestait sa bourse de quelques pièces. Ou bien Paolo se précipitait sous les roues d'un carrosse afin de prétendre qu'on l'avait renversé ; Massimo et moi menacions alors le cocher de déclencher un tollé pour attirer *ufficiali*, prêtres et badauds à moins qu'il ne nous donne quelques *soldi*. Nous employions bien des procédés de cet acabit pour nous nourrir, et le temps, tel le cours rapide d'un fleuve, s'écoulait au rythme de ces occupations ingénieuses, jusqu'au jour où le caprice du destin frappa, altérant pour toujours le cours de mon existence.

Lors de cet automne décisif, j'étais plus affamé qu'à l'accoutumée. C'était au terme d'une semaine orageuse de pluie cinglante et d'éclairs qui hurlaient dans l'air froid. Nous l'avions passée blottis sous le blason guelfe de l'église San Barnaba dans le quartier grouillant d'activité de San Giovanni, au cœur de Florence. Je me rendis seul au Mercato Vecchio, tard dans l'après-midi, à l'heure où les *ufficiali* s'enterraient généralement dans les tavernes pour boire du vin. Je ne m'arrêtai même pas pour convoiter les denrées du marché ; je n'avais pas l'esprit à rêver ce jour-là, juste un ventre qui n'avait pas été nourri depuis quatre jours. Je contournai le pavillon central des bouchers, jetant des coups d'œil méfiants par-dessus mon épaule, guettant un signe de la police, mais les parfums mêlés et étourdissants de la viande, des fruits, des vins et des huiles me rendirent audacieux. Une bonne huile d'olive dégage un arôme piquant aux nuances amères de noix ; les figues séchées ont l'odeur de la viande au miel. Je rôdais à travers les étals, l'œil balayant le sol boueux en quête d'objets perdus. Je cherchais en même temps une cible facile dans l'agitation des clients chaudement vêtus à cause du temps changeant de l'automne. J'aperçus bientôt une vieille femme nerveuse et sa petite-fille, vêtues simplement mais sans être pauvres, sans servante dans leur sillage pour porter leurs achats. Elles seraient concentrées l'une sur l'autre et sur les marchandises, trop occupées à leurs commissions, à presser les légumes, renifler les melons, compter leurs *dinari*, pour remarquer une main emportant discrètement une *paniota*.

Je les suivis, restant à distance, avant de m'approcher furtivement. La fille avait à peu près mon âge, neuf ans, quoique plus rondelette et bien plus innocente. Un ruban rouge nouait ses cheveux châtains ondulés, et elle avait le visage en forme d'ovale allongé, comme sa grand-mère. Même leur démarche se ressemblait, la même inclinaison de la tête, des gestes comparables. Un de mes désirs les plus chers était d'avoir une famille. Massimo et Paolo représentaient ce qui s'en approchait le plus, eux qui me frappaient pour m'arracher en un clin d'œil les trouvailles intéressantes qu'ils surprenaient entre mes mains. Puis je vis la grand-mère marchander quelques pâtisseries et mon vœu s'envola comme une écale abandonnée. Rien ne concentre l'esprit comme la faim.

J'étais pleinement concentré sur elles quand on me bouscula l'épaule. C'était Massimo qui me croisait précipitamment ; je grognai. Il voulait la vieille femme et la fille. Je n'étais pas prêt à y renoncer et je me retournai face à lui. Il m'adressa un curieux regard d'excuse, son œil bleu et fou basculant vers le haut, et remua ses oreilles décollées. Puis il me montra du doigt et mugit : « Au voleur ! Ce garçon est un voleur ! »

Mes pieds étaient bien entraînés à fuir, c'était la seule éducation que j'avais reçue, mais l'accusation de Massimo me choqua au point que je restai pétrifié. La petite fille se retourna et me dévisagea, ses lèvres roses entrouvertes sous l'effet de la surprise. J'agitai les mains pour calmer Massimo ; ses cris attiraient l'attention. « Au voleur, au voleur ! » hurla-t-il plus fort. Je reculai en titubant – juste dans les bras ouverts d'un *ufficiale della guardia*.

« Je te tiens, sale voyou ! gronda l'homme.

— Ce n'est pas vrai ! m'écriai-je.

— Fouillez sa chemise, insista Massimo. Il y a fourré quelque chose, je l'ai vu !

— Je n'ai rien sur moi », affirmai-je. Mais je ressentis une légère caresse contre mes côtes tandis que mon ami se penchait vers moi, me pointant du doigt et me tâtant sans ménagement, et mon cœur se tut, glacé. Il y avait quelque chose dans mon vêtement, à présent. L'*ufficiale* plongea la main dans la ceinture déchirée qui fermait ma chemise.

« Une chevalière ! » clama-t-il. Il la brandit et l'or miroita entre ses doigts épais. « Où as-tu trouvé cela, vaurien ?

— Je n'ai rien pris !

— C'est à moi », déclara une voix froide où résonnait le mépris. Un silence empestant le dégoût tomba sur la foule qui m'entourait. La grand-mère tira sa petite-fille derrière elle. Les gens reculèrent comme sur le passage d'une vipère tandis qu'un homme bien habillé se frayait un chemin vers nous. « Elle se trouvait dans ma bourse il y a un instant à peine. Ce jeune voleur m'a fait les poches.

— Je ne vous ai jamais vu, monsieur », protestai-je, mais l'*ufficiale* m'asséna sur l'oreille une claque si violente qu'elle se boucha brutalement. La douleur et un bourdonnement insistant m'engloutirent la tête. L'homme qui prétendait que j'avais volé son anneau s'avança vers moi et je me recroquevillai de peur. Empestant le parfum, il approcha tant son visage du mien que je vis les marques d'acné sur ses joues minces et les traces du peigne dans sa sombre barbe coiffée. Il avait le menton pointu et saillant et le nez en lame de couteau. Je détournai le visage, pris de haut-le-cœur, et me débattis, maintenu par l'*ufficiale*.

« Regarde-moi, voleur », souffla-t-il. Je relevai les yeux en biais. Un sourire narquois haussa le coin de sa bouche. « Tu feras très bien l'affaire, mon bel enfant perdu. » Il hocha la tête et se redressa.

« Ce qu'il m'a volé a plus de valeur que sa misérable vie, dit Bernardo Silvano. Ce garçon m'appartient désormais. Il travaillera pour rembourser sa dette. Un châtiment approprié pour ceux de son engeance. » La foule se dilua lentement et il planta les doigts dans mes épaules. « Ligotez-le », ordonna-t-il à l'*ufficiale*, qui sortit une corde rugueuse avec laquelle il me tira brusquement les poignets derrière le dos. Je protestai et il m'asséna une nouvelle claque sur les oreilles. Un filet de sang me tiédit le pavillon droit. Incrédule et horrifié, je dévisageais Massimo, que j'avais considéré comme un frère. Il refusa de lever ses yeux vairons vers moi. Le reste des badauds se détourna ; pour eux, l'affaire était réglée, bien que de façon décevante. Silvano se pencha et prit la main de mon ami dans la sienne. De l'autre, comme une caresse, il laissa tomber quelque chose dans sa paume. Il y eut un éclair métallique et Massimo serra aussitôt le florin contre sa poitrine. Un florin entier : voilà qui le nourrirait durant un mois. C'était là tout ce que je valais, un mois de provisions ?

« Non, Massimo ! » le suppliai-je.

Il releva les yeux vers moi et murmura : « J'ai gagné ! » Puis il s'enfuit.

L'*ufficiale* me poussa dans les bras de Silvano et grogna : « Prenez-le ! Qu'il cesse de faire du grabuge, au moins.

— Je ne m'intéresse pas au grabuge. J'ai d'autres projets pour lui », répliqua froidement l'autre. De la bile se déversa sur ma

langue. Je ne m'étais jamais senti aussi seul et terrifié. Je me tor-
tillai frénétiquement pour échapper à Silvano mais ses longs
doigts soyeux avaient une force hors du commun et il me tenait
par la corde qui me ligotait les poignets. Il me les tordit vers le
haut, forçant mes bras à adopter une position contre nature. La
douleur me cisailla les épaules et je gémis, tombant à genoux. Je
regardai alentour, cherchant une échappatoire, de l'aide, en vain.
Tout le monde était retourné à ses occupations. Seule une vieille
femme demandait l'aumône d'une voix geignarde ; je l'avais rencontrée sous le Ponte Vecchio, j'avais même partagé quelques
restes avec elle. Elle refusait de me regarder, à présent. Massimo
avait disparu, Paolo n'était visible nulle part. Je songeai amèrement que le vieillard de la Piazza Santa Maria Novella avait
raison, que Dieu riait. Et que son rire était cruel, empli de la pire
raillerie qui soit.

Silvano me souleva par les poignets et m'obligea à avancer.
« Nous n'allons pas marcher longtemps, dit-il. Nous allons juste
au-delà des murs de la ville. Je suis sûr que tu sais où se trouve
mon bel établissement. Tout le monde le sait. »

Je pensai aux cadavres abandonnés, toujours jeunes, dont certains étaient découpés, qui dérivaient à la surface de l'Arno en
aval de cet endroit. « Beau, ce n'est pas ce qu'on raconte.

— Qu'est-ce que les gens en savent ? La beauté est partout,
en toute chose, et prend bien des formes », répliqua-t-il gaiement. Il se mit à siffler un cantique tandis que nous marchions
dans les rues. À deux reprises, je me débattis violemment pour
lui échapper et, à chaque fois, il me rattrapa par les cordes qui
me liaient les poignets, me tordant les bras avec une telle brutalité que je crus qu'ils allaient sortir de leur cavité. Je me jetai une
fois par terre et il me frappa les oreilles si violemment que le sang
coula sur ma nuque. Je continuai à avancer en trébuchant. Le
Ponte Vecchio, avec ses petites maisons regroupées comme
autant de nids, barrait le ciel du soir à la façon d'un ruban noir
tiré sur une bande de soie jaune. La ville s'étendait autour de
nous en harmonies de gris et d'ocre et, au-delà, les ombres
indigo de la nuit voilaient déjà les collines de Fiesole. Cette

splendeur donnait au destin qui m'attendait des allures de supplice raffiné. Mon estomac ruait, se soulevait de terreur, et, malgré la douleur, je trébuchais et m'effondrais autant que je l'osais, désespérant de prolonger notre parcours. Silvano était patient; il tordait la corde d'une manière experte pour me torturer les poignets et les mains, puis me poussait quand je criais. Bientôt nous parvînmes aux murs de la ville, puis à un *palazzo* dont la façade de plâtre immaculé démentait ce qui se passait à l'intérieur. J'en ignorais les détails et je n'avais jamais voulu les connaître. Certes, j'avais été le témoin de fornications en tout genre dans la rue, mais cet endroit incarnait un stade plus sombre et plus grave du péché de chair. De mes conversations murmurées avec Paolo et Massimo, je savais que la porte qui s'ouvrait à présent pour m'engloutir appartenait au lupanar réputé comme le plus dépravé de toute la Toscane.

Chapitre deux

Le silence nous accueillit. Un silence épais, coagulé, qui m'écrasa. Il me terrifiait autant que Silvano, il me donnait envie de me recroqueviller en moi-même et de me cacher. Je n'avais pas l'habitude du silence. Les rues de Florence ne connaissaient jamais le calme. Les bruits ne se taisaient jamais : rires d'ivrognes, hennissements, aboiements, cloches sonnant à la tour de Badia Fiorentina, appels des putains, cliquètement des roues des carrosses sur les pavés, martèlement des enclumes, bateaux s'entrechoquant sur l'Arno, déchets jetés depuis les fenêtres pour s'écraser mollement sur le dallage des rues, rumeur des maçons travaillant dur sur la nouvelle église Santa Maria del Fiore, immense et qui, disait-on, couronnerait un jour la ville… Même la nuit, les rues vibraient. Je m'attendais au bruit. Plus que cela, ce brouhaha était devenu une partie de moi-même comme les fils tissés dans une cape forment le motif du tissu. Le silence qui suinta autour de moi quand j'entrai dans le lupanar de Silvano était contre nature, vénéneux. Il m'était étranger – à moi, l'étranger sans nom ni famille.

Silvano me poussa vers deux femmes corpulentes qui attendaient dans l'entrée. « Nourrissez-le et lavez-le, il pue comme un égout. Placez-le dans l'ancienne chambre de Donato. Ce soir, il travaille. »

Les femmes acquiescèrent et l'une des deux me prit par l'épaule. Elle avait le visage lunaire, des cheveux brun foncé et des yeux tombants striés de veines écarlates. L'autre, plus jeune et plus pâle, avec une étrange marque carmin en travers de la joue, tendit la main derrière moi, et mes poignets furent libérés d'un seul coup. Je les berçai contre mon torse en la regardant ramasser les morceaux de corde. À travers sa légère chemise blanche, je vis qu'elle avait le dos sillonné de zébrures rouges.

« Débarrassez-le des poux, ajouta Silvano en disparaissant dans le vestibule. Je le destine à une clientèle raffinée. Et occupez-vous de son oreille. La marchandise abîmée rapporte moins. »

Elles me conduisirent à travers le *palazzo* sans prononcer un mot. Les lieux étaient voilés d'ombre, avec des fenêtres enveloppées de lourds tissus et de longues chandelles vacillantes, mais, malgré l'obscurité, je remarquai les aménagements somptueux. Des tapisseries ornées décoraient les murs ; des meubles sculptés et des coffres peints agrémentaient les angles. Je ne pouvais m'empêcher d'écarquiller les yeux en dépit de mon effroi. J'avais souvent jeté des coups d'œil furtifs aux vitres pour satisfaire ma curiosité quant au mode de vie des autres gens – les gens normaux –, mais je n'étais jamais entré dans un *palazzo*. Je regardais bouche bée les imposants candélabres et les tapis fastueux ; j'entraperçus à un moment une petite silhouette qui se glissait derrière une porte. Les femmes ne me laissèrent pas l'occasion de traînasser et m'emmenèrent tout droit à un atrium brillamment éclairé de torches et de lanternes. Une grande baignoire remplie d'eau fumante nous attendait. La femme au visage lunaire dénoua la ceinture autour de ma chemise. Je n'avais pas l'habitude d'une telle intimité ; j'eus un brusque mouvement de recul. Muette, le visage inexpressif, elle insista ; la ceinture et la chemise tombèrent, suivies de mon haut-de-chausses. Tout ce que je possédais au monde était en définitive un petit tas de loques crasseuses ; même moi, je les voyais grouiller d'insectes. Honteux, je me couvris de mes mains. La femme pâle disparut et revint avec une petite bouteille et du tissu. Je m'emparai de la première et avalai une bonne lampée d'huile d'olive verte. Elle était épaisse, laissant une nuance sucrée sur le palais, et je grognai.

« Non, pas maintenant », souffla-t-elle en me la reprenant doucement mais avec fermeté. Elle fit un signe à sa camarade, qui me saisit la tête et la pencha. Puis elle versa quelques gouttes dans mon oreille blessée. L'huile coula lentement dans le conduit et apaisa la brûlure de mon crâne. La femme déchira un petit morceau de tissu et fit un tampon qu'elle inséra. Puis elle me fit signe d'entrer dans la baignoire.

« Qu'est-ce que c'est ? » m'enquis-je en touchant la marque sur sa joue. Quelques boucles de sa natte blonde m'effleurèrent la main.

« Une tache de naissance. Ne t'inquiète pas, ce n'est pas une de ces marques laissées par le baiser du diable, dit-elle.

— Je ne crois pas au diable, confiai-je. Un jour, un homme m'a expliqué que Dieu rit, et je pense que le rire de Dieu est tellement cruel que le diable ne servirait à rien.

— Chut, allons, mon garçon, ne raconte pas ce genre de choses, même ici. » Elle désigna la baignoire.

« Comment tu t'appelles ? » demandai-je en m'y glissant. Je m'assis et l'eau chaude clapota en anneaux autour de moi. C'était mon premier bain. Les jours d'été, j'avais nagé dans l'Arno, mais c'était pour fuir la chaleur suffocante. Je ne me préoccupais pas de propreté quand je devais esquiver ordures et excréments.

« Je suis Simonetta et voici Maria. » Elle eut un léger sourire et attrapa une brosse en poils de sanglier sur un plateau près de la baignoire, imitée par Maria, sa compagne au visage lunaire. Chacune prit ensuite un pain de savon de lessive et se mit au travail, me frictionnant et me frottant. Je glapis et repoussai le savon d'un revers de main car il brûlait les rougeurs de ma peau et les éraflures de mes poignets. Maria me donna un coup de brosse sur les jointures et je cessai de résister. L'eau refroidit et prit une teinte boueuse. Elles me savonnèrent les cheveux, prenant garde de tenir mon oreille blessée au sec. Enfin, encore couvert de savon, elles me tirèrent de la baignoire et me rincèrent avec des seaux. Le duvet de ma nuque se hérissa tout à coup. On m'observait. Je scrutai les angles enténébrés de l'atrium jusqu'à repérer un jeune homme sous un treillage couvert de vigne.

« Hé ! m'exclamai-je en me couvrant des mains.

— N'aie pas peur, dit-il. Je m'appelle Marco. Je viens toujours accueillir les nouveaux enfants. » Les femmes jetèrent des coups d'œil nerveux autour d'elles puis se remirent au travail, me brossant et me rinçant. Marco sortit de l'ombre. Il avait quelques années de plus que moi ; il était grand et avait les hanches minces, une démarche élégante, les cheveux et les yeux noirs, que soulignaient des cils d'une longueur insensée. Il était plutôt beau ; son visage ressemblait à celui des poupées de porcelaine que j'avais aperçues dans les sacs des colporteurs. Il tenait quelque chose à la main. « Tu es le gamin de la rue ?

— Luca, répondis-je. Luca Bastardo.

— Ne t'inquiète pas pour ça, nous sommes tous des bâtards, ici (il gloussa), et même pire. Tu as faim ? » Il me lança l'objet. C'était une petite pâtisserie ; je l'attrapai au vol avec gratitude et l'engloutis. Marco soupira. « Cela faisait un bon moment que Silvano comptait te prendre, tu sais. Il attendait de pouvoir t'utiliser, et puis, la semaine dernière, il s'est débarrassé d'un garçon qui travaillait mal.

— Pourquoi moi ? » m'enquis-je, intrigué.

L'autre haussa les épaules. « Je l'ai entendu parler d'une belle et noble dame aux cheveux comme les tiens. Elle a traversé Florence à la recherche de son fils et demandait en pleurant autour d'elle si quelqu'un l'avait vu. Cette histoire l'a toujours fait rire.

— J'avais une mère qui me cherchait, dis-je, songeur.

— Tu as de la chance, elle voulait de toi. Moi, ce sont mes parents qui m'ont laissé ici. Ils ont obtenu trois florins en échange. C'est la plus grosse somme que Silvano ait jamais payé pour l'un de nous. »

J'avalai la dernière miette et me léchai les doigts. « Mon ami Massimo n'en a eu qu'un pour moi.

— Je coûtais plus cher parce que je n'étais pas couvert de terre et de poux », me taquina Marco en remuant ses sourcils noirs avec espièglerie. Je lui fis la grimace et il haussa les épaules. « Un bon ami, ce Massimo. »

Ce fut mon tour de hausser les épaules. Les gens font ce qu'il faut pour survivre. Les rues de Florence me l'avaient enseigné.

Cela n'aurait pas dû m'étonner, ou plutôt j'aurais dû être surpris que Massimo ne m'ait pas vendu plus tôt. Dans ma situation, on ne pouvait s'accorder le luxe de la confiance. Peut-être avais-je eu des parents jadis, mais, aussi loin que je m'en souvienne, j'avais vécu dans une solitude que les autres ne connaissaient pas. « Au moins, ce ne sont pas mes parents qui m'ont vendu ! rétorquai-je.

— Au moins, j'ai connu les miens, répliqua Marco en souriant. As-tu jamais essayé de trouver les tiens ?

— Je n'ai jamais vraiment pensé à eux, admis-je. J'étais juste heureux qu'ils ne m'aient pas étranglé ni noyé.

— Je me dis parfois qu'il aurait mieux valu que mes parents me tuent plutôt que de me vendre à Silvano. Si je n'avais pas été aussi beau, peut-être. » Le désespoir barricada alors son visage, comme s'il était vraiment fait de porcelaine et que Marco n'était pas un être vivant. Une expression que je reverrais souvent sur les traits des enfants de l'établissement.

« C'est dur, ici ? hasardai-je.

— Très dur, mais on mange bien, répondit-il d'une voix éteinte. Impossible de travailler si on mange mal. Il va bientôt te battre. Quoi que tu fasses, ne résiste pas ! Et ne crie pas. Il aime ça et il te battra encore plus fort.

— On m'a déjà battu et je n'ai jamais crié », déclarai-je, non sans fierté. Je n'étais pas une petite fille douillette prête à hurler à la moindre douleur. J'avais enduré plus d'une fois les poings de Paolo quand il savait que j'avais du pain ou de la viande et qu'il voulait me les voler. Je me cachais souvent quand je récupérais quelque chose. Les murs incendiés du vieux marché au grain d'Orsanmichele ou les piliers en bois du Ponte Santa Trinita : c'étaient de bons abris. À cet instant, j'aurais donné n'importe quoi pour m'y retrouver tapi. Je connaissais tous les refuges de Florence, tous les passages secrets et les raccourcis. Un soupçon de foi en l'*ingegno* me revint goutte à goutte et je levai le menton. « Je ne le laisserai pas me battre ! Et même s'il y arrive, je ne resterai pas longtemps ici. Je trouverai un moyen de m'enfuir.

— On ne peut pas fuir Silvano !

— Je réfléchirai, je me servirai de l'*ingegno*, répliquai-je avec assurance. Je m'échapperai.

— Il te retrouvera et te ramènera.

— Si Silvano sait où sont mes parents, je les rejoindrai et ils me protégeront, m'exclamai-je avec véhémence. Sinon, je me cacherai. Je connais toutes les cachettes de Florence !

— Personne ne peut te protéger de lui. » Marco me regarda avec pitié. « Personne ne peut quitter cet endroit. Tu verras. Il faut que tu comprennes que, si tu désobéis, ce sera dur. Il te fera mal. Il risque de te tuer. Il aime tuer.

— Dans l'Arno, les corps… » commençai-je. Maria et Simonetta versaient une potion parfumée aux fleurs sur ma peau et la faisaient pénétrer en frottant avec des gants rêches. Elles avaient laissé le savon de lessive sécher dans mes cheveux pour tuer les poux et la chaleur me démangeait le crâne, mais je frissonnai. Je me rappelais le cadavre d'une jeune femme à peine sortie de l'enfance que j'avais vu flotter à la surface de l'eau. Elle était célèbre, une courtisane belle et désirable. Tout le monde savait qu'elle vivait là. Le reflux de l'eau avait révélé son visage taillade, les lambeaux de peau flottant avec sa chevelure, ses mains horriblement brûlées, ses bras tendus hors de l'eau terminés par des moignons noircis.

« Quand il est mécontent de quelqu'un, il fait un exemple. C'est toujours sanglant. Ne le mécontente pas. S'il te plaît, Luca Bastardo, écoute mes conseils. J'ai l'impression que je pourrais discuter avec toi, que, comme moi, tu pourrais survivre ici. N'aggrave pas ta situation. »

Je le dévisageai. Il avait une expression sérieuse. À la seule exception du vieillard de la Piazza Santa Maria Novella qui m'avait expliqué comment utiliser l'*ingegno*, personne ne m'avait recommandé de faire attention à moi. Et voilà que Marco m'implorait. Massimo, mon frère de la rue, n'avait pas partagé ces sentiments. Non sans méfiance, je demandai : « Pourquoi tu t'inquiètes de mon sort ?

— Parce que je m'inquiète du mien, répliqua-t-il en se détournant et en se mettant à faire les cent pas. Cela fait huit ans

que je suis là. J'ai appris à rester en vie. La plupart des enfants se
brisent; ils se fanent et meurent. Je reste en vie en protégeant ce
qu'il y a de bon en moi. C'est tout ce qui nous reste, ici, et, si
nous n'y faisons pas attention, ce qu'on nous force à faire nous
en prive aussi.

— Je ne crois pas qu'il y ait grand-chose de bon chez les gens,
rétorquai-je d'un ton mordant.

— Chez certains, si. Pas chez les clients. C'est aussi pour cela
que je suis gentil avec les autres enfants. Cela me distingue des
clients. Cela me donne une raison de vivre. » Il leva la tête,
comme s'il avait entendu quelque chose. « Prends soin de toi,
Luca! » Il me fit un signe et retourna se fondre dans les ombres.

« Chut, nous travaillons », souffla Simonetta. Un frisson
d'angoisse me remonta la nuque mais, quand je regardai autour
de moi, je ne vis rien. Le regard de la jeune femme fit un bref
aller-retour vers une fenêtre et j'y jetai un coup d'œil. J'avais
peut-être perçu un mouvement à la périphérie de mon champ de
vision mais la fenêtre était déserte, semblable à un miroir sans
personne derrière. Cette absence suggestive me terrifia plus
encore que si Silvano s'était tenu en face de moi. Je luttai contre
la forte envie de me couvrir. Cela lui déplairait peut-être de
s'apercevoir que je me savais observé.

Les dernières nuées couleur prune s'étaient fondues aux étoiles
quand Simonetta et Maria reculèrent d'un pas pour m'observer.
Mes cheveux me tombaient dans le dos jusqu'aux omoplates
comme un carré de tissu blond-roux, j'étais étrillé, rose et brillant
de la tête aux pieds et je dégageais de suaves effluves musqués. Je
mis le nez au creux de mon bras et inspirai, goûtant mon odeur,
tâtant mon corps. Étais-je encore le même? Je n'aurais jamais
cru pouvoir prendre cette apparence, ce parfum. Simonetta se
lécha le pouce et le passa sur mon sourcil gauche. Mais les poils
se redressèrent aussitôt; je les avais déjà vus faire, un matin sans
vent où le capricieux Arno, lisse et argenté, m'avait montré mon
visage. Simonetta adressa une grimace à mon sourcil puis haussa

les épaules. Maria me tendit une *camicia* jaune vaporeuse que j'enfilai, soulagé de me vêtir enfin. Elles me refirent traverser le *palazzo*.

Nous empruntâmes un autre couloir, tout aussi somptueux que le premier, et parvînmes à une salle à manger. Il y avait sur la table un sanglier rôti avec une pomme dans la gueule, une assiette de volaille rôtie, un bol fumant de soupe aux haricots, une petite tranche de pain et un panier de figues et de raisin. Le parfum savoureux du romarin et de la graisse croustillante embaumait l'air. Je courus à la table et m'emparai de la soupe, que j'engloutis en goulées bruyantes. Elle devait être délicieuse, les repas de cet établissement l'étaient toujours, mais je me préoccupais seulement d'apaiser la douleur qui me battait dans les veines et l'estomac. Puis je me précipitai sur la volaille, arrachant un pilon d'une main et un gros morceau de blanc de l'autre. Je tendais les doigts vers le second pilon quand Silvano éleva la voix derrière moi.

« Tu manges comme un chien affamé. »

Je me figeai, empoignant encore la viande chaude et tendre du délicieux volatile. Je retirai lentement le bras et me retournai face à Silvano. Il se tenait sur le seuil avec un long sac de soie lesté qu'il balançait d'avant en arrière comme un pendule. Il s'approcha, m'examinant attentivement. De sa main libre, il souleva une mèche de mes cheveux fraîchement lavés et la laissa retomber. Un tremblement naquit dans ma colonne vertébrale, mais je le calmai avant qu'il ne puisse éclore en frisson.

« La propreté te réussit, fit-il avec un air suffisant. Je le savais. » Il décrivit un lent cercle du poignet, amplifiant les oscillations du sac.

« Il y a des règles dans cet établissement, poursuivit-il, son menton pointu frémissant d'un plaisir venimeux. Des règles à respecter à chaque instant. » Sa main s'accéléra et le sac se balança plus vite. « Tu seras propre et sage », dit-il. Puis, d'un petit coup, un mouvement infime et expert, le sac se brouilla dans ma direction et se fracassa contre mes côtes avec une force qui m'ébranla.

J'ouvris la bouche pour crier mais les paroles de Marco résonnèrent à mon esprit : *Et ne crie pas... Il te battra encore plus fort.* Alors j'expirai lentement, la bouche ouverte. Le sac tournoyait toujours. Silvano n'avait pas fini; il allait me frapper encore. Je ne pus me retenir. Malgré les avertissements de Marco, je me précipitai de l'autre côté de la table. La panique fusait comme la foudre à travers mes membres, à travers mes veines. Il n'y avait plus que la peur de la douleur. Silvano gloussa et me suivit, m'acculant contre le mur.

« Tu satisferas les hommes qui viendront à toi. » Son poignet trembla et le sac s'abattit dans mon estomac. Je tombai à genoux et vomis. « Tu feras ce qu'on te dira ou je te tuerai ! » Il me frappa, encore et encore. Mes yeux s'emplirent de larmes mais je ne laissai pas échapper un son. Au bout d'un moment, ses admonestations prirent un ton déçu. Il me donna encore quelques coups, frustré, puis quitta la pièce. Je restai recroquevillé sur le côté, m'étreignant le ventre. Les larmes dégoulinaient de mon nez, j'avais régurgité sur mes habits ce que je venais de manger et, oui, une flaque d'urine s'étalait entre mes jambes. Depuis cet instant, je respectai toujours la douleur. Elle peut priver de sa dignité le plus fort des hommes.

Quand ma vision troublée s'éclaircit, j'aperçus Marco agenouillé au-dessus de moi. « Un client a quitté ma chambre et j'ai vu Silvano sortir, alors je suis venu voir comment tu allais. Je m'inquiétais pour toi, certains enfants ne survivent pas à la première correction. Mais tu t'en es bien sorti. Tu n'as pas crié.

— Je me suis mouillé comme une fillette et j'ai gerbé comme un chien, répliquai-je en gémissant tandis qu'il m'aidait à me relever.

— Mais tu n'as pas crié et c'était ta première fois, me consola Marco. Même moi, je crie parfois, et personne ne supporte la douleur mieux que moi. » Il me tendit un gobelet d'argent rempli de vin. Je le pris d'une main tremblante, reconnaissant de ses attentions. « Bois tout, Luca, me pressa-t-il. Simonetta va te laver et t'emmener à ta chambre. Repose-toi. Silvano va t'envoyer un client un peu plus tard. Reste simplement allongé. C'est tout ce

qu'ils veulent, au début. Reste allongé et respire. » Je baissai la
tête sur la coupe en espérant que Marco ne verrait pas mes
larmes piqueter la surface pourpre du vin.

« Qu'est-ce qu'il y a dans son sac ? demandai-je.

— Des florins d'or. Ça fait mal mais ça ne coupe pas. Bois,
maintenant. Cela adoucira la douleur. Cela te rendra plus fort. »

Je réussis à boire une grande gorgée. « Il aurait mieux valu que
je meure dans la rue.

— Il ne faut pas raisonner comme ça. On s'habitue. Le temps
s'écoule, répondit-il doucement. Allez, tu es le bâtard qui se sert
de l'*ingegno*, c'est ce que tu m'as dit.

— À quoi peut servir l'*ingegno* ici, maintenant ? reniflai-je.

— Sers-t'en pour imaginer ce qui t'aidera à survivre,
retrouver tes parents, par exemple. » Il se leva. « Je dois y aller.
J'habite ici depuis si longtemps que j'ai des privilèges , mais, si je
suis en retard, Silvano me bat. Et il ne me ménage pas comme
toi. »

Il partit en hâte, puis Simonetta et Maria entrèrent dans la
pièce avec des chiffons, des brosses et une chemise propre.

J'eus le temps d'embrasser d'un regard circulaire le petit coffre
et le lit. Celui-ci était couvert d'une courtepointe de soie rouge
sur des draps jaunes. Je les soulevai et contemplai un luxe ini-
maginable : un matelas. Il était mince et une déchirure dans
l'angle révéla qu'il était fourré de crin de cheval, mais je n'en
avais jamais eu. Il y avait une fenêtre haute dans la pièce, que de
lourds rideaux masquaient, comme toutes les fenêtres du
palazzo. Quelques chandelles projetaient un éclat blafard et sans
grâce. C'était ma chambre. Je n'en avais jamais eu. Puis la porte
s'ouvrit et je bondis loin du lit tandis qu'entrait résolument un
homme au torse bombé, aux longs cheveux bouclés, avec du
blanc dans la barbe. Il portait des vêtements coûteux et des
bottes en cuir de veau. C'était le célèbre dirigeant de la guilde des
armuriers ; je l'avais vu sur le marché. Ou, plutôt, je l'avais vu
m'observer.

Il m'adressa un sourire gourmand et j'eus l'impression de me retrouver à la place de la volaille quand je l'avais repérée sur la table. Je fus écrasé de terreur et d'humiliation ; je reculai contre le mur. Dehors, dans la rue, je pouvais m'enfuir quand les hommes qui payaient un *soldo* pour me toucher se montraient trop insistants ; ici, il n'y avait aucune échappatoire. Mon cœur rua. Je regardai désespérément autour de moi mais il n'y avait nulle part où aller. L'armurier s'approcha à grands pas et tendit vers moi des mains tremblantes. Je les repoussai, mais il était fort et il me ceintura d'un bras épais, bloquant les miens contre mes flancs, avant de déchirer ma chemise. Je me débattis mais il ne s'en rendit pas compte.

« Si jeune, si beau, murmura-t-il, son souffle gargouillant dans sa gorge. Si beau. » Sa main fouilla dans son haut-de-chausses puis il me plaqua sur le lit, le visage contre le matelas. Ce fut pire que la mort. Je hurlai, hurlai encore, continuai de hurler à pleins poumons même quand je n'eus plus de souffle. Je résistai bien que Silvano ait clairement dit qu'il me tuerait le cas échéant. À cet instant, j'aurais préféré qu'on me tue. J'avais trop honte pour pleurer et je ne pus que fermer les yeux, priant que vienne le trépas. Je me rendis compte que Dieu recommençait à rire de moi et qu'Il était trop cruel et insensible pour me laisser périr comme je le demandais.

Et, à cet instant, je compris que les moqueries divines recèlent parfois des éclats de miséricorde, car Il me jeta une miette de grâce. Tout à coup, miraculeusement, je n'étais plus chez Silvano. Tout Florence, au-delà du *palazzo*, se trouvait dévoilé devant moi, comme s'il me suffisait de descendre dans les rues de la ville. Mais ce n'était pas seulement mon esprit qui s'y était rendu, c'était tout mon être. Les frontières entre la matière et l'imagination s'étaient dissoutes et la réalité pénétrait les deux royaumes. Je vécus un bond surnaturel, d'abord en esprit, puis par les sens, et enfin, quand je discernai les pigments des fresques et entendis les voix douces du chœur, mon essence tout entière se retrouva dans l'église monumentale de Santa Croce. *La Résurrection de Drusiana,* tirée de la vie de saint Jean l'Évangéliste, se déployait devant mes yeux. Je m'étais accroupi une fois entre les bancs non loin d'un prêtre qui racontait cette histoire à une classe de catéchisme, expliquant que Drusiana aimait tant saint Jean et avait si bien respecté ses commandements qu'il l'avait ressuscitée au nom du Seigneur. L'idée qu'une telle dévotion puisse valoir le salut m'avait ravi et j'avais résolu qu'un jour je montrerais aussi un tel amour. Peut-être pas à un saint, parce que les saints n'avaient rien de commun avec la racaille à laquelle j'appartenais ; peut-être pas à quelqu'un, même si je désirais ardemment accéder à une noble condition, faire partie d'une famille et avoir une épouse ; mon adoration se limiterait peut-être à ce tableau.

La peinture devant moi la méritait. Chaque détail était beau et éclatant, de la variété des émotions des visages au ciel bleu arqué au-dessus de l'assemblée. Il suffirait que je pose le doigt sur une joue ou bien sur un front pour sentir la chaleur de la peau. J'avais l'impression que l'artiste avait représenté de véritables personnes massées autour de saint Jean et que j'en faisais partie, contemplant la foi récompensée par le renouveau de la vie. Le peintre avait dû s'envoler vers ce moment merveilleux pour le représenter de la sorte, comme j'y volais en ce moment.

La porte se referma et l'homme de la guilde disparut. Je glissai par terre, désarticulé. Les larmes m'encroûtaient le visage, la bile m'aigrissait la bouche et du sang blanchi me barbouillait les fesses. Je me frottai précipitamment par terre pour l'essuyer. Puis je restai étendu là, dans la douleur, à contempler le plâtre du plafond. Je savais que l'armurier n'était que le premier. Il y en aurait d'autres. Plus jamais je ne me considérerais d'un œil favorable. Le mieux que je pouvais espérer, c'était de continuer à exister.

Au bout d'un moment – j'ignore combien de temps, car son cours avait changé et ne serait plus jamais le même pour moi –, Simonetta entra avec une serviette et de l'eau. Elle me releva et me nettoya avec des gestes vifs et exercés. Puis, les yeux tristes, elle m'embrassa doucement le front.

« Marco ? » murmurai-je. Même si j'en avais envie, je ne lui faisais pas vraiment confiance, mais il avait de l'*ingegno* sur cet établissement. Il saurait quoi me dire pour que je puisse vivre avec ce qui venait de m'arriver. Simonetta secoua la tête.

« Je vais te chercher à manger », souffla-t-elle en retour. Au moins, je ne mourrais pas de faim en ces lieux.

Les jours qui suivirent cette première nuit atroce adoptèrent un rythme composé de repas, de bains, de travail et de sommeil. Je me sentais tellement désincarné que, si la cadence était réelle, le temps ne s'écoulait pas. Quand je travaillais, je voyageais. Vers Santa Croce, en général, où je passais de longues heures devant les fresques. J'y découvrais des détails que j'avais négligés quand je les avais vues en personne : la pose gracieuse de mains jointes en prière, l'extase d'un visage fervent, les étoiles scintillant dans un ciel bleu si vaste que je manquais y chavirer. Les œuvres étaient toujours présentes pour moi comme une famille l'est pour autrui. Je pouvais leur appartenir, et réciproquement, et cela me soutenait. Les paroles du vieil homme à Santa Maria Novella étaient merveilleusement exactes : la porte était en moi. Quand la beauté m'appelait, cette porte s'ouvrait et je pouvais voyager n'importe où. Je trouvais que j'avais de la chance.

J'apercevais parfois des silhouettes obscures dans les escaliers ou filant derrière un battant, mais, à part les clients dont je m'efforçais de ne pas regarder le visage, ainsi que Simonetta et Maria, je ne rencontrais personne. La plupart du temps, Silvano nous tenait enfermés dans nos chambres. Je jetais un coup d'œil à la dérobée chaque fois que ma porte était déverrouillée, apercevant des *condottieri* au bout du couloir. Quand on m'emmenait prendre un bain, j'en remarquais d'autres qui patrouillaient sur le domaine du lupanar ; leurs rangs barraient la seule sortie. Il n'y avait aucune échappatoire, tout simplement. Avec le silence, l'isolement, la sensation oppressante d'être piégé, je me sentais triste, seul et je m'ennuyais. J'avais l'habitude d'une rumeur omniprésente et de la compagnie turbulente de Paolo et Massimo. J'avais l'habitude de la liberté des rues.

Un soir au coucher du soleil, au bout d'une quinzaine de jours, Marco s'aventura finalement jusqu'à l'atrium. J'étais heureux de le voir.

« Comment vas-tu, Luca ? Tu as trouvé tes parents ? demanda-t-il, une ecchymose noir et jaune sur sa joue démentant son ton jovial.

— Ouais, ils viennent me chercher demain dans un carrosse d'or tiré par douze chevaux blancs.

— Tu m'emmènes faire un tour ? répliqua-t-il en m'adressant son sourire facile. Je suis si séduisant que je donnerai de l'allure au carrosse. » Je lui renvoyai un regard sardonique. « Je t'ai apporté une douceur, ajouta-t-il en me la lançant. Quoique tu te remplumes, maintenant.

— Les clients n'apprécieraient pas que j'aie l'air fait en allumettes. Ils me préfèrent en enfant innocent, observai-je en suçant la sucrerie.

— Je croyais que tu étais Luca Bastardo, un gamin des rues pas vraiment innocent ? » Il eut un nouveau sourire.

« Ils se fichent de qui je suis.

— Tu as raison, ils s'en fichent. Le comprendre, c'est commencer à survivre. Alors continue à engraisser. Tu continueras à satisfaire Silvano. Moi, je pars faire un tour sur la Piazza Santa Croce.

— Tu sors ? demandai-je, stupéfait, me levant à demi de la baignoire.

— Il m'accorde des privilèges. Parce que je suis ici depuis vraiment très longtemps et que je travaille bien. Et parce que les garçons ont meilleure mine quand ils s'activent à l'extérieur. Ils ressemblent à... tu sais, de vrais garçons. Des garçons normaux. Les clients aiment ça.

— Je ne savais pas que l'un de nous pouvait sortir ! Tu pourrais t'enfuir de Florence, t'échapper pour toujours !

— Je dois rentrer.

— Je ne rentrerais pas, moi », répondis-je à voix basse. Simonetta leva son grand visage fatigué et me dévisagea.

« J'ai voulu m'en aller, une fois », dit-elle. Sa voix était douce mais captivante, parce qu'elle parlait rarement. « Avant d'être ici, j'économisais pour ouvrir un atelier de confection avec mes cousins. J'étais moi-même couturière, j'étais douée. Mes cousins m'ont vendue pour avoir de quoi ouvrir la boutique. Les clients n'ont pas voulu de moi parce que je ne suis pas belle. Mais j'étais douée pour m'occuper des enfants et fabriquer des vêtements, alors il m'a gardée. Un jour, les *condottieri* qui gardent la porte se sont saoulés et endormis ; du coup, je me suis faufilée dehors. Silvano m'a rattrapée au portail et m'a battue. Je n'arrivais plus à marcher pour rentrer. Il m'a laissée dehors à saigner toute la nuit, et puis il m'a fait traîner à l'intérieur. »

Imaginer la grande et douce Simonetta meurtrie à ce point m'horrifia. « Moi, je te trouve belle », ai-je déclaré farouchement en lui touchant la main. Elle prit ma paume et la frotta doucement contre sa joue.

« Personne n'est plus beau que moi », déclara Marco avec un reniflement exagéré et en relevant le nez, ce qui nous fit sourire, Simonetta et moi. Il m'ébouriffa les cheveux. « Ne t'inquiète pas, Luca, tu es presque aussi séduisant que moi. Mais c'est pour ton *ingegno* que tu me plais ! » Puis il se reprit. « Simonetta a eu de la chance. Les corps dans le fleuve, c'est comme ça qu'il punit normalement les tentatives d'évasion.

— Il doit y avoir un moyen, soutins-je. Il y a des cachettes et les gens sortent dans le *contado* ; tu pourrais te faire emmener sur un chariot de colporteur. J'y avais pensé mais j'ai préféré rester à Florence parce que je sais m'y débrouiller. Quel imbécile j'ai fait ! Mais tu pourrais changer de vêtements. Te déguiser. Ce ne serait pas facile de te retrouver hors de la ville ! »

L'espace de quelques battements de cœur, les yeux noirs de Marco restèrent braqués sur moi comme ceux d'un faucon en piqué. Il s'approcha, laissant traîner un de ses longs doigts élégants dans l'eau du bain. À voix basse, il s'enquit : « Comment faire pour changer de vêtements ? Je n'ai pas d'argent pour m'en acheter d'autres.

— Facile ! » Je ris. « N'importe quel mendiant échangera les siens contre les tiens. Fouille les ordures ou vole à la corde d'une blanchisseuse. Même certaines églises ont des habits. Il existe cent façons de se procurer une *camicia* et un *mantello*. Dans la rue, personne n'est obligé de rester nu !

— Je pourrais trouver de quoi m'habiller aux ordures, songea-t-il à voix haute. Il ne faut surtout pas qu'on sache ce que je fabrique ou bien cela pourrait revenir aux oreilles de Silvano. Il a beaucoup d'espions.

— Et pas seulement ceux qu'il paie. Beaucoup lui doivent des faveurs, alors ils lui répètent ce qu'ils apprennent, le prévint Simonetta. Il sait tout ce qui se passe à Florence. Il est au courant de tout. C'est trop dangereux.

— Ça l'est encore plus de rester. Ici, la mort est la seule voie de sortie ! Si Marco quitte Florence, il a une chance, argumentai-je. Cherche des vêtements dans les ruelles derrière les *palazzi*. Les nobles y jettent leurs ordures. Tu verras ce qui reste après que les domestiques se sont servis.

— Une fois déguisé, il faudrait que j'aille à…

— Au Ponte alla Carraia. Il y a des tas de chariots là-bas, des gens qui apportent leurs marchandises du *contado* et qui repartent à vide à la campagne.

— Il doit y avoir un moyen de te libérer, dit-il doucement. Tu m'as apporté ce plan, je ne peux pas t'abandonner. Je veux que tu viennes avec moi. Nous ne sommes pas obligés de nous exiler seuls de Florence, ni toi ni moi ! »

Je voulais croire que Marco pourrait devenir ma famille, qu'il veillerait sur moi comme je l'imaginais autrefois de la part de Paolo et Massimo. Je peinais à accorder ma confiance après la trahison de ce dernier, mais Marco était gentil. Il semblait sincère. J'acquiesçai de toute la ferveur de mon être. « Comment puis-je convaincre Silvano de me laisser sortir comme toi ? »

Il secoua la tête. « Il faut qu'il te le propose et ordonne aux *condottieri* de te laisser passer. J'ai longtemps voulu mourir. Alors j'ai arrêté de manger. C'est là qu'il m'a permis de sortir, comme s'il espérait qu'en me rendant un peu de liberté je lui serais reconnaissant et travaillerais mieux.

— Alors je ne mangerai plus, répliquai-je. Affamé, j'aurai l'air malade. » Même si j'avais connu une famine atroce pendant toutes ces années, c'était préférable à ce que j'affrontais dorénavant.

« Cela pourrait marcher, répondit lentement Marco. Les clients ne paieront pas pour un enfant qui n'a pas l'air en bonne santé et Silvano n'aime pas perdre d'argent. Il voudra que tu reprennes des couleurs. Quand il te laissera sortir, je reviendrai au Ponte alla Carraia. Nous partirons à Sienne ou à Lucques et nous commencerons une nouvelle vie !

— Rome, répondis-je. J'ai toujours voulu aller là-bas. Je pourrai y chercher mes parents !

— Pourquoi pas ? » Marco sourit. « Je m'enfuirai dans trois jours. Aujourd'hui, je vais chercher quelqu'un pour m'emmener dans le *contado*. J'attendrai deux semaines, ce qui te donnera le temps de jeûner…

— Je commence aujourd'hui !

— Bien. Puis je reviendrai en ville. Je ne pourrai pas t'envoyer de message mais j'attendrai au Ponte alla Carraia. Tu viendras m'y retrouver.

— Apporte de quoi manger, remarquai-je anxieusement. Au bout de deux semaines sans rien avaler, je n'aurai pas seulement l'air malade, je le serai vraiment ! » Une leçon enseignée par mes années dans la rue. Une semaine de jeûne engourdissait les membres, embrumait l'esprit, affaiblissait la volonté. Je ne sous-estimais pas le pouvoir de la faim.

« J'aurai de quoi manger et des vêtements, m'assura Marco d'un air déterminé, parce que tu m'as aidé à échafauder ce plan. Je prends toujours soin de mes amis !

— Nous l'avons construit ensemble grâce à notre *ingegno*, répliquai-je, espérant vivement qu'il éprouve entre nous le lien que je commençais à ressentir.

— Silvano a plus d'*ingegno* que n'importe qui, souffla Simonetta. Et le sien est meurtrier !

— C'est vrai, admit l'adolescent. Personne ne s'est jamais enfui d'ici. Il retrouve tout le monde. Toujours.

— Mais nous allons essayer, le pressai-je. Il le faut !

— Cela en vaut la peine. Cela marchera peut-être. J'ai tendance à avoir de la chance ; cela va avec mon charme. Regarde celle que j'ai eue en te rencontrant : tu détiens l'*ingegno* qui m'aidera à fuir ! » Il eut un sourire. Il m'adressa un salut enjoué et tourna les talons. Il me laissa souriant, moi aussi, à rêver que nous gagnerions notre liberté ensemble. Peut-être serions-nous de vrais amis, même des frères, comme je l'avais imaginé pour Massimo et moi.

Les jours passèrent tandis que je buvais de l'eau et ne mangeais rien. C'était facile car, après tout, je connaissais la faim ; je l'avais subie bien assez souvent. Mais Silvano ne semblait pas s'apercevoir que je dépérissais et, quand les deux semaines fixées par Marco furent écoulées, puis dépassées, je commençai à désespérer. Cela faisait seize jours que je n'avais avalé que de l'eau et quelques gorgées de vin. Je risquais de devenir trop faible pour atteindre le Ponte alla Carraia. Je cherchai le moyen d'être remarqué par Silvano sans qu'il me batte, pour qu'il s'aperçoive de mon état et me laisse sortir. Massimo m'avait trahi mais je ne pensais pas que Marco l'imiterait ; je supposais qu'il m'attendait au pont avec des provisions.

Ce soir-là, après le départ du dernier client, encore ravi par l'ascension gracieuse de saint Jean vers les cieux, je passai à l'action. L'homme avait pris plus de temps que la majorité. Cela m'avait rendu impatient mais m'avait aussi permis de me délecter plus longtemps des fresques. La famine avait affûté la clarté de mes visions et détourné mon attention de l'humiliation et du désespoir. Les couleurs des peintures n'avaient jamais semblé aussi vives, la chair des silhouettes aussi chaude et vivante. C'étaient vraiment mes frères et mes sœurs, et cette intimité donna de la force à mes membres affaiblis, si bien que je pus enfiler ma *camicia* et mes chausses pour quitter ma chambre en titubant. Je ne repérai aucun *condottiero*, ce qui m'étonna et m'encouragea à la fois. La réussite de mon plan amuserait peut-être un Dieu méchant, songeai-je en chancelant à travers les couloirs du *palazzo* enténébré. J'étais déterminé à trouver le tenancier du lupanar et à lui arracher le privilège de sortir. Je m'appuyai contre le mur pour rassembler mes forces.

« Luca, je venais te chercher », dit Simonetta en apparaissant devant moi. Elle me caressa doucement les cheveux. « Que fais-tu là ? Prends garde, tu vas attirer l'attention de Silvano ! » Elle me fit un geste. « Viens », ajouta-t-elle en prenant la bougie d'une applique murale. Elle me conduisit dans la longue galerie. Tandis que nous dépassions d'autres portes, elle frappa et invita les occupants à se joindre à nous. C'était tellement inhabituel que, malgré la lassitude de mon corps, je les dévisageai avec une curiosité éhontée. C'étaient pour la plupart des enfants comme moi, garçons et filles d'âge, de carrure et de taille variés. Des chevelures blond clair, rousses, des bohémiens au teint mat et même quelques Africains à la peau d'ébène lustrée, aux muscles bombés et roulants. Il y avait un garçon mince aux yeux rouges, à la peau et aux cheveux dénués de couleur, rappelant un linge blanc, et un enfant nain qui m'arrivait à peine à la taille. Aucun de nous ne parlait ; certains étaient si intimidés qu'ils n'osaient même pas lever les yeux. Je me demandais comment ils étaient arrivés là, s'ils avaient été cueillis dans la rue comme moi ou bien vendus par leurs parents comme Marco. Des femmes se joigni-rent à nous, jeunes pour la plupart, et toutes belles, sauf deux qui étaient incroyablement grosses. Deux hommes adultes n'auraient pu entourer leur taille de leurs bras. Je m'efforçai d'imaginer ce qu'elles avaient dû avaler pour devenir aussi énormes et je dus m'arrêter, pris de faiblesse à l'idée d'un petit-déjeuner de pâtisse-ries au beurre et à la crème suivi d'un pot de soupe et d'un quar-tier entier de bœuf rôti à la broche. Simonetta tourna encore et nous conduisit à une grande porte. Elle ôta la barre transversale et nous invita à descendre.

Des flambeaux fixés au mur éclairaient les marches de pierre usée que nous empruntâmes. Une petite fille aux cheveux blonds enrubannés se mit à pleurer derrière moi. Je ralentis jusqu'à me trouver à sa hauteur. Elle me prit la main d'un geste convulsif et la serra. C'était la première fois qu'on cherchait du réconfort auprès de moi et j'en fus inexplicablement ému. Une bouffée de courage me gonfla le torse. Bien que j'aie la tête légère, je serrai doucement en retour et lui souris. Ses yeux bleus grands comme des bols de lait m'adressèrent un regard terrifié et elle s'agrippa à ma main comme si cela la rassurait.

Nous entrâmes dans un vaste cellier illuminé par des torches. Les flammes jetaient des ombres malfaisantes sur les parois de pierre grise; Silvano se tenait au centre de la pièce entouré d'hommes à forte carrure qui arboraient l'air durci des *condottieri*, ces mercenaires qui défendaient Florence contre ses vieilles rivales, Pise et Turin. Dans cette lumière, le tenancier, avec son nez en lame de couteau, avait les traits rougeauds et détendus. Il se tourna brusquement de côté, et le jeu des ombres et de la clarté sur ses cheveux et sa barbe donna l'impression qu'il avait une seconde tête sur le profil du visage, là où devaient se trouver sa joue et son oreille. Il fit un signe et deux hommes de haute taille à l'air revêche s'avancèrent, tenant un Marco inerte entre eux. Il était pâle, étourdi. Son visage de porcelaine était sale, couvert d'entailles, sa lèvre inférieure fendue et ses vêtements déchirés. J'eus un hoquet et me couvris la bouche.

« Voici Marco. Vous le connaissez, annonça Silvano avec un geste de la main. Il avait des privilèges ici, n'est-ce pas, Marco? Mais tu as abusé de ma confiance. » Il claqua de la langue, feignant la déception. Il tourna autour du jeune homme, qui gardait les yeux rivés par terre, et la peur m'étreignit la poitrine. Une chose blanche luisait dans la paume du maître des lieux. Je crus d'abord qu'un croc géant lui avait poussé au poignet, mais il la jeta en l'air et la rattrapa de l'autre main, et je compris que c'était un couteau à la lame longue et fine.

« Par ma grâce suprême, Marco avait reçu le droit de sortir, continua Silvano. Mais il a cru pouvoir rester dehors et ne jamais revenir! » Sur ce, il bondit sur l'adolescent et frappa. Le sang gicla du creux derrière le pli du genou droit. Marco hurla, son menton s'élevant vers le plafond tandis qu'il mugissait de douleur. Sa jambe s'affaissa et il s'écroula sur le flanc. Les enfants et les femmes qui m'entouraient se mirent à sangloter en silence. Quelque chose en moi se déchira. *Ne hurle pas, Marco,* priai-je, *cela va l'encourager.* Marco avait été gentil avec moi. L'avais-je payé de retour avec des fantasmes de fuite dégénérant dans la violence ? Puis, écœuré par mon propre égoïsme, je ne pus m'empêcher de trembler devant une question plus terrible encore : avait-il avoué à Silvano le rôle que j'avais joué dans son geste ? Mes poumons me firent l'effet de vieilles feuilles noircies par le feu et tombant en poussière.

« Enfant stupide. » Silvano porta un nouveau coup. Le sang jaillit, inondant les vêtements de prix du tenancier. Les hommes qui tenaient Marco s'esclaffèrent. Ils le lâchèrent et il s'écroula par terre, hurlant et pleurant encore. Puis il se tut et je retins mon souffle, tandis qu'il fouillait l'assistance de ses yeux hébétés jusqu'à trouver les miens. J'avais envie de vomir et, j'ai encore honte de l'admettre, je le suppliai silencieusement de ne pas me dénoncer. Je savais au fond de moi-même que je le trahissais et songeai que Massimo avait peut-être éprouvé cette sensation au moment de me vendre. Je me rappelais confusément avoir confié à Marco qu'à mon avis il n'y avait pas grand-chose de bon chez les gens ; cela me concernait tout autant, je le savais à présent. Les gens seraient peut-être meilleurs si Dieu l'était aussi. Puis l'adolescent ferma les paupières et roula sur le ventre, en larmes, gémissant face contre terre. J'éprouvai un soulagement si puissant que j'en fus étourdi. Il se tairait.

« Panse les plaies. » Silvano pointa brusquement le menton vers Simonetta, qui se précipita pour lui obéir. Les yeux du propriétaire des lieux balayèrent la foule des femmes et des enfants. « Le souhait de Marco sera exaucé. Il vivra hors de mon bel établissement. Il vivra où il le voudra mais il ne marchera plus jamais. » Il enjamba la silhouette flasque et gagna l'escalier. Nous nous écartâmes pour le laisser passer. Il s'arrêta sur la deuxième marche. « Personne ne peut s'échapper. Tous ceux qui voudront fuir subiront le même sort, voire pire ! Toi, viens. » Il me montra du doigt.

La petite fille aux yeux bleus étouffa un sanglot et me lâcha la main. Je tremblais de la tête aux pieds mais je m'empressai d'obéir. Silvano ne dit pas un mot tandis que nous gravissions l'escalier. Nous retournâmes à la salle à manger où j'avais été conduit le soir de mon arrivée au *palazzo*. La table était servie avec encore plus d'abondance, viandes rôties, fromages forts, pains, olives vertes et grasses, vin. Je me demandais s'il allait me battre encore ; si, en définitive, Marco lui avait avoué le rôle que j'avais joué dans ses projets de fugue. Je regardai alentour, cherchant le sac de soie lesté.

Silvano s'installa, essuya le couteau ensanglanté sur le devant de sa chemise et piqua une côte d'agneau. Il la laissa tomber sur son assiette, posa l'arme et prit la viande entre ses doigts méticuleux. Il se mit à la déguster avec beaucoup de délicatesse. Je restai debout, pétrifié, respirant à peine ; j'attendais.

« Veux-tu manger quelque chose, Bastardo ? s'enquit-il. Tu n'es pas exactement un *bastardo*, mais ce nom te va bien. Un peu de vin ? Tu es pâle. Cela te fortifiera.

— Non, monsieur, répondis-je.

— Tu es sûr ? Tu es malade ?

— Je ne crois pas, monsieur.

— Préfères-tu autre chose ? » Je secouai la tête. Il fronça les sourcils. « Des pâtisseries ? » Nouvelle dénégation. « Mes clients sont contents de toi, sauf que tu n'as pas l'air en forme. Tu es certain d'aller bien, mon garçon ? demanda-t-il en laissant tomber la côte nettoyée sur son assiette. Je te revois debout dans cette pièce, les doigts plantés dans un chapon rôti ; un petit animal affamé, propre pour la première fois depuis que ton orgueilleuse de mère t'avait perdu. » Il eut un gloussement presque tendre et ce bruit me fit grimper un frisson le long de l'échine.

« Je n'ai pas faim, monsieur.

— Nous ne saurions te laisser maigrir, Luca. Une part de ton charme vient de ton joli cul rond. C'est ce qu'on me raconte. » Il gloussa à nouveau. Je détournai le regard. « Tu ne me sers à rien si tu meurs de faim. Je perdrai de l'argent. Crois-tu qu'aller en ville stimulerait ton appétit ?

— Dehors ? » Je murmurai le mot, pris de tourment. Marco et moi avions planifié ma libération. Mais il était estropié à présent, mourant, peut-être. Même si je sortais, ni lui ni moi ne serions libres. C'était la vérité, Silvano détenait plus d'*ingegno* que quiconque. Il voyait tout, savait tout. J'éprouvai un profond déchirement au creux du ventre tandis que s'envolait tout l'espoir qui me restait au monde.

« J'aimerais sortir », soufflai-je. Oh oui, j'aimerais beaucoup cela, une once de soulagement à l'écart de cette prison riche, muette et solitaire. Je me haïs à cause de la gratitude qui surgit en moi à la perspective de jouir d'un peu de liberté, même mince, car je savais que je me laisserais utiliser plus facilement.

« Il y a des règles. » Il m'adressa un regard lourd de sens.

« Oui, monsieur. » Je hochai vigoureusement la tête. « Je comprends bien les règles. Je les suivrai à la lettre.

— Tu ne voudrais pas finir comme Marco, n'est-ce pas ?

— Non, monsieur, piaillai-je.

— Il ne s'en est pas si mal tiré. » Il haussa les épaules et gratta son menton fin et proéminent sous sa barbe coiffée. « J'en ai fait sortir d'autres en les confiant à l'étreinte glacée du fleuve. Une fois qu'il te tient, tu ne résistes pas longtemps. Marco vivra dans la rue. Dehors, les gens sont généreux avec les estropiés. N'est-ce pas, mon garçon ? » Il n'avait pas vraiment l'air d'attendre une réponse et je ne voulais pas lui en donner, car il me faudrait mentir, et je ne voulais ni mentir ni lui déplaire. Non, les gens n'étaient pas généreux avec les estropiés. J'avais travaillé dur pour qu'on me fasse l'aumône, pourtant j'avais souvent faim.

« Les femmes te donneront de quoi acheter à manger sur le marché. Cela va te plaire. Je t'y observais, tu convoitais tout. Tu es d'une nature lascive et avide. La satisfaire te remplumera. » Il fit signe à Simonetta de me ramener à ma chambre.

« Oh, mon garçon », appela Silvano. Simonetta et moi nous figeâmes. « Tu recevras plus de clients par semaine pour payer tes sorties », décréta-t-il. La jeune femme serra ma main contre sa douce poitrine et nous retournâmes à ma chambre en courant. J'avais l'impression de fuir l'image de Marco, estropié et couvert de sang. Je fuyais aussi le rôle que j'avais joué dans son sort. Aussi atroces que soient les visites, j'avais quasiment hâte de voyager jusqu'à Santa Croce. Les fresques effaceraient l'adolescent de mon esprit, et peut-être ma culpabilité avec.

Des semaines plus tard, j'allai à l'église franciscaine de Santa Croce. L'hiver approchait, la ville était froide et venteuse et je marchais emmitouflé dans un *mantello* doublé d'hermine, le plus beau vêtement que j'aie jamais porté. Le cœur palpitant et les nerfs bouillonnant d'impatience, je cheminais dans l'enchevêtrement des rues dallées du quartier ouvrier animé de Santa Croce ; je voulais contempler les fresques vers lesquelles j'avais si souvent voyagé. Je dépassai des ateliers de teinture de laine, des cours de justice et un marché que je fréquentais dorénavant. Depuis que Silvano m'avait accordé une mesure de liberté, je partais me promener, mais je n'étais pas retourné à mes anciens repaires. Je ne voulais pas voir Paolo ni Massimo. Ils me mépriseraient. J'étais différent, à présent. J'avais toujours été différent des mendiants, bohémiens et laissés-pour-compte que je rencontrais dans la rue, mais je n'étais même plus l'enfant qu'ils avaient connu. Malgré mes bains et mes vêtements fins, j'étais souillé jusqu'à l'os par mon travail. Je n'avais plus faim non plus et j'en éprouvais une reconnaissance honteuse. Et j'avais découvert en moi des voyages secrets et merveilleux qui me séparaient encore davantage de mes anciens compagnons et de celui que j'avais été.

Je franchis le transept droit de l'église Santa Croce, pénétrant dans la chapelle Peruzzi. Enfin, avec révérence, je m'arrêtai devant les fresques de saint Jean. Elles étaient semblables en tous points à ce que j'avais vu pendant mes voyages. Tous les détails – la musicalité des silhouettes groupées, l'harmonie des personnages avec les bâtiments, les nuances éblouissantes, la vivacité puissante de la chair et des expressions – étaient tels qu'ils m'avaient été révélés. C'était merveilleux, miraculeux, et j'en tombai à genoux de gratitude.

« T'émeuvent-elles à ce point, mon garçon ? s'enquit une voix aimable.

— Oh ! » Je fus tiré de mon extase et m'assis bêtement en arrière. Je me retournai. Quelques pas derrière moi se tenait un vieil homme corpulent et plutôt laid. Nous nous dévisageâmes mutuellement avec la même curiosité. Puis je glapis en le reconnaissant. « L'autre fois à Santa Maria Novella – vous êtes l'homme de l'*ingegno* !

— Un titre honorifique dont j'espère être digne, répliqua-t-il avec humour. Et je te reconnais. Tu es le garçon au bâton cassé et à la dague bâtarde...

— L'enfant dont Dieu rit. » Je hochai la tête, me relevant en hâte.

« Ne le prends pas personnellement, dit-il. Dieu rit de nous tous. La vie est une comédie divine et c'est de cette façon que nous témoignons notre vénération. » Il désigna les peintures.

J'acquiesçai une nouvelle fois. « Elles sont saintes parce qu'elles viennent du lieu de beauté. »

Un de ses sourcils grisonnants se leva. « Le lieu de beauté, dis-tu ? Qu'est-ce ?

— Vous m'avez dit que les Florentins ont de grandes âmes, qu'il y a en nous les qualités qui font de nous ce que nous sommes, répondis-je. Le lieu de beauté, c'est de là que vient ce qui est beau ; ce n'est pas en nous, mais on peut l'atteindre en partant de nous-mêmes. Il ne se trouve pas en ce monde.

— Si ce lieu n'est pas en nous, comment faisons-nous pour l'exprimer de cette façon ? » Me rejoignant d'un pas traînant, le vieillard fit un geste vers les fresques. « Ne crois-tu pas que nous l'abritons en notre for intérieur ?

— Non », répliquai-je, mais à mi-voix pour ne pas l'offenser. « Il est différent de nous. Le monde est rempli de laideur. Comme le rire de Dieu. Mais, au-delà, il y a la beauté.

— Qu'est-ce qu'un jeune chiot comme toi connaît de la laideur ? »

Je songeai aux clients qui ouvraient la porte de ma chambre. Je me souvenais des visages sans expression qui passaient devant moi quand je mourais de faim, mendiant une piécette, des restes, n'importe quoi. Je me rappelais comment, moi-même, j'avais silencieusement enjoint à Marco de ne pas révéler mon rôle dans sa tentative d'évasion. L'expérience m'avait montré qu'il y avait plus de laideur que de beauté chez la plupart des gens. Je n'allais pas le dire à cet homme pétillant d'une intelligence vive, même si je le pensais capable de comprendre. « La laideur, c'est notre lot en tant qu'êtres humains. C'est le péché qui nous souille depuis le jardin d'Éden. Le lieu de beauté, c'est quand Dieu se montre clément envers nous. »

Il se frotta la barbe et m'observa. « J'avais un ami qui aurait été d'accord avec toi. Il aurait déclaré que la beauté exprime la grâce de Dieu et que nous la voyons quand nous sommes assez purs pour envisager la création comme une seule et même unité.

— Je ne suis pas pur. Je vois très souvent le mal.

— J'oserais affirmer que mon ami Dante séjourne lui-même au purgatoire en ce moment. » L'homme sourit et ce fut comme une douce illumination venue du cœur, un sourire d'amour et de deuil qui englobait tout sans rien rejeter. Je le gravai dans ma mémoire, résolu d'avoir un jour le même sourire.

« Alors il est mort. C'était un bon ami ? m'enquis-je en me retournant pour regarder l'ascension de saint Jean.

— Oh oui, un ami cher. Un homme remarquable et un poète sans égal. Il me manque toujours. » Il soupira. « Plus que ma famille ne me manquerait, je pense. Ce sont des gens bruyants qui me coûtent cher.

— Voici mes amis et ma famille. » J'écartai les bras comme pour étreindre les fresques. « Ils resteront avec moi. »

Il les contempla durant un moment sans un mot et se tourna vers moi. « J'ai rendez-vous pour acheter des pigments, mon garçon. Puis je dois me remettre au travail dans une autre ville.

— J'ai du travail aussi », répondis-je, et ces mots eurent sur ma langue le goût des cendres.

Il hocha la tête. « Je reviendrai à Florence dans quelques mois. J'aimerais t'apporter quelque chose. Tu me rappelles un de mes enfants, avec des idées plus grandes que toi et bien trop mûres pour ton âge… Si mes peintures doivent constituer ta famille… »

J'eus un hoquet. « C'est *vous* ? Vous êtes l'artiste qui a réalisé ces fresques sacrées ?

— Giotto di Bondone, à ton service, et presque digne d'une telle adulation », répliqua-t-il d'un air pince-sans-rire, inclinant sa tête aux cheveux grisonnants.

Je tombai à genoux. « Maître, je ne savais pas, j'aurais été plus respectueux !

— Sornettes, jeune chiot insensé », rétorqua le peintre d'un ton bourru. Il me remit sur mes pieds avec une force étonnante dans ses mains tavelées. « Quand je reviendrai, où puis-je te trouver ? »

Pas au lupanar, non, ce serait insoutenable. Plus que tout, je ne voulais pas que cet homme dont le sourire portait la trace de la grâce du Seigneur, cet artiste aux tableaux miraculeux, découvre ce que j'étais. Il m'aurait pris en horreur. Je secouai la tête. « C'est moi qui vous retrouverai, maître.

— Veilles-y, jeune chiot », répliqua-t-il. Il me donna une petite tape joueuse sur la tête et prit congé.

Un moment plus tard, je sortais de la chapelle en chancelant, transporté de joie que Giotto lui-même, maître des fresques qui me réconfortaient quand je travaillais, m'ait adressé la parole. Il m'avait traité avec amabilité, avec intérêt, même ! Mes pieds m'entraînèrent jusqu'au fleuve étincelant, à un pont sous lequel j'avais souvent dormi. Je m'approchai de l'eau, qui prit tout à coup une teinte bleue mouchetée, habitée de courants traîtres et de surprenants éclats de lumière hivernale. L'Arno enflait parfois, détruisant les ponts et emportant les piétons hurlants, mais, ce jour-là, ses jeux étaient pacifiques ; des rires planèrent d'en haut.

Au bout d'un moment, je revins au présent. Quelqu'un m'appelait. « Bastardo », disait une voix faible. Appuyé contre un des piliers du pont, ses jambes inutiles étendues devant lui, se trouvait Marco.

« Marco ! » Je courus à lui et le serrai dans mes bras avec force. Il était pâle et sale, du pus gonflait les entailles de son visage et il avait beaucoup maigri. Mais il était en vie. « Tu as faim ? Je vais chercher à manger ! »

Il secoua la tête. « J'ai eu faim les premiers jours, oui. Plus maintenant.

— Je vais te trouver du pain et de la viande ! » Je me relevai en hâte, prêt à courir lui acheter quelque chose.

« Reste et parle-moi, Luca. J'ai toujours aimé discuter avec toi. » Il fit un geste vague de sa main boueuse. Je m'assis à côté de lui. « Il t'a laissé sortir. Notre plan a marché. Pour toi. »

Ma gorge se serra mais je m'obligeai à prononcer les mots. « Marco, je suis tellement désolé. Je ne savais pas qu'il te ferait ça !

— Au moins, je ne travaille plus ! C'est déjà ça. Tu peux peut-être encore marcher, mais tu dois toujours travailler. » Il eut un rire amer.

« Tu survis, dehors ? Comment ça se passe ? »

Ses longs cils s'abattirent dans un flottement. « Les rues de Florence ne sont pas tendres avec les estropiés.

— Je sais. Mais je t'apporterai à manger chaque fois qu'il me laissera sortir », promis-je.

Marco ouvrit ses yeux creusés et sourit. « Tu le ferais, je sais. M'apporter à manger, me parler comme si je comptais encore, comme si j'étais quelqu'un d'important.

— Bien sûr que tu l'es ! Tu comptes beaucoup ! répliquai-je avec flamme. Ce n'est pas parce que tu vis dehors que tu ne comptes pas !

— C'est toi qui es important, maintenant. Tu as retenu mes leçons. Tu entretiens en toi ce qui nous rend bons.

— C'est toi qui étais bon, dis-je. Tu m'as donné des sucreries, tu m'as taquiné pour me faire rire, tu m'as expliqué comment encaisser une correction pour qu'elle soit la moins dure possible !

— De petits riens que je faisais pour toi et les autres parce que cela me maintenait en vie, là-bas. Maintenant c'est ton tour. Aide les autres enfants. Donne ce que tu peux. Ne retiens rien, donne tout, n'importe quoi ! C'est comme ça que tu te sauveras toi-même.

— C'est toi que je veux sauver, et maintenant ! m'écriai-je.

— Tu le peux, mais pas avec un repas. » Les yeux noirs de Marco me transpercèrent comme des lances.

« De l'eau ? Du vin ? m'exclamai-je. Dis-moi !

— La liberté, prononça-t-il avec un sourire, puis il se redressa sur ses bras squelettiques. Aide-moi à entrer dans l'eau.

— Non ! » Je reculai en vacillant sur les talons, choqué, comprenant ce qu'il voulait. « Ne me demande pas ça !

— Tu as une dette envers moi, Luca Bastardo, déclara-t-il d'un ton irrévocable. Je n'ai rien dit à Silvano.

— Tu ne t'échapperas pas comme ça, Marco ! Tu es vivant ! Tu l'as dit toi-même : au moins, tu ne travailles pas ! » Je lui empoignai les épaules. « Marco, il ne faut pas abandonner ! » Les mots se déversaient de ma bouche en suppliques hachées mais le désespoir me noyait les entrailles. Il avait le regard fixe et vide. Je ne savais pas pourquoi je ne l'avais pas remarqué plus tôt : Marco, qui avait trouvé le moyen de surmonter le lupanar, avait à présent capitulé devant sa mutilation. En un sens, il s'était déjà quitté, il était déjà mort.

« Je ne suis pas vivant », cracha-t-il, les traits déformés par une colère sauvage, la voix semblable au sac de soie lesté s'abattant sur moi. « C'est une prison pire encore que celle de Silvano. Les autres mendiants me crachent dessus parce qu'ils savent ce que j'étais. Au moins, les clients me voulaient, même si c'était répugnant !

— On s'habitue à la rue. C'est mieux que chez Silvano ; dehors, tu es libre !

— Je l'étais davantage chez lui ! Au moins, là-bas, j'étais parfois maître de mon corps, quand les clients ne s'en servaient pas.

— Tu restes maître de tes pensées ! plaidai-je. Tu me l'as conseillé, pense à ce qui te fait du bien ! Tu peux faire des voyages merveilleux…

— Je suis un estropié des rues incapable de me procurer à manger et je n'ai pas d'amis dehors. Je vais mourir lentement et douloureusement. Tu vas m'accorder cette pitié, dit-il froidement. C'est ce dont j'ai besoin. Je l'aurais fait moi-même mais mes forces m'ont quitté depuis deux jours ; avec le froid, elles ne me reviendront pas. Traîne-moi jusqu'au bord et pousse-moi dans le fleuve. Si je flotte, maintiens-moi sous l'eau.

— C'est trop atroce ! criai-je. Je ne peux pas ! »

Il me dévisagea avec colère, soutenant mon regard de ses insondables prunelles vides. « Si, tu le peux. Je te connais, Luca

Bastardo. Tu fais partie de ces gens qui ont le courage de faire ce qui est nécessaire. Tu ne reculeras pas. C'est grâce à cela que tu as survécu si longtemps à l'extérieur. C'est grâce à cela que tu as survécu à ta première semaine chez Silvano. Beaucoup n'y arrivent pas, tu sais. Toi, si. J'ai l'impression que tu seras le seul à t'en tirer vivant! Et indemne. Je le vois dans tes yeux. Il y a quelque chose en toi, une force qui t'aide à tenir.

— Tu es en train de me demander de te tuer », soufflai-je. Mais quelle importance si je le faisais? J'étais seul en ce monde à me soucier de lui. Dans l'au-delà, Dieu ricanait; si j'accédais à la requête de mon ami, cela ne ferait qu'enrichir la plaisanterie divine. Alors que nous étions en train d'argumenter, un nœud dur me serrait la poitrine, mais il s'effondrait à présent en vagues de peine.

« Je te demande de me sauver! C'est ce que tu dois faire pour te sauver, toi », rétorqua-t-il d'un ton à la fois triomphant et amer.

Je n'en suis pas fier, mais je l'ai fait. Ce ne fut pas difficile, à vrai dire. Marco ne pesait pas davantage qu'un moineau; fort et bien nourri comme je l'étais, je n'eus aucun mal à le traîner au bord du fleuve. Cela ne me prit que quelques minutes.

« Va et retrouve ta liberté », lui dis-je en guise de prière pour lui demander pardon.

Alors je le fis rouler dans l'eau mouchetée de soleil. La vie a sa volonté propre et je ne l'en priverais pas si facilement. Marco projeta des éclaboussures et se propulsa vers la surface, hoquetant, aspirant l'air. Je pressai fermement sur ses cheveux noirs. Je le maintins sous la surface jusqu'à ce qu'il cesse de battre des membres et que ses bras s'ouvrent mollement. Il avait raison : j'étais capable de faire ce qu'il fallait faire, aussi abominable cela soit-il. Dans la rue, j'avais vidé les poches des passants, volé des fruits, extorqué de l'argent en faisant semblant d'être blessé; au lupanar, je m'étais soumis à l'avilissement aux mains des clients, mais cet acte-là était d'une autre ampleur, d'une autre nature. J'étais devenu volontairement un meurtrier. Je pouvais me cuirasser contre n'importe quoi. Depuis ce jour, c'est resté un de mes traits de caractère, pour le meilleur, pour le pire et pour les deux, et j'ai vécu assez longtemps pour comprendre que l'homme doit réconcilier toutes les facettes de sa nature. Je ne dis pas que mes larmes ne coulèrent pas par la suite; il s'agit seulement de payer le prix que l'instant exigeait. Marco m'enseigna cette leçon sur moi-même et je ne l'ai jamais oubliée, pas plus que sa bonté.

Je lâchai sa tête et restai assis à regarder l'Arno emporter son corps. Je me demandai si je connaîtrais une fin similaire, une enveloppe léchée par les vagues flottant au loin. Cela ne tarderait peut-être pas; impossible de prédire les caprices de Silvano. Je souhaitai de tout mon cœur avoir auprès de moi un proche bien intentionné pour ne pas mourir comme j'avais vécu, dans la solitude et le mépris. Un ami me rendrait peut-être le service que je venais de rendre à Marco, m'abandonnant au fleuve. Je ne savais pas encore que la vie avait d'autres projets pour moi et que ma fin ne viendrait pas de l'eau mais du feu.

Chapitre trois

Après la mort de Marco, j'endossai d'autres libertés qu'on lui avait accordées. J'adoptai aussi ses passe-temps, me faufilant dans la chambre d'autres enfants pour me lier d'amitié avec eux. C'était peut-être une façon pour moi de le maintenir en vie, car il me manquait ; peut-être s'agis-sait-il d'apaiser la culpabilité et le chagrin que me causaient sa mort ; ou bien, simplement, peut-être qu'à chaque jour passé au lupanar je détestais un peu plus l'emprisonnement et étais-je déterminé à retirer de ma condition autant de liberté que pos-sible. Je fis appel à mes anciens talents appris dans la rue, à ma vivacité de mouvement et à mes capacités à me fondre dans le décor pour me glisser furtivement dans le *palazzo*. On ne me remarquait pas, sauf un jour où Silvano me surprit dans la pièce où il suivait ses différents comptes. Un grand bureau en bois reposait sur un tapis sarrasin à côté d'un coffre aux portes peintes verrouillées.

« Bastardo, quel enfant futé ! Tu as trouvé le chemin de l'argent ! » Sa voix retentissait d'une joie malicieuse. « Je n'ai jamais trouvé un ouvrier ici depuis toutes les années que je dirige ce bel établissement. Tu es le premier. Tu es comme moi, plus rusé que la plupart ! Assoiffé de richesse.

— Je ne suis pas comme vous, monsieur, murmurai-je.

— Je crois que si. Sinon, que ferais-tu ici, dans la salle de l'*abbaco*, la salle des comptes ? » Il s'approcha et me caressa la nuque. La pièce vacilla devant mes yeux comme l'air au-dessus d'une dalle brûlante lors d'une journée d'été.

« Pourquoi cette pièce est-elle si importante ? m'enquis-je.

— Je conserve ici mon livre d'*abbaco* qui garde la trace de mes rentrées et dépenses, bien sûr. » Il sourit. « Et j'y garde aussi mes documents importants. J'en ai même un qui te concerne ! » Il tendit le bras au-dessus de moi pour dégager un épais volume. Il l'ouvrit et en retira une feuille de papier vélin. « Tu es tellement intelligent ; si tu arrives à le lire, je te laisserai courir jusqu'à ta chambre sans recevoir le baiser de mes florins. » Il me la fourra dans les mains. « Allez, lis ! »

De toute ma vie, je n'avais jamais tenu une feuille de papier ; c'était bien trop précieux pour un gamin des rues. C'était doux, blanc, couvert de signes étranges. « Qu'est-ce que c'est ?

— C'est une lettre qui m'est parvenue quand mes *condottieri* ont dévalisé un messager. L'imbécile transportait bien trop d'or sur lui. Cela ralentissait son cheval. Mes hommes l'ont soulagé de ce petit problème. Et ils lui ont aussi pris la lettre. Il ne savent pas lire, bien sûr, mais moi oui, et je fus ravi d'avoir cette missive en ma possession. N'en vois-tu pas l'importance ? Diantre, même le pape voudrait la lire ! Puis il la cacherait là où nul ne la retrouverait d'ici mille ans. Un jour, je la lui vendrai. Pas seulement pour l'argent, j'en ai déjà, mais aussi pour une indulgence, un titre, de l'influence ! Il voudra tant mettre la main sur toi qu'il me donnera tout ce que je lui demanderai ! J'accepterai, contre une fortune. Mais pas avant que tu ne sois adulte. Ils ne pourront pas se servir de toi tant que tu n'auras pas grandi.

— Pourquoi le pape voudrait de moi ? soufflai-je.

— Tu ne sais pas lire ? s'enquit-il, feignant le désarroi. Alors que tu es si intelligent que tu as trouvé la salle de l'*abbaco* ? En te faufilant comme le faisait ton vieil ami Marco ? Ah, ne t'inquiète pas, une putain dans ton genre a de la valeur, fût-elle d'une autre nature. » Il baissa la main et m'ébouriffa les cheveux. « Tu es un bel article avec cette chevelure blond orangé, ces grands yeux d'un noir intense, presque pourpres, qui rappellent les prunes – n'est-ce pas ? Dieu soit loué pour la luxure des hommes : elle fait prospérer mes affaires. » Il me lâcha brusquement. Je m'affaissai contre le bureau.

« J'ai entendu des négociants florentins, des nobles fortunés et de haut rang, affirmer qu'en exerçant prudence et vigilance sur ses affaires, en prêtant attention au plus infime détail, on évite les désastres. » Silvano déambula jusqu'au coffre, retira une clé de son *lucco* et ouvrit la serrure. « Je suis d'accord avec eux. » Il sortit un sac de soie boursouflé et je me mis à trembler. Un rictus tordit son visage allongé. Puis il balança son sac de florins avec une telle force qu'en comparaison la première correction qu'il m'avait administrée ressemblait à une plaisanterie.

« Que je ne te retrouve plus jamais ici ! » me lança-t-il quand il en eut terminé. J'étais étendu par terre dans une mare d'urine, de vomi et de larmes. J'avais mal, j'avais honte, mais j'éprouvais aussi une fureur immense. Silvano se souciait moins de mes explorations du *palazzo* que de trouver une occasion de me battre, je le savais ; aussi, au bout d'une semaine de rétablissement passée dans l'étau des murs de ma chambre, je récidivai. Cette violence n'avait fait que renforcer ma résolution de m'arroger toutes les libertés possibles.

Elle avait aussi affiné mes sens, ou bien elle m'avait appris à leur prêter une attention aiguë, car j'acquis une conscience surnaturelle de sa présence. Quelques poils se dressant sur ma nuque m'avertissaient qu'il se rapprochait de moi. J'appris à me replier dans une alcôve sombre ou à me recroqueviller derrière les rideaux épais qui voilaient toutes les fenêtres. À certains moments, j'aurais pu jurer qu'il pensait à moi car mon estomac se serrait tout en s'allégeant à la fois, comme si son intention devenait une patte griffue qui se tendait vers moi à travers le silence et l'obscurité du *palazzo*.

Au cours de mes explorations, je recherchai la petite fille blonde qui s'était cramponnée à ma main dans le cellier en quête de réconfort. Je l'aperçus un jour qu'une porte du grand couloir s'ouvrait sur le passage d'un homme bedonnant et richement vêtu. Je me rappelais l'avoir vu sur le marché avec son épouse, ses enfants et ses serviteurs. Derrière lui, la fillette était assise sur le lit. Elle portait une robe blanche déchirée et son petit visage s'affaissait en plis engourdis dignes d'une trentenaire. Je me mis à lui acheter des douceurs sur le marché quand je sortais. Je tendais l'oreille pour m'assurer qu'elle était seule, puis j'entrouvrais sa porte pour jeter mon cadeau. Ses yeux bleus s'illuminaient tandis que ses doigts se refermaient sur une datte confite ou une pâtisserie fourrée aux *frutta di bosco*. Les clients nous apportaient souvent des gourmandises – voir un enfant lécher le sucre les rendait fous de désir – mais je savais qu'elle chérissait ce que je lui ramenais parce que je n'attendais rien d'elle.

Dans l'intervalle, quand je sortais dans Florence, je me renseignais sur maître Giotto. Il avait déclaré vouloir me revoir à son retour et je le croyais. Il était empreint d'un honneur manifeste, même aux yeux d'un bâtard comme moi. Quand il reviendrait, je comptais l'impressionner par ma connaissance de son travail incomparable. Un jour froid après Noël, j'allai voir frère Pietro, un moine qui m'avait autrefois emmené dans l'église d'Ognissanti pour me montrer l'illustre retable de la Madone que le maître y avait réalisé.

« *Asperges me, Domine, hyssopo, et mundabor : lavabis me, et super nivem dealbabor. Misere mei, Deus, secundum magnam misericordiam tuam* », lançai-je gaiement en le voyant balayer le chemin devant l'austère façade en pierre de la vieille église Santa Maria Maggiore. Je n'avais aucune idée du sens de ces mots mais je me rappelais les avoir entendus pendant la messe et cela l'amusait de m'entendre lui répéter la liturgie par cœur.

« *Salve*, Bastardo, cela fait longtemps. » Pietro leva sa tête rasée et me sourit à travers une foule de passants. « Je ne te vois plus dans les parages. Cela fait des semaines que tu n'as pas essayé de me cajoler pour que je te donne le pain restant de la communion ni que tu ne m'as suivi en récitant la messe.

— *Gloria Patri, et Filio, et Spiritui Sancto. Sicut erat in principio, et nunc, et semper, et in sæcula sæculorum* », répliquai-je. Je gambadai vers lui, me frayant un chemin à travers un quatuor parfumé de femmes riantes vêtues de *mantelli* doublés de fourrure que le vent écartait pour révéler des *cottardite* luisantes – d'amples robes de tissu somptueux brodé de perles et d'appliques. Elles firent halte de l'autre côté de la rue devant une table proposant des écheveaux de laine teinte, parmi les étals tenus par les marchands de l'Oltrarno ; c'était le quartier situé sur l'autre rive du fleuve, où étrangers et Juifs vivaient en ghetto. J'annonçai : « J'ai quelques questions à vous poser, frère Pietro.

— Que peut bien savoir un vieux moine comme moi ? » Il soupira. « Pas assez pour m'élever dans mon ordre. Je suis tellement incompétent que c'est une chance pour moi de balayer le parvis d'une église quand il fait froid dehors. Je ne suis même pas assez doué pour travailler au monastère de San Salvi avec les autres frères de notre louable ordre vallombrosain.

— Vous avez l'instruction d'un *professore*. Vous savez beaucoup de choses sur maître Giotto », répondis-je.

Il s'appuya sur son balai et son souffle forma des panaches blancs dans l'air. Ses yeux chassieux me transpercèrent. « Maître Giotto ? Que veux-tu savoir sur ce peintre ? Il est trop noble pour un sale malotru de la rue tel que toi !

— Bien sûr », convins-je en songeant que je n'étais plus si sale, du moins à l'extérieur. Je me demandai s'il remarquerait combien j'étais devenu élégant et replet et s'il en saisirait les implications. « Mais je veux connaître Giotto. Vous avez dit que son maître était Cimabue. Que pouvez-vous me dire d'autre ?

— Viens. » Pietro me fit un geste. Il appuya le balai contre le mur de l'église.

« Hé, le moine, en voilà un beau garçon ! » lança un *condottiero* d'un groupe de soldats imposants non loin du bâtiment. Il toucha sa dague et beugla : « Regarde-moi ces beaux cheveux blonds et soyeux ! » Ses compagnons s'esclaffèrent bruyamment et un autre siffla.

« Donnez-moi quand vous voulez un beau garçon bien étroit, fit un troisième avec un regard concupiscent. Ils sont plus propres que les femmes ! J'les préfère vraiment !

— C'est parce qu'aucune femme ne veut de toi », criai-je, bien qu'il soit tout proche. Le *condottiero* grogna et se rua vers moi, mais je me précipitai dans l'église sur les pas du moine.

« Laisse les soldats tranquilles, me réprimanda Pietro. Ce sont des brutes, mais les pères de la ville pensent que nous avons

besoin d'eux. » Il s'installa sur un banc du fond. « Giotto, hein ?
Pourquoi lui en particulier ?

— J'aime les fresques de Santa Croce, répondis-je.

— Tu devrais voir celles d'Assise, répliqua-t-il. Il y a peint un
cycle sur saint François – extraordinaire. Il paraît que les œuvres
de la chapelle bâtie sur le site de l'ancienne arène romaine de
Padoue sont splendides aussi : *Le Jugement dernier*, l'*Annonciation*, *La Vie de la Vierge*, toutes magnifiques, avec une présence
tangible qui émeut l'esprit. Mais qu'est-ce qui te plaît dans les
fresques de Santa Croce, Bastardo ? » insista-t-il. Je haussai les
épaules. « Le naturalisme, la composition des personnages,
l'inventivité de l'allégorie ? » Il eut un rire, n'espérant pas que je
comprenne. Ces termes étaient abscons mais j'avais passé suffisamment de temps auprès des œuvres pour saisir le fond de ses
remarques. Pourtant, mon visage dut rester dénué d'expression
car il posa la main sur mon épaule. « Tu les trouves jolies ? »
chantonna-t-il. Je hochai la tête.

« Je connais de bonnes anecdotes sur maître Giotto », poursuivit Pietro. Il se frotta le menton d'une main grasse couverte
d'une chair pâle et flasque. « Je l'ai vu plusieurs fois, mais je ne
lui ai jamais parlé. Il est né dans une famille pauvre de Vespi-
gnano il y a cinquante-cinq ans.

— Cinquante-cinq ! » J'en restai bouche bée. « Il a vécu longtemps !

— Ma foi, le temps passe différemment pour chacun de
nous, répondit le moine en plissant le visage. Maître Giotto a
bien vieilli. Moi, pas vraiment, bien que je sois né la même
année. » J'observai son visage chiffonné et en convins, intérieurement du moins. « Point de vanité en moi, bien sûr ; notre bien-
aimé Seigneur n'apprécierait pas un tel penchant chez les
humbles religieux qui Le servent, ajouta-t-il d'une voix pieuse.
Quand Giotto gardait les moutons de son père, il dessinait sur
des rochers plats avec une pierre aiguisée. Le grand artiste
Cimabue passa un jour par le pâturage et fut stupéfait. Ce jeune
berger sans instruction réalisait des esquisses que lui-même ne
pouvait égaler. Il demanda aussitôt au père de Giotto si le garçon

pouvait venir vivre avec lui pour qu'il lui apprenne les règles de l'art et développe son talent. Ainsi, en un clin d'œil, la vie de Giotto se trouva changée, son destin fixé !

— Je n'ai vu que le mal bouleverser la vie des gens, murmurai-je.

— Oh, les accidents, les catastrophes altèrent l'existence pour toujours, oui, mais les miracles arrivent aussi. Ne crois-tu pas que les lépreux guéris par Notre-Seigneur ont vu leur vie s'améliorer ? Ou les malades dont Il a chassé les démons ? Ou encore les aveugles à qui Il a rendu la vue ?

— Je n'y avais jamais pensé, admis-je.

— Il te faut plus de catéchisme, mon garçon, répliqua-t-il avec une indulgence mêlée d'agacement. Quand tu repasseras, je m'efforcerai d'être ton tuteur. Si Giotto peut impressionner un rat des rues comme toi, tu n'es pas entièrement perdu. Abstiens-toi seulement de finir comme ton vieil ami Massimo.

— Massimo ? Que lui est-il arrivé ? » Je me redressai d'un coup. Pietro m'observa avec curiosité.

« Tu n'es pas au courant ? Il s'est battu contre un voyou de *condottiero* à cause d'un florin. Le soldat affirmait qu'un gosse estropié de la rue ne pouvait posséder autant d'argent et il l'a poignardé. Au cou, ici. » Le moine pencha la tête et m'indiqua une ligne palpitante reliant le lobe ratatiné de son oreille à sa clavicule. « Le pauvre bâtard déformé s'est vidé de son sang comme un porc chez le boucher. Je l'ai moi-même hissé sur la charrette pour lui donner des funérailles de mendiant. C'était il y a quelques mois. »

Je fermai les yeux et me rappelai tous les moments où je m'étais blotti contre lui dans un abri de fortune, partageant un morceau de pain ou inventant un jeu pour nous tenir chaud pendant l'hiver. Je me demandai si les mêmes souvenirs l'avaient frappé quand il m'avait vendu à Silvano. Mon estomac se souleva comme si j'avais mangé un plat avarié, mais je n'aurais su dire si cela venait des regrets que j'éprouvais pour mon ami ou de leur absence. Ne lui devais-je pas du chagrin pour le temps passé ensemble ?

« Ne t'appesantis pas là-dessus, mon garçon, reprit Pietro en me touchant l'épaule. Sais-tu que le Saint-Père lui-même a envoyé un courtisan pour évaluer Giotto en tant qu'homme et artiste ? Le courtisan arriva à son atelier un jour où le maître était en plein travail. Il lui demanda un dessin à rapporter au pape ; Giotto prit une feuille de papier et un pinceau trempé dans de la peinture rouge, rapprocha le bras du corps comme ceci (le moine fit la démonstration), et là, sans l'aide d'un compas, il dessina un cercle parfait. À main levée !

— Qu'est-ce qu'un compas ? »

Pietro grogna. « Un instrument qui sert à dessiner un cercle, Luca *stupido*. Justement : Giotto excelle au point de ne pas en avoir besoin. Le courtisan crut qu'on se moquait de lui et haussa le ton mais, devant l'insistance du maître, il envoya le cercle au Saint-Père avec un billet en expliquant la réalisation. Celui-ci fit aussitôt quérir Giotto, qui peignit pour lui des œuvres si belles que le pape lui paya six cents ducats d'or !

— Tant d'argent. » Je restai bouche bée. Je voulus imaginer pareille fortune, ainsi que la liberté et la beauté qu'elle pourrait procurer, mais mon esprit sautait çà et là comme si j'essayais de contempler les frontières infinies du ciel bleu. Je me demandai si Silvano lui-même arrivait à concevoir une telle échelle de richesse.

« Eh oui. » Pietro me tapota l'épaule. « Cela suffit pour aujourd'hui, Bastardo ; tu vas te fatiguer sous le poids de toutes ces connaissances.

— J'ai une autre question », dis-je en repensant au tenancier du lupanar ; il avait laissé entendre qu'il connaissait mes origines. « C'est au sujet de mes parents. Vous entendez parler de ce qui se passe à Florence, cela fait longtemps que vous êtes moine ici. Savez-vous quelque chose sur eux ? Savez-vous d'où je viens ?

— Je me rappelle seulement t'avoir vu dans la rue, Luca. On avait l'impression que tu étais là depuis toujours, quoique tu aies l'air mieux bâti que les autres va-nu-pieds. La couleur de tes cheveux n'est pas courante ; tes parents sont peut-être étrangers. Demande dans l'Oltrarno, tu trouveras peut-être quelqu'un qui se souvient de quelque chose. » Il soupira. « Je dois retourner balayer le parvis, sinon l'abbé va croire que je ne suis même pas capable de faire ça correctement. Cela lui servira de prétexte pour me tenir responsable du fait que la population donne plus aux franciscains et aux dominicains qu'à nous. Va, dit-il. Un rat de la rue comme toi a beaucoup à faire. Pas comme ça, imbécile ! lança-t-il à un novice qui cirait la boîte à encens posée sur l'autel. Tu vas abîmer les finitions. L'abbé dira que c'est ma faute ! » Il s'en fut précipitamment. Je restai assis un moment à songer à des cercles parfaits et à ces instants où des coïncidences changent le cours de l'existence. Je me demandais si je connaîtrais jamais un tel instant ou bien s'il viendrait de la lame acérée du couteau de Silvano.

Je rentrai au lupanar en longeant l'Arno et m'arrêtai à une échoppe près du Ponte alle Grazie pour acheter quelques figues sucrées pour la fillette blonde. Si je ne pleurais pas Massimo, j'étais pris de pitié pour la petite qui ne méritait pas notre sort commun. À mon arrivée, la porte de sa chambre était fermée, étouffant les bruits à l'intérieur. Le duvet de mes bras et de ma nuque était lisse, j'avais l'estomac tranquille, aussi savais-je que Silvano n'était pas à ma recherche. J'attendis derrière des rideaux qui me grattaient jusqu'à ce qu'un négociant en laine prospère sorte de la pièce. Souriant, il bâilla et s'en fut sans prendre la peine de refermer le battant. Je me faufilai à l'intérieur. La fillette était debout près de son lit. Elle avait une nouvelle ecchymose sur la joue et un mince filet de sang sinueux coulait de son nez.

« Je t'ai apporté ça », fis-je en lui lançant le petit paquet de figues. Son visage resta sans expression tandis qu'elle tendait la main vers le cadeau. Elle s'essuya le nez sur son bras, étalant le sang, et se fourra un fruit dans la bouche. « Je m'appelle Luca. Et toi ? »

Son petit visage s'éclaira comme si une chandelle venait de s'allumer en elle. « Je te connais, tu m'as tenu la main et tu m'as aidée quand j'avais peur. Tu es très gentil. Je m'appelle Ingrid. » Elle souriait et parlait doucement avec un accent que je ne reconnus pas.

« Ingrid », répétai-je en lui rendant son sourire. Qu'elle me reconnaisse, m'ait cru capable de l'aider, qu'elle me trouve même gentil me procura une ardente fierté. Elle sourit encore en mordant une deuxième figue. La simplicité avec laquelle elle admettait sa peur me bouleversa. Elle ressemblait à un personnage céleste des fresques de Giotto : sacrée. Je ne pus m'empêcher de m'approcher pour essuyer le sang sur son visage. *Nous souffrons tous tellement ici*, pensai-je douloureusement. Je me jurai de ne jamais laisser quiconque lui faire du mal, avant de me trouver idiot car, après tout, j'étais moi aussi un esclave en ces lieux. Tout à coup, le fourmillement familier s'éleva sur mes avant-bras. Je me glissai hors de la chambre et courus à la mienne. Je n'y parvins qu'une minute avant qu'un client ne s'y faufile.

Plus tard, Simonetta vint pour me conduire au bain. Son visage pâle semblait plus las qu'à l'accoutumée.

« Pourquoi tu as l'air si fatiguée, Simonetta ? m'enquis-je.

— Ne t'inquiète pas pour moi, Luca, répondit-elle en me caressant les cheveux. Regarde-toi, est-ce que ce sont des poux que j'aperçois ? Comment fais-tu pour toujours t'attirer des ennuis ?

— Cette fille, Ingrid, d'où elle vient ? demandai-je après qu'elle m'eut savonné la tête.

— Je ne m'approcherais pas trop d'elle à ta place. » Elle fronça les sourcils. Sa longue natte reposait sur son épaule et je levai le bras pour la tripoter du bout des doigts.

« Pourquoi ? Qu'est-ce qui ne va pas ?

— Qui de nous va bien ici ? répliqua-t-elle avec une rare amertume. J'ai entendu Silvano parler. Il va la vendre à un riche cardinal pour une mise à mort.

— Une mise à mort ?

— Certains clients aiment prendre des vies. S'ils paient assez cher – une fortune –, Silvano accepte. »

Je me glissai dans l'eau chaude, luttant contre la nausée. Après tout ce que j'avais subi, il était difficile de croire que je puisse encore être choqué. « Pourquoi un cardinal voudrait-il tuer une petite fille ?

— Il pense que Dieu lui a demandé de punir les femmes à cause du péché d'Ève. Il purifie le monde. Il fera subir à la fillette le martyre qu'elle a infligé à l'humanité. Il prendra son temps, la suppliciera lentement et minutieusement pour rendre son rituel sacré. Il emploiera le feu et des lames. La victime doit être jeune et innocente pour constituer une offrande expiatoire appropriée. Il a demandé une vierge. »

J'étais écœuré. « Ingrid ne l'est pas.

— Il y a un moyen. » Simonetta baissa la voix. Elle me tira de la baignoire et me sécha avec un grand tissu rêche. « Un chirurgien qui recoud un peu, un apothicaire qui fournit une lotion pour resserrer les choses... C'est le dernier jour de travail d'Ingrid, aujourd'hui. Le chirurgien vient demain pour qu'elle ait le temps de guérir avant l'arrivée du cardinal. » Les traits de Simonetta s'affaissèrent. « En préparation, elle se baignera tous les jours dans la solution de l'apothicaire.

— Ce sera quand ? soufflai-je.

— Deux semaines, peut-être un mois. » Elle haussa les épaules. « Le cardinal vient d'Avignon. »

Je ne pus m'empêcher de me rappeler la douce main d'Ingrid dans la mienne, le réconfort qu'elle avait trouvé auprès de moi. Puis je l'imaginai couverte de sang et tordue de douleur, comme Marco quand Silvano l'avait blessé avec son couteau. Je n'avais rien pu faire pour lui, mais, elle, il fallait que je l'aide, songeai-je en retournant en chancelant à ma chambre. Mon regard perçait à peine le brouillard de ma peur.

« N'y pense pas », murmura Simonetta en serrant ma paume contre son cœur. Nous nous arrêtâmes devant ma porte. Elle posa ses doigts doux et rondelets sur mon épaule. « Luca...

— Quoi donc ? fis-je, le souffle court.

— Silvano m'a ordonné de te demander si tu avais apprécié le cours de ton vieil ami, le frère Pietro, sur Giotto. »

Ma mâchoire s'ouvrit toute seule. « Il sait... Comment ?

— Il sait tout, me dit-elle tandis que sa marque de naissance virait au rouge foncé sur son visage rond. Ne l'oublie pas, *caro*. Ne prends pas de risques comme ton ami Marco. » Elle me serra l'épaule et s'en fut ; j'entrai dans ma chambre en me demandant qui étaient les espions de Silvano. Je me promis d'affûter mes sens jusqu'à percevoir ses laquais comme je le percevais, lui, et ce serment apaisa presque l'angoisse frémissant dans mon ventre.

Dix jours plus tard, je me balançais sur les talons devant saint Jean l'Évangéliste à Santa Croce. Je m'efforçais de trouver un moyen de sauver Ingrid. Le temps pressait. Je n'avais pas de plan. J'étais désespéré et cherchais des réponses dans les merveilles que je connaissais : les peintures de Giotto. S'il y avait un fragment d'authenticité dans les récits qui les avaient inspirées, un fond de vérité dans la tendresse des couleurs, des lignes et des expressions, si un saint véritable se réjouissait de ces œuvres glorieuses, alors il m'aiderait sans aucun doute. J'avais rarement prié par le passé, j'avais plus souvent maudit Dieu au cours des longues années de ma vie, mais je priai alors sincèrement. « Ce n'est pas pour moi, saint Jean, murmurai-je au personnage s'élevant vers les cieux.

— Pardon ? » s'enquit une voix amusée. Je fis volte-face.

« Maître Giotto ! » m'exclamai-je, tellement heureux de revoir sa petite silhouette corpulente en chair et en os. J'appris plus tard qu'il suscitait souvent cette réaction. Bien qu'il ne soit pas beau au sens usuel du terme et que ses traits soient même assurément laids, Giotto avait une intelligence si vive, un esprit si chaleureux et empli d'humanité que c'était une joie de le contempler.

« N'est-ce pas là mon jeune chiot en train de remuer la queue devant ma fresque, juste là où je l'ai laissé ? » me taquina-t-il. Il bougea ses sourcils bruns.

« J'ai étudié votre travail », dis-je, les mots dégringolant les uns sur les autres. « J'ai demandé aux moines…

— Prends garde ; avec toute cette instruction, tu vas perdre ton goût pour la beauté. » Le coin de sa bouche se souleva d'un air ironique. « La vérité n'est pas déformée par les réactions instinctives. J'espérais te retrouver ici. Je t'ai apporté quelque chose. » Il me tendit un petit paquet.

On ne m'avait jamais offert de cadeau – à part Marco et ses sucreries – et je ne savais pas quoi faire. Ce n'était visiblement pas comestible. Un tissu brillant, de confection fine, noué par un ruban rouge, enveloppait l'objet.

« Cela ne va pas te mordre », fit Giotto en agitant le paquet. Je le pris et le levai entre mes mains. « Vas-y », m'encouragea-t-il. Alors j'inspirai profondément et défis le nœud. Le tissu s'ouvrit de lui-même, révélant un petit panneau de bois. Je fourrai le tissu dans ma chemise et fis courir le doigt sur l'objet, m'apercevant qu'il s'agissait en réalité de deux plaques l'une contre l'autre. Je les séparai et les tins côte à côte. Chaque tableau était carré, aussi haut et large que mes deux paumes côte à côte. Sur l'un, une Madone lumineuse vêtue de son manteau bleu étoilé me regardait. Sur l'autre se tenait l'Évangéliste accompagné d'un petit chien qui le contemplait avec adoration.

Je tombai à genoux. « Maître, je ne les mérite pas.

— Mais c'est ta famille, répondit-il en s'empourprant. Si c'est là ce que mes peintures représentent pour toi, il t'en faut quelques-unes pour les emporter où que tu ailles. Ma propre famille, je ne peux pas m'en éloigner : elle adhère à moi comme la *tempera* au bois, surtout quand elle est fauchée.

— Je n'ai rien à vous donner en retour, insistai-je, ébahi par sa générosité.

— Ton admiration me suffit, répliqua-t-il en se tournant vers les grandes fresques qui ornaient la chapelle. Ces miniatures ont de la valeur. Prends-en bien soin.

— J'y veillerai ! » promis-je.

Je me relevai lentement, serrant les deux panneaux contre ma poitrine. J'étais encore trop abasourdi pour dire quoi que ce soit, même pour balbutier la gratitude qui me submergeait en vagues aussi puissantes que celles de l'Arno quand il vire au gris argenté et quitte son lit.

« Alors, à quoi faisais-tu allusion en disant que ce n'était pas pour toi ? » s'enquit Giotto avec douceur.

Je tenais les panneaux entre mes mains tremblantes, admirant chaque ligne, chaque couleur, chaque courbe. Le visage radieux de la Madone était peint avec une telle délicatesse qu'il traduisait à la fois une femme réelle et un être céleste dont on ne doutait pas qu'il puisse incarner la mère du Christ. Ses yeux étaient des puits de compassion et d'amour. Je croyais pouvoir y tomber pour l'éternité. Il me faudrait dissimuler ces trésors au regard omniscient de Silvano, trouver un abri sûr dans le *palazzo* pour les cacher. Cela demanderait des recherches approfondies pour trouver ne serait-ce qu'une minuscule zone inviolée.

« Eh bien ? » La voix du maître, emplie de curiosité, me tira de ma rêverie. Je levai les yeux.

« Je parlais de liberté.

— Tu demandes à l'Évangéliste d'accorder la liberté à quelqu'un ? Parce que tu l'es tant que cela, toi, libre ? »

Je secouai la tête. « Je ne le suis pas. Mais j'ai une amie qui a besoin, eh bien, de liberté et de douceur. D'une grande douceur que je ne sais pas comment donner.

— Donc tu étais en train de prier. » Il hocha la tête. « Je vois. » Il se tut et je reportai mon attention sur les panneaux, les dévorant des yeux. Giotto reprit : « Mon ami Dante aurait répondu que l'amour est la plus grande des libertés, surtout celui de Dieu. C'est lui qui meut les sphères célestes. Nous ne l'éprouvons pas dans la chair. Nous le trouvons quand nous abandonnons les ancres du corps pour embrasser la volonté divine. »

Je pensai à Silvano et aux hommes qui venaient dans ma chambre ; tous faisaient ce qu'ils voulaient, commettant même des meurtres en toute impunité. J'avais moi-même tué un ami et cet acte n'avait eu pour conséquence que la culpabilité et le chagrin que j'éprouvais. La volonté divine ne semblait aucunement liée à l'amour, seulement à la souffrance. Je doutais de ses paroles mais c'était Giotto, aussi le pris-je au sérieux. Je répondis : « On m'a dit que la mort pouvait être une libération.

— C'est un cas extrême, répliqua-t-il sombrement. J'imagine que c'est parfois le seul moyen. En cela, la vie sur cette terre peut se révéler cruelle, peuplée de forces dépassant notre contrôle et notre entendement, jusqu'à ce que le trépas nous relâche dans les cieux. J'aime à croire que mon ami est libre, maintenant. Mais il y a d'autres façons d'atteindre la liberté. La dévotion, par exemple.

— Et quand la dévotion n'est pas la réponse ? » demandai-je en frissonnant. C'étaient les dévotions du cardinal qui tourmenteraient Ingrid.

« Alors tu as raison, il y a la mort. » Des voix résonnèrent et deux hommes lui firent signe depuis la nef de l'église. Giotto se retourna dans un soupir et leva la main en réponse. « Le devoir me poursuit. Je prends congé de toi, jeune chiot, de toi et de tes graves questions.

— Je vous reverrai ? soufflai-je.

— Je rentrerai à Florence, malgré les nobles riches qui voudraient me voir passer mon temps à peindre leurs portraits et leurs tombes », répliqua-t-il d'un ton moqueur. Il traîna les pieds vers les arrivants, lançant des salutations chaleureuses, et leur donna l'accolade. Je revins aux deux peintures incroyables qu'il m'avait si généreusement offertes. Mon regard tomba sur le petit chien levant les yeux vers saint Jean. Je courus après Giotto.

« Maître ! Maître ! » appelai-je. Puis je remarquai les habits somptueux de ses amis et la honte me terrassa. Je n'aurais su imaginer l'impression que je leur fis.

L'artiste ne s'en soucia pas. « Pardonnez-moi, je dois m'entretenir avec mon jeune ami », dit-il en leur donnant une petite tape dans le dos. Il revint vers moi et haussa un sourcil.

Je déglutis. « Le chien... »

Un sourire espiègle et satisfait gagna ses traits. « Oui ?

— Il est, ah, blond. Comme moi. Sa fourrure est blond foncé avec une teinte de roux, comme mes cheveux !

— Ainsi le jeune loup qu'on appelle Luca Bastardo n'a rien d'un imbécile, répondit Giotto avec approbation. Tu trouveras le moyen d'aider ton amie, n'aie crainte. »

Je me redressai et brandis les deux panneaux. « Merci », lui dis-je en rassemblant toute la dignité que j'avais. Il me fit un clin d'œil et rejoignit ses amis.

Le lendemain, tandis que je travaillais et que mon esprit volait dans les cieux azurés en compagnie de l'Évangéliste de Giotto, toutes les pièces s'emboîtèrent. Peut-être s'agissait-il d'une autre miette de grâce venue du Dieu rieur, la divinité qui me tenait au creux de la main, m'étouffant et me balayant tour à tour d'une chiquenaude tel un rebut. Et, comme la plupart des illuminations qui me vinrent au cours de ma longue existence, cette grâce était entrelacée de douleur. Mais je compris d'un coup comment protéger Ingrid des bons soins du cardinal : en la libérant comme Marco. Mais pas sous les auspices du fleuve. Je devais faire en sorte qu'elle ne souffre pas, qu'elle ne s'aperçoive même de rien afin que son petit cœur ne se débatte pas entre les mâchoires cruelles de la terreur. Et il fallait aussi que je me protège : Silvano ne me pardonnerait pas la perte d'une telle fortune.

Quand le client eut fini et que Simonetta m'eut lavé, je fus libre de sortir. Je gagnai la latte disjointe du plancher située derrière un rideau où j'avais caché un des panneaux de Giotto. Je les conservais en deux endroits séparés au cas où il découvrirait l'un des deux. Je posai avec révérence le front sur le beau visage de la Madone. Je ne savais pas si une vierge avait vraiment pu donner naissance à un enfant en dehors du péché ; je croyais qu'il n'existait rien d'immaculé en ce monde. Il était trop corrompu pour avoir hébergé la vraie pureté. Mais la beauté que Giotto lui donnait méritait ma vénération. Je glissai le panneau dans ma tunique et quittai le *palazzo*. Je me cachai dans une ruelle voisine et guettai d'éventuels suiveurs ; une fois certain qu'aucun des laquais de Silvano ne me filait, je partis en hâte.

Je savais où j'allais car une course m'y avait déjà conduit, à l'époque où je vivais dans la rue et où j'aurais fait n'importe quoi pour manger. N'importe quoi sauf mon travail actuel, pour être exact. Une fois, un maçon impatient de s'élever dans sa guilde m'avait envoyé dans un quartier éloigné de la ville. Il avait pris ce que je lui avais apporté, m'avait souri, avait glissé quelques *soldi* dans ma paume et m'avait enjoint d'oublier que je l'avais rencontré. Moins d'un jour plus tard, j'apprenais que son concurrent était mort.

Cette journée hivernale était clémente, avec un ciel laiteux moucheté comme la coquille brisée d'un œuf de rouge-gorge, aussi longeai-je les moulins à foulon où l'on lavait la laine sur la rive de l'Arno jusqu'au Ponte Vecchio, avec ses petites échoppes en bois et sa vue panoramique sur l'amont et l'aval du fleuve. Je le franchis en direction de l'Oltrarno, l'autre côté de l'Arno. J'empruntai un chemin détourné pour semer les observateurs de Silvano, contournant l'église Santa Felicita, retraversant le Ponte Vecchio, puis retournai dans l'Oltrarno par le Ponte Santa Trinita. Je vagabondai devant les ateliers de soieries et les orfèvres, dépassai le monastère des disciples de saint Romuald, empruntai des rues étroites jusqu'à atteindre une petite échoppe dans le quartier plus au sud, Camaldoli, où les cardeurs et peigneurs de laine avaient leurs ateliers délabrés et où résidaient Juifs et étrangers. Le commerce en question ressemblait à toutes les boutiques de tailleur florentines mais ce n'en était pas une et, si les volets étaient clos, je la savais en activité. Je frappai vivement à la porte.

Un grand blond à la mâchoire carrée ouvrit. En me voyant, ses yeux s'étrécirent, puis son expression changea. L'homme, venu des lointaines contrées du Nord, avait bonne mémoire et il se souvint de moi. Il me fit entrer. Il bloqua le battant derrière moi avec une lourde barre tandis que j'observais la pièce. J'aurais dû voir des assistants assis par terre, du tissu et des fils empilés sur les genoux, mais il n'y avait personne. Pas de long établi destiné à couper les étoffes ni de mannequins en bois, pas de règle, de ciseaux ni d'aiguilles, aucun de ces rouleaux de lin grossier que les tailleurs employaient pour les essayages. Il n'y avait qu'une table rudimentaire pour conclure les affaires et quelques chaises. Le Nordique se tourna vers moi avec un regard perçant.

« Ce que je suis venu chercher la première fois, on m'a chargé d'en obtenir à nouveau, dis-je à mi-voix.

— Tu as de quoi payer ? » demanda-t-il lentement, avec un accent prononcé. Je sortis le panneau de ma chemise. Je fus tiraillé par la réticence ; j'aurais voulu garder la Madone. Aussi évoquai-je l'image de la petite Ingrid, tailladée et brûlée, et de la torture qui avait conduit Marco à me réclamer la mort. La fillette m'avait dit que j'étais gentil et c'était la seule au monde à l'avoir fait. Je m'étais promis de ne laisser personne lui faire du mal. Il fallait que je tienne cette promesse. Mes mains fourrèrent le panneau dans celles du Nordique. Il poussa une exclamation et s'assit à la table pour l'examiner. Il passa les doigts dessus, incapable de se retenir. « Ça ira », murmura-t-il.

C'est mieux que ça, songeai-je avec férocité. *Ce tableau te permettra d'abandonner ton commerce secret et de rentrer dans ton pays froid avec une fortune entre les mains.* Je l'imaginai retournant à sa lointaine contrée natale et me rappelai que le moine Pietro m'avait conseillé de me renseigner dans l'Oltrarno sur mes origines. « Monsieur, m'enquis-je poliment, vous vivez à Florence depuis longtemps ? » Il acquiesça, incapable de détacher le regard de la miniature. « Je me demandais si vous aviez entendu parler d'un enfant perdu. C'était il y a des années. Par des étrangers, peut-être des nobles. »

Il releva la tête avec une réticence manifeste. Ses yeux bleu pâle se rivèrent attentivement à moi. « Tu crois que ça te concerne ? » Je haussai les épaules. Il hocha la tête. « On racontait quelque chose, il y a cinq ans peut-être. Une histoire qui courait sur le marché. À propos d'un enfant perdu, peut-être par des cathares. Je n'ai pas fait attention.

— Qui sont les cathares ?

— Des hérétiques qui croient en un dieu bon et un dieu mauvais, alors l'Église les tue. » Il secoua la tête. « Mais les parents n'étaient pas cathares. Je m'en souviens. Ils avaient un secret qui les obligeait à rester avec eux. Sinon, je ne sais pas d'où ils venaient ni s'ils avaient un lien avec toi. » Tenant précieusement le panneau entre les bras, il disparut dans une pièce au fond et revint avec une petite fiole.

« On m'a dit de vous demander si on peut le mélanger à une sucrerie », dis-je. Je regardai le sombre passage au-delà duquel reposait ma peinture exquise. Une part de moi-même était en deuil. Je savais que je chérirais deux fois plus le panneau restant.

« C'est encore mieux, ça a un goût sucré », répondit-il. Il me fourra la fiole dans la main. « Il faut tout utiliser. Une seule dose, c'est sans douleur et indétectable. » Il débloqua la porte et me poussa sur les marches, dans le froid hivernal du soir florentin, sous une brise mordante qui promettait un lendemain encore plus rigoureux et un ciel sans lune ridé par des nuages violets et prune. Je pris des ruelles étroites dominées par des maisons-tours et des résidences fortifiées, habitations privées où des gens heureux menaient une existence pacifique et sans danger, en compagnie de ceux qu'ils aimaient.

Le lendemain, à midi, Silvano me convoqua. Assis à la table de la salle à manger, il suçait la moelle d'un os de veau. « Je reçois un visiteur, aujourd'hui », annonça-t-il. Je parcourus frénétiquement la pièce du regard, cherchant le sac en soie. Je ne le vis pas. Il jeta l'os et gratta par en dessous son menton pointu et barbu. « Un visiteur important. Hélas, il sera déçu. En fait (sa voix se fit acide), il faudra que je lui restitue un acompte substantiel. » Il tourna la tête vers moi et son nez en lame de couteau frémit comme s'il cherchait à sentir la vérité que je lui cachais. « Cela me déplaît !

— Monsieur ? » fis-je. Je joignis les mains derrière le dos, serrant les paumes avec force pour me sentir encore habiter mon corps – j'étais toujours en vie, j'étais Luca.

Silvano bondit sur ses pieds, le visage tourné vers le plafond, et hurla comme un chien à la lune. « On a retrouvé une de mes filles morte ce matin ! Une fille qu'on m'avait déjà payée ! » Il jeta son assiette remplie d'os contre le mur. Il mugit à nouveau et me lança un bol de soupe au visage. Je me baissai, le plat me manqua mais la soupe chaude se répandit sur moi. Le souffle court, il brandit son couteau et cria d'une voix perçante : « Sais-tu quoi que ce soit à propos de cette fille, Bastardo, toi qui es si malin ?

— Comment le pourrais-je, monsieur ? » Je secouai la tête si fort que mon torse vibra, ou peut-être était-ce la peur qui me battait le cœur comme un chat donnant des coups à une souris avant de la manger.

« Les fresques de Santa Croce t'auront peut-être renseigné. »
Il agita sa lame. Il avait le visage rouge de fureur. « Quelqu'un à
Santa Felicita t'aura peut-être renseigné ! Je crois que tu sais plein
de choses. Je crois que tu m'en caches. Je crois que tu restes
debout la nuit pour réfléchir. Je crois que tu as des secrets !

— Non, monsieur », soufflai-je, reculant jusqu'au seuil pour
m'enfuir en courant si nécessaire.

Il balaya d'un revers de bras tout ce qui restait sur la table.
Les plats tintaient encore quand il bondit vers moi, pressant le
couteau contre ma gorge. Je me figeai. Il enfonça la pointe près
de ma pomme d'Adam. Je sentis quelque chose de mouillé, une
goutte de sang, cheminer jusqu'entre mes clavicules. Je me dis
qu'après tout j'allais peut-être rejoindre Marco et Ingrid ; je fus
étonné de constater combien j'étais calme. « Je prends très bien la
mesure des gens, Bastardo, grogna Silvano, c'est à cela que je
dois ma réussite.

— Oui, monsieur, soufflai-je encore.

— Je voudrais trancher ta gorge blanche, peut-être te vider
comme le jeune porc que tu es, quand bien même tu serais la
progéniture impie de je ne sais quelle aristocratie étrangère
pédante. Mais je ne veux pas perdre davantage d'ouvriers. Nous
ne saurions laisser détruire notre tendre famille, n'est-ce pas,
Bastardo ? » Il rejeta la tête en arrière et rugit, les lèvres lui
découvrant les dents à la façon d'un chien enragé. Sa lame
trembla sur ma chair. Il hurla : « La mort de cette enfant va me
coûter une petite fortune ! C'est inacceptable ! Cela nuira à ma
réputation, quand je suis connu pour satisfaire tous les désirs de
mes clients ! *D'une manière ou d'une autre, tu es responsable !* Je sais
que tu t'es faufilé dans sa chambre. Je ne peux rien prouver mais
je vais te surveiller. De près. Tu restes enfermé. Fini les sorties ! »

Il s'éloigna, brandissant toujours le couteau. « Je ne sais pas où
tu es allé après Santa Felicita, mais tu n'y retourneras pas avant
un moment. » Je baissai la tête, cachant mes yeux pour qu'il ne
voie pas les larmes de colère et de mépris qui les noyaient. Je
vibrais de fureur, et de gratitude parce que j'étais toujours en vie.
J'éprouvais aussi du chagrin pour Ingrid, que je ne reverrais plus

jamais ; les accusations de Silvano donnaient à sa mort un caractère irrévocable. Il n'ajouta rien et je poussai la porte à reculons.
« Encore une chose, Bastardo », lança-t-il. Il abattit les poings
sur la table. « Je sais déjà d'où tu viens. Mais j'en apprendrai
davantage. Je découvrirai ce que tu sais, ce que tu caches. Je vais
mettre à nu tes secrets. Tous tes secrets ! »

Chapitre quatre

*L*es jours rampèrent, désossés, s'étirant en mois qui se changèrent en années à la manière d'un soporifique à action lente, et les paroles de Marco portèrent leurs fruits. On s'habitue à tout ce qui dure suffisamment. Mais il ne s'agissait pas seulement d'habitude ; pour survivre, il me fallut aussi engourdir des pans de moi-même, et je me concentrais sur les parcelles infimes de grâce qui croisaient ma route – mes voyages vers les œuvres des maîtres, la liberté de sortir quand Silvano m'en accorda à nouveau le privilège, bien manger, avoir chaud l'hiver. Je ne pensais guère au travail en lui-même. Je ne l'appréciai qu'une seule fois.

Un client régulier, un membre haut placé de la guilde des fourreurs, martela la porte de ma chambre, m'adressa un regard empli de luxure, quand il étreignit son épais bras gauche. Il tomba à genoux et s'écroula en grognant, le souffle court. Il avait les yeux fous et de la bave mousseuse lui mouilla la barbe. Curieux, je l'observai depuis le lit. Les pores de son large visage se dilatèrent et des filets de sueur coulèrent jusqu'à sa joue pressée contre le sol.

« Aide-moi, hoqueta-t-il. Aide-moi, mon garçon. » Il avait un fort accent de la campagne et je haussai les épaules comme si je ne comprenais pas. Je me levai et écartai l'épais rideau cramoisi de velours coupé ; le tissu était destiné à un harem en Turquie mais Silvano l'avait acquis pour son établissement. Après tout, un lupanar était l'endroit rêvé pour enfreindre les lois somptuaires. Un triangle jaune lumineux divisa le visage du client en deux parties égales. C'était la fin d'un après-midi d'été, après la fermeture des marchés et avant le dîner ; un moment propre à la volupté très demandé dans cette profession. Le fourreur eut deux ou trois haut-le-cœur et vomit une petite flaque de bile verte. Des grains de poussière tournoyaient au-dessus de sa tête, ses lèvres pâles bougèrent dans la clarté, mais sa voix n'était plus audible. Je m'assis par terre près de lui, les jambes relevées, les bras autour des genoux, et j'attendis. J'étais en bons termes avec la mort et j'en connaissais l'approche.

J'observai sur le corps du fourreur la progression du triangle lumineux semblable à un scorpion, jusqu'à ce que sa queue se recourbe sur son torse et que sa tête repose par terre. Enfin, il s'attarda comme du miel dans un creux du parquet.

Je fouillai le corps. L'homme possédait une bourse avec quelques pièces d'argent. Je plongeai la main dans son pourpoint de soie fine et arrachai le crucifix en perles que j'avais vu à son cou un jour qu'il s'était dénudé le torse. Je ne m'emparai pas de ses anneaux : Silvano, à qui rien n'échappait, s'en serait aperçu. Aussi lui pris-je quelques *soldi*, mais pas tous, et je les dissimulai avec la chaîne dans un trou creusé par les souris derrière la commode. Puis j'ouvris la porte et appelai Simonetta.

Elle arriva en hâte, de sa démarche faussement lente, une interrogation dans le regard. Ses yeux tombèrent sur le fourreur ; elle claqua de la langue et proféra quelques invectives entre-coupées de prières. Elle retourna le corps et posa sa main douce sur la bouche de l'homme.

« Des ennuis, dit-elle. Je ne veux pas qu'il t'arrive malheur, Luca !

— Je ne l'ai pas tué, répondis-je en caressant sa natte blonde.

— Tu crois que cela va compter ? » Elle se signa et alla chercher Silvano. Je m'assis sur le lit pour patienter. Cette attente-là ne fut pas si facile. La peur de souffrir ralentit le passage du temps, même s'il ne s'écoule qu'une poignée de secondes. Je me demandais si je pourrais me projeter vers les peintures de Giotto pendant qu'on me battait. Je n'arrivais quasiment jamais à rassembler la concentration nécessaire quand Silvano faisait tournoyer son sac de florins. Mais j'étais nourri d'un nouvel espoir :

le maître se trouvait à Florence pour superviser l'édification du campanile de Santa Maria del Fiore. La cathédrale devait couronner notre illustre ville et la population s'enthousiasmait de la reprise déterminée des travaux au bout de trente ans de flottement. J'allais donc voir l'artiste tous les trois ou quatre jours, mais je ne m'entretenais plus aussi souvent avec lui. Il se préoccupait d'affaires bien plus importantes qu'un rebut de la rue tel que moi.

« Tu as tué un client. » La voix sournoise de Silvano interrompit mes rêveries. Il quitta le couloir devant Simonetta, qui avait une nouvelle ecchymose à la pommette. Elle gardait les yeux par terre. Ses doigts se tortillaient et s'écartaient brusquement dans ses amples manches de soie bleue. « Quelle façon rusée d'interrompre le travail ! En as-tu tiré du plaisir ? T'es-tu délecté du pouvoir divin de prendre une vie ? Je trouve cela meilleur que le plaisir charnel. Tu es comme moi, Luca, tu appartiens à l'élite, tu n'as pas ces scrupules qui affaiblissent autrui.

— Je ne l'ai pas tué. » Je restai là où je me trouvais, sur le lit, hors de portée de ses mains capables de dégainer un couteau plus vite que je ne clignais des yeux. Je gardais encore une petite marque blanche sur la gorge, là où il avait pressé sa lame quand Ingrid était morte.

« Dommage, j'aurais été fier de te voir m'imiter, je t'aurais récompensé avec de l'argent à dépenser sur le marché, tu aimes tellement cela. » Il se pencha sur le fourreur et évalua son état avec des gestes rapides et dépassionnés. « Je parie que tu l'as regardé mourir pendant près d'une heure, dit-il. Et je gagne toujours mes paris. » Il ouvrit la bourse du fourreur et prit les *soldi* restants puis ôta les anneaux des doigts, sauf la chevalière, que la famille réclamerait. Enfin, il se redressa et me dévisagea. Je soutins son regard quelques secondes, mais j'avais trop l'impression de contempler les mâchoires glacées de l'enfer, aussi me détournai-je.

« Oh, tu as le cœur bien accroché, Bastardo, fit Silvano d'un air songeur en se frottant le menton.

— Mon travail l'exige », répliquai-je. Il eut un rire, un bruit sifflant qui ressemblait à des ailes de chauve-souris battant dans un vent glacial, plus terrifiant que ses paroles.

« Tu as réponse à tout, ricana-t-il. Tu es chez moi depuis plus de quatre ans, n'est-ce pas, mon garçon ?

— Oui, monsieur. » Je hochai la tête. Était-ce trop long ? Silvano comptait-il se débarrasser de moi à présent ?

« Pourtant, tu n'as pas changé d'un pouce : tu as toujours l'air d'un garçon de neuf ans, dit-il. Tu n'as pas vieilli d'un jour. Ce n'est pas une question d'alimentation. Tu manges presque autant que tu rapportes. » Il enjamba le corps du fourreur et me prit le menton, me releva la tête et se pencha tout près, comme à notre première rencontre. Puis il ouvrit ma *camicia* et observa mon torse, semblant chercher quelque chose. Je me concentrai sur le gris de sa barbe et me cuirassai pour ne pas trembler sous les assauts de son parfum. Pendant toutes les années qui suivirent, à cause de lui et des clients, je ne pus jamais me résoudre à en porter, même quand je fus assez riche pour m'acheter le meilleur.

« Tu devrais mûrir. Tu devrais montrer un début de barbe et avoir la voix rauque. Mais non, tu restes exactement le même que le jour où je t'ai pris. Je sais que tu es l'enfant de mon document, la couleur de tes cheveux est caractéristique, Bastardo, mais peut-être n'es-tu pas d'un autre sang. Peut-être n'es-tu qu'un sorcier. Sais-tu ce que nous faisons aux sorciers ?

— On les emprisonne », répliquai-je d'une voix éteinte. *Mais je préférerais la prison à tout cela,* pensai-je.

« Nous les brûlons, corrigea-t-il avec allégresse. Un processus lent qui fait fondre la peau, frire le cerveau dans la boîte crânienne, qui extrait jusqu'à la dernière parcelle de souffrance… Être un sorcier n'est pas enviable, Bastardo. Tu as de la chance que je t'emploie ici. Assure-toi de continuer à satisfaire mes clients. Si je te rendais à la rue et que je donnais ce document aux pères de l'Église, ils te brûleraient pour sorcellerie et parce que tu es une abomination.

— Je ne suis pas un sorcier, monsieur. Je suis seulement différent, dis-je.

— Différent ? Tu es un monstre qui ne vieillit pas comme le reste d'entre nous. » Ses lèvres minces se retroussèrent en un rictus. « Et le reste d'entre nous vieillit assurément. Comme Simonetta que voici : elle vieillit. N'est-ce pas la vérité, Simonetta ? Tu vieillis et tu as peur de ne jamais avoir d'enfants ? Ne l'as-tu pas confié à Maria l'autre jour ? » Il lui lançait les questions sans la regarder et elle se recroquevilla contre le mur de ma chambre ; sa bouche ressemblait à une balafre sur son visage pâle.

Silvano tourna mon visage d'un côté puis de l'autre. « Contrairement à toi, je vieillis. L'âge fait réfléchir, à moins de n'être bon à rien. Et j'ai réfléchi. J'aimerais avoir un fils, un héritier. Un fils pour épouser la fille d'une des meilleures familles florentines et rehausser encore l'éclat du nom de Silvano. Un fils qui s'élèvera dans les plus hautes sphères de la société ; quand tu prendras enfin l'apparence d'un adulte, je te vendrai au pape pour obtenir le rang que je mérite ! » Il me lâcha brusquement et s'éloigna. « Mon fils sera respecté. Il n'aura rien d'une putain monstrueuse, d'un sorcier tel que toi, Bastardo. Il veillera sur ma vieillesse. » Il se tourna vers Simonetta. « Un de nos clients réguliers, Alberti, est un *ufficiale* ; fais-le venir. Je lui expliquerai la situation. Et convoque un docteur, un de ces Hébreux, qu'on pourrait convaincre de valider mon histoire. Promets-lui un florin s'il répète ce qu'on lui dit. S'il refuse, menace-le d'être expulsé de Florence avec sa famille. »

Presque un an s'écoula encore, et je n'avais toujours pas changé. Je pris l'habitude de m'examiner dans les miroirs sombres du *palazzo* où les clients aimaient s'inspecter pour rajuster leur mise avant de partir. Mon visage restait enfantin, imberbe, inchangé. Quelle était ma tare, pourquoi ne mûrissais-je pas comme les autres garçons ? Silvano avait-il raison, étais-je un monstre ? Une abomination ? Qu'expliquait son document et d'où tenait-il la conviction qu'il me concernait ? Je n'étais pas un sorcier, je le savais. Cela expliquait-il pourquoi l'on m'avait jeté à la rue ?

Même Giotto fit un commentaire, un jour que je cheminais en sa compagnie.

C'était un matin d'été égayé par le beau temps et envahi par la profusion des curiosités, des bruits et des odeurs de la Florence que j'aimais à l'époque : fleurs s'ouvrant dans les jardinières ou bien entassées en piles hautes sur les chariots venus des fermes des environs, le *contado*; jolies femmes en robes colorées portant des paniers remplis de denrées, figues suaves, haricots frais et autres marchandises tels des écheveaux de notre excellente laine locale, autant de détails par lesquels les gens normaux entourés de leur famille – les gens indemnes – définissaient leur vie. Non loin du parvis de Santa Maria del Fiore, on préparait des pierres pour le clocher de Giotto. Des claquements métalliques s'élevaient, mêlés aux clappements des sabots sur le pavé, au tintement des cloches d'église, aux craquements et aux grondements des véhicules, et aux lointains susurrements des moulins à farine et à foulon situés au bord du fleuve. Giotto et moi nous dirigions vers le chantier de la cathédrale quand le maître, le souffle court parce que nous avions marché vite, s'arrêta et désigna une pierre.

« Sais-tu ce que c'est, Luca *Cucciolo*? » Sa voix s'emplit d'affection quand il m'appela Luca « petit chien » mais je savais que je n'étais pas l'objet de sa tendresse. Elle s'adressait à la pierre grise et plate devant nous. Des lettres noires y étaient peintes mais je ne savais pas lire, aussi me contentai-je de secouer la tête. « C'est un lieu de révérence intemporel, un site sacré semblable à un autel, expliqua Giotto. Je l'appelle *Sasso di Dante*, la pierre de Dante. Il venait s'y asseoir pendant des heures pour observer le chantier, rédiger son immortelle *Commedia* et réfléchir.

— Dante le grand poète, votre ami. » Je hochai la tête. « Cette pierre est donc sacrée parce qu'un grand homme, un homme parfait, venait souvent s'y asseoir.

— Mon grand ami a péché. Dans sa grande œuvre, *L'Enfer*, il admet éprouver luxure et orgueil…

— L'enfer doit être encore plus peuplé que Florence si tout ceux qui pèchent par luxure et orgueil y finissent », commentai-je. Un sourire fendit le visage à la fois laid et merveilleux du peintre.

« Nous sommes tous humains. Tu seras la proie de la luxure, toi aussi, quand tu deviendras adulte.

— Ce n'est pas la luxure qui me damnera », murmurai-je en repensant avec inquiétude aux accusations de sorcellerie proférées par Silvano.

Giotto rit – un rire profond et sonore, venu du ventre, que lui seul était capable de produire. Des passants sourirent. « Moi non plus, jeune chiot. C'est pour cela qu'intervient la grâce du purgatoire : pour nous purifier.

— Si l'on croit à la purification », contrai-je d'un ton acerbe. Il faudrait plus que le purgatoire pour m'admettre au paradis.

« J'y crois, répliqua Giotto. Ce n'est pas la perfection qui rend cette pierre sacrée. Dante était un homme bon mais imparfait, comme nous tous. La corruption entraîna même son exil, bien qu'il ne fût pas coupable de ce dont on l'accusait.

— Il s'agit de son génie, compris-je en passant la main sur la surface rugueuse de la pierre. Sa maestria en tant que poète. C'est ce qui rend cette pierre sacrée même si l'homme n'était pas irréprochable.

— Exactement. » L'artiste me serra l'épaule. « L'homme parfait n'existe pas. Il n'y a que des gens avec des étincelles sublimes. Tu comprends vite, Luca.

— Je ne sais pas, répondis-je lentement. Je croyais que l'Église était la seule à décider de ce qui est saint et sacré. Comme le pain et le vin de la communion.

— C'est un exemple de grâce, reconnut Giotto. Elle prend sa source dans le vrai mystère du sacrement, au moment où le ciel descend sur terre.

— Je ne crois pas que le ciel descende jamais sur terre, il y a trop de cruauté et de laideur en ce monde. Si le ciel descend ici, il prend des nuances mauvaises comme un tissu trempé dans de la teinture. Il faut dire qu'on ne m'a jamais appris le catéchisme. Je ne sais même pas si je suis baptisé, avouai-je avec un rire bref.

— Tes parents l'auront forcément fait ! » répondit le maître.

Je haussai les épaules. « Je ne me souviens pas d'eux ni de la vie que j'avais avant la rue.

— Luca, tu dois bien avoir une vague idée de tes origines ! »

Je jetai un coup d'œil alentour pour m'assurer que personne ne nous écoutait. « On m'a raconté une rumeur sur des étrangers voyageant avec des cathares, qui auraient perdu un enfant. » J'avais posé des questions dans l'Oltrarno mais Silvano avait eu vent de mes investigations et s'était moqué de moi, aussi m'en ouvrais-je rarement.

« J'ai entendu parler des cathares, répondit lentement Giotto. C'était un groupe pieux habité par la vertu chrétienne. Ils veillaient sur les malades et les nécessiteux, s'efforçaient de mener des vies pures qui reflétaient les enseignements les plus fondamentaux de Jésus. Je n'ai jamais compris pourquoi l'Église les a traités d'hérétiques et a voulu les exterminer. Peut-être à cause de leurs idées étranges sur le Christ et le baptême, sur l'inversion du cours du Jourdain, que le Seigneur aurait fait couler à l'envers. C'est une image poétique et belle, mais pourquoi détruire un peuple à cause d'elle ?

— Pourquoi détruire un peuple tout court ? répliquai-je, appréciant comme toujours notre discussion. Pourquoi ne pas laisser les gens libres de cultiver leur foi comme ils le désirent ?

— Voilà une opinion véritablement hérétique : la tolérance. » Giotto rit. Puis il haussa les épaules. « J'ai très souvent réfléchi à ce fleuve inversé. Je le vois comme une démonstration de la puissance du Seigneur sur la nature, qui est la grande force primitive, la source originelle. Je me tourne d'abord vers elle pour chercher ce qui est saint et sacré.

— Les prêtres ne disent pas ce genre de choses, hasardai-je.

— Tu es trop intelligent pour croire ce que les prêtres racontent. » Il eut un nouveau rire. « Tu es assez grand pour te construire tes propres idées. » Il inclina sa tête grisonnante et me dévisagea de ses yeux vifs. « Bien que ta figure ne montre pas le poids de tes années ; tu ressembles à un tableau, immuable et intemporel. Il y a un mystère en toi, Bastardo, déclara-t-il. Tu as le visage d'un enfant mais les paroles d'un vieillard qui a passé trop de temps à mariner dans ses réflexions. Prends garde que cela ne te conduise pas au bûcher. L'Église n'apprécie guère ceux qui pensent par eux-mêmes.

— Personne n'apprécie cela », répondis-je en me remémorant les menaces de Silvano. Mais, après tout ce que j'avais vu et fait, je ne voyais pas comment m'empêcher de mariner de la sorte. Mes pensées ressemblaient aux débris charriés par un fleuve, flottant en moi et m'isolant des autres, même des putains, plus encore que mon travail et ma jeunesse.

« Ne te confie pas à n'importe qui. Je détesterais qu'il t'arrive malheur », dit Giotto. Sa bouche s'affaissa tandis qu'une rare tristesse s'emparait de lui. Puis son corps robuste se redressa telle une corde d'alto et sa nature joviale revint. « Viens, jeune chiot, allons voir mon clocher. Les pères des tribunaux se plaignent des dépenses, mais la beauté coûte cher, surtout les belles incrustations de marbre ! »

Chapitre cinq

G iotto mourut en 1337 et tout Florence fut en deuil. Des quidams qui avaient seulement entendu parler de lui arboraient des mines affligées et des habits noirs. On l'inhuma à Santa Maria del Fiore, dont les murs étaient enfin achevés, sous un bloc de marbre blanc. Je n'assistai pas à la somptueuse procession funéraire publique ni à la longue messe. Je me rendis sur sa tombe immaculée quelques jours plus tard, avec dans ma chemise le petit panneau de l'Évangéliste accompagné de son chien couleur pêche. Je ne priai pas, je me contentai de me rappeler ses peintures. Je songeai à son visage laid, à la façon dont il aimait rire, combien sa joie lui attirait les sympathies. Et je me remémorai, et savourai, chacune de nos conversations au fil des ans. Je n'avais jamais rien connu d'aussi agréable que notre amitié. Elle me donnait de la dignité. Elle m'insufflait l'espoir d'en lier d'autres, de connaître des jours meilleurs, de progresser et peut-être même un jour d'avoir une épouse. C'était une haute ambition pour un enfant comme moi qui n'atteindrait probablement pas l'âge adulte. Je n'espérais même pas me libérer de Silvano. J'avais essayé une fois, deux ans plus tôt, en partie à cause d'une conversation avec le maître. Ce souvenir douloureux me revint spontanément, contre mon gré, et me montra comment la trame de la peine s'entrelaçait même au sein des plus éclatantes tapisseries de mon existence.

Je n'avais nullement prémédité cette tentative d'évasion. Un après-midi où j'étais sorti, je suivais Giotto à quelques pas, me baissant furtivement derrière des passants, des rochers et des carrosses afin de ne pas le déranger, quand un homme très grand, aux traits doux et au regard vif, fondit brusquement sur moi.

« Eh bien, gamin, pourquoi rôdes-tu autour du *Magnus Magister* ? As-tu l'intention de lui vider les poches ? » Ses yeux foncés dansaient tandis que ses mains me tenaient fermement les épaules.

« Non, monsieur ! glapis-je. J'aime observer maître Giotto. J'apprends des choses.

— Des choses ? Et que veux-tu donc apprendre ? demanda l'inconnu en me lâchant aussitôt.

— Tout, je suppose, répondis-je en haussant les épaules.

— Tout ? En voilà une cime élevée à gravir ! Qu'est-ce qui peut bien te pousser à une telle ascension ? » Il avait un léger accent, comme s'il était originaire de la région mais ne vivait pas à Florence.

« Pourquoi veut-on escalader une montagne ? » répliquai-je non sans rudesse, parce que Giotto avait continué sa route et que je voulais le suivre. « Pour la vue !

— Pour la vue, eh bien voyons ! » L'homme éclata de rire. « Mais ne crois-tu pas que la plupart des gens escaladent des montagnes simplement pour aller de l'autre côté ?

— Comment saurais-je ce que désirent la plupart des gens ? Je ne suis pas eux, je suis moi. » Je rajustai mon *mantello*. « Puis-je y aller, maintenant ?

— Oui, certainement, et je réfléchirai à ton aspiration à gravir une cime élevée simplement pour la vue qu'elle offre ! » Il me fit signe de partir. Je courus après Giotto. J'eus du mal à le retrouver et, quand je l'aperçus, il se tenait avec le grand inconnu. Le peintre m'aperçut et me fit signe d'approcher.

« Ce jeune chiot est un ami, dit-il en me serrant l'épaule. Luca, voici un autre de mes amis, Pétrarque.

— Un excellent protégé (l'intéressé me fit un clin d'œil) dont le désir suprême consiste à tout connaître !

— Je croyais que ton désir suprême était la liberté, Luca, me taquina Giotto.

— Oui, c'est ce que je veux, fis-je doucement. Plus que tout ! »

Il rit et m'ébouriffa les cheveux. « Suis donc ta voie de coquin, alors, et recherche la liberté de toute ton âme ! Le Seigneur sait que tu mérites d'obtenir ce que ton cœur demande. »

Son affection, ses paroles et l'approbation de Pétrarque contribuèrent à enflammer en moi une soif aveugle de liberté. Sans me soucier des conséquences, je me lançai sur le chariot d'un colporteur qui quittait la ville. Deux *condottieri* qui fréquentaient l'établissement de Silvano me repérèrent aussitôt. Ils me tirèrent du véhicule et me traînèrent jusqu'au lupanar, espérant une récompense.

« Prenez qui vous voulez, c'est la maison qui offre », déclara le tenancier avec un geste de la main, lui qui n'offrait jamais ses marchandises gratuitement. Il sourit. « C'était très vilain, Luca ! Simonetta, amène-moi Bella. Et mon couteau.

— Qu'est-ce que vous voulez à Bella, monsieur ? soufflai-je, la peur me glaçant l'estomac.

— Une belle enfant, n'est-ce pas, Luca ? Un peu comme la petite Ingrid qui travaillait ici il y a des années, avec ses grands yeux bleus et sa peau blanche comme le lait. Bien que Bella ne soit pas blonde. La voilà. » Il hocha la tête. Nous nous tenions sur les tapis du vestibule. Dehors, il faisait jour, mais un épais brocart gainait les fenêtres, si bien que la seule clarté provenait des chandelles insérées dans les appliques murales. Âgée d'environ sept ans, Bella portait une *camicia* jaune sans manches découvrant ses minces bras immaculés ; ses cheveux bruns étaient détachés, comme si elle venait de se réveiller.

« Luca que voici a fait une grosse bêtise, Bella », dit Silvano en prenant le couteau qu'avait apporté Simonetta. La fillette leva brièvement ses yeux couleur de ciel. « Il faut lui donner une leçon. »

Il porta la main de la petite à ses lèvres. Puis il lui tendit le bras et lui déplia l'index. De l'autre main, rapidement, il abattit la lame sur le doigt, qui se détacha d'un coup. Bella et moi hurlâmes tandis que le sang jaillissait du moignon de la phalange. Simonetta baissa la tête, se couvrit le visage de ses mains et ses épaules se secouèrent.

« Non, non ! criait Bella en se débattant, luttant pour se libérer de l'étreinte de Silvano.

— Si, rétorqua-t-il en lui dépliant le pouce. Tu vois, Luca ne se préoccupe guère de sa propre vie. » Il abattit sa lame une nouvelle fois et le pouce de la fillette sauta. « En revanche, il se soucie des autres enfants, n'est-ce pas, Luca ?

— S'il vous plaît, arrêtez de lui faire mal, le suppliai-je en sanglotant. Prenez-moi à la place !

— Ça ne servirait à rien et j'ai besoin de te vendre entier à l'Église », répliqua-t-il, le souffle court, comme un homme saisi de désir. Il tendit le majeur de Bella, bien qu'elle s'efforçât de le recourber et l'implorât piteusement d'arrêter.

« Tuez-moi, je vous en prie ! » Je me tordis dans une flaque du sang de la fillette. « Bella, je te demande pardon !

— Ça devient lassant », marmonna Silvano, et un rapide coup de lame laissa un trou béant dans la gorge de la petite. Ce fut un soulagement de voir la main vierge de la mort effacer son âme de son regard. « Luca, retiens la leçon. Si tu cherches à t'enfuir, je tuerai un autre ouvrier et je ne le ménagerai pas comme je viens de le faire avec Bella. » Il s'éloigna, essuyant sa lame sur son *lucco*. « Simonetta, nettoie-moi ces saletés. Et tu peux ressortir si tu veux, Luca », lança-t-il d'un air dégagé.

C'était le seul souvenir de Giotto qui m'évoquait du tourment, et le meurtre de Bella me conduisit à bannir toute idée d'évasion et de liberté. Je cessai même d'enquêter sur des étrangers liés aux cathares qui auraient pu perdre un bébé. Ce n'était pas la faute du maître, bien sûr, et j'avais retiré beaucoup de joie de tous les autres moments passés avec lui. Encore quelques mois avant sa mort, il me montrait une œuvre qu'il peignait pour les nonnes de San Giorgio. Il m'avait amené devant le tableau et n'avait rien dit jusqu'à ce que je pousse un cri de ravissement.

« C'est mon visage ! C'est moi ! m'exclamai-je en désignant un garçon dans l'angle – un spectateur révérend.

— Un homme qui se connaît ira loin dans la vie, répliqua-t-il en riant.

— Je n'en suis pas digne, murmurai-je.

— Bien sûr que si. Mieux vaut ton visage que celui d'un de mes enfants ou petits-enfants. Rares sont ceux qui ont reçu de Dieu la grâce de la beauté et nous n'en faisons assurément pas partie, ma femme et moi. » Il leva les yeux au ciel en une parodie de désespoir. « Au moins, nous allons bien ensemble, hein ? Je me demande avec qui tu finiras, Luca. Peu de femmes égalent la finesse de tes traits. C'est un grand don, bien que tu ne sembles pas y accorder de valeur.

— Vous en avez un plus grand encore : vous créez la beauté », répliquai-je avec douceur, heureux d'entendre qu'il m'imaginait avec une épouse, comme si j'en étais aussi digne que le reste de Florence, qui était obsédée par le mariage. Ainsi, je songeai que je gagnerais peut-être un jour l'amour d'une femme et je me mis à réfléchir à ce que je pourrais faire pour le mériter. Cela devint une motivation secrète.

Lors de notre dernière rencontre, nous marchions au cœur de la ville, contournant le baptistère octogonal avec sa robe colorée de marbre éclatant. Il me récita le *Paradis* de Dante : « *Tout le créé, mortel ou immortel, n'est qu'une irradiation de cette idée qu'engendre dans l'amour notre seigneur ; car la vive brillance qui émane de son brillant... par sa bonté rassemble ses rayons paraissant reflétés en neuf substances, bien qu'elle reste éternellement une.*

— C'est beau mais je ne comprends pas comment trois ou bien neuf peuvent faire un », répliquai-je. Je m'arrêtai pour admirer les motifs géométriques vert et blanc de la façade. Ils étaient incrustés du meilleur marbre blanc de Carrare et de serpentine verte que, m'avait expliqué Giotto, on appelait *verde di Prato*.

« Mon vieil ami admirait cet ancien bâtiment qui fut un temple romain dédié à Mars. Il est tellement exquis que nous ne pouvons le laisser tel quel et ne cessons de le modifier. » Le maître sourit et se caressa la barbe. « Arnolfo di Cambio a ajouté les motifs rayés aux pilastres d'angle et leurs formes précises soutiennent parfaitement le rythme des surfaces murales. » Il fit courir la main sur une de ces zébrures puis se retourna vers moi. « Ne te laisse pas tracasser par la poésie de Dante, jeune chiot.

Tu es intelligent, tu sauras y réfléchir et beaucoup te sera révélé : c'est la beauté de son art. Il parle des neuf ordres d'anges, de la façon dont toute création, tout ce qui est, mortel ou immortel, est une forme d'amour émanant comme une lumière de l'esprit divin. Dante voyait Dieu comme une clarté.

— Mais si la création, le monde, est une forme d'amour, comment le mal a-t-il pu l'envahir à ce point ? À moins que le mal ne soit une plaisanterie de Dieu. Vous m'avez dit que Dieu rit, vous vous rappelez ? Ce jour-là, sur la Piazza Santa Maria Novella, quand je me battais contre les jeunes nobles avec un bâton cassé, dis-je avec ardeur. Ce jour-là, vous m'avez parlé de l'*ingegno*. Je n'ai jamais oublié et je me suis toujours efforcé d'être à la hauteur de vos conseils. »

Les sourcils gris de Giotto se haussèrent. « Mes mots, bien que parcimonieux, t'ont fait forte impression.

— Ils m'ont nourri !

— Ils ont été semés sur une terre fertile », répliqua-t-il aussitôt. Il m'adressa un regard énigmatique puis, comme si une brume se dissipait, je mis un nom sur son expression : le respect.

« La conception que Dante a de la lumière me paraît plus sensée que celle qu'il a de l'amour, répondis-je en rougissant. Je crois que cela plaît à l'humour impitoyable de Dieu de se voir réfléchi dans la beauté et l'art, qui sont les frères de la lumière. Comme elle luit dans le marbre du baptistère Saint-Jean-Baptiste et comme vous la représentez dans vos œuvres.

— Des dilemmes, l'humour de Dieu, l'art vu comme le frère de la lumière... Tu formules les plus étranges concepts. Garde-les pour toi, jeune chiot. Un homme avec de telles idées risque de s'attirer des ennuis. Au moins, tu grandis. Ta différence n'est plus aussi évidente, quoique ta beauté restera toujours remarquable. Je ne veux pas que les gens bavardent sur ton compte. »

J'avais grandi, en effet, et j'avais enfin l'air un peu plus âgé, de l'ordre d'un garçon de onze ans. Mon corps n'avait pas mûri aussi vite qu'il l'aurait dû mais même ces signes légers apaisaient mon inquiétude. Silvano persiflait toujours, me traitant de sorcier et de monstre, et il m'examinait régulièrement le torse sans jamais trouver ce qu'il cherchait, ce qui l'agaçait. Mais Giotto me voyait changer et j'en étais heureux. Quand je me rendis sur sa tombe, je me rappelai la bouffée de plaisir que m'avait procurée son commentaire. Je répétai à voix haute la citation du poème de son ami. J'espérais qu'ils s'étaient retrouvés au paradis, riant et plaisantant comme Giotto en avait l'habitude. S'il y avait une once de bien en Dieu, Il chérissait la beauté et la lumière, et la représentation que le maître en avait fait lui avait valu d'être admis directement aux cieux.

Quelques mois plus tard, après la rentrée des moissons, tandis qu'on servait les petites figues tardives sur les tables et que la ville se rafraîchissait à l'approche de l'automne, Simonetta donna un fils à Silvano. Il appela un prêtre qui fréquentait régulièrement l'établissement pour baptiser l'enfant, ce qui prouvait qu'en offrant assez de florins à l'Église on pouvait acheter n'importe quoi, même le baptême solennel du fils bâtard d'un meurtrier tenancier de lupanar. Le bébé fut appelé Niccolo et, déjà nouveau-né, ses traits mimaient ceux de son père : il avait le menton étroit et saillant, un petit nez tranchant.

Simonetta fut très affaiblie par des couches difficiles et Silvano était tellement content d'elle qu'il l'autorisa à se retirer dans des quartiers qu'il mit à sa disposition dans l'aile privée. Bien sûr, il ne l'autoriserait jamais à partir ; la seule manière de quitter cet établissement était la mort, tous le savaient. Il prit une autre femme pour la remplacer. C'était une étrangère taciturne aux pommettes hautes, aux yeux bridés, aux membres massifs. Elle ne parlait guère italien, et mal ; je ne l'aimais pas. Elle avait une poigne brutale quand Simonetta nous guidait d'un mot ou d'un geste calme. Néanmoins, j'étais content pour cette dernière. Elle avait cessé de travailler sans y laisser la vie. Je me faufilais dans sa chambre pour lui rendre visite, bien qu'il nous soit interdit de pénétrer dans les appartements privés. Je me fiais à mes sens pour m'alerter de l'approche de Silvano. Leur acuité s'affinait au-delà de toute nature. Je savais toujours où il était dans le *palazzo*. Au fil du temps, je perçus même où il se trouvait en ville. Il me suffisait de me calmer, de vider mon esprit, et une image scintillait dans ma tête à la façon d'une rivière révélant un reflet à mesure que son cours s'apaise. Je voyais une place, une boutique ou un marché, et je savais avec certitude qu'il y était. Il semblait que ma peur et ma haine avaient tissé avec lui un lien si tangible que j'étais toujours capable de le sentir partout, peu importait la distance.

Les années s'écoulèrent. Le travail ne changea pas mais j'étais immunisé contre lui, comme contre le temps et la maladie. Je vivais dans une sorte de suspension qui me paraissait normale car je ne connaissais rien d'autre. Je n'étais infirme qu'après une correction. Même alors, je récupérais vite. Une fois, on m'attaqua à l'extérieur du lupanar. C'était pendant les faillites des succursales londoniennes des compagnies Bardi et Peruzzi et l'effondrement des banques plus modestes, ce qui poussa bien des commerces et petites manufactures de laine à mettre la clé sous la porte. Pour ajouter aux troubles, les récoltes étaient maigres en Toscane. Les Florentins se montraient hargneux, colériques et angoissés. Les affaires étaient mauvaises pour tout le monde, sauf pour Silvano, dont le commerce prospérait quoi qu'il arrive. Je me rendis un jour à l'église d'Ognissanti, non loin de l'Arno, pour observer le retable, une Madone à l'enfant peinte par Giotto. La Vierge splendide dégageait une spiritualité tangible et grave, tandis que l'enfant Christ, sa main levée en signe de bénédiction, était à la fois triste et tendre, majestueux et gracieux, ouvert. Le maître avait utilisé les couleurs des tissus qu'on trouvait sur les marchés de Florence, donnant à la Madone la tendre allure du quotidien. Je titubai hors d'Ognissanti comme si mon cœur avait été transpercé ; c'était là la force du talent de Giotto. Je me heurtai à un homme qui grogna et me repoussa.

« *Mi scusi, signore* », murmurai-je, puis je le reconnus : c'était un de mes tout premiers clients, un négociant en soieries de Cathay.

« Attends ! Je me souviens de toi ! » s'exclama-t-il sèchement. Il était maigre ; il avait le dos voûté et ses cheveux noirs avaient grisonné depuis sa dernière visite au lupanar. Ses yeux s'étrécirent. « Tu es toujours chez Silvano ? Cela fait dix ans… Tu as à peine vieilli! Tu devrais être adulte, maintenant, Bernardo Silvano aurait dû se débarrasser de toi depuis longtemps!

— Vous vous méprenez, *signore*, répondis-je en m'efforçant de le dépasser.

— Pas si vite! s'écria-t-il en m'attrapant le bras, attirant l'attention des passants qui se dirigeaient vers le Ponte alla Carraia. Tu n'as pas du tout changé depuis cette époque, comment est-ce possible? Tu n'as pas vieilli! C'est de la magie! Je dis que tu es un sorcier!» La foule se rassemblait et je m'efforçai de m'arracher à son emprise.

« Vous vous trompez! criai-je.

— C'est vrai, c'est Luca Bastardo de chez Silvano, il n'a pas changé depuis une douzaine d'années!» lança une autre voix. C'était celle d'un tisserand qui économisait autrefois ses *soldi* pendant des mois pour se payer une visite à l'établissement. Lui aussi avait les cheveux gris.

« Sorcier! Sorcier! Nécromant! clamèrent plusieurs voix.

— C'est la sorcellerie qui a appauvri Florence! lança une voix tourmentée. C'est la magie noire qui a abattu nos banques!

— C'est elle qui a dévalué nos lainages!

— Elle a semé la rouille sur nos récoltes!

— Nous sommes affamés et pauvres à cause des sorciers!»

La multitude grouillante s'avança. On hurla, on me frappa. Je ne me défendis pas. J'avais l'habitude d'avoir mal et je pensais à moitié que je le méritais. Je savais aussi que mon corps guérissait de presque tout; c'était une composante de ma monstruosité, je pouvais m'y fier.

On me battit jusqu'à ce que je tombe à genoux, puis on m'attrapa sans ménagement et on me traîna par les poignets et les jambes. On me jeta à terre sur la Piazza d'Ognissanti, face à l'Arno. La foule amassait un tas de bois.

« Brûlez-le! Brûlez le sorcier!» s'écriaient les voix. Plusieurs personnes reculèrent pour préparer le bûcher et d'autres se pressèrent pour m'observer, bouche bée. Je me recroquevillai sur le côté, me couvris la tête avec les bras, fermai les paupières et me laissai voyager jusqu'à la Madone de l'église d'Ognissanti.

« *Audi alteram partem!* s'exclama une voix forte. Écoutez l'autre partie ! »

Le silence gagna la multitude mais je n'en avais que vaguement conscience. J'étais absorbé par mon périple. Je flottais devant la splendide Madone de Giotto, devant la puissance béate de son corps, avec l'enfant Christ paisible dans ses bras. Je savourais le chœur angélique. Quelqu'un chantait : « *Madonna, Madonna.* » Je m'aperçus que c'était moi. J'ouvris les yeux. Un homme très grand, d'une trentaine d'années, aux traits doux et au teint clair, se tenait près de moi. Je le reconnus : c'était lui qui m'avait pris à suivre l'artiste des années plus tôt – son ami, Pétrarque. Il me fit signe de me rasseoir. Lentement, laborieusement, je me redressai jusqu'à m'agenouiller. De vilains murmures grondèrent dans la multitude.

« Vivons bien et les temps seront bons ! C'est nous qui faisons le temps ; il est tel que nous sommes », déclara Pétrarque avec vigueur. Il m'adressa un regard pénétrant de ses yeux fervents puis se tourna vers les gens qui se massaient autour de nous. « Saint Augustin lui-même nous l'a dit. Tuer ce garçon ne rendra pas sa valeur à votre laine. Cela ne renflouera pas vos banques ni n'épanouira vos récoltes !

— Exterminer les sorciers plaira à Dieu ! brailla une voix masculine en retour. Et le plaisir du Seigneur nous rendra notre prospérité !

— Oui, oui ! renchérirent de nombreuses autres.

— Non ! cria Pétrarque. Ordonnez votre âme, réduisez vos besoins, vivez dans la charité, associez-vous dans la communauté chrétienne, obéissez aux lois, faites confiance à la providence – voilà ce qu'il faut faire ! Cela améliorera le sort de votre ville et la fortifiera !

— Il a raison, il suffit ! » La voix mortellement froide força l'attention : Silvano venait d'apparaître. Il marchait parmi la foule qui s'ouvrait comme sur le passage d'un serpent. Je fus consterné jusqu'à l'âme de m'apercevoir que j'étais content de le voir.

« Le *signore* Pétrarque honore notre cité de sa présence et ses paroles sont justes. Tuer une putain ne nous rendra pas notre argent, déclara-t-il avec son rictus coutumier. Retournez travailler ; notre commerce est ce qui fait la grandeur de notre ville, c'est ce qui la lui restituera ! » Il s'inclina devant la haute silhouette du poète. « J'ai lu vos écrits, *signore*. J'ai été ému par le talent avec lequel vous exprimez la délicate émotion de l'amour non partagé !

— Je suis heureux que mes pauvres mots aient pu vous toucher, répondit poliment Pétrarque.

— Est-il vrai que Rome et Paris vous ont toutes les deux convié à recevoir la couronne du poète lauréat ? s'enquit Silvano d'une voix de sycophante.

— Vous êtes bien informé, *signore*, répliqua l'intéressé en détournant les yeux. Je me rends d'ailleurs à Rome pour accepter humblement l'honneur qu'on a bien voulu m'accorder.

— Être bien informé est une nécessité dans mon commerce », répondit l'autre d'un ton sournois. Il fit signe aux deux *condottieri* qui l'accompagnaient de me relever.

« Tu as de la chance que je sois venu te chercher, Bastardo, dit Silvano tandis qu'un des mercenaires m'emmenait. Ce poète efféminé n'aurait pu dissuader la foule de s'offrir un beau bûcher. Cela aurait été amusant de t'entendre hurler quand les flammes t'auraient consumé. » Ses yeux brillèrent. « Sois reconnaissant ! » Il effleura les zébrures de mon visage et fronça les sourcils. « Tu es abîmé, mais encore capable de travailler. »

Il disait vrai, et c'est ce que je fis.

Ainsi je grandis, quoique lentement, et quand, âgé de vingt-sept ans, j'aurais dû avoir l'apparence d'un homme adulte, j'en paraissais treize. Le fils de Silvano, Niccolo, qui avait onze ans, avait plus mûri que moi, au ravissement de son père. Niccolo n'était pas plus grand que lui et il partageait sa maigreur, mais sa voix devenait plus grave, des ombres de poils parsemaient son visage et ses joues présentaient des piqûres rouges d'acné. Je n'arborais qu'un duvet sur la lèvre supérieure. C'était déjà cela. Cela faisait sourire Simonetta, qui m'appelait *porcellino* –

porcelet. Sa chevelure avait blanchi et les rides avaient couturé
son visage autour de sa tache de naissance, mais elle restait la
même femme paisible et douce que je connaissais depuis près de
vingt ans, des années qui s'étaient écoulées comme dans un sommeil, en rêve, des années pendant lesquelles je n'avais pas osé
m'enfuir de crainte que Silvano ne tue un autre enfant, ou même
la mère de son fils.

Un printemps, les affaires s'effondrèrent. J'appris que la ville
était en proie à la maladie quand un client vint dans ma chambre.
C'était un teinturier de laine qui avait bien réussi et possédait
quelques échoppes dans la banlieue respectable de la ville, au
nord. Dans le centre de Florence, les marchands et les nobles
aisés pratiquaient des loyers si élevés que la plupart des ateliers
de teinture et d'apprêtage se trouvaient dans les quartiers les plus
pauvres de l'Oltrarno. Parce qu'il avait réussi à s'installer dans un
meilleur environnement, ce teinturier avait une haute opinion de
lui-même. Les gens comme lui pensaient toujours que leur
intérêt aurait dû m'honorer. Il m'ordonna de me déshabiller
avant même de me toucher. Je m'exécutai et il m'aboya de
tourner lentement sur moi-même.

« Pas de *bubboni*, marmonna-t-il. Lève les bras au-dessus de la
tête ! » J'obéis et il acquiesça. « Pas de gonflements. Bien. Tousse
et crache par terre. » C'était la première fois qu'on me demandait
une chose pareille mais, au fil de ces dix-huit années, les ordres
bizarres étaient devenus la norme. L'homme est une créature
animée de désirs tortueux ; si Dieu l'avait bien créé à son image,
seule une divinité maligne avait pu engendrer ces appétits. Je me
forçai à tousser et crachai. Le teinturier inspecta le résultat. « Pas
de sang, dit-il, soulagé. Tu conviendras, gamin. » Et le reste de
l'heure se déroula comme à l'habitude.

Une femme nouvelle d'origine étrangère vint me laver
ensuite. Je ne l'appréciais pas. Ses manières étaient froides, elle
était efflanquée et parlait d'un ton âpre, m'enfonçant un doigt
dans les côtes pour se faire obéir. Ce jour-là, je la regardai bien
en face et lui demandai : « Femme, y a-t-il une épidémie en
ville ? »

Elle frissonna. « Une terrible maladie s'est répandue, Bastardo. Elle a atteint les environs de Florence. Les gens ont peur. Ils restent chez eux et, même, ils s'en vont !

— Quel genre de maladie ?

— On l'appelle la peste noire, souffla-t-elle. Les gens ont une fièvre terrible, crachent du sang et rendent l'âme en trois jours. D'autres présentent des gonflements noirs, les *bubboni*, avant de mourir. On raconte que dans les contrées d'Orient plus de la moitié de la population a péri ! Même jusqu'à huit personnes sur dix !

— Nous avons connu une épidémie il y a huit ans et beaucoup ont survécu », répliquai-je.

Elle secoua la tête. « Celle-ci tue tous les malades. Tous ! »

Le mois suivant, alors que le printemps se changeait en été, Silvano me convoqua dans la salle à manger pendant qu'il jouait aux dés avec Niccolo. « Je t'apprendrai à ne pas jouer bêtement, fils ! » dit-il, et il lui gifla l'oreille au moment où j'entrais. L'enfant se rendit compte que j'avais vu la correction ; il rougit et détourna les yeux.

Un criaillement aigu me fit sursauter. Dans l'angle de la salle, au sein d'une cage dorée, se trouvait un oiseau au plumage éclatant. Je le contemplai, bouche bée.

« Sais-tu ce que c'est, Bastardo ? s'enquit Silvano.

— Bien sûr qu'il ne sait pas, papa, c'est une putain ignorante, rétorqua Niccolo.

— C'est un oiseau, répondis-je en me raidissant.

— Pas n'importe quel oiseau », répliqua le tenancier du lupanar. Il s'approcha de la cage et prit l'animal, qu'il percha sur son doigt en lui susurrant doucement à l'oreille. Il caressa sa tête rouge et ses ailes vertes. « Ce splendide compagnon est un oiseau très spécial que j'exposerai les soirs de festivités, quand les clients viennent en nombre. C'est une espèce rare d'Extrême-Orient. Je suis le seul de tout Florence à en avoir un ! » Exultant, il le replaça dans sa cage dorée. « Bastardo, je veux que tu ailles en ville.

— Tu ne devrais pas le battre d'abord pour t'assurer qu'il revienne ? ricana Niccolo en ajustant les fentes des manches de sa tunique cramoisie pour montrer la soie bleue du *farsetto* en dessous.

— Luca sait très bien ce que je ferai s'il ne rentre pas. » Silvano rit et se gratta la barbe, qui était devenue presque entièrement blanche. « Il va rassembler des informations.

— Vous voulez que je me renseigne sur la nouvelle épidémie, devinai-je.

— L'oiselier affirme qu'elle ravage la ville, répondit-il. La peste a-t-elle percé jusqu'à Florence même ? Les gens meurent-ils en masse ? Un rebut des rues tel que toi connaît d'innombrables astuces pour se faufiler partout, découvrir ce qui se trame, évaluer la gravité de la situation. Tu es doué pour ouvrir l'œil et fourrer ton nez partout, n'est-ce pas, Bastardo ? Cela va avec ta jeunesse monstrueuse. » Il me pointa du doigt. « Va. Vois si les malades connaissent une mort rapide et atroce. » Il me lança un coup d'œil de biais et je m'aperçus qu'un fin vernis laiteux ternissait son regard. Cela m'étonna ; je l'avais toujours vu comme cet homme malveillant à la puissance irréductible que j'avais rencontré sur le marché des années plus tôt. Je remarquais à présent, émerveillé, que sa barbe n'était pas le seul signe de son âge. Son visage s'était tanné et ridé ; son crâne rose transparaissait à travers une couronne monacale de cheveux blancs. Je fixai scrupuleusement les dés sur la table. Que je remarque une faiblesse lui déplairait.

« Ne t'inquiète pas, tu n'attraperas pas la peste noire, se moqua-t-il, interprétant à tort mon expression comme de la peur. Tu es la créature la plus solide et la plus résistante que j'aie jamais vue. Tu n'attrapes même pas la chaude-pisse alors qu'elle me force à abattre une putain chaque mois.

— Mais c'est très bizarre, tu ne penses pas, papa ? Qu'il vieillisse à peine et ne soit jamais malade…, geignit Niccolo. Ce n'est pas naturel. C'est de la sorcellerie maléfique. Tu devrais peut-être le tuer et le jeter dans le fleuve. » Il m'adressa un sourire satisfait. « Ça fait longtemps qu'on ne s'est pas amusés.

— Sornettes, fils, il m'est utile et il reste populaire parmi les clients. » Silvano lui sourit tendrement. « De toute façon, j'ai de plus grands projets pour lui. Il mûrira et, alors, nous connaîtrons une nouvelle vie d'honneurs et de prestige ! » Il se pencha et ébouriffa les cheveux de Niccolo ; je remarquai alors combien sa peau grise et flasque lui drapait la main. Il ajouta : « Si tu veux t'amuser, tu peux prendre le petit Espagnol qui vient d'arriver. » Il se leva et fit signe au garçon de le suivre. Je reculai tout contre le mur pour les laisser passer.

« Vraiment, ce Bastardo est trop arrogant, je ne l'aime pas », se plaignit l'enfant en s'arrêtant devant moi. Il inclina la tête et me lança un regard méprisant le long de son nez en lame de couteau.

« Alors frappe-le si tu veux, mais pas au point qu'il ne puisse sortir », répliqua Silvano depuis le couloir.

Le visage de Niccolo s'éclaira. Avant que je comprenne ce que j'étais en train de faire, j'avançai d'un pas vers lui. Ce n'était même pas une enjambée, un pas large d'une paume à peine, mais, dans le même temps, ma force, semblable aux eaux d'un fleuve s'érigeant en vague, se concentra dans mes bras, tandis que les muscles de mon torse et de mes épaules fourmillaient de sang. J'affrontai son regard sans ciller. C'était un processus subtil, cette accumulation de puissance en moi. Je l'avais pratiquée dans la rue face aux chiens qui grognaient, pour ne pas laisser paraître de faiblesse qui les aurait incités à attaquer, mais jamais avec un être humain. Peut-être avais-je été coupé de cette force par la peur que m'inspirait ma jeunesse anormale, l'humiliation de la captivité, l'effroi que faisaient naître les actes terribles que j'avais commis ; le pouvoir n'était pas destiné à un être impur tel que moi. Mais, ce jour-là, après avoir perçu de la faiblesse chez Silvano, je refusai d'être battu par son fils. Celui-ci pâlit. Il recula en hâte et courut aussitôt rejoindre son père. Je m'ébahis moi-même. Je le paierais probablement très cher quand, avec force cajoleries, Niccolo encouragerait Silvano à me battre. Mais, à cet instant, j'étais prêt à me défendre par la violence. Je ne savais pas que j'avais ce courage et cela me réchauffa le cœur. Je n'étais peut-être pas si méprisable, finalement.

Je quittai aussitôt le *palazzo*. C'était le début du mois de mai, une époque de l'année avec des périodes de fraîcheur avant que l'été ne fonde sur la ville et que le soleil ne rôtisse la vallée de l'Arno. Les passants étaient rares. Les portes étaient barricadées, les volets clos. Les boutiques, les manufactures et même les tavernes étaient fermées. Florence était une ville de tours hautes, quoiqu'elles aient été plus élevées autrefois, dépassant cent vingt *braccia* d'altitude. Les pères de la ville avaient décidé de restreindre la hauteur des habitations privées pour la sécurité publique, mais elles restaient imposantes. Des tours que je trouvais closes et sombres. Le tocsin de l'austère Palazzo dei Priori lançait des notes sombres et une odeur infecte s'était infiltrée dans l'air. J'en vis bientôt la cause : des corps gisaient, éparpillés dans la rue. Des corbeaux fondaient sur eux en croassant et des mouches noires bourdonnaient tout autour. Les rats trottinaient sur les dalles mais évitaient les cadavres gonflés. La plupart des morts semblaient de pauvres ouvriers des ateliers de laine et de teinture portant encore leur *foggetta*. Il y avait des enfants, leurs corps minuscules entassés par deux ou trois, jetés au rebut sans distinction, leurs petits bras décharnés encore entrelacés ou bien écartés avec indifférence. La ville était devenue un vaste charnier.

Un cadavre était différent ; une jeune femme aux mains repliées sur la poitrine, comme si elle était morte en priant. Sa robe de brocart somptueux indiquait son ascendance noble. Des taches noires couvraient ses joues et son cou délicats. Sous le tissu, son ventre était arrondi ; elle devait être enceinte. Là, la peste avait tué deux personnes.

« Une terrible pestilence, et cela ne fait que commencer », déclara une voix lugubre avec un accent du Sud. C'était un homme mince aux cheveux noirs dont les traits portaient l'empreinte franque malgré son élocution napolitaine.

« Vous pensez que cela va empirer ? » répondis-je. Il acquiesça.

« Ne t'approche pas trop, me prévint-il en indiquant la femme du menton. La maladie se transmet avec une célérité funeste des morts aux vivants et des malades aux bien portants. » Il s'éloigna. Les rares passants s'étaient réfugiés en eux-mêmes, jetant des coups d'œil suspicieux à leur prochain. Je trottai à la suite de l'inconnu puis adoptai son allure.

« Les médecins ne peuvent rien faire ? » m'enquis-je d'une voix sonore. Il se retourna et me sourit à moitié.

« Ne t'ai-je pas déjà vu quelque part ? demanda-t-il.

— Si vous fréquentez l'établissement de Bernardo Silvano.

— Non, non, je préfère me divertir gratuitement, murmura-t-il. Ailleurs.

— Sur le marché ? » risquai-je. Son regard intense inspecta mes traits puis il eut un sourire.

« Ton visage me rappelle un personnage d'un tableau de l'abbaye San Giorgio, répliqua-t-il. Mais ce garçon-là a deux ou trois ans de moins. Pourtant, tu lui ressembles beaucoup, comme un jumeau plus âgé. »

Je brûlais de contentement. « Vous connaissez l'œuvre splendide de maître Giotto !

— Et toi aussi, manifestement, mais je ne m'y serais pas attendu de la part d'un pensionnaire de Silvano », répondit-il. Nous nous arrêtâmes quand des loques volèrent d'une fenêtre en hauteur. Les volets s'étaient refermés dans un claquement retentissant avant même que les haillons n'atterrissent dans la rue. « Voilà qui appartenait probablement à une pauvre âme morte de cette pestilence, dit-il. Les gens désespèrent de se débarrasser de tout ce que les morts ont seulement touché. » Deux cochons émaciés coururent vers les vêtements, les saisirent entre leurs canines, y fourrant leur groin poilu, et les secouèrent, comme à leur habitude. Nous restâmes les regarder fouiller les loques en grognant et en reniflant.

« Pour répondre à ta question, reprit l'homme, non, les médecins sont impuissants. Soit la nature même de cette maladie la rend incurable, soit les médecins sont tellement ignorants qu'ils n'en reconnaissent pas la cause et ne peuvent donc prescrire le remède adapté.

— C'est vrai qu'elle vient de l'est ? m'enquis-je.

— Oui, mais elle a changé au fil de son voyage. Là-bas, les malades saignaient du nez avant de mourir. À présent, les premiers signes sont un gonflement de l'aine ou des aisselles. Les boursouflures peuvent atteindre la taille d'un œuf. » Il me jeta un coup d'œil. « Prends garde à ne pas t'approcher des clients qui en ont. » Il parlait en connaissance de cause mais ne me jugeait pas.

Je haussai les épaules. « Je n'aurai peut-être pas ce luxe. »

Il secoua la tête en fronçant les sourcils. « Silvano, cette vermine. Comment les pères de la ville peuvent-ils le laisser opérer, je l'ignore. Nous n'avons pas besoin de ce genre d'établissement abominable. Un homme aux désirs inassouvis peut toujours se satisfaire avec l'épouse d'un autre s'il le souhaite. Les femmes sont stupides, semblables à des babioles. Ce sont des créatures faciles à séduire.

— Certains pères de la ville sont ses clients. »

Une expression orageuse traversa son visage mince. « Je crois parfois que la juste colère de Dieu nous a infligé cette peste pour nous punir de notre iniquité. Le péché prospère à Florence et partout ailleurs ; cette épidémie ne peut simplement résulter d'une mauvaise étoile. Ce serait une expression adéquate de la justice divine si Silvano connaissait une mort horrible aux mains de cette maladie !

— Vous parlez comme un ecclésiastique mais vous n'en avez pas l'allure », observai-je. Il était bien habillé mais avec simplicité, portant des étoffes dont tout Florentin aurait reconnu le raffinement : un *mantello* de laine sombre sur une tunique serrée de coton et de lin, ainsi que des chausses ordinaires mais de belle facture.

« Je suis poète, quoique mon père préférerait me voir faire du droit. » Il sourit.

« Un poète comme Dante ? » m'enquis-je. Toujours doué d'une mémoire infaillible, je récitai la citation de Giotto : « *Tout le créé, mortel ou immortel, n'est qu'une irradiation de cette idée qu'engendre dans l'amour notre seigneur…* »

Il remua ses épais sourcils foncés. « Giotto, Dante ; Silvano dirige-t-il une école ? » Je ris. Il pointa du doigt. « Regarde ! » Je me tournai ; il désignait les cochons, qui étaient pris de convulsions, couinant, écumants, leurs yeux roulant au sein de leurs crânes décharnés. En quelques instants, ils se raidirent et moururent.

« À cause des vêtements des morts, s'émerveilla le poète. Ces animaux ont péri en quelques minutes des loques portées par un mort ! » Nous reprîmes notre marche, restant bien à l'écart des cadavres.

« Est-ce qu'on va venir les enterrer ? m'enquis-je, tortillant le cou pour regarder un père et son fils étendus par terre.

— Pas leurs familles. La ville a embauché des porteurs de bières, les *becchini*, pour les pauvres et modestes gens, m'expliqua-t-il. Les prêtres rechignent à approcher les dépouilles, aussi la coutume civilisée des rites sacrés aux défunts a-t-elle été abrégée. On ne tardera pas à la suspendre. » Il frissonna, resserrant son *mantello* sombre autour de ses épaules. « Certains se lancent déjà dans une folle licence tandis que d'autres observent le plus strict régime d'abstinence et d'abnégation. Ce fléau entraînera la fin des usages et des lois tels que nous les connaissons.

— Échapper à la maladie s'avérera difficile si la pestilence se répand par les vêtements et les animaux, observai-je. Beaucoup vont mourir. Qu'ils mènent une vie de licence ou bien d'abnégation.

— En effet », convint-il. Un carrosse aux rideaux tirés nous dépassa à toute allure, l'attelage de chevaux alezans courant à perdre haleine. Il le désigna du menton. « Ils font bien de quitter la ville, à mon avis.

— La peste ne les suivra-t-elle pas dans la campagne, ou bien les rattrapera là-bas ? demandai-je.

— Probablement, mais les fuyards prennent moins de risques. Je compte partir aussi.

— J'aimerais pouvoir en faire autant, rêvassai-je. Quitter la ville, laisser l'établissement de Silvano loin derrière moi. En un sens, c'est aussi terrible que la peste.

— J'ai entendu parler d'enfants assassinés et défigurés. » Le poète hocha la tête. « On raconte qu'il tue tous ceux qui essaient de s'enfuir.

— Est-ce qu'on resterait, sinon ? » rétorquai-je amèrement.

Il posa la main sur mon épaule. « Si tu pouvais partir, échapper à Silvano et à la peste, où irais-tu ? Que ferais-tu ?

— C'est jouer à rêver. » J'eus un sourire prudent. « Je ne me l'autorise pas.

— Les rêves peuvent former une bourrasque qui ouvre à la volée les portes de l'esprit, ou bien un appui quand les temps sont difficiles. Ce ne sont pas seulement des diversions. Apprivoise-les », m'exhorta-t-il. Je le regardai, les yeux agrandis, n'ayant jamais nourri de telles réflexions. Quand les clients venaient dans ma chambre et que je m'envolais vers les fresques de Giotto, c'était au sens propre. Je le croyais, du moins. Et aujourd'hui, pendant que j'attends mon bourreau dans ma cellule, la ferveur de ces voyages me convainc qu'ils dépassaient le simple rêve. Il existe une frontière qui sépare le réel de l'irréel, mais elle se brise à l'occasion, laissant les deux entités se mêler comme les fluides d'un alambic d'alchimiste. Mon sort, dans cette longue vie, fut de plonger souvent dans cette mixture.

Mais à cette époque, il y a bien longtemps, je parlais avec la voix simple du cœur. « J'irais dans les collines pour écouter les cigales dans les oliveraies et regarder verdir les pâturages. Je n'ai jamais dépassé les murs de la ville mais j'ai entendu dire que, dans la campagne, les champs de blé ondulent sous la brise comme le fait l'Arno. J'irais dans la nature chercher ce qui est sacré. » Puis je le regardai en me remémorant Giotto. « J'irais avec un ami, je m'assiérais à ses pieds et je l'écouterais sans interruption pendant dix jours. Je ne ferais que l'écouter. »

Nous nous tûmes, traversant l'herbe de la grande Piazza Santa Maria Novella, le lieu même où j'avais rencontré le *maestro* pour la première fois. Les pieux dominicains avaient l'habitude de prêcher sur la pelouse verte devant leur église, mais aucun n'était visible ce jour-là. Malgré toute leur piété, les prêtres craignaient la peste noire autant que tout le monde. Où étaient leur sainte Trinité et leurs neuf ordres d'anges pour affronter ce fléau ? Un enchevêtrement de cadavres reposait dans un angle de la place.

« Dix victimes, marmonna le poète. Sans confession, sans sépulture. » Des cris s'élevèrent depuis le réseau de ruelles à l'ouest. Nous échangeâmes un regard. La rumeur s'intensifia, vibrant de tension mauvaise. Des mots de haine et de meurtre planèrent au-dessus de la clameur.

« Ils en veulent aux Juifs, releva-t-il. La foule va les prendre pour boucs émissaires.

— Ils n'ont pas fait venir la peste. Pourquoi les tenir responsables ?

— Les gens ont besoin de blâmer quelqu'un pour leurs souffrances. » Il haussa les épaules. « C'est dans notre nature. De préférence, nous accusons autrui. Rares sont ceux qui tolèrent longtemps le fardeau de leurs propres fautes.

— Mais s'il y a un responsable de la peste, ce serait plutôt Dieu – vous avez dit qu'elle était le signe de sa colère !

— Nous ne pouvons pas la lui reprocher et les Florentins n'ont guère tendance à se regarder dans un miroir et à se repentir. Ils sont orgueilleux. J'ignore qui sont ces Juifs (il agita la main vers le tollé qui s'intensifiait), mais ils seront reconnus coupables et probablement tués. La peste va causer indirectement d'autres victimes.

— Ce n'est pas juste de condamner les Juifs, ni les sorcières ! m'exclamai-je en me rappelant que j'avais échappé de peu au bûcher en un autre jour lointain.

— Il y a beaucoup de Juifs bons et honorables. J'en ai moi-même connu. » Le poète plissa le front. « Mais leurs âmes sont perdues, condamnées à l'enfer à cause de leur mécréance. Quelle importance qu'ils meurent aujourd'hui ou demain ?

— Toute vie compte. » J'accélérai le pas. « Quelle foi peut affirmer le contraire ?

— Peut-être qu'une vie plus longue leur donnerait une chance de se tourner vers la vérité chrétienne, de s'agenouiller devant le clergé pour être baptisés et rachetés, acquiesça-t-il sans vraiment suivre mon allure.

— Cela leur donnerait plus de temps pour mesurer tous les mensonges du clergé, rétorquai-je d'un ton sec en pensant aux moines qui se rendaient chez Silvano. Je dois partir, ajoutai-je en désignant le tumulte. Je sais comment réagissent les foules quand elles croient avoir trouvé un responsable aux problèmes de la ville.

— Alors je prends congé de toi, jeune admirateur de Giotto et de Dante », répondit-il. Il sourit, posa la main sur son cœur et s'inclina. « J'espère que tu trouveras mes humbles travaux tout aussi dignes de ton admiration. Je suis Giovanni Boccace et je veillerai à ce que ma poésie te parvienne.

— Je m'appelle Luca Bastardo et je ne sais pas lire, admis-je.

— Mais tu sauras peut-être un jour, Luca Bastardo, répliqua-t-il. Va, quel que soit le destin qui t'attend. » Ses paroles, tel un présage, peut-être facétieuses, étaient vraies : mon destin était sur le point de changer, de façon radicale et pour toujours.

Chapitre six

Quand je rejoignis la source du tollé, la foule comptait une soixantaine de personnes. C'était une vilaine masse grouillante qui avait acculé deux silhouettes contre les pierres du mur d'une église voisine : un homme barbu et sa fille blottie dans ses bras. La multitude semblait animée d'un esprit unique, et cet esprit était habité par une haine qui faisait pression sur l'homme et l'enfant comme des parois qui se rapprochaient. Je me demandai pourquoi j'étais si souvent le témoin des plus bas instincts de l'homme. Était-ce parce que j'avais moi-même commis des actes impensables ?

« Sale Juif ! lança une voix masculine.

— Vous avez attiré la peste sur nous ! » cria un teinturier pauvre vêtu d'une robe grossière et d'une *foggetta* élimée. Il tremblait, comme pris de fièvre, mais je savais que c'était de tourment et non à cause de la peste : les victimes étaient nombreuses dans les taudis autour des teintureries. Après l'épidémie, il ne resterait guère de main-d'œuvre à l'industrie textile dont dépendait Florence.

« Je ne peux même pas m'occuper de mes enfants, sinon je l'attraperai aussi ! hurla une femme d'une voix stridente. Ils sont en train de mourir tout seuls ! Sales Juifs, vous avez apporté la peste noire !

— Votre peuple immonde a tué Notre-Seigneur et apporté l'épidémie ! » beugla un autre homme. Il était décharné, le teint mat ; c'était un fermier venu de la campagne, et il brandissait une fourche d'un air menaçant. Des ululements approbateurs s'élevèrent. Quelqu'un jeta un caillou. Le Juif pivota pour faire rempart de son corps, abritant la petite. Le projectile rebondit sur son épaule et heurta les pavés à ses pieds. Une autre pierre, plus grosse, vola dans sa direction. Elle l'atteignit aux côtes. Malgré les sifflements mauvais et les cris de la foule, je l'entendis grogner de douleur. Je me glissai dans une ruelle latérale et fis un détour pour me rapprocher ; quand je parvins aux côtés du Juif, il se détournait frénétiquement d'un côté puis de l'autre pour protéger sa fille de la grêle de pierres. J'enviai celle-ci, qui jouissait d'une protection que je n'avais jamais connue, et décidai de les aider.

Des projectiles gros comme le poing et plus encore s'éparpillaient autour du père, et de son nez coulaient des fleurs de sang roses qui lui tachaient la barbe et le *mantello*. J'aperçus le visage terrifié de l'enfant. Des larmes ruisselaient sur ses joues douces et blanches où s'étalait une ombre semblable à une ecchymose. Le paysan lança sa fourche et, sans réfléchir, je me précipitai pour la dévier. Une des dents pointues m'érafla le bras. J'avais l'esprit trop enflammé pour y prêter attention.

« *Bubboni!* criai-je en pointant l'arrière de la foule. Cet homme est malade ! Il va tous nous contaminer ! *Bubboni!* »

Des « Où ça, où ça ? » et des « *Bubboni!* » s'élevèrent.

« Personne n'a la peste ici ! mugit le fermier. C'est une ruse ! »

Je gardai le bras tendu. « *Bubboni!* La peste noire ! Il tousse ! Il va nous tuer ! Fuyez, fuyez, ou vous allez tous mourir ! »

Des cris de panique résonnèrent et deux femmes quittèrent la foule en courant et en hurlant. Un vieillard aux cheveux blancs boitilla à leur suite. Le chaos se déchaîna tout à coup sur l'assemblée. Les gens fuirent en tous sens, poussant des hurlements perçants confus et terrorisés.

Je me tournai vers le Juif : « Par ici ! » Je lui fis signe de me suivre dans la venelle. Grâce à mon passé de mendiant, je connaissais un fossé d'égout qui aboutissait contre un mur de pierre dont la surface irrégulière offrait de nombreuses prises de qualité aux mains et aux pieds, permettant l'escalade. De l'autre côté, il y avait une autre ruelle qui débouchait dans une rue parallèle. Le Juif courut aussitôt dans mon sillage, serrant sa fille contre son cœur. J'atteignis le mur et le gravis précipitamment, m'assis à cheval au sommet puis me penchai vers eux.

« Donnez-moi la petite pour que vous puissiez monter ! » dis-je. Le paysan à la fourche et trois hommes armés de bâtons nous avaient suivis sans se laisser abuser par mon stratagème. Le Juif jeta un coup d'œil par-dessus son épaule et me la tendit entre ses grosses mains tremblantes. L'enfant leva les bras et s'agrippa fermement à mon cou. Elle avait les joues tachées du sang de son père.

« Je vais les retarder le temps que tu l'amènes en sûreté ! souffla-t-il.

— Grimpez et vous serez en sûreté tous les deux ! » le pressai-je. Une autre pierre siffla vers lui et rebondit en tournoyant contre le mur. « Venez ! » insistai-je. Il escalada la paroi et je sautai de l'autre côté, tombant à genoux, serrant la fillette contre moi. Un instant plus tard, le Juif atterrissait près de moi. De ce côté-ci la ruelle s'élargissait, laissant le ciel bleu s'y déverser et révélant un quartier de soleil au sommet des hauts bâtiments de pierre.

« Tu as sauvé la vie de ma fille. Et la mienne. Je serai pour toujours ton débiteur.

— Je ne veux pas de votre dette, répliquai-je.

— Je te suis redevable, insista-t-il. Je ne pourrai jamais te rendre la pareille. Allons, tu as le bras en sang. Je peux t'aider, je suis *physico*, médecin. Viens chez moi pour que je m'en occupe. » Il m'attrapa doucement par le poignet et posa l'autre main sur la longue entaille suintante. La chaleur de sa paume gagna mon bras – le premier toucher guérisseur que j'avais jamais connu. Un nœud se détendit dans ma poitrine. Le sang coagula et cessa de couler. Je regardai le Juif avec étonnement. Ses épais sourcils foncés s'abaissèrent sur ses yeux bleus perçants. « C'est profond. Ne prends pas cette blessure à la légère, surtout avec la peste qui rôde. Je peux te la recoudre et te donner un onguent pour éviter l'infection. Tu ne veux pas mourir d'une infection, si ? »

Je retirai mon bras, mais à contrecœur tant la chaleur de son contact était réconfortante. « Je n'en attrape jamais. Je guéris toujours. Je n'ai pas besoin de vos services.

— Pourquoi, parce que je suis Juif ?» Il se redressa et me regarda droit dans les yeux avec un éclat grave et intelligent exigeant la vérité.

« Parce que je suis une putain, répliquai-je avec amertume. Je ne veux pas jeter la honte sur votre foyer !» Je désignai l'enfant qui s'agrippait au *mantello* déchiré de son père. Elle me dévisageait de ses yeux d'azur lumineux, le pouce fourré dans la bouche.

L'homme secoua la tête. « Cela n'a pas d'importance. Viens avec moi, laisse-moi m'occuper de ton bras.

— Pour moi, ça en a. » Je bombai le torse.

Le Juif caressa les cheveux de sa fille. Finalement, il ajouta : « Quel établissement ?

— Bernardo Silvano. »

Une expression dégoûtée envahit ses traits anguleux. « On me tuerait certainement pour ce que je vais dire... » Sa pomme d'Adam oscilla tandis qu'il déglutissait, puis il se lança. « J'ai bien vu comment tu viens de t'en tirer. Tu as l'air d'avoir treize ans, petit pour ton âge, mais tu es rusé. Tu te conduis comme un homme. Tu sais te débrouiller. Tu n'es pas obligé de rester là-bas. Tu n'as pas besoin d'être... de faire cela. On m'a raconté ce que Silvano fait aux enfants qui essaient de s'échapper. Mais tu es capable de te défendre. Tu trouveras un moyen. Tu m'entends ? *Tu es capable de te défendre !*

— Contre une troupe de *condottieri* armés ? rétorquai-je.

— Regarde autour de toi. Combien reste-t-il de *condottieri* à Florence ? Les gens fuient. La guerre contre Pise ou Lucques n'a plus d'importance quand la population meurt dans les rues. Combien de soldats reste-t-il au service de Silvano ? Peu, je parie. » Il me regardait dans les yeux comme si j'étais censé comprendre quelque chose sans y parvenir.

« Je ne m'inquiète pas pour moi, précisai-je. Silvano tuera un autre enfant si je pars.

— Sans les *condottieri*, il est sans défense, et il n'a ni ta jeunesse ni ta vigueur. Tu pourrais faire en sorte qu'il ne blesse plus jamais personne. » Dans ses paroles roulait une nuance grondante. Leur portée me frappa au cœur comme la foudre. Je trébuchai littéralement, me retenant au mur de pierre grossière. Le Juif ne détenait pas seulement dans ses mains le pouvoir de guérir, mais aussi en paroles. Mes tremblements s'apaisèrent et un calme terrible les remplaça.

« Je connais la peur depuis tant d'années que je n'avais pas remarqué qu'elle était devenue inutile, murmurai-je. Mais où irai-je ? Je viens de la rue et, avec la peste, il n'y a plus personne pour donner l'aumône aux pauvres.

— Chez moi. Tu vivras avec ma famille. »

C'était une invitation trop cruelle tant elle était inaccessible. J'étais déchiré, sachant d'un côté que les souillures de mon être m'ôtaient toute valeur, mais, de l'autre, j'avais l'impression d'être Adam à qui Dieu, d'un rire miséricordieux au lieu d'être cruel, aurait proposé de tuer le serpent pour réintégrer l'Éden. Je secouai la tête. « Je ne déshonorerai pas…

— C'est moi qui connaîtrais le déshonneur si je ne te payais pas de retour alors que tu as risqué ta vie pour sauver celle de ma fille et la mienne, répliqua-t-il de cette voix posée et sonore que je viendrais à chérir. Et tu ne me souhaites pas le déshonneur, n'est-ce pas ? Comment t'appelles-tu ?

— Luca Bastardo.

— Bien, Luca. » Il me saisit l'épaule, plongeant ses yeux sérieux dans les miens. « Voici Rebecca et je suis Moshe Sforno. Je vis dans l'Oltrarno, dans le quartier juif. Tout le monde sait où j'habite. Libère-toi, *fais ce que tu as à faire*, puis viens me trouver. Chez moi, tu as un foyer. » Il prit l'enfant. « Je me moque du passé. Aujourd'hui, tu nous as sauvés d'une mort atroce, ma fille et moi. C'est tout ce que je veux savoir. » Il gagna la rue, la petite Rebecca dans les bras. Je les observai depuis la venelle. Je savais déjà à l'époque ce que je revécus tragiquement plus tard, que les foules perdent tout esprit et sont promptes au meurtre. Quand Sforno et sa fille atteignirent l'Oltrarno, je tournai les talons. Il était temps pour moi de rentrer chez Silvano.

L'après-midi touchait à sa fin quand j'arrivai au *palazzo* enténébré. J'observais mon environnement avec un regard neuf. Comme Sforno l'avait deviné, il n'y avait pas de *condottieri* en vue. Je m'efforçai de me rappeler quand je les avais aperçus pour la dernière fois : cela faisait plusieurs mois. Et ils s'étaient raréfiés, ces dernières années. Pourquoi ne l'avais-je pas remarqué ? Par quel artifice les années mortes passées en ce lieu clos m'avaient-elles dupé et soumis à la complaisance ? J'avais laissé la peur me pétrifier, tel un personnage de tableau, aux moments où Silvano me battait ou, pire, quand il avait tailladé Marco. Je martelai la porte et la maigre étrangère l'ouvrit.

« Hors de mon chemin, femme ! » commandai-je. Elle recula en se recroquevillant. « Laisse la porte ouverte ! » Je marchai à grands pas vers la fenêtre la plus proche et écartai d'un coup les épais rideaux de velours. Des nuages de poussière pâle se libérèrent en tournoyant. Il y eut un craquement et le tissu me resta dans la main. La clarté mielleuse de l'après-midi se déversa dans le vestibule, illuminant la danse spiralée des grains de poussière. La fille eut un hoquet. Je traînai les rideaux, qui sifflèrent par terre, à travers le couloir de l'entrée.

Silvano était seul dans la salle à manger. Il avait son livre d'*abbaco* sur la table devant lui. Il releva d'un coup son crâne grisonnant à mon approche. Je lâchai les rideaux. Le sang dégoulinait de mon bras, formant une flaque au sol, mais je ne m'en souciais pas.

« Je ne reste pas », dis-je. Le tenancier se leva de sa chaise mais raidement, notai-je avec satisfaction. L'âge lui avait rendu les genoux douloureux. Comment avais-je pu ne pas m'en rendre compte ?

« Je me demandais quand les crocs du lionceau pousseraient », répliqua-t-il froidement. Ses narines frémirent. Un couteau apparut dans sa main, mais je n'avais pas peur. J'allais me défendre. J'allais mettre un terme à mon esclavage. Je sentis une colonne de lumière tangible se déployer brusquement en ligne droite de mes plantes de pied au sommet de ma tête en passant par le centre de mon être – une expression pure de l'instant présent.

Il s'écarta de la table. « Tu vas le regretter, Bastardo. Tu n'imagines pas combien tu vas souffrir. Tes précieux parents auraient honte. Ils ont le sang pur mais tu l'as corrompu, tu les as déshonorés !

— Ne parlez pas de mes parents, l'avertis-je.

— Ils ont su dès ta naissance que tu étais une abomination impie qui ne vieillirait jamais, c'est pour cela qu'ils t'ont abandonné. C'était volontaire ! Imagine ce qu'ils penseraient s'ils savaient ce que tu as fait à Marco ! » Il eut un rictus. Je reculai en trébuchant, choqué. « Tu croyais que je l'ignorais, Bastardo ? J'ai beaucoup d'espions. Je sais ce que tu es. Un tueur, comme moi ! Tu me hais, mais nous sommes semblables ! » Il avançait vers moi, exultant.

« Je n'ai rien à voir avec vous !

— Tu es comme moi, mais pire encore, parce que tu es une putain et que tu es maudit par la magie noire qui conserve ta jeunesse. Tes parents ont vu que leur sang s'était gâté en toi et que tu n'engendrerais que le mal. » Il s'approchait, passant son couteau d'une main à l'autre.

« Mes parents m'aimaient ! Ils étaient bons, vrais, ils me cherchaient !

— J'aurais dû te vendre à l'Église il y a bien longtemps, avec le document et la rumeur sur les hérétiques. Je n'ai jamais oublié les cheveux et les yeux de ta mère, en tous points semblables aux tiens, et, même si tu n'as pas mûri au point de porter sur la poitrine la marque du sacrilège, j'aurais pu convaincre l'Église que tu étais l'enfant de cette lettre ! Elle m'aurait donné une forte récompense, elle s'emballe tellement avec ces absurdités de Dieu bon et mauvais. Comme si Dieu pouvait être ailleurs que partout. Le royaume du Père s'étend sur la terre et les hommes ne le voient pas.

— Parce que le mal vit sur la terre à cause de gens comme vous ! criai-je. Dieu n'est pas en vous !

— Je ne suis pas une putain comme toi, un monstre bâtard incapable de grandir, roucoula-t-il. Qui de nous deux est vraiment sans Dieu ? J'espérais que tu me rapporterais davantage à l'âge adulte, avec la marque décrite par la lettre, mais tu refuses de mûrir. Tous mes projets pour Niccolo et moi sont ralentis et tu m'as causé nombre d'ennuis. À moins d'être brûlé sur le bûcher pour sorcellerie, ta magie ténébreuse t'aurait permis de vivre éternellement, mais je vais te tuer maintenant.

— Non, c'est moi qui vais vous tuer ! » hurlai-je. Tous mes sens fourmillèrent, accrus. Tout à coup, mon ouïe, ma vue, mon odorat, mon goût et mon toucher s'aiguisèrent comme jamais auparavant : les criaillements sifflants de l'oiseau exotique qu'il avait acheté, les trottinements légers d'une souris sous le plancher, l'odeur âpre de la lessive employée pour nettoyer les sols, les sanglots d'un enfant à l'étage, le parfum au clou de girofle de Silvano, l'accélération du tempo de son cœur et la circulation frénétique du sang dans ses veines : tout était plus fort, plus intense, plus vif que je ne l'avais jamais éprouvé au cours de ma vie. C'était comme si un autre monde, un autre cosmos, habitait celui-ci.

Les formes et les silhouettes se dissipèrent. Les contours des choses se déployèrent ; ce qui subsista fut glacé de lumière et dissocié en grains dansant au sein d'un canevas de couleurs débordantes. Même les murs s'évanouirent et mon regard gagna l'extérieur : fleurs, arbres, *piazze* volant dans toutes les directions comme une poignée de sable jetée au vent. J'aurais pu entrevoir n'importe quoi, n'importe où, mais je me concentrais sur Silvano. Un brouillard l'entourait et il semblait immobile. Au bout de ce qui me parut durer une heure, il avançait toujours vers moi. Il lui fallut une éternité pour m'atteindre. Sa main était si lente que je n'eus aucun mal à attraper son poignet et à le secouer pour qu'il lâche l'arme. Elle cliqueta par terre et un cri déformé s'éleva – le sien ? J'étais possédé par une force que je n'avais jamais connue. J'entendis des craquements profonds à mesure que les petits os de son poignet s'effondraient les uns sur les autres. Je frissonnais de délice. Il lança l'autre main vers mon visage, les doigts écartés comme pour me crever les yeux, mais il ne fut pas assez vif. Je déviai l'assaut. Le poignet que je tenais devint flasque. Silvano tomba à genoux. Il éraflait vainement mes doigts de sa main valide. Je continuai à serrer. Il y avait une sorte de bruit de fond – je m'aperçus que c'était lui en train de hurler.

« Arrête, je t'en supplie ! m'implorait-il, son visage pâle levé vers moi. Je te paierai tout ce que tu voudras, tout ! Plus de florins d'or que tu ne pourras en porter !

— Un sac de florins d'or ? Comme le sac en soie que vous utilisiez pour nous battre, nous les enfants ? » demandai-je, la fureur enflant de nouveau en moi. Je le lâchai brusquement et refermai les mains autour de son cou. Tenir sa vie entre mes doigts, sentir les veines bleues battre contre mes paumes affamées, savoir que son pouls déclinerait bientôt vers le néant, vers ma liberté, me grisa. Il cesserait de respirer et toutes les horreurs des dix-huit dernières années mourraient avec lui.

Je vibrais de contentement à la manière du chant radieux de la lyre lors de la représentation d'un mystère. J'avais déjà tué, n'en gardant que le poids répugnant et la honte. Cette unique fois, dans le cas de cet homme maléfique qui avait torturé tant d'enfants, je connus un plaisir enivrant. Je tuai encore après ce jour, mais jamais avec la même délectation. Juste au moment où j'allais tordre le cou de Silvano comme celui d'un poulet, je reçus un coup. C'était Niccolo.

« Lâche mon père ! » hurla-t-il. Je le frappai violemment et il vola à travers la pièce. Bien des années plus tôt, quand je vivais dans la rue, Paolo, au teint mat de bohémien, m'avait appris à me battre, et je n'oubliais jamais une leçon. Niccolo ramassa le couteau de son père et bondit sur moi. Mes sens surnaturellement accrus me le montrèrent au ralenti, lui aussi. J'assénai un violent coup de poing à son menton proéminent avant qu'il ne puisse m'atteindre. Il s'écroula comme une masse sur les rideaux. Je me retournai vers Silvano qui haletait et se tordait par terre. Mon reflet envahit ses pupilles agrandies.

« Ne tue pas mon fils, murmura-t-il en étreignant son cou blessé. Ce n'est qu'un enfant !

— Bella n'était qu'une enfant quand tu lui as tranché la gorge », rétorquai-je. Je pris sa tête entre mes mains et la tordis brutalement. Il y eut un craquement et son corps devint flasque.

« *Papa !* » cria Niccolo. En larmes, il se précipita sur le corps de son père.

« Je vais libérer les autres enfants », dis-je. Le garçon m'attaqua de nouveau, se ruant sur mon dos. Je fis volte-face et le repoussai avec violence. Il atterrit dans un fracas contre la cage dorée et l'oiseau rouge et vert protesta en criant puis s'agita contre les barreaux. « Nul ne restera enfermé ! » jurai-je. Je courus le libérer. Il vola autour de la salle avec des criaillements perçants, battant des ailes. Je ramassai le couteau de Silvano. « Je vais le laisser sortir !

— Non ! hurla Niccolo d'une voix perçante. Tu n'auras pas l'oiseau de papa ! » Il bondit, les bras tendus, attrapa l'animal d'un vif revers de la main et lui tordit le cou comme je venais de le faire à son père. Puis il jeta le corps inerte à ses pieds avec un rire hystérique. « Ha, ha, Luca Bastardo, la putain, le monstre ! »

Je devins comme fou. Pas la folie que je connais depuis la grande tragédie qui a fini par régir ma vie entière, mais avec un soupçon de la même rage hallucinatoire. « Tu ne peux pas lui voler sa liberté ! » hurlai-je. Je trépignai autour de la pièce en agitant le couteau. « Tu ne peux pas lui faire ça ! » Je m'arrêtai devant lui. « Puisque tu l'as tué, tu vas le manger ! Tout de suite ! » Je plaquai la lame sur sa gorge. Il ramassa l'oiseau en tremblant. « Mange ! Mange ! » criai-je, encore et encore, appuyant l'arme jusqu'à ce qu'une goutte de sang pointe sur sa gorge maigre.

Niccolo porta d'un geste brusque le cadavre à sa bouche et mordit le cou. Il mâcha et avala tout, même les plumes. Il leva son visage boutonneux et barbouillé de larmes vers moi. Des bulles de morve et de sang coagulaient sur l'ombre de sa future moustache. Son nez effilé et son menton saillant en faisaient le portrait de son père et je fus tenté de le tuer, afin de les voir tous deux enfermés dans de petites boîtes sans avoir reçu l'absolution, sans personne pour les pleurer. Mais Niccolo était encore un enfant et ce fut le détail qui retint ma main : je serais différent de Bernardo Silvano, qui en avait tant tué.

Le sang de l'oiseau lui dégoulinait sur le menton. Il vomit violemment sur le tapis, expulsant avec force les plumes rouges détrempées. Je ris, j'en pris une et la plaquai sur son front, où l'humidité la fit adhérer. Je riais et riais sans pouvoir m'arrêter.

« Je n'oublierai jamais ça ! Je ne t'oublierai jamais, Luca Bastardo, ni ce que tu as fait ! Un jour, je vengerai la mort de mon père. Je le jure sur mon sang et sur son corps ! Je te ferai souffrir et tu connaîtras une mort affreuse ! » Il se redressa, à genoux, la plume rouge toujours collée au front. « Je te maudis ! Je te maudis ! »

Je secouai la tête. « Je ne crois pas aux malédictions proférées par des fillettes qui portent des plumes rouges. » J'enjambai le cadavre de Silvano pour affronter les clients et ouvrir les portes aux enfants. Si j'avais mesuré la véritable puissance d'une intention cruelle quand elle est associée à la fureur du sang, j'aurais pris les paroles de Niccolo au sérieux. Les malédictions ont du pouvoir et la sienne mûrit, marquant ma vie à tout jamais.

Chapitre sept

*J*e me tenais en tremblant devant une grande porte, le *portone* sculpté de la maison de Moshe Sforno. C'était une demeure florentine typique de l'époque, construite en pierre, haute de trois étages, avec des fenêtres aux linteaux cintrés régulièrement espacées, tellement ordinaire qu'elle impressionna profondément la créature anormale de la rue et du lupanar que j'étais. La lueur pâle et dorée d'une bougie se déversait d'une fenêtre dont un volet était resté ouvert, projetant une ombre monstrueuse sur le pavé derrière moi. Je levai la main pour prendre le heurtoir, une plaque de cuivre en forme d'étoile à six branches avec un anneau au centre. La pleine lune luisait sur le sang poisseux qui m'enduisait les bras. Un parfum exquis d'oignon flottait de la maison comme une longue expiration ; c'était l'heure du dîner. Comment pouvais-je m'imposer dans ce moment d'intimité familiale, moi, un étranger couvert par le meurtre ?

Je m'éloignais sans avoir frappé quand la porte s'ouvrit. Sforno se tenait sur le seuil, se détachant sur la clarté jaune de la chandelle. « J'ai entendu, ou peut-être senti quelque chose, dit-il en se frottant la barbe. Je me suis dit que ce pouvait être toi.

— Je suis libéré de Silvano », répondis-je à mi-voix. Je me sentais creux et cela m'étonnait. Je n'aurais pas cru la liberté si vide au bout de toutes ces années passées à la désirer ardemment. Que reste-t-il quand la prison disparaît ? Comment occuperais-je mes journées, à présent ? Vivre avec des étrangers était-il vraiment la réponse ?

« Entre.

— Je suis sale », objectai-je, pris d'un regain aigu de cette peur qui m'avait poursuivi au lupanar : celle de transgresser les règles et d'être sévèrement puni. Sforno me tira gentiment à l'intérieur. Je me tins dans le vestibule sur un tapis râpé bleu et or aux motifs sarrasins. L'éclat chaleureux de lampes installées sur de vieux *cassones* en bois baignait les murs et le plafond. Une femme à la chevelure sombre vêtue d'une robe bleue brodée et d'un *cappuccio* jaune – un bonnet – entra avec majesté.

« Moshe, qui est-ce ? » demanda-t-elle avec brusquerie. Elle se plaça à ses côtés et me dévisagea. Elle avait les pommettes saillantes, une fossette verticale au menton et le nez fort; ses courbes féminines généreuses étaient séduisantes, montrant comment mûrirait la jolie petite Rebecca. De légères pattes d'oie se déployaient au coin de ses yeux sombres et méfiants qui m'observaient attentivement, détaillant mes vêtements et mes bras ensanglantés.

« C'est mon ami Luca qui nous a sauvés aujourd'hui, Rebecca et moi », répondit Sforno.

Elle sourit. « Tu as ma gratitude. Peu de Gentils auraient agi comme tu l'as fait ! »

Moshe acquiesça. « Il reste avec nous.

— Pour dîner ? demanda la femme.

— Il va vivre avec nous, Leah, répliqua-t-il d'une voix douce mais ferme.

— Quoi ? Moshe, il est...

— Femme, installe-lui un couvert à notre table tandis que je l'emmène se laver », rétorqua Sforno. Il y avait dans sa voix une note d'avertissement et mon cœur sombra.

« Je ne veux pas causer d'ennuis, intervins-je.

— On dirait que c'est trop tard », gronda une joyeuse voix de basse. Un homme plus âgé, à la silhouette massive, rejoignit madame Sforno. Il avait une longue barbe grise qui lui atteignait la ceinture et une crinière sauvage de cheveux poivre et sel. Ses traits larges et ridés étaient ornés du nez le plus gros et des yeux les plus rusés que j'aie jamais vus. Il croisa les bras sur son torse robuste.

« Tu m'as l'air d'un louveteau qui s'est bien amusé chez les agneaux.

— Je n'ai pas tué d'agneau aujourd'hui, grondai-je, agacé par ses insinuations.

— Serait-ce si terrible pourtant ? » Il leva un sourcil grisonnant en signe de défi. « N'est-ce pas nécessaire, parfois, pour le bien de l'agneau ?

— Tu as tué quelqu'un ? » s'enquit madame Sforno. Elle détourna les yeux, affligée. « Les *ufficiali* seront à ses trousses.

— Luca m'a sauvé la vie. Et celle de Rebecca. Nous ne pourrons jamais lui rembourser notre dette. » Sforno posa la main sur l'épaule de son épouse. Ses lèvres pleines se comprimèrent en une ligne étroite, mais elle inclina la tête, posa la joue sur la main de son mari et ses traits s'adoucirent. Puis le froncement de sourcils revint. « Nous renverrons les *ufficiali*, décréta Sforno. Nous n'avons pas besoin de savoir ce qu'a fait Luca. »

Mais, si je devais vivre en ces lieux, il fallait que la femme de Moshe connaisse la vérité. Je ne voulais rien cacher qui risque de dégénérer et de les mettre en danger. « J'ai tué le tenancier d'un lupanar qui prostituait des enfants », dis-je en m'adressant directement à elle. Si elle avait relevé les yeux, j'aurais affronté son regard sans faillir. Mais elle ne le fit pas. À vrai dire, elle évita mon regard pendant toutes les années où je vécus dans sa famille.

« C'est tout ? fit-elle.

— J'ai aussi tué sept clients en train d'abuser des enfants. J'en ai poignardé deux dans le dos alors qu'ils étaient étendus sur leur victime. J'ai tranché la gorge de trois autres et j'ai éventré les deux derniers », avouai-je. J'étais secrètement heureux de m'être découvert une force aussi singulière ; à l'époque, cela me paraissait bien plus utile qu'une jeunesse interminable. Je savais que mes actes me rendaient anormal mais on me laissa parler. Pendant des années, Silvano avait exploité mes différences pour entretenir ma peur des persécutions venues du monde extérieur. Je fus choqué de m'apercevoir que cette vieille angoisse avait disparu, lavée dans le sang de mes oppresseurs. Pourtant, en son absence et parmi ces gens bienveillants, je n'éprouvais pas la paix mais le poids de l'humiliation et de la culpabilité, pour tout ce que j'avais commis au cours de mon long esclavage. Ce serait bien plus long à vaincre que l'appréhension.

« Je serais heureux de t'avoir à mes arrières dans une bataille. » Le vieil homme eut un rire. « Un louveteau, pour sûr !

— Ce n'est pas un chien errant qu'on peut adopter ! objecta madame Sforno. C'est un Gentil et il a tué des Florentins. Il sera recherché ! Je lui serai reconnaissante pour le restant de mes jours de vous avoir sauvés, Rebecca et toi, mais soyons réalistes. L'héberger ne donnera rien de bon. Nous risquons de devoir quitter la ville ou pire encore ! On pourrait s'en prendre à nos enfants ! En tant que Juifs, nous sommes déjà trop vulnérables pour abriter un assassin !

— Leah, sans lui, je ne serais pas là. Et ton bébé non plus, répliqua Moshe d'un ton apaisant.

— Louveteau, qu'as-tu fait après tous ces poignardages et ces éventrations ? » s'enquit l'homme plus âgé. Il me regardait avec des yeux pétillants comme si tout cela n'était qu'une anecdote amusante, comme si je ne m'étais pas délecté d'un océan cuivré d'essence vitale.

« J'ai donné aux enfants l'argent que j'ai trouvé dans le lupanar et j'ai dit aux servantes de s'occuper d'eux. J'ai chassé le fils du propriétaire. Je l'ai prévenu que je le tuerais s'il revenait. Il savait que je ne plaisantais pas.

— Tu dois avoir faim après tout ça, répliqua le vieillard. Allons dîner.

— Il vaudrait mieux que je me lave d'abord, répondis-je.

— Viens, je vais te conduire », dit Sforno. Sa femme voulut parler mais il leva la main pour la mettre en garde. Il prit une lampe et me guida du vestibule à une autre antichambre, puis me fit sortir par une porte latérale. « Ma Leah a bon cœur, continua-t-il avec lenteur. Ne la juge pas. Ce n'est pas facile pour nous, Juifs.

— Ce n'est pas à moi de juger qui que ce soit, dis-je à mi-voix. Ce vieil homme est un de vos parents ?

— Pas à ma connaissance. » Il secoua la tête.

« Comment s'appelle-t-il ? » Je le suivis sur le chemin qu'éclairait sa lampe. Il aboutissait à une petite grange rudimentaire du genre qu'on érigeait dans l'Oltrarno, où les maisons n'occupaient pas tout le terrain.

« Je l'ignore. C'est un vagabond. Il connaissait mon père. Il a l'air de connaître tout le monde ; il nous a apporté des nouvelles de mon frère et de mes cousins qui habitent à Venise. Quand il se présente, nous l'hébergeons. » Sforno ôta la barre bloquant la porte de la grange et me fit signe d'entrer. Deux chevaux bais hennirent et une vache meugla sur notre passage. Il me conduisit à un abreuvoir rempli d'eau et posa la lampe sur un petit tabouret à trois pieds. « Voici une brosse et un seau ; lave-toi, Luca. » Puis il sortit.

Je commençai par sortir de mes habits tachés d'écarlate le précieux petit panneau de Giotto – le seul objet que j'avais pris en partant de chez Silvano. Je cherchai un endroit pour le cacher et repérai un étroit rebord au-dessus de la porte. Je renversai un seau pour y grimper puis descellai une planche et cachai le tableau dans un creux entre la cloison et le revêtement extérieur de la grange. Je l'avais enveloppé dans une peau de veau huilée, aussi le savais-je à l'abri des souris. Je redescendis et m'aspergeai. L'eau courait sur le plancher grossier en ruisseaux roses. Je me renversai encore quelques seaux sur la tête. Je retirai des crins de cheval de la brosse et frottai le sang coagulé dans mes cheveux ainsi que la chair qui avait séché sous mes ongles.

Sforno revint avec une *camicia* râpée, un pourpoint en laine rapiécé et un *mantello* court. « Il faudra faire confectionner des vêtements à ta taille », dit-il. Il soupira. « Leah n'appréciera pas la dépense, mais elle est nécessaire. C'est un de mes vieux *farsetti*. » Il balança la vieille veste longue d'avant en arrière. « Ce sera grand mais tu seras décent.

— Quand je vivais dans la rue, je trouvais de quoi m'habiller parmi les ordures ; je pliais les vêtements, les roulais et les nouais pour qu'ils m'aillent », répondis-je. C'étaient de vieux souvenirs mais ils restaient vivaces, peut-être plus encore à présent que j'avais abattu la prison de Silvano. Je me retrouvai submergé de vieilles images, Paolo et Massimo, l'abri sous le Ponte Vecchio où nous nous blottissions souvent pour rester au chaud l'hiver, nos jeux de hasard et d'adresse, mendier quelques pièces pour un repas, aller au marché le ventre vide… La voix de Sforno transperça le passé et je m'aperçus qu'il était en train de me parler.

« Avant chez Silvano ? » s'enquit-il. J'acquiesçai. « Tu ne ressembles pas aux autres gamins des rues, observa-t-il. Tu n'es ni déformé ni stupide et tu n'as pas le teint mat d'un bohémien. Tes cheveux blonds, tes traits, ta force et ta ruse… Tu pourrais être un fils de noble. Je parie que c'est le cas et que ton passé a pris un virage étrange. On te cherche probablement encore.

— Je me suis souvent interrogé sur mon histoire. Mais si mes parents me cherchaient, ne m'auraient-ils pas déjà trouvé ? » demandai-je avec amertume. Je lui jetai un coup d'œil perçant et tus les secrets de ma jeunesse prolongée et de ma robustesse abominable. Sforno était *physico*, il les découvrirait certainement par lui-même.

« Le monde est étrange et sillonné de chemins tortueux. » Il haussa les épaules. « Tu es ici, maintenant. Rentre quand tu te seras habillé. »

Propre, vêtu et anxieux, je repris le chemin de la maison. Écrasé par ma différence incarnée par le sang et l'expérience de la vie, deux souillures que je ne pourrais jamais laver, j'empruntai timidement le couloir. Des poutres en bois couraient au-dessus de ma tête et des tableaux des canaux ondoyants de Venise ornaient les murs. Tout dans cette demeure chantait le quotidien douillet d'une famille, ce que je n'avais jamais connu. Même chez un peuple exilé, j'étais à part, un fruit abîmé dans un verger de fleurs. Moshe Sforno m'hébergeait par reconnaissance mais je ne pourrais rester là éternellement. Il me fallait construire des plans pour mon avenir. Je ne voulais pas retourner dans la rue, surtout avec la peste noire qui massacrait encore plus gratuitement que je ne l'avais fait quelques heures plus tôt. Et je ne comptais certainement pas reprendre le travail que j'accomplissais chez Silvano. J'entendis des voix, les timbres aigus de fillettes qui s'enchevêtraient avec la voix de basse de Sforno, et j'entrai dans une salle à manger. La conversation cessa. Devant moi se trouvait un haut coffre en bois orné de grappes de raisin peintes sous une arche de caractères étranges. Juste à côté, la table : un long rectangle aux pieds simples en colonne, mais de noyer soigneusement poli. S'y trouvaient Sforno, sa femme, leurs quatre filles et le Vagabond. On avait placé une assiette entre Moshe et lui. Tous me dévisageaient sauf madame Sforno, qui étudiait la table où l'on avait disposé des bougies allumées, des gobelets d'argent, une volaille rôtie, des légumes verts sautés et parfumés, une miche de pain dorée et une carafe de vin couleur prune. Rebecca, la cadette, glissa de sa chaise et sautilla vers moi pour me serrer contre elle. Son haleine qui m'effleura la joue était tiède et laiteuse.

« Regarde-le, un Gentil jusqu'au bout des ongles. » Madame Sforno leva les mains. « Que vont dire les voisins ? Ils nous verront d'un mauvais œil – l'héberger sous le même toit que nos filles !

— Peu importent leurs paroles, et les tiennes ne font pas *kaddish*. Assieds-toi, Luca. » La voix puissante de Sforno était affable. Rebecca me conduisit à la place libre à côté de son père.

« Quatre filles », murmurai-je. Celles-ci m'observaient avec une fascination visible. Elles n'étaient nullement intimidées, sans gêne, complètement différentes des fillettes effrayées et battues que j'avais connues chez Silvano et des insouciantes que j'avais aperçues dans la rue. Je rougis et me redressai, tripotant le *farsetto* de Sforno pour le resserrer autour de moi.

« Même le grand Rachi avait quatre filles et pas de fils », répliqua-t-il avec une expression d'amour et de résignation. Les enfants gloussèrent. Leur rire fut un son tellement exotique que j'en restai bouche bée. Pas une fois je n'avais entendu le rire éclatant d'une fillette. Le poète Boccace, que j'avais rencontré un peu plus tôt dans la rue, se trompait : les femmes n'étaient pas des babioles insignifiantes. Même jeunes, elles étaient bien davantage. Elles avaient une grâce particulière, car la musique divine jouait dans leur joie. Sforno caressa la joue de Rebecca. Il soupira. « On accepte les dons que Dieu vous donne.

— Qu'est-ce que c'est, une putain assassine ? » demanda Miriam, six ans, d'une voix mélodieuse. Son père grogna et se cacha les yeux de la main.

« Chut, Miriam ! fit l'aînée sérieuse, Rachel.

— Quelqu'un dont on a abusé cruellement et qui décide de changer son destin, répondis-je avec détermination.

— Le changement est la seule constante, intervint le Vagabond. Je crois que je vais rester un peu plus longtemps, Moshe. Je vais dire le *kiddouch*, d'accord ? » Il leva son gobelet de vin et chantonna quelques mots dans une langue qui m'était inconnue.

Et ainsi débuta mon premier repas avec les Sforno et ma vie au sein d'une famille. Ce n'était qu'un aperçu de la véritable intimité domestique, ce foyer n'était pas le mien et je restais une chose étrangère. Mais je n'avais jamais rien connu de tel.

Le lendemain matin, je m'éveillai d'un cauchemar de feu et de chagrin, de clients morts et d'oiseaux libérés, d'une femme superbe au parfum de lilas sombrant dans des eaux noires. C'était l'aube et j'étais étendu sur une paillasse. Mon cœur bégayait dans ma poitrine que la soumission n'engourdissait plus tandis qu'une couleuvre verte ordinaire rampait hors de ma couche. J'avalai de l'air et, à mesure que les rythmes de mon corps se calmaient, je m'extirpai de la couverture en laine que m'avait donnée Moshe. La chatte de ferme grise qui avait dormi en ronronnant sous mon aisselle fila aux trousses d'un rat des champs, ou peut-être du petit serpent. Je m'étirai et pris une profonde inspiration d'odeurs terrestres et animales – fourrure moite, plumes poussiéreuses, bouse fraîche, crottes de souris, carcasses d'insectes, paille humide. Aucun parfum délicat n'embaumait cette atmosphère et je n'avais pas de lit aux draps raffinés comme chez Silvano. Je me demandai quand ces fragrances et la caresse luxueuse de ces tissus me quitteraient, ou bien s'ils m'écœureraient pour toujours les sens. Je me sentais troublé et reconnaissant à l'égard de Sforno, quand le tourment du cauchemar se cabra à nouveau comme un cheval indiscipliné. Ce qui me rappela une promesse que j'avais faite à sa femme – me rendre utile. J'attrapai une pelle et me mis à nettoyer les stalles des chevaux. Je travaillais maladroitement, ayant exercé d'autres aptitudes pendant toutes ces années. J'espérais que cette nouvelle tâche fracasserait le rêve qui m'emprisonnait comme du verre sombre. Puis le Vagabond entra, ses sabots de bois claquant sur l'ossature inachevée du plancher.

« Tu es pâle, Bastardo », fit-il. Il prit une brosse, entra dans une loge et étrilla vigoureusement un âne qui partageait la grange avec les deux chevaux des Sforno.

« Mauvais rêve, répliquai-je en m'efforçant de réprimer ma hargne.

— Je dors peu et rêve encore moins. » Il haussa les épaules. « Qui peut dormir alors que la création divine émane tout autour de nous avec autant de bien ?

— Je n'ai pas vu beaucoup de bien dans la création divine.

— Quel genre de rêve était-ce donc pour t'aveugler à ce point ?

— De ceux qui vous piègent même en plein jour, marmonnai-je.

— Un chien battu reste en cage même quand on ôte la barrière, dit le Vagabond. Parce que la barrière est en lui. »

Je m'arrêtai et appuyai le menton sur mes mains posées sur la pelle. « Je croyais que j'étais un louveteau ?

— Ne peux-tu pas être les deux ? » s'enquit-il ; une question si intime qu'en moi une réserve glacée se dissipa et je me sentis totalement compris, avec une intensité que je n'avais jamais connue en compagnie de quiconque, pas même Giotto. De profil, le Vagabond brossait l'âne, qui hennissait doucement de plaisir. Je fus frappé par son immense nez crochu, par la façon dont il dominait son visage taillé à la serpe sans détonner pour autant. Il relevait plutôt l'intelligence de ses traits et la gravité qui ne le quittait jamais, même quand il riait.

« Qu'est-ce que tu regardes ?

— Votre nez. C'est le plus gros que j'aie jamais vu.

— Il faut bien avoir de quoi se distinguer. » Il ricana et le frotta fièrement. « Nous ne pouvons pas tous être de beaux louveteaux aux cheveux d'or !

— Je croyais que j'étais un chien battu.

— Encore une fois, ce qui peut t'apparaître comme des contraires n'en sont pas. Tu dois adopter une nouvelle façon de voir, Luca, afin que tes yeux te révèlent le bien tissé en toute chose, même en ce qui paraît mauvais au premier abord.

— Quels yeux me montreront le bien d'une vie où j'ai été abandonné, obligé de vivre dans la rue, avant d'être vendu à un lupanar par mon ami le plus proche ? demandai-je amèrement. La seule existence que j'ai connue est faite de cruauté et d'humiliation. Où est le bien là-dedans ? »

Les yeux pénétrants du Vagabond s'abaissèrent. « Je ne suis qu'un vieil homme sans toit. Que sais-je ? Mais si je savais une ou deux choses, je pourrais te répondre que la vie t'enseigne. C'est un don, une grande leçon. Et peut-être souffres-tu aujourd'hui afin qu'un grand bonheur puisse t'échoir plus tard et t'en rendre digne. Je saurais peut-être cela si Dieu me le chuchotait.

— Dieu ne chuchote pas, Il nous nargue. Au mieux, Il rit. Avez-vous un nom ?

— Comment veux-tu m'appeler ? » Il me fit un clin d'œil. « J'accepterai le nom que tu voudras. À condition que tu m'en dises plus sur ton dieu plein d'humour.

— Que sais-je de Dieu ? fis-je, lui renvoyant sa question avant de me remettre à pelleter le fumier. J'ai entendu les prêtres parler et leurs discours pieux n'ont rien à voir avec ce que j'ai vu et vécu.

— Donc tu as l'esprit vide. Bien. Le vide, c'est là qu'on trouve le maître de l'insaisissable.

— J'ai toujours cru qu'on trouvait Dieu dans la plénitude, répondis-je lentement. Par exemple dans la richesse et la beauté des peintures des maîtres. On Le trouve dans cette splendeur, cette pureté.

— Seulement dans la pureté, la beauté et la plénitude ? Dieu n'est pas dans la souillure, la laideur et le vide ? Pourquoi Le limites-tu de la sorte ? »

Je m'arrêtai et le dévisageai. « Pourquoi appelez-vous Dieu "le maître de l'insaisissable" ?

— Comment voudrais-tu que je L'appelle ? » Il secoua sa tignasse indisciplinée.

« Les Juifs n'ont pas de nom pour le désigner ?

— Comment les Juifs pourraient-ils nommer ce qui n'a pas de limites ? Ou les chrétiens, ou les Sarrasins ? » Il rajusta sa tunique grossière passée sur son torse en tonneau. « Les noms s'évaporent dans cette plénitude et cette beauté que tu plaques sur Dieu comme un *mantello*, ô jeune homme qui parais être un enfant mais n'en est pas un.

— Vous parlez par énigmes, marmonnai-je. Ça me dépasse. Je veux seulement mener une vie nouvelle, une vie heureuse, avoir un jour une épouse et une famille. Dieu n'est pas très aimable ; je ne veux pas me soucier de Lui ni de ses noms. Je voudrais juste rester hors de son chemin.

— Prends garde à tes vœux. » Un petit sourire railleur creusa le large visage du Vagabond. « Donner un nom consiste à vouloir donner une forme à ce qui n'en a pas – un péché terrible. Le péché originel. Comprends-tu le péché ?

— Oh, je le connais bien. » Je dévisageai le vieil homme avec toute l'arrogance à ma disposition. J'étais un assassin, une putain, un voleur. Si quelqu'un connaissait le péché, c'était bien moi.

« Magnifique, quelle bénédiction ! Te voilà bientôt couronné ! Quel besoin as-tu de nommer Dieu ? Pourquoi emprunter une mauvaise route alors que tu as tellement bien commencé ton voyage ?

— Vous pensez que nommer Dieu consiste à Le limiter et donc que c'est mal ? » J'étais perplexe.

« Nous avons un nom pour Lui. Mais nous ne le prononçons jamais à voix haute. Les mots sont magiques, ils ont du pouvoir, qu'on les dise ou les écrive, et les noms sont les plus sacrés et les plus puissants de tous. »

De sa brosse il désigna le fumier que j'avais réussi à répandre partout, faute de ne savoir qu'en faire. « Tu n'es pas très doué, remarqua-t-il. Tu as semé un joli désordre.

— Je ne suis bon à rien », convins-je. Je jetai la pelle. « J'ai une autre idée, un travail qui ne demande pas tant d'habileté. Je vais en parler à Sforno.

— Tu pourrais probablement apprendre à pelleter le fumier moyennant un long enseignement et quelques semaines d'exercice, répliqua le Vagabond d'un ton pince-sans-rire. Récupère les œufs et emporte-les, tu veux ? Il y a un panier accroché près de la porte. »

Dans la maison, madame Sforno s'affairait dans la cuisine, vêtue de son ample robe bleue. Elle s'occupait de l'huile d'olive, répartissant le liquide brillant jaune-vert qu'elle tirait au robinet d'un grand récipient dans des jarres plus petites. Ses mains embaumaient un parfum piquant de noisette. Rachel, la fille aux cheveux auburn, coupait le pain, debout devant une table en bois. Elle m'adressa un regard grave et pénétrant, puis un sourire ironique. Je lui rendis son sourire, incertain. « J'ai... euh... apporté les œufs. » Je lui tendis le panier, mais madame Sforno ferma aussitôt le robinet et me le prit des mains. Miriam, vêtue d'une chemise de nuit rose rapiécée, entra en trottinant. Elle faucha une tranche de pain sur l'assiette près du coude de Rachel. Celle-ci claqua de la langue et fit semblant de la gifler. La petite pirouetta vers moi, faisant voleter ses longues nattes châtaines. Son visage espiègle s'illumina.

« Bonjour ! chantonna-t-elle. Voilà du pain ! » Elle déchira le fruit de son larcin en deux et m'en donna la moitié en souriant. « Maintenant que tu vis avec nous, est-ce que tu es encore une putain assassine ?

— Miriam ! s'exclamèrent en chœur madame Sforno et Rachel.

— Non. » Je rougis, mais l'honnêteté de la fillette ne me dérangeait pas. Je la préférais même aux questions muettes. Avec toutes ces femmes qui me dévisageaient, je trépignais un peu. « Le *signore* Sforno est-il là ?

— Il revient tout juste du miniane du matin », répondit l'intéressé en entrant à grands pas. Il portait un long châle blanc qu'il
passa autour de sa femme d'un air joueur pour l'enlacer. Elle
sourit et le repoussa doucement, mais il l'embrassa avec délectation avant de la laisser s'éloigner. Il déposa un baiser sur la joue
de Rachel et tira une natte de Miriam. Elle gloussa et se jeta dans
ses bras. Il tituba comme si son poids suffisait à le renverser, ce
qui la lança dans un carillon de rires.

« Luca a rentré les œufs, dit Rachel.

— N'est-ce pas là une délicate attention ! » s'exclama Sforno.
Il jeta un coup d'œil à son épouse, qui ne parut pas s'en apercevoir, puis il échangea avec Rachel un regard lourd de sous-entendus. Il me serra l'épaule. « Comment vas-tu ce matin, Luca ?

— J'ai une idée pour gagner de l'argent, lui répondis-je. Vous
et madame Sforno pourrez garder mon salaire.

— Je gagne bien ma vie en tant que médecin, répliqua-t-il. Tu
n'as pas besoin de nous donner quoi que ce soit. » Il prit une
tranche de pain sur l'assiette.

« Papa ! le gronda Rachel. Il n'en restera plus pour le petit-
déjeuner !

— J'ai toujours travaillé, insistai-je. La ville est en train d'embaucher des *becchini* pour enlever les cadavres. Je peux le faire. Je
n'ai pas d'instruction mais il n'en faut pas. Il suffit d'être costaud. Je le suis amplement. » Je haussai les épaules. « Et je ne
tombe jamais malade. J'en suis capable.

— Il devra apprendre à lire », commenta madame Sforno
sans me regarder.

J'eus un hoquet de surprise ravie. « Je pourrais lire Dante !

— Il aura besoin d'un métier, continua-t-elle. C'est le seul
moyen de lui faire quitter la maison.

— Ma Leah, tu as un tel sens pratique. » Sforno lui caressa la
joue.

« En attendant, je peux travailler pour la ville, dis-je.

— Il ne doit pas rapporter l'épidémie chez nous, répliqua
madame Sforno. Mais il pourrait déposer ses gains en banque
jusqu'à avoir assez pour mener sa vie.

— Leah a raison, l'épidémie se répand comme un incendie. »
Sforno fronça les sourcils. « Tu devras observer les mêmes pré-
cautions que moi quand je rentre de mes visites aux malades : te
brosser au savon de lessive et te changer avant d'entrer dans la
maison. Même les vêtements peuvent transmettre la peste.

— C'est à ma portée, répondis-je avec empressement.

— Je peux lui apprendre à lire », proposa Rachel.

Sforno hocha la tête, mais madame Sforno pivota vers sa fille
et secoua la main. « Je ne crois pas ! rétorqua-t-elle vivement. Son
salaire paiera un précepteur !

— Un précepteur pour quelqu'un comme moi ? » L'idée me
laissa abasourdi. C'était beaucoup trop à la fois. « J'y vais, alors »,
dis-je en sortant de la cuisine à reculons. Je me retournai et
m'enfuis dans le couloir, dépassant l'escalier où les deux autres
filles, Sarah la timide et la petite Rebecca, jouaient à la poupée ;
je gagnai le vestibule et franchis la grande porte sculptée à
laquelle je n'avais pas pu frapper la veille. Je ne savais pas ce qui
me poussait à fuir aussi vite la demeure des Sforno. La maîtresse
de maison qui évitait de me regarder tout en m'esquissant une
vie nouvelle, le rire de Miriam dans les bras de son père, rien de
cela n'y était étranger. Le petit serpent vert qui s'était éloigné en
méandres sinueux non plus. Peut-être s'agissait-il avant tout de
chiens battus et des barrières qu'ils portent en eux.

Chapitre huit

*L*e soleil levant de mai jetait sur la ville un éclat décoloré semblable à une brume saturée d'eau, et les cadavres des victimes gisaient partout, jetés sans cérémonie hors des maisons. Mais, sans les *bubboni* noirs, beaucoup auraient pu être de simples Florentins dormant à la belle étoile dans des positions contre nature après quelque carnaval endiablé. À en juger par le nombre des corps et la puanteur, je devinais qu'il n'y avait pas assez de *becchini* pour garder la ville salubre. Cela empirerait avec l'été, quand la chaleur implacable arriverait chaque jour de plus en plus tôt. Je traversai l'Arno, qui ondulait sous les ponts à la manière d'un ruban paresseux d'argent, indifférent à la contagion et à la mort qui balayaient les rues.

Quelques mendiants et de simples voyous attendaient dans la cour du Palazzo del Capitano del Popolo, un bâtiment de trois étages d'aspect imposant et sévère, aux fenêtres cintrées et surmonté d'une tour. De l'extérieur, avec ses murs massifs en pierres grossières, il ressemblait à une forteresse, mais la cour où nous patientions était élégante ; des colonnes soutenaient un portique spacieux et voûté, et un escalier cérémoniel conduisait à une grande loggia au premier étage. Les autres me mesuraient du regard mais j'étais trop jeune et trop simplement vêtu pour attirer leur intérêt : je n'avais visiblement pas d'argent. Des hommes et des adolescents, des teinturiers à en juger par leurs habits usés, nous rejoignirent encore. Une poignée de femmes arriva aussi, des prostituées du peuple dont la peste avait tué le commerce. Ceux qui n'étaient pas malades avaient encore besoin de se nourrir. Je donnai mon nom à un notaire, qui hocha la tête avec lassitude avant de le consigner dans un livre de comptes, puis je m'appuyai à un mur et regardai les gens se rassembler. Je dressai l'oreille en entendant un homme raconter : « ... et dans les maisons où personne n'a survécu, on entre comme chez nous. »

Son compagnon acquiesça vigoureusement. « Mais il faut faire attention aux *ufficiali*. Hier, j'ai trouvé un homme mort à la porte de son *palazzo*, alors je me suis mis à la recherche de sa femme et de ses enfants, et j'ai déniché trois florins d'or ! Le bâtiment était désert, ni servantes ni rien, j'aurais pu prendre plus, mais deux gardes à cheval sont venus me surveiller pendant que je chargeais les cadavres. J'ai dû attacher les petits aux parents pour les empiler comme il faut. Dommage que les *ufficiali* soient arrivés, j'aurais pu emporter une fortune ! »

Le premier agita le poing. « Ils croient pouvoir commander la ville même quand tout le monde fuit et meurt. On mérite de prendre ce qu'on trouve vu qu'on a les couilles d'enlever les victimes. On risque notre vie ! Florence nous est redevable. »

Un homme fort et légèrement dégarni haussa les épaules non loin de là. « Ce sont les domestiques qui gagnent vraiment gros, en ce moment. Ils demandent ce qu'ils veulent, les nobles paient. Ceux qui restent en ville, en tout cas. La plupart ont fui. »

J'ouvris des yeux ronds à l'idée de trouver un *palazzo* désert aux richesses prêtes à être cueillies, une proie rêvée puisque les propriétaires auraient péri. Je pourrais trouver de l'argent et des joyaux, des soieries et des fourrures, des gobelets d'argent et des colliers de perles, assez pour me débrouiller pendant un bon moment. J'étais heureux de constater que je retrouvais le vieux mode de pensée débrouillard de la rue ; je l'aurais conservé si je n'étais pas tombé sous la coupe de Silvano, si l'on m'avait épargné des années d'esclavage brutal... Puis je me rappelai que je vivais à présent chez les Sforno. Ce genre de projet était inutile, peut-être déplacé. Et je ne voyais pas non plus madame Sforno, avec ses pommettes saillantes et son regard fuyant, approuver ce que je rapporterais de la sorte.

Un magistrat svelte à la barbe parfaitement soignée sortit du *palazzo* sur la loggia et descendit l'escalier en se pavanant. À chaque enjambée il balançait les bras, faisant bruire ses gigantesques manches rouges de velours frappé. Une telle parure semblait obscène quand tant de victimes gisaient dans la ville. Si ce n'était pas une transgression des lois somptuaires, cela aurait dû. Son regard voleta sur la foule et il énonça d'une voix forte et condescendante les conditions de notre travail : le montant du salaire, travailler jusqu'au coucher du soleil avec une pause pour déjeuner à midi, où trouver les bières et les planches pour charger les corps, où les déposer. Des charrettes à cheval les emporteraient hors de la ville ; quand les cloches des églises sonneraient les vêpres, nous devions nous y rendre pour creuser des fosses mortuaires. Par-dessus tout, nous informa-t-il, il nous était interdit de piller les demeures des morts et des mourants, ou bien l'on nous jetterait en prison pour nous laisser pourrir avec les criminels succombant déjà à l'épidémie. Il nous suggéra enfin de bourrer nos chemises d'ail et d'herbes, à la fois pour combattre les exhalaisons et freiner la contagion. Dans ce but, on avait apporté une brouette remplie d'herbes et une autre de gousses d'ail à côté des planches en bois. Puis il marcha à travers la foule pour désigner des binômes.

« Toi. » Il me pointa du doigt. Nous nous reconnûmes au même instant. Nous rougîmes tous les deux. Je rejetai les épaules en arrière et me redressai. Plus jamais on ne m'obligerait à connaître la honte. Et je ne pouvais pas non plus réprimer ma joie d'avoir seulement la veille tué les siens : des gens qui allaient à l'église, buvaient du vin avec leur guilde et offraient des robes élégantes à leur femme, des gens qui vivaient dans le contentement d'eux-mêmes comme s'ils redoutaient Dieu, et puis qui imposaient leur volonté par la force à des enfants réduits en esclavage. Mes doigts brûlaient d'enserrer sa gorge et la soif du sang bourdonna dans mon ventre comme une faim depuis longtemps insatisfaite. La nouvelle de mon massacre au lupanar de Silvano avait dû se répandre. Florence restait une ville qui se délectait des rumeurs, même pendant la peste. Et la plupart des clients avaient une famille, une épouse, des parents et des amis. Je me demandai comment les pères de la ville comptaient réagir. Madame Sforno avait peut-être raison, les soldats me suivraient jusqu'à sa porte.

Puis le magistrat baissa les yeux et la satisfaction jaillit dans ma poitrine tel un vin frais. Il prétendrait que nous ne nous étions jamais rencontrés, qu'il ne m'avait jamais chevauché, ignorant les larmes silencieuses que faisaient couler ma rage et ses abus, un plaisir qu'il payait grassement.

« Quoi, moi ? » le défiai-je. Il en devint écarlate.

« Tu te mets avec ce garçon. » Il pointa brièvement un doigt puis s'éloigna d'un trot hâtif.

« Allons chercher une bière », dis-je à mon camarade. Puis je me retournai et vis Niccolo qui me dévisageait, le teint pâle. Sans réfléchir, je lui bondis dessus. Mes mains se refermèrent avec une force inhumaine autour de son cou. La veille, j'avais décidé de l'épargner parce que c'était un enfant, mais cette résolution s'était envolée. Niccolo m'agrippa les poignets et tira en vain tandis que son visage virait au bleu et que ses pieds fouettaient les dalles. Le gros homme un peu chauve me frappa. Je refusai de lâcher Niccolo. Il s'affaissa ; l'homme m'attrapa alors par les aisselles et me tira en arrière. Puis il me donna une claque sur les oreilles.

« Es-tu stupide, mon garçon, pour attaquer quelqu'un sur les marches du Palazzo del Capitano del Popolo ? » demanda-t-il en riant. Ses cheveux étaient roux et des fils blancs taquinaient sa courte barbe. Curieusement, ses cheveux orangés lui donnaient un teint rougeaud sympathique plutôt que blafard. « Cet endroit grouille d'*ufficiali*, de ministres et de magistrats ! dit-il. Ils te jetteront en prison avant que tu n'aies touché tes *soldi* ! » Je me dégageai et dévisageai Niccolo avec fureur.

« Bâtard enragé, cracha celui-ci en se frottant la gorge. Tu as tué mon père et j'ai failli mourir à vomir ces plumes ! Je t'aurai ! Je m'assurerai que des plumes rouges soient la dernière chose que tu voies de ta vie ! »

Sans me laisser le temps de répliquer, le rouquin me tirait à l'écart. « Tu vas venir avec moi. Tu es jeune et fort. Tu peux faire un bon partenaire. » À l'angle, nous trouvâmes une pile de rectangles en bois. C'étaient des bières assemblées à la hâte, trois ou quatre planches clouées les unes aux autres plus une dernière fixée perpendiculairement au sommet en guise de poignée. L'homme me relâcha et je vacillai en me frottant l'épaule.

« Je n'avais pas besoin de ton aide, lui dis-je. Ce ne sont pas tes affaires. »

Il sourit, révélant une dent bleue gâtée sur le devant. « Je t'ai vu sauver le Juif et sa petite fille, hier. C'était bien de ta part. Je ne sais pas si ces gens sont coupables de tout ce dont on les accuse, mais je n'apprécie pas qu'on assassine sous mes yeux. Il y a eu assez de morts durant ces derniers mois. » Il écarta les mains. « Je ne voulais pas te voir finir en prison. Ils auraient été obligés de t'enfermer si tu avais commis un meurtre à découvert, même s'il s'agissait d'une ordure comme le fils de Bernardo Silvano. »

Je le mesurai d'un regard froid. « Tu fréquentais son établissement ? »

Il secoua la tête et la chaleur de ses yeux s'évanouit. Il se rendit à un tonneau non loin de là et attrapa une poignée d'herbes coupées, principalement de l'armoise, du genévrier et de la lavande, qu'il fourra sous sa *camicia*. « Avant la peste, j'avais une épouse tendre avec moi. Les atrocités du lupanar de Silvano ne me concernaient pas.

— Comment sais-tu que c'est Niccolo Silvano, alors ? lançai-je d'un ton de défi.

— Tout Florence connaissait Bernardo Silvano et son fils. Tous les survivants de l'épidémie parlent du massacre d'hier soir. Niccolo est le seul à pleurer son père. Silvano a eu affaire à la justice qu'il méritait. Ses clients aussi. Mais ce qu'on peut se permettre dans un lupanar et en public sont deux choses différentes. » Il attrapa une planche et la traîna devant moi, son ombre balayant à peine le sol dans le soleil matinal. « Une vengeance se doit d'être privée. Prends l'autre bout, tu veux ? »

Un *ufficiale* nous héla. « *Rosso, ragazzo* ! Débarrassez les cadavres des rues de la rive droite près du Ponte Santa Trinita !

— *Rosso*. Ma fille avait l'habitude de me taquiner avec ce surnom », s'exclama en retour mon compagnon avant de rire. Sur ce, nous nous mîmes en route vers le fleuve, à l'ouest, où la population était dense et où les victimes seraient nombreuses. D'autres binômes de *becchini* prenaient des directions différentes. Leurs voix, gaies et grondantes, flottaient derrière eux, les seuls bruits de vie dans la cité malade en train de dépérir. Nous dépassâmes le marché au grain d'Orsanmichele ; deux étages destinés au stockage couronnaient la loggia récemment rebâtie, une réminiscence des années riches et animées qu'avait connues Florence. Le marché était désert à présent, à l'exception de quelques vendeurs du *contado*.

« Je suis désolé pour ta femme, fis-je.

— Moi aussi, répondit-il à voix basse. Et pour mes enfants. J'avais deux fils et une fille. Mon aîné avait à peu près ton âge, treize ans. Ma fille en avait dix, une belle petite. Je l'aurais mariée convenablement, à quelqu'un d'une guilde haut placé ou même à un petit noble. Elle avait un bon tempérament et de jolies mains, elle aurait été féconde et aurait honoré son mari. Et mon cadet était une montagne de bêtises et de drôlerie. Ils me manquent.

— Ils sont morts quand ?

— Il y a un mois. Les pauvres mains de ma fille étaient complètement ravagées par des taches noires et lui faisaient atrocement mal. » Sur son large visage se lisait une détresse tellement profonde, et acceptée, qu'il me fallut un moment pour l'identifier. Puis je m'aperçus que j'avais observé le même désespoir brut dans les yeux arides des enfants de Silvano, quand le corps continue à vivre alors que l'âme a déjà expiré.

« Tu as tout perdu », dis-je doucement. Il hocha la tête. Je demandai : « Aurais-tu préféré ne jamais avoir été marié, ne pas avoir eu d'enfants, pour t'épargner ce deuil ?

— Oh non. J'ai connu quinze ans de bonheur avec ma femme – nous étions très heureux. Nos parents avaient arrangé notre union mais nous étions faits l'un pour l'autre. Nous nous sommes vite aimés.

— J'ai parfois l'espoir de prendre une épouse, avouai-je timidement. Une jolie femme qui m'aimerait comme je l'aimerai.

— L'amour est une grande bénédiction, le plus grand don que nous offre le Seigneur, répondit-il avec solennité. Il donne à l'homme une plénitude qu'il ne pouvait concevoir auparavant. » Il soupira. « Mon seul regret, c'est que la peste ne m'ait pas emporté aussi. Mais en même temps... (il se tut et baissa son crâne dégarni) cela m'a permis de les enterrer. Cela leur a épargné de reposer ici ou là en attendant qu'un étranger vienne les jeter sur une bière, comme ça. Après les avoir enterrés, j'ai fermé ma boutique pour venir faire ce travail jusqu'à ce que la peste m'emporte – la plupart des *becchini* tombent malades et meurent. Tout le monde meurt.

— Tu as enterré ta famille de tes propres mains ? » Je ne pouvais imaginer la douleur de perdre sa femme et ses enfants après les avoir côtoyés et aimés chaque jour.

Il acquiesça. « Je n'ai pas réussi à trouver un prêtre pour prononcer l'office des morts, alors j'ai fabriqué des cercueils, je les ai emmenés dans les collines de San Romolo, je les ai inhumés là et j'ai moi-même prié pour eux. J'espère que cela suffira pour diriger leur âme vers les cieux.

— Forcément, l'assurai-je. Quoi de plus sacré que l'amour d'un père pour ses enfants ? »

Rosso haussa les épaules. Il s'arrêta pour essuyer la sueur perlant à son visage puis ôta son *mantello*, le plia et le noua autour de sa taille épaisse comme une ceinture volumineuse. Je l'imitai ; je transpirais aussi. « Le printemps était frais mais il fait chaud maintenant, dit-il. Les prêtres voudraient nous faire croire que personne n'atteint Dieu sans passer par leur intermédiaire.

— Qu'est-ce qu'ils en savent ? répliquai-je, m'en rappelant plusieurs qui venaient au lupanar. De ce que j'en ai vu, ce sont des gloutons ou des ivrognes, libidineux, bougons ou les deux, qui cherchent à vendre des reliques et des indulgences pour progresser dans leur ordre. On ne va nulle part par leur intermédiaire, ou alors droit en enfer. »

Rosso eut un rire sans joie. « Garde ces idées pour toi. On en a brûlé pour moins que ça. » Je haussai les épaules et nous traînâmes les pieds à travers des rues jonchées de cadavres jusqu'au quartier qu'on nous avait assigné. À notre arrivée, il m'invita à progresser d'un côté de la chaussée tandis qu'il s'occuperait de l'autre.

« On pourra empiler, oh, quatre corps sur la bière en fonction de leur taille, expliqua-t-il. On les déposera là-bas, c'est là que le chariot passera les chercher. » Il indiqua une petite place où se rejoignaient deux rues. « C'est simple. On se contente de retourner en chercher d'autres et on en débarrasse autant que possible. »

Je me rendis donc au pied des maisons, là où un corps était étendu de tout son long, face contre le pavé. Quand je le fis rouler sur le dos, je vis que c'était un garçonnet blond d'à peu près ma stature. Il avait les traits plus grossiers que les miens et ses yeux sans vie étaient bleus quand je les avais sombres. Sa joue portait une zébrure noire aussi grosse qu'un œuf de poule. Il était enveloppé dans un coûteux *mantello* vert qui s'ouvrit, révélant des *bubboni* sur toute la surface de son corps nu. Quand j'attrapai son bras pour le déplacer, je m'aperçus qu'il était encore tiède et qu'il avait les membres souples et flexibles. Je le traînai jusqu'à la bière sur laquelle Rosso hissait les cadavres de deux hommes. Ils exhalaient une odeur putride ; je fis la grimace et me pinçai le nez.

« Tu t'y feras, dit-il en levant ses sourcils brun-roux. Presque.

— On peut s'habituer à n'importe quoi », acquiesçai-je en songeant avec une ironie mélancolique qu'il était préférable d'avoir le choix. Je m'arrêtai, contemplant la rue silencieuse avec ses dalles grises, ses fenêtres aux volets fermés et ses corps défigurés dont les vêtements semblaient fondre sous l'effet de l'humidité. Au bout, le fleuve jacassait en ruisselant sous le pont. Tout s'achevait dans la mort et la destruction ; je n'y échapperais pas non plus, à terme, même si je ne vieillissais pas comme les autres. Mon intemporalité monstrueuse m'ouvrirait peut-être des horizons que nul ne connaissait. J'avais un don et, bien que maudit, je pouvais au moins me promettre de ne plus jamais capituler. J'en avais gagné le droit en tuant Silvano. Dorénavant, si ma condition me déplaisait, je la changerais.

Je retournai chercher un corps. Près de là où j'avais trouvé le garçon étaient étendues deux personnes, une vieille dame flétrie dont la tête blanche reposait sur le ventre d'un homme entre deux âges ; les deux partageaient un air de famille – la mère et le fils. Il serrait sa main dans la sienne. Si cela avait été possible, je les aurais traînés jusqu'à la bière ensemble pour préserver leur intimité, que j'enviais. Si la peste devait m'emporter ce jour-là, nul ne m'accompagnerait ni ne m'étreindrait la main. En étais-je réduit à ce sort depuis ma naissance, entachée d'une telle souillure que mes parents avaient voulu m'abandonner, comme s'en était moqué Silvano ? Si j'étais vraiment le fils perdu d'étrangers nobles au sang pur, pourquoi ne m'avaient-ils pas retrouvé depuis longtemps ? Je me distinguais de la masse ; l'affirmer n'était pas de l'arrogance. Mon apparence frappante était inhabituelle, la couleur de mes cheveux peu commune.

Mes parents avaient-ils effectivement senti qu'en moi leur lignée était corrompue ? M'avaient-ils jamais témoigné le même amour que Sforno et Rosso à leurs enfants ? Au fil des années, je ne m'étais que rarement posé ces questions à leur sujet. Dans la rue, j'avais été trop occupé à chercher de quoi manger. Marco avait piqué ma curiosité mais, chez Silvano, j'avais l'esprit accaparé par l'ignominie de mon travail, par l'extase des tableaux qui me sauvaient et, plus que tout, par la certitude que, si je tentais de m'évader – ce que j'aurais sûrement fait si j'avais retrouvé mes parents –, d'autres le paieraient de leur vie. Je ne pouvais permettre que cela ait lieu. J'étais libre, à présent ; je pouvais explorer mes origines et découvrir qui j'étais, les raisons de ma différence. J'exaucerais aussi mes autres rêves : gagner de l'argent, apprendre à lire, me marier, même. J'éviterais par-dessus tout d'attirer l'attention du Dieu mauvais qui condamnait des enfants à l'esclavage, faisait prospérer les assassins et les violeurs, maudissait le monde avec des pestes fatales. Je ne savais pas comment je réaliserais tout cela ; j'étais seulement déterminé à y parvenir.

Je ruminais ces questions quand des coups légers attirèrent mon attention. Je levai les yeux ; un homme au visage dissimulé derrière un rideau léger ondulant à une fenêtre du premier étage me faisait signe. Sa main, pareille à un lutin, m'invitait à le rejoindre. Je jetai un coup d'œil alentour, en quête d'*ufficiali*. N'en voyant pas, je reposai doucement par terre les jumeaux juste en âge de marcher et incrustés de *bubboni* que je portais sur les épaules. Je gagnai la porte sous sa fenêtre. À l'intérieur, un petit couloir aboutissait à un escalier en colimaçon. Je le gravis et une porte s'ouvrit devant moi. Une langue de fumée safran pointa sur le seuil et se recourba comme pour m'exhorter à avancer. Curieux, j'entrai.

Il y avait dans la pièce plusieurs tables où l'on avait installé un équipement fabuleux : fioles, alambics, petits pots expirant des flammes qui léchaient le fond de ballons bouillonnants. Une profusion d'objets dont j'ignorais le nom et la fonction. Je regardai, émerveillé.

« Les accessoires de mon art t'intriguent, dit l'homme avec douceur depuis le banc sous la fenêtre où il était assis. C'est un début. Tu as l'intelligence minimale d'être curieux.

— Je n'ai jamais rien vu de tel », répondis-je avant de reporter mon attention sur lui. Âgé d'une cinquantaine d'années, petit, mince et agile, il avait les cheveux poivre et sel et le visage allongé, sans barbe. Il portait une tunique noire et les fentes de ses manches laissaient paraître une *camicia* noire également. Un appareil fixé sur son nez se déployait devant ses yeux vifs – une autre merveille. Il vit que je le dévisageais et donna un petit coup sur le bord de l'accessoire, près de l'extrémité de ses épais sourcils noirs.

« Ne me regarde pas fixement comme ça, mon garçon, parle et demande. Ce sont des lunettes. Inventées il y a plus de soixante ans, mais pas encore portées par le *popolo*. Elles améliorent la vue.

— Qui êtes-vous ?

— Un alchimiste. Tu peux m'appeler Geber, dit-il. La main du destin s'est posée sur toi et elle m'a ordonné de m'entretenir avec toi. Autrement, je n'aurais pas pris le temps d'interrompre mon travail ; je dois avoir commis quelque acte terrible pour connaître pareille affliction !

— Comment avez-vous pu voir ça de là-haut ? » Je déambulai dans la pièce, observant sur les tables l'océan mouvant d'objets fluctuants, comme animés d'une marée magique. De petits outils destinés à couper, à remuer, à tisonner reposaient à côté de mortiers et de pilons, de fioles de teinture, de morceaux d'argile, de fil et d'aiguilles, de livres aux pages enluminées, de parchemins, de plumes et de pots d'encre, de petites boîtes en fer-blanc remplies de poudres grossières ou fines, de pierres de toutes les couleurs, de bouteilles de liquides aux nuances variées, d'un sac de sel, de jarres pleines d'huile. Les parfums du mélilot et de l'anis se mêlaient à l'odeur âcre du soufre, qui restait malgré tout plus agréable que celle des morts. Un rat décapité gisait sur une table, un récipient rempli de scarabées et couvert de tissu sur une autre, et sur une troisième se trouvait un pigeon aux ailes proprement coupées. Les entailles étaient si nettes que je m'arrêtai pour l'examiner ; on les avait ensuite soigneusement recousues. Un des membres était déployé le long du corps.

« La distance ne constitue pas un obstacle à la connaissance, formula Geber avec un sourire rusé. Ce n'est qu'un tissu qui se dissout dans l'acide de la fusion. Tu le sais. Tu as parcouru de grandes distances au cours de tes contemplations. »

Je sursautai. Il semblait faire allusion aux voyages que j'accomplissais quand je travaillais chez Silvano, alors que je n'en avais jamais parlé à personne. Aurais-je été enclin à me confesser que je l'aurais tu à Dieu, de crainte qu'Il ne mette un terme à mes excursions pour son mystérieux plaisir. Ce Geber ne pouvait pas avoir deviné, c'était tout simplement impossible. Je lui adressai un regard perçant. « Votre art, c'est la magie ?

— Mon art est la nature et elle révèle tout à celui qui voit avec l'œil mais regarde avec le cœur, répliqua-t-il, mystérieux. Les cieux s'étendent sur la terre et les hommes ne le voient pas. Et les petits garçons à l'intelligence minimale non plus, évidemment.

— C'est l'enfer qui s'étend sur terre en ce moment, il y a des cadavres de pestiférés partout. » Je traînai les pieds vers une autre table. S'y trouvaient un livre ouvert, un tas de violettes séchées, la patte en fourrure brune d'un petit animal, une coupe en terre cuite remplie de coquilles d'œuf et une autre d'esquilles bleues, un bol avec une pierre translucide triangulaire immergée dans de l'eau laiteuse.

Geber soupira. « Un terrible fléau. Mais ainsi vont toutes les choses du monde. » J'avais commencé à tâter du doigt un appareil constitué de trois récipients de verre reliés les uns aux autres quand il aboya : « Attention ! C'est un alambic à trois becs construit selon les spécifications exactes de Zosime lui-même. Cela sert à distiller... à libérer l'esprit de la matière qui le contient.

— Comme la mort », commentai-je.

Il hocha la tête. « En alchimie, la mort ne marque pas la fin de l'histoire. L'esprit, le *pneûma*, peut réintégrer le corps après purification. Sur cette table, j'ai construit le *kerotakis* de Zosime pour réaliser des sublimations... Approche, laisse-moi te regarder. Même avec cette invention merveilleuse, j'ai la vue basse. » J'hésitai, laissant courir mes doigts sur les pages délicatement colorées du livre, et il eut un geste impatient. « Viens, mon garçon. Je suis malade, mais il faudra quelques mois à la peste pour me tuer. Et tu es immunisé, comme tu le sais. »

Il semblait tellement renseigné sur moi que j'obéis, m'approchant avec circonspection. Il m'inspecta d'un regard bleu-vert pensif. Je tendis la main pour toucher l'objet installé sur son nez. Un morceau de verre rond retenu par un fil de fer flottait devant chaque œil. « Comment savez-vous que je suis immunisé contre la peste ?

— Tu ne serais pas *becchino* si tu ne l'étais pas », répliqua-t-il en tirant vers le bas ma paupière inférieure gauche, puis l'autre. Il fourra l'index dans ma bouche et l'ouvrit. Il inspecta mes dents puis me prit la main et observa mes ongles. Il la retourna et suivit des doigts quelques lignes sur ma paume. Il eut un rire bref et tapota la base de mon pouce. L'air satisfait, il croisa les bras sur le ventre.

« Il y a beaucoup de *becchini* », observai-je en reculant d'un pas, mal à l'aise. Qu'avait-il remarqué en m'examinant ? Lesquels de mes secrets ses « lunettes » lui révélaient-elles ? Je parlai pour distraire son attention. « Beaucoup de *becchini* attraperont la peste. » Je pensai à Rosso. « Certains d'entre eux veulent mourir.

— Pas moi, rétorqua-t-il. J'ai travaillé dur pendant des années pour tromper la mort. Tout cela pour que la peste me trompe à son tour et me prive des fruits de mon labeur.

— Nul ne peut tromper la mort.

— Mais tu te défendras admirablement, répliqua-t-il avec un autre rire bref. Tes parents étaient des mages appartenant à la seconde race de l'homme. Tu as hérité de leurs dons bien que personne n'en ait guidé le développement. Les apprivoiser te demandera des efforts. »

Je fis un bond en arrière, choqué et désorienté. « Comment connaissez-vous mes parents ? » m'écriai-je. Les avait-il rencontrés ? Connaissait-il mes origines et, si oui, m'en parlerait-il ?

« Les gens ont en eux une lumière qui se déverse à flots et elle représente ce que nous sommes, répliqua Geber avec ardeur en se penchant vers moi. C'est le véritable domaine de l'alchimie. Les ignorants croient qu'il s'agit de transformer les métaux vils en or ou de fabriquer l'élixir de longue vie. Mais ce n'en est que la facette la plus grossière. L'alchimie est la recherche de ce qui n'est pas encore, l'art du changement, la quête des pouvoirs divins cachés en toute chose ! Les pouvoirs divins qui se révèlent sous forme de lumière... Celui qui se cultive convenablement lui-même verra briller comme il se doit la clarté d'or ! »

Je ne savais pas comment réagir à ces paroles passionnées et étranges. J'avais l'impression que peu de prodiges pouvaient être plus importants que la transformation d'un métal vil en or, lequel nourrissait l'existence. Je pouvais accepter que les gens émettent de la lumière, car n'était-ce pas ainsi que Giotto peignait les gens : lumineux ? Je détournai les yeux et dis : « Vous n'avez pas l'air malade.

— Ne juge pas au premier coup d'œil, cela te donne l'air quelconque », rétorqua Geber. Il leva un bras mince et désigna son aisselle. « Allez, tâte par toi-même. L'expérimentation directe est toujours la meilleure ! » Alors je tendis la main et sentis une grosseur molle sous sa tunique noire. « La peste vient seulement d'entamer son siège. J'y résisterai, mais pas éternellement. Je succomberai. » Il parlait calmement, sans peur.

« Peut-être pas. Certains s'en remettent, vous en ferez peut-être partie.

— Je ne guérirai pas. Je l'ai vu. » Il haussa les épaules. « Ma propre lumière a été corrompue, affaiblie. Quand la clarté intérieure s'éteint, le corps suit inévitablement. Tu peux le voir toi aussi, fils de mage, et vérifier mes paroles par l'expérimentation directe. Regarde autour de mon bras et de ma tête. » Il parlait d'une voix douce, énonçant ses ordres avec élégance. Je me retrouvai à contempler, comme aux frontières du sommeil, les contours de son bras tendu, la jonction courbe de l'épaule et du cou, quand, de sa tête, émana le battement d'une lueur bleue. Il murmurait : « Ce qui est en haut est comme ce qui est en bas ; ce qui est à l'intérieur est comme ce qui est à l'extérieur. » Un autre pouls bleuté lui descendait le long du bras, puis la lumière s'élargit en une aura jaune chatoyante émanant de sa silhouette, mais cette luminescence était mouchetée de taches noires…

« Arrêtez ! criai-je. Je ne veux pas de ça, ça me rend plus bizarre que je ne le suis déjà ! » Je reculai en titubant, heurtant une table. Geber soulevait trop de questions étranges, la plus dérangeante étant mes parents. Je cillai devant la brume qui s'élevait d'un pot bouillonnant. Elle s'écoulait en formes arrondies comme une rivière. Mes yeux suivirent les petits tuyaux qui se déversaient dans un ballon fermé. Je me demandai si cette ébullition alchimique faisait partie du processus de transformation du plomb en or et si je pourrais amener Geber à me l'enseigner. Ce serait utile. Il ne semblait pas y accorder d'importance, mais je connaissais la valeur de l'or dans l'existence. Si je pouvais le persuader de m'apprendre cette méthode, je n'aurais plus jamais à m'inquiéter de la faim ni d'être l'esclave d'une vie corrompue. Il fallait sauver Geber, il avait des secrets à me dévoiler. « Je connais un médecin, lui dis-je, un homme bon. Je peux vous l'amener.

— Aucun médecin ne peut m'aider.

— Vous pourriez le laisser vous examiner. Il faut vous efforcer de vivre, argumentai-je.

— Parce que la vie vaut la peine d'être vécue alors que l'enfer s'étend sur terre ? » répliqua-t-il. Il secoua la tête. « Je ne gaspillerai pas le temps de ton aimable médecin. J'ai suffisamment prolongé les jours qui m'étaient alloués. Mais nous parlerons encore. Reviens demain. Apporte-moi quelque chose.

— Quoi donc ? »

Il sourit. « Tu trouveras. » Il me congédia en regardant la porte avec des yeux que je ne trouvais nullement diminués. Je m'enfuis.

Plus tard, alors que je me brossais dans la grange des Sforno à la lueur faible d'une unique lampe à huile, je relevai les yeux et trouvai le Vagabond en train de m'observer. Je compris aussitôt que ma nudité ne titillait pas ses sens ; néanmoins, je ne voulais pas de sa présence. Bien assez d'hommes m'avaient regardé pendant mes ablutions. Je n'étais libre de Silvano que depuis une journée, après tout.

« J'aimerais rester seul », dis-je. J'avais la tête pleine de tissus aux couleurs intenses et aux textures sensuelles, de zébrures noires et gonflées, de la lueur jaune autour du corps de Geber, de l'odeur écœurante que dégageaient les cadavres et des corps que nous avions alignés pêle-mêle dans les fosses et recouverts de chaux vive avant d'ajouter une nouvelle couche de victimes. J'avais mal aux bras, au dos et aux épaules à force de les porter, de les traîner, de creuser. J'avais l'estomac dérangé et je n'étais pas sûr d'arriver à manger ; pourtant, je n'avais pas été aussi affamé depuis des années et je sentais depuis la grange l'agréable parfum de la cuisine de madame Sforno. Mais avec son canevas léger de clarté stellaire s'écoulant par les fenêtres, la bulle dorée de lumière qui s'étendait jusqu'à se fondre aux astres et les chevrotements des animaux à sang chaud qui m'entouraient, ce bâtiment sombre était un refuge. Je ne voulais pas qu'on trouble cette paix fragile.

« Tu pues », fit le Vagabond en peignant sa longue barbe de ses doigts.

J'agitai le morceau de savon de lessive que je tenais à la main. « Je me lave.

— Non. » Il s'appuya contre la stalle de l'âne gris auquel il semblait accorder une affection particulière. « Tu sens la sorcellerie et l'immortalité. » Il m'adressa un sourire vorace tout en caressant les oreilles de l'animal. « Tu empestes la splendeur et la voie cachée comme quelqu'un qui vient de se cogner à l'arbre de vie et d'en faire tomber une pomme. As-tu une bosse sur la tête, chanceux louveteau ?

— J'ai vu de tout aujourd'hui, sauf la vie et l'immortalité, répliquai-je avec lassitude. Et rien ne m'est tombé sur la tête. Vous voyez, pas de bosse. » Je frottai une paume graissée de savon sur mon cuir chevelu.

« Tout au pied de la lettre ! Eh bien, nous verrons plus tard », gloussa-t-il, et, quand je relevai les yeux, il avait disparu, son rire résonnant encore dans la grange.

Chapitre neuf

Le lendemain matin, en m'éveillant, je trouvai Rachel debout au-dessus de moi en train de me dévisager. Ses cheveux auburn étaient impeccablement peignés et rassemblés en une natte qu'elle avait enroulée à l'arrière de sa tête bien galbée, mettant en valeur son cou blanc et mince. Elle portait une simple *giornea* jaune sans manches sur sa *gonna* verte. « Je vais t'apprendre à lire et à écrire, Luca Bastardo », dit-elle avec son sérieux coutumier. D'une main, elle tenait une petite planche en bois gravée de gribouillages ; de l'autre, une tablette en cire. « Lève-toi. On commence tout de suite.

— Maintenant ? » Je m'assis lentement, délogeant la grosse chatte grise, et enlevai des brins de paille égarés sur mon visage. L'air froid était couleur perle, comme si le soleil pointait juste sous l'horizon. « Ta mère sait que tu es ici ?

— Papa le sait. Viens à la fenêtre, la lumière est meilleure. Nous n'avons pas beaucoup de temps avant le petit-déjeuner et je veux te montrer les lettres. Papa dit que tu es intelligent et que tu apprendras vite. On va voir. » Elle s'assit près de la fenêtre. Je rejetai la couverture d'un coup de pied et vins à ses côtés, mais pas trop près. Sa présence me troublait. C'était une enfant, mais sur le point de devenir davantage, et cette potentialité flottait autour d'elle comme un parfum de rose. Elle était tout en courbes douces, en cheveux brun-roux soyeux – et en assurance revêche. Je n'avais pas l'habitude de ce genre de fille. Je n'avais pas l'habitude des filles, à vrai dire. J'étais à chaque seconde plus nerveux.

« Ton père a dit que j'étais intelligent ? » m'enquis-je. J'étais heureux du compliment mais il me faisait hésiter parce qu'à présent il fallait me montrer à la hauteur. Personne n'avait jamais attendu grand-chose de moi par le passé. Silvano m'avait rabaissé plus bas que terre, Giotto m'avait porté aux nues et les clients voulaient seulement qu'on étanche leur désir.

« Hon-hon. Il croit que tu es peut-être le fils perdu d'un noble. Assieds-toi ici, sinon tu ne verras rien », ordonna-t-elle en désignant une place à côté d'elle. Je me rapprochai en hâte. Elle leva la planche face à moi. « Voici la *tavola*. L'abécédaire. Je vais te montrer les lettres et tu les recopieras sur la tablette de cire avec ça. » Elle me montra un petit outil rappelant une baguette affûtée. « Je n'ai pas de plume, d'encre ni de parchemin pour toi, donc on devra s'en passer. Je vais t'apprendre l'écriture *rotunda*, c'est la plus facile.

— *Rotunda ?* fis-je en regardant fixement sa bouche aux lèvres pleines et roses.

— Oui, parce que les lettres sont rondes ! » rétorqua-t-elle, et je compris qu'elle commençait déjà à perdre patience. Je détachai les yeux de sa bouche d'une roseur troublante, les fixai sur la *tavola*, me redressai et inspirai avec le ventre. Elle continua : « Quand tu auras rempli la tablette, tu l'effaceras.

— Remplir la tablette ? » répétai-je stupidement.

Elle m'adressa un regard sarcastique de ses yeux noirs, semblables à ceux de madame Sforno. « Je préférerais m'apercevoir que c'est mon père qui a raison à ton sujet et non ma mère, mais, pour l'instant, tu ne m'impressionnes pas, cheveux d'or ou non. Tu es peut-être le fils perdu d'un idiot.

— Je vais faire de mon mieux.

— Veilles-y. Bien, voici l'alphabet. » Elle désigna les gribouillis.

« C'est une croix », lui fis-je remarquer en montrant le premier signe sur la planche. J'étais heureux de savoir quelque chose, n'importe quoi, mais surpris de découvrir ce symbole dans le foyer d'un Hébreu. « Je croyais que les Juifs n'adoraient pas la croix ?

— Les chrétiens croient que, s'ils nous en montrent assez, nous verrons leur vérité, abandonnerons nos croyances ancestrales et nous convertirons, répliqua-t-elle d'une voix ironique et délicate. Bien, pour chaque son il y a une lettre. Commençons par ton nom. Quel est le premier son de ce mot ?

— *Bas* ? hasardai-je.

— Bastardo n'est pas ton nom, et puis ça fait plusieurs sons, répondit-elle. Essaie encore.

— Je m'appelle Bastardo, insistai-je, mais avec douceur parce que je voulais lui plaire.

— Non, c'est faux, c'est une sorte de description parce que tu ne connais pas tes parents. Réfléchis, *Ll*uca, fit-elle en accentuant la première consonne.

— *Lll* ? hasardai-je.

— Bien. C'est la lettre L. Elle s'écrit comme ça. » Elle me montra le L. « À toi, maintenant. » Elle posa la tablette de cire sur mes genoux et me mit l'instrument coupant dans la main. Je regardais à nouveau ses lèvres roses et non son bras, aussi le fis-je tomber aussitôt. Elle claqua de la langue.

« Je vais le chercher », dis-je aussitôt en me précipitant à plat ventre. La tablette vola dans les airs et Rachel la rattrapa avec une exclamation impatiente tandis que je tâtonnais entre les planches jusqu'à récupérer l'objet. Je me rassis avec un sourire bête. « Le voilà ! »

La leçon ne fut pas longue, mais insupportable. Je n'arrivais à rien. Chaque fois que je m'efforçais de recopier les symboles de Rachel, je faisais tomber la tablette, l'outil, ou bien je proférais une ânerie. Je m'obstinais à reproduire ses fines petites lettres à l'envers. De son propre chef, ma main les inversait, suscitant chez elle claquements de langue et marmonnements. Je me tortillais de désespoir. Ce fut ma première leçon du pouvoir que les femmes ont sur les hommes, même si nous exerçons une plus grande influence sur le monde. Plus tard dans ma vie, j'allais rencontrer le pouvoir féminin suprême : l'amour. Mais il me faudrait attendre encore plus d'un siècle ; ce jour-là, je pus seulement pousser un soupir de soulagement quand la leçon s'acheva.

« C'est tout pour aujourd'hui, Stupido – je veux dire Bastardo », fit Rachel en levant les yeux au ciel. Elle fourra la *tavola* sous son bras. « On recommence demain. Tu te débrouilleras peut-être mieux.

— Pourquoi pas après-demain ? proposai-je avec espoir. J'ai besoin de me reposer. C'est difficile, la lecture !

— Tu as besoin de deux leçons par jour, pas de repos », répliqua-t-elle en reniflant avant de quitter la grange d'un air très théâtral, laissant l'outil coupant dans ma paume moite. Je le regardai et repensai que Geber m'avait demandé de lui apporter quelque chose. À présent, je savais quoi.

La porte de son logement s'ouvrit à la volée et des filaments de fumée bleue s'écoulèrent à l'extérieur comme des doigts conjurant le mauvais œil. J'entrai et m'approchai de lui ; il se tenait à l'une de ses longues tables encombrées. « Je vous ai apporté ceci…, commençai-je.

— Silence ! » commanda-t-il ; aussi rangeai-je l'outil dans la ceinture de mes chausses et le regardai-je transvaser avec soin un fluide doré d'un pot chauffé à un récipient à température ambiante. Il tenait le premier à l'aide de gants de cuir épais renforcés par des coussinets de peau à chaque doigt. « Sais-tu ce que je suis en train de faire ?

— C'est de l'or ?

— C'est jaune, lourd, brillant, ductile sous le marteau, cela résiste aux tests de coupellation et de cémentation, répliqua-t-il.

— Hein ?

— C'est de l'or. » Il hocha la tête. « Je vais le purifier à l'acide nitrique.

— Pourquoi ?

— Réfléchis, jeune homme, quel est le but de la purification ? Dissoudre les scories, atteindre rapidement la perfection voulue par la nature… *Purifie-moi, ô Seigneur, restaure en ma poitrine un esprit ferme* », murmura-t-il. Ses lunettes avaient glissé sur son nez le long d'une fine pellicule de sueur. « Te rappelles-tu ce que je t'ai dit hier sur le but de l'alchimie ou vas-tu encore me répondre par grognements ?

— Vous avez dit : "L'alchimie est la recherche de ce qui n'est pas encore, l'art du changement, la quête des pouvoirs divins cachés en toute chose", citai-je.

— Très bien, pas de grognements. Comprends-tu ce que tu viens de dire ?

— Non, et je n'ai pas envie de continuer à répondre à des questions parce que j'ai consacré la matinée à passer pour un imbécile auprès d'une fille qui croit tout savoir, répliquai-je d'un ton boudeur.

— Une jolie fille ? » s'enquit Geber en riant. Je lui adressai un regard aigre et vagabondai jusqu'à la fenêtre, où les rideaux légers voletaient en éventail au-dessus d'une table. Un petit chien blanc et noir aux pattes amputées avait été incisé en ligne droite de la gorge au pénis ; la peau était astucieusement fixée par des épingles afin de révéler les muscles sous-jacents. Je fus fasciné par leur enchevêtrement et par les grosses veines qui couraient à leur surface comme des rivières sur des collines.

« Vous avez découpé ce chien pour voir à l'intérieur ?

— Oui, mais ne touche à rien, m'avertit-il. On appelle cela une dissection. J'ai commencé par ouvrir la peau et je vais examiner les fascias, la musculature et le squelette au fur et à mesure.

— Pourquoi infligez-vous cette dissection à ce chien ?

— Il reste tant à apprendre ; cent cinquante ans ne suffisent pas.

— Vous êtes vraiment si vieux ? demandai-je, émerveillé. Comment est-ce possible ?

— Comment est-il possible qu'un homme de presque trente ans ressemble à un adolescent de treize ? » Il me jeta un coup d'œil. « Le penseur s'interroge d'abord lui-même. Pour moi, les jours manquent.

— Le *physico* saurait peut-être vous aider », répondis-je, mal à l'aise, esquivant ces questions de longévité et de temps, même si je me demandais quelle source de connaissance secrète lui révélait mon âge véritable. J'étais déterminé à lui arracher les réponses mais je devinais qu'il ne me les céderait pas si facilement. Il me faudrait faire appel à l'*ingegno* et à la circonspection. Changeant de sujet, je dis : « Vous savez vraiment transformer un métal vil en or ?

— N'importe quel bon alchimiste sait le faire, répliqua-t-il avec dédain. Un chien qu'on aurait formé à l'alchimie en serait capable.

— Je veux apprendre !

— Bientôt. Avec la peste qui me dévore sur pied, il y a des préoccupations plus urgentes. Je veux créer la pierre philosophale parfaite... Je veux revivifier les morts, engendrer un homoncule, maîtriser la nature et repousser le chaos, c'est l'objectif de l'alchimie ! »

Il parlait avec tant de passion et d'ambition, tout le contraire des fausses platitudes pieuses débitées par les prêtres, que je fus intrigué. « Mais la nature n'est-elle pas tout ? Comment peut-on la maîtriser ? m'enquis-je.

— Beaucoup sont d'accord avec toi. "Mais son intelligence est si démunie et si faible qu'il ne réussit pas à produire des êtres vivants : jamais leur apparence n'atteindra ce degré de naturel... Il peut travailler aussi longtemps qu'il vivra, jamais il n'égalera Nature." » Il me fit un clin d'œil. « Voilà ce qu'un récit d'amour pour une rose nous affirme sur l'art.

— J'aime les roses, répondis-je en songeant aux jolies nobles qui les tenaient entre leurs mains gantées. Leur couleur, leur parfum, la douceur de leurs pétales. Elles sont belles et bonnes.

— Ne préfères-tu pas les tableaux de roses ? Semblables à la nature, mais filtrées par la finesse artistique de l'homme ? » répliqua Geber. J'eus un frisson en me demandant ce qu'il savait vraiment de mes singuliers voyages. Il poursuivit : « La faille dans ta logique, si l'on peut qualifier de logique les productions de ton esprit obtus, consiste à séparer mon travail de la nature. J'accomplis ses travaux pour elle et avec elle ; ainsi, elle se soumet à moi.

— Si Giotto avait peint une rose, je la préférerais, admis-je. Mais Giotto se tournait vers la nature pour trouver ce qui est saint et sacré. Il en copiait les sujets au même titre qu'il représentait les gens dans les mouvements de la vie réelle. Comme Dieu a créé l'homme à son image. C'est en partie ce qui donne à ses tableaux leur grande puissance, leur caractère sacré.

— L'alchimie n'est pas un art sacrilège non plus, répondit Geber. Bien que des démons l'assistent, comme ils épaulent l'ensemble du monde matériel – même les saints et les mages à la progéniture obtuse.

— Connaissez-vous mes parents ? demandai-je avec impatience. Qui sont-ils, que s'est-il passé ? C'est la deuxième fois que vous les appelez des mages, pourquoi ?

— J'ai fait cela ? Et alors ?

— Alors vous devez me répondre !

— Je le dois ? Cela t'aiderait-il vraiment ?

— Bastardo, Bastardo ! appela Rosso – une voix faible venue de l'extérieur.

— Je dois partir, répondis-je. Pourquoi ne voulez-vous pas m'expliquer ce que je demande ?

— Pourquoi te priver de ton voyage ? Celui qui ne suit pas en ce monde la roue ainsi mise en mouvement, mauvais est son être, sensuels sont ses délices : en vain vit cet homme.

— Vous parlez par énigmes, grommelai-je. Partout où je vais, ces derniers temps, je ne rencontre que des énigmes. Pas de réponses ! »

Geber sourit. « Tu poses peut-être les mauvaises questions.

— Alors parlez-moi de vous », répliquai-je. Peut-être qu'il laisserait échapper certains indices en se révélant lui-même. « D'où venez-vous ? »

Il hocha lentement la tête. « J'appartiens à un peuple qui a quasiment disparu. Nous étions les gardiens de secrets dont le monde a besoin mais pour lesquels il n'est pas prêt. Nous nous efforcions de nous purifier et de nous perfectionner. Nous nous appelions les cathares.

— Les cathares, j'en ai entendu parler », acquiesçai-je en me remémorant un jour lointain dans l'Oltrarno, un Nordique insensible et une fiole de poison délicatement ouvragée destinée à la petite Ingrid aux yeux bleus. « On raconte que c'était une secte hérétique anéantie par l'Église.

— Pas hérétique ! Nous détenions les enseignements secrets du Messie, ce pour quoi l'Église nous a pratiquement exterminés, répliqua Geber avec amertume. Nos idées – l'expérience directe de Dieu, la tolérance, la pureté, l'égalité de l'homme et de la femme, la dévotion inébranlable envers le ministère de Jésus – menaçaient le pouvoir séculaire dont raffole le Saint Empire. Il n'y avait pas de place pour nous dans sa doctrine corrompue prêchant richesse, haine et exclusion ! Il convoitait nos secrets et nos trésors tout en prétendant adorer le Seigneur de l'amour !

— Luca Bastardo ! appela Rosso, plus fort et avec exaspération.

— Mais les cathares existent toujours, insistai-je en toute hâte. Certains se trouvaient à Florence il y a vingt ans.

— Tu veux connaître le lien entre tes parents et mon peuple.

— Je veux savoir qui je suis, d'où je viens, pourquoi je suis différent des autres et ce que cela signifie ! Je veux connaître le secret de mes origines et savoir si mes parents me ressemblent ! »

Geber m'observa un long moment. « Les cathares connaissaient bien des mystères. Nous protégions des trésors. Notre pureté nous en rendait dignes. Qu'est-ce qui te rend digne, Luca ?

— J'ai lutté toute ma vie pour répondre à cette question ! m'écriai-je.

— Se pourrait-il que cette lutte même soit ta réponse ? Qu'il ne me revienne pas d'abréger ta quête ? répondit-il sans faiblir. Ta quête personnelle ne fait-elle pas progresser l'histoire du monde vers sa conclusion, permettant aux hommes d'incarner les épées dont se sert l'esprit dans sa guerre ? Qu'est-ce que l'histoire, après tout : de grandes plages d'événements ou bien une somme de vies individuelles ? Quel est le plus important ?

— Dépêche-toi, Luca ! » cria Rosso.

Geber et moi nous dévisageâmes. Je compris qu'il ne répondrait pas à mes questions ce jour-là, hormis par d'autres interrogations pour lesquelles je n'avais même pas un début de réponse.

« Vous m'avez demandé de vous apporter quelque chose. Voilà. »
Je levai la baguette affûtée puis la posai sur la table.

« Un bâton pointu ?

— Qui sert à recopier des lettres sur une tablette en cire, une
tâche qui tient du purgatoire sur terre », répliquai-je. Le visage
sans merci de Rachel apparut devant mes yeux. Elle faisait une
cruelle maîtresse.

« Un cadeau alchimique. » Il eut l'air content et étonné. « Des
pensées transmutées en signes, qui deviennent des paroles puis
des pensées à nouveau : la plus riche des alchimies…

— Bastardo ! *Ufficiale !* » appela Rosso d'un ton pressant. Je
pris congé d'un signe et dévalai l'escalier. Mon camarade attendait devant la porte en passant nerveusement la main à travers
ses cheveux roux raides et clairsemés. Nous nous approchâmes
de cadavres étendus sur le pavé – des *condottieri*. Trois *ufficiali* à
cheval nous rejoignirent au petit galop. Les deux hommes de tête
me dévisagèrent et je leur rendis leur regard d'un air de défi.
J'étais libre, à présent. Je n'étais plus tenu de baisser les yeux et
de m'éclipser comme un bâtard coupable à l'approche de la
police. Mon audace dut les troubler car ils reculèrent. Le troisième fit danser sa monture jusqu'à ma hauteur puis me cracha
dessus. Je levai la tête et me retrouvai face au visage étroit de
Niccolo Silvano. L'espace d'un instant, furieux, horrifié et un
peu terrifié à l'idée qu'un alchimiste diabolique ait réuni le
pneûma de Silvano avec son corps, j'entraperçus la mine du père.
Mais c'était son fils, vêtu du rouge de la magistrature, avec un
capuchon travaillé roulé autour des épaules.

« La ville doit désespérer de trouver des *ufficiali* s'ils nomment
des ordures dans ton genre à ces postes, ricanai-je.

— La sorcellerie est en toi, Bastardo, siffla Niccolo. J'en parle
autour de moi et nous t'avons à l'œil ! » Il enfonça les talons dans
les flancs de son cheval et s'éloigna au trot, les autres magistrats
le suivant de près. Furieux, je ramassai une pierre et la lançai à sa
suite.

« Prends garde, Luca, m'avertit Rosso. Tu t'es fait un ennemi
de Silvano. La peur chevauche aux côtés de la peste et les gens

sont prompts à tuer ce qui les met mal à l'aise.» Je haussai les épaules, réprimant ma colère. Nous prîmes chacun par les aisselles un cadavre éclaboussé de *bubboni* et le traînâmes jusqu'aux empilements de corps innombrables.

Au cours des semaines qui suivirent, mes journées trouvèrent leur rythme. Rachel me réveillait avant l'aube et m'apprenait à écrire ou, plus exactement, s'y efforçait. J'étais doué d'une mémoire auditive et verbale parfaite, je n'oubliais jamais un tableau ni une sculpture, même vus une seule fois, mais la signification des petits gribouillis qu'elle dessinait m'échappait. Je ne saisissais pas comment des rayures taillées dans la cire pouvaient avoir un sens. Elle prit l'habitude de me pincer de ses doigts élégants et minces quand j'oubliais le tracé d'une lettre ou que je l'écrivais à l'envers – ce qui arrivait presque toujours.

Je fuyais ce dressage dès que possible, courant de la grange à la maison, souhaitais le bonjour aux Sforno et au Vagabond, puis emportais du pain trempé dans l'huile d'olive et du fromage avant de retrouver Rosso à la Piazza del Capitano del Popolo. Pendant que nous ramassions les cadavres, il me parlait de sa femme et de ses enfants. J'aimais l'entendre décrire son fils aîné, qui l'imitait, son fils cadet, qui le taquinait, sa fille avec ses jolies mains, qui aidait sa mère à coudre le *lucco* de son père. Une fois, pour lui faire une plaisanterie, elle avait cousu le bas de ses chausses et avait ri aux larmes en le voyant sautiller sur un pied en s'efforçant d'enfiler l'autre jambe. Quand Rosso prenait sa pause déjeuner à midi, je courais voir Geber.

Un jour, celui-ci m'accueillit à sa porte, hilare. « À cette vitesse, tu n'apprendras jamais à lire, mon cher sorcier ignorant.» Une poudre granuleuse ocre tachait son visage et sa tunique noire; il dégageait une odeur d'iode et de cuir mouillé. Derrière lui, des vrilles de fumée brun-gris défilaient dans la pièce, s'enchevêtrant à la pléthore d'objets bizarres. «Je vais compléter ton enseignement, cela t'épargnera peut-être quelques pincements au bras!

— Comment faites-vous pour en savoir autant sur moi ? »
demandai-je, contrarié. À vrai dire, j'avais le biceps couvert de
bleus à cause des doigts minces mais vigoureux de Rachel.

« C'est la pierre philosophale qui me le révèle », répliqua-t-il
avec un air mystérieux avant de glousser. Il m'adressa un geste
impatient et entreprit de me donner une deuxième leçon. À
partir de ce moment, nous prîmes l'habitude de nous installer au
bout de la table où son alambic à trois becs bouillonnait en permanence, et il peignit des lettres, puis des groupes de lettres, sur
de petits carrés de lin. Quand je lisais correctement un carré sept
fois d'affilée, il me laissait le jeter dans la cheminée pour regarder
l'encre, comme par magie, colorer les flammes de violet et de
vert.

Au bout de quelques mois, le temps que Florence cuise dans
le four naturel de la vallée de l'Arno avant de refroidir, que le
nombre de cadavres enfle comme la marée avant de refluer, ces
leçons redoublées commencèrent à faire effet malgré moi. Bien
que je ne puisse nullement m'en accorder le mérite, les lettres
perdirent leur mystère et me parlèrent, d'abord sous forme de
murmures puis d'une voix forte et raisonnable. Alors que je lisais
mes premières syllabes, puis des mots entiers, Rachel commença
à griffonner des nombres et des additions à côté des phrases.
Avant la peste et, espérons-le, après elle, Florence, avec ses
banques et ses marchands, regorgeait de gens doués pour les
chiffres. Silvano m'avait dit qu'on appelait ce savoir-faire
l'*abbaco*; il était très coté dans le domaine du commerce et j'étais
heureux de l'apprendre.

Tandis que s'affinaient mes capacités de lecture, Geber
aborda d'autres sujets. Il m'apprit les poids et les mesures,
démontra les propriétés des métaux et des herbes, me fit un
cours sur les quatre éléments, feu, air, terre et eau, et les quatre
qualités, chaud, froid, humide et sec, puis m'expliqua comment
tous les minerais dérivent du mercure et du soufre. Il discuta
avec moi de la transformation de la matière, comment l'eau
devient de l'air par le processus d'évaporation et redevient de
l'eau par la condensation. Il m'enseigna la différence entre l'art

purement mimétique, qui copie la nature, et l'art perfectif, qui l'améliore.

« L'alchimiste doit s'appuyer sur ce que la nature utilise et s'y restreindre ; il doit en imiter les mécanismes dès que c'est possible pour assurer le caractère naturel de ses produits », insistat-il comme si j'en débattais – ce qui n'était pas le cas. J'avais l'impression qu'une vieille dispute se poursuivait dans sa tête. Il fulminait sur le besoin d'expérimenter, d'être le témoin constant de l'art alchimique sans jamais rien prendre pour acquis de prime abord. « Tous les alchimistes ne sont pas d'accord avec moi. Mais je consigne mes observations par écrit, toutes mes observations en détail, me confia-t-il. J'en ai fait un grand livre, la *Summa perfectionis.* » Puis il m'adressa un regard triste et je saisis l'occasion pour le faire parler des cathares.

« Nous étions un groupe d'adorateurs dévoués à Dieu. Nous ne croyions pas à la foi mais à un contact direct avec Lui sans l'entremise d'un clergé.

— Et ? l'encourageai-je sournoisement.

— Et, grâce à notre dévotion, nous pouvions atteindre le point indivisible en nous, la graine de moutarde semblable à une perle bleue radieuse… » Sa voix s'adoucit et son regard s'égara.

« D'où viennent les cathares ? insistai-je.

— Directement du Seigneur Jésus, répliqua-t-il brusquement. Nos enseignements sont purs, parfaits et proviennent de Lui. Nous savions par exemple qu'il existe une composante féminine de Dieu dans l'âme du monde, que ce monde matériel fut créé par un Dieu mauvais et que notre tâche consiste à échapper aux oripeaux de la matière en suivant notre étoile intérieure. Judas Iscariote n'était pas un traître, c'était un intime bien-aimé du Christ ; non seulement il a accompli sa volonté pour lui permettre d'accomplir sa mission sur terre, mais Judas était le seul à connaître toute la vérité sur le Dieu intérieur…

— Judas a trahi Jésus, même moi je sais ça, et je n'ai pas reçu de catéchisme ! soutins-je.

— Si Judas n'avait pas livré Notre-Seigneur aux autorités, aurions-nous été sauvés ? rétorqua Geber.

— Je ne sais pas. » Je haussai les épaules. « Mais je voulais dire : de quelle région viennent les cathares ?

— Les garçons écervelés ne réfléchissent pas beaucoup. » Geber m'adressa un regard perçant par-dessus la monture de ses lunettes. « Les cathares étaient partout, tout le temps. Nous étions des intimes de la race séthienne avant de recevoir le Christ. La race séthienne est la souche secrète et incorruptible de l'homme, dépositaire du grand savoir, qui se cache...

— Je suis de race séthienne ? l'interrompis-je avec excitation. Si c'est vrai, qu'est-ce que cela signifie ? Ont-ils des marques sur le torse, devrais-je en avoir une aussi ? »

Les traits de l'alchimiste s'adoucirent soudain. « Ce n'est pas à moi de te révéler tout cela, mon garçon.

— Alors apprenez-moi au moins à transformer les métaux vils en or !

— Pas aujourd'hui. » Il secoua la tête. « Tu finiras par apprendre. »

C'était une promesse qu'il m'agitait sous le nez ; avec l'or comme but, Geber avait trouvé en moi un élève plein de bonne volonté. Et il disserta de bien des sujets. Il déroula une grande carte sur l'une de ses longues tables et me montra où se trouvait la république de Florence sur la botte terrestre qui s'avançait dans la Méditerranée, avec la mer Tyrrhénienne à l'ouest et la mer Adriatique à l'est. Quand je vins lui annoncer qu'une bande de soldats en maraude avait tué trois hommes et violé leurs femmes dans la campagne, et que les pères de la ville, décimés par la peste, ne faisaient rien, il m'expliqua notre gouvernement et son histoire, comment l'épidémie faisait vaciller la *signoria* à neuf hommes.

« Même les grandes *casate* florentines sont en train de sombrer, ce qui donne la mesure des ravages du fléau, disait-il. Les *casate* sont vieilles de plusieurs siècles. Ces familles gouvernantes sont les Uberti, les Visdomini, les Buondelmonti, les Scali, les Médicis, les Malespini, les Giandonati, dont la plupart se sont établies en ville tout en conservant leurs terres avec les droits seigneuriaux sur leurs domaines ancestraux. Elles ont aussi nourri l'esprit de *vendetta* qui a hanté Florence pour éclater violemment lors d'un banquet de mariage en 1216. Là, un Buondelmonti a blessé un Uberti au couteau. On proposa un mariage en réconciliation mais le Buondelmonti préféra la *vendetta*. Il fut victime d'une embuscade et finit à l'état de cadavre sanglant dans une rue près de la statue de Mars.

— Les Uberti se sont vengés, problème résolu, observai-je.

— Cela marqua le début de plus d'un siècle de troubles! rétorqua Geber. Chaque Florentin choisit un des camps et la ville fut écartelée. Ceux qui soutenaient les Buondelmonti devinrent les guelfes, partisans du pape, tandis que ceux des Uberti devinrent les gibelins, rangés du côté de l'empereur. Les deux factions rivalisèrent cruellement pour s'emparer du pouvoir jusqu'à ce que les gibelins soient finalement brisés.

» Ce qui conduisit aux conflits Neri-Bianchi de notre siècle », continua-t-il. Il leva les yeux comme pour ordonner ses pensées et je vis une petite tache noire sur sa gorge. J'émis un faible son en tendant le doigt et il hocha la tête. « La peste m'a marqué. Maintenant, que je te parle des Donati... »

Ce soir-là, je me frictionnais dans la grange pour me débarrasser de la puanteur de la peste en n'écoutant le Vagabond que d'une oreille. Il jacassait sur la nature de l'univers, un équilibre de forces lumineuses et obscures qui semblaient distinctes mais faisaient en réalité partie d'un tout unique et sans forme. Je me laissai entraîner par mes propres pensées; il ne pouvait pas m'enseigner à fabriquer de l'or, après tout, et il ne me pincerait pas le bras s'il me surprenait à rêvasser.

« Je reviens de consultations aux malades. J'entends ton nom circuler dans la ville, Luca », annonça Sforno d'un air sérieux en entrant dans la grange avant de me prendre le puissant savon de lessive. Grâce aux leçons de Geber, je savais à présent qu'il contenait de la potasse.

« Comment l'appellent-ils? » s'enquit le Vagabond. Il s'assit sur le tabouret à trois pieds et caressa la grosse chatte grise. « Ah, mais la vraie question – et une question juste fait tout –, lui donnent-ils un nom, ou bien lui prennent-ils un nom? Car perdre son nom est peut-être le premier pas de la longue ascension de l'arbre de vie vers la source.

— Je ne veux pas qu'on me prenne mon nom, répliquai-je avec obstination. Luca Bastardo, ce n'est peut-être pas noble, mais c'est le mien. J'entends faire de grandes choses avec!

— L'essence ultime n'est pas limitée par un nom, commenta le vieil homme, bien que, par commodité, nous y faisions référence par le terme *En Sof*; celui qui la contemple se trouve annihilé dans un océan de lumière et échappe au contrôle de son esprit naturel.

— Ils parlent de lui comme d'un sorcier, précisa Sforno.

— Les noms divins se révèlent selon leurs propres lois. » Le Vagabond haussa les épaules en peignant sa barbe de ses doigts épais. Les animaux de la grange remuèrent et émirent leurs meuglements, caquètements et hennissements, et même la chatte grise miaula comme pour répondre à ses paroles.

Moshe plongea la brosse à récurer dans l'eau de l'abreuvoir. « On raconte qu'il pratique la magie noire pour rester jeune et beau, qu'aucun enfant ordinaire n'aurait pu tuer huit hommes en une nuit.

— Raconte-t-on qu'il tue des bébés chrétiens et boit leur sang comme on l'affirme de nous? T'affublent-ils de cornes sataniques, toi aussi? fanfaronna le Vagabond. Bienvenue dans la tribu, louveteau! Dieu t'a choisi, toi aussi; le tourment et la lutte t'attendent! » Il posa la main sur mon épaule.

Sforno haussa les épaules. « Le fils de Silvano répand des rumeurs. Les survivants l'écoutent. Les Florentins aiment fourrer leur nez partout. Les gens sont prêts à croire n'importe quoi quand ils ont peur.

— Ils ne peuvent pas faire grand-chose pour l'instant, c'est déjà assez difficile d'enlever les cadavres », tempérai-je.

Le *physico* se débarrassa de sa tunique et de sa *camicia* puis se savonna. Il avait le torse large, robuste et couvert de poils, et, même si j'avais vu bien des hommes nus, je me détournai. « Il vaut mieux que tu évites les attroupements, continua-t-il. Une foule peut se montrer meurtrière.

— Dix hommes forment une communauté avec Dieu, glissa le Vagabond.

— Il n'y a pas dix personnes prêtes à se rassembler, répliquai-je. Ils ont peur de la peste. La moitié de la ville a péri. *Signore* Sforno, je connais un homme qui a besoin d'un médecin. Viendrez-vous ?

— Moi, je viendrai, décréta le vieillard en bâillant. J'ai besoin d'une distraction et j'entends tourner les roues du chariot. Moshe, crois-tu que ta sublime épouse aura préparé de l'agneau pour dîner ?

— Je ne sais pas ce qu'elle aura trouvé chez le boucher aujourd'hui.» Le médecin fronça les sourcils. « Ou si même elle aura trouvé de la viande. Elle fait du troc avec les autres femmes et le seul boucher hébreu encore en activité.

— Les Juifs ont de la chance de pouvoir faire des échanges les uns avec les autres. Il n'y a plus grand-chose à manger, observai-je. On peut ratisser la ville entière sans trouver trois œufs. Plus personne n'apporte de viande ni quoi que ce soit du *contado*. Les marchés sont déserts. Les gens sont affamés.

— Il y aura du grabuge quand les survivants de l'épidémie commenceront à mourir de faim », observa Sforno. Il échangea un regard lugubre avec le Vagabond.

« Les Juifs sont les boucs émissaires du monde », acquiesça ce dernier avec lassitude, sa jovialité dissipée en un instant. Ses traits parurent fondre comme de la cire tenue au-dessus d'une flamme et il donna l'impression d'une vieillesse impensable qui se comptait en siècles ; il semblait avoir contemplé plus de douleur et de souffrance qu'il n'était concevable sans perdre la raison. Puis son visage se reforma sur son expression ironique habituelle. « Pense au service que nous rendons à ceux qui ont besoin des responsables ! Ils devraient nous remercier pendant qu'ils nous brûlent.

— Les Juifs ne sont pas les seuls boucs émissaires, répliquai-je. On condamne et on tue les sorcières. Les cathares aussi.

— Les cathares ? Voilà un nom que je n'ai pas entendu depuis bien des tours de roue, tonna le Vagabond. Avec toute la miséricorde qu'ils ont reçue de leurs frères chrétiens, ils auraient aussi bien pu naître juifs. En effet, ce sont nos amis. Ils vivaient à nos côtés en France.

— Savez-vous d'où ils venaient avant cela ? m'enquis-je.

— Ils erraient sur la terre en quête d'un refuge, comme nous, répondit-il. Il y a des siècles, les Juifs côtoyaient les cathares, quoiqu'ils se donnaient d'autres noms à l'époque. Il n'en reste plus beaucoup.

— Les survivants ont des secrets, dis-je. Et des trésors.

— N'est-ce pas notre cas à tous ? répliqua le Vagabond. Ils ne cachaient pas qu'ils croyaient le monde matériel mauvais, dominé par un dieu maléfique, quand les cieux et l'âme relevaient du Dieu bon. Ils divisaient en deux ce que nous, Juifs, considérons comme unique : "Écoute, Israël, l'Éternel, notre Dieu, l'Éternel est un." »

Les questions abstraites de philosophie ne m'intéressaient pas. « Nous avons tous des secrets, mais des trésors pas forcément, répondis-je avant de me rappeler que, moi aussi, j'en avais un : le panneau de Giotto.

— Cela dépend de ta définition, répondit le vieil homme avec son sourire rusé. Il y a les trésors de l'esprit et du cœur, ceux d'une vie construite afin qu'elle prenne un sens pour la personne et la communauté…

— Les Juifs ont besoin de trésors transportables et dénombrables sous forme d'or, de pierres précieuses et de savoir-faire, intervint Sforno d'un ton sinistre, en prévision du jour où ils seront rappelés à l'exil, comme toujours.

— Il y aura toujours de nouvelles contrées où fuir, commenta le vieillard.

— *L'an prochain à Jérusalem,* marmonna Sforno.

— *Qu'il en soit ainsi* », acquiesça le Vagabond.

Chapitre dix

*L*e lendemain matin, j'amenai Sforno et le Vagabond chez Geber. Je leur fis monter les escaliers et franchir la porte qui s'ouvrait toujours mystérieusement à mon arrivée. L'habituel éventail pulsatile d'objets couvrait les tables, des pots bouillonnants, des vases à bec cliquetants, une brume rose montait en vagues contre le plafond et des odeurs âcres ou sucrées se mélangeaient dans l'atmosphère. L'alchimiste nous tournait le dos. Son crâne hirsute noir et blanc était penché sur un grand manuscrit enluminé relié de cuir brun ; une page de papier vélin couverte de roses et de miniatures en quadrilobe dépassait sous son coude. Quand il pivota vers nous, le Vagabond et lui poussèrent un cri au même moment. La seconde d'après, ils se serraient dans les bras l'un de l'autre, se martelant le dos avec force exclamations.

« Mon vieil ami ! La dernière fois que je t'ai vu, c'était en Languedoc ; tu descendais de Montségur avec un trésor sur le dos ! rugit le Vagabond. Tu pleurais sur le pouvoir de Satan et de la chair, fulminant contre la terrible guerre entre le bien et le mal !

— Le 16 mars 1244, le lendemain du jour où ma femme et mes amis, les autres parfaits, furent brûlés vivants dans une prison remplie de bois. Avec les enfants et les nourrissons. "Tuez-les tous, Dieu reconnaîtra les siens", telles furent les paroles du représentant du pape. » Les traits fins et intelligents de Geber se tordirent en un masque de souffrance. « Elle, je l'entends encore prier dans mes rêves, comme, je le sais, elle l'a fait dans la mort.

— L'Église considère l'amour comme une hérésie ; il attire sa plus sanglante fureur », répondit le vieil homme en serrant de sa main forte l'épaule mince de son ami. Sur la table près de la fenêtre, deux colombes se ruèrent contre la porte de leur cage et la brisèrent, puis voletèrent autour de la pièce, roucoulantes, en se faufilant entre les filaments de brume rose crépitante.

« Le pape méprisait-il nos croyances ou bien convoitait-il notre trésor ? demanda Geber avec amertume. Le Languedoc était une région riche et fertile, pétillante d'instruction et de tolérance ; les idées cathares rayonnaient jusqu'en Flandre, en Champagne, à Munich. L'Église ne pouvait laisser faire. Cela n'a jamais été une question de foi. Il s'agissait de pouvoir séculaire, comme toujours !

— Vous vous connaissez ? » intervins-je. Entre eux, l'espace vibrait de vieux souvenirs et d'émotions neuves, d'idées débattues et de plaisanteries partagées. Je me tenais, comme toujours, en périphérie, observant de l'extérieur les liens de tendresse que tissaient les autres.

« Je connais… Comment te fais-tu appeler ces temps-ci, mon parfait ami ? demanda le Vagabond avec une rude affection.

— Geber. »

Le vieillard rit. « Abu Musa Jâbir ibn Hayyân serait honoré !

— Peut-être, peut-être pas. » Les traits de l'alchimiste s'adoucirent, allégeant un peu son tourment. « J'ai élucidé certains principes qui pourraient lui déplaire, mais je ne l'ai pas connu comme toi. Et toi, filou de Vagabond, as-tu pris un nom ?

— Je refuse d'en endosser ; je ne veux pas fournir à quiconque une emprise magique sur moi », répliqua l'intéressé avec sincérité, et ce fut la seule fois que je l'entendis répondre directement à une question. « Geber, fit-il, permets-moi de te présenter mon cher ami le médecin Moshe Sforno.

— Rencontrer un ami du Vagabond est pour moi un honneur, déclara ce dernier avec un sourire sérieux qui me rappela sa fille Rachel dans ses plus grands moments de détermination.

— Une heureuse rencontre, médecin. Vous êtes venu à la demande de Luca, devina Geber en me regardant.

— Il m'a dit qu'un de ses amis était malade. » Les yeux de Sforno se posèrent sur la gorge de notre hôte. « Je vois que la peste vous a touché.

— Je ne veux pas que vous mouriez, plaidai-je auprès de l'alchimiste. Le *signore* Sforno est un excellent médecin ! »

Geber agita son doigt fin taché d'encre dans ma direction. « Tu prends un peu trop de choses pour acquises, mon garçon. Je vous aurais épargné le déplacement, *physico*. On ne peut rien pour moi. Cependant, je me réjouis profondément de revoir mon vieux compagnon ! » Il serra le bras du Vagabond.

« J'aurais dû deviner que tu étais le précepteur du petit ! s'exclama celui-ci. Il rentre à la maison bouffi d'un orgueil qu'une journée passée à traîner des cadavres ne devrait pas lui inspirer.

— Je ne suis pas orgueilleux ! protestai-je avec flamme. Je fais un travail honorable pour la ville…

— Le monde est rempli de garçons impudents, ce qui me convainc de la validité de mes anciennes croyances et que le mal est l'égal du bien. Pour ce que j'ai vu chez celui-là, il a la tête tellement dure que le temps ne suffira pas à l'égratigner, déclara Geber d'un air désabusé.

— Il en aura assez pour essayer, répliqua le Vagabond, réjoui. Appartient-il au peuple que les tiens protégeaient ?

— Le fils d'une des familles dont nous étions les gardiens. » L'alchimiste acquiesça.

« Quelles familles ? Quel fils ? réclamai-je. Pourquoi les cathares les protégeaient ? Parlez-vous de la seconde race de l'homme ? Qu'est-ce que cela signifie d'y appartenir ?

— Toutes ces questions. Comme si des réponses allaient résoudre quoi que ce soit, soupira Geber. Il étudie peut-être auprès de moi, mais il n'apprend rien.

— Les réponses résolvent les questions ! m'exclamai-je. Je veux savoir qui est ma famille !

— Une bonne réponse soulève d'autres questions », répliqua le Vagabond. Il regarda Geber. « Je regrette de ne pas avoir su plus tôt que tu étais en ville.

— Cela fait seulement vingt ans que l'Inquisition a brûlé Cecco d'Ascoli sur le bûcher, répondit l'intéressé. C'était un brave compagnon mais il n'aurait pas dû faire tout ce scandale en soutenant que l'étoile de Bethléem était un phénomène naturel. Les prêtres protègent leurs miracles. Ils ont érigé un grand feu et souri tandis que les flammes faisaient fondre sa chair et la graisse de ses os. Quand on est alchimiste, il vaut mieux rester caché.

— Mais j'aurais voulu passer du temps avec toi, répondit le Vagabond en observant fixement la tache noire sur la gorge de son ami.

— Pourquoi ne vous approchez-vous pas de la fenêtre pour me laisser vous examiner à la lumière, *signore* Geber ? proposa Sforno en l'entraînant avec amabilité. J'aimerais prendre votre pouls et entendre votre histoire ; par ailleurs, si vous avez un peu d'urine dans votre pot de chambre, j'aimerais la voir.

— Mon cœur bat, mon histoire est celle d'un homme en bonne santé jusqu'à ce qu'il rencontre la maladie et mon urine pue la pisse des victimes de la peste noire », grogna l'autre.

Sforno réprima un sourire. « Si vous avez vraiment plus de cent ans, votre histoire est un peu plus complexe que cela. Est-il vrai que les alchimistes ont découvert un élixir de longue vie ?

— Fidèlement aux instructions d'Hermès Trismégiste lui-même : utiliser l'intellect pour atteindre l'immortalité.

— Si cet élixir faisait partie des connaissances secrètes des cathares, cela aurait donné une raison à l'Église de vous persécuter, acquiesça Sforno. Ils considèrent que l'immortalité est leur domaine.

— Connaissances secrètes, trésors, objets antiques, notre amitié avec les Séthiens, ils avaient bien des raisons de nous haïr », grommela Geber. Il s'assit sur le banc sous la fenêtre et le *physico* se pencha au-dessus de lui, examinant ses yeux et sa gorge. Ils tinrent un conciliabule à voix basse.

Le Vagabond s'avança vers le manuscrit enluminé de son ami. « Dans chaque mot brillent de multiples lumières », déclara-t-il en faisant courir son index bulbeux sur la page délicatement peinte. Des fleurs et de petits animaux tremblèrent à son contact. « Sais-tu ce que signifie cette expression, Luca aux multiples questions ?

— *Pan-ta-rhe-i*, lus-je de façon hésitante.

— "Tout est flux" », traduisit le vieil homme en ouvrant ses bras épais pour englober le monde entier, manquant faire craquer la grosse ficelle qui fermait le *lucco* noir sur son ventre imposant. « Même ta façon de lire... Tu as une dette envers la fille de Moshe, quoique si sa mère apprend ce que vous avez fabriqué tous les deux, vous aurez des problèmes. Non pas que Leah Sforno ait quiconque à blâmer à part elle-même ; voilà ce qui arrive quand on instruit les femmes.

— Nous n'avons rien fait, répliquai-je avec raideur, quoique l'image de la bouche de Rachel apparût devant mes yeux. C'est une fille honorable. »

Je m'approchai de la table voisine et tripotai la pyramide de petites pierres plates et grises qui s'élevait près d'un tas de châtaignes et d'une rangée de trognons de pomme séchés où l'on avait gravé des visages. Il y avait à côté une toute petite tête ratatinée – et je me demandai s'il s'agissait vraiment de la tête d'un être humain minuscule, comme j'en avais l'impression. Je ne pouvais jamais deviner ce que je trouverais sur les tables de Geber. Il y avait toujours quelque chose de nouveau, d'étrange, et jamais deux fois la même rareté. Je me demandai d'où elles venaient, à moins qu'il ne les manufacture simplement selon ses vœux dans ses ballons et alambics.

« Pourquoi avez-vous qualifié le *signore* Geber de "parfait" ? m'enquis-je auprès du vieillard. Je ne le trouve pas si parfait que ça ; vous si ?

— Qui suis-je pour juger de la perfection d'autrui ? » Il sourit et feuilleta le manuscrit. La tranche dorée d'une page de vélin blanc lança un éclat en se dressant à la verticale, puis elle retomba. « Ai-je l'air de l'incarnation vivante de Guebourah, le sephiroth du jugement divin ?

— J'imagine que non », répondis-je, souhaitant qu'il réponde simplement à mes questions au lieu de m'en renvoyer davantage comme des pierres censées fracasser les parois en verre de mon esprit.

« Faux, rétorqua-t-il promptement. Je suis l'incarnation vivante de Guebourah. Je suis l'incarnation vivante de l'ensemble des dix sephiroths, les émanations sacrées ou attributs de Dieu, comme le sont tous les hommes, tous formés à son image comme le fut Adam Kadmon.

— Vous prononcez des phrases solennelles comme un prêtre avec son jargon, rétorquai-je férocement. Et que savent les prêtres de Dieu ? Un grand maître m'a dit que Dieu riait de moi, et il avait raison. Dieu est éloigné du monde et il rit de tout. Nous le savons parce qu'il se produit des merveilles parmi des événements trop affreux pour être décrits, comme la vision d'un tableau au cours d'une atrocité. Puis la tragédie surgit au milieu du bonheur, comme quand la peste tue l'épouse et les enfants bien-aimés d'un père de famille. La contradiction règne partout. Une contradiction sans remords. En un sens, quand on soustrait les émotions de tout le monde, cela devient drôle. Doux-amer, mais drôle.

— Enfin ! » s'exclama le Vagabond en me dévisageant, une admiration lisible sur son visage charpenté aux yeux rusés et à l'ample barbe hirsute.

Moshe Sforno nous rejoignit en secouant la tête. « Je crains que le *signore* Geber n'ait raison, je ne peux pas faire grand-chose pour lui. Je suis désolé pour toi, Luca. Et pour toi, dit-il au vieil homme.

— Ce n'est quand même pas pour tout de suite, déclara l'alchimiste en rajustant son *lucco* noir tandis qu'il nous rejoignait.

— Quel gâchis. » Le Vagabond soupira.

En général, je rentrais tard le soir chez les Sforno. Il y avait tant de cadavres à enterrer qu'on gardait souvent les *becchini* bien après le coucher du soleil et le dîner pour creuser des tombes en dehors des murs de la ville. Madame Sforno ne voulait pas de moi sous son toit, elle ne s'en cachait pas, aussi, après m'être frictionné pour me débarrasser de la puanteur de la mort, me faufilais-je à travers la maison, comme invisible, jusqu'à la cuisine. Là, je fauchais une tranche restante de pain mou et un morceau de fromage tendre et odorant, ou bien je me découpais un blanc de poulet rôti aux herbes. On avait parfois laissé sur la table des haricots blancs goûteux, du chou noir ou un bol de potage avec du pain rassis, ou bien un ragoût savoureux aux fèves, à l'ail et à la tomate, ou encore une assiette de pois cuisinés à l'huile et au persil piquant. Madame Sforno faisait également une succulente omelette moelleuse aux artichauts. C'était une excellente cuisinière, quoiqu'elle observât dans ce domaine un éventail obscur de règles hébraïques. Je lui savais gré de ce qu'elle me réservait. Aussi vite que possible, j'emportais mon repas dans la grange. Là, je sortais mon panneau de Giotto de sa cachette et je l'admirais en engloutissant ma collation.

Une nuit, j'avais encore faim après avoir mangé une assiette d'épinards frais sautés dans l'huile d'olive ; je retournai à la maison chercher autre chose. Je mangeai dans la cuisine, vêtu seulement de ma *camicia* et de mes chausses. À la lueur pâle d'une lampe posée sur un coffre de l'entrée, je vis Moshe Sforno revenir de la grange. Il avait une expression lugubre et usée ; ses épaules et sa barbe, sur sa poitrine, semblaient s'affaisser sous un *mantello* que l'ombre rendait immense et noir.

« Ciao », murmurai-je. Il leva la tête et m'adressa un sourire fatigué.

« Aurais-tu d'agréables paroles à partager avec moi, Luca ? Je viens d'annoncer à un homme que sa femme et ses enfants vont mourir de la peste et que je ne peux rien pour eux. Le meilleur conseil que j'ai pu lui donner, c'est de veiller à ce qu'ils ne la lui transmettent pas, souffla-t-il.

— Votre épouse fait d'excellents épinards », chuchotai-je en retour. Je ne pouvais rien lui dire de plus ; le lendemain, j'enterrerais les braves gens qu'il avait examinés aujourd'hui. Il me souhaita bonne nuit d'un geste.

« Moshe ? susurra une voix douce. *Caro*, viens me retrouver. »

C'était madame Sforno; ses mots, descendant l'escalier, étaient si tendres et sensuels que j'en rougis. L'âge et la lassitude le quittèrent comme on ôte une cape et il se redressa légèrement. Il ne m'adressa pas un regard; il sourit et gravit les marches à la hâte. Je fus foudroyé à l'idée qu'une femme puisse un jour m'appeler de cette façon, ses bras chauds et aimants attendant mon arrivée. Je sus aussitôt qu'il me faudrait connaître un jour cette douceur, comme j'avais su, des années plus tôt, qu'il me faudrait savoir reproduire le sourire d'acceptation entendue de Giotto. La vie était pleine de douleur, de chagrin et d'horreur, mais un homme pouvait supporter n'importe quoi, sachant qu'un pareil appel l'attendait à la fin de la journée.

Les mois s'écoulèrent et les victimes de la peste se raréfièrent. Rosso me rejoignit un matin au Palazzo del Capitano del Popolo avec un gonflement noir sur sa joue ronde.

« Non, pas toi. » J'étais effondré.

« Il y a de quoi se demander si tout le monde ne va pas mourir. L'homme va-t-il disparaître de la terre, allons-nous tous gésir jusqu'au dernier, couverts de taches noires, notre sang sur les lèvres ? » Il sourit, révélant sa dent gâtée sur le devant, teintée de bleu. « Si la peste tue tout le monde, si tout le monde meurt, cette terre restera déserte, sans musique, sans rires, sans enfants pour faire des blagues, et alors à quoi tout cela aura-t-il servi ? Nous aurons aimé, peiné et construit en vain.

— Tout le monde ne mourra pas », répondis-je. Il m'adressa un regard perçant.

« Non, la peste ne t'emportera pas, Bastardo. Quant à moi, ce n'est pas si terrible, je vais enfin rejoindre ma famille, murmura-t-il. Si je connais bien ma femme, elle m'attend au paradis avec dix corvées à faire et une douce étreinte une fois que je les aurai terminées. Ma fille aura retrouvé ses jolies mains et elle aura une plaisanterie à me raconter, une histoire drôle que saint Pierre lui-même lui aura glissée à l'oreille. Je suis prêt à accepter mon sort. J'en suis même heureux. Dieu est bon.

— Puisse-t-il en être ainsi », répondis-je, humble face à sa résignation. Je ne me voyais pas capituler aussi facilement ; je m'étais promis de relever la tête et de me battre. Je ne croyais pas non plus à son paradis, ni à un Dieu bon, d'ailleurs, mais si ces croyances le réconfortaient, lui qui ne m'avait jamais témoigné que de l'amitié, alors j'étais heureux pour lui.

Deux jours plus tard, il ne vint pas travailler. Je fouillai la ville jusqu'à le trouver étendu sur la galerie d'une boutique autrefois prospère. Deux échoppes étaient ouvertes dans la rue et un passant scruta même la devanture de l'une d'elles. On avait rouvert les volets et les cloches carillonnaient à nouveau pour annoncer la messe, pas seulement pour prévenir de la peste. Lors de cet automne ensoleillé, sous des cieux céruléens, dans cette ville de *palazzi* aux pierres grises et brunes, d'anciennes statues grecques et romaines, de ponts périodiquement emportés par l'Arno, une vie nouvelle prenait ses premières inspirations.

Mais Rosso ne respirait plus. Il avait les yeux injectés de sang, vitreux et inertes. La mort avait dû l'emporter à peine quelques minutes avant mon arrivée ; il était encore chaud et, autour des *bubboni*, les pores élargis du visage suintaient encore. Des taches noires pointillaient son cou robuste et ses mains fortes ; du vomi tachait le devant de son *lucco*. Il était parti dans la douleur. J'étais navré de ne pas avoir été là pour l'accompagner.

Je le traînai dans la boutique, une vaste salle plâtrée de blanc équipée de deux longues tables de travail et d'une multitude d'étagères qu'encombraient des teintures et de petits rouleaux de tissu. La poussière avait déposé partout une couche de feutre pendant le long siège de l'épidémie. Je m'assis sur un banc et contemplai le corps déserté de mon compagnon. Dehors, deux chevaux tirant un chariot trottèrent devant l'échoppe. À présent que la peste relâchait son étreinte, on s'affairait à rebâtir la ville. Je me remémorai les récits de Rosso sur sa femme et ses enfants. Il m'avait demandé à quoi auraient servi nos sentiments si tout le monde venait à mourir. Je songeai qu'il s'agissait d'amuser Dieu, qu'une terre inhabitée, sans humanité, représenterait pour Lui une grande plaisanterie. Car à quoi Lui servions-nous ?

Je me relevai au bout d'un moment et regardai par la fenêtre. Les hautes maisons de pierre grise, de l'autre côté de la rue, obstruaient le ciel à l'exception d'une écharde d'azur qui s'embrumait des opulents reflets d'or de l'après-midi.

« Dieu rieur, permets à son âme de rejoindre ceux qu'il aime », dis-je. Puis je traînai son corps dans la rue et l'étendis sur la bière. Je repliai ses mains en signe de prière sur son cœur car je savais que ses membres se rigidifieraient bientôt. Pendant les heures qui suivirent, en sueur sous le soleil éclatant, je traînai la bière à travers les rues pavées sinueuses, franchis les murailles de brique et de pierre de Florence, ces remparts qui avaient vu marcher tant d'armées, dépassai des cèdres, des oliveraies, des vignes négligées dont les grappes lourdes faisaient ployer les ceps brunis par le soleil, jusqu'à atteindre enfin les collines ondulantes de Fiesole avec leur brise fraîche, leurs ruines romaines et leur vue sur la ville, tout en tours et en toits rouges. Je m'arrêtai près de la cathédrale San Romolo. Rosso avait mentionné qu'il avait enterré sa famille non loin de là. Je savais que je ne trouverais pas l'emplacement exact des sépultures dans les champs automnaux de lavande haute, les bosquets de pins et de chênes verts ; d'ailleurs, il y avait là beaucoup de tombes à présent, et des cadavres pourrissaient à l'air libre, mais peut-être le rapprocherais-je des ossements de ses bien-aimés. Cela pourrait apporter quelque réconfort à son âme. J'empruntai une pelle dans une ferme abandonnée près de l'église et, quand j'eus trouvé un emplacement d'apparence paisible, sous un ciel dégagé d'un bleu exceptionnel, tel que Giotto l'aurait peint, je me mis au travail. Les derniers mois passés à creuser des tombes m'avaient musclé les bras, les épaules et le dos ; ce fut bientôt terminé. Je l'installai dans sa fosse avec autant de douceur que possible puis le recouvris de terre. Je la tassai soigneusement afin que les chiens et les loups ne puissent pas l'atteindre. Je priverais au moins Dieu de ce rire-là.

Je regagnai la demeure de Geber, débordant de résolution. Je comptais lui soutirer ce qu'il savait de moi et de mon peuple, du bien et de la disparition des gens de bien, du besoin que Dieu avait de l'homme. Il faisait froid et sombre ; c'était une nuit piquetée d'étoiles avec une pleine lune blanche aux mers rêveuses illuminées. Je marchais dans la ville sans redouter le couvre-feu. Je vis une fois des *ufficiali* à cheval. Ils s'approchèrent mais s'arrêtèrent brusquement en apercevant mon visage dans la clarté argentée et s'éloignèrent au trot. Il ne fallait pas me provoquer ce soir-là.

Pour une fois, la porte de l'alchimiste était fermée. Je frappai mais ne reçus aucune réponse ; j'appelai, toujours rien ; je voulus pousser le battant mais il refusa de bouger. Je frappai le bois des poings et des pieds, il ne céda pas. Je le poussai du dos jusqu'à glisser le long de la porte et me retrouver assis par terre contre elle.

Au bout d'un moment – peut-être des heures ou bien des minutes, car le temps semblait s'être arrêté comme une rivière dont un rocher a bloqué le cours –, je redescendis dans la rue. La bière en bois qui m'avait servi à traîner Rosso jusqu'à sa tombe était posée près du bâtiment ; je m'attaquai aux clous en fer de la poignée. Malgré les cals épais que j'avais développés au fil de ces mois de dur labeur, j'eus bientôt les doigts écorchés, en sang. Enfin, les clous cédèrent et j'ôtai la poignée de la bière. Je la montai à l'étage pour m'en servir de bélier. Au moment où je balançais la planche en arrière pour un premier assaut, la surface veineuse de la porte ondula comme le miroir embué de l'Arno. Le visage grêlé de Bernardo Silvano me rendait mon regard. Il souriait de ce rictus qui savait tout de mes nombreuses années d'esclavage dans son établissement, et je balançai la planche contre la porte, contre son visage au nez en lame de couteau et au menton saillant. Il riait de moi. Il savait que je ne serais jamais capable de l'oublier. Il savait qu'il vivrait pour toujours en moi tel un ver pourrissant perpétuellement une pomme. Une fureur plus vaste que l'horizon monta en moi. Je hurlai comme un loup et devins fou furieux, enfonçant la porte avec la même force surnaturelle que j'avais rassemblée pour tuer tous ces hommes au lupanar. La planche grossière se fendit en éclats entre mes mains. Silvano rit encore. Toute ma rage, toute ma frustration, la lie amère de mon humiliation pilonnaient la porte. Elle grogna puis s'ouvrit d'un seul coup. J'entrai à grands pas.

Au lieu de la pièce familière de Geber avec sa fumée joueuse et ses curiosités grouillantes, une caverne m'accueillit. Rocheuse, humide, froide et enténébrée, elle sentait le renfermé et la fiente. Il me fallut baisser la tête pour entrer. L'ourlet d'un *mantello* cramoisi familier voleta devant moi. J'éprouvai un choc en le reconnaissant. La colère surgit. Armé du long bâton déchiqueté qui restait de la poignée, je me lançai à la poursuite du *mantello* rouge. Je courus à travers un labyrinthe de tunnels bas de plafond dégoulinants d'humidité et acculai finalement la silhouette vêtue de rouge contre une paroi. J'abattis mon bois fendu ; l'autre virevolta – son visage était invisible, enveloppé d'un somptueux capuchon écarlate – et il para avec une épée. Ce n'était pas une arme ordinaire. C'était une de ces épées bâtardes, coûteuses et élégantes, que fabriquaient les Nordiques, une lame d'aristocrate ; j'en avais vu au flanc d'hommes d'honneur qui jouissaient de la richesse que représentaient une épouse, une famille, des amis, un nom. Nous nous affrontâmes ainsi, mon esquille de bois contre son fer luisant, jusqu'à ce que son arme se fiche dans la planche. Au lieu de reculer, je poussai. *Ingegno*, comme Giotto me l'avait conseillé des années plus tôt. Je levai le poing gauche et frappai violemment mon adversaire à la gorge. Il toussa, lâcha la garde de son épée ; opérant une torsion sur le bâton, je ramenai à moi les deux armes. La lame vola et je plongeai l'extrémité déchiquetée du bois dans sa poitrine. Le sang jaillit ; l'autre tomba à genoux, puis à plat ventre. Je me penchai pour lui arracher son capuchon rouge, fabriqué de la laine la plus douce que j'aie jamais touchée. J'eus un hoquet. Le visage aux yeux vitreux qui me rendait mon regard n'était pas celui de Niccolo Silvano. C'était le mien.

Tandis que je restais pétrifié, choqué, la fumée grise s'évacua de la caverne. La salle de Geber émergea, mais il n'y avait que des bougies sur les tables, à l'exception de l'une d'elles, qui portait un alambic. Debout, côte à côte, se tenaient Geber et le Vagabond. Ils portaient de simples *lucchi* blancs au lieu de leurs vêtements habituels – *lucco* noir pour l'alchimiste, grossière tunique grise fermée par une ficelle effilochée à la taille pour le vieillard.

« Il est temps pour toi de rencontrer la pierre philosophale, dit Geber.

— Je ne vois pas de pierre, répondis-je en regardant tout autour. Les cavernes rocheuses que j'ai cru voir ont disparu !

— Ce n'est pas une pierre au sens propre, rétorqua-t-il en abattant le dos de la main dans sa paume pour appuyer ses propos.

— Alors pourquoi l'appelez-vous la pierre philosophale ? m'enquis-je.

— C'est une métaphore de transformation. Sois attentif, mon garçon ! Tu vas être anobli.

— Moi, anobli ? » J'eus un rire amer. « Un gamin des rues, une putain, un assassin ?

— Je sais, il te reste encore un long voyage devant toi, acquiesça Geber, la lassitude pointant dans sa voix. Mais tu es aussi prêt qu'on puisse l'être avec le peu de temps qu'il me reste. » Il avait un nouveau *bubbone* sur la joue et des demi-lunes pourpres se dessinaient sous ses yeux vifs ; je compris que la peste avait commencé à le fatiguer.

« Les voies du cosmos sont splendides, ajouta le Vagabond. Tu es le jeune marié prêt à rencontrer la lumière. Ton corps s'est fortifié ; il est à présent temps de renforcer ton âme.

— De quoi s'agit-il ? demandai-je en les regardant à tour de rôle. Allez-vous finalement m'apprendre à transformer les métaux vils en or ?

— Le nom de Dieu transforme tout, répondit solennellement le vieillard.

— D'abord, l'union sacrée », fit Geber. Il tendit les mains. Dans l'une il tenait une simple bougie en cire d'abeille, dans l'autre une coupe de vin en argent gravée d'un arbre à l'envers aux fruits reliés par une toile. « Le feu est l'élément multiplicateur ; la coupe se remplit et se vide. » Il me les remit puis me fit signe de le suivre. Je lui emboîtai le pas jusqu'à la table où se trouvait l'alambic cliquetant. Il tendit le bras et m'arracha quelques cheveux. Je grognai mais il m'ignora, puis il détacha un bout d'ongle d'un de mes doigts en sang. Il murmura « Dans la retorte », ôta le bouchon du ballon bouillonnant et laissa soigneusement tomber le cheveu et l'ongle dans le liquide en ébullition.

« Qu'est-ce que vous faites ?

— Il y a quatre mondes d'existence : émanation, création, formation et action », répondit le Vagabond. Il vint se placer à côté de moi et psalmodia dans une langue que je ne compris pas, oscillant d'avant en arrière en rythme. Puis il continua : « Nous voyons le motif. Mais notre imagination ne saurait s'en représenter l'architecte. Nous voyons l'horloge. Mais nous ne saurions envisager l'horloger. L'esprit humain est incapable de se figurer les quatre dimensions. Comment pourrait-il concevoir un Dieu pour qui mille ans et mille dimensions semblent ne faire qu'un ?

— Je peux concevoir un Dieu qui joue des tours cruels et je crois que c'est ce qu'il fait en ce moment », répliquai-je, mal à l'aise. Je jetai un regard à la porte, mais elle était fermée, sans même un filet de clarté pour révéler sa jointure avec le mur. À sa place apparut le cadran d'une horloge mécanique de cette conception nouvelle aperçue depuis quelques années sur les tours de Florence, laquelle s'enorgueillissait telle une femme vaine des meilleurs et des plus récents ornements.

« C'est le rire du Farceur. » Un sourire détendit le visage fin et intelligent de Geber. Le Vagabond psalmodia et se balança, sa crinière ébouriffée voletant autour de sa tête en franges grises et blanches. L'alchimiste versa du vin dans la coupe d'argent à l'arbre étrange et me fit signe de boire. Je m'exécutai, à petites gorgées ; le goût était sucré, avec un arrière-goût aigre. Il continua : « Le Farceur te conduit à éprouver le néant du désir humain ainsi qu'un ordre sublime et merveilleux, lesquels se révèlent à la fois dans la nature et le monde de la pensée – l'art. Le Farceur te montre que ton existence est une prison. Il t'insuffle l'envie de connaître le cosmos comme un tout unique et signifiant. » Geber alluma la bougie et enfila ses gants de cuir aux coussinets supplémentaires cousus à chaque doigt. « Prête-lui attention, mon garçon ; il représente ton seul espoir d'échapper à cette prison.

— Je ne suis plus en prison, je me suis échappé, répondis-je avec une pointe d'entêtement, parce que j'étais un peu perdu et que tout cela me déplaisait. Je suis libre, maintenant. Et je le resterai !

— Remplacer le néant par le chaos garantit la liberté, dit le Vagabond. Au sein du Roi, cet abîme cohabite dans une plénitude sans limites. C'est ainsi que sa création est un acte d'amour librement offert. Il fut écrit : "Au commencement, lorsque vint à se manifester la volonté du Roi, Il grava des signes dans la sphère céleste" », récita-t-il de la voix forte d'un conteur. Il faisait des gestes dramatiques avec ses grosses mains pour illustrer ses paroles.

« Te rappelles-tu ce que je t'ai enseigné, ô jeune homme qui ne convoite que l'or ? demanda l'alchimiste d'une voix légèrement moqueuse. Sur le processus de distillation. De la retorte au serpentin (il fit courir un doigt ganté le long du conduit sortant de la cornue) jusqu'au distillat ! » Il ôta le ballon d'arrivée et le déboucha. Une chose brillante et immaculée s'envola : des ailes battant bruyamment, si proches de mon visage que je lâchai une exclamation ; le Vagabond eut un rire et Geber soupira. Celui-ci sortit une fiole dorée de son *lucco* blanc. Il l'agita pour faire couler deux gouttes d'un liquide épais et huileux dans le distillat. D'une voix mélodieuse, il scanda : « Une nature est charmée par une autre nature, une nature vainc une autre nature, une nature domine une autre nature ! »

Au sein du ballon, une étincelle jaillit. Elle prit d'abord la forme d'un minuscule point de lumière iridescente, qui s'élargit jusqu'à devenir une sphère occupant tout le récipient. Au fil de sa croissance, elle brilla de couleurs successives : d'abord une étrange lueur noire, puis blanche, jaune, violette. Un craquement sonore rappelant la foudre tombant sur un arbre éclata et la bulle lumineuse enfla, dépassant le verre, avant de s'évaser en un flamboiement qui remplit la pièce entière. Elle nappa d'arcs-en-ciel les surfaces environnantes : les tables, les murs couverts de plâtre rugueux, nos vêtements. Regardant à travers cette clarté, je vis les os de Geber et non sa peau. Je ne voyais pas non plus la silhouette du Vagabond mais un squelette. Je levai les mains et vis mes phalanges étroites se déployer devant moi. Mes mains fourmillaient, comme investies par un cours d'eau.

« Quelle est cette magie ? » soufflai-je, et la lumière décrut puis la pièce retrouva son apparence, illuminée par le pâle éclat des bougies. Geber transvasa le liquide fumant du ballon dans une petite coupe en terre cuite qu'il me tendit.

« Avant la création du monde, seuls Dieu et son nom existaient, formula le Vagabond. Tandis que te rectifiera la pierre qui n'est pas une pierre, répète dans ton esprit le mot que je vais prononcer à ton oreille, un mot que tu ne devras jamais confier à quiconque. C'est l'un des noms sacrés !

— *Prima materia,* ajouta Geber. Bois et retourne à ton essence ! »

Je tenais la coupe à deux mains. C'était un petit gobelet brun peint de feuilles vertes, étrangement froid au toucher. Le Vagabond se pencha et me chuchota à l'oreille ; alors que son murmure résonnait dans ma tête, j'avalai l'élixir amer.

Geber et le Vagabond disparurent. Ils n'étaient tout simplement plus là, comme s'ils ne s'étaient jamais tenus devant moi, le vieil homme avec ses énigmes exaspérantes, l'alchimiste avec ses leçons caustiques. La salle n'avait pas changé : éclairée de bougies de cire dégoulinantes posées sur des tables en bois nu, un alambic qui bouillonnait encore en cliquetant sur celle du milieu. Je fus saisi d'un haut-le-cœur. La faiblesse s'empara de mes membres et je basculai en avant. Je parvins à attraper le bord d'un des meubles mais cela ne me retint qu'un moment. Mes genoux s'écroulèrent – Marco, aimable et condamné, avait dû partager cette sensation tant d'années plus tôt, quand Silvano lui avait coupé le jarret sous les yeux horrifiés des enfants – et je m'effondrai par terre. Avec la dernière énergie qui me restait dans les bras, je me redressai en me hissant au pied d'une table. Un frisson parcourut la pièce et mon corps se fragmenta : mes mains brûlèrent et s'envolèrent dans un néant bleu foncé tandis que mes membres se séparaient de mon torse, de ma tête, de mon souffle, de mes pensées qui se bousculaient sous mon crâne comme le bric-à-brac emmêlé d'un sac de colporteur. Tout se dissocia et le centre des choses s'évapora. Je sus que j'allais mourir.

J'éprouvai de la peine à l'idée de mourir seul après avoir espéré pendant tant d'années, quand la mort rôdait sur mes talons chez Silvano, que je finirais par m'éteindre en paix, un être cher à mes côtés. Je pensai à Rosso ; je me demandai si son esprit s'était attardé dans les parages et s'il pourrait me saluer. Quand il avait su la mort inévitable, il s'y était abandonné avec tant de grâce que je décidai de suivre son exemple. Je soupirai – du moins l'aurais-je fait si ma poitrine paralysée en avait été capable – et la laissai venir.

Un frisson haché de douleur me traversa et mon souffle cessa ses allers-retours. Le mouvement de pompe régulier de mon cœur, auquel j'étais tellement habitué, bégaya et se tut. Un corps s'effondra et, tandis que j'observais le jeune garçon blond et mince recroquevillé par terre sur le flanc, je vis que c'était le mien et que je ne l'habitais plus. C'était une belle enveloppe dont la virilité semblait bientôt prête à éclore : elle avait des membres forts et bien dessinés, de longs muscles arrondis sur les épaules et le dos, un visage symétrique et plaisant, des yeux sombres et curieux, des cheveux ébouriffés blond-roux – mais elle ne me contenait plus. L'aube était en train de repousser les ténèbres de la pièce quand Geber entra et poussa un cri en apercevant mon corps déserté. Il s'agenouilla, chercha un pouls à ma gorge et murmura avec tristesse quand ses doigts ne parvinrent pas à trouver le courant du fleuve de la vie. Grognant sous l'effort, il me traîna au rez-de-chaussée, dans la rue, et attendit que des *becchini* arrivent avec une bière. Ils empilèrent mon cadavre sur ceux d'un vieillard et d'une femme enceinte qui comptaient parmi les dernières victimes de la peste. L'alchimiste s'en fut et, quand on m'eut traîné hors des murs de la ville jusqu'à un site d'inhumation, il revint accompagné des Sforno. Le Vagabond n'était pas avec eux. Ils se blottirent les uns contre les autres tandis qu'un groupe de *becchini* creusait une fosse pour y déposer une dizaine de corps dont le mien. Ils jetèrent sur nous de la chaux vive puis pelletèrent la bonne terre friable, brun-rouge, de la Toscane. Rachel, Sarah et Miriam pleuraient douce-ment ; Moshe Sforno chantait, Rebecca dans les bras ; madame Sforno contemplait les collines ondulantes couvertes de lavande jusqu'aux hautes murailles de Florence, avec ses tours sombres s'élevant sur un ciel automnal d'un bleu sans limite.

Tout à coup, je fus libéré. Je pouvais me rendre n'importe où. La joie se déversa en moi : il m'était possible d'aller voir les autres fresques de Giotto. De contempler le cycle sublime sur saint François d'Assise dont le moine Pietro m'avait parlé. Sans autre forme de procès, je planai au-dessus d'un mont où se dres-sait une double cathédrale de marbre blanc – une église construite sur une autre. Cette éminence respirait la paix. La grande rosace de la basilique supérieure était tournée vers l'est et je fus attiré, descendant à travers le vitrail jusqu'au transept de l'église. Je me retrouvai à flotter devant un tableau de saint François prêchant aux oiseaux. C'était un personnage empli de vie et de douceur, vêtu du manteau brun du moine, qui s'adres-sait par gestes tendres aux oiseaux à terre et en vol. Ses mains calmes étaient bénies, témoignant que le bien est accessible même aux bêtes, et la compassion étincelait dans l'humilité du grand saint.

Je ne pus m'attarder ; une force lumineuse m'oppressait, bien que je n'aurais su définir ce que j'étais. Cette force s'ouvrit à la façon d'une porte donnant sur un maelström hors du temps et de l'espace. Des images semblables à de l'eau se déversant des avant-toits défilèrent autour de moi : les rues pavées de Florence, sales et silencieuses, vidées par la peste ; le marché avec ses barils de grain et ses paniers d'abricots mûrs ; les visages de ceux que j'avais connus, Paolo et sa peau mate, Massimo qui m'avait trahi, Simonetta avec sa marque de naissance ; les traits de ceux que j'avais tués, les hommes du lupanar, Marco avec ses longs cils noirs, Ingrid et ses yeux bleus ; des visages étrangers qui ressem-blaient beaucoup au mien ; le lit au matelas en crin de cheval dans la petite chambre chez Silvano; l'ascension béate de saint Jean par Giotto; la paille dans la grange des Sforno et la grosse chatte de ferme grise qui miaulait jusqu'à ce que je la laisse dormir au creux de mon aisselle moite...

Ces images décrivirent des arcs autour de moi et je contemplai de longues lanières de temps à la façon d'un manuscrit enluminé dont les pages défilaient rapidement, divulguant ses illustrations secrètes : visages inhabituels, guerres sanglantes, armes nouvelles cracheuses de feu, inondations, épidémies, famines, immenses cités nouvelles en des contrées lointaines, machines merveilleuses qui volaient dans les airs ou plongeaient profondément sous les eaux, et même une nef en forme de flèche qui s'élança jusqu'à la lune elle-même... Une panoplie de spectacles inimaginables se dévoilait devant moi; il n'y avait rien, semblait-il, que l'art humain ne sache créer, nourrir et puis détruire. Je ne pouvais qu'en être le témoin émerveillé, comme j'avais admiré les fresques de Giotto au cours de mes voyages secrets quand je travaillais chez Silvano. Et pendant tout ce temps le mot sacré du Vagabond carillonna dans mon esprit comme une cloche lointaine.

Un déchirement m'ouvrit le cœur. La flamme noire du distillat du ballon de Geber brûla en moi. Elle fora des canaux au sein de la trame serrée de mon identité. Elle me laissa amolli, essoré, baigné de chagrin, d'un sentiment de perte, de douleur ainsi que de mon désir ardent et secret, sans fin, d'amour. C'était à la fois brut et exaltant d'être ainsi dévêtu, une nudité que mon travail chez Silvano n'aurait nullement présagée car il s'agissait là de la nudité du cœur. J'étais en train de me délecter de la translucidité que confère l'absence de défenses quand une mince silhouette féminine s'approcha de moi. Elle portait une élégante *cottardita* bleu et orange; elle était nimbée d'un éclat argenté mais une ombre dissimulait son visage.

« Tu as le choix », dit une autre voix sans âge, ni masculine ni féminine, ni florentine ni étrangère. Elle venait de nulle part et de partout à la fois; elle parlait, tout simplement. Dans les échos de cette voix, je me vis à l'âge adulte. J'étais toujours musclé, de taille moyenne, et je m'approchais de cette femme. Je prenais sa main délicate, j'embrassais sa paume douce qui sentait le lilas et le citron comme si elle avait cueilli des fleurs dans l'éclat limpide du matin. Je l'enlaçais. Son corps svelte se fondait au mien. Elle était mon épouse, ma vie, la somme de tout ce que j'avais toujours désiré : famille, rang, beauté, liberté, amour. Un bonheur d'une intensité douloureuse insupportable battit en moi.

« Tu peux connaître le grand amour que tu désires, mais il ne durera pas... » Et je me vis, me sentis, seul. Le tourment m'avait mis la gorge à vif ; le feu noir qui avait ouvert mon être consumait à présent sans merci mon cœur et la solitude m'oppressait à la manière de murs de fer hérissés de piques qui se rapprochaient pour m'écraser. Les tableaux de Giotto ne parvenaient pas à m'apaiser, non plus que les œuvres éblouissantes de peintres qui n'étaient pas encore nés mais qui s'étaient révélées à moi au cours de mon envol à travers le temps. Je connaissais une souffrance d'une envergure que je n'aurais jamais cru possible – et la souffrance m'était familière. J'avais la langue amère et desséchée à force de maudire Dieu. Mes ongles écorchaient la chair de mes paumes. Puis tout cessa.

« ... et ton amour te conduira au deuil et à une mort prématurée. Toutefois, tu peux ne jamais la rencontrer et vivre des siècles de plus », continua la voix. Et l'homme que j'étais devenu déambula nonchalamment, vêtu d'un coûteux *mantello* de laine qui voletait comme si je descendais une route de campagne, une brise douce dans le dos. Des florins d'or lestaient ma bourse et je sus que j'étais riche. En effet, j'étais serein, heureux, confiant, mais un manque subsistait. J'avais les mains froides et immobiles. L'espace autour de moi était immense, une liberté douce et spacieuse. Je vivrais assez longtemps pour voir de mes yeux les machines merveilleuses qu'on m'avait montrées plus tôt. La voix conclut : « Tu dois choisir maintenant.

— Il n'y a pas de choix à faire, m'entendis-je dire à voix haute. L'amour, bien sûr. »

Une accélération et je fus saisi d'un nouveau haut-le-cœur avant de vomir sur le plancher de Geber. Le Vagabond me soutenait tandis que l'alchimiste m'essuyait le visage. Je toussai et vomis encore. Je m'essuyai la bouche de la main et fus surpris de sentir une fragrance de lilas, revenue avec moi de la vision. Elle n'avait rien de subtil. Elle était puissante, comme si j'avais renversé une fiole entière de parfum sur moi. C'était le résultat tangible d'un voyage inconcevable et cela me mettait en état de choc. J'étais désorienté, troublé, ne sachant que penser de mon aventure. Était-elle réelle ? Si oui, qu'était la réalité au juste ? Mon intemporalité étrange et mes excursions merveilleuses jusqu'aux fresques de Giotto pour échapper à l'horreur du travail chez Silvano m'avaient conduit à remettre en question ce que d'autres prenaient pour acquis. Mais cette vision avait dissous des frontières que, même moi, je croyais robustes.

« Content de te revoir, fit le Vagabond avec entrain.

— Bien voyagé ? » demanda Geber avec une expression interrogative. Je regardai l'un puis l'autre, mille questions se pressant sur ma langue, puis me penchai et vomis encore.

« J'ai un âne en bas, je vais le ramener », proposa le vieil homme. Il me hissa sur son épaule large et descendit péniblement l'escalier, ses sabots claquant sur les marches, me donnant mal à la tête. L'alchimiste nous suivit avec un chiffon pour nettoyer la bile que je régurgitais. En bas, un âne brayant était attaché près de la porte à un ornement de bronze, et le Vagabond me jeta sans cérémonie en travers de la bête malodorante, la tête pendant d'un côté, les pieds de l'autre. Des vagues de nausée ondulèrent dans ma gorge et dans mon ventre, et je continuai de vomir sur la fourrure grise poussiéreuse de l'animal.

« Par chance, mon ami ici présent ne se soucie pas autant de propreté que la belle épouse de Moshe, ou bien tu serais obligé de l'essuyer et de t'excuser pour tes mauvaises manières, plaisanta le Vagabond. Vide-toi bien maintenant, louveteau, parce que, si tu dégobilles sur le plancher de Sforno, sa dame te donnera des coups de balai ! »

Ma tête pendait mollement mais je parvins à la relever pour regarder les deux hommes. Des questions s'entrechoquaient sous mon crâne comme des galets claquant les uns contre les autres,

mais une seule émergea. « Je sais transformer le plomb en or,
maintenant ? croassai-je.

— Peut-être », fit Geber en levant les yeux au ciel. Il me prit
la main et l'inspecta à la lueur argentée de la lune, parcourant du
doigt les lignes gravées dans ma paume. Je notai avec émerveillement qu'une courbe supplémentaire semblait partir de la base de
mon pouce. D'une voix satisfaite, il répondit : « Oui, c'est fort
possible. Pas ce soir, en revanche, petit impatient. »

Le Vagabond renifla. « L'or véritable est la compréhension, et
je doute que tu l'aies sublimée !

— Il est persévérant, en tout cas, répliqua l'alchimiste. Il nous
faut au moins admirer cela. En dépit de son intelligence minimale et du reste, il sait poursuivre une idée fixe.

— Je trouve qu'il y a beaucoup à admirer chez notre louveteau, dit le vieil homme en riant. La question étant : saura-t-il le
voir lui aussi ? Continuera-t-il à voir l'ennemi en lui ou bien dis-
cernera-t-il enfin l'ami ? Avant que le temps qui lui est imparti
pour réparer le monde ne touche à sa fin.

— Pourquoi dois-je réparer le monde ? » grognai-je encore,
en manœuvrant pour m'asseoir à califourchon sur l'âne. Celui-ci
tendit le cou pour essayer de me mordre. Le vieillard lui donna
une claque sur le flanc, quoique avec une affection manifeste.
« Après ce que le monde m'a fait, continuai-je, je n'ai pas
l'impression de lui devoir quoi que ce soit !

— Juste quand je pensais qu'il avait du potentiel, ronchonna
Geber.

— Louveteau, ce qui compte, ce n'est pas ce que le monde
nous fait, répondit le Vagabond avec gentillesse. C'est ce que
nous lui faisons. Cela, on ne nous l'enseigne pas, mais on t'a
accordé la bénédiction de vivre dans la rue, aussi ne t'a-t-on pas
enseigné grand-chose. Il y a de l'espoir pour toi. Il faut devenir
ignorant, préférer la perplexité. C'est là que la vue devient vision.
Es-tu déjà capable de voir ? »

Je posai la tête sur l'encolure de l'âne. « Je ne sais pas ce que
j'ai vu, avouai-je. Je ne sais pas si c'était vrai ou si c'étaient des
ombres. Je ne sais plus ce qui est réel.

— Alors il y a du potentiel », approuva l'alchimiste. Il nous dit au revoir d'un geste et le vieil homme tira l'âne ; le *clip-clop* de ses sabots sur les dalles me berça dans un état proche du sommeil. Je me laissai aller, songeant que j'aurais le temps de poser toutes mes questions plus tard, le temps d'obtenir de l'alchimiste et du Vagabond des réponses sur ce qui venait de m'arriver et sur sa signification. J'avais tort. Le temps n'est pas tel que nous l'imaginons. On ne peut en empoigner l'envergure, le mesurer ; il est d'une brièveté inattendue, même pour un homme dont la vie s'étend bien au-delà de la durée accordée à la plupart.

Chapitre onze

Le lendemain à l'aube, Rachel fit son entrée théâtrale dans la grange afin de me réveiller pour notre leçon habituelle. Je grognai et me retournai, la tête cachée entre les bras. La chatte grise cracha.

« Debout, Bastardo, tu vas lire les *Fables* d'Ésope aujourd'hui », m'ordonna-t-elle en me donnant de petits coups du bout de sa chaussure. Des coups qui n'avaient rien d'aimable.

« Ergh », fis-je en m'enfonçant le visage plus profondément dans la couverture et la paille. J'avais la langue pâteuse et enflée, les muscles endoloris, et le plus léger bruit lançait dans mon front un battement agressif et douloureux qui rappelait un piétinement de souliers à pointes de fer. J'avais enterré Rosso, que j'aimais bien. Puis j'étais mort moi-même. Tout cela me confondait. Les visions de la nuit passée se rejouèrent dans ma tête, provoquant d'étranges idées et des nostalgies amorphes. Geber m'avait dit que la pierre philosophale allait m'anoblir et j'avais l'impression que, d'une façon que je ne méritais pas vraiment, c'était arrivé. J'avais d'abord été brisé en morceaux, puis amélioré. J'en gardais le souhait d'accomplir un travail meilleur, qui me rendrait fier, qui influerait sur le monde. Un travail qui honorerait l'amour dans la vision, si le choix qu'on m'avait proposé se concrétisait effectivement. Une telle ambition était bien au-delà de ma portée, pourtant elle croissait plutôt qu'elle ne refluait. Je n'avais pas la première idée de comment procéder. Aussi ne me levai-je pas avant l'après-midi, quand Moshe Sforno vint chercher ses vêtements de ville. Il ôta son *lucco* d'un crochet. Une image laissée par les visions de la pierre philosophale m'apparut et je me vis dans le sillage de mon hôte tandis qu'il partait s'occuper de ses patients.

« Attendez, *signore*, il faut que je vous accompagne, dis-je en luttant pour m'asseoir. Vous allez rendre visite à un malade. Une victime de la peste ?

— Pas cette fois. Un fils de noble avec une infection au bras causée par une blessure à l'épée.

— Puis-je venir avec vous ? insistai-je. Je pourrais vous aider, porter vos instruments ou autre chose. » Cette idée était suffisamment intrigante pour dénouer la pelote de laine que j'avais dans la tête et je me levai en chancelant.

« Eh bien, je n'avais jamais imaginé que tu puisses m'aider, répondit-il d'un ton songeur.

— Je ne peux pas rester *becchino* toute ma vie, remarquai-je. La ville n'a plus besoin de nous à présent que l'épidémie recule. Et vous avez quatre filles mais pas de fils pour vous accompagner.

— Pas de fils à qui transmettre mon savoir. » Il soupira.

« En plus, il vous faudra quelqu'un pour tenir le garçon s'il faut l'amputer.

— C'est vrai, tu travailles dur, tu es fort et tu es tout sauf impressionnable », répliqua-t-il. Il eut un sourire. « Tu ferais un bon assistant, peut-être même un *physico*, un jour. Habille-toi. »

Je secouai la couverture de laine brune dans laquelle je dormais, la pliai puis époussetai ma *camicia* pour la débarrasser de la paille et des poils de chat. Mes vêtements de travail – chausses, *farsetto* et *mantello* – étaient accrochés à une patère près de la porte. Je les enfilai. « Je n'y avais jamais pensé, mais j'aimerais peut-être devenir *physico*. C'est un bon métier.

— Il est difficile, répliqua Sforno. Il y a beaucoup à apprendre.

— Je n'ai pas peur de la difficulté et je suis prêt à apprendre », répondis-je. En fait, j'étais plus que prêt. Ces mois de leçons auprès de Rachel et Geber avaient éveillé un appétit en moi. Et, après la pierre philosophale, je voulais donner une nouvelle direction à ma vie. « J'ai faim de savoir ! » m'exclamai-je.

Sforno m'observa puis acquiesça. « Tu apprendras empiriquement : en me regardant faire ; ensuite, tu pratiqueras et je superviserai. Si tu montres du talent, je te trouverai les ouvrages de Galien et bien sûr les traités d'Aristote, et je peux faire venir un exemplaire du grand *Canon* d'Avicenne. Il traite d'importants sujets médicaux, comme la nature contagieuse de la phtisie et de la tuberculose, la transmission des maladies par l'eau et la terre, l'interaction entre moral et santé. Tu devras apprendre le latin. La plupart des grands auteurs médecins étaient sarrasins ; certains étaient grecs et leurs œuvres furent traduites. Je te trouverai un précepteur. Tu apprendras vite. Rachel dit que tu es bon élève malgré toi », fit-il avec un sourire ironique. L'air automnal était frais dans la grange et il resserra son *mantello* épais autour de lui. « Mais encore une fois je te préviens : n'imagine pas qu'être *physico* c'est facile.

— Aucun métier n'est facile, c'est ce que j'ai appris », répondis-je à voix basse. Devenir *physico* serait forcément plus supportable que la prostitution ou que rassembler et inhumer des cadavres. La vitesse à laquelle mon passé me rattrapait, même après une nuit comme celle-là, me surprit. Mon histoire me hantait toujours. Mais il fallait que je prenne mes aises avec elle, car je n'en avais pas d'autre. Le Vagabond m'avait demandé si je trouverais l'ami en moi. Je ne voyais pas comment faire, à part devenir cet ami.

Une fois habillé, je sortis avec Sforno et suivis le chemin de pierre qui traversait le jardin jusqu'à la maison. Nous entrâmes et passâmes par la cuisine, où je pris une grosse tranche de fromage et un morceau de pain noir. Un gâteau au miel cuisait dans la cheminée. Madame Sforno, debout près de la table, discutait avec une autre Israélite. Moshe m'adressa un regard amusé. « Ma femme est une négociatrice impitoyable, j'adore la regarder faire, souffla-t-il.

— Je peux vous proposer un grand bol d'abricots séchés, disait madame Sforno.

— Ces pommes sont mûres, fraîchement cueillies, vous ne trouverez pas beaucoup de beaux fruits rosés comme ceux-là en

ville ; les gens allaient trop mal pour s'occuper de leurs récoltes ! »
répliqua l'autre en désignant un panier de pommes joufflues et
brillantes. La femme était rondelette et ses cheveux noirs bou-
claient sous sa coiffe jaune. « En plus, j'ai déjà échangé ma farine
de blé contre une partie de vos abricots hier et, depuis, la *signora*
ben Jehiel m'a dit qu'elle m'aurait donné de la viande séchée à la
place !

— Que voulez-vous, *signora* Provenzali ? Que me reste-t-il, à
votre avis ? Croyez-vous qu'on payait mon mari pour ses services
quand ses patients mouraient dès qu'ils le voyaient ? En
revanche, la boutique de prêt sur gages du vôtre est restée
ouverte durant cette terrible épidémie... » Madame Sforno laissa
sa phrase en suspens, lourde de sous-entendus. Elle prit deux
pommes dans le panier et les lança à son mari, qui m'en tendit
une.

« Ma femme, elle a du caractère, fit celui-ci, hilare, tandis que
nous empruntions le couloir de l'entrée. Il a fallu qu'elle travaille
dur, ces derniers mois. Mais la servante va bientôt revenir, on
m'a rapporté qu'elle avait survécu. Quoi qu'il en soit, comme je
te l'ai dit (il croqua dans la pomme avec une délectation certaine), ce n'est pas un métier facile. Il y a toujours des guéris-
seurs de village ignorants qui croient en savoir davantage qu'un
physico convenablement formé et qui proposent des amulettes et
des incantations au lieu de vraie médecine. J'aurais cru qu'on
rencontrerait davantage de magiciens ces temps-ci, exploitant la
peur et la superstition des gens, sauf que la peste en a tué la plupart. Et n'oublie pas qu'il te faut avoir l'estomac assez solide
pour amputer des membres et enlever des tumeurs, cautériser les
blessures, exciser la gangrène si nécessaire. » Il ramassa un gros
sac en peau de veau dans l'escalier, en défit le cordon et me
montra ses instruments : couteaux, rasoirs, lancettes, une canule
d'argent, un fer à cautériser, diverses aiguilles et outils de mani-
pulation. Il sortit une scie d'acier tachée de sang. Je hochai la tête
et il la rangea dans le sac avec une grimace.

« Les gens savent faire la différence entre la médecine et les
amulettes, dis-je en le suivant dehors.

— Pas du tout, renifla Sforno en crachant des morceaux de
pomme blanche dans sa barbe. Enfin, de temps en temps. Pire
encore, les incantations fonctionnent aussi souvent que le reste.
Certains prêtres proposent des exorcismes en guise de remède,
et aucun Juif ne peut les contredire ou bien il risque le bûcher !
Et il y a les barbiers chirurgiens pour qui toutes les maladies se
traitent à la saignée, mais je doute que cela ait jamais guéri qui
que ce soit.

— Les gens meurent s'ils perdent beaucoup de sang », commentai-je. Je l'avais bien vu pendant les démonstrations de Silvano.

« C'est aussi mon avis », confia le médecin en jetant son tro-
gnon de pomme dans le caniveau. Nous sortîmes de l'enclave
juive, empruntâmes les étroites rues de brique de l'Oltrarno,
où l'irruption de la peste avait interrompu la construction des
nouveaux *palazzi* des nobles et des marchands prospères. Mais
certaines boulangeries et échoppes usuelles d'artisans, généralement fermées, avaient rouvert. Trois enfants suivaient deux
femmes qui bavardaient à propos du marché ; des *ufficiali* à
cheval passèrent au trot ; un homme vêtu du cramoisi de la
magistrature se hâtait à grands pas vers la forge d'où s'élevaient
d'industrieux claquements métalliques. « Les gens reviennent
en ville maintenant que l'épidémie reflue, commenta Sforno.
Mais le Vagabond ne s'est pas montré au petit-déjeuner. Il
reviendra. Il ressemble à une verrue dont on n'arrive pas à se
débarrasser.

— Je croyais qu'il était votre ami, m'étonnai-je.

— Ce fauteur de troubles est-il l'ami de quiconque ? répliqua
Moshe d'un ton si sarcastique que nous sourîmes. Il ne manque
jamais une occasion de rendre Leah folle. L'autre jour, il s'en est
pris à Rachel et l'a vraiment fait tourner en bourrique. C'est une
jeune fille prévenante qui n'aime pas être défiée. J'ai cru qu'elle
allait lui lancer sa coupe à la figure.

— Il est un peu farceur, avec toutes ses questions », répondis-
je lentement. Je n'avais aucune piste pour tirer la signification de
mes expériences de la veille, la grotte où j'avais affronté un Nic-

colo qui s'était avéré être moi-même et cette vision de l'avenir. Je résolus de faire ce que j'avais toujours fait : me concentrer sur la tâche présente.

« Il réapparaîtra au moment le plus inopportun. Dans l'intervalle, dit abruptement Sforno, il faut que tu apprennes les herbes. Je connais une herboriste experte à Fiesole. Il y a d'excellentes guérisseuses, me murmura-t-il sur le ton de la confidence. La plupart des docteurs d'université les méprisent, mais je préfère une guérisseuse à un barbier chirurgien assoiffé de sang. Et tout médecin a besoin d'être épaulé par une bonne sage-femme ; il ne peut pas se déplacer à tous les vêlages des vaches du *popolo grosso.* » De bonne humeur, il me donna une claque sur le dos. » « Les Gentils n'ont pas écrit beaucoup de bons textes médicaux, mais une chrétienne du nom de Hildegarde en a rédigé de très intéressants. Ce que j'essaie de te dire sur les femmes : ne méprise pas leurs compétences dans ce domaine. »

Nous atteignîmes un *palazzo* récent près du Ponte alla Carraia, où les chariots franchissaient les limites de la ville pour gagner la campagne, et j'eus une réminiscence douce-amère de Marco, bien des années plus tôt ; c'était là que nous avions projeté de nous retrouver après nous être évadés du lupanar. Je ne repensais guère à lui ni à Bella, mais, en cette journée de souvenirs après cette nuit de présages, je me demandai si je me pardonnerais jamais vraiment le rôle que j'avais joué dans leur mort. Peut-être, si je rencontrais effectivement l'amour qu'on m'avait offert en vision, méritais-je de le perdre. Serais-je capable de survivre à la disparition de ce que j'avais désiré toute ma vie ? J'avais peut-être pris la mauvaise décision chez Geber. Et pourquoi m'avait-on soumis ce choix ? Pourquoi l'alchimiste m'avait-il désigné pour accomplir le fantastique voyage de la pierre philosophale ? À cause de mon lien familial avec les cathares ? Je savais que Geber n'avait plus beaucoup de temps à vivre et j'étais déterminé à lui arracher les réponses sur mes origines. Et aussi le secret de la transformation des métaux vils en or. Le *signore* Soderini, qui attendait à la porte, interrompit mes songeries.

« Je guettais votre arrivée, *signore* Sforno », dit le noble avec anxiété. C'était un homme corpulent aux cheveux noirs. Il gesticula frénétiquement de ses bras enveloppés de volumineuses manches dorées. « Il faut que vous veniez en aide à mon fils ! » Il nous conduisit à travers sa demeure richement aménagée jusqu'à une chambre de l'étage où un garçon d'environ treize ans s'agitait sous les couvertures. Sec et musclé, il avait les cheveux noirs et le front haut de son père. La fièvre blêmissait son visage ovale. Sa mère, une petite femme potelée aux cheveux châtains sous une coiffe vert pâle, lui épongeait la face avec un chiffon qu'elle trempait dans un bol d'eau.

« Vous êtes le *physico* hébreu qui a étudié à Bologne, déclarat-elle en adressant au nouveau venu un coup d'œil oblique mais déterminé. Mon cousin Lanfredini dit du bien de vous. Il nous a exhortés à rentrer en ville et à vous envoyer quérir pour vous occuper d'Ubaldo.

— Votre cousin est fort aimable, répondit poliment Sforno. *Signora*, voudriez-vous vous écarter afin que je puisse m'entretenir avec le jeune *signore* ? » Elle se leva, rassemblant d'une main ses jupes de soie couleur lavande. Moshe posa sa sacoche près du lit et prit place au chevet de l'adolescent.

« C'est notre dernier enfant, dit-elle à voix basse, le menton tremblant. Deux autres fils et une fille, morts de la peste. Il faut que vous le sauviez ! »

Moshe lui adressa un regard empli de compassion. « J'ai des enfants, moi aussi. Je ferai tout ce qui est en mon pouvoir pour sauver votre fils, *signora*. » Il me fit signe d'approcher. Je le regardai saluer le garçon d'une voix amicale. « Je vais t'examiner, Ubaldo. Voici mon apprenti, Luca », dit-il en lui tirant les paupières inférieures pour examiner ses globes oculaires. Il approcha l'oreille tout près de sa poitrine, écouta puis saisit son bras droit emmailloté. Ubaldo gémit et se lécha les lèvres. Ses yeux noirs, semblables à ceux de sa mère, s'avivèrent mais il ne cria pas. Sforno défit les bandages.

« Tu es courageux, Ubaldo », dit-il tandis que l'odeur de la chair pourrissante atteignait nos narines. Moshe désigna l'entaille suppurante sur l'avant-bras mais je n'avais pas besoin d'un *physico* pour voir qu'elle était infectée. La blessure était cernée de peau pourpre et bronze qui devenait progressivement écarlate, un gonflement dont rayonnaient des lignes rouge sombre. Sous nos yeux, les limites de l'infection gagnèrent son poignet et son coude, tandis que la peau bronze cernant l'entaille virait peu à peu au pourpre. L'adolescent gémit et secoua la tête.

« Ubaldo, je vais m'entretenir avec tes parents », dit Sforno à mi-voix. Il m'adressa un regard lourd de sens et j'en déduisis que son bras était perdu.

« Tu as de la chance, tes parents tiennent vraiment à toi », murmurai-je tandis que Moshe s'éloignait. Je ne savais pas si notre patient me répondrait – à supposer qu'il en soit capable.

Celui-ci releva la tête et s'efforça courageusement, mais avec angoisse, de me sourire. « C'est le cas de tous les parents, non ? Les tiens aussi doivent tenir à toi. On dirait qu'on a le même âge. Je jouais à l'épée avec mon cousin. Il ne voulait pas me faire de mal. C'est encore un bébé. J'étais imprudent, je ne m'attendais pas à une telle force.

— Ça fait mal ? » m'enquis-je en observant la blessure. Mes mains fourmillaient comme la veille au soir chez Geber. Les images de mes rêves des temps à venir voletèrent devant mes yeux ; pourtant, j'étais pleinement conscient. Je me sentais pesant. Mon souffle ralentit.

« Seulement quand je suis réveillé. » Il voulut sourire mais gémit. « Tu n'as jamais dû te faire aussi mal, tu ne dois pas être assez bête pour te laisser blesser.

— Je connais bien la souffrance », répondis-je. Mes mains brûlaient. Je fus saisi par l'incontrôlable pulsion de toucher Ubaldo. J'attrapai son bras, une main sur son poignet, l'autre à son coude. La chaleur de mes paumes s'intensifia jusqu'à devenir des flammes de chair. Puis une sensation d'écoulement, semblable à de l'eau pure jaillissant d'un puits souterrain, circula entre mes deux mains. La peau pourpre et bronze autour de la blessure enfla comme une vessie qu'on gonfle, puis elle suinta. Un fluide brun-rouge poisseux à l'odeur douceâtre coula le long

de son bras, tachant les draps et les couvertures de lin blanc.
Ignorant pourquoi mais me fiant à mon intuition, je maintins fermement ma prise sur le membre et fixai la blessure du regard.
Au bout d'un moment, le fluide poisseux devint laiteux puis
transparent et, sous mes yeux, l'inflammation dégonfla comme la
marée se retire. La peau écarlate pâlit, la zone bronze et pourpre
s'éclaircit, virant au rouge puis au rose à la façon d'une nuit
débouchant à rebours sur le crépuscule, ou d'un fleuve inversant
son cours pour s'écouler vers l'amont. « Ah », fit Ubaldo. Sa tête
roula mollement sur le côté et ses paupières se fermèrent.

« C'est pour cela qu'il faut amputer le bras », expliquait
Sforno de la voix ferme mais peinée du *physico* expérimenté. Il
recula, accompagné des parents d'Ubaldo, et désigna le bras de
l'adolescent. Il eut un hoquet. « Luca, qu'est-ce que tu fais ?
Qu'est-ce donc ?

— Je dois m'arrêter ? m'écriai-je, pris de désarroi, tandis que
mon étreinte se relâchait sur le membre.

— Non ! lança Moshe. Je ne sais pas ce que tu fais mais
continue ! » Aussi reportai-je mon attention sur le jeune homme ;
les nuances sombres de la peau s'éclaircissaient toujours, le gonflement s'atténuait, les lignes cramoisies se rétractaient dans
l'entaille comme un fil qu'on enroule autour d'un fuseau. La
mère d'Ubaldo émit un cri étouffé. Je me concentrai sur le bras,
le voyant retrouver lentement une apparence quasi normale.
L'entaille était toujours là mais la peau environnante était rose et
souple.

« Sainte mère de Dieu, s'exclama le *signore* Soderini. *Grazie
Madonna !*

— Un miracle, souffla la mère. Une femme de Fiesole arrête
les saignements en imposant les mains et les prêtres utilisent la
prière pour calmer les esprits perturbés, mais je n'avais jamais vu
ça ! » Elle embrassa Ubaldo qui ronflait bruyamment. Elle pressa
la joue contre la sienne et j'enviai l'enfant de recevoir une telle
tendresse. « Pas de fièvre, cria-t-elle. La fièvre est tombée !

— Tu dois être béni de Dieu pour avoir un tel pouvoir !
s'exclama Soderini. J'ai entendu dire que tu étais de mèche avec

le diable – le fils ignoble de ce tenancier de lupanar, Silvano, répand des rumeurs mauvaises à ton sujet, il te traite de sorcier...

— Niccolo Silvano est un menteur », répliquai-je, alarmé. Je reculai près de la porte au cas où j'aurais besoin de fuir. Je ne me rappelais que trop bien les événements de la Piazza d'Ognissanti, la dernière fois qu'on m'avait désigné en ces termes : j'avais failli être brûlé sur le bûcher. « Je ne suis pas un sorcier », insistai-je, mal à l'aise, avant d'éprouver une bouffée d'angoisse car la magie avait peut-être déclenché mon aventure de la nuit précédente. Geber aurait répondu que l'art alchimique n'était pas de la sorcellerie mais un travail soigneux, appliqué et méthodique sur les éléments ; je craignais toutefois qu'il soit le seul à le penser. « Je ne suis pas un sorcier ! répétai-je.

— Aucun sorcier ne guérirait un enfant de la sorte et je n'hésiterai pas à le proclamer ! tonna Soderini.

— Vous ne devriez peut-être pas en parler, suggérai-je.

— Les gens voudront savoir, répondit la mère d'Ubaldo, le souffle court. Les Florentins sont bavards et on en colporte assez sur Luca Bastardo pour le conduire à la potence, voire pire.

— Moins on parle de moi, mieux c'est, répliquai-je avec fermeté.

— Luca a raison », intervint Sforno. Il cillait rapidement avec une expression déconcertée. « Mon jeune apprenti a beaucoup de talent. Luca n'est pas un sorcier et il ne pratique aucun commerce avec le diable. C'est un jeune homme intelligent qui a eu un départ difficile dans la vie.

— Je respecterai vos souhaits. Si vous préférez que nous taisions ses dons, qu'il en soit ainsi, répondit Soderini d'une voix qui se brisait. *Physico*, je ne saurais jamais vous remercier assez, vous et votre apprenti. Nous vous sommes tellement reconnaissants d'avoir sauvé le bras de notre fils ! » Il donna à Moshe Sforno une vigoureuse accolade. Celui-ci grogna, se débattit et, finalement, un Soderini en larmes le relâcha. Il vint vers moi mais j'esquivai ses bras en me baissant et me cachai derrière Sforno. Je n'appréciais guère l'étreinte des hommes. Je me retournai vers la porte. J'étais prêt à partir.

« Nous sommes heureux d'avoir pu vous être utiles », dit Moshe en rajustant son *lucco*. Il retourna vers Ubaldo et se pencha pour examiner son bras. « Inutile de panser la blessure, à présent. Vous n'avez même pas besoin d'onguent. Surveillez-la simplement pour vous assurer qu'elle ne s'infecte pas à nouveau.

— Puisque vous ne nous laisserez pas défendre la réputation de Luca, acceptez au moins ceci. » Soderini pressa deux florins d'or dans la paume de Sforno et referma ses doigts.

« Cela dépasse considérablement mes honoraires, objecta celui-ci.

— Bien des *physichi* ont amplement profité de la peste et ils n'ont réussi à sauver personne, répliqua Soderini. Vous avez amené votre apprenti, qui a guéri mon fils ! »

Le médecin secoua la tête. « Je n'ai aucune envie de profiter de la peste.

— Il faut accepter, insista la mère d'Ubaldo avec ardeur. C'est une faible récompense en échange de la vie de notre seul enfant survivant ! » Elle posa une main frémissante sur le bras de Sforno. Il s'inclina et acquiesça. Elle regarda par-dessus l'épaule de Moshe et m'adressa un sourire d'une franche gentillesse. Je me recroquevillai derrière lui.

« Luca, dit-il, nous devrions laisser ces nobles gens s'occuper de leur fils.

— Nous défendrons votre réputation, Juif », déclara Soderini comme s'il lui accordait un immense présent. C'était une concession généreuse : tout le monde savait que le diable aveuglait le peuple hébreu puisqu'il ne reconnaissait pas la vraie foi. Je m'avisai à cet instant que j'avais eu de la chance de connaître la rue. Ma vie sous les ponts puis dans le lupanar, avec toutes ses épreuves et ses humiliations, ne m'avait nourri que des plus simples conceptions sur Dieu et je ne contemplais vraiment sa grâce menaçante que dans les tableaux des maîtres. Les préjugés ne m'encombraient pas, je ne me sentais donc pas le besoin de dénigrer autrui sur le fondement de ses croyances.

« Vous êtes très aimable, répondit Sforno en accélérant le pas dans l'escalier.

— Et nous soutiendrons toujours les demandes de résidence déposées par les Juifs », assura Soderini. Nous avions atteint le vestibule en bas des marches ; Moshe se retourna vers notre hôte.

« Tous les jeunes garçons qui sortent de l'ordinaire ne sont pas des sorciers et tous les Juifs ne sont pas des usuriers sans cœur et cupides », rétorqua-t-il d'un ton brusque. Soderini et lui se dévisagèrent, un regard dur qui englobait à la fois leurs points communs en tant que parents et leurs identités divergentes de chrétien et de Juif, de père de la ville et d'étranger, de Florentin tranquille et d'Autre ambivalent. Et puis il y avait moi, à la fois les deux et ni l'un ni l'autre, toujours seul. La rue m'avait fait ce cadeau : je pouvais envisager la position de l'un comme de l'autre. Le Vagabond avait raison : mes humbles origines avaient de la valeur.

« Bien sûr que non », répondit doucement Soderini. Il serra la main de Sforno. « Si vous avez besoin de quoi que ce soit, *physico*, dites-le-moi. Je suis votre débiteur. » Il se tourna et me fit un clin d'œil. « Et toi, jeune homme qui n'es pas un sorcier, tu seras toujours le bienvenu ici ! » Il ouvrit la porte : Sforno et moi sortîmes dans la fraîcheur de cet après-midi d'automne. Je le regardai mais il restait silencieux. Nous rebroussâmes chemin à travers les rues que nous avions empruntées ; il se caressait la barbe en fronçant les sourcils. Finalement, il se tourna vers moi ; son visage à l'ossature forte exprimait la perplexité. « Luca, comment as-tu fait cela ?

— Je ne sais pas », murmurai-je. J'étais heureux d'avoir aidé ce garçon mais à nouveau troublé par l'étrangeté qui émanait spontanément de moi quoi qu'il arrive. Je n'avais jamais vu un tel phénomène, même dans les visions de la nuit précédente. Mais les deux semblaient liés. Geber et le Vagabond m'avaient transformé plus que je ne l'avais imaginé. Je secouai la tête. « Mais je sais à qui poser la question. » Sforno scruta attentivement mes traits, puis il acquiesça. Je le saluai d'un geste et m'enfuis par une autre rue.

La porte de Geber s'ouvrit toute seule à la volée sur une pièce qui avait retrouvé son désordre habituel. Des objets singuliers et merveilleux encombraient à nouveau les tables en bois. Je ne vis nulle part le verre à vin ni la coupe en terre cuite de la veille au soir. Et il régnait un silence déconcertant ; les alambics étaient froids, nulle fumée aux teintes vives ne s'élevait en vagues contre le plafond ,et la profusion de bric-à-brac était tranquille. Geber n'était pas là et, quand je l'appelai, il n'y eut pas de réponse. Je déambulai sans but et finis par apercevoir dans un angle une étroite volée de marches que je n'avais jamais remarquée. J'étais souvent venu là et j'aurais pu jurer qu'il n'y avait pas d'escalier. Je le gravis en courant et parvins à une pièce sans fenêtre, avec une petite paillasse où l'alchimiste était étendu. Il était couvert d'une mince couverture en coton sous laquelle il semblait avoir rapetissé, effondré en lui-même, les yeux profondément enfoncés dans un visage dévasté par les *bubboni*. Ses lunettes reposaient sur un petit lutrin près de sa couche en compagnie d'une pile de papiers noués par un ruban pourpre et d'une bougie en cire d'abeille à la flamme vacillante. « Ne reste pas planté là, dit-il à mi-voix, éteins la bougie. La lumière me fait mal.

— *Signore*, vous allez bien ? demandai-je avec anxiété en m'agenouillant près de lui.

— Cela dépend », fit-il en ouvrant les yeux. La cornée avait jauni et, parmi les ombres sur son visage en sueur, ses pupilles étaient immensément dilatées. « Si tu entends par là qu'en mourant j'achèverai ma purification, atteindrai la perfection et rejoindrai mon épouse bien-aimée, alors je vais bien. Sinon, tu le vois par toi-même. C'est évident : je suis couvert de *bubboni* et ma chair s'est flétrie. Ne pose pas de questions quand tu connais la réponse ou que tu es en mesure de la découvrir. Chaque fois que tu peux apprendre par toi-même, faire toi-même l'expérience du monde, l'appréhender directement et sans intermédiaire, fais-le ! Souviens-t'en quand je serai parti, mon garçon !

— On ne peut pas combattre la maladie ? » J'émis un petit bruit inconsolable. « Vous avez tant de potions et d'élixirs, n'en existe-t-il pas un qui prolongerait vos jours ? »

Geber toussa et sa frêle silhouette trembla. « Même le meilleur élixir finit par échouer.

— Il me reste tant à apprendre, insistai-je, effondré. J'ai tant de questions à vous poser !

— Tu sais au moins que tu as un long chemin devant toi, répondit-il avec un sourire faible. C'est le début de la connaissance. Comme je te l'ai expliqué, ce sont des interrogations qu'il te faudra poursuivre seul. Cela rendra le voyage d'autant plus intrigant, n'est-ce pas ?

— Mais vous détenez les réponses, répliquai-je, consterné.

— J'ai les miennes, tu devras trouver les tiennes.

— Comment découvrirai-je jamais mes parents, ma famille ?

— Quand le temps sera venu, tu ne pourras l'éviter. » Il tourna la tête contre le mur, toussa de nouveau puis revint à moi. « Je te recommande d'apprendre le zodiaque, la signification des constellations et des astres. Dans ton périple, l'astronomie aura de l'importance. Je te vois l'enseigner à quelqu'un qui t'est cher, une femme superbe... Tu trouveras dans mes affaires quelques ouvrages sur le sujet.

— Vos affaires ? répétai-je.

— Écoute-moi ! m'ordonna-t-il avec une fraction de son ancienne autorité. Tu es mon héritier. Mes biens, l'acte de propriété de ces lieux te reviennent. Je l'ai fait certifier par un notaire. »

Je me balançai en arrière et m'assis sur les talons. « Je ne veux pas de vos affaires !

— Tu veux mes secrets. » Il eut un rire, un sifflement poussif qui s'estompa en un halètement superficiel. Au bout de quelques instants de silence, il ajouta : « Tu veux mes connaissances.

— Oui, admis-je, je veux découvrir ce que les cathares savent de ma famille !

— Les cathares détiennent beaucoup de secrets. Nous possédons des reliques pour lesquelles l'Église, et d'autres, seraient prêts à tuer, de puissants objets mentionnés dans la Bible. Nous sommes les gardiens des mystères alchimiques et des trésors du monde ancien. Parce que nous avons protégé ces reliques au péril de notre vie, on nous a également confié d'autres mystères.

— La Bible ne m'intéresse pas, répliquai-je. Je veux apprendre à transformer le plomb en or ! Je veux savoir ce qui s'est passé hier, ce que vous savez de mes origines ! » Je saisis ses épaules avec ferveur ; en voyant mes mains sur lui, je repensai à Ubaldo Soderini et à la raison de ma visite. « Je peux peut-être agir », dis-je avec animation. Je tendis les paumes. Elles avaient déjà accompli un miracle ce jour-là, elles pouvaient le refaire. Je les posai doucement sur sa poitrine. Je les regardai fixement, impatiemment, attendant qu'il se passe quelque chose, mais en vain. Elles ne fourmillèrent pas. Elles ne brûlèrent pas. La sensation de ruissellement ne vibra pas en elles. Geber rit.

« Ton *consolamentum* n'opérera pas sur moi, souffla-t-il. Et tu ne l'atteindras pas ainsi, de toute façon. Il s'agit d'abandon, imbécile, quand le comprendras-tu ?

— Mais je veux vous aider !

— T'aider toi-même, tu veux dire », répliqua-t-il. Il sourit. « Si tu sais faire appel au *consolamentum*, tu seras capable de réaliser tes aspirations. C'est la même chose.

— Le *consolamentum* – c'est cette chaleur dans mes mains qui a soigné ce fils de noble aujourd'hui ? m'enquis-je. Comment ai-je fait cela et comment recommencer ?

— Le *consolamentum* va au-delà de la chaleur et de la guérison. Il englobe la complétude et la perfection. » La toux ravagea la silhouette de l'alchimiste, puis il tourna la tête pour cracher du sang sur l'oreiller.

« C'est pour cela que le Vagabond vous a qualifié de "parfait" ? » C'était plus facile de revenir aux échanges de nos leçons plutôt que de le voir décliner sous mes yeux. Et je nourrissais l'espoir stupide et vain de le faire rester, de le faire vivre à force de cajoleries, en refusant de l'abandonner en tant que mentor. « Parce qu'on peut se servir du *consolamentum* pour autre chose que la guérison, comme la transformation du plomb en or ?

— On ne se sert pas du *consolamentum*, c'est lui qui nous utilise ! » s'exclama Geber avec une férocité qui enflamma ses yeux éreintés où se reflétait, jumelle, la flamme dansante de la bougie. Il se redressa sur un coude comme pour rugir à mon encontre, mais il ne put que retomber, vaincu et épuisé. J'étais peiné de le voir si faible ; je tendis le bras pour le relever mais il me repoussa. « Le Vagabond a employé un terme de la belle tradition cathare, la tradition de ma femme, bien qu'elle et moi ne vivions plus comme des époux quand nous fîmes le vœu d'abandonner le monde de la chair...

— Pourquoi ? J'ai vu le réconfort qu'une femme peut apporter à un homme quand les temps sont difficiles, répliquai-je.

— Le monde de la chair est le royaume de Satan, murmura Geber. Le pire des péchés consiste à le perpétuer. Aussi avons-nous fait offrande de l'union physique de l'homme et de la femme dans le but de nous perfectionner. Notre amour a subsisté, car il subsiste toujours, mais pas la souillure charnelle qui célèbre le roi du monde. Tu vois, jeune homme qui vivra plus longtemps que moi, les gens sont les épées d'une immense bataille entre le bien et le mal, la clarté et les ténèbres, l'esprit et la matière. Ces deux camps sont égaux et le Dieu de lumière est pur esprit, pur amour, il n'a pas été sali par la matière, il est totalement séparé de la création physique. Le roi du monde est la matière elle-même et il est mauvais.

— Non, ce monde connaît la beauté, insistai-je. C'est un péché de ne pas apprécier celle qui nous entoure ! C'est peut-être le seul bien que nous connaissons.

— Voilà une réflexion bien juive. » L'alchimiste sourit. « Il n'est pas étonnant que ton chemin t'ait conduit à eux ; c'était ta voie. Ils te répondraient qu'apprécier la création de Dieu est un de ses commandements les plus sacrés : "Dieu vit que cela était bon."

— Sa création est peut-être bonne, mais Lui ? Il vaut mieux rester hors de son chemin », rétorquai-je, non sans mauvaise humeur car le secret de la transmutation de l'or me filait un peu plus entre les doigts à chaque expiration de mon maître. Et avec ce savoir s'échappaient toutes les réponses à mes questions inexprimées sur la nuit précédente, sur mes origines... Il y avait sous mon mécontentement une peine terrible, mais je ne voulais pas la laisser s'installer. Je repris : « C'est le hasard qui m'a conduit aux Juifs. Je suis tombé sur une foule qui lapidait Moshe Sforno et sa fille cadette.

— Le hasard n'existe pas, répliqua Geber. Sous la surface des choses, le sens tisse une étroite tapisserie !

— C'est une cruelle plaisanterie, voilà la signification, et nous en sommes les victimes !

— Quand je reviendrai, on en discutera, fit-il d'une voix rauque.

— Je crains que vous ne reveniez pas cette fois, maître Geber, répondis-je à voix basse, incapable de refouler mon chagrin plus longtemps. Vous êtes trop mal en point. J'ai vu la mort si souvent que j'en connais l'approche.

— Le retour est assuré pour ceux qui conservent en eux des désirs, déclara-t-il d'une voix sifflante. Souviens-t'en quand la soif de l'or s'emparera de toi. »

Puis il toussa du sang sur son menton et ses joues, trop faible à présent pour même tourner la tête, et j'essuyai son visage fiévreux avec le couvre-lit.

« Voulez-vous un peu d'eau, *signore* ? » demandai-je doucement. Je me rendis compte avec un coup au cœur que j'aurais dû m'occuper de lui et non débattre ; quel *physico* je ferais ! Il secoua la tête. « De quoi alléger la douleur ? continuai-je. Du vin avec un peu de cette liqueur distillée à partir de pavot ? Vous m'avez montré où vous la conservez.

— On m'a donné toute cette vie pour que j'apprenne à mourir, souffla-t-il. Pourquoi m'engourdirais-je l'esprit à l'apogée du voyage ?

— Parce que la mort est certaine mais que la souffrance est inutile, dis-je tristement. J'aimerais vous en libérer.

— Tu feras un bon médecin ; tu veux affranchir de leur souffrance les êtres conscients. Ne l'oublie pas quand... » Son murmure resta en suspens. Il eut un léger sourire et me regarda avec des yeux étincelants. Je me demandai si je les avais jamais vus sans l'encadrement de ses lunettes. Puis je compris qu'il ne pouvait plus parler. Je glissai le bras sous sa nuque pour soutenir ses épaules et, de ma main libre, je pris la sienne, parce que j'aurais cherché ce même contact à sa place. D'elle-même, sans incitation de ma part, la chaleur fourmillante entra en moi. Elle courut à travers ma poitrine, le long de mes bras, jusqu'à mes mains, en lui. Ses yeux pétillèrent brièvement puis se ternirent alors qu'un frisson traversait son corps. Il respira de plus en plus faiblement, jusqu'à un infime souffle du bout de la langue, comme le battement d'une aile de papillon. Tout à la fin, il sourit et me serra la main.

Quand je sortis, chargé du corps de mon maître enveloppé dans le couvre-lit taché de sang, le soleil n'était pas encore couché. Cela m'étonna car sa petite chambre était si sombre et confinée que je m'étais attendu à ce que la nuit soit tombée. Le Vagabond attendait avec son âne gris.

« Je vous croyais reparti », dis-je en étendant la dépouille en travers de la bête. La nuit précédente, c'était moi qui m'étais retrouvé dans cette position. Mais j'étais en état de marcher, à présent, alors que Geber ne se relèverait plus jamais ; pour moi, c'était encore un ami précieux qui s'en allait.

« J'ai pensé que tu aurais besoin d'aide, répondit le vieil homme en tapotant doucement le dos de l'alchimiste.

— Pas moi, non », répliquai-je, à la fois amer et triste. J'avais replacé les lunettes sur son nez, pensant l'enterrer tel que je l'avais connu, affublé de cet étrange appareil oculaire, mais le Vagabond les lui ôta, les replia et me les tendit.

« Ne crois-tu pas qu'il aurait aimé que tu voies le monde comme lui ? me demanda-t-il d'un air entendu.

— Je verrai toujours le monde à ma façon et non comme autrui », répliquai-je. Je plaçai maladroitement le dispositif dans la poche intérieure de mon *farsetto*, songeant que je le conserverais avec le panneau de Giotto. Puis je sortis la liasse de documents prise dans la table de nuit ; j'avais renoué mon vêtement par-dessus afin de pouvoir descendre le corps. Je la donnai au Vagabond. « Il aurait voulu que cela vous revienne, je pense. Vous vous compreniez, tous les deux.

— *Summa perfectionis magisterii,* lut-il sur la page de titre. C'est tellement lui. Je sais à qui remettre cela. » Il prit la longe de l'âne dans sa grosse main noueuse et traîna les pieds à mes côtés. « La mort n'est que le passage d'un foyer à un autre. Si nous sommes sages, et mon parfait ami l'était, nous rendons le second plus beau encore.

— Croyez-vous que les visions soient vraies ? m'enquis-je. La nuit dernière, il m'est arrivé quelque chose, un voyage, et on m'a proposé un choix, était-ce réel ? » J'avais les joues humides et j'agrippai la manche du vieil homme.

« Le but du deuil consiste à vider le soi du soi, répliqua-t-il en me serrant la main. Puis, lentement, goutte à goutte, on se remplit à nouveau de soi-même. Il faut du temps. »

Mais celui-ci s'écoulait différemment pour moi que pour le reste de l'humanité, et je n'avais à présent plus personne à qui en demander l'explication. Les leçons caustiques de Geber me manqueraient. La compagnie de quelqu'un partageant avec moi une forme de différence me manquerait aussi.

« Permets-moi de te raconter une histoire puisque tu m'as demandé ce qui est réel et ce qui est une illusion, lança le Vagabond, et son visage s'éclaira. C'est un homme qui marche sur une route et il voit…

— Quel est son nom ? » l'interrompis-je. Malgré mon chagrin face à la mort de l'alchimiste, je ne pouvais résister à l'envie de taquiner à mon tour le vieillard. Moi aussi, je pouvais être farceur. Geber m'avait autrefois dit que j'avais l'intelligence minimale d'être curieux. Je pouvais m'en servir pour rendre au Vagabond la monnaie de sa pièce.

« Le nom de l'homme ? Cela n'a pas d'importance.

— Cela en a pour moi, répliquai-je, entêté.

— Giuseppe. » Il leva la main avec humeur. « Il voit une femme…

— Comment s'appelle-t-elle ?

— Debora. » Il leva les yeux au ciel. « Il voit Debora, qui est très belle. C'est le coup de foudre : il faut qu'il la possède. Alors il se rend à la maison de son père – le père s'appelle Leone – et lui demande la main de la jeune fille. Le père accepte et le couple se marie. Ils sont très heureux. En temps voulu, ils ont trois beaux enfants...

— Dont les noms sont ? » l'encourageai-je.

Il marmonna quelques phrases dans une autre langue. Je n'avais pas besoin d'une traduction pour comprendre qu'il s'agissait d'imprécations. Puis il psalmodia : « Avram, Isaac, Anna. Le beau-père, qui est riche, meurt et ses biens reviennent à Giuseppe. Il a tout : une femme superbe et aimante, de beaux enfants, un foyer harmonieux, des terres, des moutons, du bétail, de l'or.

— J'aime cette histoire.

— Oui, eh bien, un jour, il y a une inondation, une immense et terrible inondation qui recouvre la terre...

— Comme celle de novembre 1333, observai-je. C'était terrible. La pluie est tombée sans s'arrêter pendant quatre jours et quatre nuits, avec des éclairs effrayants et un tonnerre incessant. Étiez-vous à Florence à l'époque ? C'était un spectacle stupéfiant, avec un vacarme tel que je n'en avais jamais entendu et que je n'en ai plus jamais rencontré, continuai-je. Toutes les cloches des églises sonnaient en continu. Un moine qu'on nommait frère Pietro m'a expliqué que c'était pour enjoindre à l'Arno de ne pas monter davantage. Et dans les maisons on frappait les bouilloires en criant à Dieu *"Misericordia, misericordia !"* mais Il n'a fait que rire. L'eau a continué à monter. Les gens en péril fuyaient de toit en toit, de maison en maison sur des ponts de fortune. Et ils faisaient tant de bruit qu'ils couvraient presque le tonnerre !

— Oui, très bruyant. Donc mon histoire...

— Tous les ponts ont été emportés, vous savez, continuai-je, comme sur le ton de la confidence. J'ai vu le Ponte Vecchio céder ; il y avait encore des commerçants dans les petites boutiques en bois. Ce fut une terrible tragédie ! » Je lui adressai un regard innocent de mes grands yeux et il me dévisagea en retour comme si j'étais l'idiot du village. Je l'agaçais, je le savais. Je lui dédiai un sourire effronté.

« Cette inondation ne fut pas plus clémente avec le Giuseppe de mon histoire, poursuivit le Vagabond en grinçant des dents. L'eau monta et emporta sa maison, ses récoltes, toutes ses bêtes, tous ses biens. Puis une vague géante apparut à l'horizon ; alors l'homme attrapa sa femme et ses enfants, en posa un sur sa tête, en tint deux d'une main, son épouse de l'autre. La vague s'abattit sur eux et la fillette sur sa tête lui fut arrachée ; quand il voulut la rattraper, il perdit ses autres enfants et sa femme dans les eaux. Puis la vague le rejeta sur la rive. Il avait tout perdu. Voilà l'illusion, termina-t-il avec un grand geste de la main.

— Quelle partie ? m'écriai-je, consterné.

— Quelle partie n'est pas une illusion ? » Il gloussa, content de sa chute. « Tout est illusion. Ce qu'il avait, ce qu'il n'avait pas.

— Je n'aime pas cette histoire, grognai-je, mécontent.

— Tu devrais, c'est celle de ta vie. De notre vie à tous, à vrai dire.

— Elle devrait être différente.

— Comment pourrait-elle être autre chose que ce qu'elle est ?

— C'est-à-dire habitée par la mort, la perte et les questions sans réponse », complétai-je tristement.

Nous nous tûmes. Tandis que la lumière déclinait, que le soleil couchant déployait à travers le ciel des nuages orange et que l'air frais de l'automne virait couleur lavande, nous cheminâmes par des rues étroites dominées par des habitations semblables à des forteresses, façades sévères et grises couronnées de corniches crénelées, hautes tours en brique, toits rouges en terre cuite, anneaux de fer noir insérés dans des bossages de pierre rugueuse pour accueillir les torches, et nous parvînmes à la muraille qui s'élevait à vingt *braccia*, tout autour de la ville. Lors d'une leçon, Geber m'avait expliqué que c'était la troisième enceinte – la troisième à avoir été construite pour protéger Florence. La première, un quadrilatère, avait été construite par les Romains de l'Antiquité. Des pans couraient encore à travers les rues. La deuxième avait été construite par la commune en 1172, alors que les *borghi*, les faubourgs, débordaient le long des routes par les quatre portes romaines originelles ; les citoyens ne voulaient pas que d'éventuels envahisseurs les incendient. Le troisième cercle avait été achevé voilà deux décennies. Nous y fîmes halte car trois cavaliers venaient vers nous au petit galop. Niccolo Silvano, avec ses manches rouges de magistrat, chevauchait en tête.

« Tu peux faire tous les héritages que tu veux, Bastardo, tu ne t'en tireras pas, grogna-t-il en décrivant un cercle autour de moi. Je sais ce que tu es : un sorcier. Un sorcier amateur de Juifs », cracha-t-il à l'intention du Vagabond, qui étudiait le dallage. Je dévisageai Niccolo, son visage étroit et laid avec son menton saillant, son nez fin en angle aigu. Les autres cavaliers le rattrapèrent.

« Tu es le garçon nommé Luca Bastardo, employé depuis plusieurs mois par la commune comme *becchino*? » demanda l'un des *ufficiali*. Je hochai la tête. « Tu as reçu un legs », annonça-t-il. Il s'interrompit et regarda le cadavre. « Qui est-ce, sur cet âne?

— Geber, fis-je.

— Antonio Geber le marchand. Deux legs, alors, corrigea-t-il d'un ton plaisant, comme s'il me disait qu'il faisait beau. Il y aura des impôts à payer. Viens au Palazzo del Capitano…

— Deux? m'étonnai-je.

— Un de ce Geber, un autre d'Arnolfo Ginori. On t'a vu emporter son corps pour l'enterrer. Les deux te transmettent leurs biens, leurs comptes bancaires, tout.

— Ginori? m'interrogeai-je.

— Un homme à qui tu as jeté un charme, sorcier, rétorqua Niccolo avec un rictus. Quelqu'un que tu as dupé avec tes arts sombres, les mêmes qui te permettent de rester jeune quand tu devrais être un homme adulte!

— Ginori te lègue un commerce, une teinturerie, expliqua l'*ufficiale*. Elle prospérait avant la peste; Ginori était le cousin d'une famille ancienne et avait une excellente clientèle. »

La teinturerie : Rosso. « Je n'ai jamais su son vrai nom », murmurai-je, touché qu'il ait pensé à moi. Ne l'avais-je enterré que la veille, quand c'était le tour de Geber aujourd'hui? Les deux derniers jours me faisaient l'effet de dix ans. Le temps semblait gauchi, étiré par endroits, noué en un écheveau étriqué à d'autres.

« Tu es riche maintenant, reprit l'homme en souriant. Tu devrais chercher une épouse.

— Une épouse ? » répétai-je, hébété. La pierre philosophale m'avait offert le choix d'en prendre une ; peut-être que les moyens correspondants venaient de m'échoir.

« Tout à fait, fit l'autre *ufficiale*. On se fiance dans tous les sens, en ce moment. Les survivants désespèrent de marier leurs filles. Tu es jeune mais tu peux réussir à te fiancer à une jouvencelle riche et belle, peut-être même une noble de rang mineur. Tu as de quoi t'élever dans le monde. Les occasions sont nombreuses pour les rescapés de l'épidémie, en ce moment.

— Il n'est pas aussi jeune qu'il en a l'air, siffla Niccolo en me dévisageant avec colère.

— Occupe-toi des formalités légales et des impôts », me conseilla l'*ufficiale*. Il jeta un bref coup d'œil au Vagabond. « Tu as des propriétés, maintenant, tu n'as plus besoin de vivre avec les Hébreux. » Il fit demi-tour en concluant : « J'ai d'autres héritiers à prévenir. » Son collègue et lui lancèrent leurs chevaux à un trot vif, oscillant sur leur selle pour compenser la démarche de leurs montures. J'entendis le deuxième demander : « Tu crois vraiment que c'est une sorte de sorcier ? »

Niccolo resta en arrière. Il avait entendu la question, lui aussi. « Je ne peux pas te tuer maintenant, Bastardo ; les pères de la ville survivants sont déterminés à protéger la population restante. Mon ambition passe d'abord. Mais je finirai par t'atteindre ! » Il arborait le même rictus que j'avais vu sur le visage de son père, l'expression qui avait fait de moi un prisonnier. Une vague de colère bourdonna en moi. Je regrettais de ne pas l'avoir tué quand j'en avais eu la possibilité et la résolution, quand j'avais été pris de rage sanguinaire. Puis je compris que j'avais trop côtoyé la mort et qu'elle m'écœurait définitivement. Je ne voulais plus goûter à ce festin venimeux, même par vengeance. Je me contenterais d'effacer ce rictus de son visage.

Je répondis d'une voix traînante : « Ton père a eu le même sourire juste avant que je lui torde le cou et le tue comme le rat qu'il était. »

Niccolo hurla. « Profites-en bien maintenant, Bastardo. Bientôt, je te prendrai tout !

— Tu ne peux rien contre moi », rétorquai-je. Je détournai les yeux avec nonchalance. Je voulais le rabaisser, qu'il se sente lui aussi sans valeur, comme je l'avais éprouvé dans le lupanar de son père. « Si tu essaies, je te trouverai un autre oiseau à manger. Il ne sera pas rouge, en revanche. Tu crois qu'il sera aussi bon ?

— Je te ferai regretter d'avoir jamais vu un oiseau rouge, regretter même d'être né ! Les gens sauront que tu es une abomination. Florence n'aime pas les monstres. Tu brûleras, Bastardo ! » Il donna à son cheval un coup des éperons pointus fixés à ses bottes et se lança à la suite des deux autres *ufficiali*.

« Cette charmante personne ne t'a pas exprimé ses félicitations, mais moi oui, dit le Vagabond. Si je connais bien mon vieil ami cathare, il possédait beaucoup de florins. Tu es un homme riche. C'est ce que tu as toujours voulu. Alors, puisque tu aimes tellement les questions, en voici une : que fait-on une fois qu'on a obtenu ce qu'on veut ? » Avec un sourire, il me mit la longe de l'âne dans la main et referma mes doigts dessus. En un éclair, je revis une autre scène sur le Mercato Vecchio, bien des années plus tôt, quand Silvano avait refermé les doigts de mon ami Massimo sur une pièce. « J'ai gagné ! » m'avait-il chuchoté, il y avait si longtemps. Mais il n'avait rien gagné, à moins que la mort aux mains d'un *condottiero* cupide ne représente une victoire. J'avais connu le tourment, la honte, une misère qui dépassait l'imagination de la plupart, mais j'avais gagné. J'avais gagné parce que je n'aurais plus jamais à me soucier de la faim ni de la pauvreté, à présent. Immobile, le Vagabond m'observait avec une attention profonde comme si mes pensées lui étaient transparentes. Il prit un sac sur le dos de l'âne et le hissa sur son épaule massive. Je compris tout à coup qu'il partait. « Vous reverrai-je un jour ? demandai-je.

— Crois-tu qu'il soit si facile de se débarrasser de moi ? » Il
secoua sa tête hirsute couronnée de sa crinière noir et gris.
« Dans longtemps et loin d'ici, nous nous reverrons, Bastardo.

— Je vous souhaite bonne route, Vagabond », dis-je. Il
m'adressa un adieu de la main et rebroussa d'un pas traînant la
route pavée en direction de la ville. Au bout de quelques pas, il
regarda par-dessus son épaule.

« Prends soin de l'âne, hein, Bastardo ? Lui aussi, c'est un vieil
ami », lança-t-il. Je répliquai par un geste vaguement obscène qui
le fit rire. Peu à peu, je lui souris en retour. Puis il reprit son
chemin et moi le mien, vers les collines toscanes, pour y enterrer
un ami de plus.

Chapitre douze

Je me retrouvais plus riche que dans mes rêves les plus fous. Je me rendis au Palazzo del Capitano del Popolo le jour même, après avoir enterré Geber et découvert que le Vagabond avait raison : l'alchimiste détenait un compte important, un millier de florins, auquel s'ajoutaient un vignoble dans la région voisine d'Anchiano et des investissements dans une fabrique de laine. Les avoirs de Ginori, que j'appelais Rosso, s'élevaient à environ un tiers de cette valeur. Il possédait toutefois le bâtiment qui abritait sa boutique et sa maison, plus un inventaire de teintures, de rouleaux d'étoffe et autres fournitures de son métier. J'étais nanti à présent, avec tous les outils d'un commerce établi. Il y aurait des impôts à payer mais je pouvais prendre possession des biens de Geber et de la demeure de Ginori dès que je le souhaitais. La moitié de Florence ayant péri, les questions légales relatives à la succession et aux legs étaient réglées dans la hâte. Les survivants voulaient reprendre l'industrie de la laine et les échanges avec l'étranger, se remettre à négocier du grain et à tirer de beaux bénéfices de leur artisanat, à épargner et à investir, à se consacrer aux carnavals et à l'art qui faisaient de nous des Florentins – le cinquième élément de l'univers selon le pape Boniface.

Je sortis du *palazzo*, frappé d'une sorte de stupéfaction. Cet héritage signifiait pour moi une liberté d'une envergure que j'avais ardemment désirée mais que je n'aurais jamais cru atteindre. J'avais les moyens de subvenir honorablement à mes besoins. Je ne serais plus jamais obligé d'obéir aux directives de quiconque. Je choisirais où j'irais et quand. La faim et le froid étaient derrière moi; plus encore, je pouvais même m'accorder quelques plaisirs.

C'était une journée fraîche présageant l'hiver, avec un vaste ciel jaune semblable à du babeurre; je tenais à la main une feuille de papier entoilé qui officialisait la passation de propriété et me donnait le droit de retirer des fonds de mes nouveaux comptes. Dehors, sur la place, la brise m'arracha le document et le jeta par terre. Tandis que je me penchais pour le ramasser, un cheval s'approcha au petit galop. Juste au moment où j'effleurais la feuille, la pointe d'une épée bâtarde, la puissante *spada da una mano e mezzo*, s'y planta à un cheveu du bout de mes doigts. Niccolo Silvano était penché, le bras droit tendu, son rictus sur le visage.

« On récupère son héritage, sorcier? fit-il. Combien de temps crois-tu en profiter avant qu'on ne comprenne ce que tu es, l'engeance d'un mal ancestral et diabolique? Mon père m'a raconté qu'un jour il t'a sauvé d'une foule qui voulait te brûler parce que tu ne vieillissais pas.

— Il ne m'a pas sauvé. Il n'a pas commis une seule bonne action au cours de toute sa misérable vie, répliquai-je froidement. C'est un grand homme qui m'a secouru; il se trouve que ton père était dans les parages pour me récupérer.

— Mon père était un grand homme! Et le tien, qu'était-il, un monstre comme toi? Tu ne t'es jamais demandé, Bastardo, quelle créature mauvaise avait bien pu engendrer une splendide abomination dans ton genre pour t'abandonner ensuite? » Niccolo eut un rire. « Mon père se posait la question!

— Mes questions ne te regardent en rien », rétorquai-je. J'observai sa posture et son assiette. Il tenait maladroitement son arme, comme si elle était neuve, et je compris qu'il n'avait jamais reçu de leçons d'escrime. Je me redressai avec vivacité et l'écartai d'un coup de pied. Elle quitta le papier entoilé en cliquetant et faillit lui échapper; il ne put la conserver qu'au prix d'une disgracieuse projection du torse sur le garrot de sa monture. Je m'accroupis pour ramasser le document tout en esquivant le piétinement des sabots ferrés du cheval.

« Tu tiens peut-être une épée mais tu ne seras jamais noble, le raillai-je. Tu seras toujours le fils d'un tenancier de lupanar louche qui assassinait des enfants et en faisait des esclaves !

— Je suis noble, les seigneurs de la ville m'ont adoubé, répliqua-t-il en rectifiant son assise et en raffermissant sa prise sur son arme avant de me tourner autour. Mon père serait fier de moi ; j'exaucerai ses rêves. » Il voulut diriger sa monture contre moi mais je lui donnai une claque sur la croupe et elle recula en bronchant, manquant désarçonner son cavalier.

« Il faut être un serpent pour être fier d'un serpent.

— Tu es jaloux parce que j'ai eu un père », roucoula Niccolo. Il se redressa et eut un sourire suffisant, rassemblant les rênes dans la main droite. « Je suis retourné au *palazzo*, Bastardo. J'y ai pris certain document qui te concerne. Une lettre que je montre-rai aux dirigeants de l'Église quand l'heure sera venue. Alors ils te feront brûler ! » Puis il se pencha et me frappa de sa main libre. Ma colère explosa. La force surhumaine à laquelle j'avais déjà fait appel surgit en moi ; je levai les bras et le tirai à bas de son cheval, arrachant ses étriers de cuir. Il hurla et voulut me donner un coup d'épée mais je la déviai d'un revers. Je le fis tomber d'un coup de pied et lui arrachai l'arme. Je la braquai sur sa gorge.

Il haletait, les yeux écarquillés, cernés de rouge. Une odeur âcre s'infiltra à travers son parfum écœurant : l'odeur de la peur. Je pouvais le tuer. Je le voulais. Je pressai la pointe de la lame sur sa pomme d'Adam. Une goutte de sang perla. Ma main trembla. Je me rappelai comment son père avait jadis appuyé un couteau contre ma gorge de cette façon. Je ne voulais pas ressembler à Bernardo Silvano. Et, comme si cette motivation ne suffisait pas, je souhaitais encore moins attirer l'attention divine.

Dieu était généralement méchant ; cela, la vie me l'avait enseigné. Je ne savais pas s'Il serait satisfait ou bien mécontent que j'en termine avec Niccolo, qui incarnait la cruauté et le mal. D'une manière ou d'une autre, le tuer risquait de provoquer le rire divin. Et j'en avais assez de cette hilarité.

Sans compassion, mais par crainte de l'attention divine et des souffrances qu'elle engendrait, je m'écartai. J'ignorais combien l'épargner décuplerait mon tourment. Je ne me trouverais pas aujourd'hui dans cette cellule minuscule, brisé, en sang. Mais je ne remets pas mon voyage en question car, comme l'avait dit Geber, celui qui ne suit pas en ce monde la roue ainsi mise en mouvement, mauvais est son être, sensuels sont ses délices : en vain vit cet homme.

« Tu es faible, ricana Niccolo. Ta faiblesse sera ma victoire, Bastardo ! » Il monta sur son cheval et le fit se cabrer ; je bondis en arrière pour éviter les sabots et il partit au galop en riant.

Je revins chez les Sforno, la lèvre fendue et un œil poché. Moshe Sforno se tenait dans la cuisine près du feu. Il leva les sourcils, posa son verre de vin et s'approcha pour m'examiner. Il palpa les blessures avec douceur mais fermeté, et je résolus que, quand je serais *physico*, mes mains témoigneraient la même amitié à mes patients. Le résidu de tension laissé par mon altercation avec Niccolo s'évanouit avec la gentillesse de Sforno.

« Lave-toi et ça ira, dit-il. Niccolo Silvano ?

— Oui. *Signore*, je suis riche à présent. J'ai une maison. Et un métier, une boutique de vente de teintures. »

Il sourit. « Très bien. Vas-tu déménager pour la gérer ? » Il s'approcha du fût de vin et m'en servit un verre.

« Le départ de Luca n'a rien d'urgent », dit madame Sforno. Elle entra dans la cuisine avec un simple tablier marron passé sur sa robe et un panier de pommes de terre, de choux et de carottes. Sans me regarder, elle se mit à peler et à découper les dernières d'une main habile avec son couteau à légumes et accumula bientôt un tas d'épluchures translucides. Sa coiffe jaune était penchée au-dessus de la table. « Tu es encore jeune, Luca. Il vaut mieux que tu restes ici pour apprendre ce que Moshe peut t'enseigner. Il dit que tu as du talent et que tu feras un bon *physico*.

— Merci, *signora* », murmurai-je, heureux d'être accepté, même de façon aussi cavalière.

Elle poursuivit : « De plus, tu ne sais ni cuisiner ni t'occuper d'un foyer et il reste peu de serviteurs à embaucher. Tu pourrais louer la teinturerie…

— Vous avez eu vent de cela ? m'enquis-je, étonné.

— Ce n'est pas parce que les femmes passent le plus clair de leur temps à la maison qu'elles ne peuvent pas se renseigner, répliqua-t-elle d'un ton acerbe qui rappelait Rachel. Donc tu loueras la boutique.

— Avec toutes ces victimes, ce ne sera pas facile de trouver un locataire, remarqua Sforno.

— Cela le sera dans quelques mois, répondit madame Sforno. La moitié de Florence a péri mais d'autres viendront s'installer, des immigrants d'un peu partout. Bien des régions ont été décimées par la peste noire et la population viendra refaire sa vie à Florence. » Elle continua à travailler, sa voix assurée et raisonnable. « Tu déposeras les revenus à la banque. Ton argent restera là où il se trouve. Je ne veux pas que tu le gaspilles au jeu, aux dés ni… (la main blanche qui tenait le couteau s'arrêta puis recommença à couper) pour d'autres dépenses indignes.

— Oui, *signora* », acquiesçai-je avec solennité, car j'avais compris le sous-entendu, mais elle n'avait aucune raison de s'inquiéter. Je m'étais depuis longtemps juré que jamais je n'achèterais les faveurs d'autrui, à supposer que l'envie m'en vienne un jour, ce qui, vu mon passé, semblait improbable.

« Quand tu seras adulte, tu partiras, et tu auras un métier honorable et de bonnes économies, acheva-t-elle fermement.

— Ma chère Leah, tu as l'esprit tellement pratique, et bon cœur aussi. » Moshe Sforno passa les bras autour de sa taille et se blottit contre elle. Je me retournai. Je me sentais à la fois flatté qu'elle se préoccupe assez de mon bien-être pour décider ainsi à ma place et un peu agacé qu'encore une fois on veuille diriger ma vie. Cette entrave était bien sûr plus bénigne que celle de Silvano. Mais je me demandais si je connaîtrais jamais à nouveau la même liberté que dans la rue et si j'éprouverais toujours, telle une dent irritée, cette sensation lancinante de ne pas être à ma place. « Luca », appela-t-elle. Il y avait dans sa voix une note d'avertissement et je me retournai aussitôt face à elle. « Embauche un précepteur pour tes leçons. Rachel ne doit plus retourner seule dans la grange avec toi. Ce n'est pas convenable ! »

Je restai stupéfait, craignant un peu sa colère, et il me fallut un moment pour répondre. Je déglutis. « Oui, *signora.* » Puis je m'enfuis dans la grange.

Après mes ablutions, je retournai en ville dans la rue étroite, autrefois bondée mais à présent déserte, qui courait sur la rive du fleuve près du Ponte Santa Trinita et où avait habité Geber. Je gravis les marches de son appartement et le vide émanant même de la cage d'escalier me frappa une nouvelle fois. La porte ne s'ouvrit pas de son propre chef à mon arrivée comme elle en avait l'habitude, mais elle céda quand je la poussai. Je balayai du regard la pièce où j'avais passé tant d'heures à la fois déroutantes et stimulantes. En apparence, tout était à sa place : les tables étaient chargées d'objets étranges, d'alambics, de sacs, de boîtes, d'animaux morts, de pierres, de mortiers avec leur pilon, mais, au lieu que tout soit en mouvement, donnant l'impression que la salle respirait à l'unisson, tout était gelé, vide, sans vie. Je me rendis à une table où était posé un grand papillon orange, les ailes ouvertes. Je pris l'insecte mort et l'approchai de mon visage pour l'examiner attentivement. Quand mon souffle effleura ses antennes, il se désagrégea en fine poussière brune qui tomba de mes doigts, s'éparpilla sur le meuble et par terre. Je criai de surprise et, à cet instant, d'autres objets se désintégrèrent : fleurs séchées, bobines de fil, morceaux d'argile, un serpent mort, un bol rempli d'un liquide clair – tout se changea en poussière. Je fis volte-face et le même processus se déroulait sur les autres tables : bols contenant herbes et mixtures, fioles de peinture ou d'encre, carrés de tissu et vases à bec s'effritèrent tous en un sable fin marron. Cela ne prit que le temps de quelques battements de cœur. Puis il ne resta dans la pièce que de simples tables en bois nu à l'exception d'un peu de poussière, les manuscrits enluminés de l'alchimiste et les piles de feuilles sur lesquelles il avait pris des notes. Même l'alambic à trois becs de Zosime dont il était si fier avait disparu. Je rassemblai tous les manuscrits sur une seule table et rentrai chez les Sforno.

Quatre années s'écoulèrent, durant lesquelles je continuai de résider dans la grange et suivis l'enseignement de Moshe Sforno de manière empirique, en le regardant travailler. Il rencontrait des patients atteints de toutes les maladies et troubles imaginables, lépreux, catarrheux, épileptiques, de l'os brisé à l'hydropisie en passant par la mauvaise haleine. Je l'aidais à réduire les fractures, à soigner les fièvres, à panser et à cautériser les blessures, à amputer les membres gangrenés, à traiter les maux d'oreille par insertion d'une sonde, à drainer les humeurs dans des régions spécifiques du corps à l'aide de gobelets chauffés, à administrer purges et émétiques. J'appris les herbes et les remèdes, fus formé à la préparation et à l'usage des plâtres, cataplasmes, onguents gras, pommades et philtres, quoique leur confection soit généralement laissée à un apothicaire de confiance.

J'embauchai un précepteur pour m'enseigner le latin et le grec, puis je lus l'épais ouvrage de Galien, *De l'utilité des parties du corps humain*, ainsi que ses *Tempéraments* et *Ars parva*, entre autres, le *Canon* d'Avicenne, long d'un million de mots, et les *Aphorismes* d'Hippocrate. Sforno se donna beaucoup de mal pour m'obtenir ces manuscrits laborieusement recopiés et insista pour que je les lise en entier. Je consultai aussi d'autres auteurs médicaux plus récents comme Gentile de Foligno, mort en soignant les malades de la peste, Albertus Magnus, qui traitait de l'anatomie humaine, et Arnaud de Villeneuve, qui dissertait des rôles de l'air et du bain, de l'activité et de l'exercice, du sommeil, de l'alimentation et de la boisson, des évacuations et des émotions dans l'entretien de la santé. En hébreu, je lus *Les Questions sur l'œil* d'Hunayn ibn Ishaq, Haly Abbas, Rhazès et les traités de Maïmonide.

J'aimais la lecture et je découvris que je pouvais m'y consacrer aussi longtemps qu'une lampe à huile brûlait dans la nuit, m'éveillant pourtant reposé et allègre le lendemain. Mais je n'oubliais pas mes préoccupations plus concrètes. J'embauchai un maître d'escrime ; je me rendais à sa résidence près de Santa Croce pour m'entraîner à l'épée, à la dague et au bâton. Cette activité m'attira bien des taquineries de la part de Sforno et de ses filles ; les Juifs n'avaient pas coutume de s'y consacrer. Mais je gardais toujours à l'esprit l'hostilité ouverte de Niccolo Silvano. Même si, par accord tacite, nous restâmes à l'écart l'un de l'autre pendant ces années-là ; aucun de nous ne voulait compromettre le rang auquel il venait d'accéder. J'étudiai et il travailla dans l'administration de la ville. Il semblait avoir cessé, du moins temporairement, de répandre des rumeurs à mon sujet. Et, qu'il s'agisse de cette ancienne acuité des sens acquise au lupanar ou de ma connaissance de l'individu, je n'avais pas besoin de le surveiller pour savoir que lui aussi s'exerçait avec son épée bâtarde. Il comptait s'en servir contre moi le jour de notre affrontement décisif.

Au bout de ces quatre ans, bien que j'aie dépassé la trentaine, je me sentais comme un jeune homme de dix-huit ans et j'en avais l'allure. Mince et de taille moyenne, j'étais bien bâti. J'avais toujours les cheveux blond-roux ; je les portais longs, rassemblés sous une *foggetta* ordinaire, couvre-chef que je préférais à tout autre car il rendait humble. Je refusais de m'autoriser à oublier qui j'étais et d'où je venais – personne et de nulle part. J'avais le torse vierge de toute marque révélatrice d'hérésie, contrairement à ce que m'avait affirmé Silvano. Je me demandais si j'étais vraiment l'enfant des nobles qu'il avait vus, si même la femme partageait mon inhabituelle couleur de cheveux.

Un jour morne, alors que l'hiver avait huilé d'humidité les pierres grises de Florence et emprisonné le froid dans les rues étroites, j'accompagnai comme souvent Sforno en visite. Je l'ignorais, mais c'était une de ces journées cruciales durant lesquelles ma vie entière allait changer. Nous contournâmes la grande église inachevée de Santa Maria del Fiore. Nous gagnâmes l'autre extrémité de la longue cathédrale, manquant bousculer un groupe qui discutait comme c'était souvent le cas sur les places de la ville.

« Cette confraternité est-elle vraiment nécessaire ? » demandait un grand homme corpulent. Il m'était familier ; il me faisait face, aux côtés d'un autre plus mince et aux cheveux noirs dont le visage me titillait aussi la mémoire. Face à eux, me tournant le dos, se tenaient trois magistrats de la ville en manteau rouge.

« *Signore* Pétrarque, la Confraternité de la Plume rouge accomplira d'importants travaux pour l'Église, elle piétinera les graines de l'idolâtrie en démasquant les sorciers, astrologues, faux prodiges, alchimistes, augures, marchands de magie, satanistes et envoûteurs de toute sorte ! rétorqua avec flamme un de ses interlocuteurs en écarlate. Nous les brûlerons et purifierons Florence !

— Rien de tout cela n'existe à part dans l'imagination des ignorants, alors pourquoi nous faut-il une société pour les traquer et les combattre ? » répliqua le compagnon de Pétrarque. C'était un homme de bien, plus âgé, au visage expressif et séduisant ; je le reconnus alors, c'était l'ami de Giotto qui était intervenu des années plus tôt sur la Piazza d'Ognissanti, quand la foule avait voulu me brûler pour sorcellerie. Il avait vieilli depuis, paraissant la cinquantaine. « Il y a des préoccupations plus urgentes : l'unification de l'Italie, le retour de la papauté à Rome, là où est sa place...

— Je connais un sorcier qui emploie ses arts occultes pour perpétuer sa jeunesse », déclara un des magistrats en manteau rouge qui me tournaient le dos. Je reconnus cette voix forte et discordante teintée de plainte. Je portai la main à mon épée, mais je ne l'avais pas.

« S'il était aussi rompu que cela à la pratique des arts occultes, il t'aurait jeté un sort, Niccolo Silvano ! » m'exclamai-je. Celui-ci fit volte-face, rejetant son *mantello* sur l'épaule.

« Bastardo ! hoqueta-t-il. C'est lui, justement ! Le Diable ne sait-il pas toujours quand on parle de lui ? » Il me dévisagea, son rictus retroussant ses lèvres, l'image même de son père : maigre, le nez en lame de couteau, le menton proéminent, la barbe soigneusement coiffée, taillée au ras de ses joues grêlées. Il émanait de lui le même parfum. La haine m'ébouillanta des pieds à la tête.

« Regardez bien les traits de ce sorcier, cracha Niccolo. Ils ne changeront pas !

— Mieux valent les miens que ta laideur, me moquai-je.

— Il ne ressemble pas à un sorcier, fit Pétrarque d'un ton songeur en inclinant la tête et en m'observant, les yeux étrécis. Il a plutôt l'air d'un jeune homme assez séduisant avec un goût médiocre en matière de chapeaux. Allons, mon brave, ne pourriez-vous trouver quelque chose d'un peu plus fringant qu'une simple *foggetta*?

— Combien de temps conservera-t-il son apparence actuelle? s'écria Niccolo. Quand il travaillait pour mon père, il a gardé celle d'un garçon de douze ou treize ans pendant quasiment une vingtaine d'années! C'est de la sorcellerie!

— C'est plus que votre âge, non? répliqua le poète d'un ton mesuré. Comment pourriez-vous savoir à quoi il ressemblait avant votre naissance?

— J'ai entendu des rumeurs sur sa jeunesse inhabituelle », remarqua un homme aux côtés de Niccolo. Il était gros, couvert d'une peau adipeuse; je le balayai d'un regard méprisant et remarquai la tenue d'un dominicain sous son *mantello* rouge de magistrat. Il leva le nez en l'air.

« Les rumeurs sont comme les rêves des petites filles : sans fondement, rétorquai-je avec plus de calme que je n'en éprouvais. Êtes-vous une petite fille, mon frère, pour leur accorder foi?

— Exactement, renchérit Pétrarque, plein de dignité. Il faut douter de ce qu'on entend jusqu'à pouvoir le vérifier. D'ailleurs, embrasser ce questionnement est la vérité même; n'affirmer rien et douter de tout, sauf quand le doute est sacrilège!

— Luca, nous ferions mieux d'y aller, me pressa Moshe Sforno en me tirant le coude.

— Mais je peux le prouver, *signore* Pétrarque, répliqua sournoisement Niccolo. J'ai connaissance d'une lettre expliquant que ses parents le cherchaient; ils séjournaient en compagnie d'hérétiques, et cette missive fut écrite il y a trente ans!

— Avec tout le respect que je vous dois, une lettre vieille de trente ans ne prouve rien, objecta l'autre.

— Regardez son torse! Il est censé porter la marque de l'hérésie sur la poitrine! » s'exclama Niccolo. Le dominicain qui l'accompagnait me regarda avec un haussement de sourcils et même Pétrarque inclina la tête avec curiosité. J'eus un sourire froid, ouvrit mon *mantello*, défis mon *farsetto* et levai lentement ma *camicia*. Ma peau ne portait aucune tache. Niccolo n'allait pas se laisser dissuader. « Il cache la marque à l'aide de sa magie noire ! Observez attentivement son visage et allez voir un tableau conservé par les nonnes de San Giorgio. Il y apparaît, plus jeune d'à peine quelques années !

— C'est un visage qu'un peintre pourrait avoir envie de représenter. » L'érudit haussa les épaules.

« Giotto l'a peint ! s'écria Niccolo avec un grand geste de la main. Giotto, mort une décennie avant la peste noire ! Vous voyez bien qu'il ne vieillit pas comme les gens normaux, c'est une sorte de monstre, un démon sous forme humaine ! Il a jeté un sort au grand Giotto pour qu'il le peigne ! »

Il tira son épée et braqua la pointe sur ma gorge. Mais je ne ressentais aucune peur et soutins son regard. Il ne me tuerait pas sous les yeux des autres. Ce n'était pas son style. Il attendrait que nous nous retrouvions seuls et que je lui tourne le dos pour me passer par le fil de son arme. À moi de m'assurer qu'il ne me surprendrait pas dans cette posture. Il pressa légèrement, m'entaillant la peau. Une goutte de sang coula sur ma pomme d'Adam.

« Baisse ton arme, tu vas te blesser, Nicoletta, ricanai-je.

— Je t'ai laissé un cadeau au lupanar de mon père, souffla-t-il de sorte que je sois le seul à l'entendre. N'oublie pas d'aller le chercher !

— Ce désagréable incident va trop loin », s'exclama Pétrarque en s'interposant entre nous. Il posa l'index sur le plat de la lame et l'écarta. Niccolo laissa l'épée retomber, mais il garda ses yeux froids posés sur moi.

« Nul ne peut arrêter la Confraternité de la Plume rouge ! lança-t-il. Nous pourchasserons et brûlerons sorcières et magiciens pour purger le mal de notre ville !

— Et les serpents, Niccolo ? répliquai-je. Je te conseille de les oublier dans ta charte ou bien tu vas t'exterminer toi-même !

— Vous feriez mieux de réviser votre position, *signore* Pétrarque », intervint le dominicain. Il m'adressa un regard cinglant. « Débarrasser Florence des créatures maléfiques nous épargnera peut-être une résurgence de la peste noire !

— Je ne suis pas enclin à croire que cela soit la solution, répondit l'intéressé avec prudence.

— Venez, Silvano, vos projets m'intriguent, reprit le dominicain. Je connais un cardinal chéri du Saint-Père Innocent VI qui apprécierait beaucoup votre confraternité. Il se passionne pour la purification du monde afin d'accomplir la volonté de Dieu. La souillure du péché qu'Ève a infligé à l'humanité le ronge personnellement de chagrin et il travaille à l'éradiquer depuis des décennies.

— Je vous soutiendrai à hauteur du pouvoir dont je dispose », ajouta le premier magistrat. Il tira Niccolo à l'écart, suivi du dominicain.

Mais Silvano se retourna et lança : « Bastardo, salue Simonetta de ma part quand tu la verras. Dis-lui que tu la rejoindras bientôt ! » Il rejeta la tête en arrière et rit aux éclats.

Qu'avait-il fait à la douce Simonetta ? Une brume écarlate embua mon champ de vision. Je grognai et me ruai en avant, mais Moshe et Pétrarque me retinrent.

« Lâchez-moi, je ne le poursuivrai pas. » J'émis un grondement de frustration. Sforno me libéra.

Le poète me dévisageait avec une attention profonde. « Nobles messieurs, si vous voulez bien nous excuser ; jeune homme, accordez-moi un instant. » Il passa le bras autour de mes épaules et m'entraîna vers le baptistère. Il ne dit rien jusqu'à ce que nous ayons atteint le pied du campanile de Giotto et le silence me permit de me calmer. Je me trouvais devant la beauté que l'artiste avait créée à si grands frais pour les pères de la ville et je faillis sourire en me remémorant son humour et sa gentillesse.

« Vous semblez perdu dans vos souvenirs, observa Pétrarque. J'en ai, moi aussi. Un en particulier qui remonte à une douzaine d'années, quand j'ai fait halte à Florence sur la route de Rome. »

Il fit la grimace et tripota son *mantello*. « Je me rappelle un enfant de onze ans qu'on allait brûler sur le bûcher. Un garçon qui était visiblement l'esclave d'un homme mauvais. Serait-il possible que cet enfant n'ait que dix-huit ans aujourd'hui, tant d'années plus tard ? Même si cet enfant ne porte aucune marque sur le torse ? »

Il prononçait les paroles que j'avais redoutées mais, cette fois, je ne me crispai pas de peur. Je restai tendre en mon cœur, sans défense. « Mon existence est un hommage à l'humour cruel de Dieu ; j'ai d'abord vécu dans les rues de Florence, puis survécu dans un lieu de perversions, et je suis à présent l'invité des Juifs, dont la situation est elle-même précaire dans cette ville. Quant à mes origines, je n'en connais que quelques fragments d'anecdotes et certains éléments ne correspondent à rien. Je ne sais rien avec certitude.

— Il émane de toi l'aura des élus. Tu es assurément le fils de gens raffinés. Ton intelligence le montre ! »

Soit, je ne m'exprimais évidemment pas comme un imbécile. Les portes de mon esprit avaient été ouvertes par des figures telles que maître Giotto, Moshe Sforno, frère Pietro, le Vagabond, Geber l'alchimiste. Même Bernardo Silvano, aussi détestable qu'il eût été, avait réussi à me transmettre quelque chose. « Je ne me rappelle pas d'où je viens, si ce n'est la mendicité dans les rues de Florence.

— Cela n'a aucune importance. "Aussi bien tout récit vrai du passé fait sortir de la mémoire non point les événements passés tels quels, mais des mots conçus d'après les images imprimées dans l'esprit comme des traces lors de leur passage le long des sens." C'est de saint Augustin. J'approuve, dit-il avec sérieux. À travers nos pensées et nos écrits, nous donnons à notre voyage une forme et une signification. Tu raconteras ton histoire un jour, Bastardo. Ce faisant, tu en trouveras le sens. C'est ainsi que tu découvriras qui et ce que tu es. »

Il plongea la main dans une sacoche de cuir accrochée à son épaule. « Tiens, fit-il en me lançant l'objet qu'il en sortit. Un cadeau pour toi. Pour tes souvenirs. J'espère que je serai encore là quand tu les rédigeras ! »

Je l'attrapai au vol. C'était un somptueux présent de la part d'un étranger : un livre relié en peau aux pages de vélin vierge. Il était splendide et épais, avec une couverture douce et souple, un plaisir à tenir au creux de la main. Il l'est toujours aujourd'hui, alors que je suis assis dans ma cellule et que les murs recommencent à m'oppresser. Les pages sont presque toutes pleines ; je les ai remplies en attendant mon exécution. Le temps que j'ai passé en ces lieux, bien que bref, m'aurait fait l'effet d'une éternité sans le cadeau de Francesco Pétrarque et le petit panneau de saint Jean peint par Giotto, Leonardo *il Maestro* me les ayant apportés en personne après que les soldats de l'Inquisition m'eurent traîné dans cette prison. En cette époque lointaine, je remerciai profusément le *signore* Pétrarque ; de tels cahiers étaient rares et chers. Il rit de mes bégaiements de gratitude avec son entrain habituel.

« Nous nous trouvons devant l'enfant favori de Giotto ; n'étais-tu pas son protégé ? Hélas, je n'ai pas connu longtemps le maître, mais ce fut une amitié honorable que j'ai fidèlement chérie. Il te tenait en estime, c'est plus que suffisant pour moi. »

Ainsi lui aussi se souvenait de m'avoir vu aux côtés du peintre. Je déglutis. « Vous connaissez mon secret et vous ne me considérez pas comme un sorcier ? Niccolo Silvano et sa confraternité ne vous tentent pas ? »

Il secoua la tête. « Je le trouve, ah, assez peu attirant, avec son parfum lourd et ses superstitions. » Il haussa les épaules. « Si l'Auteur de tous les jours et de tous les âges te permet de vagabonder plus longtemps que la plupart, qui suis-je pour en douter ? Qui es-tu pour nier la grâce de son présent ? »

C'était la première fois qu'on me présentait mon intemporalité à la lumière de la grâce divine ; je dévisageai Pétrarque, incapable de prononcer un mot. Je me considérai d'un tout autre regard. Il eut un nouveau rire, me prit par le bras et me dit que nous devions à présent être bons amis puisque Giotto s'était pris d'affection pour nous deux.

À la tombée du soir, au bout de quelques heures passées à ruminer sombrement le « cadeau » de Niccolo, je me rendis au lupanar, soumis à la logique contradictoire du cœur. J'étais partagé entre réticence et envie. Je voulais contempler mon ancienne prison depuis le point de vue de l'homme libre. Et il fallait que j'affronte ce que Niccolo m'avait laissé. Alors je me hâtai vers les murailles orientales de la ville, courant à travers les rues sinueuses où des cavités creusées par les minuscules chaumières enfoncées entre les tours massives jetaient de petites taches de clarté sur les pavés humides et sombres. J'atteignis enfin le *palazzo* où je m'étais promis de ne plus jamais entrer. Les fenêtres nues laissaient pénétrer la lumière : j'avais arraché les rideaux bien des années plus tôt. Le bâtiment semblait désert, ce qui restait encore fréquent quatre ans après les premiers assauts de l'épidémie qui avait dévasté Florence. Tandis que je marchais lentement vers la porte, le duvet fin et sensible de ma nuque se dressa et vibra. Il se passait quelque chose de terrible. Je poussai le battant d'une main tremblante.

Le silence régnait à l'intérieur, comme à l'époque de la longue domination de Silvano. Je n'avais pas laissé les lieux ainsi. Quand j'étais parti, avec le sang de huit hommes sur les bras et le torse, des enfants vaquaient, bavardaient en tous sens tandis que les servantes comméraient en débarrassant les corps. En tuant, j'avais ramené la vie dans le *palazzo*. Simonetta m'avait serré contre elle et souhaité bonne chance dans mon nouveau foyer et je l'avais assurée que Niccolo ne reviendrait pas car je l'avais menacé des pires conséquences.

Je lançai un appel mais nul ne répondit. Je traversai le vestibule, gagnai le couloir et pris conscience de l'odeur douceâtre et écœurante de la chair en train de pourrir. Toutes les portes étaient fermées et, quand j'ouvris la première, je vis une petite silhouette sur le lit. « Non ! » m'écriai-je. Je courus vers le lit, le cœur battant. C'était une des fillettes frêles de Cathay, une des dernières acquisitions de Silvano. Elle ne résidait pas au *palazzo* depuis longtemps quand je l'avais libérée et son âme n'avait pas encore été brisée. Elle avait un doux rire qui rappelait un trille de clochettes. Elle avait à peine grandi durant mes années d'absence ; à présent, ses yeux bridés dans son visage triangulaire à la peau jaune regardaient fixement sans voir. On lui avait tranché la gorge.

Je vomis avant de sortir de la chambre en chancelant. Dans la pièce suivante, un petit garçon blond était recroquevillé en boule, face contre terre. On lui avait aussi tranché la gorge. Je courus à l'étage de l'aile privée en pleurant. J'ouvris la porte de Simonetta d'un grand coup et vis sa silhouette potelée sur le lit. Elle était allongée, comme endormie, sa longue natte blonde traînant sur le luxueux coussin de velours qui était un des traits caractéristiques du *palazzo*. Sa poitrine ne se soulevait pas et ses yeux, gravés de pattes d'oie, étaient paisiblement fermés. Elle n'avait ni sang ni marque sur le cou mais elle était morte. Son doux visage ridé, avec sa marque de naissance rouge, était tourné sur le côté et elle avait les mains repliées sur le torse. Niccolo avait dû lui donner du poison. Je m'effondrai par terre. Simonetta m'avait témoigné de la compassion et cela lui avait coûté la vie. Niccolo, l'ignoble créature, avait assassiné sa propre mère. C'était une atrocité inconcevable. Si je n'étais pas parti vivre chez les Sforno, j'aurais peut-être pu la sauver. Je n'aurais pas dû l'abandonner. Les regrets et la rage ne la sauveraient pas, à présent. Je ne cherchai pas à retenir les larmes qui ruisselaient sur mon visage.

La nuit tomba, arquant depuis les alcôves ses ombres poisseuses couleur prune. Un vent rauque et froid soufflait aux fenêtres. Je traversai le *palazzo*, allumant lampes et chandelles. Dans presque toutes les chambres, un enfant gisait sans vie, par terre ou sur le lit. On avait égorgé la plupart, quoique certains aient été poignardés. Nul n'avait résisté ; je savais d'amère expérience qu'ils étaient dressés à la docilité, et même des années de liberté n'avaient pas suffi à abattre les barrières de leur esprit. Je gardai ma propre chambre pour la fin. Il y avait une silhouette sur le lit. C'était un petit chien à la fourrure blond-roux, un corniaud tel qu'on en voyait souvent trottiner dans la ville, mendiant de quoi manger. À côté de son torse poignardé à de multiples reprises, on avait posé sa tête tranchée, la gueule ouverte, sa longue langue rose pendant mollement. Ses pattes et ses parties génitales avaient disparu. C'était un avertissement sans ambiguïté. Au lieu de m'effrayer, cela me mit en colère. J'aurais dû tuer Niccolo quand j'en avais eu l'occasion. Si j'avais été le sorcier qu'il prétendait, je l'aurais tué sur-le-champ par la pensée.

Il y avait presque une cinquantaine de corps à enterrer, quelques jours de travail à moi tout seul. Mais j'avais fini d'inhumer les morts; mon temps de *becchino* était révolu. Le Dieu rieur, en quête d'une nouvelle farce, m'avait donné une autre place dans la vie, par petits coups, comme un chat joue avec une souris. Il me fallut un moment de réflexion, assis sur le lit à côté du chien mutilé, pour décider de ce que j'allais faire. Puis la réponse me vint dans toute sa simplicité écarlate. Elle exigerait de moi un sacrifice immense – l'exil – mais c'était la seule réponse convenable en cet instant. Je pris une torche à une applique murale et la portai aux rideaux épais qui avaient banni la lumière de cette petite pièce, ma prison pendant tant d'années. Ils prirent aussitôt feu et des flammes orange s'élevèrent à toute allure pour lécher le plafond. J'approchai la torche du lit avec son matelas en crin de cheval et les draps sifflèrent en brûlant. Un mince filet igné bondit le long du museau du chien et je courus à l'étage incendier le lit de Simonetta. Je regardai un moment le feu envelopper tendrement son corps comme une couverture pour la nuit. Je partis avant que l'odeur de la chair en train de brûler ne me donne la nausée.

Je passai de chambre en chambre, incendiant draps et rideaux. Je ne priai pas; j'étais à nouveau furieux contre Dieu, qui avait laissé Niccolo commettre tant de meurtres. Je m'en remis simplement aux flammes pour guider les enfants vers un monde meilleur, même si j'ignorais tout de la nature de cet au-delà. Je doutais qu'il s'agisse du paradis assommant vanté par les prêtres. Mais il y avait probablement quelque chose. Des gens meilleurs que moi, des hommes baptisés, exprimaient une foi certaine en un séjour céleste.

Le *palazzo* se mit bientôt à crépiter, à grogner et à gémir dans le feu. De la fumée noire jaillissait en épais panaches le long des solives et de féroces rafales d'air chaud me giflaient le visage. Une lueur dorée baigna les murs et plafonds, me rappelant les halos radieux et expressifs dans les œuvres du maître de Giotto, Cimabue. Celui-ci avait peint le magnifique retable de la Madone à Santa Trinita. Elle était assise en reine sur un trône monumental et somptueux, servie par huit anges en adoration, avec quatre prophètes austères à ses pieds. Elle baignait dans l'or, fondement de son être maternel divin, et tenait sur ses genoux l'enfant Christ qui levait la main en signe de bénédiction.

Ce fut peut-être l'odeur de la fumée et de la chair en train de brûler qui me perturba les sens, ou encore l'intense Madone de Cimabue qui les exalta, mais, pendant un moment, je me trouvai de nouveau projeté dans l'état sans frontières induit par la pierre philosophale. Le temps tournoya librement comme une roue qui vient de se détacher de l'essieu d'un chariot et des scènes du passé jaillirent devant mes yeux. Les flammes disparurent comme des nuages s'écartant de la surface d'une rivière et je me revis, petit garçon sale et décharné conduit dans ce même bâtiment par un Bernardo Silvano ricanant. Je revis le premier client entrer dans ma chambre et les innombrables autres qui suivirent – je contemplai à nouveau ces visages amplement détestés jusqu'au dernier. Ma haine était intacte. En moi brûlait toujours le feu de la colère pour ce qu'ils m'avaient infligé. Dans mon tourment, j'eus la sensation que tous ces viols recommençaient.

Le temps cessa de girer tout à coup et les quarante-huit enfants dont j'avais confié le corps à l'incendie se tinrent autour de moi en demi-cercle. Ils étaient silencieux, solennels, emplis de révérence. Ils portaient de simples *camicie* de soie bleue et des halos d'or à la manière des anges de Cimabue. La plus proche était la fillette de Cathay ; quand je croisai son regard, elle hocha la tête. Ingrid, à qui j'avais donné une sucrerie empoisonnée pour la sauver des bons soins d'un cardinal, se joignit aux autres. Bella, avec ses yeux bleus, apparut, les mains par bonheur intactes, puis Marco entra dans le demi-cercle. Il avait retrouvé son allure avant que Silvano ne le supplicie : séduisant, élégant, rayonnant de gentillesse. J'étais si heureux de le voir en bonne santé, lumineux, que je prononçai son prénom. Il me fit un clin d'œil avec son ancienne vivacité d'esprit. Un son rappelant un chœur s'éleva des gorges des enfants ; ils chantaient mes louanges et Simonetta se trouvait avec eux. Elle était redevenue jeune, mais sans les zébrures laissées par le fouet de Silvano qu'elle portait si souvent. Elle me sourit et pointa du doigt...

Crac ! Une poutre s'écroula et s'abattit derrière moi, si près qu'elle projeta des étincelles bleues devant mon visage, me tirant de ma rêverie. Je posai la torche sur le tapis, tournai les talons et sortis sans me hâter. Je m'éloignai, m'assurant que je verrais toujours l'aura écarlate du bâtiment reflétée dans la nuit. J'escaladai le mur d'un *palazzo* abandonné près de la Porta Santa Croce, fermée pour la nuit comme toutes les portes de Florence. Sans tenir compte du couvre-feu et de l'éventuel passage d'*ufficiali*, je grimpai sur le toit pour regarder le spectacle du lupanar de Bernardo Silvano réduit en cendres. Après tout, c'était aussi ma vie qui se consumait. Je ne regrettais pas cette disparition. Une existence meilleure – un Luca meilleur – émergerait des débris. Pour que la barrière quitte enfin l'esprit du chien battu, peut-être fallait-il la détruire par le feu.

Cela en valait la peine, mais il me fallait à présent quitter Florence. Les pères de la ville ne poursuivraient pas Niccolo Silvano pour le massacre d'innocents mais ils ne me pardonneraient jamais cet incendie volontaire. C'était un crime puni de pendaison. Les bâtiments florentins étaient précieux, bien plus que ne l'étaient cinquante enfants sans famille et la vieille femme qui s'occupait d'eux. En fait, la *signoria* lui serait probablement reconnaissante d'avoir débarrassé la ville de ces parias pestilentiels, souvenirs embarrassants d'un vice auquel trop de seigneurs s'étaient adonnés. Mais brûler un bâtiment récupérable à des fins civiles, c'était un outrage impardonnable. Conscient de cela, sachant que ni Dieu ni l'homme ne vengeraient les enfants dont j'avais dressé le bûcher funéraire, je devins incapable de croire en une quelconque divinité. Même un Dieu cruel aurait nourri de la tendresse pour des enfants esclaves et une âme douce telle que

Simonetta. De toute évidence, Il n'existait pas indépendamment du mal des hommes.

L'aube se leva, froide et humide. Les premiers rayons timides du soleil brisèrent l'horizon indigo et les portes de la ville s'ouvrirent. Les paysans du *contado* entrèrent avec leurs chariots remplis de denrées destinées aux marchés. Dans les rues, se mêlant aux charrettes et aux bêtes de somme, des pratiquants se hâtaient pour la première messe. Il fallait que je rentre chez les Sforno faire mes bagages ; quand j'arrivai, une pluie légère s'était mise à tomber. Je traversai la maison sans bruit et gagnai la grange pour me laver. Rachel m'attendait. Elle était assise sur la paille où j'avais dormi toutes ces années, ce qui n'arriverait plus jamais. Elle avait remonté les genoux contre sa poitrine et s'était emmitouflée dans ma couverture en laine.

« Je m'inquiétais pour toi, Luca. Je ne t'ai pas vu revenir hier soir », dit-elle. L'inquiétude étirait ses lèvres roses et pleines et sa longue chevelure auburn se répandait sur ses épaules à la façon d'un rideau brillant dont quelques mèches se recourbaient devant son visage. Des croissants pourpres tachaient sa peau sous ses grands yeux. Rachel, la résolue, me parut curieusement vulnérable, même dans mon état d'épuisement. Elle était devenue très belle en quatre ans, avec ses pommettes saillantes, son teint clair et son regard qui étincelait d'intelligence et d'esprit.

« Rachel, ta mère ne veut pas que tu restes seule avec moi », répondis-je avec douceur. Je franchis le seuil, tirai le petit tabouret à trois pieds et m'assis en attendant qu'elle parte.

« Où étais-tu ? demanda-t-elle.

— J'étais sorti. Je pense que tu devrais t'en aller pour éviter que ta mère ne s'en prenne à moi.

— Tu disparais parfois, murmura-t-elle en serrant ses genoux contre elle. Où vas-tu, Luca Bastardo ? Sur le marché pour retrouver des amis d'autrefois, pour chercher les parents que tu n'as jamais connus ? Maman nous interdit de t'interroger sur ta vie antérieure, elle affirme que les gens avec un passé comme le tien cachent des secrets que nous ne devons jamais chercher à découvrir.

— Je pars, avouai-je en détournant les yeux. Il est arrivé quelque chose. Je ne peux pas rester à Florence. Je ne serais pas en sûreté. Ta famille non plus ; les *ufficiali* viendront me chercher ici.

— Non ! Luca, pourquoi ? »

Elle bondit sur ses pieds, lâchant la couverture, uniquement vêtue de sa simple *gonna* couleur pêche, le sous-vêtement léger des femmes. Elles ne le portaient que dans un cadre très familial, avec leurs parents les plus intimes. Mais l'aube jetait une douce luminescence qui donnait au tissu un aspect diaphane, révélant les courbes ascendantes de ses seins généreux et l'échancrure de sa taille étroite sous la soie pure. Cela déclencha mon excitation, ce qui me stupéfia et me choqua tout à la fois. Je n'arrivais pas à détacher le regard.

« Luca, qu'est-ce qui ne va pas ? Qu'est-ce qui s'est passé ? Dis-le-moi ! On peut t'aider, je peux t'aider ! » cria-t-elle. Elle se rua vers moi et me força à me lever. Je respirais bruyamment, sur le point de trembler. « Tu n'es plus tout seul, tu nous as, nous ! » Elle agrippa mes épaules et me secoua ; ce faisant, la soie de sa *gonna* vint épouser les formes courbes de son corps. Une étrange lassitude parcourut mon être. Je redevins flasque, mais mon sang bouillonnait. Je savais tout du désir, bien sûr, l'ayant vu brandi contre moi pendant ces nombreuses années chez Silvano. Mais je ne l'avais jamais ressenti moi-même. Je ne m'attendais pas à l'éprouver de la sorte, insistant, séduisant, chaleureux. J'avais les joues qui brûlaient. J'avais honte. Il dupait mon esprit comme il m'avait semblé qu'il trompait des hommes mariés ayant des enfants, les poussant à des actes méprisables, viols et sévices. Alors quelle différence me séparait d'eux ? Cette question me rendit malade. Je ne voulais pas blesser Rachel comme on m'avait blessé, surtout pas en ce jour où j'avais réaffirmé ma maîtrise de moi-même. Je baissai la tête.

« Luca ? » fit-elle. Elle posa doucement la main sous mon menton et me releva le visage. Elle fouilla mon regard du sien.

« Il faut que tu sortes d'ici, répliquai-je d'une voix rauque. Tout de suite ! »

Je me décalai pour la laisser passer. Mais avant que je ne puisse réagir, elle me saisissait le visage à deux mains et m'embrassait. Je remarquai qu'étant aussi grande que moi elle n'avait pas besoin de se hisser sur la pointe des pieds, et que ses lèvres avaient le goût suave du beurre. Puis elle les entrouvrit pour me faire sentir sa langue douce et exquise et toute pensée me quitta. Au bout d'un moment, elle écarta son visage du mien.

« Tu es si beau, Luca, murmura-t-elle. J'ai envie de toi depuis si longtemps !

— Vraiment ? répliquai-je d'une voix enrouée, étonné et reconnaissant. Tu avais envie de moi ?

— Mais seulement si tu veux de moi aussi », souffla-t-elle, et alors je compris ce qui me différenciait des clients : Rachel me désirait autant que je la désirais. Je n'avais jamais invité les clients dans ma chambre, je m'étais soumis à eux dans la colère, le désespoir et le mépris. Il n'y avait aucune soumission chez la jeune fille, seulement une tendresse réciproque. J'étais incapable de parler, alors je l'embrassai à nouveau.

Sans que je comprenne vraiment comment, elle souleva bientôt sa *gonna* et j'ôtai précipitamment ma *camicia*. Après toutes ces années chez Silvano, je n'aurais jamais cru que je me hâterais d'enlever ma chemise de corps ! Je tâtonnai et elle gloussa, puis elle me caressa et je ne pus que gémir. Au cours de l'heure qui suivit, elle retira du plaisir de mon corps, comme tant d'autres l'avaient fait avant elle, mais elle m'en donna aussi sans retenue, avec ses mains, sa bouche, son être tout entier. Ce que mon ancien travail avait abîmé en moi se trouva guéri. Je garderais toujours de cette période une cicatrice, mais je pouvais à présent me permettre d'être un homme, avec tout ce que cela impliquait.

Rachel me fit ce jour-là un immense cadeau.

« Luca, tu ne vas pas partir maintenant, n'est-ce pas ? » demanda-t-elle au bout d'un moment. Nous étions allongés sur la paille dans les bras l'un de l'autre. Je me blottissais contre elle, m'émerveillant de sa beauté, de sa douceur et de sa force. Je savais inexplicablement qu'elle n'était pas la femme qu'on m'avait promis pendant la nuit de la pierre philosophale, mais j'éprouvais de la reconnaissance et de la tendresse à son égard. « Je te mettrai en danger si je ne m'en vais pas », répondis-je, et je fus assailli par la culpabilité alors que je mesurais pleinement la portée de mes paroles. Je refusais plus que jamais d'attirer le désastre sur les Sforno après avoir aimé Rachel. À Florence, on ne tolérait les Juifs qu'avec réticence. Mon cœur se serra tandis qu'une seconde révélation me saisissait : personne ne nous pardonnerait ce que nous venions de faire, ni les Juifs ni les Gentils, et surtout pas ses parents. « Pas seulement à cause de mon geste d'hier soir, mais aussi pour ce qui vient de se passer. » Je lui caressai doucement la poitrine. « Tes parents me tueront quand ils l'apprendront. Et toi avec !

— Ils n'en sauront rien, nous ne leur dirons pas, plaida-t-elle d'un ton suppliant.

— Ils ne sont pas stupides, ils comprendront au premier coup d'œil », répliquai-je. Je roulai sur le dos, m'éloignant d'elle, et contemplai les chevrons. J'avais l'âme emplie de chagrin. J'avais découvert ce merveilleux partage avec Rachel et je l'avais déjà perdu. Nous avions trahi la confiance de ses parents et enfreint un grave tabou. Cela juste après que j'eus incendié un bâtiment, ce qui m'attirerait la fureur de la ville. Je ne pouvais me résoudre à regretter notre étreinte, qui m'avait semblé épanouie et juste, mais d'autres nous jugeraient et nous condamneraient – elle encore plus que moi. Elle risquait même la mort. Je pris une profonde inspiration. « Moshe et Leah seront couverts de honte. Ils penseront que tu as attiré le déshonneur sur eux, sur les tiens, sur ta communauté. Ta famille risque l'ostracisme.

— Personne ne le découvrira jamais », répéta-t-elle avec entêtement. Je l'embrassai sur le front.

« Les gens découvrent toujours tout », répondis-je. Cela me faisait mal mais il fallait que je la quitte, pour son bien. Je me levai précipitamment et cherchai ma *camicia*. « On viendra me chercher ici, et je ne veux pas attirer d'ennuis à ta famille. J'ai fait quelque chose cette nuit... Les *ufficiali* me pendront ! Ils ne s'encombreront pas d'un procès. Ils ne m'apprécient déjà pas à

cause de Niccolo Silvano et de sa nouvelle Confraternité de la
Plume rouge.

— Tu as tué Niccolo Silvano ? » Elle me dévisagea avec des
yeux ronds.

« Non, et je le regrette ! m'exclamai-je. J'aimerais que ce soit
aussi simple. » J'avais fini de m'habiller ; je montai sur le tabouret
pour récupérer mon Giotto dans sa cachette. Rachel m'observa,
de la curiosité dans ses yeux intelligents. Je rangeai le tableau
avec le cahier de Pétrarque et les lunettes de Geber dans un
grand bagage que j'avais récemment acheté sur le marché, puis
enfilai mon *mantello* d'un roulement d'épaules.

« Tu n'as pas besoin de partir, Luca, insista-t-elle. S'il te plaît,
ne t'en va pas ! Je t'aime ! » Elle bondit sur ses pieds et se jeta à
mon cou.

« Je voudrais rester, Rachel », répondis-je en faisant courir mes
mains à travers son abondante chevelure auburn. L'espace d'un
seul instant, je me permis d'envisager de rester. Je pourrais la
serrer dans mes bras... Mais ses parents me haïraient pour les
avoir déshonorés auprès de leur communauté. Et puis les *ufficiali*
viendraient me chercher, m'accuseraient d'incendie volontaire,
un crime bien plus grave que ceux de Niccolo Silvano. Et si les
pères de la ville blâmaient les Sforno pour m'avoir logé ? Et si, à
cause de moi, le malheur s'abattait sur Rachel et Moshe ?

« Il faut que je m'en aille, Rachel, parce que je t'aime,
répondis-je d'une voix qui se brisait. Si je ne pars pas, les *ufficiali* me pendront et ils risquent bien de punir ta famille. Tu sais
comment ils traitent les Juifs. On pourrait vous expulser de Florence ou pire encore ! Tout comme ta mère l'a toujours redouté.
Je ne vous mettrai pas en danger.

— S'il te plaît, Luca, reste », souffla-t-elle. Mais je l'embrassai
une dernière fois sur ses lèvres rouges et pleines puis sortis de la
grange des Sforno. Je quittai Florence et je partis en exil.

Seconde partie

Chapitre treize

Ce fut une lettre qui me ramena à Florence. Elle ne venait pas de Pétrarque, bien que nous ayons régulièrement correspondu jusqu'à sa mort en 1374. Curieusement, ses missives m'atteignaient toujours où que je me trouve : capitaine d'un navire pirate en mer Adriatique, partisan d'Édouard de Woodstock en Espagne, combattant les Tartares à Kulikovo, transportant des étoffes de luxe et des épices exotiques sur la route de la soie autrefois parcourue par Marco Polo, sauvant des manuscrits trouvés dans des monastères grecs, aidant des Juifs expulsés à quitter l'Espagne et à se réinstaller, pêchant au Portugal. Je travaillai d'abord comme *physico* ; c'était un talent assez précieux pour qu'on me paie pour l'exercer. Je m'intéressai aussi à d'autres métiers. Je fus *condottiero*, mais j'évitai rigoureusement de tuer ; j'avais vu trop de meurtres. Au lieu de cela, je me battais pour le plaisir de désarçonner les cavaliers. Je fus bandit, marchand, pêcheur, négociant d'antiquités, de contrefaçons et de toute marchandise que je pouvais revendre au-dessus de son prix d'achat. N'étant pas encombré des notions de paradis et de perdition, je ne connaissais aucune limite à mes actes hormis celles de ma conscience.

Ainsi, entre les années 1353 et 1400, je vécus selon ma fantaisie, exerçant toutes les prérogatives de l'homme libre. Je faisais ce que je désirais et allais où cela me chantait. Je voyageai de par le monde. J'en contemplai les merveilles naturelles et artificielles, rencontrai de grands hommes, eus des amantes magnifiques. Il me semblait anormal de me refuser tout plaisir quand la douleur et la souffrance rôdaient non loin, prêtes à bondir et à exiger leur dû. Aussi acceptai-je les invitations des femmes et chéris-je chacune d'elles, quoique nulle ne fût l'élue de ma vision. Je n'étais plus aussi certain de la mériter. Mais je savais que je la reconnaîtrais instantanément, que je sentirais son parfum de lilas et de pure lumière et ne voudrais plus jamais en toucher aucune autre. Une certaine conscience sous-tendait mes rêveries, refusant de se dissiper, une assurance qui murmurait sur ma peau à la façon d'une brise tiède : je la trouverais un jour. J'avais fait un choix que le destin honorerait. J'ignorais en revanche si je saurais honorer le destin. Je m'aperçus seulement plus tard que ce temps d'attente avait été vide. Rien ne reliait mon cœur à la vie. Je flottais, je rêvais, à demi endormi, car c'est l'amour qui nous éveille.

Durant cette période, j'accumulai et perdis des fortunes mais ne m'autorisai jamais à me retrouver sans le sou. J'épargnais scrupuleusement une partie de mes bénéfices. Grâce à ses relations dans l'Église, Pétrarque connaissait à Florence une banque dirigée par un homme jeune mais compétent nommé Giovanni di Bicci de Médicis, descendant d'une ancienne famille locale. Ce que j'aimais chez ce Giovanni, c'était sa grande simplicité. Il se montrait compatissant envers la population pauvre et insoumise de la ville, probablement parce que son père avait peiné à gagner sa vie fondée sur un patrimoine modeste et les intérêts d'emprunts accordés aux paysans du *contado*. Il était chez lui dans les rues de Florence et le peuple l'aimait bien, quoique ses inclinations politiques le fissent généralement pencher en faveur de l'élite. Dans cette ville bourgeoise qui comptait chaque florin, la richesse équivalait à l'honneur et à la vertu, quand l'indigence condamnait à bien des malheurs. La façon dont ce jeune homme perspicace avait diversifié les affaires familiales, endossant la gestion de fermes, la manufacture de soie et le commerce de laine, m'impressionnait également. J'envoyais régulièrement des agents déposer des fonds à la banque Médicis.

Je suivis le conseil de Pétrarque quant à la gestion de mes finances, mais je n'eus pas la discipline d'étudier comme il me l'avait suggéré. Je lui envoyai d'anciens manuscrits que je récupérai en Grèce et en Égypte mais je ne parcourus pas les auteurs classiques comme il m'y exhortait dans ses lettres. Il y avait quelques poètes romantiques que j'appréciais parce qu'ils séduisaient ma nostalgie secrète de cette femme à venir, et j'appris à jouer, mal, de la viole de gambe. Je m'entraînai à l'escrime, épée et dague, avec tous ceux qui avaient le bras fort et habile. Je recherchais aussi des artistes pour admirer leurs œuvres. J'avais l'idée qu'un jour, quand je rentrerais à Florence et me marierais, je collectionnerais des tableaux.

J'enquêtai discrètement sur un couple relié aux cathares qui aurait perdu un fils. Je me renseignai aussi avec nonchalance sur d'éventuels individus présentant une longévité inhabituelle et une marque sur le torse. Je ne trouvai aucune réponse. J'avoue que mes efforts manquaient de conviction. Dans cette période intermédiaire, dénuée de complications, qui s'écoula loin de toute divinité, je ne souhaitais pas m'interroger sur moi-même ni sur mes origines. Les questions étaient contraires à cette vie simple de poursuite du plaisir. Quand elles survenaient, elles me lançaient sur la route comme si je pouvais les faire taire en voyageant vers la ville suivante, vers le métier suivant. Je voulais seulement conserver un travail rentable et rester en mouvement, à la fois parce que ma curiosité naturelle m'y incitait et parce que ma jeunesse interminable soulevait inévitablement commentaires et consternation. J'atteignis l'apparence d'un homme de vingt-cinq ans et cessai alors de vieillir, ne contractant par ailleurs aucune maladie, et les blessures que je recevais guérissaient avec une célérité qui m'était propre. J'acceptai le fait que j'étais différent – je l'avais toujours été – et j'en restai là.

Cependant, si je m'attardais trop longtemps au même endroit, on se mettait à bavarder sur mon compte. Ces commérages attiraient l'attention de la Confraternité de la Plume rouge, qui croissait en secret et se considérait comme un bras officieux de la Sainte Inquisition romaine. Les membres de cette société nouaient une petite plume rouge à leurs vêtements et se saluaient par gestes codés. La peur et l'instinct de désigner un bouc émissaire s'avéraient plus contagieux que la peste, je l'avais toujours constaté. Parfois, un Niccolo Silvano vieillissant accompagné de son fils Domenico, une plume rouge nouée au *farsetto*, faisaient monter ces rumeurs jusqu'à moi, que je séjourne à Rome, à Vienne ou à Paris, comme s'ils partageaient, lui et son fils, ces sens curieusement aiguisés qui m'indiquaient jadis où se trouvait Bernardo Silvano – sauf que les leurs se concentraient exclusivement sur moi et mon lieu de résidence. J'appris à quitter discrètement une ville dès l'arrivée d'un Silvano. Et les premiers murmures de sorcellerie devinrent bientôt pour moi le signal de reprendre la route ; ainsi parvins-je à éviter Niccolo, puis son fils, Domenico.

Durant cette période, je me tins informé de ce qui se passait à Florence. L'année précédant sa mort, Pétrarque m'écrivit que Boccace avait lu *La Divine Comédie* dans l'église Santo Stefano, s'attirant les foudres des instruits, qui l'accusèrent d'avoir servi Dante aux masses comme des croûtes de pain. La peste noire frappa à nouveau en 1374 et, quelques années plus tard, les Ciompi, les ouvriers qui étaient les rouages des fabriques de laine, se révoltèrent en raison de quotas de production impossibles. La même année, en 1378, on élut un antipape en Avignon, ce qui engendra l'anxiété de la Florence papiste. La riche famille Albizzi, qui contrôlait la ville par un réseau d'amis et de membres de la *signoria*, fit montre de l'*ingegno* florentin pour étendre les territoires de la cité. Mais Pise et Milan la menacèrent à la fin du siècle.

Je vivais à l'époque à Bosa, un petit village de pêcheurs de la côte nord-ouest de la Sardaigne, sur le fleuve Temo. J'y exerçais de nouveau mes talents de *physico*. Venu à bord d'un navire marchand génois pour le commerce du corail, j'avais découvert que bien des Bosans souffraient de dysenterie. Le médecin local en était mort. Je pris les habitants en pitié et leur apportai autant de réconfort que possible. Quand la population eut récupéré, j'étais déjà enchanté par la région avec ses oliveraies, ses orangeraies, ses buissons de baies sucrées, ses anciennes forêts de chênes-lièges et ses vignobles opulents qui donnaient un délicieux vin ambré, la *malvasia*, ses vautours fauves et ses faucons pèlerins qui s'élançaient au-dessus des hautes falaises volcaniques, ses bateaux de pêche peints en rouge, en jaune et en bleu et par son bourg de pierres roses décrivant un large croissant blotti contre la colline au-dessus de l'étincelante mer azurée, montant en allées et en escaliers étroits vers la forteresse, rose elle aussi, de Malaspina. J'acquis une petite maison à l'écart du centre, une toile complexe de ruelles, portiques et petites places où les femmes s'affairaient sur leurs métiers à tisser et sur leurs broderies.

Lors d'un après-midi chaud, au début de l'été, une voix familière tonna à ma porte d'entrée.

« Est-ce là la demeure d'un louveteau ?

— Je n'ai pas pu l'empêcher d'entrer, Luca », souffla Grazia, ma servante, assistante et compagne de couche, en se présentant sur le seuil. C'était une jolie femme, petite, les cheveux foncés et les traits castillans. Elle avait un charme espiègle, un esprit vif, et ses menstrues ayant cessé très tôt, il n'y avait aucun risque de grossesse. Je l'avais laissée prendre l'initiative de notre relation, bien sûr, et en retirais depuis beaucoup de plaisir en toute sérénité, sans compter le travail qu'elle accomplissait chez moi et que je lui payais.

« Ce n'est rien, Grazia. » Je souris. « On ne saurait empêcher les Juifs de s'infiltrer partout.

— Et pourquoi le voudrait-on ? renifla-t-elle en faisant voleter sa jupe. Ils apportent instruction et commerce là où ils s'établissent !

— C'est vrai », murmurai-je. Je finissais juste de recoudre l'entaille qu'un jeune pêcheur s'était faite au bras quand son couteau avait dérapé sur un poisson qui s'était débattu au moment où il ne s'y attendait pas. C'était ce qu'il affirmait mais je le soupçonnais de s'être bagarré contre une autre tête brûlée. J'allais le prévenir de rester à distance de l'autre quand Grazia pointa le doigt derrière elle.

« Entrez, sauf si vous craignez de vous faire mordre », lançai-je. Le Vagabond pénétra dans la pièce à grands pas. Je bondis sur mes pieds avec un cri de joie et le serrai contre moi. Il me rendit mon étreinte puis recula pour m'observer.

« Tu n'es plus un louveteau », fit-il en souriant. Il me pinça le biceps. « Regardez-moi ces muscles durcis par l'usage. Luca Bastardo, le louveteau blessé, est devenu un animal dangereux ! » Il n'avait pas changé : épaules larges et fortes portant un sac plein à craquer, bras et cuisses épais et robustes, une longue barbe grise indisciplinée et des pattes d'oie prononcées rayonnant depuis ses yeux sombres qui luisaient d'humeurs joueuses, tristes et d'une vie trop longue.

« Vous êtes resté le même, Vagabond », répondis-je, et j'en fus heureux. Je n'étais pas le seul à présenter une anomalie de l'âge.

« Il en sera toujours ainsi, répliqua-t-il avec légèreté. Et pour toi aussi, maintenant que tu es devenu un loup adulte.

— Une curieuse excentricité de notre nature, comme des flèches ayant trop de plumes à l'empennage, dis-je à voix basse pour garder notre conversation privée.

— Certaines personnes ont des dons inhabituels, commenta Grazia avec désinvolture, sans s'adresser à quiconque. Va-t'en, Tommaso, et cesse de te disputer avec Guglielmo. La prochaine fois, il risque de ne pas t'entailler que le bras ! » Le jeune homme protesta tandis qu'elle le poussait vers la sortie. C'était en cela qu'elle se montrait une assistante utile : sa fermeté, son esprit pratique et le respect que lui témoignaient les Sardes.

« Qu'est-ce que le temps pour que nous ne l'oublions point ? Que vois-tu dans le fond de son abîme ténébreux ? » demanda le Vagabond, tissant ses questions comme un filet qui me capturerait. J'étais tellement réjoui de le voir que je me contentai de sourire et de secouer la tête.

« Le temps, c'est ce que vous et moi avons beaucoup et que d'autres ont moins. Mais pourquoi ?

— Et pourquoi pas ? Parce que tu le redoutes ? Crains-tu que nous ne venions de la contrée des fées, des désirs du cœur, où personne ne connaît la vieillesse, la piété ni la gravité, où la marée de la beauté ne reflue pas, où celle du déclin ne monte pas, où jamais le temps ni le monde ne suspendent leur vol ?

psalmodia-t-il avec son sourire caractéristique qui m'avait plus manqué que je ne l'avais imaginé.

— Des énigmes sur des questions auxquelles je n'ai pas réfléchi depuis des années, fis-je en riant.

— Tu n'en as pas envie, rétorqua-t-il d'un ton cassant. Alors elles sont venues frapper à ta porte. Qu'as-tu fait de mon âne, hein ? L'as-tu mangé, loup que tu es ?

— Cet âne roulait carrosse à Florence et que je sois damné si ce vieil animal têtu et misérable n'était pas encore en vie quand je fus obligé de partir !

— Voilà donc ce que tu fais de mon présent, tu l'abandonnes et le dénigres ? » Il eut un rire. « Alors qu'il est l'un de nous, condamné par Dieu à vivre au-delà de son temps. Tu aurais dû l'emmener. Il est loyal et fiable, c'est un bon allié à garder à ses côtés lors d'un combat !

— C'est le prince des ânes, capitulai-je en levant les yeux au ciel, mais je suis sûr qu'il est mort maintenant.

— Ne remets-tu jamais tes certitudes en question ? s'enquit le vieillard. Et que fais-tu dans ce petit village de pêcheurs au milieu de nulle part ?

— Il y a ici le plus beau cycle de fresques de toute la Sardaigne, peint par un Toscan de la cour papale d'Avignon. Il y figure une *Adoration des Rois mages* qui vous figera le cœur…

— Tu plaisantes, n'est-ce pas ? Un cycle de fresques ? Écoute, j'ai une histoire à te raconter…

— Une histoire ? Je ne vous ai pas vu depuis, combien ? cinquante ans ? Et vous voulez me raconter une histoire ? Si je suis obligé d'écouter un de vos récits infernaux, il vaut mieux boire du bon vin ! Montez, je vais demander à Grazia de nous préparer un repas.

— Cette femme est petite mais redoutable ; aussi jolie que la femme de Moshe Sforno et probablement plus vive encore avec un couteau, répliqua le Vagabond. Je n'oserais pas la contrarier ! » J'acquiesçai en riant puis le conduisis à l'étage. Nous nous installâmes à la table de la salle à manger. Grazia nous apporta une jarre de vin.

« Êtes-vous le premier des vôtres à venir en Sardaigne ? demandai-je. J'entends dire que les Juifs cherchent où s'installer. Bosa est un bon choix ; les gens d'ici ont l'esprit ouvert. Peut-être plus futé qu'ouvert. Bien des Bosans voient les avantages qu'apporterait une communauté juive.

— Les Juifs cherchent toujours où s'établir, dit-il avec gravité. C'est ce que Dieu a voulu pour nous.

— Comment peut-on savoir ce que Dieu veut ? » le défia Grazia. Il lui adressa un large sourire.

« Et vous, que cherchez-vous ? » fit-il, répliquant comme toujours à une question par une autre.

Je ne m'attendais pas à ce qu'elle réponde. Car, malgré son charme espiègle, c'était une Sarde typique, courageuse, travailleuse et distante, hésitant à se dévoiler, se méfiant des étrangers. À ma grande surprise, elle se figea. Elle inclina la tête et son regard fougueux s'apaisa. Le Vagabond avait cet effet sur les gens, bien sûr ; je l'avais constaté moi-même des années plus tôt. « L'amour, déclara-t-elle doucement. Un enfant. Moi-même. Que voulez-vous, Juif ? »

Ses traits barbus et anguleux prirent une expression pensive rare. « La paix pour mon peuple, dit-il à mi-voix, me surprenant une deuxième fois. La paix pour le monde.

— Alors nos vœux sont frères, acquiesça-t-elle. Si tout le monde avait ce que je désire, la paix naîtrait. » Le stoïcisme sarde ferma son beau visage castillan. « Je vais chercher de quoi manger. »

La grâce de sa réponse me laissa coi ; je n'avais jamais pensé à l'interroger sur ses souhaits. Les souhaits représentaient des gênes que j'esquivais depuis plusieurs décennies. Grazia rassembla en hâte une collation, les joues légèrement rosies. Je nous servis un verre de vin. Il leva le sien à ma santé, sans un mot, et nous bûmes tous les deux une longue gorgée. Je reposai lourdement le mien sur la table, faisant danser le délicat liquide ambré jusqu'au rebord. Puis nous restâmes silencieux. Je pris peu à peu conscience de la myriade d'impressions sensorielles qui m'entouraient : la jeune femme s'affairant bruyamment dans la cuisine, le parfum des abricots presque mûrs de l'arbre près de la maison, le cri strident d'une mouette planant vers un rocher de la côte, le rire lointain d'hommes travaillant dans les champs, les bêlements d'un troupeau de moutons cheminant dans la rue devant la porte. Je m'installai dans ce moment plus riche, plus intense que je n'en avais vécu depuis bien des années, comme si tout le temps passé à me distraire n'était qu'une ombre vacillante de ce que la vie pouvait représenter. Je ressentis mon affinité avec le Vagabond, assis en ma compagnie, alerte et immobile.

« Vous avez fait tout ce chemin jusqu'en Sardaigne pour me raconter une histoire ? repris-je enfin.

— Cela ne vaudrait-il pas le voyage ?

— Cela dépend de l'histoire », répliquai-je d'un air narquois, et il gloussa.

« Tout bon récit n'offre-t-il pas un cadeau à la fin ? Permets-moi de te poser une question. Tu es *physico* comme l'était ce bon Moshe Sforno…

— Était ? m'écriai-je en saisissant les implications du passé.

— Moshe s'est éteint il y a vingt ans, répondit le Vagabond. Il nous a bien quittés : il était vivant quand il est mort. Bien, tu es *physico* ; tu soignerais un malade qui viendrait à toi, n'est-ce pas ?

— Bien sûr, toujours, si j'en suis capable », affirmai-je, me remémorant avec un élancement qui me déchira le cœur les nombreux actes de bonté de Moshe Sforno envers moi. Je repensai à Rachel, étendue dans mes bras, chaude et douce. Bizarrement, j'avais négligé de suivre l'évolution de leur famille pendant toutes ces années et, à présent que j'apprenais la mort de Moshe, je me demandais comment cela avait pu se faire. Avais-je simplement laissé mon cœur se figer afin que le temps, telle une fleur pétrifiée, ne s'écoule pas, alors que les autres, les gens à qui je tenais, vivaient l'été d'une existence qui céderait inévitablement devant sa moisson ? Ne pouvais-je mieux employer les jours supplémentaires qui m'étaient accordés ? « Et Rachel ? m'enquis-je, le souffle brusquement court.

— Je n'ai pas de nouvelles, répondit-il. Mais j'ai cette histoire que je t'ai promise. Un homme…

— Comment s'appelait-il ? le coupai-je, lui tirant son chaleureux sourire.

— Certaines choses ne changent pas, hein, Bastardo ? Mais je ne vais pas gâcher une bonne histoire en la confinant à des noms spécifiques ; pas cette fois. Il me suffira de dire que cet homme était malade, qu'il souffrait terriblement, aussi alla-t-il voir un grand rabbin. "Rabbin, soigne-moi", demanda-t-il. La souffrance de l'homme peina beaucoup le grand rabbin.

— Bien sûr ; la souffrance est inutile, répondis-je, catégorique.

— Elle fait partie de la vie, elle est inévitable », commenta Grazia en déposant devant nous un plateau chargé du fromage doux et tendre des campagnes sardes, de *prosciutto* de sanglier, de sardines salées, d'olives, de figues précoces, de tomates cerises orange, d'un bol d'huile d'olive jaune-vert, d'une petite tasse de sel et de deux pains ronds plats. J'en déchirai un morceau et le trempai dans l'huile.

Le Vagabond hocha la tête en triturant sa barbe fournie. « Une part de l'existence consiste à voir la souffrance du monde et la nôtre, puis à rester entier pendant que nous la subissons, et par sa grâce. Nous ne saurions être complets sans la souffrance. Nous ne saurions trancher Dieu en deux !

— Dieu ? Quel Dieu ? S'il existait, l'homme serait trop chétif pour le trancher en deux !

— Luca ne dit jamais de prières, avoua Grazia au Vagabond en secouant la tête.

— Mais les prières disent "Luca" », lui répliqua-t-il. Il me regarda. « L'unité est tout.

— Je ne me plaindrais pas d'être une seule moitié si cela avait pu m'épargner ce que j'ai traversé ! plaisantai-je.

— N'as-tu pas simplement mangé librement les fruits de l'arbre de vie, si bien qu'on t'a donné aussi ceux, doux-amers, de l'arbre de la connaissance du bien et du mal ? répliqua-t-il en levant sa main calleuse. Accepterais-tu de céder une peine de ton existence à laquelle tu as survécu, maintenant que tu l'as franchie ? N'ont-elles pas fait de toi ce que tu es ? »

Je regardai fixement par la fenêtre où un colibri voletait parmi les fleurs que Grazia avait plantées dans la jardinière. Je repensai aux années d'autrefois, à Silvano et à celles vécues au lupanar, à Massimo, à Paolo et à celles vécues dans la rue, à Moshe, Rachel Sforno et à celles vécues dans la grange. Le passé restait fortement ancré en moi, mes aspirations n'avaient pas changé, mais il ne me retenait plus par les mêmes vieux hameçons. J'étais capable de le supporter comme l'air soutenait le colibri – sans crispation. Mes années d'errance avaient permis à mon histoire de s'installer confortablement en moi. Même le rôle que j'avais joué dans les morts de Marco, Ingrid et Bella ne m'étranglait plus autant. « Vous posez des questions que nul ne m'a présentées pendant bien longtemps, Vagabond.

— Elles attendent toujours. Tu peux t'exiler mais elles ne s'évanouissent jamais. Elles régnaient avant toute création et subsisteront quand toute existence aura cessé.

— Je ne me suis pas exilé. Je ne regrette pas cette période. Je l'ai appréciée.

— La joie fonde les mondes. » Il haussa les épaules. « Et si je revenais à mon histoire ? Le rabbin était navré pour le malade mais il refusa : il ne le soignerait pas. L'homme fut terriblement déçu et se lamenta, pitoyable. Finalement, le rabbin soupira et lui dit : "Va voir le rabbin Untel. Il pourra t'aider." Bien ; le deuxième rabbin était moins important, il n'était pas aussi sage, pas aussi instruit, il n'avait pas autant de discernement. Mais, quand l'homme se rendit chez lui, il le guérit.

— À quoi rime cette histoire que vous êtes venu me raconter après tant d'années et au prix d'un grand voyage ? » m'enquis-je avec impatience. Je mordis la chair tendre et amère d'une olive verte et crachai le noyau dans ma main avant de le jeter sur la table. Grazia, qui écoutait notre conversation, rôdant non loin de là, claqua de la langue. Elle apporta une tasse pour les noyaux et m'adressa un regard signifiant qu'elle me réprimanderait plus tard. Je lui adressai un sourire désarmant. Puis je l'observai comme si je la voyais pour la première fois. Le Vagabond lui avait posé des questions fortes et elle avait répondu avec honnêteté et intelligence. Bien que je l'aie traitée avec bonté, il ne m'était jamais venu à l'esprit de l'approcher sous cet angle. Si elle n'était pas la femme de ma vision, c'était une bonne âme. Elle méritait de ma part un peu d'authenticité pour ce qu'elle me donnait si généreusement. Je me demandai si je l'avais maintenue à distance pour ne pas affronter la différence qui me séparait d'elle, des autres, du fait de ma longévité et de ma compréhension du mal, qui ne retenait jamais ses coups.

Le Vagabond se pencha vers moi et donna un petit coup sur la table pour attirer mon attention. « Bien. À ton avis, pourquoi le grand rabbin n'a-t-il pas soigné le malade et l'a-t-il renvoyé sur un autre ?

— L'homme ne l'a pas payé assez ? » répliquai-je. Le vieillard m'adressa un regard glacial.

« Le grand rabbin a vu un détail important dans la souffrance du malade, répondit Grazia. Mais il savait que le deuxième ne le verrait pas !

— Oui ! Le grand rabbin savait que cette souffrance était une grâce divine et il ne voulait pas l'en priver, répliqua le Vagabond en martelant la table. Une grâce divine !

— Son rire cruel, vous voulez dire ! » m'écriai-je, incapable de me retenir. Je me versai un autre verre de vin et l'avalai d'un trait. « Encore une de ses plaisanteries mesquines !

— Luca, les plaisanteries divines sont des accolades d'amour », répliqua Grazia avec compassion. Son beau visage s'adoucit à nouveau mais je m'entêtai, sûr de moi.

« Ce n'est pas ce que j'ai vu, soutins-je.

— Alors tes yeux ne fonctionnent pas, rétorqua le Vagabond. Mais ceux de cette femme, si. La maladie de l'homme équilibrait une dette. Dieu lui permettait de la rembourser afin qu'il puisse retrouver l'unité !

— Une dette ? Quelle dette ?

— Pourquoi devrais-je tout t'expliquer ? » Il haussa les épaules. « Une dette dans cette vie, dans une précédente, qui sait ? Le grand rabbin savait que l'homme la remboursait à travers sa peine et qu'il progressait ainsi vers sa transformation. Le sage ne voulait pas le priver de cette chance. Pas plus qu'il ne voulait le laisser souffrir, et il savait que l'autre rabbin ne discernerait pas la grâce de son tourment. » Il se renversa sur sa chaise et croisa les bras sur sa poitrine, étendit ses jambes massives et agita les pieds comme pour se détendre.

« Une autre vie ? Quelle vie ?

— Geber ne t'a pas parlé de la transmigration des âmes ? » demanda le Vagabond, surpris. Il prit une grande gorgée de vin, cueillit une tomate sur le plateau et la fourra dans sa bouche. Crachant de minuscules pépins, il poursuivit : « Il avait lu le *Sefer HaBahir*, le Livre de la clarté. Il savait que les âmes doivent retourner sur terre sans cesse jusqu'à achever leurs tâches. Son séjour ayant été abrégé, je suppose qu'il n'a pas pu t'apprendre tout ce que tu as besoin de savoir. Tu es censé apprendre par toi-même, tu sais. C'était le but de la pierre philosophale.

— J'avais besoin d'apprendre à transformer le plomb en or et son séjour a été écourté avant qu'il ne puisse me l'enseigner », répondis-je avec une pointe de bouderie. Ne pas avoir maîtrisé le secret ultime de l'alchimiste comptait parmi mes vieux regrets. Je me levai et déambulai distraitement dans la pièce, qui me parut d'un coup trop petite, trop éloignée du centre des choses.

« As-tu toujours l'esprit aussi étroit, Luca Bastardo ? me réprimanda le Vagabond. L'or, bah ! c'est facile de s'en procurer. Je te parle de l'éducation de soi ! Je te parle du destin de l'homme et de l'ordre divin ! Je te parle de chaque âme exécutant chaque commandement avec l'intention adéquate et dans la langue sacrée, car si une étincelle n'a pas accompli ne serait-ce qu'un seul aspect de l'unique – l'action, le verbe, la pensée –, alors elle doit transmigrer jusqu'à satisfaire aux trois !

— J'ai entendu parler de la transmigration des âmes quand j'entrais en Cathay à dos de chameau ; elles endosseraient de nouveaux corps comme nous enfilons de nouveaux vêtements. Je ne suis pas convaincu. C'est une belle histoire pour apaiser le peuple. Nous ne sommes que de petits jouets de poussière et de sang, les miniatures d'un Dieu cruel qui n'existe pas. Qui sommes-nous pour mériter une existence nouvelle ? Qui sommes-nous pour en mériter une en premier lieu ? Notre naissance est un miracle bien suffisant – ou une plaisanterie bien assez drôle. Nous ne pouvons espérer davantage, affirmai-je avec passion. Notre plus grande joie consiste à admirer la beauté. Votre histoire n'est pas pour moi, Vagabond !

— Veux-tu en décider avant de voir le cadeau qu'elle t'apporte ? » répliqua-t-il. Il tira quelque chose de sa chemise grise raccommodée – une lettre. Je l'arrachai de sa main noueuse aux veines épaisses.

« Elle est de Rebecca Sforno, elle est récente », dis-je, stupéfait. Mon cœur s'accéléra à l'idée d'avoir de ses nouvelles. « Les Sforno ont des problèmes. La peste est de retour à Florence et la guerre gronde aux portes de la ville. Deux de ses petits-enfants sont malades. Elle me demande de rentrer l'aider ! Elle se rappelle que son père a mentionné le *consolamentum*, mon don de guérison. Elle voudrait que je l'accorde à ses petits-enfants.

— Je vais attendre le temps que tu fasses ton sac, répondit le vieil homme. Un navire part ce soir. Le capitaine me doit une ou deux faveurs.

— Je n'ai pas dit que j'irais, tempérai-je. J'aimerais l'aider, c'est une vieille amie, les Sforno ont été généreux avec moi, ils ont changé ma vie et je me suis toujours demandé ce qu'il était advenu de Rachel... Je les ai abandonnés, je suppose, mais je ne voulais pas attirer le malheur sur eux... À Florence, certains veulent ma mort.

— Comment peux-tu tourner le dos à de vieux amis ? coupa Grazia, piquante et indiscrète comme toujours. Quand tu es arrivé à Bosa il y a quelques années, tes mains ont apporté un doux réconfort à bien des malades. Ce doit être le *consolamentum* que ton amie demande. Si tu peux aider ses petits-enfants, tu dois le faire. Je vais te rassembler quelques vêtements. » Elle sortit en hâte de la pièce avant que je ne puisse réagir. Pour elle, c'était décidé. Je songeai qu'elle avait probablement raison. J'étais rappelé à Florence, d'anciens liens avaient été invoqués, je devais partir. Ma réticence céda le pas à l'enthousiasme. Cela faisait bien des années que je n'étais pas rentré chez moi.

« Demande à ta jolie servante bien inspirée de nous emballer quelques-unes de ces tomates, d'accord ? fit le Vagabond. D'ailleurs, fais-lui préparer un panier entier de victuailles. Cette île offre des mets délicieux. »

Je pris quelques habits, mon panneau de Giotto, les lunettes de Geber et le cahier de Pétrarque et je les plaçai dans un bagage qui avait vu des dizaines de ports au cours des cinquante dernières années – des années qui, à présent, me semblaient aussi vides que les pages du cahier. Grazia prépara des provisions. Avant de partir, j'arrachai une page de vélin à la fin du livre encore vierge que m'avait offert Pétrarque pour rédiger une note lui léguant ma maison et mes biens. Je la lui donnai avec tout l'argent que je conservais chez moi ainsi qu'un baiser rapide. À ma grande surprise, elle me prit le visage à deux mains et m'embrassa longuement et tendrement sur les lèvres.

« Tu as été bon avec moi, Luca Bastardo, dit-elle.

— Comment ai-je pu être bon avec toi alors que je ne te connais même pas ? répondis-je doucement.

— Te connais-tu toi-même ? » Elle sourit. « Va, maintenant. J'ai toujours su que tu partirais. Tes parents devaient être des voyageurs qui t'ont vu naître sous une étoile errante. » Ses beaux traits étaient pensifs, ses yeux sombres limpides. « Ce serait mal de te retenir. Je voudrais te changer en ce que tu n'es pas.

— Au revoir, Grazia », soufflai-je. Je la serrai un moment dans mes bras, sentant son corps tiède, ses os robustes. Je lui souhaitai le meilleur – de trouver l'amour et l'enfant qu'elle désirait. Par ailleurs, cela m'intriguait qu'elle se soit mentionnée elle-même dans sa liste de vœux ; j'estimai ce but atteint. Si j'étais resté, je lui aurais demandé ce qu'elle voulait dire par là.

Je me mis en route en compagnie du Vagabond, descendant la colline escarpée vers la mer. Nous empruntâmes des ruelles pavées et des escaliers taillés à flanc de coteau, traversâmes des bosquets de figuiers, d'oliviers et d'amandiers, surprîmes des chats sauvages, des sangliers et des perdrix qui rôdaient dans les feuillages épais, puis atteignîmes enfin une plage courbe au sable noir qui était doté, selon les habitants, de propriétés curatives.

Ceux qui souffraient d'articulations douloureuses, avais-je entendu dire, venaient s'y étendre sur une couverture et se sentaient mieux ensuite, moins raides et détendus. La nature était riche de merveilles. Sur cette base, était-il si curieux qu'elle choisisse d'accorder une longévité particulière à certains ? Était-il si étrange que le temps s'écoule différemment pour d'autres ? Je méditai la question tandis que nous longions la rive. Ce fut une longue marche sous l'implacable soleil sarde.

« Alors, Bastardo, tu ne regrettes toujours pas de ne pas avoir gardé mon âne avec toi ? s'enquit le vieil homme.

— Il aurait servi de dîner dans certaines régions où j'ai séjourné au cours de ces cinquante dernières années, répondis-je en essuyant la sueur de mon front. C'est le moment de me distraire avec une histoire, Vagabond.

— Crois-tu que je puisse simplement te régurgiter un conte à volonté, comme un chien qui aboie sur commande ? rétorqua-t-il avec indignation.

— Alors parlez-moi de ce livre, le *Sefer HaBahir*. De quoi s'agit-il ?

— De quoi voudrais-tu qu'il s'agisse ? fit-il. Celui qui lit un livre n'en retire-t-il pas ce qui se trouve déjà dans son cœur ?

— C'est vrai, vous tenez à répondre à des questions par d'autres questions. J'avais oublié pendant ces cinquante ans combien c'était satisfaisant », répliquai-je avec une pointe de sarcasme.

Il m'adressa son sourire rusé et se pencha au point que ses folles boucles grises se replièrent contre ma joue. « Il affirme que l'union entre un homme et une femme représente une voie vers le divin. La jolie Grazia t'a-t-elle rapproché de Dieu ?

— Oh oui, j'ai connu avec elle des moments qui m'ont fait invoquer son nom, répliquai-je avec facétie avant de lui adresser un grand clin d'œil.

— Une union sacrée, donc, répondit-il avec solennité. L'avoir vécue sans que vous n'éleviez d'enfant ensemble signifie que vous transmigrerez pour revenir le faire. Ce qui accomplira le commandement.

— Si je dois transmigrer pour revenir aux côtés d'une femme, ce ne sera pas Grazia. Elle est jolie, mais ce n'est pas l'élue. Vous comprenez, Vagabond ? Ma promise. Celle qu'on m'a désignée pendant cette folle nuit de visions inspirées par la pierre philosophale, avec vous et Geber. J'ai réservé mon cœur pour cette promesse.

— L'as-tu réservé ou caché ? » demanda-t-il. Ce fut cette question qui, sembla-t-il, me réveilla, et je fus incapable d'y répondre. Alors nous continuâmes en silence jusqu'à atteindre un navire catalan, qui nous prit à son bord et nous traita comme des rois.

J'étais revenu à Florence. Florence : le centre du monde, la cité qui incitait les compositeurs de madrigaux à louer ses murs d'argent qualifiés par un pape de cinquième élément de l'univers. Bien sûr, la ville était étouffante. Sous le ciel estival, les pierres grises chauffaient et cuisaient les rues comme un four. Et, naturellement, la peste rôdait. Néanmoins, j'étais chez moi. Je respirais l'air de Florence, je souriais à ses femmes élégamment vêtues. Je dînerais d'une soupe de haricots avec du pain, d'épinards frais sautés à l'huile d'olive de Toscane, de bœuf à l'os rôti. Je boirais à sa santé le vin de Montepulciano. Je cheminais dans l'Oltrarno, m'émerveillant des nombreux *palazzi* récemment construits pour les membres des guildes et les marchands aisés. On avait tellement bâti sur la Via San Niccolo, qui reliait la Porta San Giorgio à la Porta San Niccolo, qu'elle arborait une façade quasi régulière de brique et de stuc sans la moindre brèche. Les habitations étaient hautes et étroites, s'élevant à quatre ou cinq étages et habituellement plus profondes que larges. La ville restait toutefois un éclatant mélange de *palazzi* et de chaumières, de fabriques de tissu et d'échoppes, d'églises et de monastères. Tailleurs de pierre et cordonniers côtoyaient banquiers et négociants, artisans et prostituées. La peste ternissait l'animation de la rue, mais Florence n'était pas aussi désolée qu'au premier déferlement de la peste noire par-dessus les murailles. Les gens avaient appris qu'ils ne pouvaient se cacher quand la mort les traquait.

J'atteignis l'enclave juive et me frayai un chemin jusqu'au *portone* sculpté des Sforno, l'imposante porte encastrée de leur demeure. Je frappai avec le heurtoir de cuivre et, quelques instants plus tard, une vieille femme voûtée aux allures de grand-mère vint ouvrir. « Luca ! lança-t-elle d'une voix flûtée.

— Rebecca ? demandai-je, non sans hésitation.

— Mais bien sûr ! » Elle eut un rire. « Entre, quitte la rue avant que la peste ne te trouve et laisse-moi te regarder. » Elle tira sur ma manche et je pénétrai dans le vestibule qui n'avait pas beaucoup changé depuis la première fois où j'étais entré dans cette maison, plus de cinquante ans plus tôt. Rebecca se tenait tout près et levait les yeux vers moi en souriant. Ses cheveux bouclés étaient blancs à présent, elle avait le visage couturé de rides, mais son regard était plus clair et joyeux que jamais et sa voix ne chevrotait pas. Je retrouvais la vigueur et la gentillesse de la petite fille que j'avais d'abord vue blottie dans les bras de son père, esquivant des pierres assassines. Je me demandai quel effet cela lui faisait de me voir resté jeune. Je ne savais pas si elle en concevrait de la jalousie ou de la haine. Cela rendait ma différence encore plus apparente et me séparait d'elle plus qu'un Gentil ne l'avait jamais été d'un Juif.

« Je suis venu dès que j'ai reçu ta lettre », dis-je, saisi d'indécision. Je regardai par-dessus son épaule si Rachel était là, mais je me doutais qu'elle habitait sa propre maison.

« Tu as dû voler pour arriver si vite, s'émerveilla-t-elle. Où est notre vieil ami le Vagabond ?

— En train de tourmenter quelqu'un d'autre avec ses questions. » Je souris avec un geste vague. « Il a disparu à l'instant où nous avons franchi les portes de la ville.

— C'est tout lui, n'est-ce pas, aller et venir à l'improviste. » Elle saisit ma manche dans son poing et tira joyeusement. « Je suis tellement contente de te voir ! Je savais que tu viendrais, même si nous n'avons pas eu de tes nouvelles depuis très, très longtemps !

— Bien sûr que j'allais venir, répondis-je à mi-voix, ému et heureux de son accueil.

— Grand-mère, qui est-ce ? » s'enquit un jeune homme à l'expression austère qui pénétra dans le vestibule et m'adressa un regard dur. Il était grand, plus que moi, large d'épaules et robuste, avec des cheveux noirs frisés et un long visage ovale dont les pommettes saillantes me rappelèrent Leah Sforno. Il me regarda de haut en bas, étrécissant ses yeux bleus.

« C'est Luca. » Rebecca sourit. « Celui qui m'a sauvée et que papa a ensuite formé à devenir *physico*. Je lui ai demandé de venir soigner ton frère et ta sœur, de leur donner son *consolamentum*.

— Vraiment ? grogna le garçon. Il doit avoir faim. Pourquoi ne pas le conduire à notre table ?

— Bien sûr, Aaron, tu as raison, dit-elle, et son visage s'éclaira. Comme je suis sotte de rester là bouche bée ! Viens, Luca, tu dois te rappeler où c'est ! » Alerte et gloussante, elle se lança dans le couloir. J'allais la suivre quand le jeune homme m'arrêta d'une main sur mon épaule.

« Si vous êtes celui qu'elle prétend, alors une magie impie est à l'œuvre et vous êtes un golem avec des démons pour parents, fit-il à voix basse. Si vous n'êtes pas cet homme, et c'est ce que je crois, alors vous êtes un aventurier qui cherche à soutirer de l'argent à une vieille femme à l'esprit faible.

— Je n'ai pas besoin de son argent, rétorquai-je en me dégageant. Je suis venu aider ton frère et ta sœur.

— On ne peut plus rien pour eux, déclara-t-il. Je les ai enterrés il y a une semaine. Comme ma grand-tante Miriam, mes parents et ma tante Ruth, la fille de Miriam. La peste nous a violemment frappés cette fois, peut-être parce qu'elle nous avait épargnés auparavant. Il ne reste plus que ma grand-mère et moi. Elle ne s'en souvient pas, toutefois, alors ne lui en parlez pas. Cela ne ferait que la bouleverser.

— Je ne lui ferais jamais de mal », répondis-je, peiné. J'entrai dans la salle à manger, m'assis sur le vieux banc et me remis aux petits soins de Rebecca. Elle m'apporta une assiette de poulet bouilli froid avec un artichaut frit et me servit un verre de vin blanc. Tout en s'affairant, elle me caressait les cheveux et me pinçait la joue. Sur le seuil de la pièce, les bras croisés, Aaron me dévisageait d'un œil hostile.

« Dis-moi, quelles nouvelles de Rachel ? m'enquis-je, le cœur s'emballant brusquement.

— Rachel, Rachel. Elle est partie, elle a disparu », répliqua-t-elle, perdant sa jovialité.

Aaron me regarda en secouant la tête et demanda à sa grand-mère d'aller chercher du pain. Une fois qu'elle fut partie, il répondit : « Ma grand-tante a quitté cette maison il y a plusieurs décennies. C'était un mois après votre départ, m'a raconté Miriam. Elle pensait que Rachel était partie vous suivre. Tout le monde était scandalisé. » Il m'observait, glacial.

« Je ne l'ai jamais revue », dis-je en m'interrogeant sur son sort. Était-elle toujours en vie, ailleurs, entourée d'amis ? Avait-elle un mari, des enfants, une vie bien remplie autre part qu'à Florence ? Je le lui souhaitais ; elle méritait le bonheur. Il me vint à l'esprit qu'elle pouvait aussi être morte, qu'elle pouvait avoir péri seule en un lieu inhospitalier. La peine me tomba lourdement sur le cœur tandis que je me remémorais la jeune fille pleine d'entrain avec son esprit vif, sa langue bien affûtée, ses manières directes et son beau visage à l'ossature forte. Je me rappelai sa tendresse au cours de notre étreinte. Je l'espérais pleine de vigueur et aimée, quelque part ; sinon, je souhaitais qu'elle nous eût quittés sans douleur et que le Vagabond puisse affirmer qu'elle avait été vivante quand elle était morte, à l'instar de son père. Je me rendis compte que ma longévité n'était pas qu'un don. Je portais toujours la faim de la rue et le lupanar en moi, comme un homoncule animé en quête perpétuelle d'autre chose ; au cours de mon errance, j'accumulais les êtres chers que, d'une manière ou d'une autre, je verrais tous mourir.

Chapitre quatorze

Je séjournai quelques jours dans la grange des Sforno, même si Rebecca avait à présent un autre nom de famille. L'endroit n'avait pas changé et le chat résident était un matou roux installé dans les chevrons qui battait de la queue et m'observait de ses yeux ambrés impassibles. La niche du mur où j'avais dissimulé mon tableau de Giotto existait toujours. Je ne pus me retenir de l'inspecter et j'y trouvai une poupée de bois qu'une enfant avait dû y glisser. J'eus un rire à l'idée qu'une jeune Sforno avait trouvé ma cachette et s'en était servie ; les vieux secrets finissaient toujours découverts. Je passai beaucoup de temps avec Rebecca, qui alternait lucidité et rêverie. Parfois, elle me reposait sans cesse les mêmes questions : « Tu viens de rentrer, Luca ? As-tu mangé ? » Quand elle se répétait, je lui tenais la main, lui parlais de l'ancien temps et elle revenait lentement au présent, autant qu'elle le tolérait, sans penser à ses sœurs, ses enfants et la plupart de ses petits-enfants morts de la peste. Ce fut une période douce-amère qui m'étreignit le cœur de façon inattendue. Puis je vécus une journée qui me renvoya dans la clandestinité, cette fois pour soixante ans.

Elle commença et s'acheva par une confrontation et, en son centre, la mort survint, comme bien souvent dans mon existence. Aaron entra dans la grange à l'aube suivi d'un âne en train de braire. « Un de mes amis a gardé cet animal galeux quand je m'occupais de ma famille. Il est à vous.

— Non », grognai-je. Je m'assis et me frottai les cheveux pour en ôter la paille. « Il appartient au Vagabond.

— La légende familiale veut qu'il vous appartienne et que vous reveniez un jour le récupérer – si vous êtes celui que vous prétendez. Alors voilà votre noble étalon ; nous ne voudrions pas vous retenir. » Il parlait avec une résolution froide, levant avec détermination son menton de jeune homme entêté.

« Je n'ai pas dérangé ta grand-mère.

— Si, rétorqua-t-il avec fermeté. Elle est agitée, elle a la mémoire embrouillée, le temps tourne en rond autour d'elle. Vous avez le même visage qu'un homme qu'elle a connu dans sa jeunesse…

— Je suis cet homme, répondis-je à voix basse.

— Il faudrait peut-être en parler à la Plume rouge, répliqua-t-il avec raideur. Ils traquent les sorciers et les faux prodiges. Un Juif qui en dénoncerait un rendrait service à toute la communauté. Nous avons besoin d'attirer toute la bienveillance possible. Nous sommes les premiers qu'on blâme quand la ville a des difficultés.

— Je quitte cette grange aujourd'hui.

— Prenez cet animal. Il est plus vieux que moi, mais cette chose refuse de mourir. Je n'en veux pas dans l'étable familiale. Cette confraternité traque la sorcellerie, elle pourrait venir nous interroger et nous aurions des problèmes. Cette société meurtrière veut répandre la destruction. » Il se tut un instant. « Ils nous visent peut-être déjà. Miriam m'a rapporté une rumeur selon laquelle Niccolo Silvano aurait accueilli Rachel puis l'aurait gardée prisonnière et battue à mort quelques années plus tard. »

Accablé, je dévisageai Aaron, à la fois choqué et horrifié. Était-ce possible ? Pour quelle raison Rachel avait-elle bien pu quitter sa famille et rencontrer un destin aussi funeste ? Que lui était-il arrivé pour qu'elle se rende volontairement à Niccolo Silvano ? Lui avais-je nui d'une manière ou d'une autre ? J'éprouvai un malaise et une culpabilité terribles. « Je n'en savais rien.

— Ma grand-tante n'a rien dit à ses parents, elle ne me l'a confié que sur son lit de mort. C'est certainement lié à l'hostilité de Silvano à votre égard. Vous avez causé suffisamment de tort à cette famille. Partez avant d'en attirer davantage. » Il me jeta la longe de l'âne, tourna les talons et sortit à grands pas.

Quelques heures plus tard, sous un ciel d'un bleu éclatant, domaine matinal du soleil des moissons encore bas sur l'horizon, le *mantello* agité par une brise légère, je déambulais avec l'âne à travers la ville. Je cherchais une pension ouverte avec une écurie. La plupart des auberges étaient fermées à cause de l'épidémie. Les étrangers n'étaient pas les bienvenus quand la peste noire rôdait. Florence avait beaucoup changé et, dans le même temps, elle était restée la même.

Marchant sans but, je conduisis l'animal sur le Ponte Vecchio, dont les nombreuses petites échoppes étaient closes, puis je pris tranquillement la direction du centre. Je n'avais pas de projets, débordant d'une douzaine d'émotions contradictoires. J'étais heureux d'être de retour en ville et navré d'avoir fait mes adieux à Rebecca Sforno. Je ne la reverrais jamais. Je me demandais ce qui était arrivé à Rachel et si j'avais une nouvelle culpabilité à ajouter aux précédentes. Je croyais avoir repris les fils de ma vieille relation avec les Sforno comme une femme reprend son motif en se rasseyant au métier à tisser, mais j'avais eu tort. J'éprouvais différemment le cours du temps. Je refusais d'en voir les conséquences mais elles existaient bien, inéluctables, me poussant à la mélancolie et à l'aliénation alors même que je me réjouissais de retrouver ma cité incomparable. Et puis il y avait cette rumeur sur Rachel ; penser à son sort me rendait malade, me donnait la nausée. Cela ravivait ma vieille fureur à l'encontre de Niccolo Silvano.

Un petit garçon bien habillé courut maladroitement vers moi, les yeux agrandis et le visage pâle. Il y avait quelque chose d'étrange dans sa démarche craintive, aussi jetai-je un coup d'œil à la ronde, cherchant la source de son inquiétude. Deux hommes costauds à la barbe sale, vêtus de *farsetti* grossiers déchirés, couraient à toute allure vers lui. Les périodes d'épidémie révélaient toujours les criminels, qui supposaient, à raison, qu'il y avait moins d'*ufficiali* pour patrouiller dans les rues quand la population périssait en masse. Le garçonnet trébucha devant moi ; je passai le bras autour de lui et le hissai sur l'âne. Je n'avais jamais supporté de voir quelqu'un nuire à un enfant et les intentions des voyous étaient manifestes.

« S'il vous plaît, ils veulent s'en prendre à moi », piailla-t-il. Je posai le doigt sur mes lèvres et entonnai un chant tapageur et bruyant, titubant comme un ivrogne. Les deux voyous ralentirent et s'approchèrent d'une démarche arrogante. Enthousiaste, je chantai d'une voix stridente mes prouesses d'amant extraordinaire avec une Napolitaine aux généreux appas.

« Le petit vient avec nous », décréta l'un d'eux en s'avançant. Je chantai plus fort et chancelai, faisant de grands gestes avec la longe tandis que mon autre main se faufilait discrètement sous mon *lucco* pour sortir la dague que je gardais attachée à la cuisse. Je ne cherchai pas mon épée courte, ma *squarcina*, cela aurait été trop visible.

« Et elle aimait tellement mon *gros* outil que jamais, au grand *jamais*, elle m'refusait sa compagnie…, braillai-je en tirant doucement mon arme de son fourreau et en la cachant dans mon dos.

— Regarde, il est saoul, fit l'autre vaurien en ricanant. Assomme-le, je prends le gamin ! » Le premier malandrin eut un sourire satisfait et se jeta sur moi. Je me tordis comme sous l'effet de l'alcool et lançai un coup de pied à l'âne en faisant semblant de m'affaler sur l'homme. Il émit un léger grognement surpris quand ma dague rencontra le centre de sa poitrine. Je fis tourner la garde et la ressortis tandis qu'il basculait à la renverse. L'autre se retourna, cherchant pourquoi son camarade avait grogné. Il eut à peine le temps de prononcer une exclamation que ma lame lui mordait la pomme d'Adam. Je l'enfonçai vivement et la retirai tout aussi vite. Le rustre s'écroula ; j'essuyai mon couteau sur son *mantello* boueux et les laissai là. Le *becchino* qui viendrait s'occuper des victimes de la peste les ajouterait à sa bière.

« Ils méritaient de mourir. Ils allaient m'enlever », déclara farouchement le petit garçon d'une voix douce et aiguë. Je le regardai et hochai la tête. C'était un enfant mince au teint cireux, aux fins cheveux brun clair et au nez anguleux. Il n'était pas beau ; toutefois, sa mine sereine et honnête lui donnait un maintien plus mûr que son âge. L'âne se calma et le petit voulut mettre pied à terre, mais je l'en empêchai.

« Je vais te ramener à ta famille, décidai-je ; pas besoin de marcher. » Il sourit et ses traits sérieux s'illuminèrent. « Où allonsnous ? » m'enquis-je. Il pointa le baptistère du doigt et nous nous mîmes en route vers la structure octogonale à dôme qui formait le cœur même de Florence. Je fus brusquement saisi du désir intense de le revoir, avec ses formes géométriques harmonieuses de marbre vert et blanc. Cela faisait des décennies que je ne m'étais pas régalé de la vue des portes sud, avec leurs bas-reliefs exquis de la vie de saint Jean. Ils avaient été conçus par Andrea Pisano en 1330, moulés en bronze à Venise et installés en 1336 sur les battants quand, enfant, je vivais encore en ville.

« Ils voulaient demander une rançon à mon père, il est très riche », expliqua le garçon.

J'examinai son visage propre, ses cheveux bien coiffés et ses habits finement coupés. « Il aurait payé. »

Il acquiesça. « Et ils m'auraient tué quand même. C'est l'inconvénient quand on a de l'argent : on veut vous le prendre. Il vaut mieux rester hors de vue quand on est très riche.

— C'est bien possible, si les gens le savent. » Je haussai les épaules.

« Mais alors, qu'est-ce qu'on fait si on reste tout le temps chez soi ? demanda-t-il comme s'il posait une question d'une vaste portée philosophique.

— J'avais un ami qui m'avait encouragé à lire et à étudier les grands du passé, les penseurs antiques grecs et latins qui réfléchissaient avec une grande sagesse sur la nature humaine, répliquai-je.

— Oui, apprendre sur la nature humaine auprès des maîtres d'autrefois, voilà qui paraît sensé », répondit le petit d'un ton songeur. Je réprimai un sourire pour ne pas le blesser dans sa dignité, qu'il avait fort sensible. Pétrarque aurait apprécié ce jeune garçon. Son fils l'avait déçu; il était intelligent mais peu studieux, alors que cet enfant pensif et solennel, avec le port d'un érudit, lui aurait plu. « Quel est votre nom ? demanda-t-il.

— Luca Bastardo.

— Mon père connaît un homme qui siège au conseil des Six du Commerce, un ami du podestat qui pourrait bientôt devenir gonfalonier, eh bien, je l'ai entendu confier à mon père qu'il avait cherché un certain Luca Bastardo pendant toute sa vie.

— Un homme laid, avec le nez étroit comme ceci (je mimai une pointe avec mes doigts) et le menton proéminent ? »

Il hocha la tête. « Mon père l'appelle Domenico. Êtes-vous son Luca Bastardo ?

— Aucun lien », répliquai-je aussitôt, dissimulant mon inquiétude. Je jetai un coup d'œil prudent aux alentours. Ainsi, Domenico Silvano avait réussi à s'élever dans le monde, bien qu'il soit le petit-fils d'un tenancier de lupanar. Il détenait pouvoir et influence. Il siégeait parmi les prestigieux Six du Commerce ; il risquait d'être élu gonfalonier, le dirigeant de la *signoria* qui gouvernait Florence ; il était l'ami du podestat, le chef de la justice en ville. Oui, Niccolo Silvano avait bien saisi les occasions créées par la peste pour améliorer le sort de sa famille, comme il l'avait promis voilà bien longtemps, et son fils, Domenico, en récoltait les bénéfices. La Confraternité de la Plume rouge avait dû l'aider à accomplir ses ambitions ; l'Église la considérait d'un œil favorable. Je changeai de sujet. « Et toi, quel est ton nom ?

— Cosimo », répondit-il d'une voix sonore, redressant ses petites épaules. À cet instant, l'âne s'assit sur son arrière-train et l'enfant manqua dégringoler. Je le rattrapai, le stabilisai et il me sourit. Je tirai la queue de l'animal pour qu'il se relève, ce qu'il fit à contrecœur. Nous étions arrivés au baptistère et je regardai furtivement autour de moi, guettant une plume rouge attachée à un *farsetto* ou un *lucco*. N'en voyant pas, je gagnai les magnifiques portes en bronze de Pisano, chacune présentant quatorze panneaux carrés. Sur les vingt-huit, vingt narraient la vie de saint Jean le Baptiste et les huit derniers représentaient les vertus : foi, espérance, charité, humilité, force, tempérance, justice et prudence, toutes les grandes qualités auxquelles Florence aspirait, mais elle échouait lamentablement. Celle dont elle était le plus ridiculement loin devait être la tempérance : la ville s'enflammait toujours avec violence pour les deux camps d'un différend. Mais voir ces idéaux sous nos yeux, exprimés en silhouettes sculptées qui semblaient se mouvoir comme des personnes réelles, vêtues de draperies au tombant aussi convaincant que les plis véritables de tissu, nous aidait à croire que nous pouvions les incarner.

« Vous avez les yeux humides », remarqua le garçon. Il était descendu laborieusement de l'âne et se tenait à mes côtés. Il prit ma main dans la sienne.

« L'art, la beauté qu'il nous révèle, est ce qu'il y a de plus important au monde, dis-je avec révérence. C'est le seul paradis que nous puissions entrevoir. Si la grâce existe, elle se trouve dans les œuvres de ces grands maîtres : Pisano, Giotto, Cimabue... »

L'enfant observait le panneau de la présentation du Baptiste. « C'est la Vierge qui présente le bébé pour le choix du prénom ; je le vois à son halo. » J'acquiesçai et il poursuivit ses réflexions : « C'est un grand honneur pour lui d'être présenté par la mère du Christ. Cela lui donne un meilleur statut.

— Je n'y avais jamais pensé, admis-je. Mais regarde la tendresse avec laquelle elle se penche sur l'enfant, comme sur n'importe quel autre nouveau-né, car elle est la mère du monde. Et note la robustesse de ses épaules et de ses bras sous ses robes, pour lui permettre de supporter la souffrance des hommes.

— Oui, je m'en rends compte, fit-il de la voix émerveillée de celui qui vient de faire une découverte. Sur ce panneau-là, où Jean baptise le Christ, l'ange est frappé d'admiration et de respect ; c'est le seul témoin de la scène, ce qui nous fait réfléchir à la valeur sacrée de l'instant. Et ici, où Christ parle aux disciples de Jean, il les bénit de la main avec affection, mais il n'a pas encore de halo parce qu'ils n'ont pas encore saisi comme Jean que Christ est le sauveur ! Dans un instant, ils le comprendront et tout changera !

— Tu as l'œil d'un amateur d'art, Cosimo. » J'eus un sourire. « Va voir les tableaux de Giotto à Santa Croce. Tu en seras renversé.

— Ils sont aussi beaux que cela ? » Il désigna les bas-reliefs.

« Pisano a beaucoup appris de Giotto et ses œuvres sont sublimes, presque trop belles pour être vraies, répondis-je. Florence ne serait pas ce qu'elle est sans les reliefs de l'un et les peintures de l'autre, sans tous ces grands artistes qui viennent enrichir la ville de couleurs, de formes et de textures, pour l'investir d'une beauté qui fait envie au reste du monde. »

L'enfant m'entraîna autour du baptistère et désigna l'entrée nord. « Pourquoi n'avons-nous rien d'aussi beau ici ? Il nous faudrait des portes tout aussi grandioses !

— Parce qu'il faut les payer, répondit une voix énergique, et parce qu'il faut trouver un artiste capable de réaliser un travail aussi exquis que celui de Pisano ; comment le choisir ? » C'était un jeune homme plutôt corpulent, au visage rond, qui s'adressait à nous. Il n'avait pas l'air d'avoir vingt ans mais son crâne se dégarnissait déjà. J'examinai ses vêtements en quête de la plume rouge révélatrice, en vain. Il s'inclina légèrement. « Je vous ai vus admirer les portes de Pisano. Leur beauté me fend le cœur !

— Avec la peste qui rôde, tout le monde a beaucoup de temps libre, sauf les *becchini*, observai-je.

— Je viens ici alors que j'ai du travail à finir. » Il eut un sourire. « Je m'appelle Lorenzo.

— Mon petit frère a le même prénom. Je suis Cosimo, répondit l'enfant d'une voix à la fois noble et sensible, un tour de force.

— Et moi Luca Bastardo, ajoutai-je. Êtes-vous artiste, Lorenzo, pour montrer une telle sensibilité ?

— Je suis orfèvre mais, ah, je peins aussi, répondit-il avec modestie tandis que son visage rond rougissait. Je rêve de créer un jeu de portes sculptées capables de rivaliser avec celles de Pisano et d'apporter ma contribution au lustre de Florence !

— Que sculpteriez-vous ? m'enquis-je. Quelles scènes ?

— Celles qu'on me demanderait. » Il écarta ma question d'un geste. « Ce n'est pas tant la scène que son exécution. Vous avez

vu l'immobilité du travail de Pisano; je représenterais des silhouettes exubérantes, débordantes de vie! Je remplirais le vide et
j'en ferais pourtant un élément important de la composition...»
Debout devant les battants nus, il gesticulait comme s'il avait
déjà créé son propre jeu d'œuvres de bronze. Ce fut une illusion
d'optique mais, l'espace d'un instant, je crus les voir : vingt-huit
panneaux, le premier au sommet figurant un Jésus magistral portant la croix... Puis je cillai et l'illusion s'évanouit.

« Vous avez tant d'idées pour ces portes, dis-je d'un ton songeur, vous les réaliserez peut-être. »

Il rit. « Je suis un orfèvre inconnu. S'il faut les commander à
quelqu'un, ce sera à un maître célèbre!

— On ne sait jamais ce que la vie nous réserve. Les rêves
puissants savent se concrétiser. » Je haussai les épaules. « Peut-
être que cette commande fera l'objet d'un concours et que vous
gagnerez.

— Un concours, j'aime ça! s'écria Cosimo, plaçant les mains
sur les hanches et bombant le torse comme un adulte. Mon père
a des amis proches dans la Calimala, la guilde qui entretient le
baptistère; je vais lui en parler! »

Lorenzo frotta ses cheveux clairsemés. « Une commande, en
ce moment? Avec Milan qui aboie à nos murailles comme un
chien enragé et la peste noire qui assassine nos concitoyens? La
guilde serait prête à cet investissement?

— Peut-être pas tout de suite, répondit pensivement le petit
garçon. Mais je le mentionnerai à mon père pour l'avenir. Il
m'écoute, vous savez.

— Je n'en doute pas », répondit Lorenzo sans aucune
moquerie. Cosimo avait cet effet-là sur les gens; il présentait tant
de réserve qu'on le prenait au sérieux. Des années plus tard, à
l'âge adulte, je le verrais exercer sa gravité unique avec encore
plus d'efficacité.

« À Florence, l'art a toujours été une question d'orgueil,
ajoutai-je. La Calimala ferait une bonne dépense en revigorant la
ville en ces temps troublés.

— C'est vrai, l'art est l'âme de Florence, approuva Lorenzo.

— L'art et l'argent », corrigeai-je, et il m'adressa un sourire
sardonique que je lui rendis.

« L'art, l'argent et les Florentins, nous reprit conjointement
Cosimo.

— La vérité sort de la bouche des enfants... Je dois retourner
à mon atelier. Les gens demandent des colliers même quand il
leur pousse des *bubboni*. » L'orfèvre soupira. « Pour impressionner leurs voisins de cercueil, j'imagine.

— N'oubliez pas votre rêve, Lorenzo...

— Ghiberti. Lorenzo Ghiberti. » Il s'inclina comme à la cour
et prit la direction de l'Arno.

« Je l'aime bien, Luca. Je veux qu'il réalise ces portes, je sais
qu'il les fera aussi belles que celles du paradis ! » Cosimo me
regarda avec intensité. « Un jour, je gouvernerai Florence,
déclara-t-il de la voix assurée d'un homme prêtant serment. Et
alors je ferai venir les meilleurs artistes ! Vous me croyez, n'est-ce
pas, Luca, quand je vous dis que je gouvernerai la ville ?
demanda-t-il farouchement. Je sais que j'ai l'air d'un gamin
malingre. Mais vous le voyez, que je suis différent à l'intérieur,
n'est-ce pas ? L'apparence, c'est ce qui compte le moins. Le plus
important, ce sont les qualités en nous ! »

Les paroles prononcées par Giotto bien des années plus tôt
me revinrent. Comment avais-je pu oublier la toute première
leçon du maître, la leçon qui m'avait transformé et sauvé la vie
un millier de fois ?

« "Ce qu'on a en soi est une porte vers tout." C'est ce qu'on
devient, ce qu'on fait de sa vie, acquiesçai-je en me remémorant
ses paroles comme si je m'éveillais.

— Exactement ! s'exclama Cosimo. Vous comprenez ! Alors,
vous me croyez quand j'affirme que je dirigerai Florence et que
je la ferai plus grande que jamais ? »

Il y avait une conviction si lumineuse dans ses yeux qu'une
dureté fondit dans mon cœur. Oui, avec une sagesse aussi précoce, ce garçon gouvernerait Florence. Je m'agenouillai devant
lui comme pour prêter allégeance. Je le dévisageai, observant
attentivement son jeune visage cireux, pour qu'il comprenne ma

sincérité. Ses traits me tiraillèrent la mémoire et l'architecture de mon esprit joua comme une cascade d'éclats de verre. Je revis Geber l'alchimiste et la nuit de la pierre philosophale. Quand je m'étais contemplé, mort, quand le temps avait pris son envol sous mes yeux, j'avais aperçu bien des visages. L'un d'eux était celui d'un homme puissant, le souverain qui avait émergé du jeune Cosimo. Cela me confirma que cet enfant était singulier et doué. Selon les termes de Pétrarque, il émanait de lui l'aura des élus.

« Je te crois. Et quand tu dirigeras Florence, Cosimo, n'oublie jamais que sa beauté, son art appartiennent à tous ses citoyens, riches et pauvres, peu importe leur condition.

— Je m'en souviendrai. Et vous serez mon ami quand je gouvernerai », décida-t-il. Je me levai, joignis les mains sur le torse et m'inclinai. Je ne me moquais pas. Il avait le visage de ma vision et j'avais toujours cru que les images accordées par la pierre philosophale recelaient la vérité. Et les paroles de Giotto avaient toujours présagé le destin. Pendant toutes ces années où mes caprices m'avaient conduit de par le monde, je n'avais pas vraiment vécu. À présent, j'étais de retour à Florence et ma fantaisie tombait de mes épaules comme un *mantello* pelucheux, remplacée par une autre sensation, plus intense et substantielle : la résolution. C'était pour *elle* que j'étais là. La femme de ma vision. Je ne savais pas si j'étais digne d'elle mais, encore une fois, j'éprouvais l'attraction insatiable de mon vœu juvénile, prendre une épouse et connaître l'amour. J'eus l'impression qu'elle allait s'approcher et me saluer sur l'instant, là, devant le baptistère. Je regardai autour de moi, le cœur battant la chamade. Puis je me repris et eus un rire. Émerveillé, j'éprouvai également les traces chaleureuses du rire divin. Même si j'avais erré pendant des décennies, je me trouvais à présent sur le chemin qui me conduirait à la rencontrer.

« Cosimo, Cosimo ! cria une voix. Mon fils, où étais-tu ? » Un homme trapu vêtu d'un *lucco* vert et orange des plus élégants courait vers nous. Il était encadré par plusieurs dizaines de serviteurs, *condottieri*, *ufficiali* et prêtres. L'inquiétude lui tirait les traits. Cependant, quand il cueillit le garçon dans ses bras, son visage dur se détendit et ses yeux aux paupières tombantes s'adoucirent. « Nous craignions que des malandrins ne t'aient enlevé. Un des esclaves a vu des vauriens te prendre...

— Oui, des bandits ; mais cet homme m'a sauvé ! » s'écria Cosimo en serrant son père contre lui. Celui-ci m'adressa un intense regard soulagé et reconnaissant par-dessus l'épaule de son fils. « Deux méchants m'ont jeté dans leur chariot, ils allaient m'emmener hors de la ville, alors j'en ai mordu un et j'ai sauté, mais je me suis fait mal aux genoux en tombant, pourtant j'ai couru quand même, et ils m'ont poursuivi ! Ils étaient tellement gros et sales ! Ce *signore* les a tués et j'étais vraiment bien content ! Ils méritaient de mourir parce qu'ils voulaient me faire du mal. J'ai eu peur, papa, mais je me suis efforcé d'être courageux.

— Je suis sûr que tu l'as été, Cosimoletto », murmura le père. Il le reposa et me dévisagea avec sérieux. Il avait le nez épais et le menton large, mais sa majesté pensive, qu'il avait transmise à son fils, le rendait avenant. « Je vous dois beaucoup, monsieur. Je suis Giovanni di Bicci de Médicis. Je suis votre serviteur ; ordonnez et j'obéirai ! »

Je secouai la tête. « Vous ne me devez rien. Tout le monde aiderait un enfant qui en a besoin. Et votre fils est un garçon courageux, *signore*. Mais peut-être voudrez-vous envoyer quelqu'un débarrasser les corps afin que nous évitions les malentendus. Concernant mon rôle dans leur mort, j'entends.

— Je vais m'assurer que vous ne soyez pas importuné pour le service que vous nous avez rendu, à mon fils et à moi, répondit-il, et ses yeux pénétrants s'étrécirent. Vous me rappelez quelqu'un. Puis-je vous demander votre nom ?

— Papa, allons faire un tour », dit Cosimo de sa fine voix aiguë. Il adressa un regard appuyé vers leur entourage, qui se trouvait à portée de voix. C'était un grand groupe qui murmurait avec excitation, attendant avec l'empressement du courtisan de féliciter le père pour le retour du fils sain et sauf. Puis Cosimo se retourna vers lui. Une entente tacite passa entre eux et Giovanni lui prit la main, la serrant étroitement.

« Venez, *signore*, faisons un tour avec mon fils », dit-il. Il leva l'autre bras avec beaucoup de dignité. « Nous allons faire quelques pas tous les trois. » Un bruissement déçu traversa l'assemblée et bien des yeux affamés se fixèrent sur moi comme des bouches voraces. Je resserrai mon *mantello* malgré la chaleur de cette journée de fin d'été dont le soleil s'élevait haut dans le ciel.

« Par ici », dit Giovanni. Tenant toujours la main de Cosimo, il nous conduisit vers l'église Santa Maria del Fiore toujours inachevée avec ses motifs excentriques de rectangles en marbre vert, blanc et rouge, et de fleurs. « Il faut que nous nous occupions de mettre un dôme à cette cathédrale énorme ! » grommela-t-il. Il passa la main sur son visage aux traits durs. « Il n'est pas convenable que le plus beau et le plus honorable des lieux de culte de la Toscane tombe pour ainsi dire en ruine !

— Un concours pour trouver qui en sera capable, papa, proposa Cosimo. Mais, d'abord, organisons-en un pour donner de nouvelles portes au baptistère.

— Un concours, hein, jeune homme ? » Giovanni sourit et tordit doucement le nez de son fils. « Ce n'est pas une mauvaise idée. » Il se tourna vers moi. « *Signore*, votre identité présente-t-elle une difficulté ?

— À moi, non.

— Papa, mon ami s'appelle Luca Bastardo ! » s'exclama l'enfant avec anxiété.

Giovanni m'observa et les rides entre ses sourcils épais s'accentuèrent. « J'ai entendu ce nom prononcé dans des contextes qui m'embarrasseraient, à votre place. Mais je l'ai aussi vu en regard de versements réguliers sur un compte tenu auprès de ma banque familiale. Pour avoir économisé avec autant de soin et depuis si longtemps, vous êtes un homme prudent, Bastardo.

— Pas au point d'avoir évité de me faire des ennemis », répondis-je. L'âne du Vagabond émit un braiement sonore, refusant d'avancer. Je lui donnai une claque sur la croupe. Le misérable fit mine de me mordre, puis il suivit à contrecœur. Le soleil des récoltes nous chauffait dans le ciel céruléen sans limites ;

mon ombre avait rétréci jusqu'à une petite flaque d'encre à mes pieds et j'ôtai mon *mantello*, le roulai et le fourrai dans le bagage attaché sur le dos de l'animal.

« La Confraternité de la Plume rouge serait ravie de mettre la main sur vous, précisa Giovanni avec tristesse. Elle prétend détenir à votre sujet une vieille lettre prouvant que vous descendez d'hérétiques aux pouvoirs surnaturels. Des pouvoirs peu recommandables. Votre prudence vous incitera peut-être à quitter la ville.

— Mais je suis parti depuis si longtemps, et je suis d'ici !

— Je n'ai moi-même guère de goût pour une société fondée sur la superstition et la torture. » Il haussa les épaules. « Il existe des activités plus profitables pour un Florentin. Mais l'Église est bien disposée envers la Plume rouge. Depuis la première épidémie de peste, elle sourit aux pénitents qui se flagellent pour expier leurs péchés. La Confraternité espère obtenir une bulle papale qui en fasse un bras de l'Inquisition et lui confère l'immunité pour ses persécutions – comme celle d'Alexandre IV, il y a cent cinquante ans, qui autorisait toute torture contre les suspects d'hérésie dès l'instant où la procédure était supervisée par au moins deux prêtres. Et votre nom fait partie des cibles favorites.

— Je sais me cacher dans les rues de cette ville, répliquai-je avec entêtement.

— Dans les rues de cette ville, un florin achète n'importe quoi, surtout l'adresse où se cache votre ennemi. Et vous en avez d'implacables en la personne de Domenico Silvano et de son vieux père impitoyable, Niccolo. » Giovanni émit un son de gorge frustré. « Êtes-vous vraiment aussi vieux, Bastardo ? Nos livres montrent des dépôts remontant au moins à une trentaine d'années, pourtant vous avez l'air d'un jeune homme. La lettre de cette Confraternité dirait-elle la vérité ? » Je croisai son regard sans faiblir et, au bout d'un moment, Giovanni secoua la tête. « Il vaut peut-être mieux que je n'en sache rien s'il faut que vous fassiez de moi votre débiteur en sauvant mon enfant et refusiez ensuite de vous mettre à l'abri. Vos parents devaient être de beaux semeurs de troubles pour engendrer un fils aussi déraisonnable !

— Je ne les ai jamais connus, mais je sais que tous les hommes de la lignée Silvano sont fondamentalement mauvais.

— Mais Luca ne l'est pas, papa. Il m'a sauvé, et il avait deux adversaires, et bien plus grands que lui ! intervint Cosimo, inquiet. Il ne les a pas tués par sorcellerie, il était beaucoup plus intelligent qu'eux, c'est tout, et très vif avec sa dague !

— Oh, Cosimo... » Giovanni serra la tête de son fils contre sa poitrine et ferma les yeux. « Je m'inquiétais tellement pour toi. En d'autres circonstances, Bastardo, je serais tout aussi alarmé que troublé par votre singularité. Mais vous m'avez ramené mon fils sain et sauf... Je dois encore vous exhorter à quitter Florence. On raconte que Domenico va prendre un mandat de gonfalonier. Les Florentins ont la mémoire longue avec leurs amis, mais plus encore avec leurs ennemis.

— Je ne lui mentionnerai pas notre rencontre si vous n'en faites rien, répliquai-je.

— Fils, que faisons-nous de cet entêté sauveur que tu nous as ramené ? » demanda Giovanni en serrant les épaules de Cosimo, montrant qu'il désirait son opinion. Je les enviai un moment. Cet homme avait un fils hors du commun dont il pouvait être fier, et le petit jouissait de l'appréciation et de l'amour profonds de son père. Je me demandai si j'aurais un enfant avec la femme de ma vision, et ma vieille envie de fonder un jour ma propre famille monta dans ma poitrine comme un grand oiseau battant des ailes. Je résolus de ne plus gâcher le temps qu'on m'avait donné.

« Nous devrions l'aider à quitter la ville quand la Plume rouge se lancera à ses trousses, et prendre grand soin de son argent afin qu'il en dispose en quantité dès qu'il en aura besoin, répondit promptement Cosimo, démontrant à nouveau sa perspicacité inhabituelle. Envoyons des lettres à tous nos comptoirs pour qu'il puisse y accéder où qu'il aille, sans qu'on pose de questions.

— Eh bien voilà, Bastardo, vous avez un plan ! Un plan excellent, de mon excellent fils ! Cosimoletto, puis-je l'amender pour inviter notre ami Luca ici présent à dîner ? Toutes ces discussions me donnent faim et tu dois être affamé après ce calvaire ! Vous aussi, Luca, après ce sale travail, vous débarrasser de ces vauriens. C'est le moins que nous puissions faire pour vous témoigner notre gratitude.

— Oh oui, papa, recevons-le à dîner ! » L'enfant battit des mains. « Il est tellement intéressant, tu devrais l'entendre parler de Giotto !

— Je suis honoré, répondis-je. Vous êtes tellement généreux, *signore* ; puis-je vous demander une dernière faveur…

— Tout ce que vous voulez ! promit Giovanni.

— Mettez cet âne à l'écurie », répliquai-je en fourrant la longe d'un âne grincheux, à la longévité incroyable, dans la main d'un des hommes les plus riches et les plus puissants de Florence.

La nuit tombait quand je ressortis dans la rue, sans ce maudit animal, cette fois. Le ciel s'assombrissait, prenant une teinte bleu roi aux franges rosées rappelant un *mantello* raffiné. J'avais le ventre plein après ce repas copieux de frais melon vert, de raviolis dans un bouillon à l'ail, de pintade rôtie couverte de cette sauce rouge à la cannelle appelée *savore sanguino*, de veau aux épices, de poireaux et de betteraves sautés. Nous avions dîné dans l'intimité, conformément au quotidien de la famille, à une table posée sur des tréteaux près de la porte ouverte du jardin, afin de profiter de la brise délicieuse à mesure que l'après-midi se fondait au soir et que la clarté diurne se teintait de miel et de lavande. Nous étions installés sur des coffres tandis que des musiciens jouaient dans un angle éloigné. Le moment fut si agréable, empli par les rires de Cosimo et de son frère Lorenzo, par la reconnaissance chaleureuse de Giovanni et par les paroles de Giotto qui vibraient à nouveau dans mon cœur, que, songeai-je, j'avais peut-être trop rapidement dissous Dieu dans l'âme humaine comme le sucre se fond à l'infusion bouillante. Assurément, là où se trouvaient un tel amour, une telle chaleur, Dieu aussi était présent. L'un des deux, du moins. Peut-être que mon ami Geber l'alchimiste, mort des années plus tôt, avait raison. Il existait deux dieux, un bon et un mauvais. Et, si j'étais tombé sous la coupe de la divinité inférieure en accordant une place suprême à mes caprices et en croyant l'homme capable de ne commettre que le mal, je pouvais encore rechercher le Dieu bon, celui qui riait avec tendresse et non cruellement. J'avais encore le temps.

Giovanni m'invita à rester pour la nuit mais je ne voulais pas attirer les ennuis sur sa demeure. Je lui assurai que c'était bien assez qu'il héberge mon âne et je me remis en quête d'une auberge ouverte. Si je n'en trouvais pas, je pourrais dormir sous un pont. Je n'avais pas oublié. En cinquante ans, j'avais connu de pires abris que les berges de l'Arno argenté.

Un oiseau chanta. J'en pris conscience à cause de l'incongruité : aucun oiseau n'aurait chanté à cette heure du soir. C'était un sifflement – quelqu'un qui s'efforçait de communiquer discrètement. Cela me hérissa le duvet du cou et me picota la chair des triceps, laquelle se tendit, prête à soutenir mon épée. Je continuai ma route mais tournai brusquement à l'intersection suivante. Des pas légers résonnèrent sur ma gauche. Je pressai l'allure et leur rythme s'accéléra. J'entendis un autre piétinement furtif à ma droite. Le ciel s'était assombri, virant à l'indigo, et les lampes de la ville n'avaient pas encore toutes été allumées ; aussi de longs doigts d'ombre pourpre, presque noire, ratissaient les pavés, dissimulant les mouvements. Je me mis à trottiner, serpentant à travers les rues étroites, passant sous des arches de pierre qui soutenaient de hauts bâtiments, contournant de nouveaux *palazzi* à moitié échafaudés et de vieilles chaumières en ruine qui semblaient prêtes à être démolies pour céder la place à d'autres constructions.

Les pas claquèrent derrière moi, plus rapides, plus proches. Je passai un angle. Deux silhouettes obscures et encapuchonnées se tenaient au milieu de la rue, esquissées par la clarté orange des torches insérées derrière elles, dans les appliques de bronze d'un bâtiment en pierres grises. Elles avaient tiré leur épée. Je rebroussai chemin et courus vers l'intersection. Trois autres hommes approchaient de l'autre côté. Je fis volte-face, cherchant une ruelle, une allée, n'importe quoi. Je me trouvais près du vieux Palazzo del Capitano del Popolo ; je m'élançai vers le sud, le dépassai, fonçant vers l'Arno. Je débouchai sur la place devant le Palazzo della Signoria. Là attendaient six hommes en cape disposés en demi-cercle. Mes trois poursuivants me rattrapèrent, deux autres accoururent et je me retrouvai piégé.

« Es-tu celui qu'on appelle Luca Bastardo ? tonna une voix sonore dans la pénombre.

— Qui le demande ? » répliquai-je. Je tendis la main vers la dague dans le fourreau de ma cuisse. Deux hommes me saisirent par-derrière et m'arrachèrent l'arme sans ménagement. L'un d'eux défit la ceinture portant mon épée. J'étais désarmé. Ils me maintinrent fermement les bras de chaque côté. D'autres rejoignirent la place depuis les sombres rues alentour.

« Moi », répondit une voix geignarde âgée. Les porteurs de torche brandirent leur flamme et, quand la clarté jaune vacillante l'atteignit, l'homme baissa sa capuche. Si je ne l'avais pas reconnu à sa voix nasillarde méprisante, je l'aurais tout de suite identifié à son visage en dépit de sa vieillesse. Les rides profondes et les relâchements engendrés par le temps ne pouvaient émousser le menton saillant et le nez anguleux et pointu qui ressemblaient tant à ceux de son père, répétés à présent sur le visage du fils. Niccolo Silvano eut un sourire. « J'affirme que tu es Luca Bastardo, un sorcier qui emploie une magie noire pour défier le temps et la mort ! Et j'ai en ma possession une lettre vieille de quatre-vingts ans qui identifie tes parents comme des sorciers entourés d'hérétiques !

— Je poursuis Luca Bastardo depuis trente ans et j'affirme que c'est toi, tu n'as pas vieilli depuis mon enfance », déclara une autre voix. D'autres flambeaux illuminèrent le visage de Domenico Silvano et un abîme de peur glaciale s'ouvrit dans mon ventre, avalant mon souffle. « La sorcellerie entretient ta jeunesse ! Elle prolonge ta vigueur, et ton péché attire sur Florence la colère divine ! » Je voulus répondre mais, quand j'ouvris la bouche, l'homme de droite me frappa violemment à l'estomac et je me pliai en deux, pris de haut-le-cœur. « Il ne nie pas ! s'écria Domenico. Nous n'avons pas le temps de soumettre ce sorcier au chevalet ni au *strivaletto* pour obtenir sa confession. Il nous faut agir maintenant pour purifier notre ville de ce fléau maléfique ! Mettez-lui le bandeau et préparez le bûcher ! La lettre que mon père protège depuis si longtemps servira d'inculpation ! »

D'innombrables mains me saisirent et me traînèrent en avant. Les pavés rugueux déchirèrent mes chausses et entaillèrent la peau de mes genoux contusionnés en lambeaux sanglants. J'entendis le frottement rêche du bois et, quand l'assistance se clairsema brièvement devant moi, je vis qu'on entassait des poutres sur la Piazza della Signoria. On noua des cordes à l'une d'elles pour l'ériger à la verticale. Une dizaine d'hommes travaillaient sur l'échafaudage ; il ne leur fallut qu'un moment pour préparer l'instrument de mon exécution. On me releva tandis qu'on me crachait dessus et me rouait de coups. J'entendis plutôt que je ne sentis deux de mes côtes se briser, quoique j'ignore comment j'y parvins parmi la myriade de cris me traitant de « sorcier ! » et de « démon ! » N'étant plus couvert que de haillons et de sang, on me plaqua contre le poteau. On me passa une corde épaisse autour des épaules et du torse.

La foule en colère s'écarta. Niccolo Silvano vint vers moi, boitillant de vieillesse. Il se tut jusqu'à approcher le visage tout près du mien : « Je savais que ce jour viendrait, Bastardo. Pense à mon père quand les flammes te rongeront les pieds puis te lécheront les jambes pour te rôtir les pendantes, avant de te consumer tout entier ! C'est un juste châtiment pour l'incendie du *palazzo* qui était mon héritage ! » Il se pencha encore, si bien que son haleine fétide m'effleura la joue. « J'espère que tu as apprécié le cadeau que j'y avais laissé. Transmets mes salutations à Simonetta et aux autres putains quand tu les retrouveras en enfer ! »

Une brume rouge me troubla la vue et la vieille pulsion de l'assassiner, froide et nette, jaillit en moi. Je n'éprouvai brusquement plus ni haine ni peur, plus aucune émotion. « J'aurais dû te tuer quand tu étais recroquevillé sur le cadavre de ton père. » Puis je lui crachai au visage.

« Ta catin juive m'a craché dessus pendant que je la battais à mort », rétorqua Niccolo. Ma fureur bouillonna et il s'en aperçut. Il ricana. « Oui, j'ai aimé la tuer. » Puis il hurla : « Brûlez-le ! Brûlez-le lentement pour qu'il souffre ! » Et il éclata de rire, hystérique. On entassa tout autour de moi des bouts de bois et des brindilles. Un homme muni d'une torche se présenta, acclamé par la foule. Il la remit à Domenico Silvano, qui se lécha les lèvres et me sourit.

Soudain, s'élevant dans la nuit sombre, comme montant des pavés mêmes des rues de Florence, résonna une chanson : « Et elle aimait tellement mon gros *outil* que jamais, au grand jamais, elle m'refusait sa *compagnie...* » braillaient en chœur des voix saoules tapageuses dont l'accent prononcé dénotait une origine étrangère. Les hommes qui m'entouraient se retournèrent. Dans l'intervalle entre leurs têtes, je vis zigzaguer un groupe de *condottieri* ivres, se soutenant mutuellement, les bras les uns autour des autres. L'éclat des torches révéla sur leurs *mantelli* les couleurs de mercenaires du Nord.

« Hé, y a une fête ! » s'exclama une voix sifflante. Un braiement tatillon et sonore résonna ; le soldat du bout conduisait un âne gris.

« Allez-vous-en ! cria Domenico Silvano. C'est une réunion privée !

— On aime bien les fêtes ! On voit pas de femmes mais on peut en faire chercher. Si on n'en trouve pas, j'ai rien contre les moutons florentins, ils sont bien doux ! » mugit le *condottiero*. Ses camarades poussèrent des acclamations. L'homme lâcha la bride et donna une claque violente à l'animal. Il rua et se lança en avant, cherchant à mordre, donnant des coups de sabot, semant la consternation dans la foule qui m'entourait.

« Mon âne, récupérez mon âne ! cria un autre. Bon sang, Hans, tu m'as dit que tu le tiendrais, crétin sans queue ! » On entendit le crissement d'une épée qu'on tire et le soldat qui revendiquait l'âne bondit sur le pauvre Hans. Celui-ci dégaina en retour et les deux commencèrent à s'affronter violemment. Un troisième cria : « Je vais le chercher, je vais le récupérer, il a les jambes comme la sœur de Karl, c'est un beau morceau à se mettre, sauf qu'elle est moins jolie que lui ! Enfin, pas grave, suffit de la prendre par-derrière ! » Sur ce, il s'écarta du groupe et chargea à travers la foule dans le sillage de la bête.

« Hé, qu'est-ce qu'tu racontes sur ma sœur ? s'écria Karl. Si t'as pris sa fleur, j'te jure que je t'arrache le cœur ! » Il tira lui aussi sa lame et se lança à son tour dans l'assistance. Le chaos se déchaîna. Les *condottieri* dégainaient et se ruaient les uns sur les autres, beuglant et courant dans la multitude qui m'entourait. L'âne brayait et attaquait avec les dents et les sabots. Les acolytes de Niccolo reculèrent en murmurant, troublés, ne sachant pas très bien comment calmer l'échauffourée.

Domenico jura. « Reculez, allez-vous-en ! » s'exclama-t-il en agitant sa torche. Il lui fallut battre en retraite ; les soldats braillards étaient partout, mêlés à ses hommes. Avec l'obscurité, impossible pour lui de manier précisément son flambeau. Le *condottiero* qui poursuivait l'âne bondit près de moi, jouant de l'épée comme s'il voulait parer les attaques de Karl. Celui-ci, un costaud aux cheveux blonds, me fit un clin d'œil. Puis, tout en regardant droit devant, il ramena son arme en arrière. Elle trancha les cordes qui me retenaient au poteau et tombèrent. Sa lame bougeait si vite qu'elle semblait floue sous la clarté des étoiles, comme si le coup qui m'avait libéré n'avait jamais eu lieu. Pendant tout ce temps, il criait des insultes : « Stefan, trique molle, ta mère est encore plus moche que ta sœur, pourquoi t'es si énervé ? Me dis pas que t'en as pas profité aussi ! Elle en a connu, des longueurs, avant que j'y passe ! »

Je n'attendis pas une invitation dans les formes et sautai au bas du tas de branches, profitant que tous regardaient ailleurs. Un *condottiero* me tendit un paquet enroulé. « Mets ça ! » m'enjoignit-il sèchement, puis il s'interposa au moment où la torche de Domenico aurait dû m'éclairer le visage. Il brailla ma chanson sur la Napolitaine aux charmes généreux et balança son épée en arcs larges qui maintinrent les hommes de Niccolo à distance. Je déroulai le vêtement, un *mantello* aux couleurs des mercenaires étrangers. Je l'enfilai d'un mouvement d'épaules, relevai la capuche et la tirai devant mes yeux. L'âne s'approcha en trottinant, suivi d'un autre *condottiero* qui s'affaissa sur moi pour une accolade d'ivrogne. « Friedrich, t'es un bon compagnon ! Je voudrais personne d'autre à mes arrières quand on combat ces Milanais couverts de poux et de puces ! » Il me fourra discrètement la garde d'une épée courte dans la main et leva la tête, si bien que ses yeux bleus endurcis flambèrent dans les miens. « Ne t'en sers pas ! » souffla-t-il sans l'ombre d'un accent.

Il se mit à pleurnicher des excuses et, tout à coup, les soldats l'imitèrent, se tombant dans les bras en beuglant ; je sus aussitôt que faire. Je passai le bras autour des épaules du mercenaire et posai la tête sur son épaule comme pour murmurer mes regrets. De l'autre main, je pris la longe de l'âne. Je quittai la foule en titubant, l'air saoul, le visage enfoui dans l'épaule musclée du *condottiero* qui radotait sa contrition. À travers la fente dans le tissu de ma capuche, je vis Niccolo, à un ou deux pas. Mais je n'avais pas besoin de l'apercevoir. Même aveugle, je l'aurais senti : la présence glaciale et vide du mal. J'eus la chair de poule et mes doigts brûlèrent ardemment de l'empaler sur ma lame, de lui faire payer la mort de Rachel, celle de Simonetta et des enfants du lupanar en répandant son sang sur le pavé. Le soldat me sentit me raidir. Il pinça ma côte cassée tout en continuant à sangloter ses excuses. Niccolo dut me percevoir, lui aussi, parce qu'il se tourna pour nous observer, le mercenaire larmoyant et moi. Il ne dit rien mais grimaça, soupçonneux, et mon cœur se mit à battre si fort que je fus persuadé qu'il allait l'entendre. Nous passâmes devant lui tandis qu'il nous observait fixement.

Au bout de quelques pas, nous rejoignîmes les autres, qui se donnaient tous le bras. Un des *condottieri* me prit la longe de l'âne et un autre s'exclama : « Hé, je sais où il y a une vraie fête ! Ils ont les plus jolies femmes de la ville. Enfin, la plupart ont encore toutes leurs dents, et puis, d'accord, certaines ressemblent à la grand-mère de Karl, mais, ah ! ce sont des drôlesses ! »

Nous pressâmes le pas jusqu'à trotter, les sabots de l'âne claquant à nos côtés sur le pavé. Une seconde plus tard, nous entendîmes des cris furieux s'élever de la place.

« La plaisanterie est finie, me dit le soldat aux yeux bleus. Suis-moi ! » Il s'écarta du groupe en courant. Je lui emboîtai le pas et nous prîmes la fuite vers l'ouest en direction de l'Arno et du Ponte alla Carraia. Nous atteignîmes le pont et, au lieu de l'emprunter, il me fit descendre vers la rive où deux silhouettes attendaient dans un petit bateau qui dansait sur les vagues indisciplinées et nappées de lune du fleuve. L'une était bien plus petite que l'autre.

« Cosimo, haletai-je tandis que nous montions à bord avec le *condottiero*, tu t'es trompé dans la mélodie ! »

L'enfant baissa la capuche de son *mantello*. « C'est vrai, vous mettiez l'accent sur "gros" et non sur "outil". » Il me sourit. Je lui ébouriffai les cheveux.

« Il y a de l'argent et des armes à bord, déclara Giovanni di Bicci de Médicis. Mon bon Alberto, que voici, va vous faire sortir de la ville. Je prendrai des dispositions pour que vous puissiez retirer des fonds auprès de n'importe lequel de nos agents et comptoirs à travers le monde.

— C'est très aimable à vous de m'aider, *signore*, répondis-je. Toi aussi, Cosimo. C'était ton plan ?

— En partie. » Le garçon hocha la tête, ravi, et son père sourit, posant fièrement la main sur son épaule. « Vous êtes mon ami !

— Une minute de plus et on l'aurait retrouvé *arrosto*, observa Alberto d'un air sombre. Ils l'avaient attaché au bûcher et allumaient le petit bois.

— Juste à temps », commentai-je. En effet, cette synchronisation parfaite m'incitait à soupçonner quelque gaieté divine ; quelle autre main que celle du Dieu de bonté, dont j'avais senti la présence plus tôt, pour arranger mon sauvetage avec une habileté aussi exquise ?

« Vous m'avez ramené mon fils vivant, déclara Giovanni. Je vous viendrai toujours en aide.

— Moi aussi, renchérit Cosimo. Luca, je récupérerai cette lettre pour vous, celle que détient la Confraternité, d'après papa. Je vous la donnerai et, alors, vous serez en sécurité. »

Le père serra tendrement l'épaule du fils. « Mais pour l'heure, Luca, il est temps pour vous de quitter Florence, et mon conseil serait...

— Je sais, coupai-je. De ne pas revenir. » J'étais réconforté de retrouver la compagnie d'une divinité au bout de décennies d'absence. Bien que sa nature ineffable rende sa camaraderie fragile et suspecte, je savais qu'avec elle mon but et mon désir ne s'évanouiraient pas. Aussi montai-je dans le petit bateau avec Alberto et quittai-je à minuit la ville que j'aimais.

Chapitre quinze

« Je voudrais entrer mais j'ai peur », disait le petit garçon d'une voix mélodieuse. Il se tenait le dos courbé et la main sur le genou, mais, quand il tourna sa tête blonde vers moi, je vis son visage. Il était d'une beauté frappante et un spasme de ma mémoire, qui tenait surtout du cauchemar fantasque, manqua m'écraser : Bernardo Silvano, avec son nez en lame de couteau et son menton saillant, posant sa main vénale sur son crâne avec ravissement et fanfaronnant à l'idée des profits qu'il lui rapporterait. Je me secouai pour échapper à ces pensées curieuses, à nouveau concentré sur l'enfant. Affirmer que j'avais le plus beau visage que je connaissais n'était pas de la vanité mais une simple constatation – jusqu'à ce que je pose les yeux sur ce garçon gracieusement formé d'onze ou douze ans.

Rappelé à Florence au bout de six décennies par mon protecteur Cosimo de Médicis, je m'étais rendu d'abord à Anchiano, sur la commune de Vinci. Je voulais vérifier la santé du vignoble que m'avait légué Arnolfo Ginori, le rouquin costaud avec qui j'avais travaillé comme *becchino* pendant la première épidémie de peste noire. Cette belle journée m'avait séduit et j'avais décidé de gravir à pied le Montalbano, qui descendait d'un côté vers la vallée de l'Arno et Florence, et montait de l'autre vers des escarpements parsemés de gros rochers, de torrents froids et de grottes mystérieuses. C'est au cours de cette marche que j'étais tombé sur le garçon ; il s'abritait les yeux du soleil éclatant du début de l'été. Le paravent d'éboulis et de surplombs au-dessus de nous absorbait et reflétait en partie la lumière éblouissante.

« De quoi as-tu peur ? » lui demandai-je. Je m'agenouillai près de lui.

« Il fait noir, c'est menaçant, répondit-il avant de s'asseoir brusquement à côté de moi.

— Il y a peut-être des merveilles à l'intérieur.

— Oui. Oui ! s'écria-t-il. Je veux voir s'il y a quelque chose de merveilleux dedans !

— C'est toute la question, n'est-ce pas ? Braver le noir qui se referme tout autour de nous, porteur de mauvais présages, pour découvrir les richesses intérieures. » J'arrachai quelques brins d'herbe et les déchirai en longs fils verts. « Les ombres sont très importantes. Elles donnent de la profondeur à la clarté. »

Le garçon plissa le front. « Vous ne parlez pas seulement de cette caverne », répondit-il. Il entortilla le doigt autour d'une boucle dorée. « La question est de savoir si vous parlez de vous ou de moi.

— Et il est intelligent, outre qu'il est beau ! » J'éclatai de rire. Il se joignit à moi, répandant son trille dans les airs, et j'eus l'impression que le soleil venait de pointer derrière des nuages orageux. Je le dévisageai, stupéfait par son allure et son timbre lyrique.

« Vous êtes beau aussi », répondit-il. Ses yeux bien écartés s'inséraient dans des traits parfaitement sculptés. « Mais pas seulement : vous êtes plein de vie, avec des expressions nombreuses. J'aime les visages comme le vôtre : ils sont intéressants, même ceux qui sont laids. Dites-moi, *signore*, changeriez-vous d'apparence si vous le pouviez ? Êtes-vous reconnaissant à vos parents de vous avoir donné une telle beauté ? Comment a-t-elle façonné votre existence ? Vous a-t-elle conduit à un plus grand amour ? Était-elle une malédiction ou une bénédiction ? »

Je plongeai les yeux dans l'obscurité de la caverne. « Les deux. » Cet enfant posait des questions qui sondaient trop profondément mon cœur irrésolu. Le danger du clan Silvano m'avait encore tenu éloigné de Florence pendant six longues décennies, mais, dès l'instant où je revenais, les questions resurgissaient. D'une manière ou d'une autre, la ville pierreuse de

Toscane tenait toujours à ce que je m'affronte moi-même. Durant mon enfance, elle m'avait emprisonné dans le lupanar de Silvano tout en me donnant les ailes de la liberté par les œuvres de Giotto. Elle m'avait éduqué grâce à l'alchimiste Geber et au médecin hébreu Moshe Sforno, puis elle m'avait banni, pas une fois mais deux. Elle m'avait promis un destin grandiose fait d'amour et de passion mais le laissait en suspens. Elle me forçait à contempler les facultés inhérentes de l'homme pour le meurtre, le mal et la trahison ; à mesurer que j'en étais capable aussi. Il suffisait que je me retrouve quasiment à portée de vue de ses murailles pour que les vieilles interrogations inéluctables reviennent en tournoyant et déchirent avec une férocité renouvelée mon cœur protégé : d'où venais-je et que signifiaient mes dons, mes différences ? Quand la promesse de la nuit de la pierre philosophale se manifesterait-elle ? Des questions, des questions, toujours pas de réponse. Cependant, j'aurais aimé présenter cet intéressant petit garçon au Vagabond : ils se seraient questionnés mutuellement.

« J'ai affronté une grotte obscure, une fois, dis-je.

— Qu'avez-vous fait alors ? » Il semblait intrigué.

« Je suis entré et je me suis affronté moi-même, répondis-je en fermant les yeux et en serrant les poings. J'ai reçu une vision stupéfiante. Une vision de l'avenir.

— Parlez-m'en ! s'exclama-t-il avec l'assurance sereine que je lui obéirais.

— Pourquoi veux-tu que je t'en parle ? répliquai-je pour le taquiner.

— Je veux tout savoir ! déclara-t-il avec intensité. Je veux explorer, examiner, enquêter sur tout, je veux découvrir les secrets de la vie, de la mort, de la terre, de la nature, de tout ! » Il bondit sur ses pieds, et ses mains gracieuses s'agitèrent avec passion. « Je veux comprendre comment l'œil voit, comment l'oiseau vole, comment gravité et légèreté opèrent, le mécanisme des forces, de quoi sont faits le soleil et la lune, la structure interne exacte du corps humain, expérimenter le néant…

— J'ai compris ! » Je levai la main. « Tu veux tout savoir !

— Mais pas le latin, nuança-t-il en serrant les poings sur ses tempes. Je n'y arrive pas. J'ai l'impression de le connaître mais de l'avoir oublié, qu'une porte secrète est close en moi, ce qui m'empêche de le parler couramment. Mais le reste, oui, je veux tout connaître !

— Un ami m'a dit autrefois : "Chaque fois que tu peux apprendre par toi-même, faire toi-même l'expérience du monde, l'appréhender directement et sans intermédiaire, fais-le."

— Votre ami était sage, répondit le garçon avec sérieux. J'y ai souvent réfléchi et je pense que, même si la nature commence par la raison et finit par l'expérience, il nous faut procéder à rebours. Il nous faut partir de notre propre expérience et, de là, réfléchir sur la raison.

— Voilà des pensées bien graves pour quelqu'un d'aussi jeune », observai-je avec compassion car, dans mon enfance, je m'étais moi aussi trouvé sous le joug de réflexions oppressantes. Cela expliquait-il pourquoi je les évitais en exil et pourquoi elles se ruaient sur moi quand je rentrais, prêtes à m'éventrer ?

« Suis-je censé attendre la vieillesse pour réfléchir gravement ? » répliqua-t-il. Ses yeux lumineux s'étrécirent. « Vous me rappelez quelqu'un, comme si je vous connaissais… Votre ami le sage a-t-il prononcé ces paroles en mourant ? »

Je hochai la tête, me rappelant, avec un coup au cœur à la fois douloureux et tendre, Geber, l'alchimiste cathare, dans son atelier, frêle et couvert de *bubboni* suintants. Puis, en me concentrant, je m'obligeai à retrouver la paix simple dont j'avais profité au cours des soixante dernières années, pendant lesquelles j'avais voyagé, pratiqué mon art de *physico*, offrant silencieusement le *consolamentum* à tous ceux qui en avaient besoin, m'efforçant de soigner la douleur et d'alléger la souffrance tandis que j'échappais à la Confraternité de la Plume rouge. Je finis par répondre : « Mon ami nous a bien quittés. Il était vivant quand il est mort.

— Je vois ce que vous voulez dire. Quand nous croyons apprendre à vivre, peut-être apprenons-nous en réalité à mourir. Si nous sommes honnêtes. Alors parlez-moi honnêtement de votre vision », insista-t-il avec un sourire charmant, et je sus que je ne lui échapperais pas.

Je souris et soupirai en même temps. Mon regard s'égara sur la montagne et sa profusion colorée de fleurs sauvages. Un aigle décrivait des cercles au-dessus de nous. Je m'allongeai pour contempler le ciel bleu sans limites. J'avais les épaules tendues et les longs muscles de mon dos enserraient mon échine comme si j'avais été jeté à bas de mon cheval et m'étais relevé aussitôt, indemne en apparence mais souffrant d'un choc interne. Que m'avait dit cet enfant inhabituel – il voulait comprendre le néant ? Je ne pouvais concevoir un tel désir. Mon souhait le plus cher avait toujours été de connaître la plénitude, celle de l'amour et de l'appartenance. Je l'avais goûtée une fois dans les bras de Rachel Sforno et, à présent que je me trouvais à seulement quelques jets de flèche de Florence, cette aspiration revenait à toute volée.

« *Signore ?* m'encouragea-t-il en se rasseyant près de moi.

— Mon ami était alchimiste. Et c'était mon maître. Il me donna la pierre philosophale un soir où j'étais bouleversé, arraché à mon mode de pensée habituel par la mort d'un autre ami.

— Qu'est-ce que la pierre philosophale ? demanda-t-il, et ses yeux s'agrandirent malgré l'éclat éblouissant du soleil.

— Un élixir magique du soi, répondis-je. Un élixir de transformation. Il m'a emmené en moi-même et je suis mort. Et, après ma mort, j'ai vu des choses…

— Oui, c'est ce que je veux savoir, qu'avez-vous vu ? » insista-t-il en se décalant jusqu'à ce que ses genoux touchent mon bras.

Je pris une profonde inspiration. Même cent soixante ans plus tard, je redoutais que parler de cette nuit en invoque le pouvoir. « J'ai vu le présent et l'avenir. J'ai vu des rois, des artistes, des armes qui crachent du feu. J'ai vu des machines qui volent dans les airs ou nagent au fond des eaux. J'ai vu une flèche voler vers la lune. Et j'ai vu des guerres, des épidémies, des famines, de nouveaux États-nations qui changeront le destin du monde. Pour l'heure, je n'ai guère vu ces événements se produire, mais ils arriveront. Il faut du temps pour que ces visions mûrissent.

— Je veux voler, avoua l'enfant. Je veux apprendre comment font les oiseaux et les papillons. J'adore les oiseaux. Les chevaux aussi, parce que, quand je suis perché sur le dos d'une monture au petit galop, j'ai l'impression de voler ! J'aime tous les animaux, mais surtout les oiseaux et les chevaux.

— Alors c'est peut-être toi qui construiras cette machine volante, murmurai-je, les yeux fermés.

— C'est mon ambition ! s'écria-t-il. J'observe les oiseaux pour apprendre les secrets du vol, pour construire une machine un jour. Vous l'avez discerné dans votre vision ? Vous m'avez vu ? »

Je rouvris les paupières, comme tiré en sursaut d'un rêve par sa question. « Je ne t'ai pas vu », admis-je en me rasseyant. J'observai attentivement ses traits finement charpentés, ses yeux intelligents, ses boucles blondes cuivrées d'auburn. « Pas ton visage d'enfant. À quoi ressembleras-tu dans la vieillesse… ?

— J'aurai de longs cheveux et une barbe qui voleront au vent, répondit-il avec conviction, et je serai toujours séduisant, mais différemment. Quand je rêve éveillé, j'ai moi aussi des aperçus de l'avenir, et je le sais. Je serai important, respecté, tout le monde connaîtra mon nom pendant très longtemps, même après ma mort. Je suis Leonardo, fils de *ser* Piero da Vinci.

— Et moi Luca Bastardo, répondis-je. J'ignore qui étaient mes parents. » Pourtant, je les avais cherchés lors de ce dernier exil.

« Je suis un bâtard moi aussi, me confia-t-il avec un sourire de petit diable. Ma mère s'appelle Caterina, c'est une servante de taverne, elle est jolie, drôle et gentille, elle m'a servi elle-même de nourrice et je l'aime beaucoup. Mais ce n'est pas très important d'être un bâtard, non ? Tout le monde a des enfants illégitimes, les prêtres, les papes, surtout les rois. Ce qui compte d'abord, c'est ce qu'on fait de soi-même, vous ne croyez pas ? Si l'on sème la vertu, on récolte l'honneur, et cela n'a rien à voir avec les origines.

— Je suis d'accord », répondis-je à mi-voix, détournant les yeux, surpris et gêné. Personne ne m'avait ainsi défini la bâtardise avant lui. Ce garçon évoquait trop facilement les questions lancinantes que je m'escrimais à esquiver. Qu'étais-je devenu au cours des cent dernières années ? Un riche aventurier, un amant de belles femmes. Un bon escrimeur, un *physico* habile. J'avais eu le privilège de connaître des hommes qui avaient façonné le monde, des visionnaires tels que Giotto, Pétrarque, Boccace, Cosimo de Médicis, et d'apprendre de génies clairvoyants comme Geber l'alchimiste, le Vagabond et Moshe Sforno. J'avais reçu le don de la beauté et de la jeunesse éternelle. Avec ces privilèges, cette instruction et ces dons, qu'avais-je fait de moi-même ?

Il était temps de me montrer ferme et de prendre mon destin en main. Un des dieux avait repris le fil de sa plaisanterie. À cet instant, un louveteau courut non loin de nous sur le versant, escaladant les rochers chauffés par le soleil sous l'entassement d'éboulis. Un moment plus tard, deux bêtes adultes, grandes et maigres, le suivirent. Plus bas, Ginori, mon cheval, flaira les prédateurs et hennit, ce qui m'alerta. Je libérai ma *squarcina* de ma ceinture. Les loups semblaient concentrés sur leur fils vagabond mais j'avais toujours pensé qu'il valait mieux se préparer aux conséquences inattendues des signes divins.

« Rien ne vous empêche de chercher vos parents », continuait l'enfant. Il regarda par-dessus son épaule le louveteau qui jappait joyeusement, les siens aux trousses. « Peut-être qu'eux vous cherchent en ce moment même, qu'ils vous retrouveront un jour important de votre vie, et vous connaîtrez alors une joie sans précédent ! Comment s'appelait votre ami ? Celui qui vous a donné la pierre philosophale ?

— Un autre ami me répétait que cela gâchait une grande histoire de la confiner à des noms spécifiques, répliquai-je.

— Ce n'est pas juste ! s'indigna-t-il en se relevant à l'aide des mains et en posant les poings sur les hanches. Et faux ! Un récit est meilleur avec des détails comme les noms !

— Il s'appelait Geber. » J'eus un rire. « C'était du moins le nom qu'il employait à l'époque.

— Geber l'alchimiste, votre maître », murmura-t-il. Il se caressa le visage, se tourna et plongea les yeux dans la caverne, puis revint à moi, le regard embrasé. « Devenez le mien, Luca Bastardo ! » Et je le dévisageai un moment, songeant : *Non, c'est toi qui seras le mien, Leonardo. Tu m'apprendras à m'ouvrir au monde.* Puis, malgré mes ruminations précédentes sur mon retour à Florence, je me rappelai que ma vie était en danger tant que j'y séjournerais. L'ouverture d'esprit n'importait guère tant que la Confraternité de la Plume rouge espérait me brûler sur le bûcher. En effet, son influence resurgissait en temps de peste, quand la population cherchait un bouc émissaire. Je n'avais aucune envie d'attirer son attention. Je n'étais pas prêt à mourir.

« Je n'ai rien d'un précepteur, répliquai-je fermement en me levant. Tu es un enfant intrigant, Leonardo, fils de *ser* Piero da Vinci, mais j'ai des obligations à remplir. Ensuite, je quitterai la Toscane. Mon existence en dépend. » Je commençai à m'éloigner de la grotte et ajoutai : « En plus, je ne sais pas ce que je pourrais t'enseigner.

— Je pourrais vous suivre pendant que vous rempliriez vos obligations, insista-t-il, têtu. Et vous avez beaucoup à m'apprendre. Apprenez-moi l'alchimie comme Geber l'a fait pour vous.

— Je suis un alchimiste raté. Je n'ai jamais appris à transmuter le plomb en or.

— Très bien, je n'y crois pas. Vous m'apprendrez autre chose. » Il s'arrêta au col herbeux en contrebas de la caverne, sous un cyprès. « Ne croyez-vous pas que partager vos secrets et les transmettre vaut la peine de risquer votre vie ? Si ce risque existe vraiment. Je veux dire, vous ne vous comportez ni comme un assassin ni comme un voleur…

— Je fus les deux et pire encore. J'ai fait des choses terribles que tu ne peux pas imaginer.

— … sur la tête de qui plane une sentence, et je n'ai jamais entendu parler d'un Luca Bastardo exilé pour raisons politiques. Tout le monde connaît les ennemis des Médicis, ceux-ci ne s'en cachent pas, acheva-t-il comme si je n'avais rien dit. Restez et soyez mon maître !

— C'est trop dangereux. Je mettrai un jour ma vie en péril, je la donnerai, mais ce sera par amour, pour le grand et unique amour qui croisera ma route, répondis-je, troublé.

— Vous êtes peut-être censé le chercher à Florence pendant que je suivrai votre enseignement », répliqua-t-il, espiègle. Leonardo avait réponse à tout.

Je tirai la dague que je conservais dans le fourreau attaché à ma cuisse et la lançai, pointe en avant, pour qu'elle se plante aux pieds de l'enfant. « Tiens, il y a des loups par ici. Tu peux aussi l'emporter dans la grotte. »

Il prit l'arme. Il retourna à grands pas vers la caverne, s'arrêta sur le seuil et lança : « Il y a des loups ici parce qu'ils sont à leur place ! Comme vous, Luca Bastardo. Sous la surface des choses, le sens tisse une étroite tapisserie. » Au moment précis où il disparaissait dans l'obscurité, un des loups poussa un hurlement endeuillé. La voix chantante de Leonardo et le cri prolongé résonnèrent à l'unisson parmi les rochers et se fondirent jusqu'à n'être qu'un son dégringolant sur le versant, qui ressemblait très étrangement au mot que le Vagabond m'avait soufflé à l'oreille plus d'un siècle plus tôt, lors de la nuit de la pierre philosophale. Et le lendemain Geber était mort en prononçant la même phrase que l'enfant. L'impression que le temps s'enroulait sur lui-même pour m'emporter me frappa à la façon d'un serpent sur un caducée. Le jeune garçon avait peut-être raison, peut-être étais-je censé devenir son maître ; mais il fallait d'abord que j'aille à Florence présenter mes respects à un Cosimo de Médicis vieilli et souffrant.

« Ils sont tous morts, Luca », lança Cosimo d'une voix chevrotante, étendu dans un lit magnifique couvert de draps somptueux brodés d'or et d'argent.

Je n'étais pas au *palazzo* des Médicis à Florence mais dans une villa exquise à Careggi, dans la campagne vallonnée au nord de la ville. Cosimo y avait élu résidence pour éviter la résurgence de la peste. Ainsi procédaient depuis cent ans, à l'apparition des premiers *bubboni*, les nobles et les riches marchands propriétaires de domaines à la campagne, fuyant la cité et s'enfermant dans leurs villas; il n'existait toujours aucun remède contre la terrifiante peste noire.

« Je suis navré de te voir traverser un moment difficile, Cosimo », dis-je en examinant tristement ses traits. Il avait l'air mal en point, cet homme connu pour passer des nuits sans dormir et des jours sans manger. S'il avait toujours eu le teint cireux, il était à présent frappé de goutte et d'arthrite. Il avait les joues rouges et une fine pellicule de sueur luisait sur son front; à le voir, je sus qu'il n'évacuait pas correctement ses urines. Les compétences de *physico* enseignées par Moshe Sforno et pratiquées en exil prirent l'ascendant. Je commençais à réfléchir aux moyens d'alléger sa souffrance.

« Je me sens mieux maintenant que tu es là, répondit-il, et un sourire sincère lui vint aux lèvres. Je suis heureux que tu sois venu. Je voulais te revoir une dernière fois. Nous nous sommes souvent rencontrés loin de Florence, mais je n'étais pas sûr que tu rentrerais chez toi, même pour moi.

— Pour toi, toujours, Cosimoletto », répliquai-je, et son sourire s'élargit quand il m'entendit prononcer le diminutif que lui donnait son père. Puis l'ombre de la peine traversa son visage.

« Ils sont tous morts, Luca, répéta-t-il. Mon fils Giovanni l'année dernière. Mon petit-fils Cosimino l'année précédente. Il n'avait pas encore six ans. Je ne pouvais plus rester dans le *palazzo* de la Via Larga. Il était simplement devenu trop grand pour une si petite famille de survivants.

— C'est difficile de perdre ceux que nous aimons », murmurai-je. Je lui tâtai le front, remarquai sa fièvre puis lui pris le pouls.

« Une fois, je rencontrais une ambassade venue de Lucques; nous discutions d'affaires d'État – tu sais comme la situation est tendue avec eux. » Il se tut et me regarda, attendant que j'acquiesce, et je hochai la tête. « Cosimino est entré pour demander de lui fabriquer un sifflet. Un sifflet!

— Je parie que tu l'as fait sur-le-champ. » Je souris.

« Tu me connais trop bien, dit-il en me serrant la main. J'ai ajourné la réunion ; nous avons fabriqué le sifflet ensemble, lui et moi, et je ne l'ai reprise que quand il fut pleinement satisfait. Les délégués de Lucques étaient très contrariés ! » Il gloussa doucement et je l'imitai. Puis il reprit : « Je suis heureux de l'avoir fait, Luca, parce que je n'aurai plus jamais l'occasion de jouer avec lui. Il ne montera plus jamais sur mes genoux, n'interrompra plus de réunions ni ne rira quand je hurlais en découvrant la grenouille qu'il fourrait dans la poche de mon *mantello*.

— Tu as profité du temps qui t'était accordé avec ton petit-fils et tu l'as bien aimé, répondis-je. Tu peux en être heureux.

— Oui ! s'écria-t-il, et ses traits affaissés et couturés de rides s'éclairèrent. Je l'ai aimé et l'amour ne connaît pas de fin. L'amour est la seule immortalité que nous ayons, Luca. J'espère que tu l'as toi-même trouvé.

— Je le cherche. Et j'ai beaucoup d'affection pour mes vieux amis. Tu en fais partie, Cosimo. Et je déteste les voir souffrir. Il nous faut réfléchir à un traitement.

— Un traitement, bah, je suis prêt à partir. » Il renifla.

« Ah non, je ne veux pas entendre ce genre de discours, rétorquai-je avec sévérité. En tant que *physico*, j'ai toujours vu que les hommes prêts à mourir mouraient effectivement.

— Et qu'y a-t-il de si terrible là-dedans, hein, Bastardo ? Accepter la fin n'est pas si atroce.

— C'est parfois vrai, il arrive qu'elle mette un terme à la douleur et marque le début de la liberté. Néanmoins, il ne faut pas la laisser survenir une seconde plus tôt que nécessaire, affirmai-je. La vie est trop précieuse pour l'abandonner aussi facilement à la mort !

— Ce n'est pas un abandon quand l'homme dépasse ses peurs et qu'il se débarrasse de, de… (de l'autre main, il souleva son bras pâle frémissant et ratatiné comme si c'était un bâton) de cette boîte ! Mais, si je dois disparaître, ne t'inquiète pas pour toi. J'ai laissé des instructions à propos de ton compte ; ton argent continuera de te rapporter les meilleurs intérêts, Bastardo, et tu y auras toujours accès partout dans le monde au fil de tes errances, me taquina-t-il, et une trace de l'ancien pétillement pénétra son regard.

— Vois comme tu es sage ; nous ne saurions prendre le risque de priver le monde d'un homme doué d'un tel bon sens », répliquai-je avec légèreté. Je posai les mains sur le bras qu'il avait traité avec tant de mépris et perçus sa fragilité, son humanité. N'arrivions-nous pas tous à ce stade ? Dans les profondeurs de l'os du bras, dans la moelle peut-être, une vibration était en train de s'évanouir comme un chant parvenant à sa fin. Mon cœur s'ouvrit et une chaleur délicieuse s'élança de ma poitrine, le long de mes bras et à travers mes mains, pénétrant mon patient. Le *consolamentum* de Geber s'écoula comme de l'eau douce à travers moi, à travers le tuyau vivant de mon corps. Cosimo soupira.

« Tes mains me font tant de bien, Luca *mio* », dit-il à mi-voix, et son visage se détendit tandis que la douleur se calmait. Ses lèvres grises s'entrouvrirent et un rose léger les gagna. J'attendis que le flot du *consolamentum* se réduise à un mince filet, s'arrête, puis je repris la parole.

« Parle-moi de tes urines, mon vieil ami, les évacues-tu correctement ?

— Non. » Il haussa les épaules et détourna son visage au nez large. « Tu devrais voir mes tableaux merveilleux. Il y a ici quelques panneaux de Fra Angelico…

— Ce petit moine vertueux dont tu m'as parlé quand nous nous sommes vus en Avignon il y a dix ans ? Celui qui priait avant d'appliquer son pinceau aux figures saintes ?

— Celui-là même », répondit Cosimo, ravi que je m'en souvienne. Je me le rappelais, bien sûr : je n'oubliais jamais un artiste ni une œuvre. « Il a pleuré en représentant le Christ sur la croix. C'était un homme d'une simplicité sacrée, le peintre avec lequel il était le plus facile de travailler. La plupart sont tellement capricieux, ils se conduisent outrageusement, comme des enfants qui n'ont jamais grandi. Pourtant, il faut les traiter avec le plus grand respect.

— Ils comprennent et restituent la beauté, il faut se montrer indulgent avec eux.

— Cela, je l'ai appris d'un autre peintre, un homme au tempérament à l'opposé de Fra Angelico : Fra Filippo Lippi. Il a du talent, mais c'est un animal de désirs terrestres et sensuels, incapable de rester loin des femmes. Il s'est même enfui avec une nonne ; cela m'a coûté une jolie somme de le racheter au clergé. Et même la gratitude qu'il me témoignait n'aurait su le faire travailler quand la lubricité s'emparait de lui. J'ai tenté une fois de l'enfermer dans sa chambre pour qu'il finisse un tableau, mais il a déchiré les draps en bandes, les a nouées et il est descendu par la fenêtre !

— L'homme trouve toujours un moyen de s'échapper », observai-je, ce qui me poussa à m'interroger : m'étais-je vraiment évadé de Bernardo et Niccolo Silvano – n'était-ce pas là ce que Leonardo me demandait de faire ? Abandonner derrière moi ma cage de peur et de colère pour me créer ici, chez moi, une vie nouvelle.

« Il finit toujours par y arriver, c'est vrai. » Cosimo soupira. « Quelle que soit sa prison. Je crois que Fra Angelico, pieux comme il était, considérait la vie terrestre comme la sienne et qu'il s'évadait en peignant. Il a fait un travail splendide à San Marco quand je l'ai fait rénover.

— Le vieux monastère dominicain », me remémorai-je, tout à coup impatient de retourner dans la ville, d'entrer par ses portes robustes et de marcher dans ses églises incomparables, ses places animées, ses murs de pierre, ses splendides *palazzi* et ses bâtiments publics imposants et grandioses.

« J'ai financé bien des chantiers pour Florence, comme mon père avant moi. » Cosimo hocha la tête. « La *Crucifixion* de Fra Angelico occupe tout le mur nord de la salle capitulaire. C'est une œuvre extraordinaire : trois croix s'élèvent dans un ciel bleu, les saints alignés au premier plan. Elle dégage la paix et l'innocence tout en montrant la tragédie de l'événement. Tous les peintres se représentent eux-mêmes, et on voit Fra Angelico dans ses visages emplis d'admiration et de respect. J'ai hâte de me retrouver en présence du Dieu qui a pu engendrer une telle inspiration, Luca. Maintenant que tu es revenu, il faut que tu voies cette œuvre. Enfin, si tu restes, Luca *mio*. Pour m'accompagner jusqu'à la fin ?

— J'espère que nous n'en sommes pas là, répliquai-je sombrement, esquivant la question.

— Nous sommes amis depuis trop longtemps pour nous tromper l'un l'autre, dit-il. Je me souviens toujours de toi me sauvant des criminels, il y a bien longtemps, à l'époque de la peste, quand je n'étais qu'un simple garçonnet.

— Cosimo, de tous les hommes, tu n'as jamais été simple.

— C'est un grand secret ! s'exclama-t-il, les yeux lançant des éclairs. Tu dois faire semblant de n'en rien savoir et écouter avec amabilité les réminiscences d'un vieillard malade. Je me rappelle, à l'époque, tu m'as fait l'effet d'un saint ou d'un ange quand tu m'as posé sur le dos de cet âne infect. Et puis tu as tiré ta dague pour tuer ces hommes comme ils le méritaient.

— Mais qu'a-t-il bien pu arriver à cet âne ? m'enquis-je.

— J'avais quinze ans quand un Juif à la barbe folle s'est présenté ; il se prétendait de tes amis, il a demandé la bête et nous la lui avons donnée. Je me souviens encore de lui ; il était grand et bourré de questions. C'est amusant, ce qu'on se remémore avec l'âge, non ? Et pourtant tu es là, tu n'as pas changé d'un pouce, tu n'as pas vieilli d'une année. C'est un étrange don qu'on t'a fait. Je t'envie, Luca.

— Non, rétorquai-je sèchement. Je mourrais pour connaître l'amour et avoir la famille que tu as eus.

— Tu les auras. » Il sourit comme s'il partageait déjà la plaisanterie avec le Dieu qui riait en ce moment – l'un ou l'autre. « Et tu rencontreras la mort aussi, car elle nous attend tous. Mais je ne sais pas si tu subiras jamais les vicissitudes de l'âge. Ce n'est pas pour les lâches. Il y a la douleur et l'humiliation. Il vaut mieux ne pas abhorrer les cages.

— J'ai eu ma part de douleur et d'humiliation », répondis-je. Je lui adressai un regard sérieux. « Qu'entends-tu raconter sur la Confraternité de la Plume rouge par les temps qui courent ?

— Pas grand-chose, mais, par les temps qui courent, je ne sillonne guère les rues de Florence. Il y a toujours des Silvano à l'œuvre. Voyons, un jeune homme nommé Pietro, qui est le sosie de Domenico. Même nez et même menton distinctifs. Domenico a eu une fille qui s'est mariée ainsi que deux fils, mais j'ai oublié leurs prénoms. Ils doivent être adultes, à présent. Mais, Luca, cela fait soixante ans. C'est peut-être court pour toi, mais, pour nous autres, cela représente une vie entière. L'ancienne adversité s'est peut-être apaisée...

— Nous sommes florentins, l'adversité ne meurt jamais. » J'eus un rire. « Tu le sais mieux que quiconque, Cosimo. La haine, comme l'enfer, dure pour l'éternité !

— Alors n'y sommes-nous pas déjà, puisque nous la nourrissons avec constance et acharnement ? Et toujours au paradis, grâce à l'amour ? » Il haussa les épaules. « Je suis maintenant assez vieux, assez malade, et, dernièrement, j'ai passé assez de temps à méditer pour regretter certains de mes actes, Luca. De ne pas m'être montré parfois plus clément.

— On ne montre aucune clémence à un aspic. On lui coupe la tête. »

Il soupira et me serra de nouveau la main. « Peut-être as-tu besoin de cette longue vie pour comprendre les leçons que le reste d'entre nous apprend en soixante ans. Parle-moi de tes voyages, Bastardo. Cet ancien manuscrit que tu m'as fait parvenir par ton agent, oh, était-ce seulement il y a trois ans ? Tu l'as obtenu en Macédoine, c'est cela ? Ta lettre disait qu'il y avait une histoire derrière cette acquisition...

— Le *Corpus Hermeticum*, acquiesçai-je. Je l'ai trouvé dans un monastère macédonien.

— Je connais le titre, répliqua Cosimo d'un air rusé. Je ne savais pas si, toi, tu le connaissais. Voudrais-tu distraire un homme mourant par le récit de ta trouvaille ? »

Quelques heures plus tard, alors que le soir avait quasiment cédé la place aux ténèbres de la nuit, l'épouse de Cosimo, Contessina de Bardi, m'arrêta alors que je m'apprêtais à partir. C'était une femme grasse, tatillonne et gaie que je n'avais croisée qu'une seule fois. En effet, je rencontrais toujours Cosimo hors de Florence et, quand il voyageait, il emmenait une esclave circassienne dont il s'était épris à l'excès. Je l'appréciais aussi, la trouvant jolie, agréable et facile à vivre. Elle avait donné à son maître un fils qu'il avait appelé Carlo et élevé avec ses enfants légitimes. Cela n'avait pas dérangé son épouse. Comme Leonardo l'avait remarqué, les hommes puissants engendraient souvent des bâtards. À présent, Contessina posait sa vieille main potelée sur mon épaule.

« Il a une affection particulière pour vous, dit-elle à voix basse.

— Et je la lui rends, répondis-je.

— N'est-ce pas commode ? » fit une voix rauque et nasillarde. Je me retournai et vis un jeune homme âgé de quinze ans, robuste et de haute taille. Il avait d'épais cheveux bruns qui lui tombaient aux épaules, un nez long et aplati qui donnait l'impression d'avoir été mal redressé après une fracture, et une mâchoire forte et saillante. Mais la combinaison de ses traits laids était frappante, fascinante, même, et ses yeux sombres et pénétrants étincelaient de volonté et d'intelligence. Il eut un sourire pincé et froid. « Nombreux sont ceux qui proclament leur amour pour *nonno* à présent qu'il est mourant, mais nous savons tous qu'il s'est montré aussi impitoyable que charitable.

— Il ne me revient pas de critiquer un grand homme, répondis-je doucement.

— Vous êtes resté enfermé avec lui pendant des heures et vous parlez maintenant avec la langue habile de l'espion ! » aboya Lorenzo. La peur vacilla dans son regard mais elle fut vite masquée par l'arrogance. « Rendez-vous compte à cet idiot de Pitti ou à ce traître d'Agnolo Acciaiuoli, des chiens qui lardent les flancs d'un grand et vieux lion pour s'efforcer de l'abattre ? Les Médicis ne tolèrent aucune déloyauté ! *Nonno* et papa sont peut-être malades, mais l'autorité me reviendra bientôt et je la manierai sans trembler !

— Lorenzo, s'il te plaît », le réprimanda Contessina. Elle se tourna vers moi. « Veuillez excuser la précocité de mon petit-fils ;

les Médicis ont bien des détracteurs et il se montre très protecteur envers son *nonno*.

— Une qualité louable, fis-je poliment en plongeant sans détour les yeux dans ceux de l'adolescent. Je suis un ami de votre grand-père, *signore*. Je m'appelle Luca Bastardo. »

Les soupçons quittèrent son visage et un éclat pénétra son regard tandis qu'il m'observait de la tête aux pieds, puis des pieds à la tête. Il fit un pas vers moi, les jambes écartées, bombant le torse. « Je vous connais de nom. On m'a raconté que vous avez des dons singuliers. *Nonno* ne tarit pas d'éloges sur vous, *signore*. Bien des hommes vous envieraient les louanges généreuses de Cosimo de Médicis. On ne l'impressionne pas si facilement. Je me bats moi-même pour exceller, juste pour recevoir une miette des compliments qu'il vous accorde aussi librement.

— Je m'efforce d'être digne de son opinion », dis-je, incapable de réprimer une pointe de sarcasme. Ce jeune Lorenzo était un guerrier, un lion qui ressemblait plus à son grand-père qu'à Piero, son père chétif et goutteux. Mais, là où Cosimo était un homme très réservé qui dissimulait son pouvoir, ce jeune homme avait des crocs et des griffes et voulait les montrer.

« Je suis sûr que vous l'êtes, tout comme moi. *Nonno* ne se trompe jamais », fit-il en s'approchant encore, si bien que l'espace entre nous fourmilla d'une interaction complexe entre rivalité et acceptation réticente, entre curiosité et exigence. Lorenzo succéderait bientôt à Cosimo ; son énergie magnifique rendait son ascension inévitable. Je voulais qu'il me protège de la Confraternité de la Plume rouge comme son aïeul l'avait fait avant lui. Je ne savais pas encore ce que lui attendait de moi.

« *Signore*, je me tenais devant la chambre de mon mari et je l'ai entendu vous parler avec beaucoup d'animation. » Contessina s'interposa entre nous. « Cela me fait plaisir. Il passe beaucoup de temps seul et en silence. Quand je lui ai demandé pourquoi, il m'a répondu : "Quand nous partons en voyage, tu passes quinze jours en préparatifs. Puisque je dois bientôt quitter cette vie pour une autre, ne comprends-tu pas combien il me faut réfléchir ?" »

Elle secoua sa tête couronnée de cheveux gris, et ses traits doux et âgés s'affaissèrent. « Il s'appesantit trop sur le passé, sur de sombres pensées qui ne le fortifient pas. Je prie que vous veniez souvent le distraire ! »

Je perçus les accents de la gaieté divine dans sa supplique qui me ramenait à la question du moment : resterais-je en Toscane ? Je ne savais pas si c'était le Dieu bon ou mauvais qui riait ainsi, mais je m'aperçus qu'il me fallait cesser de voyager et le découvrir. J'avais besoin de savoir une fois pour toutes quel Dieu avait posé la main sur moi.

« Pour Cosimo, que j'aime, bien sûr, je ferais n'importe quoi », répondis-je enfin, prenant ainsi ma décision. Quelles qu'en soient les conséquences, je resterais à ses côtés jusqu'à sa mort. Je choisissais l'amitié plutôt que la peur et, si je l'ignorais encore à cet instant, cela me conduirait au grand amour que j'avais ardemment désiré toute ma vie, ainsi qu'à la plus grande des peines. « Je logerai à Anchiano ; il y a là-bas un garçon dont je serai le précepteur. Ce n'est pas très loin à cheval.

— J'ai une superbe idée ! » Lorenzo claqua des doigts. « Dans quelques jours, nous donnerons un dîner en votre honneur, Luca Bastardo ! Cela nous apportera un peu de répit pendant l'épidémie. J'inviterai quelques amis de la famille ; avez-vous rencontré Marsilio Ficino, le philosophe, mon précepteur et l'un des amis les plus chers de *nonno*, avec qui il joue encore aux échecs ? Ficino vient ici tous les jours ; il voit la villa depuis la sienne. Mon frère Giuliano arrive demain et j'inviterai aussi d'autres proches et des cousins plus jeunes. Tout le monde réside à la campagne à cause de la peste, de toute façon. Nous ferons une partie endiablée de *calcio* !

— Je n'aime pas trop les jeux, tempérai-je.

— Si vous ne savez pas jouer, je vous apprendrai ; *nonno* aime regarder, ce sera bénéfique pour son moral. Avec la maladie qui rôde, ce sera profitable à l'humeur de tout le monde, continua Lorenzo avec aisance. Un homme aux talents comme les vôtres y arrivera en un rien de temps ! » Il m'adressa ce regard direct, aux franges du mépris, de celui qui lance un défi. Je savais que je n'échapperais pas au *calcio* et que la partie se jouerait avec une ferveur mortelle. Contessina aussi ; elle eut un grand soupir et me donna une petite tape sur la poitrine.

« *Signore* Bastardo, vous ne pourrez pas contredire le plus têtu de mes petits-enfants ; résignez-vous à ce dîner et au *calcio*. Vous m'avez l'air suffisamment costaud, avec tous ces muscles durs ; je suis sûr que ce sera une formalité. » Elle m'adressa un large sourire et me regarda de biais comme une jeune fille enjôleuse, puis elle retira sa main rondelette de mon torse.

« J'ai du travail avec mon nouvel élève, insistai-je en guise de manœuvre dilatoire.

— Amenez-le. » Lorenzo eut un sourire. « Il faudrait qu'il apprenne à jouer.

— Et vous passerez la nuit ici. » Contessina hocha la tête, remettant en ordre ses manches de soie. « C'est décidé. »

C'était un soir de juin dans la campagne toscane, avec les vers luisants embrasant les collines qui exhalaient des fragrances de vigne, de feuilles et de fleurs fermées pour la nuit. Je me détendais dans ces doux parfums terrestres sous une lanterne vacillante, attendant dehors qu'on m'amène mon cheval, un grand et bel étalon alezan que j'avais baptisé Ginori ; le roux de sa robe me rappelait mon vieil ami *becchino*. On l'avait lavé, étrillé, brossé pendant que je m'étais enfermé avec Cosimo, et on l'avait équipé d'une selle neuve finement ouvragée – un cadeau de sa part, supposai-je. Je passai les doigts dessus, admirant le cuir luxueux, finement repoussé, et les attaches métalliques confectionnées par une main experte. C'était une selle de roi, une selle sur laquelle chevaucher fièrement vers son destin. J'étais heureux de l'avoir s'il fallait que je risque ma vie en restant à Florence. Je vérifiai la sangle et me préparai à monter.

« Vous avez l'œil pour les chevaux, dit une voix grinçante.

— Je l'ai payé une fortune mais je n'en regrette pas un *dinaro*, acquiesçai-je en me hissant sur son dos. Il est intelligent, bien dressé et ne m'a jamais abandonné dans la bataille.

— Une qualité louable », répliqua Lorenzo. Sortant des ténèbres, il passa sous la lampe, et les flammes jaunes vacillantes tordirent, firent fondre et recréèrent ses traits vigoureux et laids, le rendant un instant démoniaque, d'une beauté céleste la seconde d'après. « *Nonno* a le même regard pour ses amis. Je m'efforce de l'acquérir ; je dois me montrer à sa hauteur. À cause de ma position, je garde près de moi des proches semblables à votre cheval, des compagnons qui ont été mis à l'épreuve et qui ont montré ce dont ils étaient capables. Des amis fidèles.

— Avec tous les combats qu'il vous faudra mener, ils ne chômeront pas », répondis-je. Il releva la bouche en un demi-sourire. J'effleurai du talon le flanc de Ginori ; celui-ci pointa les oreilles en avant et se lança aussitôt à un pas vif.

« Profitez bien de la selle. Je l'avais fait fabriquer pour moi mais votre cheval la mérite plus que le mien ! » lança-t-il. L'espace de quelques secondes, je fus trop surpris pour réagir. Puis je me retournai pour le remercier, mais Lorenzo s'était fondu dans les ténèbres. Encore un Médicis complexe, songeai-je, mais celui-ci restait une inconnue. Son cadeau n'en était pas un, c'était un test, et je décidai de lui rendre un présent comparable à mon retour. Je résolus aussi de découvrir quel pouvoir détenait encore la Confraternité de la Plume rouge. J'avais besoin de cette information, à la fois pour ma sécurité et parce que Lorenzo l'aurait. Cet homme ne redoutait pas d'exercer son pouvoir, et la liberté m'était trop précieuse pour que je l'abandonne de plein gré à quiconque, même à un Médicis.

Chapitre seize

Je m'éveillai le lendemain matin avec le soleil or et lavande de la Toscane qui m'effleurait le visage comme un vieil ami pour la première fois depuis plus d'un demi-siècle. J'avais passé la nuit à la seule auberge d'Anchiano, un bâtiment délabré couvert de lierre avec une taverne attenante à peu près convenable. Je fus soulagé de revenir à la conscience car j'étais sous l'emprise d'un long rêve : Niccolo Silvano prêchait depuis la chaire, me montrant du doigt avec un rire hystérique. Puis je m'étais trouvé piégé dans une toile, un vaste réseau teint de rose et de vert, grouillant de monde. Je m'étais débattu, l'avais déchirée et j'avais débouché dans une salle où se tenait une mascarade. On jouait de la musique pour des invités magnifiquement costumés. Une mince silhouette féminine s'était approchée et mon âme s'était brisée : c'était la femme de la vision de la pierre philosophale. Elle se tenait dans une lumière aveuglante, le visage obscurci. Bien des fois au cours du siècle passé, j'avais viscéralement éprouvé sa présence, impression qui bourgeonna alors, douce, tendre, paisible. Mais, quand je tendais les bras vers elle, elle ne faisait que s'éloigner. Mon cœur battait follement de désir. Cette fois, j'avais senti des doigts tièdes sur mon visage et, quand j'avais ouvert les yeux, je m'étais aperçu que c'était un long rayon de soleil et non la main de ma bien-aimée.

Je me sentais mis à nu et sans défense, mais il m'était impossible de refouler ce songe. La veille, en parlant de ma vision au jeune Leonardo, j'avais su que je l'invoquais, que je passais la tête dans le nœud coulant de son enchantement. Je m'habillai en hâte

et descendis à la taverne pour le petit-déjeuner. Du pain crous-
tillant, une bouillie épaisse et fumante de flocons d'avoine, des
tranches de jambon fines comme une *cottardita* et une poire de
Barbarie coupée en tranches me furent servis par une belle
femme blonde. J'étais impatient de rompre le sortilège de vulnérabilité que m'avait jeté le rêve et je me concentrai sur elle pour
me distraire. Ses longues boucles d'or lui tombaient dans le dos
d'une façon telle que les doigts masculins démangeaient de s'y
mêler. Ses yeux noisette se levèrent d'un coup vers les miens et
elle sourit, révélant des lèvres roses et pleines ainsi que ses dents
blanches régulières. J'embrassai du regard ses grandes prunelles
bien espacées dans un visage ovale sculptural et je compris qui
elle était.

« Caterina, dis-je.

— Vous avez l'avantage sur moi, *signore*. Je ne connais pas
votre nom, répondit-elle d'une voix chaude.

— Luca Bastardo, chantonna une voix musicale. C'est mon
précepteur, maintenant. » Leonardo, vêtu d'un *lucco* vert émeraude dont l'ourlet inégal donnait l'impression qu'il l'avait raccourci lui-même. Il entra en trottinant et s'installa sur le banc à
côté de moi.

« Ton précepteur, petit homme ? fit Caterina en lui ébouriff-
fant les cheveux. Je vais te chercher du pain et du miel, *bambino*. » Elle s'en fut, ses hanches rondes et bien galbées roulant
sous sa *giornea* sans manches.

« Je ne crois pas que vous devriez regarder ma mère de la
sorte », remarqua l'enfant. Il posa ma dague sur la table près de
moi et tira mon bol de bouillie d'avoine devant lui. Il l'attaqua et
je le regardai faire en me rappelant que j'avais toujours mangé
seul chez Silvano. Les repas y étaient délicieux et copieux mais la
compagnie maigre et corrompue – moi-même. Leonardo igno-
rait tout de cette pauvreté de l'esprit et des extrémités qu'on
pouvait atteindre pour la soulager. Sa vie était alimentée par une
autre source, une brillance illimitée qui habitait son essence.

« Je n'ai pas dit que je serais ton maître », temporisai-je. Je
regardai ailleurs. Sa beauté me ramenait à l'horreur à laquelle la

mienne m'avait condamné dans mon enfance. Au bout de plusieurs décennies passées sans guère me remémorer le lupanar, cette période ne me revenait à présent que trop bien. Leonardo, si confiant dans ses prérogatives, n'avait aucune notion d'une telle souffrance. Sans sa chaleur et sa grâce sereines, s'il n'avait pas rayonné de calme comme les anges des tableaux portaient leur halo, je l'aurais trouvé insolent.

« Vous êtes là, alors vous serez mon maître, répondit-il entre ses cuillerées de bouillie. Commençons aujourd'hui. Je suis prêt à apprendre, *professore*.

— Aujourd'hui, je vais voir le Duomo à Florence », répliquai-je avec une pointe de mauvaise humeur ; je n'avais jamais apprécié de me sentir manœuvré et cela arrivait beaucoup, ces derniers temps. Il y avait du sang séché sur ma dague ; je l'essuyai sur mon *lucco* avant de la glisser dans le fourreau de ma cuisse.

« Florence, splendide idée ! » s'écria-t-il. Sa mère revint avec une assiette de pain généreusement barbouillé de beurre et dégoulinant de miel. « *Mamma*, Luca m'emmène à Florence aujourd'hui !

— Pas si vite…, commençai-je.

— Oh oui, ce beau cheval à l'écurie est à vous ? L'étalon alezan ? insista Leonardo avec empressement. J'aimerais le dessiner ! Je vais m'y mettre avant qu'on ne parte !

— Ne crois-tu pas que nous devrions parler à ton papa de ce nouveau précepteur ? » s'enquit Caterina. Elle posa l'assiette devant lui et s'installa face à nous. Sa poitrine généreuse tendait le tablier jaune passé sur sa *giornea* bleue toute simple, dont le col ouvert montrait sa gorge blanche. Sous son parfum floral, elle sentait la viande grillée, la levure du pain et le vin renversé ; une petite trace de miel luisait le long de sa lèvre inférieure. J'aurais voulu la lécher. Elle se pencha sur la table : « Combien comptez-vous demander, *signore* ? *Ser* Piero est très attentif à ses dépenses.

— J'ignore ce que gagne un précepteur », répondis-je. Je bus à mon gobelet une longue gorgée d'eau pour dissimuler que son charme me raccourcissait le souffle.

« Nous le paierons bien, je parlerai à papa, répondit gravement Leonardo. Mais pas trop non plus, pour qu'il ne se mette pas en colère. » Il prit le jambon de mon assiette avec un grand sourire adressé à sa mère puis à moi. Il était irrésistible et il le savait. Je n'avais pas la première idée de ce que j'allais lui apprendre, mais lui si. Il me faudrait suivre son exemple. Cela m'aurait consterné en présence de n'importe qui d'autre, vivant ou mort. Depuis mon évasion du lupanar, j'accordais une importance primordiale à ma liberté. Je n'avais jamais été prêt à faire le moindre compromis pour personne. Même le grand amour de ma vision avait été relégué à un avenir nébuleux. À présent – parce que Leonardo me l'avait demandé, parce que Cosimo était mourant, parce que mon cœur itinérant tenait à l'un comme à l'autre et parce que je ne fuirais plus, dorénavant, la main de Dieu, qu'elle soit cruelle ou douce –, je m'installais de plein gré dans cette ville où je risquais la prison et la mort. La situation entière me contrariait.

« Il faut que je prenne des dispositions, dis-je en me levant de table.

— Vous revenez vite ? » lança-t-il. Je hochai la tête par-dessus l'épaule et vis Caterina presser la main de son fils contre ses lèvres tout en m'observant fixement. Je rentrai le ventre, bombai légèrement le torse et me redressai un peu. Anchiano s'annonçait intéressant.

Je chevauchai vers le petit vignoble dont j'étais propriétaire et me présentai aux métayers comme un descendant du tout premier Luca Bastardo. Ainsi, par affection pour Leonardo et Cosimo, je devins mon propre fils. Un couple d'un âge certain s'occupait du domaine avec ses deux fils adultes ; d'abord, tous se montrèrent sceptiques, mais je leur récitai les chiffres des dix dernières années, récoltes de raisin, quantité de tonneaux vendus, prix d'achat des divers négociants en vin et ainsi de suite. Je ne commis pas une seule erreur : je surveillais méticuleusement ma moitié des bénéfices. Ils furent bientôt convaincus de ma sincérité et se mirent en quatre pour me satisfaire. Je leur expliquai que j'allais séjourner à Anchiano pour une période indéfinie et nous discutâmes un moment de là où j'allais vivre. Avec l'argent accumulé au fil de ces décennies, j'aurais pu vivre n'importe où. Je n'en dis rien : le vignoble répondait à mes exigences. Je ne comptais ni faire étalage de ma richesse, ni attirer l'attention en établissant une résidence. Le vieux couple et un des fils vivaient dans la villa principale tandis que l'aîné, qui avait une femme et un bébé, occupait une petite chaumière du domaine. On convint que la jeune famille retournerait emménager chez les parents et que je m'installerais dans la chaumière. Je comptais qu'on s'occupe bien de Ginori et le leur fis savoir. Le cadet, un grand garçon campagnard décharné de l'âge de Lorenzo, s'illumina et me promit de le soigner « mieux qu'un mari traite son épouse ».

Ayant pris des dispositions qui me satisfaisaient, je retournai à cheval à la taverne. Debout dans l'herbe devant les bâtiments, Leonardo jouait à une sorte de marelle à l'aide de cailloux disposés en carré. Il sautillait, un morceau de papier qui battait au vent à la main.

« Luca, votre cheval, vous voulez le voir ? appela-t-il quand je mis pied à terre.

— Où as-tu trouvé cette feuille ? » m'enquis-je ; le papier était un luxe coûteux. De petits dessins parsemaient la page, visages, oiseaux, insectes et le profil du Montalbano au loin. Il s'était servi d'un crayon grossier de charbon, mais la main qui l'avait guidé, d'une finesse et d'une perception extraordinaires, était bien trop habile pour un garçon de douze ans. En particulier, l'emploi d'ombres pour révéler la profondeur et les variations subtiles de texture s'avérait d'une sophistication peu naturelle. « De qui sont ces croquis ?

— De moi, bien sûr. Maman m'achète du papier dès qu'elle a de l'argent. Parfois, j'arrive à convaincre papa de m'en donner, répliqua-t-il joyeusement en ramassant quelques pierres grises qu'il laissa tomber dans sa poche. J'aime dessiner.

— Où est le cheval ? » m'enquis-je, perplexe, en lorgnant les miniatures, chacune exprimant délicieusement un talent sensible et précoce. Son amour pour les oiseaux transparaissait dans chaque courbe élégante des ailes ; son ravissement devant les gens palpitait dans le contour d'une joue ou l'esquisse d'un œil. Il ne faudrait qu'une éducation minime pour faire de cet enfant un maître artiste. Je savais que mon enseignement serait limité ; il était destiné à de meilleurs précepteurs – de meilleurs hommes – que moi.

« Ici. » Il tendit la main et retourna la feuille puis la renversa. Sous l'esquisse d'un bébé gras et d'un chien se trouvait un cheval. « Vous l'aimez ? Comment s'appelle-t-il ? On le prend pour aller à Florence ? Quand est-ce qu'on part ? Combien de temps ça prendra ? On y va bientôt ? »

Seuls le cou, la tête, le garrot et une jambe étaient terminés. De vagues traits suggéraient les trois autres jambes et la croupe. « C'est superbe, mais tu n'as pas fini », lui fis-je remarquer. Il haussa les épaules. Je revins à l'autre face et m'aperçus que la plupart des dessins restaient inachevés. Une moitié de visage était magnifiquement dessinée quand l'autre restait à peine sug-gérée, ou bien une aile d'oiseau était représentée de façon exquise quand de rares lignes additionnelles évoquaient le reste de l'animal. « Tu ne finis jamais ce que tu commences ?

— Il y a tant à voir », répondit-il. Des fossettes espiègles se creusèrent de chaque côté de son grand sourire, qui ressemblait tellement à celui de sa jolie *mamma*. « L'œil n'est-il pas mer-veilleux, Luca, avec sa faculté de percevoir les images ? »

Je secouai la tête. « Il faut que tu apprennes à finir les choses, c'est important. » Il m'adressa un sourire béat et je songeai qu'au moins je pourrais lui inculquer la persévérance ; c'était une de mes qualités. Bien plus tard, je rirais de ma vanité. Indépendam-ment de ce qu'il retira de moi, il m'apprit qu'enseigner consiste uniquement à révéler chez autrui ce qu'il a déjà dans le cœur, et qu'on acquiert seulement ce dont on a envie.

« Gardez-le », fit-il avec un geste de sa main de chérubin. J'avais toujours accordé beaucoup de valeur aux cadeaux et celui-là ne faisait pas exception. Je retournai à l'auberge. Cette feuille de croquis d'enfant était précieuse et je comptais la préserver. Je courus à l'étage, entrai dans ma chambre et ouvris mon sac de cuir. Ce bagage-là n'avait que quelques années, je l'avais acheté dans un bazar de Constantinople où tout était bon marché depuis la chute de la ville, une dizaine d'années plus tôt. J'en tirai le cahier de Pétrarque, que je gardais toujours avec moi, comme le panneau de Giotto représentant saint Jean avec le chien blond-roux sur les talons et les lunettes de Geber. J'ouvris soigneusement le livre relié de cuir en son centre.

« Qu'est-ce que c'est ? Un cahier ? Pourquoi est-il vierge ? s'enquit une voix passionnée à mon coude ; bien sûr, Leonardo le curieux m'avait suivi.

— Il est vierge parce que je n'y ai encore rien écrit, répondis-je.

— Pourquoi pas ?

— Je ne sais pas.

— Il faut le faire », insista-t-il. Je soupirai.

« J'attends qu'il m'arrive quelque chose de notable. Alors je l'écrirai dans ce livre.

— Quel genre de chose ? me harcela-t-il. Un aperçu de votre vision de l'avenir ? Comme le grand amour dont vous m'avez parlé quand je vous ai rencontré devant la grotte ?

— Tu fourres trop ton nez dans ce qui ne te concerne pas, rétorquai-je avec toute la sévérité dont j'étais capable.

— Laissez-moi voir », m'ordonna-t-il en prenant le cahier. Il s'assit par terre et observa chaque page de vélin fin comme si elle était précisément couverte de ces mêmes mots, comme s'il arrivait à les lire bien qu'ils soient couchés dans un avenir lointain. Mais s'il exista jamais un homme capable de lire un livre du futur, c'était bien Leonardo. « Je vais vous dessiner quelque chose. Sur la première page, pour vous encourager à écrire dans ce cahier. » Il eut un sourire espiègle et tira de sa poche un vieux crayon usé et couvert de peluches.

« Attends, qu'est-ce que tu vas dessiner ?

— Quelque chose de merveilleux, rien que pour vous », murmura-t-il. Il me dévisagea, la tête inclinée, puis sa main se mut rapidement sur le papier.

« Tu es gaucher, remarquai-je en m'asseyant sur le lit pour patienter.

— Hmm », grogna-t-il, penché sur le livre. Je restai donc assis à le regarder réaliser son croquis. C'était une journée chaude de juin ; un oiseau solitaire gazouillait à la fenêtre et le parfum des fleurs sauvages venait flotter dans la pièce. Les collines paisibles et les tournesols éclatants, les rochers du Montalbano et la surface ondulante des rivières réfléchissaient la lumière qui s'adoucissait en une brume dorée imprégnant la chambre. Cela me rappela ce jour d'autrefois à Bosa, en Sardaigne, quand le Vagabond était venu me porter la lettre de Rebecca Sforno. Comme cela s'était produit lors de sa visite, les ombres vacillantes du reste de ma vie s'affaissèrent et il ne resta plus que le moment présent, complet et authentique.

Finalement, il releva la tête vers moi. « C'est un très beau cahier. J'aimerais bien avoir le même. Vous m'en achèterez un ? » Il me le demanda avec une expression suppliante tellement sincère que je me surpris à accepter avant même d'avoir réfléchi. Son sourire fut radieux. « Parfait. Merci, *Luca professore*. Vous êtes aussi généreux que beau !

— Hon-hon », fis-je avec un brin de scepticisme. Je sentais bien quand on me manœuvrait. Leonardo rejeta la tête en arrière et s'esclaffa.

« Si, honnêtement ! protesta-t-il. Mais je ne le laisserai pas vierge ! Je le remplirai avec mon écriture magique. Et puis j'en écrirai un autre, et encore un autre après cela !

— Hon-hon », fis-je à nouveau, bien moins sceptique. Il était facile d'imaginer la magie au service de cet enfant aux cheveux d'or. Cela étant, je me demandai si je pourrais finir par lui faire confiance, hanté comme je l'étais par l'inexplicable – ma longévité et ma jouvence. Au cours de mes décennies d'errance, je n'avais rencontré qu'une seule autre personne partageant ma durée de vie : le Vagabond. Certains alchimistes tels que Geber détenaient peut-être le secret de ce prodige, mais nul ne l'avait admis devant moi. Et ce n'était pas faute de m'être renseigné. Revenant à Leonardo, je lui demandai, avec plus de détachement que je n'en éprouvais : « Comment vas-tu rendre ton écriture magique ? »

Il se releva d'un bond et me rendit le cahier. « Je ne sais pas. J'écrirai à l'envers, je trouverai. » Ses yeux s'agrandirent tout à coup et il rit. Il continua : « Vous m'avez parlé de votre vision du futur. Parfois, je vois des choses. C'est flou, comme un miroir voilé. Je viens d'entrevoir des hommes d'un avenir lointain s'efforçant de lire mon écriture inversée. Ils seront perplexes, intimidés et pleins de respect. Mon texte paraîtra magique mais l'explication en sera simple et naturelle. On peut toujours expliquer la magie de la sorte, vous ne croyez pas ? » Je ne répondis pas, contemplant son dessin : un homme séduisant d'une vingtaine d'années aux traits symétriques et à l'ossature fine ; ils n'étaient pas délicats mais assurément raffinés. Il avait dans le regard une nuance pensive et triste, et un léger sourire ironique, à la limite de l'amertume, jouait sur ses lèvres charnues. Bien musclé, il semblait agile ; debout, ses deux paires de bras écartés étaient inscrites dans un cercle, lui-même inscrit dans un carré, comme s'il était en mouvement. Il possédait aussi une paire de jambes surnuméraire disposée de part et d'autre de la première.

« Ce doit être un escrimeur redoutable avec ce jeu de bras supplémentaire. » Je souris. « Mais comment marche-t-il, en trottant comme un cheval ?

— Ce serait idiot ! » Leonardo gloussa. « Il n'a pas deux paires de bras. Je l'ai représenté évoluant d'une position à une autre.

— Et pourquoi le cercle et le carré ?

— Pour montrer la perfection des formes de la nature exprimées par le corps humain et la géométrie de ses proportions, répondit-il. Vous êtes bien formé, Luca ; les vôtres sont excellentes. Je n'avais jamais discerné cette géométrie aussi clairement mais elle m'a frappé dès l'instant où je vous ai vu sur le Montalbano. Vous n'êtes pas très grand, en revanche. J'espère l'être davantage à l'âge adulte.

— Ai-je l'air aussi triste ?

— Vous ne l'êtes pas ? répliqua-t-il innocemment.

— Non.

— Vous le serez peut-être. » Il haussa les épaules. « Vous ne connaîtrez peut-être pas votre grand amour, ce qui vous rendra très malheureux ! Dans ce cas, ne serez-vous pas content d'avoir été mon précepteur, d'avoir connu mon amitié, même sans votre idéal ? » Je lui adressai un regard désabusé. Il attendit que je place soigneusement sa feuille de croquis animaliers sur le dessin qui me représentait debout au sein de formes géométriques, que je ferme le cahier de Pétrarque, noue autour de la couverture une lanière de cuir et le range dans mon bagage. Puis il demanda d'un ton joyeux : « Alors, on va à Florence, maintenant ? Qu'est-ce qu'on va voir ? Je peux m'asseoir devant vous sur le cheval ou faut-il que je me mette derrière ? »

Le Duomo était achevé. Je ne l'avais encore jamais vu ainsi. Le gracieux dôme rouge, le plus grand de toute la chrétienté, dominait la ville, et son ombre donnait l'impression de s'étendre sur toute la Toscane. Il n'était pour ainsi dire pas nécessaire de s'y rendre ; nul ne pouvait y échapper, il surgissait au-dessus des rues de pierre étroites, envahissant majestueusement le champ de vision à chaque intersection, à chaque place. C'était un rappel poignant de ce que j'avais manqué pendant mon absence. Si Niccolo Silvano n'avait pas réussi à me brûler sur le bûcher soixante-quatre ans plus tôt, il m'avait privé d'une vie de souvenirs à Florence, mon foyer, cette ville dont les rues mêmes semblaient m'avoir engendré avec ma jeunesse d'une longueur inhumaine, dont les églises et les *palazzi* étaient mes cousins, dont l'Arno m'avait baptisé.

« On l'a construit par cercles successifs, expliqua Leonardo, interrompant mes pensées, afin que les forces de contrainte se répartissent sur le pourtour et ne brisent pas l'ouvrage. Ces cercles lui permettent de s'élever à des altitudes nouvelles, impensables auparavant !

— C'est un octogone.

— Mais on l'a bâti sur des cercles internes, insista l'enfant. La coupole comporte deux coquilles intérieures qui renferment une succession d'anneaux concentriques dont la circonférence décroît à mesure qu'ils s'élèvent. C'est ainsi que le *capomaestro* Brunelleschi a pu l'ériger sans échafaudage. Il s'est appuyé sur les forces convergeant au sommet de la coupole, où la lanterne et son poids absorbent les forces dirigées vers l'intérieur et les redirigent vers l'extérieur. Il s'est aussi servi d'un ancien *opus* romain en épi où chaque rangée de briques s'entrecroise avec la précédente de façon à ce que la structure tienne par elle-même. Le dôme a ainsi pu s'élever grâce à l'intégrité de sa conception!

— Comment fais-tu pour savoir tant de choses, *bambino*?» m'enquis-je en ébouriffant sa chevelure douce et en levant fixement les yeux vers la coupole. À cause de la peste, il n'y avait guère de passants, bien que ce fût une belle journée d'été.

«Tout le monde parle du Duomo, alors j'écoute! répliqua-t-il. Et devinez aussi. Brunelleschi a inventé de nombreuses machines pour l'aider dans la construction; n'est-ce pas merveilleux? s'écria-t-il. Je veux inventer des choses, moi aussi! Il a conçu un palan actionné par des bœufs pour déplacer et hisser très haut des charges immenses. Vous imaginez? Il élevait le marbre, la brique, la pierre, le mortier vers les cieux mêmes! C'était une merveille, ce palan, si grand et puissant, il était muni d'engrenages réversibles...

— Assez!» Je levai la main. «Je ne suis ni architecte ni mathématicien, j'ignore tout de ces questions techniques. Il te faut un autre précepteur si tu veux étudier ces domaines.

— Mais ne trouvez-vous pas cela fascinant? Ces problèmes de forces, de mouvement, de masse, de géométrie?» Il désigna le Duomo. «Si l'homme les maîtrise, rien ne sera hors de sa portée! Nous pourrons construire la machine volante que vous avez aperçue dans votre vision, et celle qui nage, et d'autres inventions trop merveilleuses pour y croire! N'en saisissez-vous pas l'importance?»

Je peinais à croire que c'était le même enfant qui avait fait cliqueter des cailloux dans sa poche après avoir joué à la marelle dans l'herbe; il décrivait ce palan avec une telle maturité. «Je m'intéresse davantage à la question de la beauté, répondis-je.

Observe combien cet octogone est gracieux, délicat tout en étant robuste et massif, semblable à une sculpture…

— La sculpture, bah ! c'est un art inférieur à la peinture, rétorqua le garçon. Elle surpasse tous les ouvrages de l'homme à cause de ses innombrables nuances. Il manque à la sculpture bien des caractéristiques naturelles de la peinture et elle ne peut pas représenter de corps transparents, lumineux ni brillants.

— Alors allons voir les fresques de Giotto dans les chapelles de Santa Croce. Ça, c'est la beauté ! »

Trois jours plus tard, Leonardo et moi chevauchions ensemble vers Careggi pour le dîner prévu à la villa Médicis. Le second fils de mes hôtes d'Anchiano, Neri, cheminait avec nous. Je lui avais demandé de nous accompagner, songeant qu'il serait prudent d'avoir des épaules solides pour protéger mes arrières durant la partie de *calcio*, même si c'étaient celles d'un paysan sans instruction. L'expérience m'avait appris que le rang d'un homme n'en dictait pas la valeur.

C'était un matin lumineux de juin, sans nuages ; une brise ébouriffait la lavande des collines. Nous franchîmes les versants ondulants, dépassâmes des vignobles ordonnés, des bosquets d'oliviers au feuillage vert argenté et de cyprès odorants. Nous vîmes des ouvriers mais aucun ne nous salua ; comme toujours, la peste incitait à la méfiance. J'emmenais avec moi un faucon que m'avait donné un *condottiero* aux côtés de qui j'avais combattu lors de quelques campagnes. C'était un vieux soldat bourru d'origine franque et non florentine, mais il avait pris sa retraite dans la campagne toscane après m'avoir entendu la décrire. Quand je lui avais expliqué qu'il me fallait un cadeau digne d'un roi, il avait failli refuser mon argent. J'avais insisté. Après tout, il s'était retiré, il en avait besoin. Aussi m'avait-il vendu le plus beau faucon pèlerin de ses volières, un animal séduisant, bien dressé, de grande envergure et qui acceptait facilement le capuchon. Et nous partîmes présenter l'oiseau à Lorenzo de Médicis.

Leonardo chevauchait devant moi, portant le gant et les jets d'attache du faucon à sa main. Cette responsabilité le ravissait et, entre deux cajoleries et compliments adressés à l'oiseau, il m'exhorta à lancer notre monture au petit galop. Je m'exécutai et il poussa un cri de joie. Les foulées de Ginori s'allongèrent ; il fléchit l'épaule pour négocier un virage et nous nous envolâmes par-dessus les collines conduisant à la villa Médicis.

Nous arrivâmes à Careggi, contournant au trot un regroupement de carrosses remplis de femmes bavardes. Nous nous arrêtâmes parmi une multitude de chevaux à la crinière et à la queue tressées tandis que les cavaliers mettaient pied à terre. Un grand magistrat à l'air menaçant inspectait les invités en quête des symptômes de la peste. Il nous laissa entrer d'un signe de la main et un servant apparut pour s'occuper de Ginori et de la monture de Neri.

« Luca Bastardo, l'invité d'honneur, me héla la voix aiguë et nasillarde de Lorenzo. Bienvenue ! » Il traversa à grandes enjambées un groupe d'hommes en train de rire, lesquels s'écartèrent respectueusement ; à quinze ans, il présentait déjà une aura suscitant la déférence. Il s'approcha, ses cheveux noirs se balançant au rythme de ses pas, ses traits vigoureux illuminés de joie. Du moins selon les apparences, que je soupçonnais d'être toujours trompeuses avec lui.

« *Signore* », fis-je en m'inclinant avec révérence. Lorenzo s'esclaffa et me donna une accolade chaleureuse.

« Vous êtes un vieil ami de la famille, *nonno* vous adore, vous ne sauriez imaginer vous en tirer par des salutations aussi tièdes ! Et qui est ce jeune gredin avec ce bel oiseau sur le gant ? » ajouta-t-il en reculant pour examiner Leonardo. Son visage se figea devant sa beauté – une réaction typique. En revanche, la peur qui scintilla brièvement dans son regard n'avait rien de coutumier. Je m'en demandai la raison.

L'enfant répondit par un sourire serein ; il connaissait rarement l'inquiétude, seulement une calme acceptation des choses. « Vous serez très important. Vous dirigerez le monde », déclara-t-il.

Lorenzo marqua un temps d'arrêt. « Est-ce que *nonno* te connaît, mon garçon ? Il faudrait que je te présente à la famille.

— Certainement. » Il acquiesça. « Je suis Leonardo, fils de *ser* Piero da Vinci, dit-il avec beaucoup de gravité. Voici un présent de la part de mon précepteur, Luca Bastardo. » Il tendit l'animal vers le jeune homme, dont les yeux se mirent à briller. Il parut cesser de respirer en observant l'oiseau. Il défit les jets et enleva le capuchon d'un bref mouvement entraîné des doigts. Puis il prit la main de Leonardo dans la sienne et lança le faucon. Celui-ci s'envola dans le ciel. Le silence tomba sur la foule tandis que les hommes levaient le visage pour l'admirer. L'animal décrivit un haut cercle au-dessus des collines, petite tache noire devant le soleil, sa silhouette esquissée par la ligne fine d'une aura violette. Je songeai que mon esprit avait dû prendre cette apparence bien longtemps auparavant, quand je voyageais pour contempler les tableaux de Giotto à l'époque où je travaillais chez Silvano, mais je n'étais pas le prédateur, à l'époque, seulement la proie. Tout à coup, l'oiseau replia les ailes et plongea. Il parut s'agrandir de plus en plus, à une vitesse à couper le souffle, jusqu'à fondre sur une colline à l'écart de la villa. Des acclamations s'élevèrent et tout le monde courut vers l'endroit où il s'était posé.

« Un lièvre ! cria Lorenzo, qui, naturellement, dépassa la foule pour en prendre la tête.

— Un lièvre ! Bravo ! » s'exclamèrent plusieurs voix. Leonardo courut rejoindre le jeune homme, qui lui ôta le gant et récupéra le faucon. Je les rejoignis, jouant des coudes pour fendre la multitude des spectateurs.

« Il nous faut de la viande pour cette beauté sublime », susurra Lorenzo. Il avait les cheveux en désordre et haletait bruyamment. Je sortis ma dague de son fourreau et la lui tendis par la pointe. Il rit et me lança le lièvre. « Coupez-lui donc un morceau, en ce cas, fit-il. Vous n'êtes pas homme à craindre le sang et les tripes ! » Je haussai les épaules et j'ouvris le ventre de l'animal.

« Maître, si vous coupez délicatement, vous verrez la membrane fine qui sépare la peau des organes. » Leonardo m'adressa

un claquement de langue, rappelant lui-même un vieux maître.
« Pas de coups brusques. Doucement, les entrailles sont une
merveille à contempler, une machine de la nature ! »

Je lui jetai un coup d'œil aigre et m'enquis *sotto voce* : « Qui est
le précepteur ici, mon garçon ? » Il gloussa. Je vidai le lièvre de
ses intestins et jetai un morceau de viande sanguinolente à
Lorenzo, qui le donna au faucon pèlerin.

« Un digne présent, répliqua-t-il en inclinant la tête vers moi.
Un cadeau digne d'un roi. J'accepte avec plaisir ! » Mais il avait
les yeux aussi féroces que la bête et je compris que, même si
j'avais été à la hauteur de son premier défi – la selle qu'il m'avait
offerte –, il n'avait pas fini de me mettre à l'épreuve.

« Ne gâchez pas le lièvre. Donnez-le à vos serviteurs pour
qu'ils en fassent un ragoût », suggérai-je. Il eut un rire plein
d'entrain et de bonne humeur et désigna son serviteur maure. Je
lui jetai la proie et il s'inclina.

« Il faut que je fasse visiter à ce prince son nouveau *palazzo*,
dit Lorenzo. Puis nous serons prêts pour la partie de *calcio* ! » Il
s'éloigna à grands pas, suivi par un groupe d'hommes qui le féli-
citaient sur la beauté et l'adresse du faucon. Je me tournai vers
Leonardo.

« Comment joue-t-on au *calcio* ? » m'enquis-je. L'enfant se
plaqua la main sur la bouche et s'esclaffa.

« Vous n'avez jamais essayé ?

— Qui a le temps de jouer quand il faut gagner sa vie,
repousser la famine, l'infortune, la ruine, les abominations et la
mort ? » répondis-je. Je n'appréciais plus les jeux depuis que
Massimo, mon vieil ami de la rue, m'avait vendu à Bernardo Silvano. Je savais combien les gens prennent la compétition au
sérieux, même quand ils prétendent se divertir.

« Du calme, du calme, maître, fit Leonardo avec des gestes
apaisants. C'est simple. Il y a une balle en cuir à laquelle il faut
faire franchir la ligne adverse ; on appelle cela une *caccia*. On
court avec ou bien on la passe à un autre joueur pour qu'il
l'emporte. On peut aussi la frapper du pied.

— Cela paraît simple, acquiesçai-je. Quelles sont les règles ?

— Des règles ? Que voulez-vous dire ? Il faut que la balle franchisse la ligne adverse. Mais il faut de l'adresse. Si la tentative échoue, cela donne une demi-*caccia* à l'autre équipe.

— Et comment fait-on passer la ligne à la balle ?

— Par tous les moyens possibles. » Il haussa les épaules.

« Vous êtes avec moi, bien entendu, j'ai besoin d'hommes forts dans mon entourage », déclara Lorenzo avec enthousiasme en me jetant un *lucco* vert. L'équipe adverse jouait en blanc. « Je voudrais voir par moi-même cette ténacité bâtarde que loue *nonno* et m'en servir aussi bien que lui ! » C'était donc l'épreuve suivante. Savoir si je jouerais bien pour son compte. Je ne goûtais aucunement la situation, ni le défi, ni l'intention qui l'animait. Si je me montrais fiable, Lorenzo me mettrait à son service, limitant ma liberté d'action. Dans le cas contraire, il me rejetterait, mettant fin à la protection accordée par son grand-père. Aucune des perspectives n'était réjouissante.

« Donnez un *lucco* vert à mon camarade Neri que voici », répliquai-je en indiquant le jeune homme du pouce. Lorenzo lui lança un de ses regards évaluateurs rapides comme l'éclair.

« Des renforts, fit-il. Rusé. » Il me lança une autre tunique verte. Je fis signe à Neri, qui suçait un brin d'herbe dans une flaque de soleil avec Leonardo. Il m'adressa un grand sourire indolent et s'approcha d'une démarche traînante. Je lui jetai le *lucco* ; il se débarrassa de son *farsetto* déchiré et rapiécé et enfila le nouveau vêtement. Je l'imitai, ôtant mon *farsetto* et passant le *lucco* vert.

« Vous avez une très belle *camicia*. J'espère que vous n'y tenez pas autant qu'à votre cheval, dit Neri d'un ton sérieux. Vous voulez qu'on en prenne bien soin et qu'on le lave. Tout le monde se fait déchirer et arracher sa *camicia* durant une partie de *calcio*.

— Tu as déjà joué ? » m'enquis-je.

Son visage s'éclaira. « Bien sûr, souvent. Je suis vraiment bon, répliqua-t-il. Je suis trop grand pour me laisser blesser facilement !

— Alors quelles sont les règles ? »

Il gratta son crâne hirsute. « Il faut que le balle franchisse la ligne pour marquer une *caccia*. » Il désigna la clôture en bois, qui m'arrivait à la poitrine, barrant la largeur du terrain à chaque extrémité – une zone plane derrière la villa où l'on avait arraché l'herbe.

« J'ai bien saisi », rétorquai-je, les dents serrées. Je repérai qu'on installait des bancs en bois de chaque côté du champ sous des tentes colorées ornées de rubans. Des femmes en habits de fête, des enfants poussant des cris de joie et des vieillards caquetants affluaient de la maison et du domaine pour venir s'asseoir. Je fus étonné de voir un tel rassemblement en ces temps d'épidémie. Une acclamation rauque s'éleva : Cosimo sortait en boitillant. Contessina et un petit homme d'une trentaine d'années lui soutenaient chacun un bras. Le vieillard leva la main pour saluer les invités. Il croisa mon regard et me fit signe. « Comment marque-t-on une *caccia*, exactement ? demandai-je à Neri.

— Il y a deux équipes de vingt-sept hommes », expliqua Lorenzo. Il invita d'un geste les verts à se masser autour de lui. Il me présenta seulement comme « Luca » aux autres *verdi*, dont beaucoup avaient des patronymes nobles. Il continua : « Le but du *calcio* consiste à faire passer la balle par-dessus la ligne adverse. On peut courir avec, la lancer, la frapper du pied ou la transmettre à un autre joueur. Il faut éviter les défenseurs de l'autre équipe : ils vous bloqueront comme ils le pourront, en vous faisant tomber, en vous frappant des poings et des pieds, par tous les moyens.

— Tous ? » m'enquis-je.

Il effleura son nez déformé. « Comment croyez-vous que je me sois fait cela ? » Il me fit un clin d'œil. « Vous n'avez quand même pas peur, Bastardo ? Après tout ce que *nonno* m'a dit sur vous. Ou bien lui réserveriez-vous votre courage ?

— Le seul honneur est dans la victoire », répliquai-je d'un ton pince-sans-rire. Les *verdi* autour de moi s'écrièrent « Bravo ! » et me donnèrent des claques dans le dos. Lorenzo, qui avait saisi l'ironie, m'adressa un autre clin d'œil, mais il hocha aussi la tête.

« Vous êtes un joueur selon mon cœur, approuva-t-il. Coriace et déterminé. Rien ne m'importe plus que le triomphe. Je garde auprès de moi ceux qui me permettent de l'atteindre. » Il approcha la bouche de mon oreille pour que je sois le seul à entendre la suite : « Et ceux qui ne peuvent pas m'aider, je m'en débarrasse. » Il observa ostensiblement les *bianchi* et je pivotai, suivant son regard. Je vis un jeune homme maigre courir sur le terrain pour les rejoindre. Il était visiblement riche et apprécié des autres nobles, qui le taquinèrent quant à son arrivée tardive. Puis il se retourna et une pierre me tomba dans l'estomac. C'était le visage qui hantait mes cauchemars : un nez en lame de couteau surmontant un menton pointu et saillant. Je fis volte-face avant qu'il ne croise mes yeux. J'avais l'intime conviction que le clan Silvano me reconnaîtrait.

« Pietro Silvano, soufflai-je tandis que ma trachée se contractait.

— Je suis heureux que vous compreniez l'enjeu », répondit Lorenzo.

« *Forza verdi !* » criaient certains spectateurs, quand d'autres hurlaient : « *Forza bianchi !* » Giuliano de Médicis, le frère précoce et séduisant de Lorenzo, dirigeait les blancs. Plus jeune de quelques années, il se pavanait autour du terrain, envoyant des baisers aux femmes qui gloussaient. Une matrone grasse se leva pour le haranguer sur la maigreur de ses jambes dans ses chausses, et il la regarda en s'empoignant l'entrejambe, ce qui suscita bien des rires et des huées. Lorenzo leva les yeux au ciel. Il n'était pas du genre à gaspiller son temps en vantardises ; il aboyait ses instructions. Il me posta en défense et affecta Neri à la réception des passes. Puis un roulement de tambour s'éleva, une trompette sonna en fanfare et un silence impatient s'abattit sur les spectateurs. Les joueurs prirent place sur le terrain. Je restai à l'arrière, repérant la position de Pietro Silvano en décidant de rester loin de lui. L'aspect sportif avait disparu du jeu – qui n'avait plus rien d'un jeu pour moi.

Un adolescent en *lucco* vert, un drapeau assorti à la main, prit position devant la barrière en bois d'un côté du terrain, et un autre vêtu de blanc, avec un drapeau de la même couleur, l'imita à l'autre bout, chacun marquant la ligne de son équipe. Quelques cris narquois leur enjoignirent de brandir plus haut leur fanion pour attiser la fierté de leur équipe, ce qui les fit rougir. La trompette sonna trois brefs mugissements. Un arbitre corpulent avec un chapeau à plume lança la balle en l'air et le chaos se déchaîna.

Lorenzo était plus grand que Giuliano et, naturellement, prêt à sauter plus haut et à frapper plus fort pour mettre la main dessus. Il la rabattit vers un joueur vert et les équipes éclatèrent en motifs stratégiques, courant sur l'ensemble du terrain. Je me lançai vers Lorenzo, comptant écarter les *bianchi* de son chemin, ce qui, supposais-je, était le rôle d'un défenseur. Neri me suivit et deux blancs se ruèrent sur moi. Je heurtai violemment le sol et on me roua de coups sans merci. Heureusement, il m'avait vu m'effondrer. Les deux adversaires volèrent bientôt et il me sourit.

« C'est ce que vous êtes censé faire aux *bianchi*, beugla-t-il afin que je l'entende malgré les rugissements des joueurs qui s'interpellaient et les hurlements des spectateurs.

— Je m'en souviendrai », criai-je en essuyant le sang de ma lèvre.

Neri partit en courant et je regardai alentour, cherchant Lorenzo, Silvano ou la balle. M'attarder fut une erreur car, un instant plus tard, un blanc me tombait dessus. Il me heurta et nous roulâmes par terre, encore et encore. Je ne me laissai pas immobiliser, cette fois. Je relevai violemment le genou entre les cuisses de mon adversaire ; il poussa un cri perçant et s'écarta sur le côté. Je me redressai d'un bond et me mis à détaler en zigzag. Je ne savais pas exactement où j'allais mais il valait mieux courir plutôt que rester sur place et se refaire plaquer. Silvano s'approcha de moi mais il changea de trajectoire. Tout à coup, la balle en cuir vola dans ma direction. Je la reçus brutalement dans l'estomac. Le souffle coupé, j'eus l'impression que mes yeux allaient sortir de leurs orbites mais je ne m'arrêtai pas. Je la serrai contre mon torse, cherchant quelqu'un à qui la passer. Neri dégageait à coups de pied les agresseurs d'un joueur vert. Je continuai à courir selon une trajectoire erratique, puis Lorenzo, le *lucco* déchiré et du sang sur le visage, sauta sur ses pieds aux côtés de Neri. Il me fit signe. Je lui lançai la balle aussi fort que possible. Elle était lourde mais il la rattrapa fermement et se mit à courir avant même de l'avoir ramenée contre son plexus solaire.

Quatre blancs se jetèrent sur lui mais je plongeai pour les faire trébucher. Il s'élança, libre, se rapprocha de la ligne et jeta la balle par-dessus. Des acclamations éclatèrent, le tambour roula de nouveau, la trompette et les cors sonnèrent en fanfare.

Nous reprîmes nos places et je restai en arrière, relevant la position de Silvano, de l'autre côté du terrain. Son *lucco* blanc était déchiré et il avait du sang sur le visage comme la plupart d'entre nous. Je voulais l'approcher par-derrière et l'assommer sans qu'il me voie.

Une nouvelle fois, l'arbitre lança la balle en l'air. Une nouvelle fois, le chaos se déchaîna. Je savais à présent qu'il ne fallait pas traîner. Quatre *bianchi* se rapprochèrent. Ils étaient furieux parce que j'avais aidé à marquer une *caccia*. Je fis appel à toutes les ruses apprises dans la rue et sur le champ de bataille pour les éviter tout en restant hors du champ de vision de Silvano. Pourtant, un blanc me fonça dessus par-derrière, m'agrippa le bras et me fit tourner comme une toupie. Je trébuchai vers le groupe d'adversaires, qui me plaquèrent au sol, me bondirent dessus et me martelèrent le visage et les côtes. J'eus l'impression qu'il fallut une éternité, quand cela ne dut prendre que quelques secondes, pour qu'on vienne m'en débarrasser à la façon de sacs de grain ôtés d'une pile. Je me relevai en hâte et lançai un coup de poing à un blanc. Je l'atteignis au nez, qui explosa dans une averse brillante de sang écarlate. Il s'écroula, agrippant une poignée de lambeaux arrachés à ma tunique. Le fidèle Neri haletait, debout près de Lorenzo.

« Ça commence à venir », chantonna ce dernier. Puis le paysan et lui se remirent à courir, s'écartant en diagonale l'un de l'autre, et je me ruai sur un blanc qui se relevait en chancelant.

Une autre acclamation s'éleva : cette fois, les *bianchi* avaient marqué une *caccia*. La trompette retentit, l'arbitre tira son chapeau à l'équipe et le porteur du drapeau courut le long du terrain, suivi par la plupart des joueurs blancs. Ils avaient presque tous des taches cramoisies sur leur *lucco* et nombre d'entre eux n'en portaient même plus, ni *de camicia* – on les leur avait arrachés. Silvano faisait partie de ces hommes sans chemise, en première ligne, près de Giuliano. Il semblait ne m'avoir ni vu ni reconnu. Je me glissai furtivement derrière un vert. Leonardo fit signe à Lorenzo. Seul Leonardo, le magicien, pouvait le commander de la sorte ; le Médicis trotta vers lui et se pencha sur l'enfant aux cheveux d'or pour l'écouter. Celui-ci gesticula, Lorenzo acquiesça, puis il courut s'entretenir avec Neri et quelques *verdi*. Ils se rapprochèrent les uns des autres. Enfin, la trompette sonna le moment de reprendre nos positions sur le terrain.

L'arbitre lança la balle et Lorenzo s'accroupit au lieu de sauter, permettant au jeune Giuliano de la frapper. Il ne s'y attendait pas. Il la rabattit de travers. Elle rebondit par terre et Lorenzo s'en empara, courut droit vers les *bianchi*, puis il pivota pour la passer à Neri, qui s'était lancé à ses côtés, fauchant les blancs comme un taureau piétinant des moutons. Il ne la garda pas mais la laissa tomber pour la frapper du pied. C'était un véritable tour de force en raison de son poids ; elle décrivit un arc, terminant dans les bras d'un vert qui l'attendait près de la ligne blanche. Celui-ci la jeta rapidement par-dessus la barrière et la foule rugit. Une autre *caccia* pour les verts, et juste après un point blanc. Lorenzo leva le pouce vers Leonardo ; le petit effronté sourit et lui adressa une révérence élaborée avec un ample geste de la main. Je savais déjà que j'assistais à la naissance d'une amitié. Je me demandai si, au lieu d'empoigner ma propre destinée, je n'étayais pas plutôt celle des autres en rentrant à Florence. Dans quoi m'étais-je engagé ?

Plus tard – je perdis la notion du temps face à la brutalité du jeu et la nécessité de rester hors de vue de Pietro Silvano –, la marque indiquait quatre à quatre. J'étais meurtri et éclaboussé de

sang, surtout celui de mes adversaires. Je m'étais fêlé une côte
mais, comme toujours, j'avais rendu coup pour coup. Celui qui
m'avait blessé avait boité hors du terrain, le bras cassé. Les
bianchi venaient de marquer une *caccia*; Lorenzo lança un regard
à Leonardo, debout près de Cosimo, assis. L'enfant quitta la
tente en courant. L'héritier Médicis le rejoignit et ils discutèrent
tandis que le garçon me montrait du doigt. Lorenzo me fit signe
d'approcher.

« Vous passez en attaque, décréta-t-il, laconique.

— Quoi ? Je ne sais pas comment m'y prendre. Quand je vous
ai transmis la balle pour la première *caccia*, ce n'était qu'un coup
de chance, répliquai-je, consterné. Je m'efforce seulement de ne
pas me faire rosser à chaque point !

— Tenez-vous en première ligne, sur ma gauche. Je vous lan-
cerai la balle.

— En première ligne ? Vous plaisantez ? Les *bianchi* vont me
tuer ! Ils sont furieux à cause du bras que j'ai cassé à l'autre croquant !

— Le croquant est Leopetto Rossi, descendant d'une des
familles les plus anciennes et les plus riches de Florence, et il va
épouser ma sœur Maria », répliqua Lorenzo avec un regard
oblique. Comme nous tous, il était couvert d'égratignures et
d'ecchymoses. Il portait le sang avec une indifférence superbe,
tel un cheval de guerre triomphant, et il plongeait au cœur de
l'action à chaque engagement, suscitant des « *Bravo, Lorenzo !* »
de la part des femmes et des vieillards. Je crois qu'il aurait été
humilié sans ce sang et ces ecchymoses. Il aurait risqué d'apparaître indifférent à sa position. Ce qu'il redoutait plus que tout.

« Ouais, votre fortuné beau-frère a beaucoup d'amis et, maintenant, ils veulent ma peau », répondis-je, mécontent. J'espérais
que les inimitiés que je m'attirais durant la partie ne dureraient
pas.

« Cela n'a rien de personnel... » Il me serra l'épaule avec
affection. « C'est le *calcio*.

— Et Silvano ? fis-je à voix basse afin que personne d'autre
ne m'entende.

— Ne vous souciez pas de la lettre que possède sa famille. » Il haussa les épaules. Je tressaillis et Lorenzo eut un sourire en coin. « *Nonno* se confie à moi aussi, Bastardo. Mais la victoire exige des sacrifices, nous sommes d'accord ? Quand l'arbitre lancera la balle, courez devant et préparez-vous à la recevoir. Vous serez le héros de mon équipe ! » La trompette sonna et chacun prit sa place. Je trottai en première ligne à ses côtés comme il me l'avait ordonné et l'homme dont je pris le poste sourit et recula en hâte. Mon cœur se serra. J'allais me faire broyer. Pire, on me reconnaîtrait. Si je survivais à cette rossée, je me retrouverais sur une charrette, emmené au bûcher par Pietro Silvano et la Confraternité de la Plume rouge. L'arbitre lança la balle en l'air et Lorenzo bondit pour l'attraper. Je chargeai dans les lignes des *bianchi*. Une douzaine me plaquèrent. L'air quitta mes poumons écrasés. Je me débattis sans espérer me libérer de la mêlée, encore moins mettre la main sur la balle. Puis, sous cette masse d'hommes qui me frappaient frénétiquement, je compris que je n'étais pas censé la récupérer. Il n'en avait jamais été question. J'étais censé agir exactement comme je venais de le faire : courir vers les joueurs blancs pour créer une diversion. On m'avait utilisé. Pire, je m'étais laissé faire alors que je m'étais promis bien souvent pendant ma longue existence que cela n'arriverait plus jamais. Lorenzo de Médicis ne se souciait pas des serments que les hommes se font à eux-mêmes et à leurs dieux. En restant à Florence pour Cosimo, je m'exposais à devenir un pion de son impitoyable petit-fils.

La trompette claironna ; le plan de Leonardo avait porté ses fruits – les *verdi* avaient marqué. Puis la trompette et le tambour retentirent conjointement, marquant la fin de la partie. Les deux *bianchi* les plus proches sous la mêlée continuèrent à me pincer, un autre m'enfonça les coudes dans le genou. La colère surgit en moi. J'entourai de mes mains une gorge proche et serrai. Ce n'était pas Pietro Silvano mais il n'était pas loin, peut-être au sommet de ceux qui m'écrasaient, ce qui donnait à mes doigts une force malveillante. L'homme se tortilla, incapable de parler. Les joueurs s'écartèrent, puis on me saisit les bras et on sépara brusquement mes mains, libérant la gorge du joueur. Celui-ci roula par terre sur le dos, lançant des jurons rauques, massant sa trachée blessée. Un certain nombre de *bianchi* s'agenouillèrent près de lui, dont Silvano, qui me tournait le dos. Neri et Lorenzo se tenaient debout au-dessus de moi.

« Du calme, *professore*, m'avertit le jeune Médicis en tendant la main pour m'aider à me relever. C'est une rencontre amicale ! Nous n'allons tuer personne aujourd'hui, surtout pas Francesco de Pazzi.

— Alors je me le réserve pour un autre jour », grondai-je.

Les yeux dynamiques de Lorenzo se mirent à danser. « Souriez, vous êtes un héros ! Les *verdi* ont gagné !

— Parce que je suis passé en première ligne pour attirer une douzaine de *bianchi*, rétorquai-je, furieux.

— Un sacrifice adroit. Vous ne vous en portez pas plus mal et, ce soir, vous recevrez une douzaine d'invitations de la part des dames ! s'exclama-t-il.

— J'aurais aimé savoir qu'on se servait de moi ! » rétorquai-je. Je jetai un regard à Leonardo, qui nous acclamait depuis la ligne de touche, et j'agitai le doigt vers lui. Il rit, battit des mains et dansa sur place, ravi par ma colère. Cosimo croisa mon regard et joignit à nouveau les mains au-dessus de la tête, criant : « Bravo, Luca !

— Nous savions que vous devineriez, Leonardo et moi. Ce petit homme m'intéresse, reprit Lorenzo d'une voix discrète mais farouche. Il est assez particulier ! » Puis l'équipe verte afflua autour de nous, riant et nous assénant des claques dans le dos. Lorenzo laissa les joueurs lui donner l'accolade et se joignit avec enthousiasme aux félicitations. Je le perdis de vue quand les *bianchi* s'insérèrent dans l'attroupement des *verdi* et que tous se tombèrent dans les bras et s'embrassèrent. Je battis en retraite. Je ne me sentais pas d'humeur à feindre des démonstrations de bonne volonté. Je ne voulais pas risquer de me retrouver face à face avec Pietro Silvano.

« Bien joué, Luca Bastardo. » Cosimo riait. Leonardo, qui n'était pas stupide, me vit arriver et se cacha en hâte derrière le fauteuil de l'ancêtre. Celui-ci tendit ses mains grises et tremblantes pour prendre les miennes. « Bien joué, mon vieil ami ! Une brave et audacieuse initiative, cette charge finale dans le cœur même des *bianchi* pour permettre aux *verdi* de vaincre !

— C'était mon idée, fit le garçon derrière le fauteuil. N'était-ce pas une excellente stratégie ?

— Tout à fait, Leonardo, il faudra que nous ayons une discussion sur l'art de la stratégie, répliquai-je, menaçant.

— Vous pourrez parler de stratégie et d'art plus tard. » Nouveau rire. « Viens, Luca, voici l'un de mes chers amis, le dirigeant de l'Académie platonicienne – l'institution philosophique la plus raffinée du monde –, l'érudit aux nombreux talents, *physico*, musicien : Marsilio Ficino ! » Un petit homme mince aux épaules légèrement voûtées s'approcha et s'inclina devant moi.

« *Signore* Cosimo, il ne faut jamais empêcher personne d-de parler d'art », bégaya légèrement le philosophe en souriant. Il avait le visage rougeaud et des cheveux blonds ondulés qui frisaient haut sur son front. Ses yeux pétillaient d'idées, me rappelant ceux de Pétrarque. Il reprit : « L'art rappelle à l'âme immortelle sa source divine en reflétant ce monde. Parler d'art, c'est parler de Dieu et de nos origines célestes ; cela nous rappelle que nous avons le pouvoir de devenir tout ce que nous souhaitons, que l'homme peut recréer les cieux et ce qui les peuple s'il se procure outils et matériaux célestes. En parlant d'art, nous proclamons notre dignité !

— Si nous pouvons devenir tout ce que nous souhaitons et recréer les cieux, croyez-vous que nous serons capables de construire des machines volantes ? » s'enquit Leonardo en passant un œil à l'angle du fauteuil de Cosimo. Je tendis les bras mais il fila avant que mes doigts ne se referment sur la peau de son cou. Il me lança un regard de l'autre côté du siège et me tira la langue. Je fronçai les sourcils avec férocité. Il gloussa et se cacha.

« Jeune Leonardo, puisque l'âme immortelle sait voler, je crois que nous ne mettrons pas longtemps à inventer un procédé permettant au corps de la suivre. Telle est la nature humaine, répondit Ficino.

334   TRACI L. SLATTON

— Avec lui, impossible d'avoir une discussion qui ne commence ou ne se termine avec l'immortalité de l'âme, s'exclama Lorenzo en s'approchant dans mon dos. Ou alors elle commence et finit avec Platon !

— Lorenzo, mon meilleur élève, si jeune et déjà poète, diplomate et athlète accompli. » Le philosophe fit un clin d'œil au jeune Médicis qui le dominait de toute sa hauteur. Avec ses traits grossiers, les veines bleues qui saillaient sur ses bras et ses épaules noueuses couvertes de sang et de sueur, il ressemblait à un ancien dieu de la guerre.

« Tout ce que j'accomplis est un hommage aux excellents professeurs que *nonno* a placés autour de moi et à *nonno* lui-même, répliqua chaleureusement Lorenzo. Mais je dois maintenant présenter notre héros Luca à ma mère ; il l'a impressionnée au plus haut point.

» Ma mère, Lucrezia Tornabuoni, est une femme remarquable, poursuivit-il en m'entraînant sur le terrain. Tout le monde l'adore sauf ma grand-mère, mais ainsi vont les familles : les femmes se chamaillent. » Il haussa les épaules. On l'appela ; il fit un signe. Puis il baissa la voix pour moi seul. « Je vous aime bien, Luca Bastardo. Vous êtes fort, rusé, prêt à faire ce qu'il faut pour gagner. Vous devez être le fils d'un homme dangereux et d'une femme à la tête froide et lucide. Les gens comme vous me sont utiles.

— Utiles à quoi ?

— Des missions délicates, des courses nécessitant de la discrétion, surveillance d'ambassades, renseignements, toutes sortes de tâches pour lesquelles un chef a besoin d'un homme furtif et loyal ; vous savez bien, répondit-il en haussant les épaules. En retour, j'accorde à ces agents habiles et fidèles ma protection.

— En quoi consisterait-elle ? m'enquis-je à voix basse en me demandant jusqu'où il irait pour m'avoir à son service.

— À obtenir une certaine lettre qui pourrait envoyer un homme au bûcher parce qu'il descend de sorciers, allégation prouvée par les arts sombres qui lui permettent de rester jeune, expliqua-t-il *sotto voce*. *Nonno* fut déjoué dans ses efforts pour l'obtenir mais je n'ai pas les mêmes scrupules que lui. Je n'ai pas peur d'user de tous les moyens nécessaires pour bloquer la Confraternité de la Plume rouge, qui, vous l'aurez deviné aujourd'hui, survit en secret, bien qu'elle soit mal en cour. »

Je gravis en boitant les escaliers de ma chambre à l'auberge, furieux. Je marmonnais dans ma barbe des invectives dans les nombreuses langues que j'avais apprises au fil de mes voyages. Les Sarrasins connaissaient des jurons colorés exprimés en phrases fleuries et salvatrices. Je me défoulais en vociférant quand j'entendis appeler mon prénom. La lune esquissa en contrebas les courbes de la silhouette de Caterina.

« Luca, vous êtes blessé ? Descendez, je vais m'occuper de vous », dit-elle. Il ne fallut pas me le demander deux fois ; je la rejoignis aussi vite que mes douleurs le permettaient. « Regardez-vous, vous êtes-vous fendu la lèvre ?

— On a gagné, fis-je en réponse.

— Alors tout va bien, répliqua-t-elle avec une pointe de sarcasme. Faites-moi voir si je peux alléger la douleur qui vous fait traîner les pieds comme l'estropié du village. » Elle me conduisit dans la taverne puis alluma quelques lanternes qui projetèrent une lueur tiède autour de ses boucles dorées à la façon du halo angélique d'une fresque de Giotto. Elle alimenta les braises dans la cheminée. Puis ses mains douces me guidèrent à un banc. Elle s'assit et posa la lampe sur la table près de moi.

« Leonardo n'est pas avec vous ? demanda-t-elle en m'ôtant délicatement la *camicia* que j'avais empruntée à Lorenzo.

— Il voulait rester à Careggi, répondis-je.

— Mon petit homme obtient toujours ce qu'il veut, fit-elle, ses yeux noisette pétillant d'humour. Je suppose qu'il s'est débrouillé pour se faire inviter ?

— Par Lorenzo de Médicis en personne », acquiesçai-je, et nous échangeâmes un regard amusé. Puis ses doigts, qui rôdaient sur mon épaule meurtrie, rencontrèrent une zone sen-

sible. « Ouille ! » grognai-je. Elle me caressa avec une telle sollicitude que je grognai encore plus fort, suscitant une nouvelle
caresse douce. Naturellement, je me mis alors à geindre piteusement. J'appréciais qu'elle s'occupe de moi.

« Vous êtes couvert de bleus, murmura-t-elle, compatissante.
Ce devait être une sacrée partie de *calcio* ! » Elle m'effleura la
joue puis partit précipitamment. Elle revint avec un linge humide
et un pot d'onguent.

« Cette pommade vient d'une vieille recette de famille, dit-
elle. Des herbes dans du saindoux dépuré. Cela devrait faire
l'affaire et calmer un peu le mal. » Elle m'essuya doucement les
épaules et le torse avec le linge. Je ne lui mentionnai pas que j'en
savais probablement plus qu'elle sur les herbes, les pommades et
l'apaisement des souffrances ; où serait le plaisir ?

« Vous savez, Leonardo est responsable des pires de ces
ecchymoses, maugréai-je.

— Laissez-moi deviner. » Elle soupira. « Rusé comme il est, il
a mis au point une stratégie qui vous a fait courir tout droit vers
le point de plus forte résistance.

— Vous connaissez bien votre fils. » Je tendis la main pour
toucher une longue boucle blonde qui pendait entre ses seins
généreux, lesquels tendaient le tissu léger de sa *gonna*. Ses cheveux étaient si fins et lisses que j'eus l'impression de sentir de la
soie s'enrouler autour de mon doigt.

« Et cela vous a probablement permis d'emporter la victoire »,
ajouta-t-elle en versant un peu d'onguent dans sa paume. Elle le
tint un moment pour le tiédir avant de me masser les épaules
pour le faire pénétrer. Là où elle frottait, la chaleur s'infiltrait
dans mes muscles. Je me détendis.

« C'était le point décisif, acquiesçai-je en levant l'autre main
pour la passer dans ses boucles luxuriantes. Mais cela m'a valu
de terribles meurtrissures ! » Elle me jeta un regard amusé et me
massa l'autre épaule, puis descendit faire pénétrer l'onguent
dans ma poitrine. L'air nocturne avait une texture granuleuse et
pourpre tachetée par la clarté jaune des lanternes. La lueur
veloutée luisait le long de la pommette délicate de Caterina et

saturait sa peau aux pores invisibles. Le contact de cette femme me stimulait profondément et je ne pris pas la peine de le dissimuler. Quand elle eut terminé avec la pommade, elle s'écarta pour s'essuyer les mains sur le linge. Je passai le bras autour de sa taille. Ses lèvres roses s'incurvèrent aussitôt, aussi la tirai-je sur mes genoux. Je pris son visage entre mes mains et l'embrassai.

« Attention, vous allez blesser votre lèvre enflée ! » Elle rit.

« Ça en vaut la peine, fis-je en l'embrassant à nouveau.

— Mais, Luca… (elle recula) n'attendez-vous pas un grand amour aperçu dans une vision ? C'est ce que Leonardo m'a raconté.

— J'attends, certes, mais je ne me prive pas dans l'intervalle. » Je blottis mon visage contre sa joue.

« Mais ne devez-vous pas y rester fidèle ?

— Je le suis. » Je saisis doucement le lobe de son oreille entre mes dents et le mordillai.

« En ne donnant pas votre cœur ? » s'enquit-elle à mi-voix. Je relevai la tête et la regardai en face.

« Mon cœur t'est ouvert, Caterina », répliquai-je d'une voix sombre, et, sur l'instant, je crus le penser. Elle plongea des yeux si perçants dans les miens que j'en frissonnai, et je compris d'où Leonardo tenait ses extraordinaires facultés d'observation. Je me demandai brièvement si Caterina n'était pas, en effet, celle que je poursuivais depuis si longtemps comme une étoile lointaine, la femme dont l'amour me compléterait et m'accomplirait de toutes les façons secrètes que je désirais avec ardeur depuis mon enfance d'orphelin affamé.

Au bout de quelques instants, elle soupira. « Dans ses profondeurs les plus lointaines, il ne l'est pas.

— Il y a bien longtemps, j'avais un ami qui parlait des lieux que nous abritons en nous », dis-je en la rapprochant un peu de moi, mais en détendant les bras au cas où elle voudrait s'en aller.

« La porte d'entrée du sanctuaire se trouve en nous », murmura-t-elle. Elle se pencha vers moi et effleura ma bouche meurtrie de ses lèvres. « Ça ira, Luca. Les choses sont comme elles sont. Nous avons tous un compagnon secret, un musicien qui nous fait danser, une chanson que nous sommes les seuls à connaître et à entendre. La tienne est une femme d'une vision. Je peux l'accepter. » Sur ce, elle m'enlaça et apaisa ma douleur bien mieux que tous les onguents du monde.

Chapitre dix-sept

Cosimo de Médicis mourut quelques mois plus tard. C'était le 1er août et Leonardo m'avait demandé de l'aider dans l'un de ses projets. Son père, *ser* Piero, qui m'avait embauché à contrecœur comme précepteur pour son fils précoce en consentant à me payer un salaire de misère avec plus de réticence encore, lui avait donné un petit bouclier, une targe fabriquée en bois de figuier, et lui avait demandé de la peindre. Avec son regard perspicace et attentif, Leonardo avait jugé l'objet de piètre qualité, assemblé maladroitement. Il le redressa lui-même au feu puis nous le donnâmes à un tourneur, qui en lissa et en égalisa la surface. L'enfant appliqua une couche d'enduit et le prépara pour la peinture. Puis, avec un enthousiasme enfantin, il décida d'y dessiner quelque chose d'absolument effroyable, une figure inspirant une telle terreur qu'elle changerait tous ceux qui la regarderaient en pierre, à l'instar de Méduse. À cette fin, nous errâmes sur tout le Montalbano en quête de lézards, de criquets, de serpents, de papillons, de locustes, de chauves-souris et de toute créature étrange se trouvant sur notre chemin. Nous ramassions les spécimens et les rapportions à sa chambre, dans la maison de son père.

Le jeune garçon évoluait librement entre les résidences paternelle et maternelle mais il préférait travailler chez *ser* Piero et, avec la chaleur estivale, la chambre qu'il y occupait prit vite la puanteur de carcasses en train de se décomposer. Les serviteurs et la belle-mère de l'enfant se plaignirent et son père me signifia avec des mots forts que je le gâtais trop. Je me contentai de hausser les épaules ; comme si l'on pouvait refuser quoi que ce

soit à Leonardo ! Alors les carcasses restèrent, et les femmes se
plaquèrent des écharpes sur la bouche quand elles passaient près
de sa porte. Pourtant, il n'était pas encore satisfait. À partir de
ses critères exigeants, il n'avait pas encore trouvé la combinaison
parfaite de traits horrifiques pour sa chimère. Nous traversions
à quatre pattes les vignes mûrissantes de mon domaine à
Anchiano, cherchant des vers et des scarabées rares. C'était une
journée type de leçons particulières ; et, du début à la fin des
années que je passai en sa compagnie, cela consista à le suivre, à
l'aider dans ses projets et à s'assurer qu'il ne se blesse pas,
emporté par l'enthousiasme. Je m'agenouillai pour examiner les
feuilles de mes pieds en quête d'une rouille qui réduirait la
récolte quand Leonardo me jeta un petit caillou.

« *Professore*, vous êtes censé chercher des animaux qui font
peur, me réprimanda-t-il.

— La rouille me fait très peur.

— Vous savez bien ce que je veux dire ! » Il lança un autre
caillou. « Maître, avez-vous entendu ce que Ficino dit de l'amitié
et du *convivium* ?

— Ficino, oui. Platon, Platon, Platon, l'âme, la musique, les
bonnes manières, encore l'âme, bla bla bla.

— *Professore !* » Il s'esclaffa. « Ficino est un grand philosophe !
Vous êtes forcément d'accord avec ses discours sur l'art et
l'amour…

— L'art, bien sûr, mais pourquoi l'amour ?

— Parce que vous attendez la grande histoire qu'on vous a
promise en vision, non ?

— Je ne me contente pas d'attendre », répondis-je avec un
sourire né d'une pensée intime pour Caterina, laquelle occupait
délicieusement mes soirées après que Leonardo s'était couché.
Elle n'était pas ma promise mais elle se montrait douce et tendre ;
sa présence enrichissait ma vie. Je cueillis une araignée brune
velue sur une feuille et la levai. L'enfant secoua la tête. « Vraiment, je la cherche !

— Si c'était vrai, rétorqua Leonardo avec un air sournois,
vous ne seriez pas ici à m'instruire.

— Peut-être… Seulement, nous avons tous un compagnon secret, un musicien qui nous fait danser, une chanson que nous sommes les seuls à entendre, et c'est la mienne, répliquai-je avec désinvolture en lui citant les paroles de sa mère.

— Même Ginori ne pond pas un fumier pareil ! » Leonardo gloussa. « Je crois que vous voulez que cet amour reste une vision.

— Je le trouverai, insistai-je. Je ne sais pas quand. Quand cela amusera Dieu, qu'il s'agisse du bon qui apporte la douceur ou du mauvais qui nous abreuve de sa cruauté. Je connaîtrai mon grand amour quand ce moment offrira son ironie amère et pas une seconde plus tôt.

— *Professore mio*, ce n'est pas ce moment qui doit s'offrir, c'est votre cœur », répliqua Leonardo. Il cueillit quelques raisins et les mangea, recrachant les peaux. « Quand le cœur est prêt, l'amour apparaît ! Je pense que vous ne voulez pas le trouver parce qu'on vous a blessé, parce que vous avez mené une vie bizarre remplie de douleur et que vous n'êtes pas prêt pour lui. Mais Dieu ne contrôle rien de cela ; vous, si, à travers votre libre arbitre. Il vous faut choisir l'amour plutôt que la peur.

— J'ai toujours choisi l'amour plutôt que la peur, me défendis-je. En fait, dans ma vision, on m'a donné le choix entre une longue vie, et l'amour et la mort ; j'ai préféré l'amour. Pourtant, je mourrai bien plus jeune !

— Vous avez fait un choix abstrait, soutint Leonardo. Dans la réalité, votre cœur ne s'est pas décidé. C'est pourquoi vous avez toutes ces femmes autour de vous.

— Nous n'avons encore jamais vu ce scarabée », m'exclamai-je hâtivement. Je lui jetai un coup d'œil furtif en espérant qu'il n'avait pas deviné que je fréquentais Caterina. « Si ?

— Vous ne voulez pas parler de vos secrets », répondit-il. Il me prit l'insecte et l'examina dans sa paume. « Je crois que vous êtes différent des autres, Luca. J'ai entendu Lorenzo murmurer à ce sujet à son *nonno*.

— Tu écoutes des conversations qui ne te concernent pas, grondai-je. Retourne à tes bestioles.

— Ficino affirme que l'amitié vient de l'âme, continua-t-il. Elle est nourrie par le réseau de liens où nous vivons.

— J'ai passé la majeure partie de ma vie dans une grande solitude, admis-je.

— Mais vous n'êtes plus seul, Luca. Vous m'avez, et Cosimo, et Lorenzo…

— Cosimo est en train de mourir et je dirais que c'est Lorenzo de Médicis qui m'a, marmonnai-je.

— Il n'est pas un méchant homme, il est juste calculateur. Il fera un grand souverain, affirma l'enfant en rejetant le scarabée dans la vigne.

— Qu'est-ce que tu cherches à dire, Leonardo ? m'enquis-je, non sans impatience.

— Pourquoi vous tenez-vous à l'écart des autres ? Pourquoi avez-vous divisé Dieu en deux entités à qui vous attribuez des rôles distincts ? N'avez-vous vraiment aucun indice quant à vos parents, vos origines ? »

Je soupirai. Impossible de distraire son attention. « J'ai quelques soupçons. Quand j'étais jeune, j'ai entendu des rumeurs sur un couple étranger, des nobles protégés par des cathares qui auraient perdu un fils. Les cathares sont…

— Je les connais ! s'exclama-t-il. Mais personne n'en parle jamais.

— Comment peux-tu les connaître, *ragazzo* ?

— La famille de ma mère descend d'un cathare qui a échappé à la croisade du pape.

— Caterina est de souche cathare ? » répétai-je, stupéfait. Je lui interdisais peut-être les profondeurs de mon cœur mais elle aussi cachait quelques surprises.

« C'est ce que j'ai dit, non ? Maman me parle de nos croyances en secret. Nous ne pensons pas vraiment que la crucifixion ait tué le Christ, parce qu'il était pur esprit, et on ne tue pas l'esprit. Nous croyons à l'expérience et non à la foi, parce que chacun peut ressentir Dieu par lui-même. Notre but sur terre consiste à transcender la matière et à atteindre l'union avec l'amour divin.

— Leonardo, ne parle jamais de cela à quiconque en dehors de moi, fis-je en plaçant la main sur son épaule. On en a brûlé pour moins que ça ! Dont des femmes !

— Oui, les femmes. » Il soupira. « Les cathares les tenaient en plus haute opinion que Rome. Quoique maman m'ait raconté une histoire poétique, où Satan aurait créé une femme superbe appelée Lilith pour séduire les anges afin qu'ils se battent contre Dieu en son nom. Ils ont lutté férocement, fendant les cieux, mais ils furent vaincus. Leurs âmes chutèrent. Et puis neuf jours et neuf nuits tombèrent du ciel, longs et pesants, plus lourds qu'un brin d'herbe ou qu'une goutte de pluie, jusqu'à ce que Dieu, furieux, décide que plus jamais les femmes ne franchiraient les portes célestes. J'aime cette idée d'un temps qui tombe comme un tissu pour créer le monde, mais cette histoire semble contredire le traitement que les cathares accordaient aux femmes en les laissant devenir prêtres.

— Des femmes prêtres. Voilà qui donnait au pape un argument pour une croisade.

— L'autre étant les trésors cathares. » Leonardo haussa les épaules.

Je le dévisageai. « Qu'est-ce que tu sais de ces trésors ?

— J'ignore où ils sont mais je sais qu'ils existent. Des reliques saintes comme l'Arche d'alliance, des manuscrits du temple de Jérusalem, d'anciens objets puissants qu'ils dissimulent encore. Je me demande quel secret ils protégeaient quant à vos parents. Il y avait peut-être un lien avec un trésor comme l'Arche. Ou une relique de l'Ancien Testament. Qu'est-ce que c'est que cette araignée ? Vous la voyez, Luca, avec les rayures marron ? »

Il partit à quatre pattes à travers la vigne enchevêtrée, me laissant assis, immobile, à m'interroger sur les étranges coïncidences de la vie qui m'avaient conduit à un enfant aux dons uniques descendant de souche cathare. J'avais la chair de poule sur les bras. Puis un cheval franchit au galop le sommet d'une colline éloignée, me tirant de ma rêverie.

« Un cheval, voilà ce que je dois construire ! » s'écria Leonardo en se rasseyant sous un cep. Avec la grappe de raisins pourpres

lustrés par le soleil qui s'était accrochée à son oreille, son torse nu
– il s'était débarrassé de son *lucco* à cause de la chaleur –, ses
boucles blondes et ses mains pleines d'insectes, il ressemblait à
s'y méprendre à un angelot dionysiaque. « Je façonnerai un
cheval d'argile, comme Ginori, un modèle réduit...

— Finis la targe, coupai-je. Faisons plaisir à ton père. Il est
déjà assez mécontent de devoir me rémunérer. Si l'on peut appeler ça une rémunération. Je gagnerais plus à mendier dans les rues
de Florence – et les citadins ne sont pas généreux, je t'assure !

— Vous n'avez pas besoin du salaire de papa pour vivre,
répliqua Leonardo avec ruse. Vous êtes riche. Vous possédez ce
vignoble et vous avez beaucoup d'argent à la banque Médicis.
J'ai entendu le *signore* Cosimo le mentionner au *signore* Ficino.

— Tu veux dire que tu as encore épié une conversation qui
ne te regardait pas. »

Le visage de l'enfant se creusa de fossettes. « Vous êtes plus
riche que papa, vous n'avez pas besoin de l'argent qu'il vous
donne.

— C'est le principe qui compte, insistai-je. Un dur labeur
mérite salaire.

— Je représente un dur labeur ? » Il rejeta la tête en arrière et
son rire flotta autour de nous à la manière d'une musique.
« Nous avons passé toute la journée d'hier à nager dans un trou
d'eau du Montalbano. La veille, nous avons grimpé aux arbres et
jeté des glands à ceux qui venaient au puits.

— C'est ça, je suis une bonne d'enfants. » Je haussai les
épaules. « Et il faut que je sois payé !

— Vous n'êtes pas une bonne d'enfants, vous êtes mon *professore*, et je songeais que, comme vous êtes riche et que votre fortune ne fait que s'accroître, vous devriez m'offrir des cadeaux.
Comme un cahier. Vous m'avez promis que vous m'en achète-
riez un ; quand est-ce que vous le ferez ?

— Bientôt, répondis-je. Quand tu auras fini la targe, peut-
être. » Je lui adressai un sourire radieux et il me fit la grimace. Il
souleva une couleuvre.

« Ça fait peur ?

— J'en frémis d'angoisse », répliquai-je d'un ton pince-sans-rire, et Leonardo me jeta l'animal en représailles. Je l'attrapai d'une main et, subitement, en voyant le corps vert et brun se tortiller en étranges formes éthérées dans le soleil doré, je sus que la mort, cette vieille amie intime, me rendait visite. « Ce cavalier vient pour moi », dis-je à mi-voix. Je relançai la couleuvre à Leonardo, me levai et m'époussetai. L'enfant ressortit des vignes à quatre pattes, ôta la grappe à son oreille et remit le *lucco* vert émeraude qu'il avait raccourci lui-même pour qu'il lui arrive à la taille. Nous attendîmes tandis que le cheval trottait vers nous. C'était le serviteur maure de la villa Médicis à Careggi.

« Venez vite, fit-il, le souffle un peu court. Le seigneur Cosimo est mort. »

Leonardo et moi arrivâmes à la villa à la tombée de la nuit. Je descendis de selle et remis mon vaillant destrier, Ginori, à un domestique, laissant l'enfant sauter à terre et trotter derrière moi. On me conduisit aussitôt aux appartements de Cosimo, où se trouvait une sombre assemblée d'hommes et de femmes. Marsilio Ficino se précipita pour me donner l'accolade.

« Luca, le Sei-Sei-Seigneur l'a rap-rappelé à lui, bégaya-t-il en pleurant. Mais il est parti avec gr-grâce. Il y a quelques jours, Cosimo s'est levé, habillé et s'est c-confessé au prieur de San Lorenzo. » Le petit homme posa le visage contre mon torse et fut déchiré de sanglots. Je lui tapotai délicatement le dos.

« Puis il a fait dire la messe », ajouta Lorenzo en s'approchant. Ses traits anguleux s'étaient établis en lignes dures ; ses yeux éclatants larmoyaient, rougis. « Papa nous a dit qu'il a prononcé toutes les réponses comme s'il allait parfaitement bien.

— Nous n'avons jamais c-connu un chef pareil ! Un homme si attentif à son âme divine et immortelle, dont il tirait pouvoir et sagesse ! Cosimo doit a-avoir rejoint ses bien-aimés, Cosimino et son fils Giovanni, maintenant », balbutia Ficino avant de renifler, et je l'écartai doucement. Il se barbouilla le visage avec sa manche puis leva vers moi un regard tourmenté. « Luca, ayez quelques paroles réconfortantes pour Contessina, elle n'a pas cessé de pleurer.

— Grand-mère peut attendre un instant, répliqua Lorenzo d'un air sombre. Je dois m'entretenir avec Luca. » Il me conduisit dans le jardin niché contre un haut mur. « Michelozzo, l'architecte chéri de *nonno*, n'a pas réussi à restructurer toute la villa pour refléter les nouveaux principes que mon grand-père affectionnait : ordre, sens classique du détail, symétrie, une masse... (il fit une pause, portant un doigt d'une élégance incongrue sur son gros nez aplati) visible mais discrète, comme le *palazzo* de la Via Larga. Une juste description de *nonno*, n'est-ce pas ?

— Oui. » Je souris. « Son humilité apparente a toujours été trompeuse.

— Il m'a dit que vous étiez son ami, continua le jeune homme. Il m'a révélé sur vous des informations que même papa ignore. » Nous marchions au crépuscule sous une myrte, des peupliers, des chênes, des orangers et des citronniers, longeant de larges fleurs épanouies, des orchidées sauvages, des rosiers, de la lavande et des lis bien soignés.

« Vous ne savez pas tout de sa confession, poursuivit-il enfin. *Nonno* est allé demander pardon à ceux à qui il avait nui. » Il s'arrêta et me regarda. Je me tus. Il reprit sèchement : « Vous savez aussi bien que moi qu'il a nui à trop de monde pour obtenir le pardon de tous !

— Votre grand-père exaltait ses amis et écrasait ses ennemis.

— Exactement. Des difficultés nous attendent. » Lorenzo cueillit une prune à un arbre et mordit voracement dedans avant de poursuivre. « Les ennemis des Médicis verront une faiblesse et voudront frapper. Des complots doivent déjà se tramer. Je ne saurais permettre qu'on abatte notre maison ! Je dois me montrer à la hauteur de *nonno* et de son héritage, protéger ce qu'il a construit.

— Votre père ne gardera pas le pouvoir très longtemps, acquiesçai-je. Il n'a ni la santé ni l'estomac assez solides. Il aura de la chance s'il reste cinq ans en place.

— Ne dites pas ça ! » aboya Lorenzo. Il jeta le noyau de la prune et fit courir ses longs doigts à travers ses cheveux noirs. « J'aime mon père. Mais vous avez raison. J'ignore s'il aura la force de réagir de façon décisive quand on nous attaquera. Nous avons plus que jamais besoin de nos amis, Luca Bastardo ! » Il posa les mains sur mes épaules et me fit pivoter face à lui.

« J'ai toujours été et je serai toujours un ami des Médicis », répondis-je en soutenant son regard sans ciller. Il me lâcha brusquement.

« Bien. Voici ce dont j'ai besoin : rôdez dans Florence et guettez les complots qu'on monte contre nous. Faites-vous des relations, mêlez-vous librement à la population.

— J'essaie d'éviter, vu mon passé.

— J'ai envoyé Pietro Silvano loin de Florence pour affaires et je suis en train d'acheter auprès de l'Église des ordinations pour deux jeunes gens du clan. Les Silvano seront dispersés. Il ne me faudra pas longtemps pour obtenir la lettre que vous redoutez ; j'emploie certains cambrioleurs de talent. Vous serez protégé de la Confraternité de la Plume rouge, Luca Bastardo.

— J'apprécierais d'avoir cette lettre en ma possession », répliquai-je, mécontent.

Lorenzo sourit et se détourna ; je devinai qu'il n'était pas prêt à me la remettre. C'était un moyen de pression trop important. « Nous nous rencontrerons discrètement, continua-t-il. Je feindrai quelque froideur, comme si j'avais pris de la distance. Rien de manifeste, mais on me croira légèrement mécontent de vous. Cela vous rendra digne de confiance pour ceux qui conspirent contre nous.

— Vous m'envoyez à nouveau en première ligne pour attirer vos adversaires, Lorenzo ?

— Vous ne risquez pas de rossée, cette fois. » Nouveau sourire. « Et quand bien même ce serait le cas, vous êtes un survivant, vous vous en tirerez. Mais votre héroïsme n'en sera que plus grand !

— Rentrons », fis-je avec lassitude, conscient que je m'exposais au danger et aux intrigues en suivant la route de cette alliance avec Lorenzo de Médicis. « J'aimerais présenter mes respects à la dépouille de votre grand-père et mes condoléances à votre grand-mère ainsi qu'à votre père. »

Nous retournâmes en silence à la villa. Quand nous entrâmes dans les appartements de Cosimo, une mélopée douce et triste parvint à nos oreilles. Quelqu'un jouait de la lyre en chantant avec une peine si obsédante, restituée par le timbre exalté de la voix, que toute l'assemblée pleurait. Je fouillai du regard la multitude remuante des proches du défunt : c'était Leonardo, bien sûr. Il se tenait près du lit de Cosimo, où son corps reposait en grand apparat. L'enfant chantait, l'instrument entre les mains, les yeux fermés, son être entier vibrant d'amour et de perte, lesquels sont inséparables et nous suivent étroitement pendant toute la durée de notre séjour en ce monde.

Conformément à ses vœux, les funérailles de Cosimo de Médicis se déroulèrent avec aussi peu de pompe qu'on put persuader la ville de lui en accorder. Il fut enterré en présence d'une immense et solennelle assemblée de Florentins devant le grand autel de l'église San Lorenzo, le fief des Médicis. La dalle simple qui recouvrit sa tombe portait son nom et la mention *Pater Patriæ*, père de la patrie. Je me souvenais surtout de lui comme d'un enfant sombre aux rêves immenses, lesquels s'étaient tous concrétisés.

Je commençai en Toscane une nouvelle vie. Elle fut agréable et, pendant un temps, les deux dieux parurent observer une trêve, restant en paix dans le champ de bataille de mon existence. Caterina se donnait généreusement et demandait peu, ce qui rendait notre relation plus douce encore. Je l'interrogeai dès que je pus sur ses liens cathares. Nous étions étendus ensemble dans la chambre que je gardais à l'auberge pour nos rencontres; elle semblait mieux protégée que la sienne des incursions de Leonardo et même de *ser* Piero. Je faisais courir mes doigts sur son dos joliment formé, souriant en l'imaginant fillette, jouant gaiement à Anchiano, quand je me rappelai ce que son fils m'avait confié sur son ascendance.

« Caterina, est-il vrai que tu descends des cathares ? » m'enquis-je.

Elle releva la tête, balayant l'oreiller de ses boucles blondes. « Tu as bavardé avec Leonardo. » Je hochai la tête. Elle roula sur le flanc face à moi. « C'est personnel.

— Mes parents voyageaient avec des cathares, selon la rumeur, en tout cas, insistai-je en caressant ses épaules blanches, arrondies par les muscles à force de soulever des plateaux lourds à la taverne.

— Vraiment ? fit-elle en posant le menton dans sa paume. Que sais-tu des cathares ?

— C'étaient des chrétiens mystiques contemporains de Jésus qui ont erré jusqu'à s'installer dans le Languedoc, où ils pratiquaient la charité et la pureté. Le pape les a massacrés.

— Le siège de Montségur. » Elle soupira. « Les troupes papales en ont brûlé vivants plus de deux cents. Mais certains ont survécu et fui. Mon ancêtre, par exemple. Ces rares rescapés se sont efforcés de protéger notre ancien savoir, de maintenir notre lignée, de continuer à observer tolérance et charité.

— J'ai entendu dire qu'à une époque il y avait des Juifs avec eux.

— C'est vrai, même si nous avions une autre vision de la création, répondit-elle. Nous croyons en un Dieu bon, qui est pur esprit, et en un Dieu mauvais, aveugle et victime d'illusions, créateur de la terre. Pour nous, le Dieu hébreu, Jéhovah, était un idiot et le serpent un bienfaiteur qui a montré à Ève la vérité sur l'esprit et la matière. Ce qu'elle a enseigné à tous ses enfants, à toute l'humanité.

— S'il n'y avait pas deux divinités, pourquoi la souffrance, la maladie, la trahison, le meurtre et la cruauté existeraient-ils en ce monde ? répliquai-je. Les croyances cathares doivent contenir une part de vérité.

— Le monde est empli de douleur, *Luca mio.* » Elle hocha la tête. « Mais je m'interroge souvent sur cette idée. Je crois que c'est une vision trop grossière. Je pense qu'il existe peut-être le Dieu de la Bible que nous connaissons tous, jaloux, maître, roi, créateur et juge, et puis, au-delà, une compréhension plus profonde de sa nature en tant que source de toute existence.

— La plupart des gens s'arrêtent au premier.

— Oui, fit-elle en baissant le visage, posant sa pommette exquise sur sa paume. Mais il ne s'agit peut-être là que d'une image de Dieu et non de Dieu Lui-même.

— L'Église n'apprécierait pas ton interprétation, dis-je en caressant sa chevelure douce. Les évêques prétendent gouverner le monde à sa place en faisant appel à la même hiérarchie qui Lui permet de gouverner le monde depuis les cieux. Si les gens cessaient de L'accepter comme leur roi, ils récuseraient l'autorité du clergé, qui est son représentant sur terre. Ils brûlent ceux qui remettent leur autorité et leur ordre en cause.

— Je garde mes réflexions pour moi. » Elle sourit. « Je n'ai parlé des récits de mon peuple à personne, hormis à mon fils. Mais je veux qu'ils perdurent. Ils sont encore plus anciens que Jésus. Nous avons toujours été les gardiens des secrets depuis le commencement du monde. Pour nous, le Christ n'était pas seulement l'accomplissement des prophéties hébraïques, mais aussi de toutes les anciennes traditions secrètes qui parlent de l'étincelle divine. Cette étincelle produite par cette source qui, à mon avis, est Dieu. Le Christ est venu réveiller la conscience que l'homme a de cette flamme, semblable à une étoile emprisonnée en nous depuis l'époque d'Adam. Il était une incarnation du fils d'Ève, Seth, qui engendra une race d'êtres humains à la durée de vie exceptionnelle. »

Je me redressai d'un coup dans le lit. « Une durée de vie exceptionnelle ?

— *Luca mio*, je t'ai fait peur ? » Elle me caressa la cuisse. « C'est une vieille tradition de mon peuple. Nous parlons de ces séthiens dotés d'une longévité de plusieurs siècles.

— Portent-ils la marque de l'hérésie sur le torse ? m'enquis-je.

— Calme-toi, *caro*. Ils n'en ont pas, c'est une rumeur idiote que fait courir l'Église, comme la superstition voulant que les Juifs aient des cornes. Elle répand des histoires stupides sur ce qu'elle ne comprend pas ou sur ce qui lui fait peur. Mais celle-là vient peut-être du prêtre Melchisédech ; il était séthien et présentait sur la poitrine une marque en forme de soleil. Il détenait aussi les robes d'Adam et les transmit à Abraham, lequel lui paya une dîme.

— Qu'est-ce qui est arrivé à ce Melchisédech ? m'écriai-je. Y en avait-il d'autres comme lui ?

— Paix, Luca. » Caterina se rassit et se plaça derrière moi pour me masser les épaules. « Je n'en sais pas beaucoup plus. Ma famille n'a que des versions incomplètes des vieilles histoires.

— Je suis en paix ! Tu ne sais rien d'autre sur ces gens à la durée de vie hors du commun ? » la suppliai-je.

Elle m'enlaça, pressant sa poitrine tendre et chaude contre mon dos. Son haleine me caressa doucement la joue. Elle répondit à mi-voix : « Une seule chose, *caro*. Ce Melchisédech était capable d'accomplir des voyages singuliers. Il savait se déplacer en esprit à travers le temps et l'espace pour voir tout ce qu'il souhaitait. »

Je vécus deux ans à Anchiano. Pris d'un regain d'inspiration grâce aux récits cathares de Caterina et rassuré que les séthiens ne portent pas de marque sur le torse, je renouai avec la pratique d'embaucher des agents et de les envoyer se renseigner sur mes parents. J'espérais que la femme aperçue sur le marché par Silvano et d'autres témoins était ma mère ; peut-être savait-on encore quelque chose, même au bout de si longtemps ; un fragment de récit familial, la légende d'un bébé inhabituel, un alchimiste ayant baptisé magiquement un enfant, n'importe quoi. Il me semblait logique que mes parents partagent ma longévité et ma vigueur, et que nous soyons reliés à ce Melchisédech. La tournure de mes questions était floue mais destinée à attirer l'attention de cathares vivant en secret ou de personnes à la durée de vie singulière. Je ne reçus aucune réponse, comme si je n'avais pas d'antécédents et que j'avais germé dans les rues de Florence, fruit de l'accouplement entre ses pierres grises et le fleuve Arno.

De temps à autre, des rêves troublaient mon sommeil. Je n'apercevais jamais les traits de la femme de ma vision mais je brûlais de la connaître. J'arrivais même à sentir son parfum, une fragrance délicate et fraîche de lilas lors d'un matin de printemps, de citron et d'une blancheur semblable à une lumière claire et à des nuages légers. J'avais l'impression de l'avoir déjà connue pour l'avoir choisie durant la vision de la pierre philosophale. À présent elle me manquait. C'était un mal d'amour singulier pour une femme que je ne connaissais pas encore. Il me rongeait, même si j'éprouvais une affection profonde pour Caterina. Je réfléchissais à ses paroles sur la chanson secrète que nous sommes seuls à entendre et sur celles de Leonardo, qui m'avait affirmé que je n'étais pas prêt à aimer – ce qui me ramenait à la question posée par le Vagabond à mon départ de Bosa, des décennies plus tôt : réservais-je mon cœur ou bien le protégeais-je ? Et si je le protégeais, cela expliquait-il que je ne l'aie pas encore rencontrée ? Comment me préparer à elle ? J'étais incapable de répondre à ces interrogations, alors je m'occupais, m'entraînant à l'épée et lançant Ginori au galop pendant des heures pour sillonner la campagne toscane. La plupart du temps, je donnais des leçons à mon jeune élève, Leonardo, fils de *ser* Piero.

Celui-ci acheva enfin la targe ; il y peignit une créature à la fois merveilleuse et horrible émergeant d'une sombre crevasse rocheuse. Elle crachait atrocement du venin par le fond de la gorge, du feu par les yeux et de la fumée empoisonnée par les narines. Il l'installa sur un chevalet dans une zone obscure de la pièce, donnant l'impression que la bête terrifiante jaillissait du mur, et la présenta à son père. Celui-ci poussa un hurlement et bondit. Leonardo fut ravi. *Ser* Piero s'essuya le front et ne tarit pas d'éloges sur son compte, allant jusqu'à me serrer l'épaule et me féliciter pour mon bon travail.

« Je reste hors de son chemin et je le laisse apprendre tout seul, répliquai-je avec honnêteté. Votre fils est un génie, prêt pour de meilleurs précepteurs que moi. » Les yeux de *ser* Piero se plissèrent tandis qu'il mesurait mes paroles. C'était un homme de haute taille, plein de dignité, fort et doté d'un esprit vif qu'on aurait pu qualifier d'astucieux ou de rusé plutôt que d'intelligent. Il saisit aussitôt la portée de ma réponse.

Leonardo vit fonctionner les rouages de l'esprit de son père et courut poser la main sur son bras. « Pas encore, papa ! J'aime mon *professore*. Je n'ai pas fini de tout explorer ici !

— Tu as effectivement beaucoup de talent », répondit *ser* Piero en prenant la targe. Il l'inspecta attentivement et sourit. Comme tous les bons Florentins, il avait un cœur de mercenaire et je voyais les calculs défiler dans sa tête. J'ignorais quels projets il nourrissait pour la targe mais il comptait sans doute la vendre. Je décidai d'envoyer un agent l'acquérir.

« Je peux aller à Florence à seize ans, se hâta de dire l'enfant. J'apprends tellement auprès de Luca ! En plus, il est bien moins cher que tous les maîtres de la ville !

— Très bien, puisque tu veux rester, acquiesça son père en pinçant les lèvres. Et puis je ne voudrais pas que tu manques trop à ta jolie *mamma* ! » Il me fit un clin d'œil et je luttai pour garder un visage neutre. On savait bien à Anchiano qu'avec une succession d'épouses stériles *ser* Piero nourrissait une grande affection pour la jolie Caterina qui lui avait donné ce fils extraordinaire. Il lui rendait encore visite ; j'avais plus d'une fois dû quitter sa chambre par la fenêtre et escalader le mur, juste à temps, ma *camicia* et mes chaussures dégringolant à ma suite.

Ainsi, Leonardo resta à Anchiano sous ce qu'on appelait, non sans ridicule, ma tutelle, alors qu'il s'agissait en réalité de son cursus personnel de découverte de la nature. Voler l'obsédait et, à l'imitation d'Icare, il se fabriqua des ailes à l'aide de divers matériaux : bois, ossements d'animaux, cire, parchemin, vraies plumes collées sur du cuir. À plus d'une reprise, je le sauvai quelques secondes avant qu'il ne saute du bord d'une falaise. Comme promis, je lui achetai un cahier et il le remplit de dessins et d'idées, consignées avec cette petite écriture inversée qu'il prétendait magique. Je mesure à présent, ici, dans la cellule où j'attends mon exécution, combien cette époque fut heureuse. Je vécus avec Leonardo l'enfance qu'on ne m'avait jamais permise.

Dans la même période, je fus mêlé aux affaires de Lorenzo de Médicis. À seulement quinze ans, on lui confia des responsabilités intimidantes. Il se construisait déjà un noyau dur d'intimes et de conseillers en qui il pouvait avoir confiance. On l'envoya en mission diplomatique rencontrer Federico, le fils du roi Ferrante de Naples ; à Milan pour représenter sa maison au mariage du fils aîné de Ferrante à la fille de Francesco Sforza, Ippolita ; à Venise pour une entrevue avec le doge ; à Naples pour voir le souverain lui-même. Pour la plupart de ces missions, Lorenzo m'envoyait d'abord en reconnaissance. Je devais prendre le pouls des lieux, écouter les rumeurs de la rue. Je savais me fondre dans la population, plaisanter avec les cordonniers, les mendiants et les seigneurs, courtiser les servantes des dames, lesquelles détenaient toujours les informations les plus fiables.

Lorenzo me chargea aussi de veiller sur l'atmosphère de la ville. En 1466, après la mort de Francesco Sforza, dirigeant de Milan et allié dévoué de Cosimo, je lui portai l'annonce d'un complot prêt à parvenir à ébullition. J'avais emmené Leonardo en ville pour la journée et nous avions déambulé à travers Santa Maria del Fiore, débattant de peinture et de sculpture. Nous nous arrêtâmes devant le mur gauche de la nef, face à la fresque de Paolo Uccello représentant sir John Hawkwood, le grand *condottiero* qui s'était attiré la bienveillance de Florence par ses services. J'aimais bien l'œuvre, comme j'avais apprécié l'homme, que j'avais rencontré avant sa mort en 1393. Leonardo était d'un autre avis.

« J'aime le monochrome *terra verde*, qui fait référence aux anciennes statues équestres et honore le soldat en le présentant comme un successeur des grands généraux romains », disait-il. Âgé à présent de quatorze ans, il avait poussé si vite qu'il était aussi grand que moi. « Mais regardez, *professore*, cette fresque comporte deux systèmes de perspective différents : le sarcophage ressemble à une tombe saillant du mur alors que cheval et cavalier sont représentés de profil strict avec des contours clairs sur fond sombre.

— La perspective n'était pas encore bien comprise à l'époque d'Uccello. » Je haussai les épaules, appréciant comme toujours mes échanges avec cet adolescent précoce.

« Elle ne l'est toujours pas, répliqua Leonardo avec un geste de ses belles mains. Je la perfectionnerai. Cela me rendra célèbre et on parlera de mon travail pendant des générations.

— J'en suis sûr. Et je continuerai quand même à apprécier Uccello.

— Vous pouvez lorgner ce tableau médiocre, je vais aller regarder l'horloge qu'il a peinte ; le temps et sa mesure m'intéressent », renifla-t-il. Il s'éloigna et, au bout d'un moment, j'allai m'asseoir sur un banc pour contempler le merveilleux Duomo de Brunelleschi. C'était ma forme personnelle de prière, cette révérence intime que j'avais à offrir : examiner, admirer et adorer le bel art. Les croyances, la foi, les mythes d'immaculée conception et de crucifixion n'avaient guère de sens à mes yeux, convaincu comme je l'étais que la vie humaine était une plaisanterie, source d'hilarité pour une intelligence divine soit bienveillante, soit mal disposée, selon son engagement dans une guerre que nul ne comprenait. Dans la beauté, dans l'art, je trouvais la paix. J'y trouvais liberté et rédemption.

Il ne s'écoula que quelques minutes avant le retour de Leonardo. « Luca, Luca », souffla-t-il. L'inquiétude lui plissait le visage. « Des gens sont en train de discuter là-bas, vous devriez les écouter. Je crois qu'ils complotent contre le père de Lorenzo ! Je les ai entendus, et puis j'ai eu un de ces aperçus de l'avenir qui me saisissent parfois : du sang sur la route de Florence ! »

Je l'accompagnai vers l'entrée du bâtiment. Nous marchâmes d'un pas nonchalant puis, arrêtés devant l'horloge d'Uccello, avec son aiguille étoilée et son cycle journalier de vingt-quatre heures, nous entendîmes des hommes s'entretenir à voix basse. Une curiosité dans l'architecture de la cathédrale portait leurs paroles jusqu'à nous. Je restai figé, tendant l'oreille. Quand les voix se turent, je sus ce que j'avais à faire.

« Nous partons aussitôt pour Careggi, dis-je à Leonardo. Je te dépose d'abord chez toi.

— Je viens avec vous, insista-t-il. J'aime bien discuter avec *signore* Ficino. »

Leonardo et moi arrivâmes à la villa Médicis de Careggi dans l'après-midi, nos chevaux trempés de sueur. Je n'aimais pas pousser Ginori à ce point mais il y avait urgence. Le serviteur maure prit nos montures en m'annonçant que Lorenzo se trouvait dans le jardin avec Ficino et d'autres. Je courus vers une entrée latérale, l'adolescent sur les talons. Le philosophe et des érudits grecs étaient assis sur des bancs sous les peupliers, les épaules éclaboussées par la lumière épaisse de la journée. Je les saluai en hâte et demandai à voir Lorenzo.

« Il est rentré », répondit Ficino. Il se tourna vers mon protégé. « Jeune *signore*, vous grandissez un peu plus à chaque fois que je vous vois ! Dites-moi, revenez-vous terminer notre discussion sur la quête du *daimôn* qui doit guider notre vie ?

— Les *daimônes* sont les esprits sans nom qui motivent et guident l'existence. » Leonardo sourit. « Vous affirmez que celui qui s'examine minutieusement trouvera le sien. Je réponds que je plonge loin en moi-même pour contempler les profondeurs d'où jaillit ma propre vie. C'est ainsi que mon âme investit mon existence !

— Et moi j'annonce que j'ai besoin de trouver Lorenzo de Médicis sur-le-champ, grondai-je avec impatience, ou bien nos vies jailliront, mais pas dans le bon sens du terme !

— À l'intérieur. Piero est de nouveau souffrant. Il est revenu de Florence en litière il y a une heure. » Le philosophe désigna les bâtiments.

Je me précipitai vers les anciens appartements de Cosimo, occupés à présent par Piero l'invalide. Quand je les atteignis, on le mettait à son aise. Assis au bord du lit, Lorenzo discutait avec son père tandis qu'autour d'eux les serviteurs s'affairaient.

« Excusez-moi, *signori*, lançai-je. J'ai une nouvelle urgente à vous annoncer !

— Du calme, Bastardo, la maison est-elle en train de brûler ? » Le jeune héritier m'adressa un sourire.

« Comme j'aimerais que le Seigneur m'accorde une telle énergie », fit Piero. Il n'était pas laid, surtout pour un Médicis, avec son menton déterminé et ses traits bien proportionnés, mais ses paupières tombantes et les glandes enflées de sa gorge lui donnaient un air somnolent et malade. Je le savais patient et courtois ; grâce à ma longue expérience de *physico*, je me doutais que la froideur certaine qu'on percevait chez lui résultait d'un inconfort de longue durée. Ses lèvres s'étrécirent et je compris qu'il souffrait à nouveau ; mon cœur se serra. Florence avait besoin qu'il affronte le défi qui se présentait à lui.

« La maison Médicis risque bien l'incendie, insistai-je en faisant signe aux domestiques de sortir. Leonardo et moi étions à Santa Maria del Fiore quand nous avons surpris des hommes discutant de la folie du fils Sforza à Milan. Ils disaient qu'avec la maladie de Piero et votre alliée, Milan, aux mains d'un aliéné Florence s'inquiète, a perdu foi en les Médicis et que le moment de frapper est venu.

— *Nonno* avait fait de son alliance avec Milan la pierre angulaire de sa politique extérieure, répliqua Lorenzo en se levant d'un bond à mes côtés. Il n'avait pas prévu le péril dans lequel nous jetterait la mort de Sforza. Luca, qui sont les conspirateurs ?

— Dietisalvi Neroni et Niccolo Soderini. Je les ai entendus mais pas vus, admis-je. Ils ne sont pas seuls ; une requête a été envoyée à la république de Venise et à Borso d'Este, duc de Ferrare, pour qu'ils dépêchent leurs armées contre vous. Le duc a accepté.

— Les autres conspirateurs seront Agnolo Acciaiuoli et Luca Pitti, compléta le jeune homme en abattant le poing dans la paume. Papa, il faut agir !

— Ce pourraient être de simples bavardages, soupira Piero en se blottissant sous le drap de lin. Les gens parlent, il fait chaud, nous sommes en août, les armées n'aiment pas marcher dans la chaleur.

— Papa, *nonno* chérissait Luca Bastardo et lui faisait confiance ! J'ai constaté que c'est un homme des plus fiables. Il faut que tu l'écoutes, le pressa Lorenzo. Cela confirme d'autres rumeurs pour lesquelles je n'ai pas voulu te déranger dans ton état. » Il serra le bras de son père dans le creux du sien. Piero cilla plusieurs fois de ses lourdes paupières puis il laissa son fils le rasseoir.

« Il nous faut une ruse pour expliquer comment je suis au courant, marmonna-t-il en frottant son front couvert de sueur. Je ne sais pas pourquoi, mais ton *nonno* a toujours protégé l'identité de Bastardo.

— Je cache de dangereux secrets..., commençai-je en espérant que ma confession le pousserait à agir.

— Je ne veux pas les entendre, soupira Piero avec un geste. Papa savait, Lorenzo sait, je n'en ai pas besoin. Il me faut seulement une ruse.

— *Scusi, signori,* appela Leonardo depuis l'embrasure de la porte, arborant ce sourire béat qui le tirait toujours des ennuis. Je n'ai pu m'empêcher de vous entendre. Pour cette ruse, un messager venant d'apporter une lettre ne ferait-il pas l'affaire ? »

Lorenzo claqua des doigts et poussa une exclamation triomphale. « Oui ! Une missive du souverain de Bologne, qui est un ami des Médicis. Le messager affirme que c'est urgent, qu'un complot se trame contre nous ! »

Moins d'une heure plus tard, Lorenzo et moi galopions vers Florence. À notre heureuse surprise, Piero s'était pris en main, avait préparé sa litière et nous avait envoyés prendre des dispositions pour son arrivée. Je chevauchais un fougueux étalon noir qui appartenait à Lorenzo parce qu'il aurait été cruel de faire à nouveau courir Ginori. Je savais que mon courageux cheval aurait galopé ventre à terre pour moi jusqu'à ce que son cœur éclate, mais je ne voulais pas qu'il prenne de tels risques. Le jeune Médicis montait un bai tout en jambes aux foulées fluides ; nous volions vers la ville.

Nous franchîmes le sommet d'une colline et, dans la lumière oblique épaisse de la fin de l'après-midi, j'aperçus des silhouettes noires au loin sur la route. Quelque chose dans les contours sinueux et sombres des chevaux sur le fond des champs toscans ocre et or fit réagir le duvet de ma nuque. Mon vieux sens aigu

du danger entra en action et me fit courir des frissons glacés le
long de l'échine. Leonardo avait parlé de sang sur la route de
Florence. J'étais prêt à m'en remettre à sa prescience ; moi aussi,
j'avais contemplé l'avenir.

« Lorenzo, appelai-je, ralentissez ! Ces gens sont dangereux ! »
Il me jeta un regard par-dessus le garrot de sa monture. Voyant
mon sérieux, il réduisit l'allure jusqu'à ce que nous trottions. Il y
avait six cavaliers. Il fallait les franchir. Mon esprit se vida pendant un instant, puis, à la manière d'un spectre du passé, un cou-
plet favori resurgit. Je chantai, fort et d'une voix rauque : « Elle
aimait tellement mon *gros* outil que jamais, au grand jamais, elle
m'refusait sa compagnie ! » Surpris, Lorenzo marqua un temps
d'arrêt. Mais il avait l'esprit toujours vif et rusé. Il comprit aussitôt. Il fourra ses cheveux noirs sous son couvre-chef puis s'ava-
chit sur sa monture. Il se joignit à moi, adoptant une voix de
basse à l'opposé de son aigu coutumier, et je songeai que c'était
une chance de lui avoir appris les paroles. Il appréciait les chansons paillardes, les plaisanteries obscènes et les histoires grave-
leuses ; à présent, cela le sauverait.

« La Napolitaine aux gros melons juteux, à la douce figue
bien mûre... » chantâmes-nous en chœur, nous dirigeant droit
vers les cavaliers qui tournaient en rond. Bien qu'ils ne me
connussent pas, je repérai parmi eux un Luca Pitti nerveux, qui
avait vieilli, et un Niccolo Soderini à l'air déterminé. Ils attendaient visiblement quelqu'un, soit des alliés et des renforts venus
se joindre à eux, soit les Médicis. S'ils reconnaissaient Lorenzo,
le fils comme le père seraient dans le pétrin. Je fis un geste erratique et j'eus un hoquet. « Elle aimait mon gros outil ! » braillai-je
avant de m'effondrer, comme ivre. Les hommes impatients
s'esclaffèrent à l'exception de Pitti, que l'âge plaçait au-dessus
des considérations amoureuses. Lorenzo et moi ne nous arrêtâmes pas, continuant à trotter, et, une fois la crête suivante franchie, celui-ci se redressa sur sa selle.

« C'étaient Soderini et Pitti, vous avez vu ? Et leurs ordures
d'amis ! Je vous dois un tonneau de chianti pour m'avoir fait
passer !

— Seulement s'il est meilleur que le vin que nous buvions la nuit où je vous ai appris cette chanson », répliquai-je. L'indignation qu'il éprouvait face aux conspirateurs lui colorait les joues d'écarlate. Je perçus la chaleur de sa fureur depuis ma selle sur l'étalon noir. Ses ennemis paieraient leur trahison.

« Rentrez prévenir papa qu'il prenne une autre route, aboyat-il. Je continue vers Florence ! »

Au lieu d'être renversés, les Médicis consolidèrent leur pouvoir. Leur action au cours du mois suivant fut décisive. Le jour qui suivit mon avertissement, Piero trouva un chemin peu fréquenté. Son apparition inattendue en ville déconcerta les conspirateurs et, au fil des semaines, il convoqua ses hommes d'armes, envoya une demande d'aide à Milan et arrangea la nomination d'une *signoria* favorable aux élections qui arrivaient. Cette *signoria* triée sur le volet fut nommée dans les règles et le pouvoir de la maison se trouva assuré. Soderini, Neroni et Acciaiuoli furent tous bannis de Florence tandis que Pitti implora le pardon, jurant fidélité.

Un peu plus tard dans l'année, Lorenzo m'amena à Rome. On l'envoyait féliciter le nouveau pape, Paul II, pour son ascension. Évidemment, bien qu'il fût encore adolescent, le jeune Médicis avait aussi des affaires à conclure concernant les mines rentables d'alun à Tolfa. L'alun était essentiel pour les teintures, qui représentaient une part très importante de l'industrie textile florentine. Jusqu'à l'année 1460, avec la découverte récente d'immenses gisements à Tolfa, près de Civitavecchia, dans les États pontificaux, on l'importait surtout d'Orient, de Smyrne en particulier. La puissante banque Médicis avait flairé les profits et voulait naturellement contrôler et exploiter cette trouvaille précieuse. On avait envoyé Lorenzo en discuter personnellement avec le pape. À ma stupéfaction, l'adolescent alla jusqu'à m'emmener à un entretien privé avec le Saint-Père.

Paul II était un homme séduisant et imposant qui eut un rire en m'entendant avouer que j'ignorais si j'avais été baptisé.

« Je peux y remédier », fit-il d'un ton jovial. Il posa la main sur ma tête et déclara d'une voix sonore : « Je te baptise au nom du Père, du Fils et du Saint-Esprit. » J'éprouvai un courant léger, semblable à un vent pur, qui s'écoulait de sa paume au sommet de mon crâne. Cela me rappela le *consolamentum* de Geber : c'était un transfert tangible d'essence spirituelle. Cela n'appartenait pas à mes croyances personnelles et je fus surpris. Je m'assis sur les talons, dévisageant le pape.

Celui-ci souriait. « Bastardo, hein ? Je suis sûr que vos parents étaient de bons chrétiens, Luca ; il ne saurait en être autrement avec un visage beau et séduisant comme le vôtre. Inutile de conserver ce nom de famille. Je peux vous en accorder un plus honorable que vous transmettrez fièrement à vos enfants.

— Vous êtes plus que généreux, Votre Sainteté, répondis-je avec un respect nouveau, mais je crois qu'il me revient d'apporter honneur et fierté à mon nom et non l'inverse. »

Il leva les sourcils. « Vous n'appartenez pas à ces humanistes païens, n'est-ce pas ?

— Je ne suis qu'un homme qui a grandi dans les rues de Florence et qui s'efforce de faire quelque chose de sa vie. »

Paul II hocha la tête. « Il y a de la noblesse en vous. Vous m'avez l'air d'une bonne âme chrétienne. Je veux encourager votre foi sur la route de votre existence. Le jeune Lorenzo me dit que vous vivez en dehors de Florence. Possédez-vous une demeure en ville ?

— Non, *signore*, répondis-je, ayant liquidé depuis longtemps mes avoirs *intra muros*.

— L'Église y détient quelques biens. Je verrai à ce qu'un *palazzo* convenable vous soit transféré par acte notarié.

— Quoi ? » J'en restai bouche bée, incrédule.

Paul rit. « Incitation papale à une juste vie chrétienne. J'attends de vous que vous preniez femme, qu'elle vous donne des enfants et que vous les fassiez baptiser et catéchiser convenablement. »

Je souhaitais bien sûr que mes futurs enfants soient élevés convenablement dans la société florentine. « Votre Sainteté, merci pour votre générosité !

— Je vous en prie. » Il eut un sourire. « Soutenez le jeune Lorenzo. Comme moi, il aura besoin d'amis pour le protéger. Il se fera des ennemis, mais j'entrevois pour lui une longue et illustre carrière. » Il soupira alors et se passa la main sur le visage. « J'aimerais pouvoir en dire autant », marmonna-t-il. Puis il nous fit ses adieux.

Ainsi Lorenzo et moi rentrâmes à cheval à Florence, négociant un nouveau virage de l'existence, et j'entamai une autre phase de ma vie dans la ville où j'étais né en emménageant dans un beau *palazzo* offert par le pape, chef de la chrétienté, vicaire du Christ sur terre.

Chapitre dix-huit

Le moment vint pour Leonardo de quitter ma tutelle. Il avait seize ans et *ser* Piero l'avait amené à mon *palazzo*, comme souvent, un jour que je résidais en ville. Je pensai d'abord à une visite ordinaire, mais un seul regard à l'expression auguste et réservée du père m'apprit qu'il préparait quelque chose dont son fils ne savait encore rien.

« Bienvenue », leur dis-je. Je me tournai vers le jeune homme qui était à présent plus grand que moi. « *Ragazzo mio*, ton ami Ficino m'a confié qu'il y a de nouveaux manuscrits à la bibliothèque Médicis. Pourquoi ne courrais-tu pas y jeter un coup d'œil ? » Nul besoin de le lui répéter. Son visage s'éclaira, il nous salua d'un geste et partit vers le *palazzo* des Médicis sur la Via Larga, lequel n'était pas très loin de ma propre résidence, un manoir spacieux choisi pour moi par le pape Paul II.

« Ma cuisinière a préparé une excellente *ribollita* pour le déjeuner », proposai-je à *ser* Piero. Il secoua la tête et s'assit lourdement sur un banc de mon vestibule. Je compris alors que la situation était sérieuse : le père de Leonardo avait refusé un repas. Je m'assis sur l'autre banc face à lui et j'attendis.

« J'ai montré certains croquis de Leonardo à Verrocchio, le peintre », commença-t-il. C'était une journée fraîche de mars ; pourtant, il essuya la sueur à son front.

« Quand le prend-il en apprentissage ? » demandai-je, feignant un ton neutre que démentait ma tristesse. Je savais que ce jour arriverait. Je ne pensais simplement pas qu'il était déjà là. Leonardo représentait pour moi ce qui s'apparentait le plus à une famille.

Mon enquête sur mes origines n'avait rien révélé à part que ces nobles voyageant en compagnie de cathares avaient perdu leur fils dans les années 1320. Je soupçonnais Lorenzo de Médicis de détenir la vieille lettre qui me concernait, mais il ne me la remettrait pas. Et la femme de la vision induite par la pierre philosophale restait à une distance frustrante, comme tenue à l'écart par ce temps qui tombait tel un tissu dans le conte cathare que m'avait raconté Leonardo. Je brûlais plus encore pour elle à présent que j'habitais Florence et ne voyais plus Caterina, qui me manquait. Leonardo était ma famille, il était comme un fils pour moi. Lui aussi me manquerait.

« Dès demain. Verrocchio était stupéfait. Je lui ai demandé s'il serait bénéfique pour mon fils d'étudier avec lui ; au bout d'un moment passé à examiner les dessins, il me suppliait de le laisser commencer le jour même. » *Ser* Piero me regarda avec fierté. Je voulus sourire mais n'y parvins pas. Il reprit : « Cela ne vous étonne pas.

— Non, *signore*.

— Vous connaissez son intelligence renversante, bien sûr », marmonna-t-il, surtout pour lui-même. Puis il releva les yeux vers moi. « A-t-il fait des progrès en latin ?

— Pas vraiment. Ficino a essayé aussi. Il semble y avoir dans son esprit une porte hermétiquement fermée à cette langue, répondis-je avec honnêteté. Comme s'il avait initialement pris la décision de ne pas l'apprendre. Je n'ai pas beaucoup insisté. Leonardo ressemble à un vieux cheval sage qui sait déjà gravir une montagne ; on lâche la bride et on n'intervient pas.

— Je vois ce que vous voulez dire, et puis il est si doué pour tout le reste. » *Ser* Piero eut un geste.

« Surtout en mathématiques, remarquai-je. Je lui ai appris tout ce que je savais en quelques mois et, maintenant, il se contente de rire quand j'essaie piteusement d'en débattre avec lui !

— Vous avez fait de l'excellent travail, *signore*. Il a beaucoup apprécié votre enseignement. » Il se hissa sur ses pieds et gagna la porte avec un empressement que n'entravait nullement sa corpulence. « J'ai des affaires à régler, Luca. Vous le lui expliquerez, n'est-ce pas ?

— Vous ne lui avez rien dit ? Il ne sait pas qu'il devient l'apprenti de Verrocchio ? » J'en fus complètement sidéré.

« C'est votre travail, vous ne croyez pas ? » répondit-il en filant par la porte avant que je ne puisse répliquer.

Le *palazzo* des Médicis s'élevait directement depuis la rue, carré et imprenable, sur trois étages immenses par dix travées de côté. À l'image du Palazzo della Signoria, la hauteur de ces étages décroissait au fur et à mesure, insistant sur le lien entre la maison et la politique de la ville. L'architecte favori de Cosimo, Michelozzo, l'avait conçu pour impressionner à tous points de vue. Sa masse énorme avait pris la place de vingt demeures ; elle s'apparentait aux impressionnantes forteresses à tours qui ponctuaient jadis Florence et où résidait la noblesse guerroyante d'autrefois, avant même ma naissance. Les Médicis avaient ainsi réussi à démontrer à la fois leur attachement aux anciennes traditions de l'aristocratie florentine et leur domination. Je franchis le portail principal, humant un parfum d'arbres chargés d'agrumes et l'humidité agréable de la pierre à l'ombre. Puis je pénétrai dans une charmante cour intérieure avec une galerie à arcades soutenue par des colonnes classiques. Des médaillons sculptés, suggérant les anciennes intailles romaines de la vaste collection des Médicis, décoraient la frise au-dessus des arches et, partout, se trouvait leur emblème : sept *palle* – sept boules – sur un bouclier.

Leur nombre pouvait changer ; on disait qu'elles représentaient les bosses sur le bouclier du premier Médicis, un chevalier nommé Averardo qui avait combattu sous Charlemagne et reçu ces marques lors d'un combat héroïque contre un géant qui terrorisait les paysans de la campagne toscane, ou alors des pilules ou des ventouses, les premiers représentants de la maison ayant été apothicaires. D'autres affirmaient que les boules représentaient des pièces de monnaie. Pour moi, cette forme indéfinie était une ruse brillante de cette famille habile. Elle laissait chacun libre d'y voir ce qu'il voulait. Les Médicis savaient stimuler l'imagination, et donc le cœur de leurs compatriotes.

Sur un piédestal au centre de la cour se dressait la sculpture de David réalisée par Donatello. J'en admirais l'exécution brillante et l'audace : c'était le premier nu indépendant créé depuis l'Antiquité. Toutefois, l'œuvre était d'un érotisme inutile avec ses hanches sinueuses, féminines, et son attitude crâneuse accentuée par de hautes bottes taquines. Pourquoi David adopterait-il une posture aussi provocante ? Seulement pour plaire aux hommes qui préféraient les hommes. Je ne me rappelais que trop bien les clients de Silvano, regrettant de ne pouvoir oublier après toutes ces décennies. Impossible d'élucider ni de comprendre la nature labyrinthique du désir.

Les miens manquaient de complexité. J'appréciais simplement les femmes, leur peau douce et leurs longs cheveux soyeux. Ainsi poursuivais-je mes aspirations simples sans juger autrui en vain. C'était impératif, à cause de mon passé obscur et des actes sombres que j'avais commis pour survivre. De plus, Donatello avait compté parmi mes bons amis de son vivant, l'année où l'on avait failli renverser Piero. Néanmoins, à cause de Silvano, j'avais du mal à me sentir à l'aise avec les hommes qui en aimaient d'autres.

Je trouvai mon Leonardo, toujours exubérant, dans un angle ensoleillé de la cour en pleine discussion avec un écrivain public qui, assis sur un banc en marbre, profitait du temps clément pour recopier un manuscrit à l'extérieur. Les Médicis les employaient par dizaines pour reproduire leurs documents, soit dans le but de les vendre, soit pour s'attirer la faveur des souverains étrangers en les leur offrant. Impossible de rendre visite au *palazzo* sans tomber sur un de ces individus hautains.

« *Professore !* s'écria Leonardo. N'est-ce pas là un manuscrit que vous aviez envoyé à Cosimo ?

— Le *Corpus Hermeticum ?* » fit l'écrivain, un homme filiforme aux lèvres minces, aux mains tachées d'encre et au haut nez arqué. Il renifla. « Cela m'étonnerait. Il est arrivé aux mains des Médicis en 61. Ton *professore*, avec ses muscles épais et grossiers (il leva les yeux au ciel, trouvant drôle que je puisse être précepteur), aurait eu à peu près ton âge !

— Je suis plus vieux que je n'en ai l'air, répondis-je.

— Et plus avisé ? » Il sourit en me prenant de haut, un tour de force sachant qu'il était assis et moi debout.

« Je ne sais pas, répliquai-je avec aisance. Mais je le suis assez pour vous souhaiter d'autres facultés que la copie, *signore*. J'entends parler d'une nouvelle technique permettant d'imprimer du texte à partir de caractères amovibles qui rendra bientôt votre profession obsolète.

— Elle ne le sera jamais, se défendit-il d'une voix perçante. C'est un processus vulgaire pratiqué par des barbares dans je ne sais quelle ville germanique. Les vrais collectionneurs comme les Médicis auraient honte de posséder un livre imprimé par une technique mécanique grossière !

— Il existe déjà des presses à Naples et à Rome. Il y en aura bientôt une à Florence. Cette invention relève du bon sens ; elle permet de produire rapidement des livres à moindre coût. Elle s'imposera, dis-je. Vous devriez apprendre un nouveau métier, juste par sécurité. Garder les moutons, par exemple.

— Vous avez l'esprit grossier et populaire, *signore* », siffla l'écrivain public. Il prit ses feuilles contre sa poitrine et partit d'une démarche théâtrale, indigné. Je pris sa place à côté de Leonardo.

« Pauvre Armando, ce n'était pas aimable de votre part, me réprimanda le jeune homme.

— Je n'aime pas les scribes prétentieux.

— Je crois que vous avez raison sur la presse à imprimer. Vous savez que j'entrevois des fragments de l'avenir quand je rêvasse. J'ai vu un monde rempli de livres abondants et bon marché que tout le monde lit, rendu possible par cette technique.

— C'est un monde intéressant que tu aperçois.

— Vous aussi ; je repense souvent à la vision dont vous m'avez parlé, le tout premier jour où nous nous sommes rencontrés. Mais il y a un problème, fit-il tout à coup. Luca, vous avez une annonce à faire et elle ne vous plaît pas. » Il portait un flam-

boyant *lucco* jaune et rouge qu'il avait raccourci lui-même et dont
il avait probablement imposé le patron à sa mère, laquelle lui
passait tout, ainsi que des chausses grises loqueteuses et trouées.
Je savais qu'il en possédait au moins deux paires intactes car
j'avais personnellement emmené un *ser* Piero grommelant les
acheter chez le tailleur. Mais Leonardo leur préférait ces vieilles
fripes déchirées ; il avait des goûts vestimentaires uniques.

« Tu es trop perspicace, *ragazzo*, dis-je. Tu me lis comme le
manuscrit d'Armando.

— Mieux, j'espère. » Il rit. « Il est chargé de recopier le latin et
je le lis terriblement mal ! J'ai l'impression de l'avoir su et de ne
plus vouloir m'en soucier.

— Ton père t'a placé en apprentissage chez Verrocchio,
avouai-je maladroitement, refusant de tergiverser davantage.

— Mais je lis effectivement en vous, murmura-t-il comme si
je n'avais rien dit. J'ai parfois l'impression que les gens dégagent
une lumière que j'arrive juste à discerner. La vôtre semble voilée,
mais des déchirures la laissent passer comme à contrecœur. Les
trous de votre clarté ne sont pas vides, ils sont pleins. Pleins de
secrets. Vous en cachez, Luca Bastardo. Des peurs et des dons
secrets. Et la main du destin s'est posée sur vous.

— Tout le monde a des secrets.

— Pas comme vous. » Il secoua sa tête d'or. J'examinai son
visage finement façonné et notai que des poils auburn lui assom-
brissaient les joues et le menton. Sa barbe naissait. Il faudrait que
je lui en explique l'entretien et l'amène chez le barbier pour un
rasage. J'aurais déjà dû m'en occuper. J'avais été négligent. Je le
remettais inachevé, semblable à l'un de ses croquis, entre les
mains de Verrocchio. J'étais conscient qu'on ne me l'avait confié
que pour un bref laps de temps, pourtant une voix en moi avait
cru que notre association se poursuivrait indéfiniment, comme,
semblait-il, ma propre vie. Malgré la longévité qu'on m'avait
inexplicablement allouée, je ne comprenais pas le temps. J'avais
voulu enseigner, dire certaines choses à mon jeune élève, et je
découvrais que je n'en aurais pas l'occasion. J'arrachai mon
regard et le surpris à se poser sur le David.

« Vous n'aimez pas la sculpture de Donatello, observa Leonardo.

— J'aimais bien l'artiste.

— Pourquoi vous déplaît-elle ? s'enquit-il.

— Ce n'est pas cela », répondis-je. Je fermai les paupières, cherchant à me montrer plus honnête avec lui à l'heure de notre séparation. « Cela vient de mon enfance. Cela déterre des souvenirs difficiles. » Je rouvris les yeux et trouvai le jeune homme en train de m'observer fixement.

« Votre enfance. C'était il y a bien longtemps, n'est-ce pas, Luca Bastardo ? Les nonnes de San Giorgio possèdent un vieux panneau. Il y figure un enfant, un spectateur, qui a votre visage. Je l'ai étudié bien des fois pour m'en assurer. Le teint, les traits, il ne peut s'agir que de vous, *professore*. Je le sais. Ce que vous avez répondu à l'écrivain est la vérité : vous êtes bien plus vieux que vous n'en avez l'air. »

Je laissai lentement échapper mon souffle, hochai la tête, levai les yeux au ciel en me rappelant la superbe fresque de l'ascension de saint Jean peinte par Giotto, l'azur infini où le saint s'élevait avec tant de grâce. Je murmurai : « Giotto est l'auteur de ce tableau. Il me l'a montré sans me prévenir qu'il y avait placé mon visage ; quand je me suis reconnu, il a ri et m'a répondu qu'un homme qui se connaissait irait loin dans la vie. » Faire cet aveu à quelqu'un en qui je pouvais avoir confiance, qui n'utiliserait pas mon passé comme moyen de pression, fut un soulagement. Au bout de plus d'un siècle passé à protéger mon secret, à cacher mon âge indéniable et aliénant, en parler ainsi, ouvertement et sans crainte, me donnait des frissons.

« Ficino tient un discours similaire, répondit Leonardo d'un ton neutre. Il aime inviter ses amis à des banquets et débattre ; il parle de l'âme immortelle. Qu'est-elle ? Peut-on la connaître ? S'agit-il même d'une chose ? Ou d'un principe ? Se confond-elle à l'esprit, incorporel et indivisible ? Je pense que l'âme est une qualité, ou une amplitude, liée à l'imagination, à l'amour et à la nature. En parler ne m'intéresse pas beaucoup quand il y a dans la nature tant de domaines à explorer qui n'ont rien de nébuleux.

» Ficino affirme que l'essence de chacun trouve son origine dans un astre céleste. Mais qu'est-ce qu'un astre ? Voilà une meilleure question. Qu'est-ce que le Soleil, qu'est-ce que la Terre ? Quelles règles gouvernent leur fonctionnement ? Tout étudiant intelligent du ciel nocturne se rend compte que c'est la Terre qui tourne autour du Soleil et non l'inverse ! Les étoiles sont des corps naturels ; peuvent-elles vraiment déterminer le destin d'une personne ? Pour comprendre votre longévité inhabituelle, Ficino vous renverrait à un horoscope. C'est un penseur brillant mais son astrologie, si semblable à de la nécromancie, est d'une absurdité suprême. » L'adolescent secoua la tête. « Une étoile saurait-elle vous accorder une vie qui dépasse cent ans, *professore mio* ?

— Certains affirment en effet que la nécromancie et la magie sont à l'origine de ma longévité et de ma jeunesse, admis-je.

— Justement, répliqua l'adolescent, non sans satisfaction. La nécromancie et la magie n'existent que dans l'esprit des imbéciles ! Il doit y avoir une explication naturelle à la durée de votre existence. Inhérente à votre corps, peut-être. » Il m'inspecta de haut en bas, m'observant à la façon d'un spécimen sur une table, comme j'en voyais dans le laboratoire de Geber. « Dommage que nous ne puissions examiner vos parents pour déterminer si vous tenez d'eux votre don comme on hérite la couleur des cheveux ou la forme spécifique du nez, ou bien s'il n'appartient qu'à vous. Quand nous nous sommes rencontrés, vous m'avez dit, je m'en souviens, que vos parents étaient entourés de cathares. Cette longévité était peut-être le grand secret qui les rapprocha d'eux, car les cathares sont les gardiens des secrets.

— J'ai cherché mes parents. J'aurais une ou deux petites questions à leur poser, répliquai-je avec humour, regret et une pointe de mon ancienne obsession.

— Vous les avez cherchés, je sais. » Leonardo sourit. « Vous nous interrogiez sur les cathares, ma mère et moi, et, le lendemain, vos agents venaient à votre chaumière, au vignoble. Je me cachais dehors et j'écoutais les instructions que vous leur donniez.

— C'est si vilain de fourrer son nez dans les affaires d'autrui !

— Vous seriez déçu du contraire. » Il darda ses fossettes vers moi avec son même air enfantin, m'accordant son sourire comme le soleil sortant des nuages. « Il existe une autre légende cathare. Après que Satan eut créé le monde par son acte de rébellion, Dieu envoya sur terre un ange demeuré loyal. C'était Adam, l'ancêtre direct du peuple de ma mère, les cathares. Mais Satan le captura et l'obligea à prendre forme humaine. Vivant sous cette forme contre son gré, il fut sauvé, et toute sa descendance avec lui. Et c'était le père de Seth, qui engendra à son tour un peuple à la longévité singulière. Vous êtes peut-être un de ses fils.

— Caterina m'a parlé de lui et je me suis toujours interrogé sur la question, admis-je. Mais je ne suis pas pleinement certain que ces nobles ayant perdu un fils soient mes parents. Je n'en sais pas assez pour résoudre l'énigme de ma vie, tout simplement. Mon âme est peut-être trop ancrée au monde pour se libérer », proposai-je, à la fois ironique et fantasque. Si j'ignorais mes origines, je me connaissais au moins moi-même. Je savais que mon âme n'emplissait pas vraiment mon existence, au contraire de Giotto et de Pétrarque, de Leonardo et de Ficino, et même de Lorenzo, magnifique et manipulateur avec ses qualités de poète, d'homme d'État et d'athlète. J'étais terre à terre, obstiné, pas spécialement créatif, même si je révérais la créativité d'autrui. Je ne savais ni peindre, ni sculpter, ni versifier. Mon seul don, je ne pouvais m'en accorder le crédit. Il ne me restait qu'à hausser les épaules et à le considérer comme une vaste blague pour le dieu, l'un ou l'autre, qui avait voulu cette distraction.

« Le *Corpus Hermeticum* laisserait entendre que vous possédez la cinquième essence, qui se trouve au-delà des quatre éléments physiques, en abondance ; il affirmerait que votre *arcanum* est particulier, qu'il constitue un réceptacle plus grand des effluves célestes qui se déversent en torrent à travers l'âme de chaque espèce, de chaque individu. Mais je n'y crois pas. » Leonardo haussa ses sourcils brun-or. « Je pense que votre longévité résulte d'un phénomène mesurable et observable dans la nature. Il

concerne peut-être le renouvellement de vos organes, leur structure, ou encore la quantité et la santé de vos fluides physiques.
La question est intéressante. J'aimerais mieux connaître les
organes; un jour, je conduirai une grande étude de la structure
mécanique de l'homme pour en révéler les mystères internes.
Alors j'aurai compris le vôtre, Luca. Je pense que l'âme mystique
de Ficino revient se fondre dans le corps d'une façon ou d'une
autre. Je ne voudrais pas qu'on me considère comme hérétique,
mais je pense (il marqua une pause, les yeux embrasés) qu'elle
réside dans le centre du jugement, et que celui-ci se trouve là où
tous les sens se rencontrent – ce qu'on appelle le sens commun;
les facultés d'ouïe, de vision, d'odorat et de toucher traversent
tout le corps, le corps est le véhicule...

— Tu dois bientôt commencer chez Verrocchio. Demain, en
principe. Tes croquis l'ont impressionné au plus haut point et il a
supplié ton père de te laisser même commencer aujourd'hui,
coupai-je. Tu auras une grande carrière d'artiste, *ragazzo mio*. Le
monde connaîtra ton génie. La fortune et la célébrité t'appartiennent!

— Je vieillirai avant vous, Bastardo », répondit-il, non sans
tristesse. Il plongea ses yeux dans les miens comme s'il voyait
clairement l'essence stellaire que d'autres pressentaient seulement. Il poursuivit d'une voix songeuse : « En revanche, je ne
sais pas si je mourrai avant vous... Je crois que vous cachez
d'autres énigmes, des énigmes dangereuses que Lorenzo de
Médicis connaît et qu'il utilise pour vous lier à lui. Je vois comment vous le regardez : avec méfiance, colère et respect.

— Je serai toujours ton ami », dis-je à mi-voix. Il ne parlerait
ni de son apprentissage ni de notre séparation. Le sujet était trop
cher à son cœur; après tout, c'était lui qui m'avait choisi comme
précepteur. Je me levai et me plaçai devant lui.

« Je ne te reverrai pas avant quelques années, *ragazzo*. Les
apprentis travaillent jour et nuit pour perfectionner leur art. Ils
restent constamment à la disposition de leur maître. Verrocchio
te tiendra occupé, comme il se doit. » Je posai la main sur son
épaule et fus surpris de sentir le début du *consolamentum*, en un

écoulement lyrique et tendre, transfert d'esprit ou bien d'une quantité naturelle que Leonardo voudrait nommer. Il provenait de la percussion chaleureuse et brillante de mon cœur et se transmettait au jeune homme assis devant moi sur le banc de pierre. Son visage s'adoucit et il sourit, ferma les paupières et s'abreuva à cette source. L'éclat qui le nimbait, lui donnant l'air toujours plus vif que la plupart, parut s'élargir et s'éclaircir. J'attendis que l'écoulement du *consolamentum* ralentisse, puis j'ôtai la paume et la plaçai sur mon cœur. « Ce fut pour moi une joie et un honneur de passer ce temps avec toi. Tu as enrichi ma vie. »

Il avait les yeux humides ; il cilla rapidement et détourna le regard. Il n'arrivait pas à répondre, aussi finis-je par quitter la cour. « Je découvrirai vos secrets, *professore* ! lança-t-il à ma suite. Et je trouverai un moyen de vous aider ! »

Ainsi Leonardo passa à un meilleur maître que moi. Cela me rendait plus disponible pour Lorenzo et il en tira avantage. Quand il eut dix-neuf ans, sa mère, Lucrezia, lui choisit comme épouse l'aristocrate romaine Clarice Orsini, ce qui scandalisa Florence. Qu'il se marie en dehors de la Toscane équivalait à une trahison, surtout que ses femmes étaient les plus belles et les plus intelligentes de la chrétienté ! Mais Lorenzo, toujours rusé, préférait scandaliser la ville entière plutôt que d'éveiller la colère de certaines familles en préférant une jeune Florentine à une autre. Il goûtait aussi les avantages de s'allier à une maison fortunée de l'ancienne noblesse qui était étroitement liée à Rome et à Naples.

En juin 1469, l'union fut scellée.

Quelques mois plus tard, début décembre, Piero le Goutteux mourut. Deux jours après son décès, une délégation solennelle de la ville demanda à Lorenzo d'en prendre la tête. Il accepta, bien qu'il ait seulement vingt ans, par ailleurs aussi robuste et vigoureux que le sont les jeunes mariés de cet âge. Mais il montra aussitôt sa perspicacité et son aptitude à occuper des fonctions qu'il héritait davantage de son grand-père Cosimo que de son père malade, en se constituant un groupe d'hommes expérimentés pour le conseiller, dont je fis partie. Je restai en retrait, toutefois.

Le clan Silvano avait été dispersé loin de Florence, mais cela risquait de n'être que temporaire. Il avait des amis. La Confraternité de la Plume rouge attendait une résurgence de l'Inquisition et autres instruments de l'intolérance cléricale. De plus, on risquait de remarquer que je ne vieillissais pas au même rythme qu'autrui. Il m'appartenait d'être circonspect. Aussi Lorenzo me tint-il occupé avec des courses confidentielles, des missions diplomatiques sensibles, en me faisant porter des messages secrets aux ambassadeurs, aux princes étrangers – et autres affectations de ce genre. Je lui arrangeais parfois des rencontres féminines ; il avait un appétit insatiable pour le beau sexe, tout comme moi, même si je comptais me montrer fidèle une fois marié. Je ne portais pas de jugement sur son comportement adultère. J'avais commis bien trop d'actes ténébreux pour siéger au tribunal des autres ; de plus, les Florentins aisés considéraient que les maîtresses étaient un droit. Et Lorenzo se considérait comme le premier des Florentins, avec tous les privilèges attachés. Il œuvrait à conduire la ville vers une gloire toujours plus grande, à la fois dans l'intérêt de celle-ci et de sa maison, quand la roue de l'histoire tourna. Le généreux pape Paul II, qui comptait parmi ses bons amis, mourut en 1471 et le franciscain Francesco della Rovere accéda au pontificat sous le nom de Sixte IV.

Un beau jour estival de juin 1472, Lorenzo me convoqua. Je pensais qu'il voulait encore discuter d'un de ces carnavals et spectacles avec lesquels il distrayait Florence et qui le faisaient aimer de la population férue de ces plaisirs. Je me promenais sur le Mercato Vecchio avec Sandro Filipepi, qui se faisait inexplicablement appeler Botticelli, le surnom de son frère. Nous errions parmi les étals de fraises roses, de framboises rouges, de jambons fumés, de poissons argentés rapportés de la mer et entre les tables proposant du gibier frais, tétras et cerfs. Nous plaisantions, négociant le prix d'un *tondo* de la Madone à l'enfant que je souhaitais lui commander. Ce n'était pas par dévotion – ou peut-être l'était-ce, vu ce que j'éprouvais pour l'art. Sandro peignait dans un style gracieux, figurant des corps à la fois éthérés et voluptueux ; ses personnages féminins célébraient la beauté et la féminité, la lumière et la réceptivité. J'étais déterminé à acheter une de ses œuvres pour ma collection personnelle et à lui accorder la révérence qu'elle mériterait.

« Peu importe combien je te paie, tu vas tout pisser d'un coup, disais-je.

— Alors tu devrais m'offrir beaucoup pour que je pisse comme un étalon ! » répliqua-t-il en riant. C'était un homme intelligent et de bonne humeur qui se montrait affable et attachant ; il avait les yeux enfoncés et de longues boucles flottantes dont il semblait tirer une fierté démesurée, le nez large et un menton saillant creusé d'un sillon vertical.

« Cinquante florins, c'est une somme énorme.

— Cent florins, c'est deux fois plus énorme. » Il fit de la main un signe évoquant l'entrejambe masculin. « Je ferai une flaque bien plus grande ! » Je levai les bras en l'air, hilare, quand le serviteur maure de Lorenzo m'appela. Sandro me donna une petite tape sur l'épaule. « Tu prends congé sur un geste de notre magnifique Lorenzo, qui ne chicanerait pas pour cinquante florins, mais je te revois à Careggi dans quelques jours pour le dîner de Ficino, n'est-ce pas ?

— J'y serai. Soixante florins ! » lançai-je en marchant vers le Maure. Après tout, j'offrirais un jour ce tableau de Botticelli à mon épouse. J'avais l'impression d'être prêt à la rencontrer, et le prophétique Leonardo, dont la compagnie me manquait, m'avait affirmé que, quand le cœur était prêt, l'être aimé apparaissait.

« Soixante-quinze !

— Vendu ! » acceptai-je. Il eut un rire et brandit ses mains jointes en signe de victoire.

« Je l'aurais fait pour cinquante, j'aime le sujet ! s'exclama-t-il.

— J'aime ton travail, j'aurais payé cent !

— Tu les paieras peut-être quand même », cria-t-il en retour avec bonhomie. J'aurais répliqué si le serviteur ne m'avait pas touché la manche.

« Le *signore* Lorenzo requiert votre présence. Voulez-vous prendre mon cheval ? » proposa-t-il en désignant la périphérie du marché où les montures étaient attachées.

Je secouai la tête en cherchant une pièce pour acheter quelques abricots orange et charnus que le vendeur me tendit avec empressement. Je mordis dans le fruit sucré et juteux, mâchai puis répondis : « C'est une belle journée pour marcher un peu et ce n'est pas tellement loin. Dis à ton maître que j'arrive incessamment. »

Tommaso Soderini et Federico de Montefeltro, le duc d'Urbino, étaient déjà là à mon arrivée au *palazzo* des Médicis ; ils se trouvaient dans les opulents appartements au sol de marbre et au plafond à caissons de Lorenzo. Les hommes se tenaient devant l'un des trois tableaux exécutés par Paolo Uccello sur la bataille de San Romano, des œuvres qu'on exposait plutôt dans les bâtiments gouvernementaux pour commémorer les victoires militaires de l'État. Leur présence donnait à la chambre un air de galerie princière ou de salle de conseil publique. Toutefois, la grandeur des lieux ne pouvait me distraire du sentiment qu'il se tramait quelque chose de grave.

« Très aimable de vous joindre à nous, Bastardo », fit froidement Lorenzo, et je vis qu'il n'appréciait pas que j'aie pris mon temps pour venir. « Nous étions en train de discuter du nouveau pape, Sixte.

— Il s'est montré courtois et a renouvelé aux Médicis leur mandat de gestion des finances papales, répondis-je prudemment en venant me placer à côté de Soderini, qui avait une expression lugubre.

— Courtois, mais pas chaleureux », fit ce dernier, un homme à peine plus âgé que Lorenzo et qui lui était dévoué. Le complot contre la maison l'avait horrifié ; depuis, il était devenu l'un des amis les plus proches et l'un des appuis les plus loyaux du jeune Médicis. Certains pensaient que c'était le seul homme de Florence qui pouvait le contredire ; en fait, tous deux travaillaient en harmonie et leur antagonisme amical n'était qu'une façade pour conserver aux Florentins leur illusion chérie de république. À présent, Soderini se tournait vers moi. « Nos vieux rivaux les Pazzi se rapprochent de Sixte. Et leurs flatteries lui sont agréables.

— Les Médicis sont les banquiers papaux depuis les débuts de la carrière de Cosimo, répliquai-je. Le pape dénoncerait-il cet accord consacré par le temps ? Il est lucratif pour tout le monde.

— Il est aussi dévoré d'intérêts étrangers », ajouta Federico. C'était un aristocrate de cinquante ans, renommé à la fois comme maître de guerre et comme protecteur des arts et de l'érudition. On racontait que son palais à Urbino était le plus beau de toute l'Italie et que sa bibliothèque rivalisait avec celle des Médicis. Il avait la même carrure que moi, mince avec des muscles d'acier, et le côté gauche de son visage était plutôt séduisant, le droit ayant perdu son œil et arborant des cicatrices laissées par une blessure de tournoi reçue dans sa jeunesse. Je le savais homme d'honneur et de parole mais je ne lui avais jamais vraiment fait confiance. Dans sa quête pour gagner tous les combats, il assiégeait les villes et condamnait à la mort les habitants les plus fragiles, les femmes et les enfants. Ce que l'homme souhaite, il doit le faire à ses égaux consentants et non l'imposer aux plus faibles et aux plus petits. Chaque fibre de mon être en était convaincue. Federico poursuivit : « Sixte promeut sa croisade contre les Turcs et contre l'autorité de l'Église en France, où Louis XI réaffirme l'indépendance de son clergé. Il veut aussi réunir l'Église russe avec Rome.

— Vous avez oublié son combat principal : les intérêts de ses neveux, répliqua Lorenzo, tendu. Il veut placer Florence sous leur contrôle, or ce sont des imbéciles incompétents.

— Quel est le problème immédiat ? » demandai-je, sachant qu'il s'en présentait forcément un ou bien on ne m'aurait pas convoqué. Je croisai les mains derrière le dos et attendis.

« Volterra se rebelle, répondit Soderini. Il faut envoyer une armée.

— Le problème, ce sont les mines d'alun – les mines et les finances, ajouta Lorenzo de sa voix nasillarde et mesurée. Quand on les a découvertes il y a quelques années, la banque Médicis fournissait le capital à ceux qui obtenaient une concession d'exploitation. En retour, le contrat de minage était conclu auprès d'un consortium constitué de trois Florentins, trois Siennois et deux Volterrans. Les Florentins étaient mes hommes, évidemment. Aujourd'hui, les mines ont montré qu'elles étaient lucratives. Et les Volterrans, soutenus par la ville, exigent une plus grande part des bénéfices.

— On en revient toujours aux pots-de-vin, dit Soderini en déambulant autour de nous. Les entrepreneurs portent le différend devant la *signoria*. J'ai parlé à leurs membres et je sais qu'ils voteront pour reverser les bénéfices au trésor général de la république florentine.

— Il est normal que les Volterrans veuillent que l'argent aille à Volterra, commentai-je.

— Nous comptons là-dessus. Ils se révolteront et je marcherai aussitôt sur eux pour réprimer le soulèvement », répliqua Federico avec insouciance. Il venait d'une famille illustre de soldats, tous commandants de grandes armées mercenaires composées de *condottieri*, et il tirait sa fortune des conflits. « L'effet de cette victoire sera renforcé par sa promptitude et mon armée est prête à prendre la route.

— Attendez, vous voulez dire que les Volterrans ne se sont pas encore rebellés ? m'enquis-je, stupéfait.

— Cela ne tardera pas », dit Lorenzo. Il échangea un regard lourd de sens avec Federico. « Leur turbulence est notoire. Ils cherchent une excuse pour déclarer leur indépendance. Ils me croient trop jeune pour agir de façon décisive, enclin à vouloir les calmer parce que je suis faible.

— Je suggérerai à la *signoria* qu'une démonstration de force constitue une provocation superflue, ajouta Soderini en hochant la tête. Je recommanderai des mesures de conciliation, leur rappelant le vieux proverbe : "Mieux vaut une paix maigre qu'une victoire grasse." Cela mettra en valeur l'audace de Lorenzo.

Sa résolution et sa prévoyance s'en trouveront publiquement démontrées.

— Les Volterrans feront un bel exemple de ce qui arrive quand on contrecarre mon autorité, approuva l'intéressé avec satisfaction. Cela donnera une leçon à toutes les villes sous l'autorité de la république florentine. Je refuse que Florence perde des territoires que mon *nonno* s'est donné tant de mal à annexer! Je me montrerai digne de son héritage en renforçant nos frontières. De plus, Sixte verra que je n'hésite pas, que je suis prêt à lever une armée pour protéger mes intérêts. Lui aussi entendra le message.

— Vous lancez des troupes contre une ville qui ne s'est pas encore soulevée dans l'espoir qu'elle le fasse afin de pouvoir l'écraser? Attendrez-vous seulement la révolte? Combien de civils volterrans mourront pour servir votre démonstration?

— Aussi peu que nécessaire. » Lorenzo haussa les épaules.

« Mais il y en aura, et parmi eux des femmes et des enfants! rétorquai-je sèchement.

— Des sacrifices pour le bien général. » Il fit un geste. « Vous chevaucherez avec Federico, Bastardo.

— Je ne me bats pas contre des innocents, grondai-je. J'en ai trop vu mourir. Il n'en sort jamais rien de bon. Cela engendre la haine, et la haine génère encore plus de destruction. Des vies sont anéanties. Des générations en portent la marque.

— Je pourrais anéantir la vôtre avec les documents en ma possession! » aboya-t-il. Je lui jetai un regard glacial et il s'adoucit. « Je ne vous demande pas de vous battre, *Luca mio*. J'attends de vous ce que vous faites si bien : prenez le pouls de la population, tendez l'oreille dans la rue. Rapportez-moi ce qui se passe. Vous êtes mes yeux et mes oreilles à Volterra. Comprennent-ils la leçon? Je me retirerai dès qu'ils se soumettront. Vous pouvez contribuer à réduire les pertes. »

J'entendais la rumeur d'une bataille gronder à l'horizon, mais ce n'était pas la leçon que Lorenzo donnait à ses territoires. C'était le vieil antagonisme entre le Dieu bon et le Dieu mauvais. Il était vain d'espérer y échapper : c'était impossible. Je pouvais seulement m'engager du côté du bien, au mieux de mon discernement. Si j'obéissais à Lorenzo, j'avais une chance de sauver des vies et d'aider la population. « Vous m'écouterez si je vous transmets qu'un conflit est inutile ? demandai-je, mal à l'aise.

— Je vous écoute toujours, Luca. Je vous fais confiance, promit-il. Envoyez-moi ce message et mon armée se retire. Les combats cesseront.

— Je ne me battrai pas moi-même contre les Volterrans, insistai-je. Tant que vous en êtes conscient…

— Bien sûr, Luca, vous allez là-bas pour observer et modérer, acquiesça-t-il. Je ne veux pas que les innocents souffrent, vous le savez bien. »

C'était un matin de juin ébouriffé par une brise marine fraîche ; autour de nous, les collines ondulaient, vert et or, couvertes d'oliveraies, de vallées de cyprès et de vignobles. Mais la campagne sauvage de Volterra n'était pas entièrement domestiquée. Elle offrait des panoramas bruts sur des ravins nus et menaçants, des gouffres aux parois d'argile, de hauts escarpements, de sombres forêts et une vue sur la mer Tyrrhénienne, loin en contrebas. La ville se profilait sur l'éminence de grès la plus élevée à la jonction entre les fleuves Bra et Cecina. Des murailles de pierre grise âgées de centaines voire de milliers d'années serpentaient à travers la ville, située au sud-ouest de Florence. Je chevauchais Ginori devant l'armée de Federico, mais sur le flanc de la phalange principale, à l'écart, pour m'abriter de sa crasse et de sa clameur.

Les armées sont des bêtes bruyantes, sales et frustes. Même à la distance à laquelle je cheminais, je ne pouvais échapper à la cacophonie : sabots des montures martelant le sol, piétinements des hommes, claquements des armures, grincements des boucliers, extrémités des piques traînant par terre en sifflant ; les roues larges et lourdes des canons massifs en fer de Federico grondaient sur la route, les chariots de ravitaillement cliquetaient à l'arrière et les musiciens frappaient le tambour et sonnaient la trompette, s'entraînant tout en marchant. Par-dessus tout, il y avait la rumeur des voix, cris, rires, chants, comme si la mort, la destruction et les démembrements valaient la peine d'être célébrés. La poussière soulevée épaississait l'atmosphère. Elle empestait aussi les corps en sueur et les odeurs infectes de l'urine, des expectorations et des excréments humains et animaux que produit toute armée en branle. Derrière les rangs des soldats se trouvait le personnel auxiliaire indispensable à tout détachement : prêtres, *physichi* et barbiers chirurgiens, forgerons, maréchaux-ferrants, armuriers, travailleurs du cuir pour entretenir les selles, palefreniers pour s'occuper des chevaux et ainsi de suite. Au moins l'armée de Federico ne traînait-elle pas de femmes en remorque. En tant que capitaine *condottiero* sérieux et professionnel, il omettait la pratique usuelle consistant à emmener un contingent de prostituées pour les soldats. Je contemplais à nouveau la haute montagne verte sur laquelle se perchait Volterra quand Federico quitta le corps principal pour venir trotter à mes côtés.

« C'est beau, s'exclama-t-il.

— Et bien défendu, observai-je. On ne peut approcher que d'un côté, près de l'église San Alessandro. Les autres flancs sont lourdement fortifiés. Quelle est votre stratégie ?

— Nous allons chevaucher droit vers le côté accessible et leur demander gentiment d'ouvrir les portes, répondit-il avec un sourire du côté indemne de sa bouche.

— Avec un "s'il vous plaît" ? rétorquai-je, un peu sceptique.

— Ce serait courtois, vous ne croyez pas ?

— Et, comme ça, ils vous ouvriront les portes ?

— Je ne doute pas d'avoir de bons arguments. » Il m'adressa un clin d'œil de sa paupière valide, ce qui semblait courageux pour un borgne chevauchant un étalon gris proprement monstrueux qui trottait à vive allure. Mais nul ne pouvait accuser Federico de Montefeltro, duc d'Urbino, de couardise.

Je me retournai sur ma selle pour regarder les dix mille fantassins et les deux mille cavaliers. « Vous avez là douze mille bons arguments, dis-je.

— Non. J'en ai mille, répliqua-t-il. Mais nous allons d'abord faire halte. Je veux que la messe soit dite pour les troupes. Il serait bon de concentrer leur esprit sur le Seigneur. Au cas où nous devrions nous battre. » Il éperonna son cheval et retourna vers son armée.

« Pourquoi mille ? criai-je.

— C'est le nombre de *condottieri* engagés par les Volterrans pour se défendre ! » lança-t-il avant de disparaître au galop parmi ses hommes de troupe.

Tout comme Federico l'avait prédit, les Volterrans lui ouvrirent leurs portes. Il rassembla sa grande armée de soldats experts du côté vulnérable de la ville. Les railleries et insultes habituelles furent échangées par-dessus les murailles. Puis il envoya un messager pour inviter les dirigeants volterrans à parlementer. Je n'étais pas à cette conférence, mais j'appris plus tard que Federico leur avait fait remarquer que son armée intimidait les *condottieri* embauchés par la ville et qu'ils risquaient de se retourner contre la population pour lui faire violence. Seuls ses propres mercenaires étaient dignes de confiance, les autres ne valaient guère mieux que des bandes organisées de brigands en quête de profits, prêts à changer de camp pour protéger leur peau. Il dut se montrer convaincant car les dirigeants volterrans détalèrent, retournèrent chez eux et ouvrirent les murailles sans tirer une flèche ni dégainer une épée. Et ce fut à ce moment que la mort frappa. Ce fut totalement injuste et d'autant plus vicieux que la cité avait capitulé.

Chevauchant dans Volterra aux côtés du corps principal de troupes, je n'étais pas préparé à la dévastation qui s'étendait sous mes yeux. J'en fus choqué jusqu'aux tréfonds de mon être. Des flammes rouges, orange et bleues jaillissaient des maisons et des boutiques. Les rues inégales et pentues étaient jonchées des fruits d'un pillage : meubles taillés en morceaux, tessons d'assiettes, vêtements déchirés, tonneaux de vin et jarres d'huile d'olive renversés qui se vidaient sur la pierre. Les bêtes avaient été libérées ; chevaux, cochons, moutons, chèvres, vaches et poulets erraient en donnant de la voix. Une folie meurtrière avait saisi les deux régiments, volterran et florentin, défonçant les portes, poignardant les hommes désarmés, pourchassant les femmes, emportant les biens précieux des bâtiments. Les soldats surgissaient à travers les rues de la ville, fracassant les fenêtres avec piques et épées ou bien jetant les meubles depuis les maisons. Ils mugissaient comme des animaux par-dessus le sifflement des feux, les gémissements des femmes, les cris perçants des vieillards et les hurlements aigus, terrifiés, des enfants. Je vis trois *condottieri* poursuivre une jeune fille dans une ruelle et je bondis à terre pour les poursuivre. La ruelle se terminait en un dédale entortillé d'allées semblables, quand je vis l'un des soldats ralentir et attraper par les cheveux une femme recroquevillée ; je dégainai mon épée et la lui plongeai à travers la nuque. Il s'écroula sans un bruit et la pauvre m'agrippa les genoux en bafouillant. « Cachez-vous ! » lui dictai-je, ne pouvant rien faire de plus ; je me retournai ensuite pour chercher la fille. Il fallait que je la protège.

Je descendis en courant une ruelle qui s'enroula sur elle-même et se termina en impasse ; je tournai les talons en jurant, me précipitant dans la ruelle suivante, puis dans celle d'après. Enfin, au pied du mur de pierre d'un *palazzo*, je vis les deux autres *condottieri*. J'arrivais trop tard. Une des brutes remontait ses chausses dans une crise de rire gras tandis que l'autre, les siennes baissées sur les chevilles, était à genoux, ses cuisses poilues à nu, une des jambes de la fille étendue sous lui. Il gloussa bruyamment et agita une dague ensanglantée. Il avait fini de la déshonorer. À présent, il s'amusait en lui entaillant la peau. Je chargeai, balançant mon arme dans un pivotement des hanches. Toute la force surnaturelle à ma disposition jaillit à travers moi et sa tête quitta ses épaules d'un unique coup d'épée ample et bref. Elle vint rouler dans le caniveau et du sang cramoisi gicla du corps décapité qui s'écroula sur la fille. L'autre *condottiero* hurla, cherchant son arme à tâtons, et je l'embrochai sur la mienne, le vidant comme un poisson.

Je me tournai vers la fille. Elle n'émettait pas un bruit et je redoutai qu'elle fût morte, mais, quand je la débarrassai du cadavre, elle se rassit. Sa *gonna* était en lambeaux, le jupon déchiré à la taille. Elle était couverte de sang et d'autres substances ; le mercenaire lui avait creusé une profonde marque en croix dans la cuisse. Elle se tourna vers moi, pleine d'angoisse, les joues barbouillées de larmes ; elle était âgée de douze ou treize ans, dans cet entre-deux séparant l'enfance de la jeunesse, mais ses traits laissaient déjà transparaître la femme renversante qu'elle deviendrait. Elle avait un visage en cœur délicatement formé avec des pommettes hautes, de grands yeux mouchetés d'or, brillants de terreur, et une bouche rose ouverte sur un cri muet. Elle saisit la dague entre les doigts du soldat décapité. Je compris qu'elle voulait la retourner contre elle-même. Je la lui pris des mains.

« Laissez-moi mourir », gémit-elle, et le tourment de sa voix ne put en dissimuler la chaleur mélodique.

« Non, non ! m'exclamai-je. Il faut vivre. Tu vivras. On croit que c'est la fin du monde, mais non. Tu t'en sortiras.

— Je ne suis pas digne de vivre. Je ne suis plus rien, pleura-t-elle.

— Arrête, rétorquai-je sévèrement. Tu es en vie, et tout le monde n'aura pas cette chance demain. Ta ville aura besoin de toi. Ta famille aura besoin de toi. Il faudra que tu les soutiennes. » Je cherchai alentour les restes de sa jupe, les trouvai et déchirai de longues lanières. « Ta blessure est profonde mais pas au point d'être dangereuse. Je vais la panser. Surveille tout signe d'infection dans les jours à venir.

— Comment pourrait-il y avoir d'autres jours après celui-ci ? cria-t-elle.

— Il y en aura ; le temps continue à avancer », répondis-je. Je l'observai attentivement. « Va te cacher. Je dois voir si d'autres enfants ont besoin de moi.

— Vous n'êtes pas avec les *condottieri* ? » souffla-t-elle. Je secouai la tête. Elle reprit : « D'autres enfants, vous avez raison, ils ont besoin de secours, je vais venir avec vous…

— Non ! Cache-toi ! Tu ne peux aider personne pour l'instant
et, si tu ne disparais pas, on va s'en reprendre à toi. Réfugie-toi
dans une ruelle ou un égout, pas dans un bâtiment qui risque
d'être incendié. » J'avais fini de déchirer les bandes de tissu ; je
pris une profonde inspiration et m'efforçai de les appliquer sur
sa jambe le plus délicatement possible. Je fermai les yeux et me
sentis m'adoucir, m'abandonnant à la compassion que j'éprouvais pour cette enfant, espérant l'invoquer, et il vint – le *consolamentum*, l'écoulement doux et tiède qui ressemblait à de l'eau
claire, venu de mon cœur et transmis à travers mes bras. La fille
se calma, cessa de pleurer. Quand le *consolamentum* cessa, je lui
bandai la jambe. « Cela risque de faire mal, mais le saignement
s'interrompra.

— Ils ont tué mon père, dit-elle à mi-voix. Ils riaient. Il était
étendu par terre, les yeux tellement vides. Je n'ai pas d'autre
famille. Il n'y a personne pour me donner une dot, alors je ne me
marierai jamais, et quel homme voudrait de moi maintenant ? Je
suis abîmée, souillée. Je ne suis plus rien.

— Il ne faut pas raisonner ainsi », fis-je d'une voix rauque,
serrant une des bandes de tissu. La cruauté que les adultes pouvaient infliger aux enfants m'écœura de nouveau.

« Ma vie ne signifie plus rien, je n'ai plus de parents, et maintenant ça, ça m'a fait tellement mal, ce qu'ils m'ont fait ! » Elle
rentra les épaules et se berça la tête entre les mains. Elle avait des
cheveux épais, doux et sombres, mais je vis qu'ils n'étaient nullement noirs quand ils accrochèrent le soleil au moment où elle
tourna la tête. Ils étaient d'un châtain aux nuances multiples,
tramés de mèches d'un roux intense, ambre, noires et même
dorées. Je n'avais jamais rien vu de tel.

« Ta vie prendra le sens que tu voudras lui donner, répliquai-
je farouchement. Tu n'es pas ce qu'on t'a infligé, tu vaux mieux
que cela ! Il y aura du travail ici, à Volterra, pour reconstruire la
ville. Pour aider les enfants et les femmes. Concentre-toi là-
dessus, sur le soutien que tu seras en mesure de leur fournir.
C'est ce qui te portera ! » Elle hocha la tête mais elle avait le
visage tellement cireux, meurtri de douleur, que je ne savais pas

si elle m'avait entendu. J'avais fini de panser la blessure ; je
reculai. « Réfugie-toi en sûreté – tu connais les meilleures
cachettes, les enfants les connaissent toutes – et ne sors sous
aucun prétexte jusqu'à ce que tu entendes les *condottieri* quitter
Volterra ! » Elle se redressa à tâtons, sur les genoux, puis se remit
debout. Elle vacilla, baissa les yeux et couvrit sa nudité de ses
mains. J'ôtai mon *lucco* bleu, le lui donnai et elle enfila la tunique
par la tête.

  « Va », fis-je en ramassant mon épée. Elle partit précipitamment et je progressai le long de la rue. Pillage et saccage
s'offraient à mon regard. Je plantai ma lame dans l'épaule d'un
condottiero qui courait dans ma direction en poursuivant une
femme qui tenait un bébé contre son sein. Il s'écroula dans un cri
que je fis taire d'une rapide entaille à la gorge. « Cachez-vous ! »
lui lançai-je, et elle disparut dans une ruelle.

  « Cachez-vous ! » fut l'ordre que je répétai un millier de fois.
C'était le seul secours que je pouvais offrir. J'étais un homme
seul combattant une armée de douze mille soldats, chacun semblant résolu à commettre les plus horribles atrocités. Je perdis le
compte du nombre que je tuai, ne cessant de suivre les cris. Ivres
de leur propre brutalité, les *condottieri* étaient lubriques et sauvages. Ils se comportaient comme des animaux dans une ruée,
sans discipline ni raison.

  Je venais d'en envoyer un partager la grivoiserie du Dieu
mauvais dans l'au-delà quand, du coin de l'œil, je vis voleter un
lucco bleu familier. C'était la jeune fille, un bébé entre les bras,
qui faisait traverser à quatre enfants la rue pavée entre une chaumière en flammes et un *palazzo* de pierre. Les petits la suivaient
en file comme des canetons derrière leur mère. La population
continuait à hurler et courir en tous sens ; j'estimai qu'elle atteindrait l'abri où elle les conduisait. Puis des cris s'élevèrent. Trois
mercenaires trottèrent vers eux en riant. Le premier se mit à
courir, l'arme tendue, sa pointe ensanglantée braquée droit vers
le ventre rond du plus jeune bambin titubant à l'arrière. Je compris qu'il comptait l'embrocher. Je fus le plus rapide. Il rencontra
ma lame au lieu du petit corps potelé. Ses deux camarades lâchè-

rent une exclamation et convergèrent vers moi. Mais je maniais l'épée depuis un siècle ; même ensemble, ils ne pouvaient espérer égaler mon adresse et mon expérience. Ils se fendirent tous les deux au même moment. Je les vis venir dès la première contraction des muscles de leurs cuisses et bondis hors de portée. Il y eut une parade rapide comme l'éclair, deux coups, aller et retour, et les deux hommes s'effondrèrent, morts, dans la rue.

La fille continuait à traverser avec les autres enfants. Je me précipitai à leur suite.

« Je t'ai dit de te cacher, grognai-je, mécontent, une fois que je l'eus rattrapée.

— Prenez ces deux-là. » Elle désigna le bambin qui avait failli se faire tuer et un autre devant lui, à peine plus grand. J'en attrapai un sous chaque bras et la suivis vers le *palazzo* de pierre. Elle gagna l'arrière du bâtiment et entra dans un petit cellier. « Il y a une cave dessous », expliqua-t-elle. J'avançai ; elle grogna et déplaça une dalle. « Je ne serai pas seule », ajouta-t-elle en pointant du doigt. Je baissai le regard dans un vide sanitaire creusé dans le sol. Plusieurs paires d'yeux se levèrent du trou sombre ; il était déjà plein à craquer de femmes et d'enfants.

« Dégagez un peu de place », dis-je en faisant descendre le garçonnet. Sans un mot, les femmes s'écartèrent pour laisser les autres enfants entrer. La fille descendit en dernier. Je lui effleurai doucement la tête. « Reste cachée, maintenant !

— Des *condottieri* ont traîné leur mère à l'écart, je ne pouvais pas les laisser mourir dans l'incendie », répliqua-t-elle, les yeux vifs, et je compris qu'elle survivrait à cette journée en gardant son cœur intact. L'épreuve lui laisserait des marques terribles, mais elle survivrait. Je replaçai la dalle sur l'orifice, envahi de chagrin pour ces gens, mais soulagé que cette jeune fille ne laisse pas détruire son être profond.

Le reste de cette longue et atroce journée que fut la mise à sac de Volterra, je le passai dans cette rue sans nom, près du cellier. Je me fermai aux sens et atteignis ce stade terrible, ce lieu impitoyable et dément que je portais en moi et que même le rire des dieux ne pouvait pénétrer. Je massacrai tout *condottiero* qui s'approchait de la cachette de la jeune fille. Ce n'étaient pas des hommes, c'étaient des formes sombres en mouvement qui imploraient le baiser de ma lame. Je n'étais plus Luca Bastardo. Ou, plutôt, je redevins le Luca Bastardo qui avait tué sept clients d'un lupanar et son propriétaire quand il était encore enfant.

Un bruit battit à mes oreilles. J'étais couvert de sueur et de sang, j'étais aussi infatigable et inflexible que la pierre. Un homme criait. L'homme que j'affrontais criait. C'était un combattant adroit, formidable, un défi. Il voulait me dire quelque chose. Je bondis en arrière, en garde. « Quoi ? » m'exclamai-je. J'avais une brume rouge devant les yeux, puis les nuages dévoilèrent des rais gris d'une clarté pâle. Mon ouïe s'éclaircit, suivie par mon champ de vision.

« Sainte Marie, mère de Dieu, combien de mes hommes avez-vous tués, Bastardo ? » s'écria Federico. Il me regardait, l'horreur peinte sur la moitié valide de son visage.

« Combien de femmes et d'enfants vos hommes ont-ils violés ? rétorquai-je. Combien de vieillards abattus en voulant défendre leurs petits-enfants ?

— Je sais, je sais, c'est terrible », marmonna-t-il. Sans signe avant-coureur, le ciel cracha quelques grosses gouttes qui, une fraction de seconde plus tard, se cristallisèrent en épais rideaux de pluie. Federico s'essuya le visage de sa main libre.

« Comment avez-vous pu laisser cela se produire ? Viols et meurtres à grande échelle – j'en rendrai compte à Lorenzo !

— Et qui en a donné l'ordre, à votre avis ? » rétorqua-t-il. Pendant un moment, le monde se figea comme si la hache d'un *condottiero* m'avait fendu en deux. Lorenzo en était capable, bien sûr, et il m'avait menti en affirmant qu'il ne voulait pas que des innocents se fassent tuer. « Je n'aime pas ça non plus, continua le commandant, détournant son œil unique. Mais n'en comprenez-vous pas la nécessité ? Le pape veut contrôler Florence, les territoires comptent faire sécession, tout le monde croit Lorenzo trop jeune pour assurer la stabilité de la république – tout vacille au bord du gouffre. Il faut qu'il se déclare ! Il doit montrer au monde qu'il guidera et protégera Florence comme seul un

Médicis en est capable. Mon Dieu, mon ami, ne voyez-vous pas ce qui se passera si le pape place ses crétins de neveux à la tête de notre ville ? Ils provoqueront sa ruine et ce sera la fin, la fin de tout ce que les Médicis ont accompli en promouvant l'art, l'érudition, en fondant l'Académie platonicienne.

— Et cela vaut la peine d'anéantir des vies ? répliquai-je avec amertume. Le droit de Ficino de radoter sur l'âme vaut-il la peine qu'on viole des petites filles dont le père a été tué sous leurs yeux ?

— Nous parlons de civilisation ! s'exclama Federico avec passion. Tel en est le prix. Lorenzo de Médicis est un grand chef qui n'a pas peur de le payer. Nous avons de la chance qu'il soit si fort, et les générations futures l'en remercieront !

— Je ne vois pas comment une civilisation peut dépendre du massacre d'innocents !

— Elle dépend des moyens de dissuasion qu'il emploie contre ceux qui voudraient s'approprier son pouvoir et démanteler la Toscane, dit le commandant. Florence est le centre de tout, de tout progrès artistique et philosophique. Nous devons la protéger ! Lorenzo n'aime pas ça. Il paiera des réparations. Il arrivera un peu plus tard en prétendant ignorer que cela se produirait.

— Des réparations ? À des enfants mutilés ? À des femmes qui porteront des bâtards et que nul ne voudra regarder pendant neuf mois ? Il y a des morts, des vies détruites ! Pour la civilisation ? C'est votre justification pour une horreur de cette envergure ?

— Je vous ai donné des explications ; maintenant, à vous de choisir si vous voulez comprendre ou pas, gronda Federico. Lorenzo avait besoin que quelqu'un fasse le sale boulot et il m'a choisi ! On m'a payé, je l'ai fait !

— C'est ce qu'on appelle la prostitution », répondis-je doucement. Il leva son épée ; je crus qu'il allait frapper et je me préparai à l'abattre. Ce serait avec joie, qui plus est.

Il jura puis se détourna avec une moue méprisante. Il rengaina sa lame et courut s'abriter sous les avant-toits d'un *palazzo* voisin. Je le suivis et le vis sortir de son *mantello* un objet qu'il se

mit à manipuler. Il se pencha dessus avec anxiété en murmurant : « Je ne voudrais pas que la pluie l'abîme, c'est une bible
polyglotte très rare …

— Vous avez pris une bible ?

— Je collectionne les manuscrits, j'ai une bibliothèque, et
cette bible est belle et rare…

— Vous avez pillé une bibliothèque volterrane et volé un
volume religieux ? Encore cette civilisation que vous êtes prêt à
défendre à n'importe quel prix ? À quoi vous sert-elle si elle ne
vous empêche pas d'infliger des souffrances au peuple ? » J'étais
révolté et, sous mes yeux, Federico plissa la lèvre inférieure. Je
crachai : « Vous ne valez pas mieux que les animaux que vous
commandez !

— C'est la guerre, Bastardo, ce n'est pas censé être beau à
voir ! » rétorqua-t-il.

J'éprouvais la poignée fraîche et pure de mon épée dans ma
paume ; je voulais le tuer. Mais cela ne résoudrait rien. Je ne
ferais que m'attirer la fureur de Lorenzo. Il voudrait me punir
mais il ne s'en chargerait pas personnellement. Il rappellerait
simplement les Silvano, qu'il avait envoyés loin de Florence sous
divers prétextes. « Cette mise à sac doit durer encore longtemps ?

— Jusqu'au coucher du soleil. Je vais retirer mes *condottieri*
dès maintenant. La pluie les calmera aussi et éteindra les incen-
dies.

— Tenez-les à l'écart de cette rue, dis-je avec amertume.
Qu'ils restent à distance. Celui qui met le pied ici est un homme
mort. »

Chapitre dix-neuf

*M*a vie changea de nouveau après le sac de Volterra. Ce soir-là, la pluie s'abattit avec une telle force qu'elle entraîna une coulée de boue, dévastant plus encore la ville. Les troupes de Federico se retirèrent à la tombée de la nuit et, quand les portes se refermèrent derrière elles, je poussai la dalle et aidai les femmes et les enfants qui s'étaient cachés dans le cellier à sortir. Une vieille femme à la peau parcheminée et parcourue de veines bleues était morte pendant l'attente. Je la hissai et la remis aux autres adultes pour qu'ils l'enterrent. Je travaillai toute la nuit, aidant les habitants à s'occuper des blessés. Les hommes étaient mutilés, les femmes avaient été violées et tailladées avec cette inhumanité singulière que la guerre engendrait dans l'esprit fou des soldats. Le Dieu mauvais semblait émerger victorieux de cette bataille.

La pluie cessa le lendemain matin mais le ciel resta couvert. On m'avait autrefois confié qu'une infusion de racine d'actée à grappes noires pouvait agir comme abortif, ce que je répétai à bien des survivantes, tout en m'excusant d'en avoir oublié la recette. Je ramenai les enfants à leur mère et j'aidai les épouses à retrouver leurs maris, pères et fils, qu'ils soient morts ou blessés.

Vers le milieu de la matinée, j'étais fatigué et j'avais faim ; je m'assis contre les pierres grossières du mur d'enceinte de la ville pour me reposer. J'avais mal partout : aux bras, aux épaules et au dos pour avoir manié l'épée, aux cuisses pour m'être fendu, à la gorge pour avoir crié, à la mâchoire à cause de mes grincements de dents furieux face aux ravages dont j'avais été le témoin. J'étais couvert de boue et de sang et je ne me rappelais pas quand j'avais mangé pour la dernière fois. Je fermai les paupières et me cognai le crâne contre la paroi, sans violence mais assez fort pour sentir les arêtes irrégulières des pierres. Puis quelque chose m'effleura les doigts ; je rouvris les yeux avec lassitude. On me plaça entre les mains un plateau chargé d'une collation.

« Il faut manger. » C'était la jeune fille que je n'avais pas réussi à sauver à temps des *condottieri*. Elle s'était lavée et avait tressé ses longs cheveux pour dégager son visage exquis en forme de cœur ; elle portait à présent une jolie *gonna* sous une *giornea* rose pâle, une couleur incongrue dans la dévastation.

« Allez, c'est bon, du jambon, du fromage à pâte dure et du pain à l'huile d'olive », ajouta-t-elle d'une voix douce. Elle avait raison, il fallait que je mange, bien que j'aie l'estomac encore bouillonnant de la brutalité gratuite à laquelle j'avais assisté. Je mâchai lentement une bouchée de jambon. Elle m'observa de ses grands yeux intelligents brun pâle à paillettes vertes, or et même noires, à la sclérotique immaculée. *Elle a autant de nuances dans les yeux que dans les cheveux,* songeai-je, ignorant encore que ces yeux me hanteraient le reste de ma vie. Même à présent, je les vois encore, reflétant une centaine d'humeurs : étrécis et pétillants de rire, animés d'agiles pensées, agrandis par une espièglerie joueuse, ou encore les pupilles noires dilatées par l'amour et le désir. Elle ressemblait au mercure ; nul n'avait plus d'expressions et d'états d'esprit qu'elle. Mais, à l'époque, ce n'était qu'une jolie jeune fille qui me regardait manger et mon attirance m'inspirait quasiment de la répulsion. J'avais depuis longtemps fait le vœu, sur l'art de Giotto et tout ce que je considérais comme sacré, de ne jamais diriger mon désir sur un enfant. Je feignis de l'ignorer et mangeai avec encore plus d'enthousiasme. Elle m'adressa un sourire timide auquel je ne réagis pas et s'en fut.

Quand j'eus terminé, je reposai la tête en arrière et dormis une heure. Ce fut une langue qui me réveilla en me caressant doucement l'oreille. Dans ma somnolence, je crus que c'était la jolie fille, ce qui me fit sourire et tourner la tête avec un intérêt engourdi. Puis je me rappelai sa jeunesse et bondis sur mes pieds avec une exclamation de surprise. Mais mon amie lascive n'était autre que mon fidèle étalon, Ginori.

« Ginori ! » Je le serrai dans mes bras sans aucune honte. Il hennit et piétina, désireux de rentrer. « Nous ne pouvons pas encore partir, il reste du travail », lui dis-je. Il se frotta le nez contre moi, compréhensif.

« Je savais que c'était un de vos amis, dit l'adolescente en apparaissant de l'autre côté. Je l'ai vu trotter çà et là, reniflant l'air, et j'ai compris qu'il suivait votre odeur forte !

— N'importe qui dégagerait une odeur pareille après avoir combattu de la sorte.

— Ce n'est pas ce que je voulais dire ! » Elle rougit. « Je voulais dire que vous êtes fort, fort et brave pour nous avoir aidés comme vous l'avez fait, moi et tant d'autres, donc vous devez avoir une odeur forte et brave !

— Peu importe mon parfum, Ginori me trouverait n'importe où. C'est un des grands chevaux de ce monde », répondis-je en riant et en lui grattant l'encolure. Il était couvert de boue et de sang mais, quand je passai les paumes sur sa robe, je ne trouvai aucune blessure.

« Je vais le laver et l'étriller pour vous », proposa-t-elle timidement. Elle avait joint les mains derrière le dos et se balançait sur ses sabots de bois, si jolie que c'en était insupportable.

« Tu as autre chose à faire, *ragazza*, répliquai-je sévèrement, refusant de me laisser charmer. Volterra a besoin de toi, maintenant. Ginori est un grand monsieur qui a connu bien des batailles. Il sait être patient.

— Voulez-vous encore à manger ? Ou du vin ? Des vêtements frais, sinon ? Vous êtes sale et mouillé, je peux vous trouver des habits propres ! » Ses mots se bousculaient.

« C'est loin d'être la première fois que je suis sale et mouillé, et puis j'ai connu bien pire.

— Il n'y a pas de raison que vous le restiez. J'ai raconté autour de moi combien vous m'avez aidée. Les Volterrans sont très reconnaissants. Ils vous donneront tout ce que vous voudrez.

— Je sais me débrouiller. S'il me faut quoi que ce soit, j'emprunterai. » Je haussai les épaules. Sur ce, elle renifla et s'en fut de façon théâtrale, ses jupes tressautant sur ses rondeurs d'une façon qui me troublerait quelques années plus tard. Je me retournai vers Ginori, qui blottit le nez contre moi, signe qu'il voulait manger. « Elle fera des ravages dans quelques années », lui dis-je. Il hennit doucement en retour. Je le menai dans la rue, cherchant de quoi le nourrir. Une fois qu'il serait rassasié, je comptais continuer à aider les Volterrans à reconstruire leur vie.

Lorenzo chevaucha dans la ville à la fin de l'après-midi. Il arriva en grande fanfare sur l'un de ses magnifiques étalons noirs, entouré d'une clique bavarde d'amis, de conseillers et de parasites. C'était un groupe d'une trentaine de personnes propres, bien nourries, arborant l'expression neutre et amène de ceux qui n'ont pas été touchés par la tragédie. Il descendit de sa monture aux portes de la ville et entra à pied, exprimant bruyamment son désarroi face à la désolation. Je réduisais la fracture du bras d'une jeune femme blonde qu'on avait violée, battue et abandonnée dans une ruelle, la croyant morte. Mais les gens sont toujours plus résistants qu'on ne l'imagine ; elle était sortie de l'allée en rampant, gagnant le point de rassemblement constitué en hâte où les *physichi* de la ville, quelques sages-femmes et moi-même traitions les blessés. Nous entendîmes Lorenzo et son cortège entrer en ville et elle leva vers moi son visage meurtri. Je haussai les épaules et elle plissa ses lèvres gonflées pour dissimuler les trous laissés par les dents qu'on lui avait cassées à coups de poing. Je lui tâtai l'os du bras ; il me semblait droit, aussi l'enve-loppai-je de lanières de tissu pour qu'il puisse se ressouder. La jolie jeune fille s'approcha avec une cruche de vin et quelques gobelets fourrés dans un sac à l'épaule ; elle servit un verre à ma patiente.

« Isabella, tu as les cheveux défaits, pourquoi ne te les peigne-rais-je pas ? proposa-t-elle d'une voix chantante en lui caressant doucement la tête tandis qu'elle buvait son vin.

— J'ai terminé, annonçai-je en nouant la dernière lanière. Je ne crois pas que vous ayez d'hémorragie interne. Je ne peux en être certain. Reposez-vous, pour l'instant. Ne reprenez pas le travail. Voyez comment vous vous sentez dans trois jours.

— Tu entends, Isabella ? ajouta la jeune fille. Tu iras mieux une fois reposée. Viens, je vais te laver le visage et te peigner les cheveux. »

La blonde Isabella se leva, chancelante. Je tendis la main pour la soutenir mais elle tressaillit. Il lui faudrait du temps avant de tolérer à nouveau la main d'un homme, même secourable comme la mienne. La fille passa son épaule mince sous le bras valide d'Isabella et elles s'éloignèrent laborieusement. L'adolescente se retourna et m'adressa un regard grave.

« Ces outrages sont horribles, insupportables, fit une voix derrière moi.

— N'était-ce pas le but, *signore* ? » répliquai-je à voix basse en plongeant les yeux dans ceux, noirs et brillants, de Lorenzo de Médicis. Une ombre passa sur son visage avant d'être promptement dissimulée. Une expression de compassion profonde envahit ses traits et il inclina la tête vers Isabella et la jeune fille qui boitaient vers un *palazzo* où les blessés se reposaient.

« C'est épouvantable. Je ne me doutais absolument pas que cela se produirait ! Les troupes sont devenues folles furieuses !

— Vous saviez parfaitement que cela arriverait.

— Comment pouvez-vous dire une chose pareille ? Je suis horrifié ! Tous les citoyens de Florence sont horrifiés !

— Oui, j'imagine. Tout comme les autres territoires florentins et Sixte.

— Qu'êtes-vous en train d'insinuer, Bastardo ? » cria-t-il. Il s'éloigna à grandes enjambées vers un vieillard ratatiné, en haillons, assis sur un banc. Le pauvre était recroquevillé sur lui-même et Lorenzo, dans une démonstration de douceur, lui prit le bras pour examiner les entailles entrecroisées laissées par une épée. Elles étaient superficielles, heureusement. En revanche, je les savais douloureuses, et il avait attendu patiemment que je puisse m'occuper de lui. Lorenzo prit sa main ensanglantée et la serra contre sa poitrine. Puis il se tourna vers la foule grandissante des Volterrans.

« Mes concitoyens de Florence et moi-même sommes choqués ! Nous regrettons profondément ce malheur ; les mots ne sauraient exprimer l'horreur de ces outrages commis envers Volterra ! Je suis venu offrir réparation ! » Il hocha la tête vers Tommaso Soderini, qui se hâta de le rejoindre. Il était assisté par deux serviteurs musclés d'origine maure qui portaient un gros coffre. Sur un nouveau hochement de tête de Lorenzo, Soderini ouvrit le coffre. Le Médicis en tira un florin d'or. Il le brandit, mais il n'accrocha pas la lumière, le soleil s'étant caché ; ce n'était qu'un disque jaune et terne dans sa main curieusement raffinée. Il balaya la foule des yeux, mais elle restait silencieuse.

« Je vous offre réparation ! Je viens distribuer de l'argent à tous ceux qui ont souffert ! » proclama-t-il d'une voix sonore. Pas un bruit ne s'éleva parmi les quelques dizaines de vieillards, de femmes et d'enfants qui le dévisageaient. Tous étaient sales et débraillés, du sang tachait les vêtements de la plupart, beaucoup arboraient des bandages et il n'y avait aucun homme adulte dans leurs rangs. Lorenzo, sa chevelure noire se balançant au rythme de ses regards circulaires à l'assemblée, guettait une réaction, mais on se contentait de l'observer dans un silence glacial. Il lança le florin à Soderini, qui s'avança dans la foule pour le tendre avec empressement à une femme brune, un pansement autour de la tête. Lorenzo ne pouvait pas savoir qu'elle avait perdu une oreille quand le *condottiero* qui avait voulu la violer la lui avait arrachée avec les dents parce qu'il était incapable d'avoir une érection. Mais elle faisait partie de ceux qui avaient de la chance : son mari avait survécu. Il avait reçu une blessure douloureuse à la cuisse mais il vivrait. S'il ne contractait pas d'infection, il vivrait. Sans un sourire, sans un mot, elle accepta la pièce tendue par Soderini puis détourna les yeux. Ce dernier fit un geste empressé aux serviteurs maures. Ils apportèrent le coffre et il plongea les bras à l'intérieur, fourra davantage de pièces dans les mains de la femme avant d'en tendre à ceux qui l'entouraient. Nul ne dit mot. Lorenzo observa la scène à l'écart. Je m'approchai de Ginori et lui ôtai sa selle. C'était celle que le jeune homme m'avait donnée huit ans plus tôt, d'une facture magnifique, en cuir souple mais robuste, aux attaches métalliques finement travaillées, équipée des meilleurs étriers ; elle valait une rançon de roi et, comme tous les beaux présents qu'on m'avait offerts, j'en avais pris grand soin.

« Vos florins ne rachèteront pas leur intégrité », dis-je. Je jetai la selle dans la rue boueuse à ses pieds. « Pas plus qu'ils ne paieront mes services. » Il observa fixement la selle puis tourna la tête de côté, me rappelant Federico qui ne voyait que d'un œil.

« J'ai entendu dire que vous avez tué plus d'une cinquantaine des bons soldats de Montefeltro », dit-il avec envie et reproche à la fois. Son regard descendit sur l'épée à mon côté avec une expression calculatrice. Je savais qu'il se demandait s'il aurait fait aussi bien.

« Comment peuvent-ils être bons s'ils sont capables de cela ? rétorquai-je avec mépris, indiquant d'un geste la ville en ruine et la population blessée qui m'entourait. Même s'ils suivaient les ordres. »

Lorenzo hocha lentement la tête. « Vous êtes conscient, mon très, très vieil ami, que je ne saurais vous protéger si vous ne vous placez pas sous ma protection.

— Je préférerais celle du diable.

— C'est ce que pensent les Silvano, non ? Ils détiendront bientôt une lettre qui le leur prouvera. » Il eut un sourire méprisant et je compris que je venais de me faire un ennemi acharné.

Peu m'importait. Je plaçai la main sur son épaule et parlai à voix basse, sur le ton de la confidence, afin qu'il soit le seul à m'entendre. « Mon cher ami Cosimo de Médicis n'aurait jamais rien commis de tel, soufflai-je. Il ne serait pas tombé aussi bas. Il n'en aurait pas eu besoin. » Il eut un mouvement de recul comme si je l'avais poignardé – ce qui était le cas, bien sûr. Il avait grandi dans l'ombre imposante d'un homme qui valait deux fois mieux que lui, un homme dont il pouvait seulement espérer égaler le génie et l'œuvre sans jamais les surpasser, et il en était conscient.

C'était la nuit et de longues ombres couleur prune tombaient en treillages brumeux autour d'une Volterra détrempée et ensanglantée. Je pliais et repliais mon tapis de selle en cherchant comment protéger au mieux mes testicules pour rentrer au galop à Florence. Rebondir sans protection sur les garrots d'une monture est douloureux pour un homme. J'avais entendu parler de bohémiens et d'hommes d'Extrême-Orient qui montaient toujours à cru, mais l'exploit était peut-être facile quand on naissait et qu'on était allaité à dos de cheval comme eux.

« Maddalena, fit une voix lyrique et chaude dans mon dos.

— Quoi ? » Je me retournai et la lueur blanche et courbe des torches insérées dans les appliques en bronze des murs en pierre illumina le visage de la jeune fille dont la beauté m'avait captivé.

« C'est mon prénom, Maddalena. » Elle sourit et leva une grande selle de forme pittoresque et surannée. Je la regardai fixement, perplexe. Elle me la fourra dans les bras. « C'est lourd !

— C'est pour moi ? fis-je en agrippant l'objet et en me sentant stupide.

— On raconte que vous avez donné la vôtre au *signore* de Médicis. J'ai songé qu'il vous en faudrait une autre. Celle-ci appartenait à mon père. Il n'en aura plus besoin. » Elle soupira. Je la regardai attentivement et vis qu'elle était peinée, mais pas désespérée. J'en fus heureux ; j'approuvais toujours le port gracieux de la souffrance. C'était important dans ce monde où le Dieu cruel ricanait de la douleur qu'autorisait le Dieu bon. Je posai la selle sur Ginori, la plaçai en hâte et attachai la sangle.

« Pourquoi avez-vous donné la vôtre au grand seigneur ? s'enquit Maddalena.

— J'ai mes raisons, répliquai-je vaguement.

— Vous ne vous fiez pas facilement, n'est-ce pas ?

— Je me fie aux gens pour devenir ce qu'ils sont.

— Ont-ils le choix ? Comment se fait-il que vous ne m'ayez pas encore donné votre nom ? C'est ce qu'on est censé répondre quand on se présente à vous ! » Elle semblait indignée et je ne pus m'empêcher de sourire, même si je savais que je ferais mieux de décourager son intérêt. Je devais avoir des allures de héros aux yeux de cette jeune fille que j'avais sauvée de la lame d'un soldat, j'en étais conscient.

« Je suis…

— Luca Bastardo, fit-elle. Beaucoup de bâtards gambaderont dans Volterra l'année prochaine. Peut-être qu'ils s'appelleront tous "Bastardo" et que vous aurez une grande famille ! » Sa voix prit une modulation animée et elle battit des cils – elle me taquinait.

« Mon désir de toujours », répliquai-je en levant les yeux au ciel. Puis je repris mon sérieux. « Les sages-femmes empêcheront peut-être les naissances non désirées.

— Je l'espère. Je ne crois pas qu'elles auront à m'aider. Je suis trop jeune pour avoir un enfant, mais une femme m'a avoué qu'après ce qui m'est arrivé je ne pourrai peut-être plus en avoir. » Elle avait la voix neutre, mais sous-tendue d'angoisse. « J'en ai toujours voulu et je ne suis pas loin d'être en âge de prendre un époux ; certaines filles se marient à quatorze ans, c'est déjà l'année prochaine pour moi. Enfin, personne ne voudra m'épouser, maintenant, mais si c'était le cas… »

Je me hissai en selle. « Tu trouveras un mari. Tu auras des enfants. »

Elle me regarda attentivement. « Comment le savez-vous ?

— Je me suis rendu compte que l'esprit détermine toujours ce qui arrive au corps, répondis-je en serrant la bride à Ginori, qui piaffait d'impatience de rentrer. Celui qui est prêt à mourir mourra. Celui qui veut vivre vivra. De même pour celui qui veut vivre pleinement. Ce n'est pas compliqué.

— J'espère que vous avez raison », répondit-elle timidement. Puis elle gloussa. « Je sais que je trouverai un époux : j'ai pris une poignée de florins au *signore* de Médicis et je les mettrai de côté pour ma dot ! » Elle se couvrit la bouche de sa main, petite et fine, comme si elle venait de prononcer une inconvenance, ce qui me rappela combien elle était jeune. Jeune mais douée de sens pratique : c'était une réaction intelligente que d'économiser. Elle caressa l'encolure de Ginori et leva les yeux. « Reviendrez-vous à

Volterra, Luca Bastardo ? » Elle étira les syllabes de mon nom en une mélodie séduisante, comme le ferait une femme désirant un homme. Je déglutis, elle vit ma réaction et elle ajouta, enjôleuse : « Cela me ferait plaisir !

— C'est *signore* Bastardo pour toi, *ragazza* », rétorquai-je en luttant pour ne pas me laisser prendre à son charme trop juvénile. Mais elle m'attirait, je ne pouvais l'en empêcher, et, tandis que j'éloignais Ginori vers les portes de la ville, je me retournai pour sourire à la jolie Maddalena. « Économise ta dot pendant dix ans, je risque bien de revenir ! »

Tandis que j'approchais des murs de Florence aux premières lueurs laiteuses de l'aube, je repérai sur la route une silhouette parmi les chariots des fermiers roulant vers les marchés de la ville. Elle avait la forme d'une flamme indigo et orange dans la clarté blême du petit matin. Il y avait pourtant quelque chose de familier dans la corpulence de cet homme conduisant un âne gris qui s'arrêta pour brouter. J'effleurai des talons les flancs de Ginori et le rejoignis au petit galop. L'âne montra ses dents jaunes et se mit à braire.

« Je n'arrive pas à croire que cet animal soit encore en vie, Vagabond ! lançai-je.

— Et pourquoi pas ? répliqua-t-il, ses dents blanches creusant un sourire dans les fourrés de sa barbe. Crois-tu que nous soyons les seules créatures assez fortunées pour repousser l'inévitable ?

— Ma question serait de savoir s'il s'agit de fortune ou de malchance », le taquinai-je, ravi de le revoir, surtout en ce moment, quand Volterra m'avait mis la mort dans l'âme.

« N'est-ce pas la question éternelle ? » beugla-t-il. Je mis pied à terre et nous nous donnâmes l'accolade, riant et nous martelant le dos. Il recula d'un pas et me regarda. « Le loup devient un homme. Tu finis par laisser paraître le poids des années, Bastardo. Je vois de belles lignes sous tes yeux.

— Ce n'est pas le poids des années mais celui des luttes », grimaçai-je. Je pris la bride de Ginori et marchai aux côtés du vieillard. Je sentais l'odeur de l'âne de là où je me tenais alors qu'il y avait le Vagabond entre nous ; j'avais oublié combien cet animal puait. Je secouai la tête. « Qu'est-ce qui vous ramène à Florence ?

— La question est : qu'est-ce qui te ramène, toi ? Que vas-tu faire maintenant que tu as mis ton protecteur en rogne ? demanda-t-il en passant ses doigts noueux dans sa barbe touffue.

— Comment savez-vous toujours ce qui se trame ? D'où tirez-vous vos informations ?

— Le monde entier en regorge si l'on est prêt à écouter, répliqua-t-il, les yeux pétillants. Je te l'ai déjà dit : "Au commencement, lorsque vint à se manifester la volonté du Roi, Il grava des signes dans la sphère céleste." Il n'y a pas de secrets, seulement des hommes qui ne sont pas disposés à prêter attention aux indices qui les entourent.

— Laissez-moi deviner – vous avez une ou deux idées sur ce que je devrais faire, soupirai-je avec lassitude.

— Es-tu satisfait de ton instruction ? Tu n'as jamais approfondi ce que tu as commencé avec mon ami Geber, observa-t-il. Maintenant qu'il a transmigré dans l'âme de ton jeune ami artiste…

— Je ne crois pas à cela, je vous l'ai déjà dit ! » rétorquai-je, non sans impatience.

Le Vagabond haussa les épaules. « Comment expliques-tu toutes ces coïncidences ?

— Des plaisanteries pour un Dieu rieur ou l'autre !

— Toi et le rire de Dieu. » Il secoua la tête. « Un jour, tu te réconcilieras avec Lui et tu ne découvriras pas un rire, mais le cœur d'un chant vivant… La présence de l'âme dans le corps résulte d'un fait simple : elle n'a pas terminé son travail et doit transmigrer jusqu'à l'achever, jusqu'à tout réparer, jusqu'à s'être enroulée autour de chaque branche de l'arbre de vie. Le travail de création consiste à parfaire lentement le miroir de l'existence pour qu'il atteigne un état supérieur et plus subtil, afin de réfléchir en chaque homme une image plus lucide de Dieu. Alors l'âme peut retourner à sa source.

— Vous et Marsilio Ficino avec vos discours sur l'âme émanant de la divinité ! pestai-je. À quoi bon ? Cela rend-il nos vies meilleures ? Cela empêche-t-il les guerres, les viols, les pillages, les meurtres, la mort des innocents ? Ficino ne fait que déprimer et il lui faut de la musique pour se reprendre !

— Ce Ficino m'a l'air intéressant. » Le Vagabond sourit. « Il a du potentiel.

— Oh, vous devriez le rencontrer, c'est certain.

— Voilà qui ressemble à une invitation ; j'accepte. Tu possèdes une grande maison à Florence, n'est-ce pas ? Mais pas encore d'épouse. L'âne et moi te tiendrons compagnie. Nous t'aiderons à installer un atelier comme celui de Geber afin que tu puisses renouer avec le cercle de l'initiation. » Il me fit un clin d'œil.

« Juste ce que je voulais : des invités », grognai-je, mais je n'étais pas mécontent. À présent que j'avais quitté l'emploi de Lorenzo de Médicis, il me fallait occuper mon temps d'une manière ou d'une autre. Je repensai à Geber, à son ton caustique et aux mois passés avec lui tandis qu'il succombait lentement à la peste. Il était mort sans m'enseigner ce que je voulais savoir : comment transmuter le plomb en or. Ce serait utile, surtout à présent que Lorenzo m'avait désavoué. Impossible de savoir si mon argent, soigneusement économisé pendant tant d'années, resterait en sûreté à la banque Médicis ou s'il trouverait le moyen de me le confisquer en guise de représailles. Il était vindicatif, Volterra l'avait démontré. Je répondis pensivement : « L'alchimie pourrait m'intéresser un peu, maintenant.

— La transformation dont je te parle ne concerne pas la matière ordinaire, dit le Vagabond en défroissant son *lucco* gris déchiré. Cependant, tout matériau vil peut être transformé si travail et vénération ne font qu'un. Tout commence avec le cœur, en lui apprenant la soumission.

— Je n'aime pas la soumission, mais le travail, je connais.

— Commence là où tu es. » Il haussa les épaules. « C'est là que les portes s'ouvriront. »

Ainsi, je regagnai mon *palazzo* à Florence et entamai une nouvelle phase de ma vie en compagnie de deux invités, le Vagabond et son âne, à ceci près que le second résidait à l'écurie. Le vieil homme m'aida à convertir une pièce libre en un atelier semblable à celui de Geber. Il disparaissait après le petit-déjeuner et réapparaissait au dîner avec des objets découverts chez un prêteur sur gages ou dans les rebuts laissés derrière l'échoppe d'un apothicaire : vases à bec, alambics, ballons, un mortier rare en ébène un jour, un bon pilon d'albâtre le lendemain. J'écumais les marchés, rencontrant marchands et fournisseurs de denrées rares en quête d'autres éléments : parchemin, fioles de teintures et d'encre, argiles, poudres et élixirs divers, cires, pigments et huiles, sels et minéraux, cadavres desséchés d'animaux et d'insectes, plumes, coquillages, œufs d'un large éventail d'espèces d'oiseaux et de lézards. J'accumulai des échantillons de soufre, de mercure et de vitriol ; au reste, des sept métaux alchimiques – plomb, fer, étain, vif-argent, cuivre, argent et or. Je cherchai aussi des livres utiles. Je ne commençai pas à expérimenter la transmutation du plomb mais je pris toutes mes dispositions pour cette quête.

Quelques mois après m'être lancé dans ces préparatifs, je rentrais du marché avec une fiole d'encens. J'étais content d'avoir obtenu cette substance rare et précieuse et impatient de la montrer au Vagabond. Je montai à l'atelier en courant, pour y découvrir le vieillard examinant un volume ouvert sur la table en compagnie d'un grand jeune homme barbu aux cheveux auburn.

« Je ne savais pas que vous aviez de la compagnie », dis-je, et ils relevèrent la tête. J'étudiai le visage de l'inconnu puis m'écriai : « Leonardo ! »

Il me donna l'impression de bondir par-dessus la table pour me serrer contre lui ; je ne parvenais pas à croire combien il avait mûri. C'était un adulte à présent, âgé de vingt ans. Il rit. « *Professore mio*, il vous en a fallu, du temps, pour me reconnaître ! Alors que je garde à chaque instant votre visage présent à mon esprit !

— Comment vas-tu ? Que fais-tu ici ? Comment va ta mère ? » Je reculai mais continuai à lui serrer le bras à travers sa manche tant j'étais enchanté de le voir. Il portait un luxueux *lucco* de fine soie orange à broderies d'argent auquel il avait attaché des manches bouffantes aux rayures noires et jaunes. Je remarquai que le vêtement était bien plus court et serré que l'usage ne le permettait et je me doutai qu'il n'avait pas abandonné ses vieilles ruses, cajolant Caterina afin qu'elle couse pour lui, puis exécutant lui-même les ourlets.

« *Mamma* va bien, elle vous transmet son affection. Et on m'a admis dans la guilde de saint Luc, qui regroupe apothicaires, médecins et artistes, annonça-t-il. J'ai plus de liberté, maintenant. Je pensais venir vous voir. L'autre jour, j'ai entendu notre vieil ami Lorenzo de Médicis mentionner votre nom sur un ton qui m'a déplu.

— Cet homme n'est pas mon ami.

— Ceci explique cela, fit-il en plongeant son regard dans le mien. Il est entré alors que je me trouvais chez Verrocchio. Je travaillais sur un ange pour un des tableaux de mon maître. Lorenzo s'entretenait avec Soderini. Ils devaient savoir que je les entendrais. » Il marqua une pause, arquant un sourcil brun-or en me dévisageant pour voir si je mesurais toutes les implications, et j'acquiesçai. « Lorenzo parlait de rappeler quelqu'un à Florence. Quelqu'un qui ne vous aime pas. »

Ainsi cela arriverait, exactement comme je l'avais prévu. Lorenzo ne me nuirait pas directement ; il rappellerait le clan Silvano qui s'occuperait de la question pour lui. J'affectai une voix neutre et demandai : « Et l'ange, comment est-il ?

— Très bien. » Il sourit et détourna les yeux, comme pour s'efforcer de ne pas fanfaronner, mais il était ravi. Il avait non seulement beaucoup grandi mais il était devenu robuste, avec de larges épaules et des bras qui semblaient musclés malgré les manches extravagantes qu'il affectionnait. Il revint près de la table, à côté du Vagabond.

« J'ai entendu dire que cet ange était éblouissant. Quand Verrocchio l'a vu, il a juré de ne plus jamais peindre, ajouta le vieillard en faisant dans l'air un signe de ses doigts épais.

— Il en fait trop. » Leonardo démentit le compliment d'un revers du bras. « Luca, je vous apportais un cadeau. Quand je suis arrivé, votre ami était là. » Il désigna le Vagabond, qui agita ses sourcils touffus noir et blanc. Le jeune homme rit. « J'ai l'impression de l'avoir déjà rencontré quelque part, me l'auriez-vous présenté quand vous étiez mon précepteur ?

— Oui, nous sommes de vieux amis, toi et moi », répliqua le Vagabond, son large sourire fendant sa barbe hirsute en deux.

Je secouai la tête, espérant repousser une conversation sur la transmigration des âmes. « Ce n'était pas la peine de rien apporter, ta présence est un don amplement suffisant !

— Je pensais que cela vous plairait : le *Corpus Hermeticum* – la traduction de Ficino. » Il désigna le volume sur la table. « Une jolie copie réalisée à la main, quoique vous devez apprécier ces nouveaux livres imprimés, j'en suis sûr. Nous en avons parlé une fois… Je vois que vous vous êtes constitué un bel atelier, *professore*. Pourquoi ? Vous lancez-vous dans le métier d'apothicaire ou la manufacture de peintures ?

— Je te laisse la peinture. J'aimerais concrétiser de vieilles aspirations alchimiques. »

Il secoua la tête. « L'alchimie, beurk, quelle absurdité ; vous savez ce que j'en pense, mais certains de vos animaux m'intriguent. Comme celui-ci : qu'est-ce, un chat sauvage ? Un chien ? » Il désigna un de mes achats récents ; je m'étais procuré le spécimen auprès d'un marchand qui faisait des incursions en Extrême-Orient pour en rapporter des nouveautés. En vérité, ni lui ni moi ne savions ce que c'était. Son mystère m'avait plu et je l'avais acheté pour mon atelier.

« Je l'ignore, Leonardo. Pourquoi ?

— Mmm, par curiosité, fit-il en se penchant sur la carcasse. Verriez-vous un inconvénient à ce que je pratique une incision pour examiner les entrailles ? » Il cherchait déjà du regard un couteau sur la table.

« Je suppose que tu restes dîner, fis-je.

— Probablement davantage, marmonna-t-il en retournant l'animal pour en observer l'échine.

— Je vais dire à la servante de t'installer une chambre. Mets un tablier pour ne pas ruiner ton *lucco*.

— Regardez ces griffes et ces crocs ! Comme c'est étrange ! »
s'exclama-t-il, semblant ne pas m'avoir entendu. Il releva brièvement les yeux. « Je vais travailler aussi vite que possible mais il me faudra la nuit pour parcourir tous les tissus et les organes. Vous savez que cela va commencer à sentir.

— Prends tout le temps qu'il te faut, l'odeur ne me dérange pas. » Je lui fis un grand sourire, heureux de l'avoir dans les parages.

« Vous ne direz pas cela demain quand la puanteur flottera dans toute la maison. » Il gloussa. « Une chaufferette peut aider si vous l'alimentez avec du pin ou du cyprès.

— J'espère que tu apprécies la compagnie, glissa le Vagabond. J'ai l'impression que tu n'en manqueras pas, maintenant. »

Et, pendant les quelques années qui suivirent, ce fut effectivement le cas.

Chapitre vingt

« *L*a sodomie, Leonardo ? » m'exclamai-je sèchement. Je m'éloignais à grandes enjambées de l'austère Palazzo della Signoria avec son clocher pointant dans les airs comme un doigt colérique brandi en remontrance. Leonardo marchait à mes côtés, libéré grâce à mon intervention d'un comité veillant à la morale publique. Si l'on prouvait l'accusation, la prison l'attendait.

« Que voulez-vous que je réponde, *professore mio* ? demanda-t-il doucement, sa voix mélodieuse enrouée par l'émotion. Je suis déjà assez gêné sans votre désapprobation. C'est une indignité choquante. Pourquoi doit-on me désigner, moi, publiquement, quand tant d'autres hommes s'unissent à d'autres hommes ? Beaucoup ne s'en cachent pas !

— Toi et tes amis alliez payer un… un j-jeune enfant ? » bégayai-je, tellement furieux que je ne pouvais le regarder. Mon estomac vibrait comme la corde cassée d'un luth, troublé par des bruits malades et peu naturels. « Sais-tu ce que cela représente pour un garçon de se soumettre ainsi ? Es-tu conscient qu'il se verra pour toujours comme de la merde après le traitement que tu lui as infligé ?

— Pas un garçon, Luca. Un adulte.

— Quand même ! Un adulte ! Sodomite !

— Je suis moi-même un adulte avec des passions et des besoins !

— Pour l'amour d'un homme ?

— Luca, comment avez-vous pu ne pas vous en rendre compte ? répliqua-t-il d'une voix tendue. Notre amitié pendant

toutes ces années, tout ce temps passé ensemble... J'aurai vingt-quatre ans la semaine prochaine, vous êtes mon maître depuis que j'en ai douze; n'aviez-vous pas compris ce que je suis ? »
Il posa la main sur mon épaule et je la repoussai d'un mouvement.

« C'est insupportable. Que tu sois... ça.

— Je ne m'impose par la force à personne, pas plus qu'on ne s'impose à moi. Il ne s'agit pas de désirer des enfants. Il s'agit de désirer d'autres hommes, des égaux.

— Je ne juge pas souvent les autres.

— Et vous avez raison. Vous changez de femme tous les mois. Vous badiniez avec ma mère quand mon père partageait encore sa couche ! » Il avait le regard sûr, sans malice. Je détournai les yeux. « Je quitte Verrocchio », dit-il en resserrant autour de lui les pans de son *mantello* pêche et vert bordé d'hermine. Nous étions en avril; le ciel était couvert, la pluie menaçait et un vent froid s'engouffrait à travers les rues grises de Florence. J'obliquai vers l'Arno, pressant l'allure sur les dalles. Leonardo adopta mon rythme et reprit : « Il est temps pour moi d'avoir mon propre atelier. Je prendrai des commandes pour payer le loyer.

— Tu sais que, si tu as besoin d'argent, je t'en prêterai », répondis-je misérablement, percevant les lointains accords du rire divin. Je voulais fuir Leonardo, mais je l'aimais surtout sans condition. Nous arrivâmes au Ponte alle Grazie qui, bâti entièrement en pierre et long de sept arches, franchissait la plus large section du fleuve. Nous dépassâmes la petite église érigée sur l'une des piles et les échoppes, puis nous arrêtâmes, le regard perdu sur l'Arno dont la surface clapotait, maussade et agitée de vagues pointues qui frappaient l'air comme pour le blesser.

« Non, *Luca mio*, vous ne me prêteriez pas d'argent, vous m'en donneriez. » Il sourit. « Je ne peux le permettre. Je suis un homme, à présent. Je gagnerai ma vie. » Il reprit sa route vers l'Oltrarno. Je grognai et lui emboîtai le pas. De l'autre côté se trouvait un petit marché. On y vendait de gros œufs bruns, des pains croustillants sortant du four, des fruits séchés, de la morue salée, des légumes au vinaigre, des fromages de la campagne et des mottes de beurre baratté enveloppées dans de la toile cirée. Il bondit et courut vers un étal qui proposait une colombe en cage. Il plongea la main dans sa poche, sortit une pièce, la regarda et la tendit à la vieille femme qui surveillait les marchandises.

« Et il te reste encore de l'argent, maintenant, ou tu n'as plus rien ? m'enquis-je d'un ton de reproche.

— Regardez son visage, elle ferait un sujet merveilleux, la vieillesse l'a quasiment déformée ! » souffla-t-il. Je jetai un vif coup d'œil à la commerçante et j'eus l'impression que le temps, qui m'avait abandonné, l'avait gauchie. Il lui avait tiré le nez vers le bas et il avait plissé sa peau tachetée à la façon d'une pâte molle. Leonardo remarquait toujours ce genre de détails humains. Il reviendrait probablement plus tard pour la suivre jusqu'à fixer sa physionomie dans son esprit. Puis il rentrerait la dessiner. La vieille femme avait empaumé la pièce avec empressement. Elle lui adressa un sourire édenté puis poussa la cage vers lui. Il sortit la colombe. Il la prit à deux mains et la porta à sa joue, si près que sa barbe reposa sur son aile. Il semblait chanter, trop bas pour que je l'entende. Au bout d'un moment, il ferma les yeux et pressa les lèvres avec révérence sur la tête grise de l'oiseau. Puis il le lança dans les airs, poussant un cri tandis qu'il s'envolait. La joie et un désir ardent illuminèrent le beau visage de Leonardo, dont le corps entier se tendait pour suivre la colombe dans son essor.

« Vous vous rappelez quand vous m'avez emmené pour la première fois à la villa Médicis, à Careggi, quand nous nous sommes arrêtés pour acheter un faucon à offrir à Lorenzo ? » Ses grands yeux luisaient. « Et que vous m'avez laissé tenir cette bête superbe tandis que nous galopions sur votre étalon roux, Ginori ? Avec le cheval et le faucon, j'avais l'impression de voler ! Vous vous souvenez, Luca Bastardo ? »

J'allais répondre quand une voix juvénile se fit entendre. « Bastardo, c'est un nom bizarre ! » Je me tournai en souriant vers le petit garçon au niveau de mon coude. Mais alors mon cœur se figea et ma gorge se serra. Ce menton pointu, obstiné, ce nez à l'arête tranchante : ce jeune avorton d'environ six ans était la réplique exacte de Niccolo Silvano au même âge. Il me rendit mon regard avec curiosité et franchise. Mon passé avec ce clan sinistre résonna entre nous à la manière de guêpes bourdonnant dans les airs et il inclina la tête, semblant le percevoir aussi. « Gerardo, où es-tu ? » appela une femme. L'enfant jeta un coup d'œil par-dessus son épaule.

Je me tus mais tournai les talons et m'éloignai à grands pas. Leonardo me poursuivit.

« Luca, qu'y a-t-il ? » s'enquit-il, inquiet. Je lui adressai un regard incrédule. Le jeune homme s'arrêta net. « Mes prédilections, il vous faudra les accepter dans la paix et apprendre à m'aimer pour ce que je suis et non pour ce que vous voudriez que je sois. Mais pourquoi avoir fui cet enfant ?

— Il ressemble à quelqu'un que j'ai connu, marmonnai-je.

— Aujourd'hui, votre passé se réveille autour de vous pour vous harceler comme un petit chien, répondit-il doucement. Prenez garde à ce qu'il ne vous morde pas un jour. Puisque vous rouvrez de vieilles blessures, il vaudrait mieux que je vous fasse une autre déclaration. J'ai récemment lié de nouvelles amitiés…

— Hon-hon…

— Ne réagissez donc pas comme ça ! » s'exclama-t-il en rougissant. Puis il reprit d'une voix parfaitement égale : « J'ai entendu des rumeurs. Des chuchotements, à vrai dire, à propos d'un complot contre Lorenzo de Médicis. Les Pazzi en sont les instigateurs.

— Les Pazzi sont contents, ils ont arraché la gestion des finances papales aux Médicis.

— Oui, mais Lorenzo a répliqué en soutenant une loi déshéritant les femmes sans frère mais qui ont des cousins. Ainsi, l'épouse de Giovanni de Pazzi n'a pas reçu l'héritage colossal de son père, sur lequel la famille comptait. Les Pazzi conspirent. Le pape appuie la machination, il veut placer Florence sous le contrôle de son neveu. Et le roi de Naples les soutient. Beaucoup profiteraient de la mort de Lorenzo. Le complot n'est pas tout à fait élaboré, il s'agit surtout de rumeurs et de commérages. Mais il risque de porter ses fruits dans quelques années. Vous voudrez peut-être lui en glisser un mot.

— Je n'ai pas parlé à Lorenzo depuis le sac de Volterra, il y a quatre ans. Je ne compte pas recommencer aujourd'hui, grondai-je. Il n'est pas bien disposé envers moi. J'aurai de la chance s'il ne s'arrange pas pour me faire brûler. Que m'importe si les Pazzi ou le pape cherchent à le destituer ?

— C'est le petit-fils d'un de vos amis proches ; il peut encore vous rendre service, peut-être vous épargner le bûcher si vous le sauvez. Et j'ai la sensation que son jeune fils, Giovanni, sera pape un jour. Il vous serait utile de cultiver des amitiés en haut lieu, répondit Leonardo.

— Cet enfant a un an, il pourrait devenir n'importe quoi », rétorquai-je en secouant la tête.

Le jeune homme haussa ses épaules puissantes. « J'ai un pressentiment à son sujet, il me vient d'un de mes aperçus des temps futurs. Écoutez, je vous inviterai à mon atelier pour déjeuner ou pour dîner quand il sera prêt à recevoir des visiteurs. Vous viendrez, n'est-ce pas, Luca ? Si vous pouvez vous détacher quelques instants de la quête dévorante de la transmutation du plomb en or... » Et sa voix décrut, incertaine, les années s'envolant jusqu'à la ramener à l'enfance, semblable à celle du garçon que j'avais rencontré à l'orée d'une grotte sombre. Ce garçon avait changé ma vie. Il m'avait désigné comme son maître puis m'avait enseigné les plus importantes des leçons : la proximité avec autrui, le partage des pensées et des secrets en toute sécurité. J'avais déjà accordé mon affection et une mesure de confiance au fil de mon parcours à des gens comme Giotto, Pétrarque, Cosimo de Médicis. Mais je ne m'étais jamais entièrement fié à quiconque avant Leonardo. Il fallait que je l'accepte avec ses inclinations, malgré le dégoût ancré en moi. Je ne savais pas comment le réconcilier avec l'amour quasiment paternel que j'éprouvais pour lui. D'une manière ou d'une autre, il me faudrait trouver comment.

« Bien sûr que je viendrai dîner à ton atelier », répondis-je. Et cela me brisa le cœur, mais cela l'agrandit également. Aucun des actes de Leonardo, aussi répugnants qu'ils me paraissent, ne pourraient entacher mon amitié. Et, en contemplant rétrospectivement les longues années de ma vie, je comprends maintenant qu'en choisissant l'amour plutôt que la peur, en préférant mon amour pour lui à ma crainte des désirs humains, je remportai l'approbation du Dieu bon, qui est amour. Ainsi, je devins digne de Maddalena.

Je fus confronté pour la première fois à une Maddalena adulte un dimanche d'avril 1478. Leonardo se présenta à mon *palazzo*, interrompant mon travail avec l'alambic de Zosime. « Venez à la messe avec moi, *Luca mio*, appela-t-il depuis le seuil de mon atelier.

— La messe ? Je ne donne pas là-dedans. » J'écartai son offre. « En plus, j'avance sur le processus de sublimation ; aujourd'hui devrait m'ouvrir de nouvelles perspectives.

— Vous avancez sur le processus de sublimation, mais cela ne vous ouvrira rien, répliqua-t-il en riant.

— Non, *ragazzo*, c'est peut-être aujourd'hui que j'arriverai à changer le plomb en or ! Et alors je n'aurai plus jamais à m'inquiéter de mes finances !

— Vous n'avez pas à vous en soucier, *professore*, vous êtes riche comme Crésus », répliqua-t-il. Il mesura du regard l'alambic que je manipulais. « Vous avez réglé la flamme trop fort », nota-t-il. Il fit les cent pas avec impatience, poussant du doigt divers objets sur les tables grossières que j'avais choisies parce qu'elles me rappelaient le vieil atelier de Geber. Pourtant, je n'avais pas réussi à répliquer ce lieu magique dans son intégralité. Je ne parvenais pas à faire flotter des fumées colorées à la façon de doigts curieux ni à produire des cliquètements antiphonaux avec mes vases à bec comme s'ils se parlaient les uns aux autres. Mais j'avais le temps ; je finirais par y parvenir. Leonardo soupira. « J'espère que vous ne comptez pas retirer plus que du divertissement de votre alchimie. C'est comme l'astrologie. C'est idiot, un gâchis du temps de l'homme.

— Tu dis cela parce que tu as Mars en Verseau, rétorquai-je avec suffisance. Cela te donne une nature rebelle et un esprit de contradiction.

— Pas l'astrologie en plus ! gémit-il.

— Ficino me donne des leçons et des ouvrages », admis-je. La flamme de l'alambic jaillit, orange et bleu, faisant bouillir le liquide à trop haute température et trembler tout l'appareil, puis le feu s'évasa dans un chuintement semblable à une expiration. Je poussai une exclamation consternée.

« Plus d'excuse maintenant, chantonna Leonardo. Venez à la messe avec moi. Ce sera intéressant, aujourd'hui. Vraiment, je crois que vous devriez venir.

— Tu n'amènes pas un de ces beaux jeunes gens qui fourmillent habituellement autour de toi ? répondis-je.

— Il n'y aura que vous et moi », promit-il, et je l'accompagnai. C'était toujours une joie de passer du temps avec lui. Sa compagnie, le partage de ses réflexions, était un plaisir en soi – même s'il fallait pour cela aller à la messe.

Nous n'étions pas loin de Santa Maria del Fiore et de son grand dôme ; nous marchâmes d'un pas tranquille sur la Via Larga, la rue du *palazzo* des Médicis. « Je crois que les deux dieux se fichent éperdument que l'homme assiste aux offices », commençai-je d'un air sombre, mais Leonardo se mit à chanter doucement un hymne funéraire de sa voix de ténor délicieuse et enchanteresse sans me laisser fulminer à ma convenance. Nous arrivâmes à l'église et repérâmes un groupe d'hommes somptueusement vêtus.

« Le cardinal de San Giorgio, Lorenzo de Médicis, l'archevêque de Pise, le comte de Montesecco, les Pazzi et les Salviati », énonça Leonardo à mi-voix, s'interrompant dans sa chanson. Il m'adressa un regard oblique indéchiffrable. « Vous savez que mon dévouement pour vous passe avant tout, *professore mio* ? Depuis le jour où je vous ai choisi comme maître. » Il parlait discrètement, aux limites du chuchotement, mais avec ardeur. « Si vous aviez un ennemi, je ne le servirais pas, même si c'était mon ami !

— C'est agréable à entendre, *ragazzo*. Je n'ai jamais douté de ta loyauté », répondis-je en me demandant ce qu'il tramait. On ne pouvait jamais deviner avec lui. Il me serra le bras puis me conduisit dans l'église.

« Giuliano de Médicis n'est pas avec eux », murmura-t-il, perplexe. Nous nous installâmes sur un banc et, au bout d'un petit moment, la messe commença. Tandis que je contemplais fixement le dôme de Brunelleschi, les mots latins m'entraînèrent dans des rêvasseries portant sur mes recherches alchimiques. J'étais en train de songer que la transformation des métaux vils en or était influencée par la proportion entre soufre et mercure quand Leonardo enfonça le doigt dans mes côtes. « Giuliano est là !

— *Ite missa est* », proclama le prêtre. La formule fut suivie par une exclamation lointaine : « Tiens, traître ! » Tout à coup, des cris s'élevèrent. Leonardo bondit sur le banc pour mieux voir ; il tira sur ma manche jusqu'à ce que je l'imite. Giuliano de Médicis titubait ; le sang jaillissait d'une perforation au torse. Un groupe d'hommes se rapprocha de lui, l'épée tirée. « Le dôme s'écroule ! » lança quelqu'un, exclamation reprise en chœur. Des hurlements perçants éclatèrent et des milliers de semelles s'abattirent sur le sol en marbre. Le chaos se déchaîna sur l'assemblée qui occupait la grande cathédrale, hommes, femmes et enfants coururent dans toutes les directions, fuyant le bâtiment. Leonardo pointa vers le sud, près de la vieille sacristie, où Lorenzo, l'épée courte dégainée et le cou éclaboussé de sang, bondissait dans le chœur octogonal par-dessus la basse rambarde en bois. De nombreux spadassins vinrent l'escorter tandis qu'il courait devant l'autel surélevé où le cardinal de San Giorgio, qui semblait âgé d'environ dix-sept ans, était agenouillé, en prière. Un Pazzi cria des excuses insensées tandis que d'autres, armés de dagues ensanglantées, se lançaient à la poursuite du Médicis.

« Sortons d'ici », fit Leonardo. Il bondit du banc et me tira à sa suite. Nous filâmes, nous joignant à la multitude hurlante qui se déversait sur la place. Sa main quitta mon bras et je le perdis dans la foule. Poussé et bousculé, je finis par échouer devant le baptistère. Je m'aplatis contre le mur pour rester hors du chemin de la cohue. Une femme s'en dégagea en trébuchant et je la rattrapai par les manches alors qu'elle allait tomber. Je fus frappé par le parfum qui émanait d'elle : lilas, citron, pure lumière – tout ce que j'avais vu, entendu, senti, touché ou même imaginé de bon pendant cent cinquante ans. Puis elle leva les yeux vers moi et ses yeux aux nuances multiples croisèrent les miens. À cet instant, je la connus. Je la connus tout entière, son essence, sa flamme vitale, son esprit, son âme, quel que soit le nom attribué à ce point de lumière infinie que nous sommes tous en notre cœur. C'était une catastrophe et un miracle. Ce fut un éclair qui me foudroya jusqu'aux tréfonds les plus reculés et les plus secrets de mon être. Il en naquit entre nous une résonance musicale semblable à un chant silencieux. C'était bien plus intime qu'une relation sexuelle et cela se produisit sans contact charnel.

« Maddalena », soufflai-je. Elle avait environ dix-neuf ans à présent, menue mais souple et robuste, et ce visage en cœur dont le souvenir remontait à Volterra avait laissé éclore une beauté magnifique. Je la serrai contre moi et sentis la vie jouer comme un ruisseau bouillonnant à travers son corps vêtu d'une *cottardita* confectionnée dans une soie rose de la meilleure qualité, à amples manches blanches, à brocart de fils d'or et au col tressé de perles brillantes, teintées de rose elles aussi.

« *Signore* Bastardo », fit-elle en rougissant. Elle se débattit entre mes bras, aussi la plaçai-je à mes côtés, dos au baptistère, puis je la protégeai du bras. Je fus saisi d'angoisse – je ne voulais pas qu'il lui arrive quoi que ce soit alors que je venais de la trouver. Je sus à l'instant, sans l'ombre d'un doute, que ma vie avait basculé. La promesse faite la nuit de la pierre philosophale s'était brusquement accomplie au moment où je l'espérais le moins. L'amour et la mort m'attendaient, mais, en plongeant les yeux dans ceux de Maddalena, je compris que, tant de décennies plus tôt, j'avais fait le bon choix.

« Rentrons dans le baptistère ! » suggéra-t-elle en se tortillant pour se libérer de ma protection et en poussant la porte sculptée par l'orfèvre Lorenzo Ghiberti après qu'il eut remporté la commande lors du concours proposé par le jeune Cosimo à son père. Elle se précipita dans le bâtiment et je la suivis. Les lieux étaient déserts et silencieux ; elle s'assit sur un banc, hors d'haleine.

« Giuliano de Médicis est mort, il était couvert de sang, déclara-t-elle. Mais j'ai vu Lorenzo courir, il doit avoir survécu. Il ralliera Milan à sa cause et battra le rappel de ses partisans. Les Médicis resteront au pouvoir malgré l'attentat d'aujourd'hui.

— C'est probable », répondis-je, haletant, incapable de la quitter des yeux, même pour contempler la mosaïque magnifique du Jugement dernier incrustée dans le plafond ou celle du sol, tout en motifs géométriques complexes. Pour une fois, il existait une femme plus envoûtante que l'art d'un maître ! Je restai debout, Maddalena assise, entortillant ses mains fines sur ses cuisses. Sa tête avait adopté un angle pensif sur son cou élancé et je voyais la veine bleue battre à sa gorge. Dehors, le monde entier aurait pu toucher à sa fin, emporté par le feu, les tremblements de terre et la foudre, parcouru par les cavaliers de l'Apocalypse semant la mort, que cela n'aurait eu aucune importance. Il n'y avait pour moi que cet instant avec elle. Ce fut le moment le plus sacré de mon existence. Une merveille restée en gestation pendant plus d'un siècle était née. Ce lieu, le baptistère, était approprié. Ma chair fourmillait et l'air palpitait entre nous, envahi d'une brillance invisible et d'un millier de rêves s'éveillant à la vie.

« C'est incroyable ! Tellement effrayant et irréel, un cauchemar ! Du sang répandu à la grand-messe, une profanation de la grande cathédrale ! Florence ne sera plus jamais la même. Je me demande qui a bien pu fomenter cela et dans quel but, dit-elle, sa voix chaude d'abord emplie de terreur pour terminer sur une note spéculative.

— Les Pazzi, le pape, le roi de Naples. Pour l'argent, le pouvoir, la vengeance. Les Médicis ont beaucoup d'ennemis. Lorenzo n'a pas gouverné notre ville avec le talent qu'avait Cosimo pour garder ses amis près de lui et ses ennemis plus proches encore », répliquai-je sans réfléchir. Je n'arrivais pas à croire que nous discutions de politique quand tout ce que je voulais c'était m'asseoir à côté d'elle et toucher sa peau sublime.

« Il faut inclure Volterra à ses adversaires, quoique ma ville natale n'osera jamais attaquer après le pillage qu'il nous a infligé. » Elle hocha la tête puis m'adressa un sourire timide ; mon cœur remonta en voletant dans ma poitrine et mes genoux vacillèrent. « On dirait que nous nous rencontrons toujours quand le sang jaillit, *signore*. Par chance, cette fois, ce n'est pas le mien. Et je suis habillée. Et je suis également heureuse de vous voir en bonne santé. Vous n'avez pas changé d'un pouce depuis le jour où vous m'avez sauvée du *condottiero* !

— Que fais-tu à Florence ? m'enquis-je.

— J'y ai emménagé il y a six mois », répondit-elle en détournant les yeux. Puis la porte de Ghiberti s'ouvrit à la volée.

« Maddalena ? *Carissima*, j'ai eu si peur quand je t'ai perdue dans la foule ! » s'écria un homme d'un certain âge, bien vêtu, qui trottina entre les bancs, passa les bras autour d'elle et lui embrassa le front. Il avait les cheveux blancs et une barbe grise bien soignée. Elle inclina la tête un moment sur son épaule puis posa doucement la main sur son torse, et j'aurais donné tous les *soldi* de mon compte bancaire et dix décennies de ma vie pour devenir le tissu du *farsetto* de cet inconnu et connaître la caresse de sa paume.

« Rinaldo, ce monsieur est une vieille connaissance : le *signore* Luca Bastardo. Il m'a sauvée alors que je tombais. On m'aurait piétinée à mort. *Signore*, voici Rinaldo Rucellai, mon époux. » Elle lui sourit, et jamais je ne connus choc plus violent au cours de ma vie d'une longueur surnaturelle. Je l'avais enfin trouvée, l'élue de ma vision – impossible de nier l'éclair qui avait fracassé mon âme –, et elle était mariée à un autre. Elle était l'apogée de tous les désirs que j'avais jamais nourris. Comment pouvait-elle être mariée ? Le Dieu bon m'avait-il offert un choix entre l'amour et la mort pour que le Dieu mauvais lui interdise de mûrir, entravé par cet intime sentiment d'aliénation dont je ne parvenais jamais à m'échapper vraiment ?

« *Signore* Bastardo, vous avez sauvé mon épouse, j'ai une dette de gratitude envers vous ! s'écria Rucellai, bondissant pour me

secouer vigoureusement la main dans les siennes. Il faut que
vous veniez dîner ! J'insiste, *signore*, pour vous rendre la bonté
que vous avez témoignée à ma femme !

— Ce serait merveilleux. » Maddalena se leva aux côtés de
son mari, qui la prit par la taille. La sécurité qu'elle exprimait en
appartenant à un autre leva en moi une armée de tourments.

« Vous êtes blessé, *signore* ? s'enquit-elle, de l'inquiétude dans
la voix.

— *Scusi ?* grognai-je.

— Vous avez l'air de souffrir terriblement, avez-vous été
blessé dans la mêlée ? » insista Rucellai. Je secouai la tête et il me
serra l'épaule. « Cette sale affaire entraînera des conséquences
terribles et je dois maintenant proposer mes services à Lorenzo
de Médicis. Mais viendrez-vous dîner, disons dans deux
semaines ? »

Ils prirent congé. Je m'assis dans le baptistère. À travers la
ville, les cloches sonnaient, carillonnement repris par les tocsins
de la périphérie et même du *contado* : Florence prenait les armes.
Je perçus l'agitation à travers les murs du bâtiment, la foule piétinant, criant de terreur, la marche des troupes, les *condottieri* à
cheval trottant dans les rues. Au bout d'un moment, j'entendis
deux cris renvoyés à travers la ville : « Le peuple et la liberté ! », le
slogan traditionnel pour renverser un despote, et *« Palle ! Palle ! »*
pour soutenir les Médicis, en référence à leur emblème. Cela ne
signifiait rien pour moi. J'étais fixé sur deux faits prépondérants :
j'avais trouvé Maddalena et elle était mariée.

Je finis par retourner chez moi, courbé contre les rafales du
vent, glacé jusqu'aux os dans la clarté grise d'un soleil caché par
des nuages anthracite de mauvais augure qui gonflaient dans le
ciel. J'évitai les hommes qui couraient l'arme au clair. Certains
avaient planté des têtes dégoulinantes de sang au bout de leurs
piques et de leurs épées ; on avait trouvé et tué des soldats de
Pérouse au Palazzo della Signoria. Je rentrai sans encombre et
montai à mon atelier comme un ouragan. Perdant la raison,
j'attrapai une fiole vide et la lançai contre le mur en plâtre. Le
fracas aigu et la pluie d'éclats scintillants me firent du bien, aussi

pris-je une jarre remplie de sel de mer pour la jeter. Elle se brisa dans un craquement bruyant et un déversement de cristaux qui me soulagea. Je hurlai. Je déambulai dans l'atelier, attrapant verreries et poteries pour les lancer aussi fort que possible contre le mur. Une fiole de vin pourpre laissa sur le sol une tache semblable à du sang. Finalement, je m'arrêtai au milieu de la pièce, hors d'haleine, une île au centre d'un océan de morceaux déchiquetés.

« Il vous en faudra, des florins, pour tout remplacer », dit Leonardo qui se tenait à la porte, les bras croisés. Depuis combien de temps m'observait-il ? je n'en avais pas la première idée.

« Je me fous de l'argent !

— Diantre, voilà des paroles que je n'aurais jamais cru vous entendre prononcer, commenta-t-il. Je vais bien, merci de vous en soucier. Je me suis mis à l'abri après qu'on nous a séparés dans la foule. J'avais entendu des rumeurs affirmant qu'il se préparait aujourd'hui un événement extrême. Non, je n'avais pas prévenu Lorenzo de Médicis. Il ne s'est pas montré très aimable envers vous ces derniers temps. »

Je n'avais pas envie qu'on me parle de la politique florentine ni des choix de Lorenzo. J'avais un problème plus sérieux. « Une femme. » Je me martelai le front du poing. « J'ai rencontré une femme aujourd'hui ! Je l'ai revue. Je l'ai connue adolescente.

— Une femme, hein ? Vous voyez pourquoi je m'en tiens aux hommes. Les femmes sont mauvaises pour la santé. » Il se frotta la barbe et sourit. Je montrai les dents et grognai. Ses sourcils auburn remontèrent sur son front et il fit un geste apaisant des mains. « Du calme, du calme, *professore* ! Venez avec moi boire un peu de bon vin, nous enverrons un serviteur ranger ce désordre.

— Le vin n'arrangera rien ! » m'écriai-je, affrontant deux certitudes contradictoires : j'avais été irrémédiablement frappé au cœur par Maddalena et il m'était impossible d'être avec elle. Elle ne trahirait pas son époux. Je la savais loyale car j'avais perçu son essence à l'instant où je l'avais rattrapée devant le baptistère. J'avais senti sa loyauté comme son intelligence, son courage, sa tendresse, son humour, sa douceur. Je l'avais connue tout entière en la regardant dans les yeux. Nulle femme ne m'avait jamais semblé aussi belle. Cela me brûlait, me gelait, me déchirait et me reformait à la fois autour du noyau de mon désir.

« Vous la posséderez. » Il haussa les épaules. « Vous êtes l'homme le plus séduisant de Florence après moi. Vous possédez toutes les femmes que vous voulez. Vous avez réussi avec ma mère et elle n'aurait jamais risqué de mécontenter papa, lequel n'avait aucune intention de la laisser échapper malgré son chapelet d'épouses.

— Elle est mariée.

— Et alors ?

— Elle n'est pas du genre à trahir son mari ! lâchai-je, désespéré.

— Effectivement, cela complique les choses », convint Leonardo. Il passa son bras musclé autour de mes épaules, fermement, afin de guider mes pas. « Venez, *Luca mio*, laissez-moi vous servir un peu de vin. Vous allez vous faire mal si vous restez là. Montez avec moi sur la *loggia*, nous nous assiérons dans la nuit et nous écouterons les hommes se battre pour le contrôle de Florence. Vous me parlerez de cette femme remarquable. Je vous écouterai aussi longtemps que vous le voudrez ; je séjournerai ici, dans la chambre que vous me gardez. Je ne veux pas sortir dans les rues par un soir aussi sanglant. Dites-moi, comment s'appelle-t-elle ?

— Maddalena Rucellai », répondis-je en me laissant entraîner hors de l'atelier.

Il siffla entre la langue et les dents. « Vous avez le regard sûr. Je connais la dame. Elle est incroyablement séduisante. D'origine volterrane, c'est la nouvelle épouse de Rinaldo Rucellai. C'est un cousin du père de l'homme qui a épousé la sœur de Lorenzo de Médicis, Nannina. La première compagne de Rinaldo est morte il y a quelques années. J'ai entendu dire qu'il a vu Maddalena quand Lorenzo l'a envoyé à Volterra pour affaires et qu'il s'en est épris sur le coup ; il fallait qu'il la possède. Pour elle, il représente un bon parti ; il est assez riche et n'a pas d'enfants, il vient d'une ancienne famille respectée. Beaucoup de Volterranes n'ont pas pu conclure de mariage parce qu'elles avaient été souillées, parce que leur père avait été tué ou encore parce que le pillage avait appauvri leur famille, les privant de dot.

— Rucellai ne passera peut-être pas la nuit, rétorquai-je froidement. Je pourrais hâter ses retrouvailles célestes avec sa première femme. Où est ma *squarcina*?

— Luca, je ne vous laisserai rien faire de stupide, répliqua Leonardo avec fermeté. Mais je peux vous dire où elle habite.»

Le lendemain matin, debout devant le *palazzo* de Rinaldo Rucellai, j'attendais que Maddalena sorte. Florence bouillonnait, en effervescence après le meurtre de Giuliano de Médicis et l'attentat contre Lorenzo. Tout le monde était impliqué d'un côté ou de l'autre. Lorenzo serait furieux et implacable, semant la mort pendant des mois. Je m'en fichais. Je voulais seulement voir Maddalena.

Au bout d'une heure environ, elle sortit, assistée d'une servante. Je souris; des broutilles comme les émeutes et les assassinats en pleine rue n'auraient su la tenir enfermée. Après tout, adolescente, alors qu'elle saignait encore du viol qu'elle avait subi, elle avait quitté son abri pour sauver d'autres enfants. Elle ne manquait pas de courage. Le Mercato Vecchio se trouvait non loin du *palazzo* de son mari; elle en prit la direction. Je la suivis d'assez loin pour qu'elle et sa suivante ne remarquent pas ma présence.

À la périphérie du marché, un gamin des rues courut vers elle, la main tendue. Il la connaissait, car il s'écria : « Maddalena! Maddalena!» La domestique potelée tendit une bourse à la jeune femme et celle-ci y pêcha une pièce. Elle la tendit au garçon en haillons, qui cria un remerciement et s'enfuit en courant. Je vis la scène se répéter plusieurs fois. Elle pénétra enfin sur la place rectangulaire du marché; sa servante replète s'arrêta pour rajuster sa chaussure. C'était l'occasion. Je me précipitai auprès d'elle.

« Le *signore* Rucellai a besoin de vous d'urgence au *palazzo* ! lui dis-je. Tout de suite !

— Mais la *signora*... » Elle désigna la jeune femme.

« Je vais lui annoncer que son mari vous a fait quérir », répondis-je. Elle n'avait pas l'air convaincue. Je haussai les épaules. « Si vous préférez expliquer au *signore* Rucellai pourquoi vous avez désobéi... » Elle secoua la tête et rebroussa chemin en se dandinant. Je me lançai à grandes enjambées à la poursuite de Maddalena. Il y avait foule sur le marché, ce jour-là ; la population ne venait pas tant se ravitailler que commérer. Quand je la rattrapai, elle donnait encore une pièce à un autre gosse. Je me tins à ses côtés sans un mot, la regardant faire. Mon cœur frétillait comme un poisson ferré sur la berge d'une rivière. Je ne savais pas si j'arriverais à parler tant j'avais la bouche sèche. Elle donna une petite tape sur la tête du garçon couvert de terre.

« Tu es très généreuse, Maddalena, dis-je d'une voix à peine rauque.

— *Signore* Bastardo, je ne vous avais pas vu. » Elle baissa les yeux sur sa bourse de brocart bleu boursouflée de pièces, puis rougit et rit. « Les Florentins ont une vision tellement pragmatique de l'argent, vous devez me trouver idiote. Ce ne sont que des *dinari*, mais j'aime en avoir sous la main pour les mendiants – les enfants surtout. Après tout, je pourrais être à leur place. Avec mon père mort et mon foyer détruit, sans les fonds des réparations et l'aide de voisins aimables, j'aurais pu me retrouver à demander l'aumône dans la rue. J'ai eu de la chance. Alors je crois qu'il me faut aider ces âmes infortunées. Mon époux est très aimable, il garde cette bourse remplie pour mes sorties sur le marché.

— Le *signore* Rucellai est avec toi ? m'enquis-je.

— Oh non, il est allé aider Lorenzo de Médicis », répondit-elle avec un regard circulaire. D'un ton perplexe, elle ajouta : « Ma servante était là mais elle a disparu.

— La foule est dense aujourd'hui, elle t'a peut-être perdue de vue, hasardai-je. Après les événements d'hier, les lieux ne sont pas forcément très sûrs. Pourquoi ne t'accompagnerais-je pas ?

— Je ne voudrais pas vous déranger, répliqua-t-elle en rougissant légèrement et en détournant les yeux.

— Je vous en prie, déclarai-je fermement en lui faisant signe de passer devant.

— Je suppose qu'il vaut mieux ne pas rester seule aujourd'hui », acquiesça-t-elle en me jetant un coup d'œil à la dérobée. Elle s'avança et je saisis l'occasion pour me pencher vers ses cheveux et humer son parfum de lilas. Nous marchâmes à travers les hordes de bavards, dépassâmes une rangée de marchands proposant d'éclatantes fleurs printanières du *contado*. Ce jour-là, les vendeurs s'intéressaient moins au commerce de leurs denrées qu'à jacasser les uns avec les autres : qu'adviendrait-il de Florence ? Maddalena se tourna vers moi.

« Alors, *signore* Bastardo...

— Appelle-moi Luca », dis-je en sachant que c'était inconvenant, mais je m'en moquais. Elle sourit à demi et ses cils épais tombèrent, dissimulant ses yeux. Elle portait ce jour-là une *cottardita* de velours indigo brodée de fils d'argent et d'un motif de perles autour du corsage. Elle avait enfilé par-dessus un *mantello* de laine blanche. Avec sa peau claire, ses cheveux aux mille nuances mêlant avec richesse des tons brun, roux, or, prune et noir, l'effet était somptueux et frappant; de plus, elle avait les yeux aussi complexes que des agates.

« On peut dire que nous sommes de vieux amis. Vous m'avez vue au plus mal! Ainsi, Luca, vous semblez en pleine forme, identique à l'image que je garde de vous. C'est merveilleux de voir qu'en fin de compte mes souvenirs n'étaient pas des rêves puérils. » Elle eut un rire bref et ses joues rosirent à nouveau.

« Quels rêves faisais-tu à mon sujet ? Des rêves flatteurs, j'espère ? » Je lui adressai un sourire suggestif.

« Ce n'est pas ce que je voulais dire ! » Elle rougit de la racine des cheveux à ses clavicules délicates.

« Je sais ce que tu voulais dire. Je voulais juste savoir quelles autres significations cela pouvait cacher.

— Les sous-entendus sont les enfants bâtards des mauvaises intentions.

TRACI L. SLATTON

— Alors nous sommes cousins, répliquai-je en référence à mon nom.

— S'il vous plaît, *signore*, je ne suis pas comme les femmes sophistiquées de Florence. Je trouve cette conversation malséante. » Elle prit une profonde inspiration. « Je, ah ! je ne vous ai pas demandé à l'époque, mais quelle place occupez-vous en ville ? Ce soir-là, à Volterra, vous vous battiez comme un *condottiero*, mais vous étiez si habile à soigner les blessures, j'ai songé que vous étiez une sorte de *physico*.

— J'ai été médecin et soldat. À présent, j'étudie l'art alchimique.

— L'alchimie, c'est intéressant ! » Son visage s'éclaira. « Nous dînions au *palazzo* des Médicis il y a tout juste deux semaines et j'ai écouté Marsilio Ficino à ce sujet. C'est un homme fascinant, tellement érudit et mystique. Je veux apprendre l'alchimie. L'astrologie aussi. Je ne suis pas aussi instruite que vos Florentines intelligentes, mais j'ai très envie de rattraper mon retard. Je me rends compte que j'aime apprendre. J'ai un grand appétit de savoir. Mon mari a eu la bonté de me proposer d'embaucher un précepteur. »

Tu mérites la bonté, pensai-je, et je fus écartelé entre ma reconnaissance pour la générosité de Rucellai et ma jalousie, car il était le seul à pouvoir lui en témoigner. À voix haute, je répondis : « Même à Florence, les femmes qui étudient l'alchimie ou l'astrologie sont rares.

— Ça me plairait beaucoup, dit-elle en me regardant pensivement. Je pourrais peut-être suivre votre enseignement ? »

Mon envie de la toucher menaçait de me submerger et je n'étais pas sûr d'arriver à formuler une réponse raisonnable à cette offre. Au lieu de cela, je lui demandai : « Que viens-tu acheter ? Si tu ne connais pas les marchands, je peux t'indiquer les meilleurs fournisseurs.

— Mon mari a montré la plus grande sollicitude en me faisant visiter la ville et en me présentant aux commerçants. » Elle fit un geste de sa main si gracieuse. « De plus, je suis surtout venue écouter ce que les gens racontent aujourd'hui. Les

Rucellai sont profondément impliqués dans la politique de Florence. J'aime me tenir au fait des événements pour avoir quelque chose à raconter à ma nouvelle famille lors du dîner.

— Je suis sûr que ton époux apprécie ta diligence », répondis-je, incapable de réprimer mon aigreur. Maddalena tourna d'un coup la tête vers moi. Elle fronça les sourcils.

« Vous ai-je offensé ? » s'enquit-elle, une expression soucieuse gagnant son beau visage.

Je secouai la tête. Puis, parce que je ne pouvais m'en empêcher, j'ajoutai : « Je croyais que tu attendrais que je revienne te chercher à Volterra.

— Pardon ? » Elle eut l'air stupéfaite. « Vous voulez dire que notre dernière conversation, quand vous enfourchiez votre cheval – comment s'appelait-il ? Ginori – et quittiez Volterra...

— Tu m'as demandé de revenir te chercher. J'ai répondu que je le ferais. »

Elle rougit, émit un rire et plaça la main sur sa gorge. « *Signore*, je ne pouvais prendre à cœur ces aimables paroles adressées à une jeune fille blessée !

— Tu aurais dû », répliquai-je d'un ton caustique, et elle détourna les yeux.

« Maddalena, Maddalena ! Que fais-tu dehors ? » cria une voix familière. Se précipitant vers nous, l'épée au clair, se trouvait Rinaldo Rucellai, encadré de deux autres spadassins que je reconnus : des amis de Lorenzo, un autre cousin Rucellai et un Donati.

« *Carissima*, tu ne devrais pas sortir quand il y a des émeutes dans les rues », s'exclama-t-il anxieusement après avoir embrassé le front de sa femme. Il poursuivit, hors d'haleine : « Un Volterran est impliqué dans la conspiration ; c'est l'homme qui a blessé Lorenzo au cou. Tu devrais rester à la maison pour éviter que la population ne t'associe à lui et se venge ! Je ne veux pas que tu te fasses tuer dans les rues de Florence. Te perdre me rendrait fou de chagrin !

— Mais le marché est calme, les gens se rassemblent seulement pour échanger des nouvelles, je suis en sécurité ici, protesta-t-elle avec un geste englobant la foule jacassant avec excitation.

— Je suis responsable de toi, maintenant, *Maddalena mia*, répliqua Rucellai avec une expression d'auguste détermination qui allait bien à sa haute taille, sa barbe grise coupée ras et ses cheveux blancs.

— Je vais escorter la *signora* chez elle, proposai-je.

— Je vous en serais extrêmement reconnaissant, acquiesça-t-il avant de me serrer le bras en signe de remerciement. Et votre débiteur, à nouveau. Je dois m'occuper des affaires de Lorenzo, mais vous vous joindrez bientôt à nous pour dîner, *signore* Bastardo ? Pour que nous vous montrions notre gratitude ?

— Certainement », fis-je. Maddalena et moi regardâmes les trois hommes s'éloigner en hâte. « Venez, *signora*, obéissons à votre seigneur et maître. » Elle serra un moment les lèvres puis se détendit. « Je ne commanderais pas mon épouse d'une main aussi lourde, glissai-je d'un ton mielleux. Un homme devrait laisser sa femme disposer d'elle-même.

— Alors la vôtre risquerait d'être blessée quand des émeutes grondent dans les rues, répliqua-t-elle avec légèreté et un battement de ses épais cils noirs. L'amour de mon mari le rend protecteur.

— L'amour n'implique pas l'incarcération, répondis-je, raide.

— *Signore* Bastardo, ce n'est pas de l'emprisonnement pour moi, j'accomplis sa volonté avec plaisir. Sa sagesse est évidente, les temps sont incertains. »

Il n'est pas sage parce qu'il a les cheveux blancs, pensai-je, aussitôt honteux de ma jalousie. J'étais heureux que Rucellai prenne soin de Maddalena. Simplement, je désirais ardemment endosser cette responsabilité moi-même. Mais je me tus. Je n'en montrai rien mais je tremblai intérieurement au moment de lui prendre le bras pour l'escorter. Elle l'avait menu et fin, un emboîtement délicat d'os semblables à ceux d'un oiseau, un ravissement sous mes doigts. Si je ne pouvais la toucher ailleurs, au moins aurais-je connu le contact de son bras – à travers le tissu de la manche.

« J'ai écrit une pièce pour mes enfants intitulée *San Giovanni et San Paolo*, racontait Lorenzo tandis que les serviteurs débarrassaient les assiettes à dessert. Ils y ont chacun un rôle et moi aussi. C'est très amusant de la jouer avec eux ! Nous mettons des costumes, nous obligeons leur mère à nous regarder et nous rions du début à la fin. Ils me manquent terriblement. Une bonne épouse et beaucoup d'enfants sont la plus grande bénédiction que la vie et Dieu peuvent offrir. » Il but une gorgée de vin, me jetant un long regard sardonique à travers la table, ses yeux noirs étincelant par-dessus le rebord de sa coupe d'argent. « Vous vous préparez certainement à choisir une épouse, Luca. Vous êtes riche, allié aux meilleures familles. » Il désigna Rinaldo Rucellai, qui inclina la tête, honoré de cette attention. Lorenzo continua. « N'est-il pas grand temps pour vous de fonder une famille ? Vous semblez jeune pour votre âge, mais un homme doit finir par s'installer et engendrer une descendance.

— J'y ai pensé récemment, concédai-je.

— Un homme aussi séduisant que vous, et aussi viril qu'on le raconte, doit vouloir prendre femme, continua-t-il, jouant avec moi à son jeu familier du chat et de la souris. La rumeur est-elle vraie, rendez-vous vraiment visite à plusieurs dames dans la même nuit ? Quelle endurance merveilleuse vous devez avoir ! Je suis envieux ! » Maddalena, assise en tête de table à côté de son mari, renversa son verre de vin. Un serviteur se précipita pour éponger le liquide grenat.

« La virilité est un trait répandu chez les hommes de Florence, qui prennent exemple sur leurs dirigeants, répliquai-je en lui adressant un regard mesuré. Je n'accorde pas de crédit aux rumeurs.

— Peut-être compte-t-il reproduire son nom, plaisanta Sandro Filipepi. Florence sera envahie de bâtards ! Luca, vous devez être le fils d'un homme vigoureux et d'une femme insatiable !

— Les bâtards ne sont pas rares, répondit Lorenzo. Mais Luca est unique. »

La soirée était bien avancée ; nous étions une douzaine d'invités dans la salle à manger du *palazzo* richement aménagé de Rinaldo Rucellai. Le repas, achevé, était un succès : le bon vin nous avait laissés d'humeur gaie et conviviale. Puisque la réception était expressément donnée en mon honneur, j'étais assis près du bout de la table à côté de Maddalena, installée à gauche de son mari. J'étais assez proche d'elle pour avoir respiré toute la soirée son parfum de lilas et de citron, lequel érodait les franges de ma raison et la réduisait en lambeaux. Lorenzo, à droite de Rucellai, se tenait face à moi. C'était la première fois depuis la mise à sac de Volterra, six ans plus tôt, que nous nous trouvions dans la même pièce et échangions quelques phrases. J'étais mal à l'aise. Lorenzo, rusé comme un rat des rues, le sentait.

« Racontez-nous, Luca, y a-t-il des projets de mariage dans l'air ? insista-t-il.

— À terme, oui, dis-je.

— Envisagez-vous certaines jeunes filles en particulier ? » s'enquit Rucellai. Avec les importantes sommes d'argent qui s'échangeaient sous forme de dot, les mariages intéressaient Florence au plus haut point.

« Peut-être.

— Si l'on peut vous éloigner de vos conquêtes, je puis vous présenter aux mères de certaines demoiselles que j'ai rencontrées à Florence », proposa Maddalena. Elle avait baissé ses longs cils, rendant indéchiffrables ses yeux changeants. Je luttai pour ne pas laisser paraître sur mon visage la répulsion que m'inspiraient ses paroles. Lorenzo, ce roublard, repéra un détail qui le fit se redresser sur sa chaise.

« Je crois que notre *caro* Luca est bien trop occupé à s'efforcer de transformer le plomb en or pour s'inquiéter de mariage en ce moment, intervint Leonardo avec aisance, détournant l'attention des autres invités.

— J'aimerais tant étudier l'alchimie ! s'exclama Maddalena.

— Luca serait le maître indiqué pour vous l'enseigner, répondit le jeune artiste comme s'il se confiait à elle seule. Il étudie et travaille quotidiennement dans son atelier jusqu'à une heure avancée. Il lit et relit la traduction du *Corpus Hermeticum* réalisée par Ficino. Son atelier est parsemé de travaux dans ce domaine. Cet homme est obsédé par la découverte du grand secret de l'alchimie.

— Je croyais que ce grand secret était l'immortalité, fit Lorenzo en me souriant, tout en jouant avec le pied de sa coupe de vin.

— Votre grand-père m'a dit une fois que la seule immortalité que nous pouvions espérer résidait dans notre amour pour autrui », répliquai-je en sachant combien cette référence à Cosimo l'affecterait. Il repoussa la coupe dans un spasme.

« J'aime à croire que mes tableaux connaîtront une sorte d'éternité, comme l'intemporalité de la nature, reprit Leonardo, me sauvant à nouveau d'une attention malvenue. Car la peinture englobe en son sein toutes les formes universelles de la nature. C'est pourquoi il est si important de prendre celle-ci comme point de départ, comme source d'apprentissage. À cette fin, j'ai récemment embauché comme modèles une jeune paysanne et son bébé pour réaliser des croquis de la Madone à l'enfant. Cette paysanne présente une grande beauté physique et j'aimerais en capturer l'essence pour qu'elle ravisse le spectateur. Et pas seulement sa beauté, mais le mystère de sa féminité et de sa grâce !

— Ce qui est immortel est l'âme, tendue vers Dieu et poussée par l'amour, commenta Sandro. Cette poussée, c'est la grâce. Ficino affirme que l'âme réagit tant à la beauté que celle du monde devient une clé pour accéder à celle de Dieu, laquelle recouvre l'harmonie et le bien universel.

— Si quelqu'un peut peindre la beauté universelle, c'est vous, *signore* Leonardo », intervint Maddalena avec chaleur, et qu'elle soutienne mon ami me fit l'aimer davantage.

« Alors je ne suis qu'un dessinateur de seconde classe à qui la nature refuse ses faveurs comme une femme repousse son mari en serrant les genoux ! s'exclama Sandro.

— Non, *signore* Filipepi, ce n'est pas ce que je voulais dire ; vos œuvres sont pleines de grâce elles aussi, s'écria Maddalena. J'aime tellement votre *Adoration des mages* à Santa Maria Novella, avec le rayon de l'étoile effleurant le halo de la tête adorable du Christ enfant, tenu avec tant d'amour sur les genoux de sa mère, et la façon dont vous avez capturé le visage expressif de Cosimo de Médicis en tant que sage, et puis du *signore* Lorenzo ici présent, et du jeune Pico della Mirandola que Ficino apprécie tant...

— *Signora*, ne faites pas attention à Sandro, c'est un grand farceur qui joue sur votre tendresse et votre sympathie, intervint gracieusement Leonardo en souriant à Maddalena.

— Eh, ne me gâche pas le plaisir », grogna Sandro, mais il leva son verre de vin, saluant notre hôtesse avec bonne humeur.

« Vous savez ce qu'un mari doit faire avec une épouse qui serre les genoux, reprit sérieusement Lorenzo. La faire rouler sur le ventre ! » Sandro partit d'un gros éclat de rire, Leonardo s'étouffa dans son verre de vin pour contenir son hilarité et Rinaldo Rucellai, dans sa barbe grise soignée, rougit et sourit. Maddalena ne broncha pas, ce qui était tout à son honneur.

« Pauvre Clarice, je lui témoignerai ma sympathie si je la vois boiter », fit-elle d'un ton pince-sans-rire. Son commentaire suscita des cris et des acclamations autour de la table, et ce fut seulement quand les épouses de Donati et de Tommaso Soderini, à l'autre bout de la table, applaudirent et s'exclamèrent « *Brava ! Bravissima !* » qu'elle rougit et baissa les yeux. Elle était incroyablement adorable en cet instant. J'eus toutes les peines du monde à me retenir de tendre le bras pour la toucher.

« Je bois à votre femme, Rucellai, elle est d'aussi bonne compagnie qu'elle est belle ! approuva Sandro.

— C'est une perle, acquiesça le mari, prenant sa main dans la sienne et la serrant. J'aimerais beaucoup avoir son portrait, Sandro ; nous devrions peut-être en discuter. »

Imaginer Maddalena peinte par Sandro Botticelli me coupa le souffle ; je résolus sur-le-champ qu'il me faudrait posséder ce tableau. Mes plans visant à l'obtenir m'absorbèrent par la suite et je n'écoutai plus la conversation. En revanche, j'observai Maddalena. Son visage expressif reflétait une dizaine d'émotions et d'idées en l'espace de quelques minutes, comme des notes ondulant sur les cordes d'une lyre. Ses mains fines s'animaient aussi, illustrant ses paroles, touchant le bras de son mari, faisant signe aux serviteurs de remplir les coupes de vin. Je ne voulais pas la dévisager mais je ne pouvais m'empêcher de la regarder. Je ne réussis à baisser les yeux qu'au moment où Leonardo m'écrasa le pied en guise d'avertissement. Après quoi je parvins plus ou moins à la cantonner à ma vision périphérique. Plus ou moins.

Leonardo et moi-même fûmes les derniers à partir. Nous nous tenions devant les grandes portes sculptées du *palazzo* des Rucellai, remerciant nos hôtes avant de prendre congé.

« *Signore* Luca, j'ai mentionné à mon mari la possibilité d'étudier auprès de vous. Il y consentirait si vous êtes disponible », dit Maddalena. Elle se tenait à côté de son époux sur le seuil du bâtiment et la lueur jaune fondante des bougies du vestibule se dissolvait autour des courbes de sa silhouette.

« Je vous paierai le temps passé », ajouta Rucellai. J'ouvris la bouche pour répondre que je ne voulais pas d'argent, je voulais sa femme, mais Leonardo m'agrippa à bras-le-corps et me poussa dans la rue.

« Il faut y réfléchir, répondit-il. Merci encore ! » Ils lancèrent des adieux. Je regardais encore en arrière quand le grand battant se ferma, me laissant dehors alors que Maddalena se trouvait dedans, avec cet homme, son mari. Il m'était insupportable de l'imaginer avec lui, même si je savais qu'il était un bon parti et qu'il l'adorait.

« Arrêtez ! s'exclama sèchement Leonardo. Luca, vous êtes pathétique ! » Il attrapa mon *farsetto* à l'épaule et me secoua tandis que nous marchions au clair de lune. « La beauté de cette femme vous a complètement vidé l'esprit.

— Crois-tu qu'on l'ait remarqué ? » demandai-je.

Il eut un rire bref puis secoua la tête. « Lorenzo, peut-être. Il ne rate rien.

— Je ne serai jamais avec elle », dis-je avec tristesse. Comment pouvais-je toucher l'amour de si près et qu'on me le refuse ? Était-ce la plus cruelle de toutes les plaisanteries divines et, le cas échéant, quel Dieu riait ? Je levai les yeux vers le ciel profond, indigo, éclaboussé d'étoiles laiteuses.

« Non, effectivement ! Est-ce tellement – quel mot avez-vous employé, *Luca mio* ? – "insupportable" ? » s'enquit mon ami. Il s'arrêta brusquement et je me tournai vers lui. Il tendit la main, prit la mienne puis les leva dans l'air vif de la nuit. La lune teintait d'argent ses cheveux blond-roux, faisant un halo nébuleux semblable à celui d'un saint. Il me dévisageait avec une expression intense et captivée sur ses traits sculptés.

« Leonardo ? » fis-je avec incertitude. Il laissa tomber mon bras.

« Ne savez-vous pas ce que j'éprouve pour vous ? demanda-t-il à mi-voix, baissant les yeux vers moi, car il était plus grand. Ce que je ressens depuis le jour où je vous ai vu franchir cette éminence du Montalbano, plus beau qu'un ange, atteignant la caverne devant laquelle je me trouvais ? Depuis toutes ces années, je vous aime. Je n'aime que vous, Luca. N'imaginez-vous pas ce que nous pourrions vivre ? » Il respirait avec force et je perçus sa présence masculine, l'essence de son érotisme. Il était pris de désir, mais avec tendresse ; il débordait de la force et de la vulnérabilité d'un homme qui s'offrait à moi en tant qu'homme. Après tout ce que j'avais enduré dans mon enfance chez Silvano, j'aurais cru qu'un tel instant me donnerait la nausée, me ferait enrager, me pousserait à tirer la dague que je gardais attachée à ma cuisse. Mais c'était Leonardo et je l'aimais. Aucun de ses gestes ne pouvait me dégoûter. Je fus ému par son honnêteté, valeur à laquelle j'accordais de l'importance, et par le fait qu'il accepte de se dévoiler, une disposition que je n'avais quasiment jamais démontrée au cours de ma vie.

« Non, *ragazzo mio*, ce n'est pas ce que je suis », répondis-je doucement. Je ne reculai pas. Je restai simplement là, conscient de l'essence de mon propre désir. Il était habité par Maddalena, comme peut-être depuis la toute première fois où je l'avais vue. Je la comprenais et je me rendis compte que, depuis tout ce temps, toutes ces décennies, j'attendais quelqu'un qui me comprenne aussi. Seule une femme qui avait connu des atrocités semblables aux miennes et y avait survécu en était capable.

« Vous n'êtes pas comme moi, s'écria-t-il, le souffle court. Je vous aime et c'est impossible parce que vous n'êtes pas comme moi, pas du tout ! » Une douleur crue avait envahi sa voix. Je hochai la tête. Il se recroquevilla, comme face à un serpent. Puis il se redressa et rajusta noblement son port de tête. « C'est une perte de temps. J'ai beaucoup de travail – peindre, observer, étudier l'anatomie ; la sensualité ne ferait qu'entraver mes efforts. La passion intellectuelle la chassera. » Il avait les yeux distants et détachés.

« Leonardo, tu aimeras à nouveau, répondis-je doucement, plein de compassion.

— Je quitterai Florence dans quelques années, de toute façon. J'irai peut-être à Milan ou à Venise. J'ai quelques idées pour réaliser de nouvelles armes », continua-t-il, semblant se parler à lui-même. Il pressa le pas et il me fallut me hâter pour rester à sa hauteur. « Des inventions. J'écrirai des lettres, je chercherai de nouveaux employeurs. Mais pas tout de suite.

— Leonardo, nous serons toujours amis », dis-je. Je m'arrêtai à l'orée de ma rue. Il jeta un coup d'œil par-dessus son épaule, vit que j'avais atteint mon intersection et fit halte.

« Et vous, Luca ? En serez-vous capable ? D'aimer à nouveau. Puisque vous ne pouvez pas avoir Maddalena », s'enquit-il avec une amertume qu'il n'avait jamais montrée et que je ne perçus plus jamais par la suite dans sa voix mélodieuse et profonde. Je ne répondis pas car la réponse était évidente. Il n'y avait qu'elle. À partir de cet instant, si je ne pouvais vivre avec elle, je resterais seul. Il acquiesça. « C'est ce que je pensais ! Il n'y a qu'un seul amour, et il est éternel ! »

Chapitre vingt et un

Quelques semaines plus tard, Maddalena m'aborda quand j'entrais chez un apothicaire installé près de Santa Maria Novella, dont Alberti avait refait la façade de l'immeuble une vingtaine d'années plus tôt. Le chantier avait été financé par Giovanni Rucellai, cousin de Rinaldo. Avec cette rénovation, Alberti avait atteint le but des humanistes et peut-être de nous tous : il avait pleinement intégré le passé au présent. Il avait incorporé la rosace, la marqueterie complexe et les alcôves cintrées à un ensemble classique et séduisant qui était totalement contemporain.

L'apothicaire en question, situé dans le quartier occidental de la ville, non loin des murailles massives, proposait tout un éventail de fioles et de vases à bec ; je n'avais pas terminé de remplacer ce que j'avais brisé pendant ma crise de rage. J'allais entrer dans l'échoppe.

« Luca », appela une charmante voix chaude. Je fermai les yeux sans répondre pour qu'elle répète mon prénom, que j'aie à nouveau le plaisir de l'entendre sur ses lèvres. « Luca Bastardo !

— Maddalena », fis-je. Elle traversa rapidement la place. Elle portait ce jour-là une *cottardita* de brocart vert pâle brodée de cramoisi, aux manches de soie jaune et bleu ; son *mantello* de laine épaisse d'un violet éclatant était bordé de fourrure blanche. Elle crépitait de couleurs et de textures, à l'image de son être entier ; sa tenue lui correspondait bien.

« Allons discuter », fit-elle en s'arrêtant au bord de la place. Je la rejoignis, incapable de maîtriser ma respiration saccadée. Je m'arrêtai à quelques pas ; je redoutais ma réaction si je m'approchais davantage. Je risquais de l'enlacer, de couvrir son visage et sa gorge de baisers, de suppliques et de promesses. Elle déglutit puis dit : « Je sais ce que vous éprouvez pour moi, *signore*.

— Vraiment ?

— Il ne faut rien en dire. Mais cela me préoccupe. Je veux étudier l'alchimie avec vous. Mon époux y a consenti. C'est un homme bon et je ne le déshonorerai pas. » Elle avait le regard grave, et j'y perçus ce jour-là des éclats argentés rappelant le vert métallique de l'Arno quand il surgit hors de son lit et emporte les ponts. « Il mérite ma loyauté quoi qu'il arrive. Je lui dois une reconnaissance immense pour m'avoir épousée en des circonstances qui auraient repoussé n'importe quel autre homme.

— Pas tous, coupai-je. Moi pas. »

Elle rougit mais poursuivit comme si je n'avais rien dit. « Je n'avais pas de famille et guère de quoi constituer une dot. Je n'avais que moi-même à offrir. Pourtant, chaque jour, Rinaldo se comporte avec moi comme si c'était lui qui avait de la chance. Je lui suis redevable et le serai toujours. J'espère lui donner de nombreux enfants et le rendre heureux et fier. »

Mais, Maddalena, voulus-je dire, *c'est bien lui qui a de la chance. En t'offrant à lui, tu lui donnes tout.* La peine me rongeait le cœur mais je la repoussai. « Que veux-tu de moi ?

— Je veux devenir votre apprentie et que vous observiez strictement les convenances. Pas question de renvoyer ma servante une nouvelle fois ! J'ai une faim dévorante de savoir ; je veux être aussi digne que les femmes de Florence, avec leurs familles illustres et leur instruction. Je veux que vous m'appreniez tout ce que vous savez ! » Passionnée, elle fit un pas vers moi, les lèvres entrouvertes. J'aperçus le bout rose de sa langue. Je me demandai quel goût il aurait dans ma bouche.

« L'instruction ne confère pas la dignité. Les gens naissent dignes, et la façon dont ils conduisent leur vie détermine s'ils renforcent cette qualité ou l'appauvrissent », répliquai-je. C'était une leçon essentielle que j'avais apprise au cours de ma longue existence et je lui en faisais à présent don, qu'elle la reçoive ou non.

« J'ai quelque chose à me prouver », répondit-elle.

Je haussai les épaules. « Je suis un alchimiste raté.

— J'ai beaucoup de respect pour Leonardo; c'est un homme extraordinaire. Il affirme que vous êtes le meilleur alchimiste de la région en dehors de Ficino, qui est trop occupé et trop important pour me prendre en apprentissage.

— Je ne suis pas important. » J'eus un sourire désabusé, laissant mon regard errer sur la façade blanc et vert de Santa Maria Novella, l'autre beauté sur laquelle me concentrer; cela l'empêcherait peut-être de voir le désir brut dans mes yeux.

« Ce n'est pas ce que je voulais dire ! s'écria-t-elle. Je suis sûre que vous êtes très important. Quand je parle de vous et me renseigne à votre sujet…

— Pourquoi te renseignes-tu sur moi, Maddalena ? Que veux-tu savoir ? Je te dirai tout ce que tu veux quel que soit le sujet. Tu n'as qu'à demander.

— S'il vous plaît, *signore*, laissez-moi m'expliquer ! » Elle secoua la tête en rougissant furieusement. « Ficino dirige l'Académie platonicienne. On raconte que vous vivez dans l'isolement à part la compagnie de quelques amis, que vous vous tenez loin de la politique; c'est ce que je voulais dire en parlant d'importance.

— Je sais ce que tu voulais dire.

— Ce que j'aimerais savoir, c'est : pouvez-vous m'enseigner vos connaissances, au titre d'ami et seulement à ce titre, en n'oubliant jamais que je suis mariée et fidèle à mon époux ? »

Non ! hurlaient mon corps, mon âme, mon esprit, chaque fibre de mon être. « Oui », répondis-je à voix haute. Je reportai les yeux sur elle et fis le serment, en cet instant, de toujours lui dire oui. S'il m'était impossible de lui donner l'amour que je voulais, je pouvais au moins lui offrir ce réconfort : l'assurance que je comblerais toujours ses désirs. Ceux qu'elle porterait à ma connaissance, en tout cas.

Son beau visage rayonna et elle posa avec enthousiasme la main sur mon torse. Puis elle se rendit compte de ce qu'elle faisait et la retira aussitôt. « Merci, *signore* ! Pouvons-nous commencer demain? Je me présenterai chez vous après le petit-déjeuner. Dois-je apporter quelque chose? Mon mari m'a offert d'acheter tout ce dont j'ai besoin pour mon étude!

— Contente-toi de t'apporter toi-même. Cela représente tout », répondis-je. Sa large bouche toujours en mouvement dessina un sourire. Elle décampa comme une fillette, mais elle était encore jeune, dix-neuf ans, même si toutes les familles florentines capables d'offrir une dot avaient déjà marié leurs filles à cet âge. Tout à coup, un groupe d'enfants s'approcha en courant à la poursuite d'une roue en bois. Ils étaient bien nourris et bien habillés, vêtus de lainages de qualité, et tous riaient. Ils passaient devant moi quand une petite fille se tourna dans ma direction, ses tresses blondes volant autour de sa tête, les yeux illuminés de joie.

« C'est trop drôle! » s'écria-t-elle en tendant le doigt, mais je ne savais pas ce qu'elle montrait. Puis je me rendis compte que cela n'avait pas d'importance. Ses paroles étaient un signe : un des dieux voulait que je sache qu'une plaisanterie était en train de se jouer. Comme toujours, j'en étais la victime. Mes prières n'avaient aucun poids. Sous la surface des choses, le sens tissait une étroite tapisserie. C'était la farce ultime.

Pendant deux ans, Maddalena et moi nous rencontrâmes une fois par semaine lorsqu'elle se trouvait à Florence. Je ne la voyais pas quand elle accompagnait son mari à leur villa du *contado*, périodes solitaires qui pouvaient s'étendre jusqu'à un long mois. Je commençai notre étude par des exercices de latin; c'était en effet la langue de la plupart des textes alchimiques, dont la traduction du *Corpus Hermeticum* réalisée par Ficino. Maddalena avait l'esprit vif; au bout d'un an, elle maîtrisait mieux la langue que moi. Si je tâtonnais sur une déclinaison, elle me tourmentait sans merci. Bien sûr, elle avait un vieil époux riche qui lui achetait des manuscrits latins pour compléter mes leçons; c'était son arme secrète.

La situation se reproduisit quand je commençai à lui enseigner le zodiaque, ce que je fis avant même que Ficino ne termine ma propre instruction. Elle saisit la métaphore des signes, des maisons et des sept planètes bien plus profondément que moi, terre à terre comme je l'étais. Nous en discutâmes un jour que je lui montrais les représentations des constellations dans un vieux bestiaire que m'avait offert Leonardo.

« Voici le Lion, noble et magnifique animal ; il indique la royauté », dis-je en pointant le doigt. Debout près de mon coude, penchée sur mon bras, elle me laissait contempler la colonne douce et blanche de son cou mince. Il m'ensorcelait, à l'instar de chaque courbe, de chaque ligne de sa chair et de l'érotisme tendre qu'elle dégageait aussi inconsciemment qu'on porte un *mantello* confortable.

« Il représente l'arène de la vie où l'âme montre sa superbe, répliqua-t-elle. Il vous faut réfléchir au symbolisme de chaque signe, de chaque planète, Luca. Le Sagittaire montre où l'âme poursuit une quête.

— Le Sagittaire est un centaure avec un bon arc solide entre les mains, dis-je. Mars, ici, est le héraut de la guerre et de la destruction.

— Mars est le principe d'action, répondit-elle, qu'il s'agisse de bâtir ou de semer le chaos. » Elle inclina et releva la tête pour me regarder du coin des yeux.

« Vénus est la déesse de l'amour et de la beauté », continuai-je en réprimant un soupir, car mon élève l'incarnait à mes yeux. J'eus une érection et tordis la hanche pour la cacher. Je n'avais pas connu de femme depuis la réapparition de Maddalena. Le célibat, même décidé, n'était pas facile pour un homme habitué à de fréquents interludes amoureux. Après tout, ce n'était pas un état naturel. Au contraire de Geber l'alchimiste, je pensais qu'il fallait jouir de la chair, avec douceur et respect, certes, mais aussi avec reconnaissance. La terre était un festin de délices : grands tableaux, femmes superbes, mets succulents, et ne pas les chérir revenait à commettre un grave péché. Après tout, la tragédie et la souffrance rôdaient à chaque virage, prêtes à exiger leur dû.

« Vénus parle de la capacité à aimer et de l'appréciation de la beauté, insista Maddalena.

— Trop abstrait, affirmai-je. Avec cette interprétation, tu perds de vue le but pratique de l'astrologie : prédire le moment précis où se produiront les événements. Vénus bien placée peut indiquer la naissance d'une idylle.

— Luca, prédire les événements est le moindre des buts de l'astrologie ! » rétorqua-t-elle en se redressant. Sa robe en soie coulait sur elle comme une pellicule d'eau, frôlant ses belles courbes d'une façon qui me coupait le souffle. « Les étoiles – la loi astrologique, veux-je dire – gouvernent le monde matériel dans la mesure où les gens sont toujours en train de chercher des révélations, des aperçus du divin et le salut !

— Si tu veux des aperçus du divin, va regarder un enfant arracher les ailes d'une mouche. Si tu veux connaître la date d'un événement, consulte l'astrologie, répondis-je. Elle se lit comme l'horloge d'un clocher ; c'est en cela qu'elle a du sens. La terre et les cieux appartiennent à une même tapisserie à la trame immense ; ce qui est en bas est comme ce qui est en haut. Mais c'est un phénomène impersonnel. Le salut de l'individu est un vaste canular avec lequel l'un des dieux nous nargue quand Il veut se distraire. Si nous avons de la chance, c'est le Dieu bon, et une bénédiction nous attend au milieu de la souffrance. Dans le cas contraire, c'est le Dieu mauvais, et seule l'horreur survient.

— Non, Luca, vous ne pouvez pas croire Dieu divisé de la sorte, et dans une large mesure froid et insensible ! s'exclama-t-elle.

— Et comment pourrais-je penser le contraire ? S'il n'existait qu'un seul Dieu bon, comment pourrait-Il permettre la souffrance et le mal ? » Je me déplaçai de l'autre côté de la table. Son parfum d'eau fraîche et de lilas m'excitait jusqu'aux limites de la folie ; le désir brûlerait en moi pendant des heures sans refluer. Il me fallait simplement l'endurer ; elle était la seule à pouvoir satisfaire mon manque. « Comment peux-tu croire qu'il existe un Dieu unique et bon après ce qui t'est arrivé à Volterra ? »

Sombre, elle répondit : « Je ne saurais comprendre pourquoi certains événements se produisent, détruisant des vies. Mais je sais que le divin imprègne ce monde à chaque seconde. Il vit et se meut grâce au souffle de Dieu, les étoiles sont ses créatures vivantes, le soleil brille grâce à sa puissance, et tous les pans de la nature sont bons car ils font tous partie de Lui.

— Tu le pensais pendant que les *condottieri* te violaient ? » demandai-je, grossier et cruel. J'eus honte de moi dès l'instant où les mots quittèrent ma bouche.

Maddalena ne fléchit pas. « Bien sûr que non, répondit-elle. J'étais une petite fille espérant qu'ils ne me tueraient pas quand ils auraient fini de me brutaliser. » Elle recula de la table et releva ses jupes jusqu'à la taille. Elle ne portait pas de bas et sa cuisse mince était nue. Sa servante bondit et poussa un cri consterné. « Silence, il était là quand ça s'est passé, il a pansé la plaie ! » Elle la fit taire d'un geste puis se tourna vers moi.

« Je porte encore la marque de cette journée, là où le soldat m'a entaillée comme une volaille rôtie quand il en a eu fini avec moi. » Elle me la montra du doigt et je regardai fixement la petite cicatrice cruciforme en haut de sa jambe. Sa belle jambe. Le souvenir de la petite Maddalena tailladée par les brutes accomplissant les ordres de Lorenzo de Médicis me peina de nouveau. Je voulais la tenir dans mes bras, caresser la marque avec amour, lui dire combien elle était belle, combien j'admirais la franchise dont elle faisait preuve en se dévoilant. Ma tendresse menaçait de vaincre ma retenue, aussi baissai-je les yeux. Elle laissa retomber ses jupes et reprit : « J'ai cru que cette marque me diminuait.

— Il n'en est rien. Ce serait impossible », répliquai-je, lugubre. Je savais ce qu'on ressent dans l'avilissement.

« C'est ce que Rinaldo affirme aussi, acquiesça-t-elle doucement. Je lui ai montré cette cicatrice le jour où il m'a demandé de l'épouser. Les larmes lui sont montées aux yeux et il a seulement répondu qu'il me trouvait encore plus belle, qu'il m'aimait plus encore en raison de l'épreuve que j'avais traversée.

— Rucellai n'est pas un imbécile », concédai-je.

Maddalena sourit. « C'est un homme bon et cette marque me l'a prouvé encore davantage. Ainsi il en est sorti une fin heureuse. Quand je prie et que je me rappelle cette journée atroce, je réfléchis à tout cela, comment le mal peut engendrer le bien, comment Dieu réside en tout. Et parfois, dans mes prières, je ressens quelque chose, une sensation que je ne peux décrire ou qu'on ne peut peut-être pas exprimer avec des mots ; il s'agit de la perfection divine de chaque instant, même de ceux qui ont un visage cruel. La grâce consiste à accepter l'amour de Dieu dans un monde de haine et de peur apparentes. » Elle baissa les yeux sur le bestiaire et suivit d'un doigt délicat le contour de la crinière dorée du lion. Un sourire triste lui courba les lèvres. « C'est quand le pire survient, comme il se produit fréquemment dans l'existence – un viol, le meurtre d'un parent, la mort d'un enfant, quand on vous arrache tout ce qui compte –, que nous avons le plus besoin de notre foi.

— C'est là que le Dieu cruel rit.

— Dieu n'est pas cruel, *Luca mio*, et il n'y a pas deux puissances à l'œuvre dans l'univers, le bien et le mal. Il n'y a qu'une seule immense bonté, toujours en action. C'est le travail d'un cœur ouvert que d'affirmer cette bonté ; c'est ce que nous pouvons faire pour Dieu. Après tout, si Volterra n'avait pas été mise à sac, si ces soldats ne m'avaient pas blessée, vous aurais-je rencontré ? »

Sa question d'une douceur à fendre l'âme faillit me faire perdre la raison et je ne me crus pas capable d'y répondre. Si je mentionnais notre rencontre, je lui déclarerais mon amour et elle s'était clairement exprimée là-dessus. Elle était fidèle à son mari. Peut-être méritait-il même cette loyauté. Mon silence fut sans conséquence ; elle tourna la page du bestiaire et me posa des questions sur les phases de la lune, sur sa dignité et sa chute. Elle deviendrait vite une bien meilleure astrologue que moi. Je m'étais intéressé au domaine car je pensais que les étoiles me révéleraient quand je réussirais à transformer le plomb en or. Maddalena s'en servait peut-être comme il le fallait : une carte pour l'âme.

Finalement, après avoir travaillé le latin, un peu de grec et l'astrologie, je pensais aborder les grands textes alchimiques : le *Corpus Hermeticum* que Ficin appelait le *Pimandre*, le *Sermo*

Perfectus de Lactance, l'*Ars Magna* de Raymond Lulle. Je les
sortis la veille de son arrivée. Quand elle entra avec sa servante,
je ne dis rien. Debout à côté de ma reconstitution du *kerotakis* de
Zosime, je restai immobile. Maddalena me regarda, l'air d'attendre quelque chose ; je ne bougeai toujours pas. Enfin, elle dit :
« Je vois les manuscrits ; de quoi s'agit-il ?

— L'alchimie est la recherche de ce qui n'est pas encore, l'art
du changement, la quête des pouvoirs divins cachés en toute
chose, formulai-je solennellement.

— Quel rapport avec ces volumes ? » s'impatienta-t-elle,
l'agacement lui verrouillant les traits. Je reculai en hâte au cas où
elle me lancerait quelque chose au visage. Elle l'avait déjà fait un
jour où j'avais corrigé ses conjugaisons grecques d'un ton qui lui
avait déplu. Elle reprit : « J'espère que ce sont les travaux de
Ficino ; au bout de deux ans de latin et d'astrologie, je suis prête
à les étudier !

— Dites-lui de vous donner ce livre », tonna une voix que je
n'avais pas entendue depuis longtemps, et je souris. « Pourquoi
lui faut-il si longtemps pour arriver aux morceaux de choix ?
Vous lui avez posé la question ? » dit le Vagabond. Sa silhouette
large d'épaules se découpait dans l'encadrement de la porte. Il
entra en traînant les pieds et se laissa tomber sur le tabouret à
côté de Maddalena. Elle l'observa minutieusement et il soutint
son regard sans détour. Au bout de quelques instants, elle tendit
la main pour toucher sa barbe grise. Il rit et se renversa sur son
siège, évitant ses doigts.

« Combien de temps vous a-t-il fallu pour faire pousser ça ?
s'enquit-elle, nullement offensée.

— Quel temps faut-il pour accomplir un grand travail ?

— Cela dépend, répondit-elle, plissant ses sourcils noirs. Cela
pourrait prendre quelques jours ou des centaines d'années. Il
peut falloir un instant ou un millénaire !

— Exactement ! répliqua-t-il en rajustant sa tunique grise
rapiécée.

— Donc combien de temps vous a-t-il fallu ? » insista-t-elle
avec un sourire plein de charme.

Le vieillard sourit également. « Combien de temps voulez-vous qu'il m'ait fallu ?

— Des millénaires, évidemment ! N'existe-t-il pas des légendes parlant d'hommes à la vie quasi éternelle, vagabondant sur terre jusqu'au retour du Messie ?

— Jusqu'à la venue du Messie, corrigea-t-il avec espièglerie. Mais votre légende concerne un cordonnier qui a offensé le grand rabbin Jésus sur la route de la crucifixion ; celui-ci l'a condamné à errer seul jusqu'à ce que le monde touche à sa fin.

— Je pensais qu'elle concernait le disciple bien-aimé à qui Jésus a confié : "En vérité je vous le dis : il en est d'ici présents qui ne goûteront pas la mort avant d'avoir vu le Fils de l'homme venant avec son royaume", récita Maddalena. Laquelle des deux, à votre avis ?

— Cela dépend si l'on voit ces millénaires comme une bénédiction ou une malédiction, répondit l'autre.

— Avez-vous mis votre âne infect à l'écurie, Vagabond ? » demandai-je pour changer de sujet. Je n'avais pas moi-même décidé de quel œil je considérais ma longévité et je n'avais aucune envie d'entendre la question débattue entre la femme que j'aimais et ce vieil homme exaspérant et mystérieux, qui connaissait probablement mes origines mais qui ne répondait aux questions que par d'autres questions.

« Diantre, pourquoi l'insulterais-je de la sorte ? Il est en bas, dans le vestibule ! » s'exclama-t-il. J'ignorais s'il plaisantait, tout était possible avec lui ; je fis un geste frénétique à la servante pour qu'elle descende vérifier. Le vieillard eut un sourire vorace et me tendit un livre épais relié de cuir, à la tranche brillante dorée.

« *Summa Perfectionis* », lus-je. Puis j'eus un glapissement en comprenant ce que je tenais entre les mains. « Le manuscrit de Geber, le travail de sa vie. Vous l'avez publié !

— L'important, c'est que je te l'ai apporté pour te rappeler le but de l'alchimie, et ce n'est pas la création de l'or ! As-tu prêté attention à toi-même, es-tu prêt à rectifier le monde ?

— Quel est ce manuscrit ? demanda Maddalena. Comment en avez-vous entendu parler ?

— *Il Bastardo* que voici connaît bien des choses. Tu lui as parlé du *consolamentum* ?

— Le *consolamentum* ? Qu'est-ce que c'est ? s'exclama la jeune femme. Dites-moi, Luca !

— Un transfert d'âme ou d'esprit, quelque chose comme cela, répondis-je en soupirant. Cela passe par les mains. Quand je l'ai donné à des malades, les effets furent positifs.

— Quand vos mains deviennent chaudes, fourmillent, que tout devient clair et doux ! s'écria-t-elle. Vous me l'avez donné ce jour-là à Volterra, ce jour terrible ! Je me suis sentie mieux. Cela m'a peut-être même sauvé la vie. » Elle me regarda avec tendresse, presque à contrecœur, comme si elle ne pouvait s'en empêcher. Je fondis.

« Il y a un âne dans le vestibule ! » cria la servante depuis la cage d'escalier. Le Vagabond éclata de rire, affalé sur son tabouret, tandis que ses yeux noirs dansaient et que sa barbe énorme frétillait à la manière d'un animal à fourrure en pleine course. Maddalena, qui partageait l'éternelle curiosité de Leonardo, bondit de son siège pour aller voir.

Je chéris en particulier une nuit qui représenta pour moi une grande victoire, bien qu'elle m'ait exposé au danger qui ne m'avait jamais lâché d'une semelle. Elle se produisit lors de festivités financées par Lorenzo pour restaurer le moral de Florence dans les années suivant la conjuration des Pazzi. Les réjouissances commencèrent le matin mais je m'y rendis au coucher du soleil, quand la lumière se fit cristalline, que le ciel vira au pourpre et se parfuma de lilas. Comme tout le monde, j'étais costumé. Je portais le cuir d'un *condottiero*. J'avais été invité à plusieurs fêtes, dont l'une au moins dégénérerait assurément en orgie, mais je préférais rester seul avec mes pensées pour Maddalena.

J'achetai une outre de vin en peau à un marchand et cheminai au bord d'un Arno aux reflets nacrés, écoutant le son des lyres, les trilles des flûtes, les sonneries des trompettes, les coups des tambours et les hurlements de rire se répercuter sur les pierres. Des bandes de jeunes nobles paradaient dans les rues en chantant des ballades assez paillardes pour embarrasser un marin napolitain. Un mystère aux tableaux conçus par Leonardo et tractés par des chevaux défilait le long de la Via Larga ; certaines scènes, au décor en plâtre et en lattes de bois, présentaient des acteurs vivants qui rejouaient l'histoire des Rois mages et du Christ. C'était une référence aux Médicis, qui se voyaient comme les Rois mages de Florence.

Je n'étais pas pressé d'aller regarder le spectacle ; j'en avais discuté exhaustivement avec Leonardo. Il m'avait montré ses croquis des tableaux dès leur conception. J'avais même assisté à leur assemblage conformément à ses critères exigeants. Aussi traversai-je d'un pas nonchalant le Ponte Santa Trinita en sirotant mon vin, désireux d'être avec Maddalena, me sentant doublement seul ; non seulement j'étais une aberration au passé douteux, mais je ne pouvais pas non plus connaître le grand amour qu'on m'avait promis. Tout à coup, une femme vêtue d'une *cottardita* magnifiquement ornée de plumes, de fourrures et de joyaux se jeta devant moi. Elle avait couru ; elle était hors d'haleine.

« Bonjour, étranger ! » Elle rit. Un masque à plumes extravagantes, probablement très coûteux, lui dissimulait le visage et un couvre-chef monstrueux en forme de tête de chat sauvage lui cachait les cheveux. Mais j'aurais reconnu les courbes de cette silhouette menue n'importe où. Elle gloussa et je me demandai à quel point elle avait bu. « Vous ne dites pas bonjour ?

— Oh que si », fis-je. Je la pris dans mes bras, l'attirai contre moi et l'embrassai sans retenue malgré le masque. Ses lèvres s'écartèrent et je glissai la langue, savourant l'arôme de vin fruité de sa bouche soyeuse et humide. Toutes les fibres de mon être avaient attendu ce moment et j'en tirai pleinement avantage. Elle fondit dans mon étreinte, ses cuisses enlaçant les miennes, et je faillis lui faire l'amour, là, sur le pont. Finalement, je la relâchai. Son parfum de lilas, de citron et d'un vif matin de printemps reposait sur mes bras et mon torse comme un *mantello* magique.

« Ce n'est pas ce que je voulais dire. » Elle soupira.

« Je sais ce que vous vouliez dire.

— Refaites-le ! » dit-elle en titubant vers moi. J'allais accéder à sa demande quand un groupe hilare de fêtards costumés en animaux nous encercla.

« Regardez, un soldat ! » cria Rinaldo Rucellai, vêtu d'un chapeau en forme de tête de lion et d'un *lucco* de fourrure brun-or. Je m'écartai de sa femme. « Tu as tué quelqu'un aujourd'hui, soldat ? s'enquit-il avec un rire ivre.

— Pas encore, répliquai-je. Mais j'y songe. » Ce qui suscita des éclats de rire, et le groupe s'éloigna, Maddalena au milieu, le long du fleuve.

Nous ne reparlâmes jamais de ce moment pendant nos leçons car nul n'était censé mentionner les légèretés qui pouvaient se produire au cours des *carnevale*. Et Maddalena n'était pas la seule à porter des plumes durant cette nuit fantasque. Plus tard, sur un autre pont, alors que j'avais bu trop de mauvais vin et que les étoiles dégringolaient du ciel indigo comme si on les avait secouées d'une couverture, je me retrouvai face à face avec un petit garçon. Je l'avais déjà vu. Son nez pointu et son menton saillant étaient instantanément reconnaissables. Il avait dix ans environ, soit un peu plus que moi quand son ancêtre m'avait emprisonné dans son lupanar. Il portait des plumes rouges cousues à sa *camicia* et me reconnut aussi. Il me rendit un regard ouvertement méprisant.

« Luca Bastardo, fit-il en me saluant.

— Gerardo Silvano, répondis-je.

— À bientôt. » Il hocha la tête en tripotant une de ses plumes rouges et s'éloigna. Mon sang se figea mais je ne pus jamais me résoudre à regretter cette nuit ; ces quelques minutes d'étreinte avec Maddalena auraient justifié ma mort.

Tout a une fin, même moi, et les fins sont également des commencements. Ici, dans ma cellule, tandis que j'attends mon exécution, j'ignore quel commencement je connaîtrai après le bûcher, mais je sais qu'il y en aura un. Cette époque précieuse où je fus le précepteur de Maddalena s'acheva elle aussi. Peu de temps après le carnaval, on vint marteler la porte. Il était tard et j'étais seulement vêtu d'une *camicia* qui pendait, ouverte. Les serviteurs n'étaient pas dans les parages, aussi descendis-je les escaliers, entrouvris le battant et jetai un coup d'œil. C'était Maddalena, vêtue d'une simple *gonna* rose, seule. Je ne l'avais jamais vue dans une mise aussi intime. La sueur perla à mon front et dans mon dos. Je frissonnai. J'entrevis le contour de ses seins et les points sombres et intenses de ses mamelons à travers le tissu mince de la *gonna*. *Elle est venue pour moi,* songeai-je, envahi de joie. Une légèreté que je n'avais jamais connue me traversa et m'étourdit. Je compris que j'avais toujours ignoré ce qu'était vraiment le bonheur. J'ouvris la porte à la volée sans me soucier de ma tenue ni de mon érection qui bondissait pour l'accueillir. Mes bras s'ouvrirent pour l'entraîner dans le *palazzo* et la serrer tout contre moi.

« Luca, venez vite. Rinaldo est malade, il va mourir ! Il faut que vous le sauviez en lui donnant le *consolamentum* ! » s'écriat-elle, et son parfum me transporta.

Non, pensai-je en baissant les bras. Tout en moi se glaça. *Laisse Rinaldo mourir.*

« S'il vous plaît, Luca. » Elle me prit le bras. Ses longs cheveux soyeux coulaient autour de son visage et de son cou ; même à la lueur des bougies, ils miroitaient de roux, de pourpre et d'or. Elle s'écria : « Les médecins ne peuvent rien faire. Mais vous, si ! Ne le laissez pas mourir ! Il a été bon avec moi ! »

Non. Ne me demande pas ça.

« Vous êtes mon seul espoir, Luca, mon dernier espoir ! Vous êtes mon ami. S'il vous plaît, venez avec moi sauver mon mari ! » me supplia-t-elle. Des larmes semblables à des cristaux polis agrandirent ses yeux limpides, ces yeux stupéfiants qui étaient restés avec moi bien longtemps après qu'elle avait abandonné mon atelier et ses leçons d'alchimie. Elle m'implora : « Habillezvous et venez ! Vite ! Vous ne voulez pas ? »

— Oui », répondis-je.

Je m'étais promis de toujours lui dire oui, et la valeur d'un homme ne se mesure qu'aux promesses qu'il s'est faites et qu'il respecte.

Rinaldo Rucellai était mal en point. Il était pâle et transpirait, étendu dans son lit, ce lit qu'il partageait avec Maddalena. Ses cheveux blancs étaient hirsutes; ses traits, au-dessus de la barbe grise, étaient affaissés. Je pris son pouls, qui était faible et erratique. J'observai sa respiration superficielle et sus qu'il arrivait à la fin. Rucellai était en train de mourir. J'aurais enfin Maddalena. Ces deux années passées à lui donner des leçons, à respecter la distance exigée par sa loyauté et à profiter de la proximité permise par son amitié, avaient été un purgatoire. À présent, je montais enfin aux cieux. Je l'avais mérité. J'avais attendu la femme promise dans ma vision. Elle m'appartenait de droit divin; j'en étais aussi convaincu que je savais que le Dieu mauvais ricanait avec cruauté et que le Dieu bon appréciait son reflet dans les fresques de Giotto.

Mais elle voulait que je le sauve. Je m'assis lourdement au bord du lit et me posai la tête dans les mains. Tout en moi, organes, os, sang, tremblait, en proie à la dissolution. Maddalena m'avait demandé d'aider son mari à vivre.

« Soyez bon avec elle, souffla Rucellai.

— Quoi ? » Je relevai brusquement la tête. Il me regardait de ses yeux noirs compatissants creusés dans un visage blanc comme un linge. Sa respiration se fit encore plus superficielle. Il eut un léger sourire entendu.

Il savait ce que j'éprouvais pour sa femme et me donnait sa bénédiction. Elle pourrait venir à moi, heureuse, la conscience tranquille, sans déroger à sa loyauté. Mais elle voulait que je le sauve. Je regardai Rucellai, repensai à tous les trépas dont j'avais été le témoin : Marco, Bella, Bernardo Silvano, Geber. La mort et moi n'étions pas des étrangers, même si elle m'avait épargné, ainsi que sa sœur Décrépitude, pendant environ cent soixante ans. Je n'avais pas peur de regarder Rinaldo Rucellai s'éteindre.

Mais Maddalena voulait que son mari vive. Sur un coffre au bout du lit, un vase vénitien bleu et or contenait une douzaine de fleurs : des roses rouges, roses, jaunes et blanches. On aurait dit un bouquet installé par ses soins afin d'égayer la pièce pour son époux. L'arrangement portait sa marque : une profusion de couleurs à la fois fortes et délicates sans être fragiles ; des pétales à tous les stades du développement, du bouton clos à l'affaissement de la sénescence ; le parfum doux ; les épines.

Qu'est-ce que l'amour, si ce n'est s'abandonner à l'être bien-aimé ? Je sentais combien je la désirais, combien je voulais laisser mon désir dominer le sien. J'avais conscience de mon égoïsme. Ma vie restait un champ de bataille entre le Dieu bon et le Dieu mauvais. Je ne pouvais qu'espérer une trêve en m'en remettant à l'amour et en rendant les armes.

Je posai les mains sur le torse de Rucellai. Je ne savais pas si j'arriverais à le sauver ; il était très mal en point. Et je n'avais jamais complètement maîtrisé le *consolamentum*. Il s'écoulait de moi quand il le décidait et non quand je le voulais. Mais j'allais essayer. Qu'avait dit Geber ? « Il s'agit d'abandon, imbécile, quand le comprendras-tu ? » Je fermai les yeux et m'abandonnai. J'abandonnai mes désirs. Je me laissai fondre. La perspective de perdre Maddalena à nouveau me désespéra – provoquant un deuil de plus – et la peine, l'envie ardente, l'amour m'élancèrent le cœur. Je fus porté par ces deux jumeaux immortels, gardiens de la vie humaine, l'amour et la perte, et je peinai à me contenir.

En moi, une porte s'ouvrit à la volée. Le *consolamentum* jaillit avec une telle force que j'en tremblai tout entier. Il faudrait que j'en parle à Leonardo : les questions de forces l'intéressaient toujours. Ce fut un déluge qui se déversa à travers moi, par mes mains, dans la poitrine de Rucellai. Il eut un hoquet, arqua le dos comme pour tracer une voûte avec l'échine puis retomba sur le lit. Nouvelle goulée d'air. Son visage reprit brusquement des couleurs. Il respira une troisième fois, profondément et avec l'abdomen, cette fois. Il expira et son souffle ressembla au ressac se brisant au bord du flot rapide du fleuve de la vie.

Il vivrait. Le *consolamentum* déferla à travers le pauvre véhicule qu'était mon corps jusqu'à ralentir et s'arrêter comme une mer étale après la marée. J'ôtai les mains et me levai, un homme creux, et titubai dans le couloir où Maddalena attendait. Je hochai la tête. Elle comprit. Elle se jeta à mon cou, murmurant des remerciements. Ce fut un supplice de sentir son corps pressé contre le mien et je retirai ses bras, la repoussant avant de basculer dans la folie.

« Je ne pourrai plus te voir », dis-je d'une voix âpre sans la regarder dans les yeux. Parce que je n'étais qu'un homme, il y avait des limites à ce que j'étais capable d'endurer. Toutes mes années de vie pesèrent sur mes épaules comme si je me tenais au fond d'un puits, oppressé par la hauteur des pierres. « Trouve un autre maître. »

Je ressortis dans la rue, le visage mouillé de larmes. Je ne me sentis jamais aussi seul dans ma vie qu'en rentrant à minuit ce soir-là, à pied, à mon *palazzo* – même au lupanar de Silvano. Avant, j'avais toujours eu des rêves pour me réconforter. Ils s'étaient envolés à présent, mes rêves d'amour, la promesse de la nuit de la pierre philosophale, tous les profonds trésors du cœur auxquels je m'étais accroché avec un espoir têtu ; ils avaient été balayés comme de la menue paille par le vent de Toscane. Le printemps était humide et il faisait trop froid et brumeux pour même apercevoir les étoiles.

Je rentrai chez moi et montai à l'étage. Je comptais me retirer sur-le-champ mais je m'arrêtai sur le seuil de mon atelier, stupéfait, car un doigt de fumée verte s'étendait par la porte entrouverte, tapotant contre le plafond. Je poussai le battant et vis tous mes appareils cliqueter avec animation : les alambics dansaient, des langues ignées s'élevaient des mèches des bougies, les morceaux de métal rougeoyaient, le sel bruissait dans son pot et les liquides gargouillaient de rires, bouillonnant comme en fusion ou envahis de créatures aquatiques. Curieux et dérouté, je m'approchai de ma dernière série d'expériences sur le soufre et le mercure. Je pris le ballon en coupe entre mes mains qui fourmillaient encore d'avoir donné le *consolamentum*. Une brume tournoyante y apparut. Je plongeai le regard dans le récipient. Un éclair de lumière noire jaillit, donnant aux objets sombres de mon atelier des formes d'une clarté laiteuse, tandis que l'espace vide illuminé par les chandelles s'épaississait d'une obscurité compacte. Un fracas cinglant rappelant le tonnerre fendit la salle, puis la lumière redevint normale. Au centre du ballon se trouvait une brillante pépite d'or.

Je m'habituai à vivre sans Maddalena. Ce ne fut pas facile. Malgré les nombreuses décennies qui m'avaient été allouées, je n'avais jamais vraiment mesuré le vide de mon existence. Je restai inconsolable pendant des mois. Puis je connus la colère. Ensuite je sombrai dans l'apathie. Je me traînais en ville sans aucun appétit pour mes anciens intérêts. Je ne cessais de voir en esprit son visage à l'ossature délicate, illuminé par l'amour d'apprendre, radieux et joyeux, ou encore concentré sur un problème épineux de linguistique. J'entendis sur le marché un rire semblable au sien mais il s'avéra que c'était une autre femme. Je cherchais son visage par les fenêtres des carrosses passant devant moi, je scrutais l'intérieur des échoppes et des restaurants, espérant apercevoir sa silhouette mince. Je me fustigeais de ne pas l'avoir oubliée. Rien d'autre ne comptait. Même la transmutation du plomb en or avait perdu son attrait. Je m'établis dans mon vignoble d'Anchiano et y broyai du noir pendant plusieurs mois jusqu'à ne plus me supporter moi-même. *Basta,* me dis-je alors – assez. J'enfourchai Ginori et revins à Florence.

C'était au printemps 1482 ; la ville connaissait une paix précaire, sinon prospère, après la guerre contre la Calabre qui avait suivi la conjuration des Pazzi. Lorenzo avait payé une indemnité colossale au duc de Calabre pour déjouer le pape Sixte, qui ambitionnait toujours de placer ses neveux à la tête de la Toscane. L'atmosphère était contenue mais le commerce florissant. Les boutiques étaient ouvertes, les manufactures de laine tournaient, les forgerons martelaient bruyamment l'enclume, l'animation régnait sur les marchés. Les chevaux des carrosses

TRACI L. SLATTON

trottaient à travers les rues en pierre et il y avait partout des chariots apportant des denrées du *contado*. J'étais content de rentrer. Les volets de mon *palazzo* étaient fermés parce que je n'avais pas envoyé aux serviteurs de message leur demandant de le préparer, mais peu m'importait. J'installai Ginori à l'écurie et franchis les portes. J'ouvris les fenêtres et allumai les lampes, puis grimpai l'escalier de mon atelier, où je n'avais pas remis les pieds depuis la nuit où j'avais réussi à transformer le plomb en or. La pièce était silencieuse, froide et immobile – comme mon cœur, pensai-je, désabusé. Tout était ouaté de poussière, car j'interdisais qu'on y fasse le ménage.

« J'ai vu de la lumière aux fenêtres, alors je suis entré, dit Leonardo. Je pensais que vous reviendriez plus tôt. » Sa voix melliflue était empreinte de curiosité. Il vint se poster à mes côtés. « Je vous attendais il y a un mois. Vous n'êtes pas venu, alors je comptais chevaucher jusqu'à Anchiano pour vous rendre visite cette semaine.

— *Ragazzo mio*, comment vas-tu ? m'exclamai-je en lui donnant gaiement l'accolade.

— Bien. » Il hocha la tête. « Je quitte la ville. On m'accueille à la cour de Milan et Lorenzo est impatient que je parte cimenter les relations entre Florence et Lodovico Sforza.

— Tout le monde travaille pour lui, commentai-je ironiquement.

— Cela me convient. » Il haussa les épaules. « Je vais y jouer de la lyre. Et Sforza écrit qu'il veut me commander un cheval de bronze : c'est un projet intrigant. » Il m'adressa un sourire froid. « Je pensais réutiliser mes vieux croquis de Ginori. Nul étalon n'est plus noblement bâti !

— Son cœur reste noble mais il n'est plus tout jeune, remarquai-je.

— N'est-ce pas notre lot à tous ? Tous sauf vous. Vous restez éternellement jeune et beau. Mais pas moi. Je vais avoir trente ans. Je ne suis plus un *ragazzo*, *professore*, pas même pour vous. Le temps consume tout. » Il s'approcha de la table voisine, passa le doigt dessus, laissant une ligne profonde dans la poussière, puis tripota les trois vases de l'alambic de Zosime afin de les aligner. « Je repense parfois aux légendes cathares dont nous discutions souvent; les croyances du peuple de ma mère selon lesquelles nos âmes sont des étincelles divines piégées dans des tuniques de chair. Vous vous rappelez, Luca?

— Des âmes angéliques capturées par Satan, *Rex Mundi* – le roi du monde.» Je souris. «Comme si Satan pouvait être autre chose que le bouffon favori de Dieu!»

Leonardo était d'une mélancolie inhabituelle et il ne me rendit pas mon sourire. «Il y avait peut-être une part de vérité dans la vision des cathares. Peut-être sommes-nous censés nous perfectionner pour libérer l'ange en nous. J'en suis récemment venu à penser que, si nous ne réfrénons pas les désirs sensuels, nous nous rabaissons au rang des bêtes. L'indisponibilité de mon bien-aimé a freiné les miens, aussi espéré-je quelque récompense.

— Tu trouveras l'amour, Leonardo.

— Et je l'ai trouvé grâce à votre inaccessibilité : j'aime la nature et ses lois. Je poursuivrai celle-ci de mes assiduités avec une résolution acharnée pour le restant de mes jours. Et elle m'abandonnera ses secrets comme une putain cède sa jolie croupe rebondie!» Il souriait à présent, mais je grimaçai. Une compréhension subite gagna ses traits. Il avait toujours été perspicace. Il reprit avec sa douceur habituelle. «*Luca mio,* serais-je involontairement tombé sur un des secrets de votre sombre passé?»

Je m'éloignai de l'autre côté de l'atelier et regardai par la fenêtre. «Quand j'étais enfant, j'ai été emprisonné pendant des années dans un lupanar.

— Cela explique tant de choses, murmura-t-il. Je suis tellement navré, Luca…

— Combien de temps séjourneras-tu à Milan? demandai-je brusquement.

— Je l'ignore. Je pense qu'à long terme Sforza fera un meilleur mécène que Lorenzo. On raconte que sa fortune s'évapore.

— Ne sous-estime jamais un Médicis, répondis-je. Il peut encore la multiplier par dix.

— C'est un homme d'État rusé mais, pour les finances, ce n'est pas Cosimo, observa l'artiste.

— Alors cultive tes relations avec Sforza. Je te rendrai visite à Milan, ce n'est pas loin », ajoutai-je, le cœur en peine à nouveau. D'abord il y avait eu Rachel, puis Maddalena, à présent Leonardo – j'étais destiné à perdre ceux que j'aimais le plus.

« Ne serez-vous pas très pris ici ? s'enquit-il, perplexe.

— Je ne sais pas, l'alchimie ne m'intéresse plus beaucoup. » J'eus un rire. Je m'assis sur un tabouret, étendis les jambes devant moi. « Je vais rester à Florence jusqu'à ce que la chaleur de l'été devienne insupportable, puis j'irai peut-être en Sardaigne. Il y a un village de pêcheurs nommé Bosa…

— Un village de pêcheurs ? Maddalena veut aller dans un village de pêcheurs en Sardaigne ?

— Maddalena ? En quoi cela la concerne-t-il ? demandai-je, décontenancé.

— Je pensais seulement qu'elle vous accompagnerait… » Sa phrase resta en suspens, indécise. Puis il rit. « Oh, vous n'avez pas eu la nouvelle ! N'est-ce pas amusant ? Je croyais que vous attendiez à la campagne pour que s'écoule un intervalle de temps décent et couper court aux commérages ! »

Je bondis sur mes pieds. « Quelle nouvelle ?

— Rinaldo Rucellai s'est éteint paisiblement dans son sommeil il y a un mois. Maddalena est veuve, maintenant. »

À mon arrivée, elle était assise avec sa servante dans son salon. Elle tenait un livre à la main. Elle portait une *cottardita* noire de soie moirée damascène qui rehaussait sa peau crémeuse et les profondeurs changeantes des teintes de ses yeux et de ses cheveux. Elle leva les yeux, surprise par ma venue.

« Dehors », aboyai-je à la domestique, qui jeta un regard à mon visage orageux et laissa tomber sa broderie. Elle quitta la pièce en trottinant aussi vite que ses jambes rondelettes le lui permirent. Je restai là où je me trouvais, me méfiant de moi-même. Je ne savais pas ce qui se passerait si je m'approchais trop près de Maddalena. J'étais capable de me montrer violent, pas contre elle mais contre ce *palazzo* parce qu'elle ne m'avait pas envoyé quérir dès l'instant où son mari était décédé.

« Je croyais que vous m'aviez oubliée…, dit-elle, le souffle court.

— Comme si c'était possible ! Ai-je l'air d'avoir la mémoire défaillante ?

— Non, ce n'est pas ce que je voulais dire ; parce que vous ne pouviez pas être avec moi…

— Je sais ce que tu voulais dire. Épouse-moi.

— Luca… » fit-elle en rougissant. Elle parut très jeune et très vulnérable.

« Épouse-moi *tout de suite*, exigeai-je. Je ne veux pas rester loin de toi une minute de plus ! »

Un sourire gagna lentement ses traits. « Quand vous n'êtes pas venu, j'ai cru n'être qu'un caprice de passage. Que vous passiez votre temps avec d'autres femmes.

— Je n'en ai pas connu une seule depuis que je t'ai revue le jour où l'on a tenté d'assassiner Lorenzo, répliquai-je. Je n'ai pas touché une femme en quatre ans !

— Je ne sais pas si je pourrai conserver l'héritage de Rinaldo, ajouta-t-elle. Nous n'avons pas eu d'enfant et il a des cousins. J'ignore quelle dot je vous apporterai.

— Je n'en ai pas besoin. Je suis riche, plus riche que Rucellai. Tu auras un beau *palazzo*. Je t'en construirai un plus grand encore, aussi grand que le Duomo. Je te donnerai tout et n'importe quoi.

— Je vous épouserais si vous étiez pauvre, répondit-elle à mi-voix. Je vivrais dans la rue avec vous !

— Je mourrai avant de nous laisser tomber si bas », déclarai-je. Je couvris la distance qui nous séparait comme si j'avais des ailes. Je la serrai de toutes mes forces, me délectant de sa chaleur, de son chant de vie qui vibrait en elle comme une corde de lyre juste. Quand elle prit mon visage entre ses mains et effleura ma bouche de ses lèvres douces, cela valut toutes les peines du monde. D'attendre aussi longtemps. De s'abandonner. Tout.

Mais je ne pouvais plus patienter davantage et elle me conduisit à l'étage. Tout commença dans des ombres violettes et vertes qui délimitaient le contour des choses et les dissolvaient de l'intérieur. Maddalena me conduisit dans une autre chambre que celle où j'avais donné le *consolamentum* à Rucellai. Je sus aussitôt que c'étaient ses appartements privés. Textures et couleurs étaient partout. Des rideaux alternant fins voilages émeraude et bandes d'épais velours cramoisi voletaient de part et d'autre des fenêtres et plusieurs beaux tableaux de Botticelli étaient accrochés au mur, ainsi qu'une vieille tapisserie usée de saint François avec les oiseaux. Elle attira mon visage pour que mes lèvres rencontrent les siennes et je refermai la porte d'un coup de pied.

« Tu es si beau. J'ai pensé à ce moment tellement longtemps, souffla-t-elle.

— Je croyais que j'étais le seul ! » J'ôtai les aiguilles plantées dans ses cheveux. Je ne me hâtai pas car je désirais savourer par avance le moment où ses cheveux épais tomberaient en cascade autour de ses jolies épaules.

« Je ne pouvais pas te dire ce que je ressentais. J'étais mariée ! Et Rinaldo était un homme de valeur ! » Elle tendit les bras pour passer mon *lucco* par-dessus ma tête. Je la laissai faire puis revins à sa chevelure, souple et lourde entre mes mains à la façon du plus beau satin. Ses mains tremblèrent en dénouant mon *farsetto*, que je fis tomber par terre d'un mouvement d'épaules. Je finis d'ôter ses aiguilles et ses cheveux s'écoulèrent en un rideau brun, roux et noir qui dégagea un parfum de lilas, de citron, de rosée et de tout ce que Dieu et l'homme avaient jamais créé de bon en ce monde. J'étais heureux et ivre. Mes genoux se dérobèrent, ma langue s'assécha et la pièce tournoya autour de moi.

« C'est trop, dis-je d'une voix rauque. Tu es trop…

— Tu veux arrêter ?

— Non ! Ce n'est pas ce que je voulais dire ; mais tu es trop belle ! m'écriai-je.

— Je sais ce que tu voulais dire. » Elle me sourit, ce qui manqua m'anéantir.

« Dieu doit être bon pour que je puisse maintenant te toucher ; je pourrais presque le croire à présent, murmurai-je en tendant les mains vers les boutons de sa *cottardita*. Un seul Dieu, un Dieu bon.

— Crois-le », répondit-elle en m'aidant à ôter sa *gonna* de soie. Enfin, elle se tint devant moi, petite et lumineuse, telle que je l'avais imaginée durant les quatre dernières années. La cicatrice de sa cuisse ressortait, blanc sur blanc, son passé écrit dans sa chair à l'instar de tous les êtres humains frêles, créés à l'image de Dieu pour incarner le temps entier en l'espace d'un seul instant. Je la portai au lit. Elle avait la peau incroyablement douce et parfumée. Je fis courir ma langue sur ses épaules arrondies. Elle sourit. « J'ai toujours songé que si nous nous retrouvions ensemble, si je connaissais la bénédiction de te tenir entre mes bras, je te dirais toujours oui. Je ne retiendrais jamais rien, ne te refuserais jamais rien. Alors je le dis : oui, Luca Bastardo ! »

Elle me le répéta onze mois plus tard, le jour de notre mariage. Et elle me le dit toujours pendant nos heureuses années de vie commune, les meilleures que j'aie jamais connues.

Chapitre vingt-deux

*L*e temps s'écoula pour Maddalena et moi de façon aussi sinueuse que le cours de l'Arno tandis que l'éclat et la force de la Florence dirigée par Lorenzo de Médicis touchaient à leur fin. Notre mariage fut célébré à l'apogée du pouvoir et de l'influence florentins, puis nous vécûmes dans un bonheur isolé alors que tout s'effondrait autour de nous. Je ne repérai que trop tard les présages du Dieu rieur. La tragédie frappa et tout ce qui m'était cher fut perdu. Je me trouve à présent sur le point de le payer de ma vie : tel est le prix de l'ignorance des accents de l'hilarité divine. Peut-être n'étais-je jamais censé dépasser le stade du témoin, continuant ma route. Peut-être ne devais-je pas m'insérer comme tout le monde dans la trame de la vie humaine. J'étais un monstre, après tout, apparemment engendré par les pierres grises de Florence et son fleuve cruel, l'énigmatique Arno. Peut-être ne m'avait-on donné cette longévité que pour me permettre d'observer le monde un peu plus longtemps.

Maddalena m'offrit ce que j'avais toujours voulu le plus au monde : une famille. Au début de l'année 1487, elle me donna une fille superbe. Nous ne savions pas pourquoi il avait fallu si longtemps – cinq ans – pour qu'elle tombe enceinte ; nous pensions que le viol de Volterra avait endommagé ses facultés de conception. Nous fûmes ravis qu'elle le soit enfin. Comme j'étais *physico*, je fus présent quand la sage-femme mit au monde notre bébé magnifique et braillard. Nous l'appelâmes Simonetta. Elle avait mon teint de pêche et mes cheveux blond-roux, mais les yeux aux mille nuances de sa mère. Je me demandais si elle partagerait ma longévité, dont je n'avais pas encore discuté avec Maddalena. Nous étions trop heureux pour que je jette une ombre sur cette harmonie en m'attardant sur ce caprice monstrueux de ma nature. Pas plus que je ne voulais hâter ma perte en m'attardant sur des énigmes insolubles. Aussi tus-je des questions importantes dont j'aurais dû m'entretenir avec mon épouse, qui avait le droit de tout savoir de moi.

J'affrontai mes secrets quand je me rendis au carnaval, un soir de printemps, sous une pleine lune dont l'éclat argenté semait des formes mystérieuses sur les rues pavées. Ces folles nuits licencieuses semblaient se multiplier ; Lorenzo de Médicis flattait la soif de réjouissances des Florentins. C'était quelques mois après la naissance de Simonetta ; je me promenais avec le jovial Sandro Filipepi, qui était passé chez nous, insistant pour que je sorte profiter de la fête.

« Tu ne peux pas laisser ta splendide épouse te ligoter à la colonne du lit tous les soirs et te dévorer à coups de *figa*, me taquinait-il. Il te faut un peu de compagnie masculine !

— Continue, tu n'arrêtes jamais de te moquer de moi. » Je ris.

« Tu es complètement envoûté par ta femme, c'est une bonne blague pour un homme, répliqua-t-il.

— Une blague que j'accepte de plein gré.

— Avec enthousiasme, je dirais. » Il s'esclaffa. « Qui n'en serait pas là, avec une pouliche aussi superbe ? Tu fais bien de la chevaucher tant qu'elle est jeune et mince. Leur beauté ne dure pas, tu sais. Pas plus que les compétences du cavalier. Rien ne dure éternellement.

— Le changement est la seule constante », murmurai-je. La douceur éclatante de l'existence ne pouvait durer. Cela me rappela de manière inquiétante l'imminence de l'autre moitié, cruelle, du choix que j'avais fait la nuit de la pierre philosophale : je perdrais Maddalena. Ce qui reviendrait à tout perdre.

« La vie ne t'altère pas », dit Sandro. Il but une gorgée à la cruche de vin qu'il portait puis me donna un coup de coude dans les côtes. « Y a-t-il une part de vérité dans les rumeurs qu'on murmure, est-ce que tu ne vieillis pas comme nous autres ?

— Seules les fillettes croient aux commérages », grognai-je. Nous croisâmes une foule de jeunes gens qui couraient, riaient et criaient, ivres et prêts à semer la zizanie. Le lendemain, il y aurait des graffitis et des détritus partout, des chevaux volés et des vitrines cassées, quelques jeunes femmes déshonorées aux perspectives de mariage anéanties et des migraines, à la fois pour les noceurs pris de gueule de bois et pour les pères de la ville, qui devraient nettoyer le désordre de Lorenzo.

Mais Sandro était concentré sur un autre sujet. « J'espère pour toi que tu vieilliras, Luca, si tu souhaites conserver ta femme. »

Je me tournai vers lui avec une telle vivacité, enfonçant l'index dans son torse, qu'il recula d'un bond. « Pourquoi dis-tu cela ?

— Du calme, du calme, mon ami. Je me fiche des rumeurs. Je te connais. Tu es Luca Bastardo, un acheteur d'art qui ne marchande pas trop avec les peintres honnêtes, un bon *physico*, un grand partenaire de beuverie, un homme fou amoureux de son épouse. C'est juste que je connais aussi les femmes, je sais combien la vanité de Vénus les imprègne toutes quand nous voudrions qu'elles partagent les vertus de la Madone.

— Et alors ? » répliquai-je en pivotant pour reprendre mon chemin. Nous dépassâmes un groupe de musiciens en pleine négociation avec des prostituées. Ils voulaient s'amuser gratuitement, mais, même si c'était carnaval, il fallait gagner sa vie.

« Une belle femme redoute la vieillesse plus que la mort, répondit Sandro en débarrassant ses épaules de ses longs cheveux. Et ta Maddalena est très, très belle.

— Elle le sera toujours à mes yeux, même avec des cheveux blancs et une bosse de douairière !

— Je pense que tu es sincère. » Il sourit. « Mais, à ses propres yeux, elle ne le sera plus.

— Je te ne crois pas », rétorquai-je, non sans rudesse. Mais il avait raison, Maddalena s'était découvert une ride sous les yeux. Cela lui avait fortement déplu. Elle s'était mise en quête de crèmes et de badigeons dont, l'assurai-je, elle n'avait nul besoin. Avec son esprit agile, elle se demanderait bientôt pourquoi elle vieillissait et moi non. J'aurais dû avoir cette conversation avec elle bien plus tôt. Mais le présent recelait trop de joie pour que j'excave le passé et rumine sur l'avenir. Cette discussion pouvait attendre. L'angoisse monta et je m'efforçai de l'étouffer par le déni. « Tu dis n'importe quoi, Sandro. Ma Maddalena a l'esprit pratique.

— Tu verras », fit-il d'un air suffisant. Nous avions atteint le Ponte alle Grazie, qui luisait d'argent comme si les pierres avaient absorbé le clair de lune et le démultipliaient en le restituant. L'Arno miroitait en dessous à la manière d'un fleuve d'or blanc et la brise portait à travers les rues l'air parfumé du *contado*. Mon ami prit une puissante inspiration et s'exclama : « Quelle nuit superbe pour un carnaval ! C'est mieux que celui du mois dernier. Dis-moi, comment va ton bébé ? Tout se passe bien ? »

Je fus aussitôt tout sourire. Simonetta était l'incarnation de mon bonheur avec Maddalena. « Elle est tellement étonnante, me répandis-je. Elle sourit, maintenant. Elle a dix semaines, elle est si intelligente et jolie !

— Les premiers enfants le sont toujours, chantonna-t-il. Au troisième, les parents sont un peu moins impressionnés par leur progéniture. Vous en prévoyez d'autres ? Vous vous êtes attelés à les obtenir ?

— Après une naissance, un mari est tenu d'attendre un certain temps avant de retrouver l'étreinte de son épouse, répliquai-je plus sévèrement que je ne l'avais voulu.

— Vraiment ? Tu es au régime depuis quelques semaines ? Comment t'en sors-tu ? me taquina-t-il. Rends-tu visite à chaque courtisane de Florence ?

— Je suis fidèle à ma femme, protestai-je. Il n'y a que Maddalena !

— Eh bien, ce soir, c'est carnaval, les règles habituelles ne s'appliquent pas ! Et plus Lorenzo organise de festivités, plus les gens se sentent libres ! Tu peux t'amuser, c'est sans conséquence. Même des femmes convenables s'égarent pendant le carnaval. Comme celle-là qui s'approche sur le pont, là-bas, elle devrait te convenir... »

Je bredouillai ma loyauté à Maddalena mais je ne pus m'empêcher de regarder dans la direction qu'indiquait Sandro. Un groupe aux costumes tapageurs s'arrêta devant moi, bloquant mon champ de vision. Quand ils partirent, je vis, auréolée par la lune éclatante, une de ces déesses que peignait mon camarade. Elle était petite, tout en courbes, avec une poitrine si voluptueuse qu'elle tendait sa *gonna* fine, clairement visible sous un *mantello* de soie mince. Puis j'admirai sa longue chevelure épaisse où étaient noués de nombreux rubans, qui tombait sur ses épaules jusque dans son dos. Noir, noisette, roux, or chatoyaient de concert dans l'éclat platine de la pleine lune. Sandro s'esclaffa. « Je crois que l'attente est terminée, mon ami. Et que je t'envie ! »

Il dériva à l'écart et la femme flotta vers moi. Son parfum m'atteignit d'abord : lilas, citron, vanille, écume blanche de mer, et une autre nuance, plus musquée. L'odeur d'une femme désirant son homme. Je tendis les bras mais elle s'arrêta juste hors de portée de mes doigts.

« Maddalena, il faut que je te confie un certain nombre de choses », dis-je en réprimant un grognement de désir. Mais ce n'était pas ma seule émotion. J'aimais cette femme entièrement, de toute mon âme. « Je ne veux te cacher aucun secret. Je ne veux rien garder pour moi, jamais ! Il est temps que je t'avoue certaines zones d'ombre de ma nature.

— Je crois qu'il sera toujours temps de parler après le carnaval, répliqua-t-elle, sa voix chaude emplie de joie. Viens, profitons de la soirée ! Tu ne te rappelles pas cette nuit de fête, quand j'étais encore mariée à Rinaldo et que tu m'as embrassée ? Je te voulais tellement ! Maintenant je le peux !

— Mais attends, fis-je. Tu dois savoir… J'ai certains traits qui me différencient des autres, on raconte que je suis un sorcier. Mes parents supposés vivaient en compagnie de cathares, une secte éradiquée par l'Église pour hérésie. Les Silvano détenaient une lettre à ce sujet, puis Lorenzo de Médicis l'a récupérée et je crains qu'il ne la leur ait rendue…

— Mon amour, ce n'est pas l'heure de parler de secrets et de lettres », murmura-t-elle. Lentement, provocatrice, elle ôta son *mantello* et le fit choir. Je frissonnai. Elle s'approcha, me laissant caresser son opulente chevelure. J'avais des bouffées de désir. Puis elle sauta dans mes bras ; je la rattrapai sous ses fesses rondes et la soulevai. Elle passa les jambes autour de mes reins et sa jupe se releva jusqu'à la taille ; elle ne portait rien sous sa *gonna*. Je criai, saisi de l'envie d'elle.

« Tu es suffisamment remise ? » demandai-je d'une voix rauque.

En réponse, elle me baissa la tête et m'embrassa. Sa langue était sur moi, sur la mienne, sur mes lèvres. Sa petite main coquine me caressait le visage ; de l'autre, elle me tenait l'épaule. Elle arqua le dos, pointant les seins vers mon visage, et toute raison me déserta. Je pivotai et plaquai ma femme contre le mur du pont, me débarrassai de mes chausses et lui fis l'amour sur-le-champ. Nous n'étions pas les seuls dans cette situation, bien sûr. Cette scène se rejouerait partout dans Florence, ce soir-là.

Nous ne vîmes la silhouette encapuchonnée, debout dans les ombres, qu'au moment où je la reposais et tendais la main pour lisser sa chevelure ébouriffée aux couleurs riches, sa myriade de nuances brillant furieusement dans le clair de lune.

« On va nous arrêter pour obscénité publique, mais cela valait la peine. » Elle soupira.

« On devrait vous arrêter, effectivement ! » cria alors l'inconnu en émergeant des ténèbres.

Maddalena attrapa son *mantello* pour s'efforcer de se couvrir. Je fis face au nouveau venu. C'était un moine, un dominicain, maigre et laid, avec un nez crochu et des yeux trop brillants. Il bouillonnait, choqué. Son regard était rivé au visage de mon épouse avec la même avidité que j'avais vue chez Silvano. J'eus la curieuse impression qu'il la voulait, qu'il ne l'oublierait jamais.

« Mon frère, il s'agit de ma femme, répliquai-je froidement.

— Et vous la traitez comme une putain, soumise à votre rut, sur ce pont, à découvert ? » Il secoua la tête, la dévisageant toujours avec fureur. « Je reviens en cette ville où je prêchais autrefois, désireux de voir par moi-même ces *carnevale* frénétiques dont tout le monde chuchote partout, et que trouvé-je ? Immoralité et indécence. Putains, grivoiserie, débauche, maux de tous les genres et de tous les goûts; Dieu châtiera cette ville par de terribles fléaux!

— C'est carnaval, mon frère!

— C'est la folie de Satan! hurla-t-il. Lorenzo de Médicis est allé trop loin!

— Nous allons tout de suite rentrer chez nous, n'ayez aucune inquiétude, dis-je.

— C'est pour Florence tout entière que je m'inquiète, pour l'âme souillée du corps politique», siffla-t-il en s'approchant. Maddalena se blottit contre moi. Je passai le bras autour d'elle. Le moine me transperça des yeux. « Vous alliez confesser votre noirceur, pécheur. Confessez-vous convenablement, à moi, et je vous donnerai de dures pénitences afin que Dieu vous pardonne le mal accompli!

— La noirceur de ma vie ne regarde que Dieu et moi, répondis-je.

— Et cette lettre que je vous ai entendu mentionner? Quel lien y a-t-il entre vos parents et les cathares? Vos parents faisaient-ils partie de ce consternant peuple d'hérétiques qui méritait le bûcher? Êtes-vous un blasphémateur outre que vous êtes un... un fornicateur?» Il s'approcha encore, trop près, et je posai la main sur sa poitrine pour l'arrêter. Cela ne le découragea pas et il continua de parler farouchement. « Le jeune Gerardo Silvano, qui ira loin dans les rangs de l'Église, m'a parlé d'une abomination qui vit à Florence. Est-ce vous? Dieu a-t-il arrangé notre rencontre pour que je sois l'instrument de sa justice?

— Nous allons partir, mon frère, vous pourrez oublier que vous nous avez vus.

— Je vous ordonne de vous confesser!» s'écria-t-il en me postillonnant au visage dans sa colère. Je pris la main de mon amour pour l'aider à le contourner. Le moine me bloquait le passage, hurlant sur les cathares, les fléaux de la sorcellerie et de la fornication. Je persistais à vouloir m'écarter. Il ne cessait de se planter devant moi. Puis il se tourna vers Maddalena. « Catin, maîtresse de Satan, tu forniques avec un sorcier!» Il lui déchira le *mantello* jusqu'à la *gonna*, dévoilant ses seins.

«Assez!» Je rugis, tremblant de colère. Je le giflai, paume ouverte, si fort qu'il tomba sur le pavé. «Ne pose pas les mains sur ma femme!» Je dégainai mon épée.

«Tu jouis d'une force impie, haleta le moine. Tu pratiques une sorcellerie qui ébranlerait tout ce qui est bon et ordonné en ce monde!

— Il n'y a pas grand-chose de bon ni d'ordonné en ce monde, moine, répliquai-je. Rien n'y a plus de valeur que mon épouse!

— Ta femme est une catin qui fornique en public et qui s'est unie à un sataniste!» cracha-t-il. Je pointai la lame sur sa gorge. Je pensais m'en servir. Je voulais le tuer. Ç'aurait été facile. On ne m'aurait pas inquiété. Les carnavals de Lorenzo laissaient de plus en plus de morts dans leur sillage; on ne s'interrogerait même pas sur l'incident. Mais, bien que le moine nourrît une foi malveillante, je ne voulais pas ressembler à la Confraternité de la Plume rouge en nuisant à ceux qui ne me ressemblaient pas. Je m'étais réconcilié avec le Dieu bon depuis quelques années. Tuer un prêtre saperait sans aucun doute l'équilibre délicat de ma trêve avec les cieux, provoquant assurément ce ricanement divin bien particulier que je n'entendais plus et ne voulais plus jamais entendre, surtout à présent que j'avais Maddalena et Simonetta. Je retirai l'arme. Je me suis souvent demandé depuis ce qui serait arrivé si je m'en étais servi. Mon épouse et mon enfant seraient-elles encore avec moi? Florence serait-elle encore la plus grande ville du monde? Ou la roue était-elle déjà en mouvement et aurait-elle tourné par une autre entremise que ce prêcheur virulent?

«Tiens ta langue ou tu la perdras, moine, fis-je. Nous partons, maintenant.» Je gardai la lame au clair, serrant de l'autre main celle de Maddalena. Les yeux luisants du prêtre étaient collés à son visage. Bien qu'elle eût les joues rouges, elle gardait la tête haute, et nous regagnâmes dignement l'autre rive. Nous sentîmes son regard posé sur nous pendant tout le trajet.

« Dieu te punira ! hurla-t-il, incapable de se retenir. Ta sorcellerie te conduira à la destruction ! Les satanistes et les fornica-
teurs dans ton genre ne peuvent pas s'échapper ! »

Nous ne répondîmes pas mais tournâmes dans une rue où
se pressait une foule de fêtards. Nous nous y frayâmes un chemin et, quand nous nous libérâmes enfin, nous partîmes en
courant.

De retour chez nous, nous fûmes pris d'une crise de rire qui
se prolongea sans faiblir jusqu'à ce que nous nous traînions au
lit, où je m'efforçai de chasser de ma mémoire le clerc aux yeux
flamboyants. L'intention de révéler à Maddalena les secrets de
ma longue vie s'était évaporée, brisée par les menaces de
l'inconnu, que je voulais oublier. Aussi serrai-je simplement ma
femme contre moi, reconnaissant, et gardai-je le passé enfoui.

Quand Simonetta eut cinq ans, je fus convoqué à la villa Médicis
à Careggi. Je sellai un nouveau cheval nommé Marco. Le brave
Ginori, dont la robe rousse se mouchetait de blanc, était toujours
vivant mais gêné par des afflictions telles que l'arthrite et la
vieillesse, des maladies que je ne connaîtrais jamais. Je savais seulement que j'étais heureux ; heureux avec l'incomparable Maddalena, l'épouse de ma vie ; heureux avec Simonetta, ma fille au
doux caractère ; heureux avec mon petit cercle d'amis, mon
palazzo et mon solide compte en banque. Je chevauchai dans les
rues pierreuses, un sifflotement sur les lèvres. Florence était mon
foyer, la plus grande cité du monde, et j'étais finalement en paix
avec elle.

Nous étions en avril 1492, lors d'un printemps chaud qui
avait connu bien des orages. Vêtu d'un *mantello* de laine légère,
j'appréciai la chevauchée dans la campagne. Un serviteur me
conduisit dans la villa jusqu'à la chambre à coucher de Lorenzo.
Il était encore jeune, une quarantaine d'années, mais gravement malade. Il brûlait d'une fièvre qui n'attaquait pas seulement ses artères et ses veines mais aussi ses nerfs, ses os et sa
moelle. Sa vue déclinait et il avait les extrémités gonflées par la

goutte. Il ne restait pas grand-chose d'*Il Magnifico*, maître de tout ce qui s'offrait à l'homme : fortune, famille, politique, chevaux, musique, poésie, collections d'art, alliances, défense des artistes et des philosophes, fauconnerie, *calcio*, séduction des femmes.

« Je me demandais si vous viendriez, souffla-t-il.

— Je repars si nous jouons au chat et à la souris », répondis-je. Cela le fit rire.

« Une sacrée partie que nous avons jouée, n'est-ce pas, Bastardo ? répliqua-t-il.

— Je n'aime pas trop les jeux.

— C'est vrai, vous avez toujours un peu manqué d'humour. » Il soupira. Il détourna son visage enflé, pâle et déformé, puis revint à moi. « Vous vous rappelez notre rencontre ?

— Ici même, votre grand-père était malade. » Je m'assis au bord du lit.

« Oui. J'ai souvent repensé à ce jour, dit-il. Vous êtes apparu, semblable à un jeune dieu, identique à aujourd'hui, et mon grand-père était tellement content de vous voir. J'étais terriblement jaloux.

— Vous étiez son petit-fils. Je l'amusais peut-être mais vous étiez la lumière de son cœur.

— Vous faisiez plus qu'amuser Cosimo de Médicis. Il vous était dévoué. C'est vrai que vous étiez avec lui à Venise quand on l'y a exilé dans sa jeunesse ? » demanda Lorenzo, son visage laid grimaçant à cause de la douleur de la maladie. J'acquiesçai. Il reprit, comme une pensée après coup : « Vous ne me pardonnerez jamais, n'est-ce pas ? » Je secouai la tête.

« Je vous ai nui, Luca Bastardo. Mais vous aurez le dernier mot. Vous savez que je suis en train de mourir, n'est-ce pas ? Je ne me remettrai pas. Il y a des présages. Deux des lions de Florence sont morts en combattant dans leur cage. Les louves hurlent la nuit. D'étranges lumières colorées vacillent dans le ciel. Une folie divine a saisi une femme à Santa Maria Novella ; elle s'est mise à hurler qu'un taureau aux cornes enflammées démolissait l'église. Pire que tout (il s'essuya le visage de la main), une des *palle* de marbre, une des boules, est tombée de la lanterne du Duomo vers ma maison. Les *palle* tombent, les *palle* des Médicis. C'est un signe.

— Les signes ne valent que ce qu'on y lit. En général, ce sont des plaisanteries de Dieu. »

Il eut un nouveau rire, mais plus faible. Son visage était ravagé par la souffrance. « Vous vénérez la comédie ; et moi qui vous ai toujours cru dépourvu d'humour !

— Que voulez-vous de moi, Lorenzo ? demandai-je, quoique non sans douceur.

— Juste avant sa mort, *nonno* m'a confié que vous déteniez un pouvoir merveilleux dans les mains. Vous l'avez touché et cela a apaisé son cœur. Cela l'a aidé. Il m'a dit que cela avait rallongé ses jours !

— Il ne s'agit pas d'un pouvoir. C'est l'inverse. C'est ce qui se produit quand on renonce au pouvoir.

— Pouvez-vous me toucher de la sorte ? » souffla-t-il.

J'observai son visage laid et ses yeux féroces étincelants. Malgré la douleur que j'y lisais, je ne m'imaginais pas capable d'ouvrir mon cœur pour lui ainsi que le *consolamentum* l'exigeait. Le sac de Volterra, les années passées à me contrôler en utilisant ma peur du clan Silvano, sa façon de se servir des gens comme de pions pour atteindre ses objectifs... Je ne lui faisais pas confiance. J'allai regarder par la fenêtre les peupliers feuillus que Cosimo avait plantés.

« Qu'avez-vous fait de la lettre que vous avez dérobée aux Silvano, celle sur mes origines ?

— Je l'ai gardée. J'en ai fait une copie que je leur ai donnée il y a quelques années.

— Un moine en a entendu parler, répliquai-je, mécontent. Cela n'augure rien de bon pour moi ni pour ma famille. Et vous voudriez que je vous donne le *consolamentum* ? »

Il eut un rire sifflant. « Je comprends, Bastardo, cela vous est impossible. Cette lettre n'est que la dernière manche de ce jeu que vous n'aimez pas et qui a commencé avec cette partie de *calcio*, quelques semaines avant le décès de *nonno*. Au moins, nous avions gagné. Nous avons eu nos victoires, même si la mort est l'ultime triomphatrice.

— Je pourrais essayer de vous donner le *consolamentum* », dis-je à contrecœur. Lorenzo était le petit-fils de Cosimo, lequel avait été un véritable ami.

« Mais le ferez-vous pour lui ou pour moi ? chuchota-t-il, lisant mes pensées avec sa ruse coutumière. Je ne veux pas des restes de Cosimo ! Je n'en ai jamais voulu !

— Que puis-je faire pour vous, dans ce cas ?

— Soyez mon témoin, répondit-il en léchant ses lèvres sèches. Rappelez-vous la grandeur de mes accomplissements. Votre jeunesse paraît sans fin. Votre vie n'en connaîtra peut-être pas non plus. Vous ressemblez à un des anciens patriarches de la Bible, qui vivaient des centaines d'années. Votre père et votre mère en faisaient peut-être partie, ce qui expliquerait leur entourage cathare. Ficino a traduit un document qui pourrait aller dans ce sens.

— Lorenzo, quel document ? Et comment en savez-vous autant sur mes parents ? C'est seulement grâce à cette lettre ?

— Il me fallait tout savoir sur vous. J'ai suivi vos mouvements, soudoyé vos agents pour qu'ils me révèlent les missions qu'ils accomplissaient pour votre compte et leurs découvertes. J'étais jaloux, jaloux de l'affection que *nonno* vous portait et du dévouement avec lequel vous le serviez. Je voulais que vous m'aimiez comme vous l'aimiez, lui.

— On ne peut pas manipuler l'affection des gens. Il faut qu'ils la donnent de plein gré.

— On m'a confié le gouvernement de la plus grande ville du monde. Je n'avais pas de temps à perdre à me soucier de la liberté d'autrui quand la sécurité de Florence exigeait tout de moi ! aboya-t-il avant de haleter, épuisé. Je réponds devant l'histoire, pas devant les gens ! C'est pourquoi il fallait sacrifier Volterra. Si je n'avais pas montré une autorité impitoyable, tout ce que mon grand-père et son père avaient œuvré à créer ici, à Florence, l'art, les lettres, toute l'érudition de l'Académie platonicienne, tous nos nobles accomplissements, tout cela aurait été déraciné, les générations futures en auraient été privées. Qu'est-ce que la liberté comparée à cela ?

— La liberté est tout, c'est elle qui a engendré l'art, les lettres et l'érudition dont vous êtes si fier. Les vies individuelles sont importantes. » Je me détournai, écœuré. « J'aurais aimé avoir cette lettre. Et j'aimerais lire le document de Ficino. Vous êtes intervenu dans la destinée des autres, Lorenzo. Comment pouvez-vous espérer qu'on vous aime dans ces conditions ?

— Je me suis davantage soucié d'allégeance que d'amour, admit-il. Mais j'ai reçu le don de guider ces destinées. Celui de façonner l'histoire, l'avenir. Le vôtre, c'est la longévité. Puisque vous ne pouvez pas m'offrir le *consolamentum*, je veux que vous utilisiez votre don pour être le témoin des miens. Les dons que j'ai faits à Florence.

— Vous pourriez connaître une rémission, vous remettre sur pied et revenir commander la ville à la *signoria*, tempérai-je. Le *consolamentum* est peut-être superflu.

— Ne me dites pas ce que je veux entendre, vous ne l'avez jamais fait et cela ne vous va pas !

— Parce que je ne vous ai pas dit ce que vous vouliez entendre au sujet de Volterra, vous avez rappelé les Silvano qui ont juré de me tuer !

— C'est vous qui avez quitté mon emploi dans cette affaire ! répliqua-t-il. Pourquoi êtes-vous toujours si furieux ? N'est-ce pas là que vous avez rencontré votre belle Maddalena ? J'ai entendu des rumeurs en ce sens. L'auriez-vous rencontrée, aimée sans la mise à sac de la ville ?

— Des innocents ont été blessés ! Tués !

— Personne n'est innocent ! me renvoya-t-il. Naître nous condamne au tourment. Et nous ne savons jamais quelle joie il en sortira.

— Et c'est ce qui fait rire Dieu ! m'écriai-je en m'adressant à Lorenzo de Médicis avec une férocité que nul n'aurait jamais osé manifester devant lui.

— Si Dieu rit, c'est de moi qui suis en train de mourir ! Lui vous a donné l'accolade : le respect et l'amour de Cosimo, une jeunesse sans fin et la beauté d'Apollon ! » cracha-t-il en retour. Nous nous dévisageâmes mutuellement avec une fureur qui se mua lentement en peine. Nous avions souffert tous les deux. Chacun le voyait chez l'autre. Nous n'échangeâmes aucune parole mais nous parvînmes à un moyen terme. À cause de ce qu'il m'avait fait, de ce qu'il avait infligé à Volterra, je n'irais pas jusqu'à lui donner le *consolamentum*, mais je ne le haïssais plus. Depuis, à la lueur de tout ce qui est arrivé, je me suis demandé quel cours le temps et les événements auraient emprunté si j'avais placé les mains sur lui, sans pensée ni jugement, en cette seconde de compréhension. Le *consolamentum* se serait-il déversé pour le sauver, comme il avait ressuscité Rinaldo Rucellai ? Si cela l'avait soigné, aurais-je déjoué les tragédies, personnelles et civiles, qui advinrent après le décès de Lorenzo le Magnifique ? Suis-je partiellement responsable de ce qui m'a conduit à vouloir mourir, pas seulement parce que j'ai choisi l'amour et la perte au cours d'une vision, mais parce que je n'ai pas altéré le cours de l'histoire quand j'en ai eu l'occasion, en tuant Niccolo Silvano ou bien Savonarole, ou encore en sauvant Lorenzo de Médicis ? Aurais-je pu changer le destin si j'avais choisi l'amour plutôt que la colère, que la peur, quand Lorenzo de Médicis, l'imparfait protecteur de Florence et de sa culture, gisait mourant ? Ou la roue était-elle simplement en train de tourner ?

« Alors écoutez, Luca Bastardo, vous qui confiez vos espoirs de salut au rire divin. Écoutez ce que j'ai accompli. J'ai conduit Florence à la gloire commerciale, littéraire, artistique. J'ai siégé avec des papes et on m'a excommunié. Plus important, j'ai maintenu l'équilibre entre les États, raconta-t-il d'une voix rêveuse.

» Ce fut mon plus grand exploit. J'ai empêché Milan et Naples de partir en guerre, j'ai maintenu l'équilibre avec Venise et Rome. Ma paix a préservé la force de la péninsule italienne. Cette stabilité a permis à la culture toscane de s'épanouir. Cela a donné à nos nobles et à nos marchands des fonds pour le mécénat, afin que les artistes puissent peindre, sculpter, créer. Cela a permis aux érudits de promouvoir l'éducation, l'étude du

472   TRACI L. SLATTON

passé, la philosophie et la science. Les fruits de cette période de paix nourriront l'humanité pendant mille générations. Ne le voyez-vous pas, Luca ? »

Je restai un moment silencieux. Puis je hochai la tête. « Il y a de la vérité dans ce que vous dites. »

Le vieux plaisir de la victoire passa brièvement sur son visage. Il fut vite suivi par la peine. « Mais la force et la paix de l'Italie ne me survivront pas. La monarchie franque marchera sur nos terres. Nos États n'ont pas la puissance que donne l'unité, alors que le roi franc a fédéré ses territoires sous son autorité. Il y a une seule France mais plusieurs Italie. Il marchera sur la péninsule. Les cités-États tomberont l'une après l'autre devant son armée. Même si toute l'Italie ne se rend pas, il siphonnera la puissance de Florence. Vous verrez. J'aime mon fils Piero mais il ne maintiendra pas l'équilibre. Peut-être, si je vivais dix ans de plus, mûrirait-il pour devenir digne du nom des Médicis. Mais aujourd'hui il est trop jeune. Insensé et craintif. Faible.

— Vous étiez jeune quand votre père vous a légué le gouvernement de Florence, lui fis-je remarquer en m'asseyant au bord du lit, là où je m'étais entretenu avec un Cosimo souffrant tant d'années plus tôt.

— J'étais trop jeune, soupira-t-il. Suffisamment fort. Mais j'ai fait des erreurs.

— Je n'aurais jamais cru vous entendre prononcer cet aveu !

— J'ai invité certaines personnes à revenir à Florence, mais elles n'ont rien à faire ici.

— Les Silvano. »

Il eut un rire faible, fermant les yeux à cause de la douleur. « Et d'autres. Mais je suis navré d'avoir fait revenir cette famille, Luca Bastardo. Sincèrement. J'étais heureux pour vous quand vous avez épousé Maddalena. J'ai compris que vous l'aimiez le soir où je vous ai vu assis à côté d'elle à ce dîner chez Rucellai. Avez-vous reçu le cadeau de mariage que je vous ai envoyé ?

— Plusieurs fûts d'excellent vin, répondis-je en haussant les sourcils. Je les ai tous fait vérifier de peur qu'ils ne soient empoisonnés. »

Lorenzo rit de nouveau, jusqu'à tousser cette fois. Quand il reprit la parole, sa voix aiguë et nasillarde parut presque gaie. « Alors j'avais raison sur vous, en fin de compte, Luca Bastardo. Cela me console. Vous n'avez effectivement pas d'humour. Vous tuer aurait gâché le jeu, cela l'aurait achevé prématurément. Vous ne comprenez toujours pas ?

— C'était plus divertissant de me voir me débattre. »

Il hocha lentement la tête. « Ce n'est pas la famille Silvano qui m'inquiéterait le plus, à votre place. Vous avez réussi à les éviter pendant longtemps... Cent cinquante ans ? Davantage ? » Il marqua une pause et me dévisagea, mais je ne répondis pas. Il poussa un profond soupir. « Il y a deux ans, j'ai proposé à quelqu'un de revenir en ville. Je n'aurais pas dû. Il sèmera le trouble. Un prêcheur dominicain né à Ferrare.

— Ma femme préfère ce moine augustin éloquent, Fra Mariano.

— Comme toute l'aristocratie et la haute bourgeoisie, mais le *popolo minuto* a des goûts différents, répondit Lorenzo. Le bas peuple aime qu'on lui parle de vilenie. Il aime qu'on dénonce la vanité des nobles et des riches. Il ne peut pas se la payer, cette même vanité qui a nourri Florence et lui a fait atteindre des sommets, alors il veut qu'on la condamne. »

Je plissai les yeux, pensif. « Vous parlez de ce clerc idiot qui prêche contre le bel art, la philosophie platonicienne, et promet à tous l'apocalypse si nous ne nous réformons pas sur-le-champ ? Je ne l'ai jamais rencontré, j'ai seulement entendu parler de lui.

— Il n'est pas idiot mais il est encore plus laid que moi. Il prétend que Dieu parle à travers lui, et ses sermons sont devenus si populaires que San Marco ne peut accueillir toute sa congrégation. Il a déménagé à Santa Maria del Fiore. Il nous critique en permanence, nous les Médicis. Il veut que Florence élabore une nouvelle Constitution fondée sur celle de Venise, sans l'office du doge ! »

Je haussai les épaules. « Je ne suis pas inquiet. Nous Florentins restons les mêmes : un peuple amateur de plaisirs, d'argent, de bonne chère, qui a engendré des artistes, des penseurs, des banquiers de haut vol. Aucun moine, même passionné, ne pourra réformer la nature fondamentale de la ville et de ses citoyens.

— Pas sur le long terme, souffla Lorenzo. Mais il a enflammé l'imagination populaire et il fera des ravages pendant quelques années : attendez et vous verrez. Je connais les gens. Je sais ce qu'ils veulent. Il s'appropriera l'avancée des Francs pour remodeler Florence à son goût. Il chassera les Médicis. Ses sermons s'infiltreront jusque dans l'Église et l'ébranleront ; il l'a déjà qualifiée de prostituée et il attirera la fureur de Rome. Il veut des réformes dans le clergé et notre ville. Entre lui et les Francs, Florence perdra sa puissance. Elle ne sera plus jamais le cinquième élément, la plus grande cité du monde. Si je vivais davantage, j'exilerais ce moine ou, mieux encore, je le ferais assassiner dans son sommeil. Surveillez-le et soyez prudent, Luca. Vous détenez un don singulier ; Savonarole vous soupçonnera de démonisme quand Silvano attirera son attention sur vous. Craignez-le, Luca. À votre place, je m'inquiéterais pour moi et les miens.

— J'ai l'habitude de craindre ceux qui me traitent de sorcier », rétorquai-je.

Il leva le menton. « Mais vous n'êtes pas démoniste, Luca. Je le sais. Vous m'avez demandé plus tôt comment je m'étais renseigné sur vos origines et je vous ai parlé d'un document traduit par Ficino. Il s'intitule *La Dernière Apocalypse de Seth* et c'est un évangile interdit, un livre saint cathare. Il décrit une race secrète d'hommes engendrée par le fils d'Adam, Seth. Ces gens présentent une longévité incroyable, mais pas parce qu'ils sont mauvais. C'est parce qu'ils vivent cachés, maintenant la pureté de leur lignée.

— Une lignée pure, voilà qui ne les fera pas aimer de l'Église, commentai-je.

— Non, en effet. » Lorenzo secoua la tête. « L'histoire raconte que ces gens ont été persécutés et massacrés pendant l'histoire, notamment par les armées papales. Ils sont la preuve vivante d'un passé que le clergé ne veut pas voir divulguer. Mais, Luca, la véritable menace qui guette l'Église vous dépasse, et c'est le présent que je veux vous offrir. » Il se tut et je l'observai attentivement en me demandant ce qu'il allait me révéler. Il sourit. « Vous n'êtes pas le dernier représentant de ce peuple. Dans le manuscrit qu'a traduit Ficino, il y avait une annotation récente. Elle précisait qu'une grande communauté vivait en secret dans des montagnes lointaines. Ils attendent d'être assez nombreux pour se révéler. Votre famille viendra vous chercher, Luca. Évitez les ennuis, si possible, et vous serez réuni avec les vôtres. »

Chapitre vingt-trois

*L*orenzo de Médicis mourut une semaine plus tard. Je ne me rendis pas aux funérailles mais j'envoyai une lettre de condoléances et demandai une copie de la traduction de *La Dernière Apocalypse de Seth* réalisée par Ficino. Je reçus une réponse cassante m'expliquant qu'il avait laissé des instructions explicites spécifiant qu'on ne devait me remettre à son décès que sa vieille selle, laquelle fut dûment livrée à ma résidence. C'était évidemment celle qu'il m'avait offerte des décennies plus tôt et que je lui avais rendue après le sac de Volterra. J'en gardai la certitude inconfortable qu'il en savait plus que moi sur mes origines, ce qui n'augurait rien de bon ; il jouait encore avec moi depuis un purgatoire ou l'autre.

Et les paroles qu'il avait prononcées sur son lit de mort mûrirent et se concrétisèrent. Après sa disparition, les sermons de Savonarole se firent plus intenses et apocalyptiques. Le moine était déterminé à éradiquer l'immoralité et la corruption de Florence, encouragées, prétendait-il, par les Médicis. Il prophétisait la tragédie et le fléau de la guerre. Il avait prédit en 1492 la mort de Lorenzo et du pape Innocent VIII ; quand cela se produisit, il s'enhardit. Il tonnait depuis la chaire du Duomo : la ville serait purifiée aux mains de l'armée franque. Comme il l'annonça, et comme Lorenzo l'avait imaginé, en 1494, le roi Charles prit la tête d'importantes troupes qui entrèrent dans la péninsule. Elles traversèrent les Alpes avec des bannières de soie blanche qui proclamaient « *Voluntas Dei* ». Lodovico Sforza, dirigeant de Milan, y vit le moyen de réaliser ses ambitions personnelles et les accueillit malgré son alliance avec Florence.

L'armée marcha vers le sud et Piero de Médicis, le fils de Lorenzo, s'efforça de conclure la paix avec Charles en lui cédant Pise et quelques autres forteresses de la côte tyrrhénienne. Ce comportement lâche outragea Florence, qui s'enorgueillissait de sa domination sur Pise. Son père n'aurait jamais permis une chose pareille. La *signoria* lui ferma ses portes et chassa les Médicis. La foule s'introduisit dans le *palazzo* fabuleusement aménagé de la Via Larga et le pilla. Savonarole joua de son influence sur la masse pour fonder une nouvelle république. Il déclara hors la loi les jeux d'argent, les courses de chevaux, les chansons obscènes, les jurons, les excès d'apparat et le vice sous toutes ses formes. Il instaura des sanctions sévères : langue percée pour les blasphémateurs, castration pour les sodomites. Puis le moine accueillit l'armée franque en libératrice. Au titre de représentant de Florence, il plaida auprès du roi Charles pour que ses troupes restent en dehors de ses murs. Mais, le 17 novembre 1494, ses discours s'avérèrent inefficaces : Charles fit entrer douze mille soldats.

Maddalena et moi observions la scène depuis le balcon de notre *palazzo*. Le martèlement des sabots et des pas résonnait à travers la cité tandis que la gigantesque cohorte pénétrait dans ses rues étroites et sinueuses. Le roi chevauchait en tête.

« Regarde-le dans son armure d'acier, il est si petit et son cheval de guerre si grand qu'on dirait une poupée de fillette », commentai-je. Je passai le bras autour de Maddalena et m'aperçus qu'elle tremblait. « *Carissima mia*, tu as froid ? » J'ôtai mon *mantello* et le posai autour de ses épaules, le fermant sous son joli menton pour la protéger du vent et de la température.

« Non, souffla-t-elle. Je n'aime pas voir une armée entrer dans une ville.

— Maddalena, ce n'est pas comme Volterra, dis-je en la serrant contre ma poitrine.

— Tu dois me trouver bête d'avoir peur. » Elle eut un rire, mais sa voix tremblait.

« Jamais », fis-je en déposant un baiser sur ses cheveux. Sa vulnérabilité me faisait l'aimer encore plus. Mon épouse pivota entre mes bras et me regarda dans les yeux avec candeur, me permettant de plonger au cœur de la petite fille effrayée qui vivait toujours en elle. Cette petite fille était d'une intensité si douloureuse et réelle qu'elle ramena ma propre enfance au premier plan. Luca, le petit garçon abandonné, trahi, brutalisé, rejoignit sa Maddalena jeune, blessée, terrifiée. Notre douleur, notre joie, notre amour, notre peur marchaient main dans la main, sans barrière entre nous, à la manière de vagues sur la même rivière douce-amère. Nous restâmes silencieux un long moment. Une armée marchait en ville et des cris résonnaient partout, mais nous flottions dans la profonde communion de nos individualités. Puis Simonetta sortit sur le balcon en courant, ses nattes blond-roux sautant autour de son visage. Elle s'introduisit entre nous en se tortillant jusqu'à ce que nous riions et l'enlacions à son tour.

« Comme ils ont de beaux costumes, papa! » observa-t-elle. Âgée de sept ans, elle avait une réserve inépuisable de questions; elle plissait à présent le nez et inclinait la tête. « Les soldats restent-ils aussi beaux quand ils se battent?

— Non, ma chérie, dans un vrai combat, leurs costumes ne resteraient pas aussi raffinés », répondis-je.

Maddalena grimaça. Elle me chuchota par-dessus la tête de notre fille : « Je sais ce que les soldats font aux enfants!

— Je combattrais une armée pour vous deux! répliquai-je vigoureusement.

— Tu gagnerais! » s'exclama Simonetta. Elle m'adressa un regard d'adoration qui me fit fondre à nouveau. Il y avait dans l'amour qu'une fille exprime à son père une qualité qui me déterminait à protéger ma femme et mon enfant à n'importe quel prix. Ma vie ne signifiait rien à moins de servir la leur.

La fillette reprit : « Tu devras te battre, papa?

— Je ne pense pas, fis-je en lui tirant doucement une natte. Les Francs ne resteront pas longtemps. Florence les a laissés entrer mais ses citoyens n'accepteront pas qu'on les traite en population conquise. Charles lancera des menaces, les délégués florentins ne se laisseront pas impressionner, mais il ne voudra pas se battre dans les rues. Elles sont tellement étroites que ses forces ne trouveraient pas de prise pour se déployer. Nous connaissons le terrain, nous avons l'avantage. Charles risque de voir ses troupes arrêtées sur les rives de l'Arno. Il ne permettra pas que cela arrive. Il prendra l'argent et poursuivra sa route.

— J'espère que tu as raison », fit Maddalena avec anxiété.

C'était une période agitée pour nous tous, avec Savonarole qui avait pris le pouvoir et, à présent, l'occupation de l'armée franque. Bien que celle-ci fût repartie dix jours plus tard, la ville resta déstabilisée. Ses tavernes et ses lupanars étaient fermés, les jeunes gens entonnaient des cantiques au lieu des chansons paillardes, et des bandes d'enfants turbulents qui s'appelaient eux-mêmes les Pleureurs rôdaient en ville, appliquant les lois sévères du prêcheur. Le commerce souffrait, les récoltes furent mauvaises – et Florence, la ville des banquiers et des marchands, fit faillite.

Curieusement, les tensions de cette période ne nous affectèrent pas, Maddalena et moi. Nous vivions dans la simplicité et la discrétion pour éviter d'attirer l'attention. Nous étions cloîtrés dans notre amour mutuel et dans la fierté de notre fille bien-aimée, ce qui nous protégeait. Mon épouse se soumit facilement aux codes vestimentaires stricts de Savonarole, mais elle ne se rendait pas à ses sermons. En privé, nous trouvions tous les deux que sa sévérité tenait du déséquilibre et nous nous tînmes à distance de lui et de son entourage. Puis, un jour de février 1497, un soir qu'elle rentrait à la maison, Maddalena nous proposa, à Simonetta et moi, de nous rendre à l'un de ses carnavals de sobriété et d'abnégation.

À son arrivée, Simonetta et moi étions plongés dans l'étude du latin. J'avais refusé d'embaucher un précepteur, préférant passer ce temps moi-même avec ma fille. J'étais un bon professeur. J'avais été celui de la mère de cette enfant intelligente. J'avais été celui d'un personnage aussi illustre que Leonardo, dont nous parvenaient des éloges sur son travail à Milan. Il m'avait envoyé une lettre et un croquis résumant une fresque, *La Cène*, peinte sur le mur du réfectoire de Santa Maria delle

Grazie. Je comptais m'y rendre pour la voir. Sandro Botticelli, qui l'avait contemplée, me l'avait décrite en pleurant ; c'était l'expression magistrale et bouleversante d'un instant dramatique, la seconde après que le Christ eut dit « L'un de vous me livrera ». Chaque disciple se trouvait complètement révélé par son expression, de la stupéfaction d'André, bouche bée, à l'empressement pugnace de Pierre déclarant son innocence, le couteau à la main, jusqu'à un Judas au teint sombre et au regard fixe, penché à l'opposé du Messie, isolé et coupable. Leonardo lui-même m'avait écrit : « Le peintre a deux objectifs, l'homme et l'intention de son âme. Le premier est aisé, le second ne l'est pas car il faut la représenter par le mouvement des membres. »

Mais il avait représenté chaque âme à la perfection sur cette fresque, dont un Christ à la sérénité et à la beauté profondément émouvantes. Il avait ajouté à ses portraits virtuoses une composition sublime et discrète de triangles, ainsi qu'une tension éblouissante dans les éléments ordinaires, mais transfigurés, du dernier repas et de la première communion sacrée – les verres à vin, les couverts, les miches de pain et les plats en étain. Le pain de la vie annonçait la mort. Par ailleurs, immanente dans cette *Cène*, il y avait la sainteté de la communion, une bénédiction continuelle des croyants. Et c'est ainsi que la mort est implicite dans la vie : l'instant le plus anodin contient à la fois rédemption et tragédie.

Un de ces instants ordinaires vint nous trouver, ma fille et moi, à l'étage, dans l'atelier qui avait été converti en salle de jeux. Nous travaillions sur une traduction de Cicéron. C'était difficile pour une enfant de dix ans, mais notre brillante Simonetta se débrouillait. Il y eut de l'agitation à l'entrée et nous courûmes au rez-de-chaussée pour voir de quoi il s'agissait.

« Maman ! Je suis tellement contente de te voir ! » Elle rit et bondit au cou de sa mère.

« *Simonetta mia.* » Maddalena serra notre fille contre elle. « Comment se passent tes leçons ?

— Cette heure de latin fut une torture pour notre *ragazza* », dis-je. Je me penchai par-dessus la petite tête blonde pour embrasser mon épouse, respirer son parfum de lilas et de citron et passer la main sur sa joue douce. Je ne manquais jamais une occasion de la toucher, ce qui devait me réconforter plus tard.

Gaiement, elle annonça : « Luca, Fra Savonarola organise un autre carnaval.

— C'est ainsi qu'il qualifie ces événements assommants ? Un carnaval, c'est quand une belle femme costumée embrasse un homme sur un pont et lui donne l'impression d'être le seul être vivant sur terre ! »

Elle rit. « Celui-là vaut la peine d'être vu ; toute la ville est dehors pour écouter son sermon et participer à la procession. Pourquoi ne pas y aller tous ensemble ? »

J'avais évité le moine depuis la mise en garde du rusé Lorenzo, mais, bien avant, je m'étais promis de toujours dire oui à Maddalena. Aussi acceptai-je ; j'enfilai mon *lucco* et mon *mantello* les plus sobres et les plus maussades et nous sortîmes tous les trois.

La fureur consumait les rues de Florence ; la fureur de la pureté, de la perfection, de l'obéissance aveugle à un fou, la voix autoproclamée de Dieu. J'aurais dû deviner qu'une telle obsession conduirait inévitablement à la tragédie, à la mort et au chagrin. Des foules en habits mornes surgissaient vers la Piazza della Signoria. Une bande de ces jeunes voyous qui étaient le bras armé de Savonarole courut vers nous juste au moment où nous tournions dans la Via Larga.

« Donnez-nous une vanité ! exigea un petit garçon aux cheveux noirs d'environ douze ans. Un bien matériel qui empêche votre cœur d'atteindre la vertu ! » Une douzaine d'enfants habillés de blanc vociféraient et se massaient autour de nous, ce qui poussa Simonetta, âgée de dix ans, à les observer avec curiosité. « On ne partira pas avant que vous ne nous abandonniez une vanité, menaça le garçon, on les rassemble pour saint Savonarole lui-même !

— Voilà », fit Maddalena en riant. Elle ôta son *mantello* avant de détacher puis d'enlever ses manches vert émeraude faites de la soie la plus fine. Elle les avait mises en pensant que le *mantello* les cacherait. Les enfants poussèrent des acclamations et s'en emparèrent. Je souris en voyant ses bras fins et blancs, ce qui suscita en moi de chaleureuses idées licencieuses que le pieux Savoranole n'aurait jamais approuvées.

« Vous serez récompensée aux cieux ! s'écria le petit, et le groupe partit en courant.

— Tu es trop généreuse, Maddalena, commentai-je, pince-sans-rire, en l'aidant à remettre son *mantello* gris.

— Maman est toujours merveilleuse mais je ne crois pas qu'elle aurait eu le choix, répliqua Simonetta avec son piquant habituel. Ils étaient très déterminés ! Vous croyez que leurs manières seraient meilleures s'ils lisaient Cicéron ? » Bien sûr, sa remarque nous fit rire et nous la serrâmes dans nos bras avant de repartir, collés les uns aux autres, vers la place.

Même à la périphérie de l'esplanade, la foule était dense. La multitude murmurante arborait un air sinistre et résolu qui fit naître dans mes poumons un serrement anxieux. Je savais d'expérience que les multitudes basculent trop facilement dans la cruauté. Je me rappelais celle qui avait voulu me brûler pour sorcellerie et l'autre qui avait lapidé Moshe Sforno et la petite Rebecca pendant la première épidémie de peste. Je repensai à l'armée qui avait pillé Volterra. Il y avait dans la nature humaine un courant qui laissait une destruction gratuite se répandre impunément dès que le nombre était présent. Je songeai à faire demi-tour et à rentrer mais la nuée était trop compacte et enva-hissante. Maddalena, Simonetta et moi-même fûmes pressés par les arrivants derrière nous. Je serrai fermement la main de ma fille d'un côté et celle de mon épouse de l'autre.

Au centre de la place, nous contemplâmes un spectacle atroce : une grande pyramide de bric-à-brac s'élevant vers le ciel à une hauteur de dix étages. Tandis qu'on nous poussait peu à peu vers l'amoncellement, les contours des objets prirent leur sens, révélant la beauté qui avait fait la grande richesse, la pléni-tude et l'appétit de Florence : livres, perruques, tableaux, masques de carnaval du temps de Lorenzo, miroirs, houppettes, cartes et dés, pots de rouge à joues, flacons de parfum, coiffes de velours, échiquiers, lyres et innombrables autres choses. Certaines étaient des babioles superficielles, d'autres des objets de valeur. Dans la pyramide, je vis des tableaux de Botticelli, d'autres de Filippino Lippi, un Ghirlandaio et un autre qui était assurément une œuvre de jeunesse de Leonardo, ce qui me mit le cœur dans un étau. J'aperçus de riches *cottardite* et des *mantelli* bordés de fourrure, des coffres peints, des bracelets d'or, des calices d'argent, même des crucifix à joyaux. La masse continuait à alimenter le feu, se débarrassant à chaque vanité artistique et précieuse du désir qui avait fait de Florence la reine éclatante des villes de la péninsule italienne. Si Lorenzo de Médicis avait vécu un peu plus longtemps, il aurait levé l'armée florentine contre Savonarole et la foule pour punir cette profanation de la ville et de ce qu'elle représentait. Je m'interrogeai sur l'étendue de ma responsabilité dans cette obscénité; j'avais refusé de donner le *consolamentum* à Lorenzo, lequel aurait pu prolonger son existence.

« À bas, à bas l'or et les décorations, à bas sur la terre, où la chair nourrit la vermine ! » cria une voix, et je me rendis compte que c'était Savonarole lui-même. Je ne l'avais jamais vu; assister à ses sermons ne m'avait jamais intéressé, pas plus que Maddalena, mais je me tournai alors pour entrevoir son visage. Après tout, ce moine mettait notre cité sens dessus dessous. Son discours déclencha un tumulte qui manqua noyer ses paroles suivantes : « Repens-toi, ô Florence ! Endosse les blancs habits de la purification ! N'attends pas car tu n'auras peut-être plus le temps de faire pénitence ! Le Seigneur me pousse à te le dire : repens-toi ! »

Je parvins enfin à apercevoir son visage. Je le reconnus aussitôt. C'était le clerc maigre aux yeux de braise qui nous avait regardés, Maddalena et moi, faire l'amour sur le Ponte alle Grazie des années plus tôt; c'était lui qui avait déchiré sa robe et dénoncé notre attitude. Je me rappelais encore la façon dont il l'avait regardée. Je me rappelais ses menaces. J'aurais dû le tuer quand j'en avais eu l'occasion. La peau de mes bras et de ma nuque fourmilla et mon estomac protesta. « Maddalena, allons-nous-en ! lui dis-je avec urgence. Tout de suite ! »

Elle ne m'entendait pas. Un vacarme se déclencha à notre droite quand un homme à l'accent vénitien cria qu'il offrait vingt mille écus pour toutes les œuvres de la pile. Un homme intelligent parmi des bêtes, songeai-je, mais la multitude devenue folle vomit un rugissement mauvais et désapprobateur. Je criai un nouvel avertissement à Maddalena, en vain. Des trompettes barrirent, des cloches sonnèrent et noyèrent mes paroles. Je me penchai mais Simonetta lâcha ma main. Elle pointa quelque chose du doigt et courut, tirant sa mère derrière elle. Je voulus suivre mais je fus bloqué par un groupe enragé qui avait mis les mains sur le Vénitien et lui avait volé son manteau pour assembler une effigie railleuse avec de la paille et un balai. Je distribuai coups de poing et de pied mais ne pus me libérer qu'au bout de quelques minutes, quand le mannequin fut jeté sur la pile. Et je ne vis alors aucun signe de Simonetta ni de Maddalena.

Je cherchai alentour, pris de panique, criant leur prénom, mais des gardes affluaient sur la place pour encercler le feu de joie et je n'arrivais même pas à m'entendre avec le tumulte de la foule et la sonnerie de toutes les cloches de la ville. Les cent mille personnes résidant à l'époque à Florence semblaient toutes se trouver sur l'esplanade et dans les rues avoisinantes. Je continuai à bousculer mon entourage, observant frénétiquement les visages. J'appelai ma femme et ma fille jusqu'à m'enrouer la gorge. Les gardes incendièrent la pyramide des vanités devant les infortunés membres de la *signoria* qui observaient la scène depuis leur balcon. Je grimpai aux murs et aux portails, scrutant la multitude d'en haut, en vain. Au bout de plusieurs heures, je rentrai chez moi, pensant que Maddalena et Simonetta finiraient par y retourner si elles ne s'y trouvaient pas déjà.

Je me frayai un chemin à travers la marée humaine affluant vers le bûcher de Savonarole flamboyant d'orange et de rouge, bûcher funéraire de Florence illuminant les cieux. Quand j'atteignis finalement mon *palazzo*, Sandro Filipepi attendait devant la porte. Je compris qu'il était arrivé quelque chose au moment où je posai les yeux sur lui. Sandro, toujours de bonne humeur, pleurait.

« N'entre pas », dit-il d'une voix brisée en me prenant dans ses bras. Son visage était humide contre ma joue.

« Qu'est-ce qui s'est passé ? m'écriai-je. Où sont Maddalena et Simonetta ?

— Prépare-toi, Luca, sanglota-t-il en m'étreignant avec force. Je croyais que Savonarole soignerait les excès de l'Église, qu'il offrirait une résolution à nos maux, mais... ça ! »

Je franchis en trombe la porte ouverte et pénétrai dans le vestibule, où se tenait un cercle de personnes silencieuses : mes domestiques, la servante replète de mon épouse, deux amies de Maddalena et quelques étrangers. Tous pleuraient. Je poussai un gémissement de terreur et de certitude. Ils s'écartèrent devant moi. Étendues par terre se trouvaient ma femme et ma fille. Elles étaient trempées, leurs robes sombres déployées en éventail autour de leur corps pâle et incandescent comme les taches d'encre d'une rivière noire. Je compris au premier coup d'œil qu'elles étaient mortes mais je cherchai quand même leur pouls. Je m'agenouillai d'abord à côté de Simonetta, parce que c'était ce que Maddalena aurait voulu. La chevelure blond-roux de notre enfant, de la même couleur que la mienne, était gorgée d'eau, tout comme la simple *cottardita* brune exigée par Savonarole. Son *mantello* avait disparu et j'écartai une lourde boucle de son visage pour que mes doigts tremblants puissent se poser sur son cou. Rien. Rien à son poignet non plus. Même chose pour Maddalena. Je revins à Simonetta, pris sa jolie petite tête, l'inclinai en arrière et soufflai de l'air dans ses poumons. J'ignore combien de temps je respirai dans sa bouche, décidé à la réveiller, avant que Sandro ne me tire en arrière.

« *Basta !* C'est fini, Luca, pleura-t-il, le visage mouillé de larmes. Mais je peindrai les beaux cheveux de ta fille et le visage magnifique de ta femme jusqu'à ce que le Seigneur me rappelle à lui, et elles vivront ainsi pour toujours.

— Comment est-ce arrivé ? » demandai-je d'une voix engourdie. Des torches flamboyaient dans les appliques mais j'avais du mal à y voir. Tout fondait devant mes yeux, les gens et les murs se mêlaient les uns aux autres, un kaléidoscope pesant de couleurs s'écroulait pour m'écraser comme une paroi en pierre. J'arrivais à peine à me concentrer. Je n'avais plus d'air, plus de souffle, verrouillé en moi-même.

« J'ai vu la scène par hasard, murmura la servante de Maddalena, en sanglots. Savonarole lui-même l'a montrée du doigt dans la foule. Des hommes l'ont soulevée pour qu'il puisse la voir et il a dénoncé le livre qu'elle tenait à la main ; elle avait voulu le sauver du feu. Ce devait être un livre d'astrologie parce qu'il s'est mis à crier : "Catin ! Astrologue ! Femme d'hérétique !" Elle est tombée des épaules de ceux qui la portaient et un groupe enragé l'a poursuivie jusqu'à la forcer à entrer dans l'Arno. Ils hurlaient que c'était une putain, que l'astrologie était un blasphème, qu'il fallait la purifier. Simonetta courait dans leur sillage, elle s'est jetée à l'eau pour aider sa mère quand une vague immense a traversé le fleuve et elles ont disparu toutes les deux ! Un peu plus tard, les corps étaient rejetés sur la rive.

— La petite a tenu bon alors que Maddalena voulait qu'elle s'éloigne et sauve sa vie, ajouta Sandro tristement. Simonetta était déterminée, elle n'a pas écouté.

— Ça ne m'étonne pas, répondis-je d'une voix rauque. Elle était dévouée à sa mère et à moi. » Des visages affligés m'entouraient et je leur fis signe de partir. Je les renvoyai, même la servante de Maddalena, qui hurla de douleur au point que les autres domestiques durent l'emmener.

Quand je fus seul, je m'étendis par terre entre ma femme et ma fille. Le tissu lourd et humide de leurs vêtements émit des bruits mous tandis que je me faufilais entre elles. Je leur pris la main à chacune. L'eau du fleuve avait formé une flaque qui s'infiltrait dans mes vêtements, dans ma peau et mes os, comme pour dissoudre ce qui restait de moi après qu'on m'eut enlevé mon amour : mon corps physique, vide et inutile. Je restai allongé en silence, attendant la mort, priant qu'elle arrive. Je priai comme je ne l'avais fait que deux fois dans ma vie : devant les fresques de saint Jean l'Évangéliste réalisées par Giotto à Santa Croce et après avoir enterré Ginori, mon ami roux et costaud, dans les collines de Fiesole. Je l'enviais d'avoir péri peu après sa famille et c'était là l'objet de ma demande. Je priais pour mourir. Je priais pour rejoindre ma femme et ma fille, où qu'elles soient. Je suppliai Dieu, L'implorai, Lui promis n'importe quoi s'Il voulait seulement mettre un terme à sa plaisanterie.

Je ne reçus aucune réponse. Il devint manifeste que je ne périrais pas cette nuit, aussi parlai-je à Maddalena et à Simonetta. Je leur dis tout mon amour. Je leur expliquai combien elles comptaient pour moi, combien elles étaient importantes, que j'étais infiniment reconnaissant d'avoir eu la chance de les aimer. Je le leur avais exprimé bien des fois ; c'était une once de réconfort. Et puis je leur confiai mes secrets. Les secrets que j'aurais dû partager avec mon épouse bien-aimée quand j'en avais eu l'occasion, mais que je ne l'avais pas fait à cause de la peur qui m'habitait.

« Je m'appelle Luca et je suis une sorte d'immortel, leur dis-je. J'ai plus de cent soixante-quinze ans. Je ne vieillis pas comme les autres. J'ai connu Giotto et je fus vendu à un lupanar par mon meilleur ami, Massimo. J'ai beaucoup tué. » Tandis que ma voix dévidait ses ombres sur les murs tachés par l'éclat des torches, elles parurent se rasseoir à mes côtés et m'écouter.

Quand Sandro revint me chercher le lendemain matin, j'avais quelque peu perdu la raison.

Je n'étais pas redevenu sain d'esprit pour les funérailles de ma femme et de ma fille. Sandro m'habilla et me tint immobile pendant l'office pour éviter que je ne coure nu, mugissant, dans la nef. Puis je quittai mon *palazzo* pour la rue. La richesse, la bonne chère et un beau foyer ne signifiaient plus rien à mes yeux. Comme je l'avais fait dans mon enfance, je dormis sur les places et le long des églises, sous les quatre ponts de l'Arno et au pied des grandes murailles en pierre de la ville. Je mangeais ce que je trouvais et ce qu'on me donnait. J'étais redevenu un mendiant, en loques, avec de longs cheveux sales et une barbe emmêlée et hirsute.

Je connus un bref moment de lucidité quand un bûcher funéraire repoussa les voiles de ma folie, les rendant plus diaphanes.

Un feu allumé sur la Piazza della Signoria. Là où Savonarole avait tenu le bûcher des vanités, on avait érigé un échafaud entouré de petit bois. On brûlait le corps du prêcheur avec celui de deux autres moines après qu'ils avaient été pendus par les inquisiteurs. Je redevins quasiment moi-même quand les flammes s'élevèrent pour lécher le ciel. Dans un état touchant à la fois à la démence et à la raison, je compris clairement où Savonarole s'était trompé. Il n'avait pas vu un fait essentiel. S'il est exact que l'au-delà donne un sens à notre monde, l'inverse est tout aussi vrai. La vérité fondamentale du cœur humain est la suivante : si nous sommes des dieux, comme le pensait Ficino, nous sommes aussi de la poussière et de la boue ; la boue fertile, brun-rouge, des coteaux, les sous-bois verdoyants des forêts, les champs noirs labourés pour les cultures. Nous sommes à la fois des créatures du ciel et de la terre. Ce n'est pas notre pureté qui nous sauvera mais notre épanouissement.

En quelques heures, les trois ecclésiastiques furent consumés ; les bras et les jambes noircis se détachèrent graduellement. Des parties de leur corps restaient accrochées aux chaînes qui les liaient à l'échafaud et, dans la foule, des spectateurs les firent tomber à coups de pierres. Puis le bourreau et ses assistants démolirent l'échafaud à la hache pour qu'il achève de brûler, rajoutant des fagots de broussailles et ranimant le feu au-dessus des cadavres afin qu'ils soient réduits à néant. Des chariots emportèrent les cendres à l'Arno, près du Ponte Vecchio, pour que les fous de Florence qui avaient placé leur destructeur à leur tête ne puissent en retrouver ni chérir aucun vestige.

Le temps était noué en une boucle qui n'avait aucun sens à mes yeux, aussi ignoré-je combien il s'en écoula avant que le prêtre ne vienne me chercher. Je passais mes journées au bord de l'Arno à contempler ses profondeurs incarnant le cosmos. Les beaux visages de ma femme et de ma fille se déployaient comme une pellicule de pigments dissous, des arcs-en-ciel iridescents à la surface de l'eau. Parfois, quand je plissais les yeux, je voyais même Marco. Marco, mon vieil ami, qui m'offrait des sucreries et de bons conseils. Je me rappelais ses longs cils et sa démarche élégante. J'apercevais aussi d'autres amis dans les vagues : Massimo, avec son corps déformé et son esprit agile ; Bella, à qui l'on avait tranché les doigts pour me punir d'avoir voulu quitter le lupanar ; Giotto, qui pétillait de gentillesse chaleureuse et d'intelligence vive ; le *physico* Moshe Sforno et ses filles, surtout Rachel, qui m'avait transmis son savoir, taquiné, aimé ; Cosimo et Lorenzo de Médicis ; Geber, le Vagabond, Leonardo. Il y avait toujours Maddalena avec ses yeux obsédants et sa chevelure abondante, riche et multicolore, que je ne me lassais jamais de caresser et d'embrasser. Par instants, quand je la voyais me rendre mon regard dans l'eau, je sentais aussi son parfum ; cette fragrance de lilas en pleine lumière avec une nuance citronnée. Je m'éveillais dans la boue avec son odeur dans le nez et sur la langue comme si je l'avais aimée dans mon sommeil. Je ne voulais pas m'éveiller. Et je ne pouvais me dérober à ma douce petite Simonetta, que je chérissais dans des songes si nombreux. Elle deviendrait une érudite ou une philosophe comme Ficino, une artiste comme Leonardo ou Botticelli, et elle épouserait un roi ; avec sa beauté, son charme et la dot considérable que je pouvais lui fournir, ses horizons ne connaissaient aucune limite. Et elle resterait éternellement jeune, tout comme moi.

Une femme s'approcha de moi lors d'une chaude journée de printemps. Elle m'apportait du pain mais je lui répondis : « Non merci, *signora*, je n'ai pas faim. » Je le lui rendis ; pourtant, elle refusa.

« Je n'aime pas voir les gens affamés, répliqua-t-elle. Je vous en prie, prenez-le.

— Mais je n'ai pas envie de manger pour l'instant. » Je souris. « J'avais toujours faim quand j'étais petit garçon, il y a presque deux siècles.

— Deux siècles ? fit-elle, stupéfaite. Vous savez ce que vous dites ? Ou avez-vous perdu la raison ?

— Peut-être. Aucune importance. J'avais une fille splendide aux cheveux de la même couleur que les miens et une épouse que j'ai choisie dans une vision, et puis Dieu les a prises. Plus rien ne compte à présent.

— Venez avec moi ! » s'écria-t-elle avec une angoisse soudaine. Ses yeux d'un violet éclatant s'éclairèrent, ce qui me troubla.

« Non, fis-je. Je dois rester près du fleuve, Maddalena est là, ils sont tous là, tout est là ! » Elle insista et me saisit le bras, mais je me libérai d'un mouvement d'épaules et m'enfuis en courant. Le pain tomba par terre et un chien s'en empara. Cependant, ainsi va l'existence : ce qui est nécessaire est perdu.

Le prêtre vint le lendemain. « C'est l'heure, Luca Bastardo », dit-il. Il eut un sourire satisfait. C'était un homme d'une trentaine d'années et ses traits avaient un caractère familier, mais je ne parvenais pas à l'identifier. Les seuls visages que je parvenais à interpréter étaient ceux de mon épouse Maddalena et de ma fille Simonetta, qui chantaient pour moi depuis le fleuve, qui était tout.

Le sourire du prêtre s'élargit. « C'est l'heure. » Je ne comprenais pas ; cet homme n'était guère plus qu'un miroitement au-dessus d'une dalle lors d'une journée brûlante d'été, mais je le suivis de plein gré. J'eus vaguement conscience qu'il me conduisait à son réfectoire. Un serviteur me lava, me rasa, m'habilla de vêtements propres. Il m'emmena dans une pièce où le prêtre s'assit à un grand bureau, et je commençai à mesurer que c'était un personnage insigne. Je regardai autour de moi et m'aperçus que nous étions au monastère de San Marco, auquel les Médicis avaient donné tant de fonds. Il s'y trouvait un retable magnifique de Fra Angelico, ce peintre révérend qui pleurait avant d'esquisser au pinceau la silhouette sacrée du Christ. Le retable le représentait avec la Madone sur un trône d'or au sein d'une composition claire, sur un fond de cyprès et de cèdres toscans.

Les brumes de mon esprit s'éclaircirent, laissant entrer un peu de lumière. Je me retournai vers l'ecclésiastique et observai attentivement ses traits : les cheveux noirs, le visage étroit, le menton en saillie et le nez en lame de couteau. Je compris qui il était : un Silvano. La confusion d'images et de souvenirs où je vivais se brisa d'un seul coup comme un arbre frappé par la foudre et tout redevint net. La raison envahit mon essence et, avec elle, le supplice de la perte. Je lâchai un cri et tombai à genoux.

« Oui, voilà. » Il avait l'air content. « Tu sais qui je suis, n'est-ce pas ?

— Silvano », marmonnai-je, à bout de souffle, car la mort de ma femme et de mon enfant me transperçaient le diaphragme. Incapable de respirer, je me pliai en deux pour vomir.

« Gerardo Silvano. » Il hocha la tête. « Je suis le descendant, à bien des générations d'écart, de Bernardo Silvano, de Niccolo Silvano. J'ai vu ton visage dans un tableau de Giotto et, dans mon enfance, on m'a enseigné l'envergure de tes ravages. Ma famille a longtemps attendu d'abattre sa vengeance sur toi. Tu es un monstre, une créature blasphématrice, un sorcier à la longévité impie, un assassin ! La mort de ta femme et de ta fille a affaibli tes pouvoirs démoniaques et t'a préparé. Je vais maintenant te traduire en justice et accomplir la malédiction prononcée contre toi par mes ancêtres. Et je t'utiliserai à cette fin. Tu prononceras toi-même ta perte. Un cardinal pressenti pour devenir pape viendra te voir et tu te dénonceras à lui.

— Je suis prêt, répondis-je.

— Comprends-tu ce qu'on attend de toi ? Ce qui arrivera ?

— Oui, fis-je. Je révélerai mon nom et mon âge, et ce cardinal m'exécutera pour sorcellerie. » Ma vie, inutile sans Maddalena, toucherait à sa fin. On m'épargnerait le supplice de vivre la perte de mon épouse et de mon enfant. Un soulagement immense m'envahit ; je les rejoindrais enfin. Je trouvais sublime qu'un Silvano soit enfin l'agent de ma délivrance – une plaisanterie digne de la providence divine. Je levai les yeux vers Gerardo avec révérence et gratitude. Percevant plus clairement le carillon divin qui m'avait accompagné pendant près de deux siècles, je compris enfin, si tard, ce que mon étrange existence s'était efforcée de m'enseigner : Dieu ne rit pas cruellement, mais avec amour. Même dans la pire des situations, la grâce divine est entière. Ce n'est peut-être pas facile à formuler dans le langage humain, ni manifeste de l'extérieur. Ce n'est assurément pas logique. Mais cela s'éprouve, se sent, se comprend dans cette région plus vaste de l'âme humaine, ineffable, qui Lui appartient de toute façon. Dieu est un, Dieu est bon, Dieu est amour, seulement amour.

Je me tenais sur la Piazza del Duomo à l'ombre du dôme incomparable de Brunelleschi. J'avais une plume rouge nouée à l'envers de mon *lucco*. Gerardo m'avait soigneusement expliqué ce que je devais faire et j'avais compris. J'étais même impatient. Giovanni, le fils de Lorenzo, était désormais un cardinal reconnu et séjournait à Florence avec des prêtres de l'Inquisition. Ils sortiraient de Santa Maria del Fiore après la messe. Je devais alors les aborder.

C'était un jour chaud et venteux, une de ces journées délicieuses propres à la Toscane, où le ciel s'envole en infinies spirales de voiles azur et blanc, quand le *contado*, autour de Florence, déborde des couleurs éclatantes des fleurs printanières. Debout sur une petite boîte en bois, je tremblais à l'avance. J'étais propre, bien nourri, et je portais un beau *lucco* de soie. Mon cœur battait librement dans ma poitrine désenclavée et j'éprouvais un bonheur délirant. Je rejoindrais bientôt Maddalena. Bientôt, par le biais de mon affection, je m'unirais à elle et à la douce Simonetta dans le grand fleuve d'amour bienveillant qu'était Dieu. L'assemblée émergea de l'immense cathédrale, femmes en *cottardite* de soie et de velours avec leurs filles accrochées à leurs jupes, commerçants et ouvriers de la laine, une poignée de mercenaires, notaires, banquiers, orfèvres, forgerons, armuriers, marchands et quelques gamins des rues qui s'installaient sur les bancs du fond pour mendier quelques pièces à la fin de l'office, espérant que la messe réveillerait la charité chrétienne.

Giovanni, fils de Lorenzo de Médicis, somptueusement vêtu, sortit de la cathédrale. Avec sa prescience, Leonardo m'avait jadis confié qu'il deviendrait pape. Je ne voyais qu'un homme de haute taille bien charpenté au visage terreux, au nez retroussé, et dont les yeux plissés trahissaient la myopie. Il ressemblait à sa mère romaine, Clarice. Il marchait lentement, entouré de prêtres aux habits simples et aux traits sérieux – des inquisiteurs, je le savais. Gerardo Silvano en faisait partie et je le considérai avec tendresse.

« Je m'appelle Luca Bastardo ! » criai-je. On s'arrêta et on se tourna pour me regarder, y compris le groupe lugubre du cardinal. Je continuai : « J'ai vécu plus de cent quatre-vingts ans ! Je vénère le Dieu rieur et Lui seulement ! Je m'appelle Luca Bastardo ! »

Hormis le fait que j'avais fait un choix précis il y avait bien long-temps, lors d'une nuit d'alchimie et de transformation, l'histoire de mon incarcération et de ma torture fut la même que pour des milliers d'autres victimes de l'Inquisition. On me conduisit à une cellule pour m'interroger. Le pape Innocent VIII avait émis une bulle contre la sorcellerie en 1484 et les dominicains avaient éla-boré pour le traitement de ses praticiens un ensemble de procé-dures qu'ils suivaient avec une résolution sérieuse et précise. On me déshabilla, on me rasa et on chercha sur ma peau les marques du diable. On ne trouva rien, aussi deux prêtres me piquèrent avec des aiguilles, cherchant des zones insensibles, preuve d'une invulnérabilité magique. Ils débattirent de l'emploi du chevalet et du *strappado* à mon encontre ; le premier consistait à me ligoter à une planche par les poignets et les chevilles puis à tirer jusqu'à disloquer l'ensemble de mes articulations, le second à m'attacher les bras dans le dos, à fixer la corde à l'estrapade puis à me jeter à répétition dans le vide jusqu'à ce que les bras quittent leur axe et que les épaules se démettent. Gerardo Silvano préféra utiliser les *turcas* pour m'arracher les ongles puis enfoncer des aiguilles chauffées dans la chair à vif. Giovanni, qui vint assister quelque temps aux opérations, s'impatienta et me fit fouetter : deux cents coups de cravache. Il n'avait pas le cœur assez accroché pour en voir plus et partit quand les tenailles mises au feu rougirent, signal qu'elles étaient assez chaudes pour me brûler.

La première journée toucha à sa fin, mais il s'agissait en fait du deuxième jour, car on m'avait interrogé toute la nuit. Les inquisiteurs finirent par se lasser de leur jeu et s'en furent. Je n'étais pas très divertissant, de toute manière. J'admettais volontiers tout ce qu'ils me demandaient. Oui, j'étais un sorcier et un magicien ; oui, je vénérais le diable ; oui, je pratiquais la nécromancie ; bien sûr, je buvais le sang de nouveau-nés chrétiens pendant des cérémonies satanistes qui parodiaient la sainte communion. On me jeta dans une petite cellule, le sang s'écoulant des lézardes laissées par le fouet sur tout mon corps, du pus suintant des brûlures. On m'avait broyé les orteils gauches aux poucettes et fracassé la cheville au marteau jusqu'à réduire l'os en pulpe et la peau en loques. J'étais étendu par terre, respirant bruyamment, sans me soucier des larmes coulant de mes yeux. En fait, je me trouvais chanceux de les avoir encore. Gerardo avait voulu les passer au fer rouge.

Le temps s'écoula, un jour, peut-être deux, et l'on m'ignora. On me jetait de l'eau et des croûtes de pain moisies par les barreaux de ma porte. Puis j'entendis une voix pressante appeler mon nom. « *Luca, Luca mio !* » Même à travers la douleur, je reconnus la voix musicale de Leonardo. Je me redressai douloureusement pour m'asseoir, adossé au mur de pierre de ma cellule.

« *Ragazzo mio*, comment vas-tu ? croassai-je.

— Mieux que vous », répondit-il. Il tendit la main à travers les barreaux pour me caresser doucement la tête. Ses beaux yeux se noyèrent et le chagrin tordit son visage noble. « Je ferai tout ce que je pourrai pour vous, *caro*. Je demanderai à Sforza d'envoyer une missive au pape suppliant de vous épargner. Je ferai intervenir les nobles, n'importe qui !

— Comment se fait-il que tu sois là ? demandai-je, cillant sous la douleur qui me prenait en grands élancements palpitants.

— Quand on vous a arrêté, Filipepi a envoyé un messager à Milan. Il lui a fallu quelques jours pour me trouver. Je suis venu aussitôt. J'ai soudoyé le geôlier et les prêtres pour entrer vous voir. Oh, Luca, comment cela a-t-il pu se produire ? murmurat-il d'une voix brisée.

— Peu importe.» Je soupirai. «Je ne veux pas vivre sans Maddalena ni Simonetta.

— Pourquoi ne pas m'avoir fait quérir à leur décès ? s'écriat-il, au supplice. Je serais venu vous réconforter ! Je l'ai appris des mois plus tard et vous aviez déjà disparu !

— J'ai perdu l'esprit, répondis-je à mi-voix en prenant sa main. J'attendais qu'on me libère pour aller les rejoindre. J'ai maudit ma longévité qui me garde loin d'elles.

— La vie n'est pas une malédiction, dit-il en pleurant. Et vous n'êtes pas un sorcier, Luca. Il faut trouver le moyen de vous sauver !

— Pourquoi ne serais-je pas un sorcier ? répliquai-je. Je suis caractérisé par cette maudite jeunesse que je me suis efforcé de cacher si longtemps. Les dominicains ont peut-être raison, une magie maléfique me garde anormalement à l'abri du temps, une magie mauvaise qui met le monde en danger.

— Non ! Il y a une explication naturelle ! Vos organes et vos fluides se régénèrent, ou autre chose ! Je ne sais pas encore de quoi il s'agit, mais, dans l'avenir, des hommes de science vous étudieront et élucideront le fonctionnement de votre anatomie !

— Qui sait ? la nature est capricieuse, peut-être s'est-elle divertie à créer un être tel que moi.» Je haussai les épaules. «Quelqu'un qui a vécu plus longtemps qu'il n'aurait dû, qui a vécu trop longtemps. Et "trop longtemps", c'est quand ta femme et ton enfant meurent.»

Il m'étudia un moment puis hocha la tête. «Les cathares avaient peut-être raison en supposant votre esprit emprisonné dans votre corps physique. Et la nature voulait le voir se débattre tandis qu'il désirait ardemment retourner à sa source.

— Il sera bientôt libre.» Je souris malgré la douleur. «On me brûlera demain.»

À force de pots-de-vin et de cajoleries, Leonardo eut la permission exceptionnelle de me fournir des vêtements propres. Il revint m'en apporter d'autres, ainsi que le cahier de Pétrarque, les lunettes de Geber et le panneau de Giotto; je lui léguai les deux derniers. Il refusa, éperdu de chagrin, mais je le suppliai d'accepter. Enfin, il s'en fut et, bien que je l'aime, je fus soulagé de le voir partir. Sa peine pesait sur mes épaules.

Je me suis mis au travail, chroniquant ma vie, dont je ne regrette pas un seul instant malgré mes souffrances actuelles. Je ne regrette même pas les horreurs subies au lupanar de Silvano parce qu'elles ont fait naître ma soif d'amour, ma soif d'aimer. Et j'ai aimé Maddalena, ce qui représente tout au monde. Qu'elle m'ait aimé en retour fut la grâce de Dieu. Certains vivent sans connaître ce bonheur et ils parcourent le monde en quête d'une longévité telle que la mienne ou d'une fortune semblable à celle que j'ai accumulée. Ils ne se rendent pas compte que le cœur est le plus grand des trésors.

J'ai écrit toute la nuit sur les pages de vélin fin du cahier de Pétrarque. L'aube du jour où l'on me conduira au bûcher est presque levée. Je suis assis, mon dos écorché contre les pierres du mur de ma cellule. Une mare de mon sang coagule autour de moi.

J'entends un froissement aux barreaux de ma cellule et un garde brutal regarde à l'intérieur. « Ils ont payé cher pour te voir, sorcier, j'espère que tu en vaux la peine ! » Il me crache dessus puis s'éloigne d'un pas lourd. Mes paupières se ferment tandis que je me demande qui a bien pu venir assister à mon avant-dernière disgrâce.

« Luca ! » appelle une voix féminine alerte. Je lève les yeux et une belle jeune femme aux cheveux sombres et aux yeux intelligents, bleu-violet, se tient aux barreaux. Je la dévisage et la reconnais : c'est elle qui m'a donné du pain au bord du fleuve. À ses côtés se tiennent un homme et une femme mûrs, d'une quarantaine d'années. Ils sont séduisants, finement charpentés, bien vêtus mais selon une mode étrangère, et ils ont des larmes dans les yeux. La femme a les cheveux de la même couleur que les miens, parsemés de blanc; l'homme partage mes traits. Je sais qui ils sont avant même qu'ils n'ouvrent la bouche; je pose les mains contre la surface rugueuse du mur et me lève difficilement. Je pleure, pas à cause du terrible supplice qui dépasse de loin tout ce que j'ai pu imaginer, même quand je vivais au lupanar. Je me supplie, je m'oblige à rester conscient. Bientôt, la douleur et tout le reste s'évanouiront.

La femme plus âgée sanglote en tendant la main à travers les barreaux. Je chancelle vers elle sur mes jambes brisées et brûlées, fais un dernier pas, tombe sur les genoux et suis incapable de me relever. « Je suis désolé, murmuré-je.

— Non, voyons ! » dit-elle, et il y a un accent discret dans ses paroles. Elle s'agenouille, passe la main, s'étire autant qu'elle le peut et attrape enfin la mienne. « Je suis ta mère.

— Je suis ton père », ajoute l'homme d'une voix entrecoupée. Il s'agenouille à côté d'elle, tend le bras et me serre l'épaule. Leur contact est doux, bienveillant, empli de cette tendresse que j'avais toujours espérée et à laquelle j'avais renoncé. Je les observe et nos ressemblances me procurent une joie incongrue. Dieu est bon de m'amener mes origines alors que j'approche de la fin.

« Il faut que je l'apprenne de votre bouche, croassé-je. On m'a volé quand j'étais bébé, n'est-ce pas ? Vous ne m'avez pas abandonné dans la rue. Vous êtes aussi différents des autres que moi ? »

Pendant l'heure qui suit, tandis que la lumière s'éclaircit, passant de l'indigo à une teinte lavande, puis or, ils me relatent mon histoire.

« Nous sommes les fils de Seth », déclare mon père. Sa voix est solennelle; il n'ôte pas ses mains fortes et chaudes de mon épaule. « Nous remontons la trace de notre lignée jusqu'aux descendants de Seth qui n'ont pas péri dans le Déluge. Il existe d'autres familles comme la nôtre. Nous avons longtemps vécu côte à côte avec les simples mortels. Puis ils ont commencé à nous craindre et à nous menacer, aussi nous sommes-nous dispersés pour nous cacher. Au fil des derniers siècles, nous nous sommes réunis pour commencer à rassembler nos forces afin de revivre un jour à découvert.

— Des temps meilleurs approchent », réponds-je en sachant que je ne les verrai pas.

Il acquiesce. « Ce fut difficile pour nous, bien que les cathares nous aient protégés pendant des siècles ; ils gardent notre secret.

— J'ai entendu des rumeurs à propos d'un couple étranger voyageant en compagnie de cathares, qui aurait perdu un fils, dis-je. Une lettre les mentionnait.

— C'était nous, ce couple étranger ! s'écrie ma mère. Tu as entendu parler de nous !

— Les cathares originels étaient les cousins des fils de Seth et ils nous servent depuis le commencement des temps, qui diffère beaucoup de l'histoire écrite, continue mon père. L'histoire de l'homme sur terre est d'une longueur et d'une étrangeté inimaginables. Les gens ne sont pas encore prêts à la connaître, ni à apprendre comment les dieux sont venus des astres pour mêler leur lignée à celle des êtres primitifs de ce monde afin d'engendrer l'homme. Le premier se nommait Adam et il eut trois fils. Seth mêla de nouveau son sang à celui des dieux, donnant naissance à notre peuple. On nous craint à cause de nos dons.

— Nous avons tous été créés par des dieux venus des astres, répété-je avec émerveillement.

— Ces êtres nous ont confié des secrets, à nous Séthiens, parce que nous étions les plus proches d'eux, poursuit mon père. À intervalles réguliers, ils reviennent et nous communiquons avec eux. L'histoire humaine est remplie de ces rencontres que les rois et les papes ont dissimulées ou maquillées en visites angéliques. Ils ne voulaient pas que l'homme ordinaire connaisse la vérité de ses origines ni l'existence d'une lignée secrète. Ils redoutaient que l'information anéantisse leur autorité, qu'elle détruise l'ordre et la loi civils, lesquels, à cause de l'immaturité humaine, reposent sur un dieu externe vu comme un juge vengeur.

— Je me suis interrogé sur la vindicte divine, remarqué-je. Je vois maintenant que Dieu est amour en tout, en chacun de nous.

— Les cathares le savent aussi et ils se sont efforcés de faire survivre cette conviction pendant les périodes d'ignorance et de barbarie, répond mon père.

— On raconte que les cathares détiennent des trésors convoités par les grands de ce monde, ajouté-je.

— Des trésors dont nous leur avons confié la garde. » Il hoche la tête. « Par exemple, nos créateurs venus des étoiles nous ont appris à assembler l'Arche d'alliance ; nous l'avons remise aux cathares pour qu'ils la protègent juste avant le pillage du temple de Jérusalem. Puis ce fut à notre tour de les aider après la croisade. Nous les avons cachés et les avons aidés à trouver des refuges pour tous les objets, reliques et documents chroniquant l'histoire véritable. Un jour, dans quelques siècles, nous révélerons tout et nous reprendrons notre juste place de guides et de conseillers de l'humanité.

— Alors, où avez-vous vécu jusqu'ici ? m'enquis-je.

— Dans des montagnes, loin à l'est. J'ai plus de cinq cent cinquante ans, précise mon père en serrant plus fort mon épaule.

— Nous étions en voyage. Tes parents se trouvaient en Avignon, moi à Florence, quand je t'ai vu au bord du fleuve, reprend la jeune femme, ma cousine, Demetria. Ce que tu m'as dit sur ta faim deux siècles plus tôt, la couleur de tes cheveux, ton visage ; j'ai aussitôt chevauché pour prévenir ton père et ta mère !

— On t'a volé dans ton berceau alors que tu n'avais pas encore trois ans », raconte celle-ci, dévorée de souffrance. Ses mains me caressent le bras, ce qui calme l'agonie de mon corps comme si elle me donnait le *consolamentum*. Il ne s'agit pas de cela, c'est un contact apaisant et maternel, et je trouve que j'ai de la chance de le connaître au moment où j'en ai le plus besoin, quand l'impact de cette rencontre est si fort qu'il distrait mon esprit de la douleur. Elle poursuit : « J'ai renvoyé une bonne d'enfants, qui a voulu se venger. Nous vivions loin d'ici, dans un village près du Nil. Je t'ai cherché partout, même ici, à Florence, j'aurais dû te trouver à l'époque ! Je n'ai jamais cessé de te chercher !

— Sans une bonne d'enfants mécontente, j'aurais eu une famille et un foyer », dis-je à voix basse. Un élancement de tristesse, de regret et de colère me traverse, et puis toute la situation me paraît drôle, tout à coup. Une bonne du commun trompant des gens dotés de la longévité et de la robustesse divines ! Je ris, mais brièvement, parce que cela me fait mal. « Mais je ne changerais rien, parce que cette vie m'a permis d'aimer Maddalena. Cela vaut toutes les peines du monde.

— J'aurais voulu connaître ton épouse, sanglote ma mère. Et ma petite-fille ! J'aurais dû mieux chercher, explorer d'autres villes. J'aurais dû trouver autre chose, faire davantage pour te retrouver.

— Je vous ai cherchés aussi, réponds-je doucement. J'ai enquêté sur vous, j'ai envoyé des agents.

— Nous nous cachons très bien, réplique mon père. Il le faut ou bien nous sommes pourchassés et massacrés. » Il gémit et se martèle le front. « Nous n'aurions jamais cru que tu nous cherchais !

— Je ne sais pas comment on pourra le faire sortir », remarque Demetria. Elle est grande, mince et belle ; elle a des mains agiles et une expression toujours alerte sur le visage. Elle déambule devant la cellule.

« Je ne peux plus reculer, dis-je. C'est ma destinée. Je vais rejoindre Maddalena. Je suis prêt. »

Ma mère émet un son semblable à un os qui se brise et elle se réfugie dans les bras de Demetria.

« Je peux payer le bourreau pour qu'il te rompe le cou avant que les flammes ne t'atteignent ; tu n'es pas obligé de souffrir », propose mon père. Il y a une émotion crue sur son visage, des voiles dans sa voix, et je sais combien ces mots lui coûtent car j'ai moi aussi perdu un enfant. Ce fut peut-être plus facile pour moi, je n'ai pas eu à la regarder mourir comme lui me verra. Il me serre l'épaule avec force, avec férocité, comme s'il pouvait se déverser en moi et prendre ma place sur le bûcher. Je me demande comment j'aurais évolué en grandissant à ses côtés, avec sa tendresse et sous sa protection. Mais, en ces circonstances différentes et plus heureuses, je n'aurais pas rencontré ni aimé Maddalena. Et elle fut tout le sens de la vie que mon âme avait jamais désiré, aussi ne voudrais-je rien changer de mon existence. Ni les rues, ni le lupanar de Silvano. Dévier un seul pas altérerait le voyage entier. Au moins connaîtrais-je pendant ces heures ultimes l'intimité et la chaleur d'une famille – la mienne, les miens, ceux à qui j'appartiens. Je ne suis plus un monstre, une chose étrangère écoutant les gloussements malveillants de Dieu. Je suis un fils, j'ai une place, je suis aimé de Dieu et des miens.

« Ne soudoie pas le bourreau. Je veux être vivant quand je mourrai, réponds-je avec de la joie dans le cœur. Alors cette mort sera bonne. »

On me ligote, on me bâillonne et on me conduit à travers une foule méprisante rassemblée sur la Piazza della Signoria. Au sommet d'un amoncellement de petit bois, un poteau m'attend, comme depuis toujours. On me bat, on me frappe, on me crache dessus, on me taillade même à l'épée et on me jette des immondices, mais je m'en moque. Je sens Maddalena près de moi. Je sens son parfum, doux lilas et citron, comme si elle marchait à mes côtés, et cela me fait sourire. On m'attache sur le bûcher tandis que le prêtre, Gerardo Silvano, rôde tout près, vérifiant les chaînes autour de mes pieds et de mes chevilles. Dans la foule, je vois Leonardo, fils de *ser* Piero da Vinci, et il est en train de pleurer. Il est debout près de Demetria, qui a passé ses bras souples autour de mes parents. Ils pleurent aussi. Je suis navré de les voir peinés mais je sais qu'il est impossible de leur épargner ce chagrin. Ils ne voient pas encore la perfection de Dieu en chaque instant, même ceux qui présentent un visage cruel, comme me l'avait dit Maddalena.

Puis un homme se fraie un chemin à travers la foule. Il est large d'épaules, il a le torse en barrique, une barbe épaisse et hirsute et une crinière touffue de cheveux blanc et noir. Ses yeux sont des puits sans fond de chagrin et de néant, mais quelque

chose en eux draine toute ma souffrance, me soulageant immensément. Je remercie le Vagabond d'un hochement de tête et il
acquiesce en retour. Il me fait un geste et je vois qu'une de ses
mains noueuses tient celle de Maddalena, que, de l'autre, il tient
celle de Simonetta. Mon épouse a rejeté la tête en arrière, son
beau visage empli de gravité et de tristesse. Elle n'aime pas me
voir souffrir. Debout en groupe serré derrière eux, il y a Geber,
Marco, Massimo, Giotto, Ginori, Ingrid, Moshe Sforno et la
belle Rachel, Pétrarque, Cosimo de Médicis, tous ceux que j'ai
aimés, ils sont tous là, tous attendent. Je pousse un cri de joie et
de liberté, louant Dieu. Le feu du bourreau jaillit pour irradier
mon corps. Je me tiens au cœur du soleil. Partout, il n'y a que la
lumière.

REMERCIEMENTS

J'aimerais remercier ma merveilleuse éditrice chez Bantam Dell, Caitlin Alexander, qui est directement responsable de bien des forces de ce livre. Ses conseils littéraires éclairés, très souvent brillants, ont façonné et guidé ce roman depuis ses débuts.

Je veux remercier Martha Millard pour son dur labeur et l'enthousiasme qu'elle a témoigné pour ce récit.

Je voudrais aussi remercier Matt Bialer pour son soutien et ses recommandations judicieuses.

Nombreuses sont les personnes à qui il me faut exprimer mon amour et ma gratitude pour leurs encouragements, leur soutien et leurs bons conseils au fil du chemin, notamment, mais pas seulement : Dani Antman, Thomas Ayers, Barbara, Stephen, Ali, Matt et Tim Baldwin, Lynn Bell, Bill Benton, Adrienne Brodeur, Paul Brodeur, Kim Bunton, Felicia et Jeffrey Campbell, Silver Cho, Johanna Furus, Stuart Gartner, le docteur Henry Grayson, Dan Halpern, Rita et Myron Hendel, Harrison Howard, Geoffrey Knauth, Drew Lawrence, Rachel Leheny, Jennifer Weis Monsky, Matthew et Miyoko Olszewski, Chris Schelling, Ken Skidmore, Komilla Sutton, Gerda Swearengen, Vincent Vichit-Vadakan et Arthur Wooten. Merci à Ronnie Smith, Barbara Pieroni et au personnel dévoué de Writer's Relief, Inc. Je transmets mon affection et ma reconnaissance aux merveilleux abonnés de la liste de diffusion BBSH Healers. Lorine « Granny Bee » Adkerson et Judy Poff sont toujours présentes dans mon cœur.

Les professeurs Michael McVaugh et James Beck ont aimablement répondu à mes questions. Ils ne sont en aucun cas responsables de mes erreurs. Frederic Morton et Judy Sarafini Sauli m'ont aidée dans mes recherches ; Wendy Brandes Kassan a lu une ébauche du livre et l'a commentée. Merci à tous !

Je voudrais remercier ma mère, Jo Slatton, pour avoir élevé une lectrice, et m'avoir soutenue par ses encouragements et cette sage recommandation : « Un écrivain écrit. »

Sans Jessica Hendel, ce livre n'existerait pas. Elle a lu les deux premiers chapitres et m'a dit : « Écris la suite, maman. Il faut que je sache ce qui arrive à Luca ! »

Naomi Hendel et Julia Howard ne se sont jamais lassées de m'encourager dans mon travail. Madeleine Howard est une source continuelle d'inspiration. Et merci à mon mari, Sabin Howard, qui possède tous les livres imaginables sur la Renaissance et qui partage le « oui ! » avec moi. Sabin est à la fois un ami et un appui incroyables, il a lu chaque mot de ce roman au moins cinq fois.

Enfin, il me faut exprimer ma respectueuse reconnaissance à M. John Hendel, qui peut déclarer de plein droit : « J'y ai cru le premier. »

SOURCES DES CITATIONS

Certaines citations d'œuvres sont tirées des traductions suivantes :
- *Bhagavad-Gîtâ* : traduction de Camille Rao et Jean Herbert ;
- *Évangile selon Thomas* : traduction d'Émile Gillabert, Pierre Bourgeois et Yves Haas ;
- *Sefer Ha Zohar* : cité dans *Le Zohar, le livre de la Splendeur*, extraits choisis et présentés par Gershom Scholem, traduction d'Édith Ochs ;
- saint Augustin, *Confessions* : traduction de Louis de Mondadon ;
- saint Augustin, *Sermons* : traduction dirigée par Jean-Joseph Poujoulat et Jean-Baptiste Raulx ;
- Dante, *Le Paradis* : traduction de Marc Scialom ;
- Guillaume de Lorris et Jean de Meun, *Le Roman de la Rose* : traduction d'Armand Strubel.

L. D.

Achevé d'imprimer en novembre 2009
par l'imprimerie CPI France Quercy
à Mercuès (Lot)
pour le compte de
la Librairie L'Atalante

N° d'imprimeur : 91513/
Dépôt légal : novembre 2009

IMPRIMÉ EN FRANCE